PENGUIN EDICIONES

LA AUTOPISTA DEL SUR Y OTROS CUENTOS

Julio Cortázar, hijo de un diplomático argentino, nació en Bruselas en 1914, aunque pasó su infancia y juventud en Buenos Aires. En 1932 obtuvo el título de maestro y durante algunos años se dedicó a la enseñanza. En 1949 publicó su primer libro, *Los reyes*. En 1951 se trasladó a París, que sería su residencia definitiva. A partir de entonces, alternó las labores creativas con un cargo de traductor para la UNESCO. Entre 1951 y 1962 publicó varios libros de cuentos: *Bestiario*, *Final del juego*, *Las armas secretas*, *Historias de cronopios y de famas*. En 1964 se editó *Rayuela*, la novela que abrió las puertas del mundo a la literatura latinoamericana. A finales de los años sesenta, Cortázar empezó a participar en política, luchando activamente contra el régimen chileno de Pinochet, el de los militares en Argentina, y dando su apoyo al régimen cubano de Fidel Castro y a la revolución sandinista. Su interés por la politica no hizo disminuir su actividad como escritor, que se tradujo en la publicación de diversos volúmenes de relatos (*Todos los fuegos el fuego*, *Octaedro*, *La vuelta al día en ochenta mundos*, *Queremos tanto a Glenda*, entre otros) y un par de novelas (*62 Modelo para armar*, *Libro de Manuel*). Murió en París el 12 de febrero de 1984.

JULIO CORTÁZAR

La autopista del sur y otros cuentos

PENGUIN BOOKS

PENGUIN BOOKS
Publicado por Penguin Group
Penguin Books USA Inc., 375 Hudson Street,
New York, New York 10014, U.S.A.
Penguin Books Ltd, 27 Wrights Lane, London W8 5TZ, England
Penguin Books Australia Ltd, Ringwood, Victoria, Australia
Penguin Books Canada Ltd, 10 Alcorn Avenue,
Toronto, Ontario, Canada M4V 3B2
Penguin Books (N.Z.) Ltd, 182–190 Wairau Road,
Auckland 10, New Zealand

Sede registrada de Penguin Books Ltd:
Harmondsworth, Middlesex, England

Publicado por primera vez por Penguin Books en 1996

20 19 18 17 16 15 14

Los cuentos recopilados en este volumen aparecieron anteriormente en los siguientes libros de Julio Cortázar: *Alguien que anda por ahí, Las armas secretas, Bestiario, Deshoras, Final del juego, Historias de cronopios y de famas, Octaedro, Queremos tanto a Glenda, Un tal Lucas, Todos los fuegos el fuego*, y *Último round.*

ISBN 0 14 02.5580 X

Impreso en los Estados Unidos de América
Realización editorial: Proyectos Editoriales y Audiovisuales CBS, S.A.,
Barcelona (España)

LA AUTOPISTA DEL SUR Y OTROS CUENTOS

Casa tomada

Nos gustaba la casa porque aparte de espaciosa y antigua (hoy que las casas antiguas sucumben a la más ventajosa liquidación de sus materiales) guardaba los recuerdos de nuestros bisabuelos, el abuelo paterno, nuestros padres y toda la infancia.

Nos habituamos Irene y yo a persistir solos en ella, lo que era una locura pues en esa casa podían vivir ocho personas sin estorbarse. Hacíamos la limpieza por la mañana, levantándonos a las siete, y a eso de las once yo le dejaba a Irene las últimas habitaciones por repasar y me iba a la cocina. Almorzábamos a mediodía, siempre puntuales; ya no quedaba nada por hacer fuera de unos pocos platos sucios. Nos resultaba grato almorzar pensando en la casa profunda y silenciosa y cómo nos bastábamos para mantenerla limpia. A veces llegamos a creer que era ella la que no nos dejó casarnos. Irene rechazó dos pretendientes sin mayor motivo, a mí se me murió María Esther antes que llegáramos a comprometernos. Entramos en los cuarenta años con la inexpresada idea de que el nuestro, simple y silencioso matrimonio de hermanos, era necesaria clausura de la genealogía asentada por los bisabuelos en nuestra casa. Nos moriríamos allí algún día, vagos y esquivos primos se quedarían con la casa y la echarían al suelo para enriquecerse con el terreno y los ladrillos; o mejor, nosotros mismos la voltearíamos justicieramente antes de que fuese demasiado tarde.

Irene era una chica nacida para no molestar a nadie. Aparte de su actividad matinal se pasaba el resto del día tejiendo en el sofá de su dormitorio. No sé por qué tejía tanto, yo creo que las mujeres tejen cuando han encontrado en esa labor el gran pretexto para no hacer nada. Irene no era así, tejía cosas siempre necesarias, tricotas para el invierno, medias para mí, mañanitas y chalecos para ella. A veces tejía un chaleco y después lo destejía en un momento porque algo no le agradaba; era gracioso ver en la canastilla el montón de lana encrespada resistiéndose a perder su forma de algunas horas. Los sábados iba yo al centro a comprarle lana; Irene tenía fe en mi gusto, se complacía con los colores y nunca tuve que devolver madejas. Yo aprovechaba esas salidas para dar una vuelta por las librerías y preguntar vanamente si había novedades en literatura francesa. Desde 1939 no llegaba nada valioso a la Argentina.

Pero es de la casa que me interesa hablar, de la casa y de Irene, porque yo no tengo importancia. Me pregunto qué hubiera hecho Irene sin el tejido. Uno puede releer un libro, pero cuando un pullover está terminado no se puede repetirlo sin escándalo. Un día encontré el cajón de abajo de la cómoda de alcanfor lleno de pañoletas blancas, verdes, lila. Estaban con naftalina, apiladas como en una mercería; no tuve valor de preguntarle a Irene qué pensaba hacer con ellas. No necesitábamos ganarnos la vida, todos los meses llegaba la plata de los campos y el dinero aumentaba. Pero a Irene solamente la entretenía el tejido, mostraba una destreza maravillosa y a mí se me iban las horas viéndole las manos como erizos plateados, agujas yendo y viniendo y una o dos canastillas en el suelo donde se agitaban constantemente los ovillos. Era hermoso.

Cómo no acordarme de la distribución de la casa. El comedor, una sala con gobelinos, la biblioteca y tres dormitorios grandes quedaban en la parte más retirada, la que mira hacia Rodríguez Peña. Solamente un pasillo con su maciza puerta de roble aislaba esa parte del ala delantera donde había un baño, la cocina, nuestros dormitorios y el living central, al cual comunicaban los dormitorios y el pasillo. Se entraba a la casa por un zaguán con mayólica, y la puerta cancel daba al living. De manera que uno entraba por el zaguán, abría la cancel y pasaba al living; tenía a los lados las puertas de nuestros dormitorios, y al frente el pasillo que conducía a la parte más retirada; avanzando por el pasillo se franqueaba la puerta de roble y más allá empezaba el otro lado de la casa, o bien se podía girar a la izquierda justamente antes de la puerta y seguir por un pasillo más estrecho que llevaba a la cocina y el baño. Cuando la puerta estaba abierta advertía uno que la casa era muy grande; si no, daba la impresión de un departamento de los que se edifican ahora, apenas para moverse; Irene y yo vivíamos siempre en esta parte de la casa, casi nunca íbamos más allá de la puerta de roble, salvo para hacer la limpieza, pues es increíble cómo se junta tierra en los muebles. Buenos Aires será una ciudad limpia, pero eso lo debe a sus habitantes y no a otra cosa. Hay demasiada tierra en el aire, apenas sopla una ráfaga se palpa el polvo en los mármoles de las consolas y entre los rombos de las carpetas de macramé; da trabajo sacarlo bien con plumero, vuela y se suspende en el aire, un momento después se deposita de nuevo en los muebles y los pianos.

Lo recordaré siempre con claridad porque fue simple y sin circunstancias inútiles. Irene estaba tejiendo en su dormitorio, eran las ocho de la noche y de repente se me ocurrió poner al fuego la pavita del mate. Fui por el pasillo hasta enfrentar la entornada puerta de roble, y daba la vuelta al codo que llevaba a la cocina cuando escuché algo en el comedor o la biblioteca. El sonido venía impreciso y sordo, como un volcarse de silla sobre la alfombra o un ahogado susurro de conversación. También lo oí, al mismo tiempo o un segundo después, en el fondo del pasillo que traía desde aquellas piezas hasta la puerta. Me tiré contra la puerta antes de que fuera demasiado tarde, la cerré de golpe apoyando el cuerpo; felizmente la llave estaba puesta de nuestro lado y además corrí el gran cerrojo para más seguridad.

Fui a la cocina, calenté la pavita, y cuando estuve de vuelta con la bandeja del mate le dije a Irene:

—Tuve que cerrar la puerta del pasillo. Han tomado la parte del fondo.

Dejó caer el tejido y me miró con sus graves ojos cansados.

—¿Estás seguro?

Asentí.

—Entonces —dijo recogiendo las agujas— tendremos que vivir en este lado.

Yo cebaba el mate con mucho cuidado, pero ella tardó un rato en reanudar su labor. Me acuerdo que tejía un chaleco gris; a mí me gustaba ese chaleco.

Los primeros días nos pareció penoso porque ambos habíamos dejado en la parte tomada muchas cosas que queríamos. Mis libros de literatura francesa, por ejemplo, estaban todos en la biblioteca. Irene extrañaba unas carpetas, un par de pantuflas que tanto la abrigaban en invierno. Yo sentía mi pipa de enebro y creo que Irene pensó en una botella de Hesperidina de muchos años. Con frecuencia (pero esto solamente sucedió los primeros días) cerrábamos algún cajón de las cómodas y nos mirábamos con tristeza.

—No está aquí.

Y era una cosa más de todo lo que habíamos perdido al otro lado de la casa.

Pero también tuvimos ventajas. La limpieza se simplificó tanto que aun levantándose tardísimo, a las nueve y media por ejemplo, no daban las once y ya estábamos de brazos cruzados. Irene se acostumbró a ir conmigo a la cocina y ayudarme a preparar el almuerzo. Lo pensamos bien, y se decidió esto: mientras yo preparaba el almuerzo, Irene cocinaría platos para comer fríos de noche. Nos alegramos porque siempre resulta molesto tener que abandonar los dormitorios al atardecer y ponerse a cocinar. Ahora nos bastaba con la mesa en el dormitorio de Irene y las fuentes de comida fiambre.

Irene estaba contenta porque le quedaba más tiempo para tejer. Yo andaba un poco perdido a causa de los libros, pero por no afligir a mi hermana me puse a revisar la colección de estampillas de papá, y eso me sirvió para matar el tiempo. Nos divertíamos mucho, cada uno en sus cosas, casi siempre reunidos en el dormitorio de Irene que era más cómodo. A veces Irene decía:

—Fíjate este punto que se me ha ocurrido. ¿No da un dibujo de trébol?

Un rato después era yo el que le ponía ante los ojos un cuadradito de papel para que viese el mérito de algún sello de Eupen y Malmédy. Estábamos bien, y poco a poco empezábamos a no pensar. Se puede vivir sin pensar.

(Cuando Irene soñaba en alta voz yo me desvelaba enseguida. Nunca pude habituarme a esa voz de estatua o papagayo, voz que viene de los sueños y no de la garganta. Irene decía que mis sueños consistían en grandes sacudones que a veces hacían caer el cobertor. Nuestros dormitorios tenían el living de por medio, pero de noche se escuchaba cualquier cosa en la casa. Nos oíamos respirar, toser, presentíamos el ademán que conduce a la llave del velador, los mutuos y frecuentes insomnios.

Aparte de eso todo estaba callado en la casa. De día eran los rumores domésticos, el roce metálico de las agujas de tejer, un crujido al pasar las hojas del álbum filatélico. La puerta de roble, creo haberlo dicho, era maciza. En la cocina y el baño, que quedaban tocando la parte tomada, nos poníamos a hablar en voz más alta o Irene cantaba canciones de cuna. En una cocina hay demasiado ruido de loza y vidrios para que otros sonidos irrumpan en ella. Muy pocas veces permitíamos allí el silencio, pero cuando tornábamos a los dormitorios y al living, entonces la casa se ponía callada y a media luz, hasta pisábamos más despacio para no molestarnos. Yo creo que era por eso que de noche, cuando Irene empezaba a soñar en alta voz, me desvelaba enseguida).

Es casi repetir lo mismo salvo las consecuencias. De noche siento sed, y antes de acostarnos le dije a Irene que iba hasta la cocina a servirme un vaso de agua. Desde la puerta del dormitorio (ella tejía) oí el ruido en la cocina; tal vez en la cocina o tal vez en el baño porque el codo del pasillo apagaba el sonido. A Irene le llamó la atención mi brusca manera de detenerme, y vino a mi lado sin decir palabra. Nos quedamos escuchando los ruidos, notando claramente que eran de este lado de la puerta de roble, en la cocina y en el baño, o en el pasillo mismo donde empezaba el codo casi al lado nuestro.

No nos miramos siquiera. Apreté el brazo de Irene y la hice correr conmigo hasta la puerta cancel, sin volvernos hacia atrás. Los ruidos se oían más fuerte pero siempre sordos a espaldas nuestras. Cerré de un golpe la cancel y nos quedamos en el zaguán. Ahora no se oía nada.

—Han tomado esta parte —dijo Irene. El tejido le colgaba de las manos y las hebras iban hasta la cancel y se perdían debajo. Cuando vio que los ovillos habían quedado del otro lado soltó el tejido sin mirarlo.

—¿Tuviste tiempo de traer alguna cosa? —le pregunté inútilmente.

—No, nada.

Estábamos con lo puesto. Me acordé de los quince mil pesos en el armario de mi dormitorio. Ya era tarde ahora.

Como me quedaba el reloj pulsera, vi que eran las once de la noche. Rodeé con mi brazo la cintura de Irene (yo creo que ella estaba llorando) y salimos a la calle. Antes de alejarnos tuve lástima, cerré bien la puerta de entrada y tiré la llave a la alcantarilla. No fuese que a algún pobre diablo se le ocurriera robar y se metiera en la casa, a esa hora y con la casa tomada.

Lejana

Diario de Alina Reyes

12 de enero

Anoche fue otra vez, yo tan cansada de pulseras y farándulas, de *pink champagne* y la cara de Renato Viñes, oh esa cara de foca balbuceante, de retrato de Dorian Gray a lo último. Me acosté con gusto a bombón de menta, al Boogie del Banco Rojo, a mamá bostezada y cenicienta (como queda ella a la vuelta de las fiestas, cenicienta y durmiéndose, pescado enormísimo y tan no ella).

Nora que dice dormirse con luz, con bulla, entre las urgidas crónicas de su hermana a medio desvestir. Qué felices son, yo apago las luces y las manos, me desnudo a gritos de lo diurno y moviente, quiero dormir y soy una horrible campana resonando, una ola, la cadena que Rex arrastra toda la noche contra los ligustros. *Now I lay me down to sleep...* Tengo que repetir versos, o el sistema de buscar palabras con *a*, después con *a* y *e*, con las cinco vocales, con cuatro. Con dos y una consonante (ala, ola), con tres consonantes y una vocal (tras, gris) y otra vez versos, la luna bajó a la fragua con su polisón de nardos, el niño la mira mira, el niño la está mirando. Con tres y tres alternadas, cábala, laguna, animal; Ulises, ráfaga, reposo.

Así paso horas: de cuatro, de tres y dos, y más tarde palíndromos. Los fáciles, salta Lenín el atlas; amigo, no gima; los más difíciles y hermosos, átale, demoníaco Caín, o me delata; Anás usó tu auto, Susana. O los preciosos anagramas: Salvador Dalí, Avida Dollars;

Alina Reyes, es la reina y... Tan hermoso, éste, porque abre un camino, porque no concluye. Porque la reina y...

No, horrible. Horrible porque abre camino a esta que no es la reina, y que otra vez odio de noche. A esa que es Alina Reyes pero no la reina del anagrama; que será cualquier cosa, mendiga en Budapest, pupila de mala casa en Jujuy o sirvienta en Quetzaltenango, cualquier lado lejos y no reina. Pero sí Alina Reyes y por eso anoche fue otra vez, sentirla y el odio.

20 de enero

A veces sé que tiene frío, que sufre, que le pegan. Puedo solamente odiarla tanto, aborrecer las manos que la tiran al suelo y también a ella, a ella todavía más porque le pegan, porque soy yo y le pegan. Ah, no me desespera tanto cuando estoy durmiendo o corto un vestido o son las horas de recibo de mamá y yo sirvo el té a la señora de Regules o al chico de los Rivas. Entonces me importa menos, es un poco cosa personal, yo conmigo; la siento más dueña de su infortunio, lejos y sola pero dueña. Que sufra, que se hiele; yo aguanto desde aquí, y creo que entonces la ayudo un poco. Como hacer vendas para un soldado que todavía no ha sido herido y sentir eso de grato, que se le está aliviando desde antes, previsoramente.

Que sufra. Le doy un beso a la señora de Regules, el té al chico de los Rivas, y me reservo para resistir por dentro. Me digo: «Ahora estoy cruzando un puente helado, ahora la nieve me entra por los zapatos rotos». No es que sienta nada. Sé solamente que es así, que en algún lado cruzo un puente en el instante mismo (pero no sé si es en el instante mismo) en que el chico de los Rivas me acepta el té y pone su mejor cara de tarado. Y aguanto bien porque estoy sola entre esas gentes sin sentido, y no me desespera tanto. Nora se quedó anoche como tonta, dijo: «¿Pero qué te pasa?». Le pasaba a aquélla, a mí tan lejos. Algo horrible debió pasarle, le pegaban o se sentía enferma y justamente cuando Nora iba a cantar Fauré y yo en el piano, mirándolo tan feliz a Luis María acodado en la cola que le hacía como un marco, él mirándome contento con cara de perrito, esperando oír los arpegios, los dos tan cerca y tan queriéndonos. Así es peor, cuando conozco algo nuevo sobre ella y justo estoy bailando con Luis María, besándolo o solamente cerca de Luis María. Porque a mí, a la lejana, no la quieren. Es la parte que no quieren y cómo no me va a desgarrar por dentro sentir que me pegan o la nieve me entra por los zapatos cuando Luis María baila conmigo y su mano en la cintura me va subiendo como un calor a mediodía, un sabor a naranjas fuertes o tacuaras chicoteadas, y a ella le pegan y es imposible resistir y entonces tengo que decirle a Luis María que no estoy bien, que es la humedad, humedad entre esa nieve que no siento, que no siento y me está entrando por los zapatos.

25 de enero

Claro, vino Nora a verme y fue la escena. «M'hijita, la última vez que te pido que me acompañes al piano. Hicimos un papelón». Qué sabía yo de papelones, la acompañé como pude, me acuerdo que la oía con sordina. *Votre âme est un paysage choisi...* pero me ví las manos entre las teclas y parecía que tocaban bien, que acompañaban honestamente a Nora. Luis María también me miró las manos, el pobrecito, yo creo que era porque no se animaba a mirarme la cara. Debo ponerme tan rara.

Pobre Norita, que la acompañe otra. (Esto parece cada vez más un castigo, ahora sólo me conozco allá cuando voy a ser feliz, cuando soy feliz, cuando Nora canta Fauré me conozco allá y no queda más que el odio).

Noche

A veces es ternura, una súbita y necesaria ternura hacia la que no es reina y anda por ahí. Me gustaría mandarle un telegrama, encomiendas, saber que sus hijos están bien o que no tiene hijos —porque yo creo que allá no tengo hijos— y necesita confortación, lástima, caramelos. Anoche me dormí confabulando mensajes, puntos de reunión. Estaré jueves stop espérame puente. ¿Qué puente? Idea que vuelve como vuelve Budapest donde habrá tanto puente y nieve que rezuma. Entonces me enderecé rígida en la cama y casi aúllo, casi corro a despertar a mamá, a morderla para que se despertara. Nada más que por pensar. Todavía no es fácil decirlo. Nada más que por pensar que yo podría irme ahora mismo a Budapest, si realmente se me antojara. O a Jujuy, o a Quetzaltenango. (Volví a buscar estos nombres páginas atrás). No valen, igual sería decir Tres Arroyos, Kobe, Florida al cuatrocientos. Sólo queda Budapest porque *allí* es el frío, allí me pegan y me ultrajan. Allí (lo he soñado, no es más que un sueño, pero cómo adhiere y se insinúa hacia la vigilia) hay alguien que se llama Rod —o Erod, o Rodo— y él me pega y yo lo amo, no sé si lo amo pero me dejo pegar, eso vuelve de día en día, entonces es seguro que lo amo.

Más tarde

Mentira. Soñé a Rod o lo hice con una imagen cualquiera de sueño, ya usada y a tiro. No hay Rod, a mí me han de castigar allá, pero quién sabe si es un hombre, una madre furiosa, una soledad.

Ir a buscarme. Decirle a Luis María: «Casémonos y me llevas a Budapest, a un puente donde hay nieve y alguien». Yo digo: ¿y si estoy? (Porque todo lo pienso con la secreta ventaja de no querer creerlo a fondo. ¿Y si estoy?). Bueno, si estoy... Pero solamente loca, solamente... ¡Qué luna de miel!

28 de enero

Pensé una cosa curiosa. Hace tres días que no me viene nada de la lejana. Tal vez ahora no le pegan, o pudo conseguir abrigo. Mandarle un telegrama, unas medias... Pensé una cosa curiosa. Llegaba a la terrible ciudad y era de tarde, tarde verdosa y ácuea como no son nunca las tardes si no se las ayuda pensándolas. Por el lado de la Dobrina Stana, en la perspectiva Skorda, caballos erizados de estalagmitas y polizontes rígidos, hogazas humeantes y flecos de viento ensoberbeciendo las ventanas. Andar por la Dobrina con paso de turista, el mapa en el bolsillo de mi sastre azul (con ese frío y dejarme el abrigo en el Burglos), hasta una plaza contra el río, casi encima del río tronante de hielos rotos y barcazas y algún martín pescador que allá se llamará sbunáia tjéno o algo peor.

Después de la plaza supuse que venía el puente. Lo pensé y no quise seguir. Era la tarde del concierto de Elsa Piaggio de Tarelli en el Odeón, me vestí sin ganas sospechando que después me esperaría el insomnio. Este pensar de noche, tan de noche... Quién sabe si no me perdería. Una inventa nombres al viajar pensando, los recuerda en el momento: Dobrina Stana, sbunáia tjéno, Burglos. Pero no sé el nombre de la plaza, es un poco como si de veras hubiese llegado a una plaza de Budapest y estuviera perdida por no saber su nombre; ahí donde un nombre es una plaza.

Ya voy, mamá. Llegaremos bien a tu Bach y a tu Brahms. Es un camino tan simple. Sin plaza, sin Burglos. Aquí nosotras, allá Elsa Piaggio. Qué triste haberme interrumpido, saber que estoy en una plaza (pero esto ya no es cierto, solamente lo pienso y eso es menos que nada). Y que al final de la plaza empieza el puente.

Noche

Empieza, sigue. Entre el final del concierto y el primer bis hallé su nombre y el camino. La plaza Vladas, el puente de los Mercados. Por la plaza Vladas seguí hasta el nacimiento del puente, un poco andando y queriendo a veces quedarme en casas o vitrinas, en chicos abrigadísimos y fuentes con altos héroes de emblanquecidas pelerinas, Tadeo Alanko y Vladislas Néroy, bebedores de tokay y cimbalistas. Yo veía saludar a Elsa Piaggio entre un Chopin y otro Chopin, pobrecita, y de mi platea se salía abiertamente a la plaza, con la entrada del puente entre vastísimas columnas. Pero esto yo lo pensaba, ojo, lo mismo que anagramar *es la reina y...* en vez de Alina Reyes, o imaginarme a mamá en casa de los Suárez y no a mi lado. Es bueno no caer en la sonsera: eso es cosa mía, nada más que dárseme la gana, la real gana. Real porque Alina, vamos —no lo otro, no el sentirla tener frío o que la maltratan. Esto se me antoja y lo sigo por gusto, por saber adónde va, para enterarme si Luis María me lleva a Budapest, si nos casamos y le pido que me lleve a Budapest. Más fácil salir a buscar ese puente, salir en busca mía y encontrarme como ahora porque ya he andado la mitad del puente entre gritos y aplausos, entre «¡Albéniz!» y más aplausos y «¡La polonesa!», como si esto tuviera sentido entre la nieve arriscada que me empuja con el viento por la espalda, manos de toalla de esponja llevándome por la cintura hacia el medio del puente.

(Es más cómodo hablar en presente. Esto era a las ocho, cuando Elsa Piaggio tocaba el tercer bis, creo que Julián Aguirre o Carlos Guastavino, algo con pasto y pajaritos). Pero me he vuelto canalla con el tiempo, ya no le tengo respeto. Me acuerdo que un día pensé: «Allá me pegan, allá la nieve me entra por los zapatos y esto lo sé en el momento, cuando me está ocurriendo allá yo lo sé al mismo tiempo. ¿Pero por qué al mismo tiempo? A lo mejor me llega tarde, a lo mejor no ha ocurrido todavía. A lo mejor le pegarán dentro de catorce años, o ya es una cruz y una cifra en el cementerio de Santa Úrsula». Y me parecía bonito, posible, tan idiota. Porque detrás de eso una siempre cae en el tiempo parejo. Si ahora ella estuviera realmente entrando en el puente, sé que lo sentiría ya mismo y desde aquí. Me acuerdo que me paré a mirar el río que estaba como mayonesa cortada, batiendo contra los pilares, enfurecidísimo y sonando y chicoteando. (Esto yo lo pensaba). Valía asomarse al parapeto del puente y sentir en las orejas la rotura del hielo ahí abajo. Valía quedarse un poco por la vista, un poco por el miedo que me venía de adentro —o era el desabrigo, la nevisca deshecha y mi tapado en el hotel—. Y después que yo soy modesta, soy una chica sin humos, pero vengan a decirme de otra que le haya pasado lo mismo, que viaje a Hungría en pleno Odeón. Eso le da frío a cualquiera, che, aquí o en Francia.

Pero mamá me tironeaba la manga, ya casi no había gente en la platea. Escribo hasta ahí, sin ganas de seguir acordándome lo que pensé. Me va a hacer mal si sigo acordándome. Pero es cierto, cierto; pensé una cosa curiosa.

30 de enero

Pobre Luis María, qué idiota casarse conmigo. No sabe lo que se echa encima. O debajo, como dice Nora que posa de emancipada intelectual.

31 de enero

Iremos allá. Estuvo tan de acuerdo que casi grito. Sentí miedo, me pareció que él entra demasiado fácilmente en este juego. Y no sabe nada, es como el peoncito de dama que remata la partida sin sospecharlo. Peoncito Luis María, al lado de su reina. De la reina y —

7 de febrero

A curarse. No escribiré el final de lo que había pensado en el concierto. Anoche la sentí sufrir otra vez. Sé que allá me estarán pegando de nuevo. No puedo evitar saberlo, pero basta de crónica. Si me hubiese limitado a dejar constancia de eso por gusto, por desahogo... Era peor, un deseo de conocer al ir releyendo; de encontrar claves en cada palabra tirada al papel después de esas noches. Como cuando pensé la plaza, el río roto y los ruidos, y después... Pero no lo escribo, no lo escribiré ya nunca.

Ir allá y convencerme de que la soltería me dañaba, nada más que eso, tener veintisiete años y sin hombre. Ahora estará mi cachorro, mi bobo, basta de pensar y a ser, a ser al fin y para bien.

Y sin embargo, ya que cerraré este diario, porque una o se casa o escribe un diario, las dos cosas no marchan juntas —ya ahora no me gusta salirme de él sin decir esto con alegría de esperanza, con esperanza de alegría. Vamos allá pero no ha de ser como lo pensé la noche del concierto. (Lo escribo, y basta de diario para bien mío). En el puente la hallaré y nos miraremos. La noche del concierto yo sentía en las orejas la rotura del hielo ahí abajo. Y será la victoria de la reina sobre esa adherencia maligna, esa usurpación indebida y sorda.

Se doblegará si realmente soy yo, se sumará a mi zona iluminada, más bella y cierta; con sólo ir a su lado y apoyarle una mano en el hombro.

Alina Reyes de Aráoz y su esposo llegaron a Budapest el 6 de abril y se alojaron en el Ritz. Eso era dos meses antes de su divorcio. En la tarde del segundo día Alina salió a conocer la ciudad y el deshielo. Como le gustaba caminar sola —era rápida y curiosa— anduvo por veinte lados buscando vagamente algo, pero sin proponérselo demasiado, dejando que el deseo escogiera y se expresara con bruscos arranques que la llevaban de una vidriera a otra, cambiando aceras y escaparates.

Llegó al puente y lo cruzó hasta el centro, andando ahora con trabajo porque la nieve se oponía y del Danubio crece un viento de abajo, difícil, que engancha y hostiga. Sentía cómo la pollera se le pegaba a los muslos (no estaba bien abrigada) y de pronto un deseo de dar vuelta, de volverse a la ciudad conocida. En el centro del puente desolado la harapienta mujer de pelo negro y lacio esperaba con algo fijo y ávido en la cara sinuosa, en el pliegue de las manos un poco cerradas pero ya tendiéndose. Alina estuvo junto a ella repitiendo, ahora lo sabía, gestos y distancias como después de un ensayo general. Sin temor, liberándose al fin —lo creía con un salto terrible de júbilo y frío— estuvo junto a ella y alargó también las manos, negándose a pensar, y la mujer del puente se apretó contra su pecho y las dos se abrazaron rígidas y calladas en el puente, con el río trizado golpeando en los pilares.

A Alina le dolió el cierre de la cartera que la fuerza del abrazo le clavaba entre los senos con una laceración dulce, sostenible. Ceñía a la mujer delgadísima, sintiéndola entera y absoluta dentro de su abrazo, con un crecer de felicidad igual a un himno, a un soltarse de palomas, al río cantando. Cerró los ojos en la fusión total, rehuyendo las sensaciones de fuera, la luz crepuscular; repentinamente tan cansada, pero segura de su victoria, sin celebrarlo por tan suyo y por fin.

Le pareció que dulcemente una de las dos lloraba. Debía ser ella porque sintió mojadas las mejillas, y el pómulo mismo doliéndole

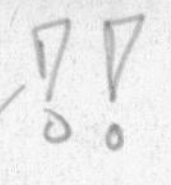

como si tuviera allí un golpe. También el cuello, y de pronto los hombros, agobiados por fatigas incontables. Al abrir los ojos (tal vez gritaba ya) vio que se habían separado. Ahora sí gritó. De frío, porque la nieve le estaba entrando por los zapatos rotos, porque yéndose camino de la plaza iba Alina Reyes lindísima en su sastre gris, el pelo un poco suelto contra el viento, sin dar vuelta la cara y yéndose.

Las puertas del cielo

A las ocho vino José María con la noticia, casi sin rodeos me dijo que Celina acababa de morir. Me acuerdo que reparé instantáneamente en la frase, Celina acabando de morirse, un poco como si ella misma hubiera decidido el momento en que eso debía concluir. Era casi de noche y a José María le temblaban los labios al decírmelo.

—Mauro lo ha tomado tan mal, lo dejé como loco. Mejor vamos.

Yo tenía que terminar unas notas, aparte de que le había prometido a una amiga llevarla a comer. Pegué un par de telefoneadas y salí con José María a buscar un taxi. Mauro y Celina vivían por Cánning y Santa Fe, de manera que le pusimos diez minutos desde casa. Ya al acercarnos vimos gente que se paraba en el zaguán con un aire culpable y cortado; en el camino supe que Celina había empezado a vomitar sangre a las seis, que Mauro trajo al médico y que su madre estaba con ellos. Parece que el médico empezaba a escribir una larga receta cuando Celina abrió los ojos y se acabó de morir con una especie de tos, más bien un silbido.

—Yo lo sujeté a Mauro, el doctor tuvo que salir porque Mauro se le quería tirar encima. Usté sabe cómo es él cuando se cabrea.

Yo pensaba en Celina, en la última cara de Celina que nos esperaba en la casa. Casi no escuché los gritos de las viejas y el revuelo en el patio, pero en cambio me acuerdo que el taxi costaba dos sesenta y que el chófer tenía una gorra de lustrina. Vi a dos o tres amigos de la barra de Mauro, que leían *La Razón* en la puerta; una nena de vestido azul tenía en brazos al gato barcino y le atusaba minuciosa los bigotes. Más adentro empezaban los clamoreos y el olor a encierro.

—Andá velo a Mauro —le dije a José María—. Ya sabes que conviene darle bastante alpiste.

En la cocina andaban ya con el mate. El velorio se organizaba solo, por sí mismo: las caras, las bebidas, el calor. Ahora que Celina acababa de morir, increíble cómo la gente de un barrio larga todo (hasta las audiciones de preguntas y respuestas) para constituirse en el lugar del hecho. Una bombilla rezongó fuerte cuando pasé al lado de la cocina y me asomé a la pieza mortuoria. Misia Martita y otra mujer me miraron desde el oscuro fondo, donde la cama parecía estar flotando en una jalea de membrillo. Me di cuenta por su aire superior que acababan de lavar y amortajar a Celina, hasta se olía débilmente a vinagre.

—Pobrecita la finadita —dijo Misia Martita—. Pase, doctor, pase a verla. Parece como dormida.

Aguantando las ganas de putearla me metí en el caldo caliente de la pieza. Hacía rato que estaba mirando a Celina sin verla y ahora me dejé ir a ella, al pelo negro y lacio naciendo de una frente baja que brillaba como nácar de guitarra, al plato playo blanquísimo de su cara sin remedio. Me di cuenta de que no tenía nada que hacer ahí, que esa pieza era ahora de las mujeres, de las plañideras llegando en la noche. Ni siquiera Mauro podría entrar en paz a sentarse al lado de Celina, ni siquiera Celina estaba ahí esperando, esa cosa blanca y negra se volcaba del lado de las lloronas, las favorecía con su tema inmóvil repitiéndose. Mejor Mauro, ir a buscar a Mauro que seguía del lado nuestro.

De la pieza al comedor había sordos centinelas fumando en el pasillo sin luz. Peña, el loco Bazán, los dos hermanos menores de Mauro y un viejo indefinible me saludaron con respeto.

—Gracias por venir, doctor —me dijo uno—. Usté siempre tan amigo del pobre Mauro.

—Los amigos se ven en estos trances —dijo el viejo, dándome una mano que me pareció una sardina viva.

Todo esto ocurría, pero yo estaba otra vez con Celina y Mauro en el Luna Park, bailando en el Carnaval del cuarenta y dos, Celina de celeste que le iba tan mal con su tipo achinado, Mauro de palm-beach y yo con seis whiskys y una mamúa padre. Me gustaba salir con Mauro y Celina para asistir de costado a su dura y caliente felicidad. Cuanto más me reprochaban estas amistades, más me arrimaba a ellos (a mis días, a mis horas) para presenciar su existencia de la que ellos mismos no sabían nada.

Me arranqué del baile, un quejido venía de la pieza trepando por las puertas.

—Ésa debe ser la madre —dijo el loco Bazán, casi satisfecho.

«Silogística perfecta del humilde», pensé. «Celina muerta, llega madre, chillido madre». Me daba asco pensar así, una vez más estar pensando todo lo que a los otros les bastaba sentir. Mauro y Celina no habían sido mis cobayos, no. Los quería, cuánto los sigo queriendo. Solamente que nunca pude entrar en su simpleza, solamente que me veía forzado a alimentarme por reflejo de su sangre; yo soy el doctor Hardoy, un abogado que no se conforma con el Buenos Aires forense o musical o hípico, y avanza todo lo que puede por otros zaguanes. Ya sé que detrás de eso está la curiosidad, las notas que llenan poco a poco mi fichero. Pero Celina y Mauro no, Celina y Mauro no.

—Quién iba a decir esto —le oí a Peña—. Así tan rápido...

—Bueno, vos sabés que estaba muy mal del pulmón.

—Sí, pero lo mismo...

Se defendían de la tierra abierta. Muy mal del pulmón, pero así y todo... Celina tampoco debió esperar su muerte, para ella y Mauro la tuberculosis era «debilidad». Otra vez la vi girando entusiasta en brazos de Mauro, la orquesta de Canaro ahí arriba y un olor a polvo barato. Después bailó conmigo una machicha, la pista era un horror de gente y calina. «Qué bien baila, Marcelo», como extrañada de que un abogado fuera capaz de seguir una machicha. Ni ella ni Mauro me tutearon nunca, yo le hablaba de vos a Mauro pero a Celina le devolvía el tratamiento. A Celina le costó dejar el «doctor», tal vez la enorgullecía darme el título delante de otros, mi amigo el doctor. Yo le pedí a Mauro que se lo dijera, entonces empezó el «Marcelo». Así ellos se acercaron un poco a mí pero yo estaba tan lejos como antes. Ni yendo juntos a los bailes populares, al box, hasta al fútbol (Mauro jugó años atrás en Rácing) o mateando hasta tarde en la cocina. Cuando acabó el pleito y le hice ganar cinco mil pesos a Mauro, Celina fue la primera en pedirme que no me alejara, que fuese a verlos. Ya no estaba bien, su voz siempre un poco ronca era cada vez más débil. Tosía por la noche, Mauro le compraba Neurofosfato Escay lo que era una idiotez, y también Hierro Quina Bisleri, cosas que se leen en las revistas y se les toma confianza.

Íbamos juntos a los bailes, y yo los miraba vivir.

—Es bueno que lo hable a Mauro —dijo José María que brotaba de golpe a mi lado—. Le va a hacer bien.

Fui, pero estuve todo el tiempo pensando en Celina. Era feo reconocerlo, en realidad lo que hacía era reunir y ordenar mis fichas sobre Celina, no escritas nunca pero bien a mano. Mauro lloraba a cara descubierta como todo animal sano y de este mundo, sin la menor vergüenza. Me tomaba las manos y me las humedecía con su sudor febril. Cuando José María lo forzaba a beber una ginebra, la tragaba entre dos sollozos con un ruido raro. Y las frases, ese barboteo de estupideces con toda su vida dentro, la oscura conciencia de la cosa irreparable que le había sucedido a Celina pero que sólo él acusaba y resentía. El gran narcisismo por fin excusado y en libertad para dar el espectáculo. Tuve asco de Mauro pero mucho más de mí mismo, y me puse a beber coñac barato que me abrasaba la boca sin placer. Ya el velorio funcionaba a todo tren, de Mauro abajo estaban todos perfectos, hasta la noche ayudaba caliente y pareja, linda para estarse en el patio y hablar de la finadita, para dejar venir el alba sacándole a Celina los trapos al sereno.

Esto fue un lunes, después tuve que ir a Rosario por un congreso de abogados donde no se hizo otra cosa que aplaudirse unos a otros y beber como locos, y volví a fin de semana. En el tren viajaban dos bailarinas del Moulin Rouge y reconocí a la más joven, que se hizo la sonsa. Toda esa mañana había estado pensando en Celina, no que me importara tanto la muerte de Celina sino más bien la suspensión de un orden, de un hábito necesario. Cuando vi a las muchachas pensé en la carrera de Celina y el gesto de Mauro al sacarla de la milonga del griego Kasidis y llevársela con él. Se precisaba coraje para esperar alguna cosa de esa mujer, y fue en esa época que lo conocí, cuando vino a consultarme sobre el pleito de su vieja por unos terrenos en Sanagasta. Celina lo acompañó la segunda vez, todavía con un maquillaje casi profesional, moviéndose a bordadas anchas pero apretada a su brazo. No me costó medirlos, saborear la sencillez agresiva de Mauro y su esfuerzo inconfesado por incorporarse del todo a Celina. Cuando los empecé a tratar me pareció que lo había conseguido, al menos por fuera y en la conducta cotidiana. Después medí mejor, Celina se le escapaba un poco por la vía de los caprichos, su ansiedad de bailes populares, sus largos entresueños al lado de la radio, con un remiendo o un tejido en las manos. Cuando la oí cantar, una noche de Nebiolo y Rácing cuatro a uno, supe que todavía estaba con Kasidis, lejos de una casa estable y de Mauro puestero del Abasto. Por conocerla mejor alenté sus deseos baratos, fuimos los tres a tanto sitio de altoparlantes cegadores, de pizza hirviendo y papelitos con grasa por el piso. Pero Mauro prefería el patio, las horas de charla con vecinos y el mate. Aceptaba de a poco, se sometía sin ceder. Entonces Celina fingía conformarse, tal vez ya estaba conformándose con salir menos y ser de su casa. Era yo el que le conseguía a Mauro para ir a los bailes, y sé que me lo agradeció desde un principio. Ellos se querían, y el contento de Celina alcanzaba para los dos, a veces para los tres.

Me pareció bien pegarme un baño, telefonear a Nilda que la iría a buscar el domingo de paso al hipódromo, y verlo enseguida a Mauro. Estaba en el patio, fumando entre largos mates. Me enternecieron los dos o tres agujeritos de su camiseta, y le di una palmada en el hombro al saludarlo. Tenía la misma cara de la última vez, al lado de la fosa, al tirar el puñado de tierra y echarse atrás como encandilado. Pero le encontré un brillo claro en los ojos, la mano dura al apretar.

—Gracias por venir a verme. El tiempo es largo, Marcelo.

—¿Tenés que ir al Abasto, o te reemplaza alguien?

—Puse a mi hermano el renguito. No tengo ánimo de ir, y eso que el día se me hace eterno.

—Claro, precisás distraerte. Vestíte y damos una vuelta por Palermo.

—Vamos, lo mismo da.

Se puso un traje azul y pañuelo bordado, lo vi echarse perfume de un frasco que había sido de Celina. Me gustaba su forma de requintarse el sombrero, con el ala levantada, y su paso liviano y silencioso, bien compadre. Me resigné a escuchar —«los amigos se ven en estos trances»— y a la segunda botella de Quilmes Cristal se me vino con todo lo que tenía. Estábamos en una mesa del fondo del café, casi a solas; yo lo dejaba hablar pero de cuando en cuando le servía cerveza. Casi no me acuerdo de todo lo que dijo, creo que en realidad era siempre lo mismo. Me ha quedado una frase: «La tengo aquí», y el gesto al clavarse el índice en el medio del pecho como si mostrara un dolor o una medalla.

—Quiero olvidar —decía también—. Cualquier cosa, emborracharme, ir a la milonga, tirarme cualquier hembra. Usté me comprende, Marcelo, usté... —el índice subía, enigmático, se plegaba de golpe como un cortaplumas. A esa altura ya estaba dispuesto a aceptar cualquier cosa, y cuando yo mencioné el Santa Fe Palace como de pasada, él dio por hecho que íbamos al baile y fue el primero en levantarse y mirar la hora. Caminamos sin hablar, muertos de calor, y todo el tiempo yo sospechaba un recuento por parte de Mauro, su repetida sorpresa al no sentir contra su brazo la caliente alegría de Celina camino del baile.

—Nunca la llevé a ese Palace —me dijo de repente—. Yo estuve antes de conocerla, era una milonga muy rea. ¿Usté la frecuenta?

En mis fichas tengo una buena descripción del Santa Fe Palace, que no se llama Santa Fe ni está en esa calle, aunque sí a un costado. Lástima que nada de eso pueda ser realmente descrito, ni la fachada modesta con sus carteles promisores y la turbia taquilla, menos todavía los junadores que hacen tiempo en la entrada y lo calan a uno de arriba abajo. Lo que sigue es peor, no que sea malo porque ahí nada es ninguna cosa precisa; justamente el caos, la confusión resolviéndose en un falso orden: el infierno y sus círculos. Un infierno de parque japonés a dos cincuenta la entrada y damas cero cincuenta. Compartimientos mal aislados, especie de patios cubiertos sucesivos donde en el primero una típica, en el segundo una característica, en el tercero una norteña con cantores y malambo. Puestos en un pasaje intermedio (yo Virgilio) oíamos las tres músicas y veíamos los tres círculos bailando; entonces se elegía el preferido, o se iba de baile en baile, de ginebra en ginebra, buscando mesitas y mujeres.

—No está mal —dijo Mauro con su aire tristón—. Lástima el calor. Debían poner extractores.

(Para una ficha: estudiar, siguiendo a Ortega, los contactos del hombre del pueblo y la técnica. Ahí donde se creería un choque hay en cambio asimilación violenta y aprovechamiento; Mauro hablaba de refrigeración o de superheterodinos con la suficiencia porteña que cree que todo le es debido). Yo lo agarré del brazo y lo puse en camino de una mesa porque él seguía distraído y miraba el palco de la típica, al cantor que tenía con las dos manos el micrófono y lo zarandeaba despacito. Nos acodamos contentos delante de dos cañas secas y Mauro se bebió la suya de un solo viaje.

—Esto asienta la cerveza. Puta que está concurrida la milonga.

Llamó pidiendo otra, y me dio calce para desentenderme y mirar. La mesa estaba pegada a la pista, del otro lado había sillas contra una larga pared y un montón de mujeres se renovaba con ese aire ausente de las milongueras cuando trabajan o se divierten. No se hablaba mucho, oíamos muy bien la típica, rebasada de fuelles y tocando con ganas. El cantor insistía en la nostalgia, milagrosa su manera de dar dramatismo a un compás más bien rápido y sin alce. *Las trenzas de mi china las traigo en la maleta...* Se prendía al micrófono como a los barrotes de un vomitorio, con una especie de lujuria cansada, de necesidad orgánica. Por momentos metía los labios contra la rejilla cromada, y de los parlantes salía una voz pegajosa —«yo soy un hombre honrado...»—; pensé que sería negocio una muñeca de goma y el micrófono escondido dentro, así el cantor podría tenerla en brazos y calentarse a gusto al cantarle. Pero no serviría para los tangos, mejor el bastón cromado con la pequeña calavera brillante en lo alto, la sonrisa tetánica de la rejilla.

Me parece bueno decir aquí que yo iba a esa milonga por los monstruos, y que no sé de otra donde se den tantos juntos. Asoman con las once de la noche, bajan de regiones vagas de la ciudad, pausados y seguros de uno o de a dos; las mujeres casi enanas y achinadas, los tipos como javaneses o mocovíes, apretados en trajes a cuadros o negros, el pelo duro peinado con fatiga, brillantina en gotitas contra los reflejos azules y rosa, las mujeres con enormes peinados altos que las hacen más enanas, peinados duros y difíciles de los que les queda el cansancio y el orgullo. A ellos les da ahora por el pelo suelto y alto en el medio, jopos enormes y amaricados sin nada que ver con la cara brutal más abajo, el gesto de agresión disponible y esperando su hora, los torsos eficaces sobre finas cinturas. Se reconocen y se admiran en silencio sin darlo a entender, es su baile y su encuentro, la noche de color. (Para una ficha: de dónde salen, qué profesiones los disimulan de día, qué oscuras servidumbres los aíslan y disfrazan). Van a eso, los monstruos se enlazan con grave acatamiento, pieza tras pieza giran despaciosos sin hablar, muchos con los ojos cerrados gozando al fin la paridad, la completación. Se recobran en los intervalos, en las mesas son jactanciosos y las mujeres hablan chillando para que las miren, entonces los machos se ponen más torvos y yo he visto volar un sopapo y darle vuelta la cara y la mitad del peinado a una china bizca vestida de blanco que bebía anís. Además está el olor, no se concibe a los monstruos sin ese olor a talco mojado contra la piel, a fruta pasada, uno sospecha los lavajes presurosos, el trapo húmedo por la cara y los sobacos, después lo importante, lociones, rímmel, el polvo en la cara de todas ellas, una costra blancuzca y detrás las placas pardas trasluciendo. También se oxigenan, las negras levantan mazorcas rígidas sobre la tierra espesa de la cara, hasta se estudian gestos de rubia, vestidos verdes, se convencen de su transformación y desdeñan condescendientes a las otras que defienden su color. Mirando de reojo a Mauro yo estudiaba la diferencia entre su cara de rasgos italianos, la cara del porteño orillero sin mezcla negra ni provinciana, y me acordé de repente de Celina más próxima a los monstruos, mucho más cerca de ellos que Mauro y yo. Creo que Kasidis la había elegido para complacer a la parte achinada de su clientela, los pocos que entonces se animaban a su cabaré. Nunca había estado en lo de Kasidis en tiempos de Celina, pero después bajé una noche (para reconocer el sitio donde ella trabajaba antes que Mauro la sacara) y no vi más que blancas, rubias o morochas pero blancas.

—Me dan ganas de bailarme un tango —dijo Mauro quejoso. Ya estaba un poco bebido al entrar en la cuarta caña. Yo pensaba en Celina, tan en su casa aquí, justamente aquí donde Mauro no la había traído nunca. Anita Lozano recibía ahora los aplausos cerrados del público al saludar desde el palco, yo la había oído cantar en el Novelty cuando se cotizaba alto, ahora estaba vieja y flaca pero conservaba toda la voz para los tangos. Mejor todavía, porque su estilo era canalla, necesitado de una voz un poco ronca y sucia para esas letras llenas de diatriba. Celina tenía esa voz cuando había bebido, de pronto me di cuenta cómo el Santa Fe era Celina, la presencia casi insoportable de Celina.

Irse con Mauro había sido un error. Lo aguantó porque lo quería y él la sacaba de la mugre de Kasidis, la promiscuidad y los vasitos de agua azucarada entre los primeros rodillazos y el aliento pesado de los clientes contra su cara, pero si no hubiera tenido que trabajar en las milongas a Celina le hubiera gustado quedarse. Se le veía en las caderas y en la boca, estaba armada para el tango, nacida de arriba abajo para la farra. Por eso era necesario que Mauro la llevara a los bailes, yo la había visto transfigurarse al entrar, con las primeras bocanadas de aire caliente y fuelles. A esta hora, metido sin vuelta en el Santa Fe, medí la grandeza de Celina, su coraje de pagarle a Mauro con unos años de cocina y mate dulce en el patio. Había renunciado a su cielo de milonga, a su caliente vocación de anís y valses criollos. Como condenándose a sabiendas, por Mauro y la vida de Mauro, forzando apenas su mundo para que él la sacara a veces a una fiesta.

Ya Mauro andaba prendido con una negrita más alta que las otras, de talle fino como pocas y nada fea. Me hizo reír su instintiva pero a la vez meditada selección, la sirvientita era la menos igual a los monstruos; entonces me volvió la idea de que Celina había sido en cierto modo un monstruo como ellos, sólo que afuera y de día no se notaba como aquí. Me pregunté si Mauro lo habría advertido, temí un poco su reproche por traerlo a un sitio donde el recuerdo crecía de cada cosa como pelos en un brazo.

Esta vez no hubo aplausos, y él se acercó con la muchacha que parecía súbitamente entontecida y como boqueando fuera de su tango.

—Le presento a un amigo.

Nos dijimos los «encantados» porteños y ahí nomás le dimos de beber. Me alegraba verlo a Mauro entrando en la noche y hasta cambié unas frases con la mujer que se llamaba Emma, un nombre que no les va bien a las flacas. Mauro parecía bastante embalado y hablaba de orquestas con la frase breve y sentenciosa que le admiro Emma se iba en nombres de cantores, en recuerdos de Villa Crespo y El Talar. Para entonces Anita Lozano anunció un tango viejo y hubo gritos y aplausos entre los monstruos, los tapes sobre todo que la favorecían sin distingos. Mauro no estaba tan curado como para olvidarse del todo, cuando la orquesta se abrió paso con un culebreo de los bandoneones me miró de golpe, tenso y rígido, como acordándose. Yo me vi también en Rácing, Mauro y Celina prendidos fuerte en ese tango que ella canturreó después toda la noche y en el taxi de vuelta.

—¿Lo bailamos?—dijo Emma, tragando su granadina con ruido.

Mauro ni la miraba. Me parece que fue en ese momento que los dos nos alcanzamos en lo más hondo. Ahora (ahora que escribo) no veo otra imagen que una de mis veinte años en Sportivo Barracas, tirarme a la pileta y encontrar otro nadador en el fondo, tocar el fondo a la vez y entrevernos en el agua verde y acre. Mauro echó atrás la silla y se sostuvo con un codo en la mesa. Miraba igual que yo la pista, y Emma quedó perdida y humillada entre los dos, pero lo disimulaba comiendo papas fritas. Ahora Anita se ponía a cantar quebrado, las parejas bailaban casi sin salir de su sitio y se veía que escuchaban la letra con deseo y desdicha y todo el negado placer de la farra. Las caras buscaban el palco y aun girando se las veía seguir a Anita inclinada y confidente en el micrófono. Algunos movían la boca repitiendo las palabras, otros sonreían estúpidamente como desde atrás de sí mismos, y cuando ella cerró su *tanto, tanto como fuiste mío, y hoy te busco y no te encuentro*, a la entrada en tutti de los fuelles

respondió la renovada violencia del baile, las corridas laterales y los ochos entreverados en el medio de la pista. Muchos sudaban, una china que me hubiera llegado raspando al segundo botón del saco pasó contra la mesa y le vi el agua saliéndole de la raíz del pelo y corriendo por la nuca donde la grasa le hacía una canaleta más blanca. Había humo entrando del salón contiguo donde comían parrilladas y bailaban rancheras, el asado y los cigarrillos ponían una nube baja que deformaba las caras y las pinturas baratas de la pared de enfrente. Creo que yo ayudaba desde adentro con mis cuatro cañas, y Mauro se tenía el mentón con el revés de la mano, mirando fijo hacia adelante. No nos llamó la atención que el tango siguiera y siguiera allá arriba, una o dos veces vi a Mauro echar una ojeada al palco donde Anita hacía como que manejaba una batuta, pero después volvió a clavar los ojos en las parejas. No sé cómo decirlo, me parece que yo

seguía su mirada y a la vez le mostraba el camino; sin vernos sabíamos (a mí me parece que Mauro sabía) la coincidencia de ese mirar, caíamos sobre las mismas parejas, los mismos pelos y pantalones. Yo oí que Emma decía algo, una excusa, y el espacio de mesa entre Mauro y yo quedó más claro, aunque no nos mirábamos. Sobre la pista parecía haber descendido un momento de inmensa felicidad, respiré hondo como asociándome y creo haber oído que Mauro hizo lo mismo. El humo era tan espeso que las caras se borroneaban más allá del centro de la pista, de modo que la zona de las sillas para las que planchaban no se veía entre los cuerpos interpuestos y la neblina. *Tanto como fuiste mío*, curiosa la crepitación que le daba el parlante a la voz de Anita, otra vez los bailarines se inmovilizaban (siempre moviéndose) y Celina que estaba sobre la derecha, saliendo del humo y girando obediente a la presión de su compañero, quedó un momento de perfil a mí, después de espaldas, el otro perfil, y alzó la cara para oír la música. Yo digo: Celina; pero entonces fue más bien saber sin comprender, Celina ahí sin estar, claro, cómo comprender eso en el momento. La mesa tembló de golpe, yo sabía que era el brazo de Mauro que temblaba, o el mío, pero no teníamos miedo, eso estaba más cerca del espanto y la alegría y el estómago. En realidad era estúpido, un sentimiento de cosa aparte que no nos dejaba salir, recobrarnos. Celina seguía siempre ahí, sin vernos, be-

biendo el tango con toda la cara que una luz amarilla de humo desdecía y alteraba. Cualquiera de las negras podría haberse parecido más a Celina que ella en ese momento, la felicidad la transformaba de un modo atroz, yo no hubiese podido tolerar a Celina como la veía en ese momento y ese tango. Me quedó inteligencia para medir la devastación de su felicidad, su cara arrobada y estúpida en el paraíso al fin logrado; así pudo ser ella en lo de Kasidis de no existir el trabajo y los clientes. Nada la ataba ahora en su cielo sólo de ella, se daba con toda la piel a la dicha y entraba otra vez en el orden donde Mauro no podía seguirla. Era su duro cielo conquistado, su tango vuelto a tocar para ella sola y sus iguales, hasta el aplauso de vidrios rotos que cerró el refrán de Anita, Celina de espaldas, Celina de perfil, otras parejas contra ella y el humo.

No quise mirar a Mauro, ahora yo me rehacía y mi notorio cinismo apilaba comportamientos a todo vapor. Todo dependía de cómo entrara él en la cosa, de manera que me quedé como estaba, estudiando la pista que se vaciaba poco a poco.

—¿Vos te fijaste? —dijo Mauro.

—Sí.

—¿Vos te fijaste cómo se parecía?

No le contesté, el alivio pesaba más que la lástima. Estaba de este lado, el pobre estaba de este lado y no alcanzaba ya a creer lo que habíamos sabido juntos. Lo vi levantarse y caminar por la pista con paso de borracho, buscando a la mujer que se parecía a Celina. Yo me estuve quieto, fumándome un rubio sin apuro, mirándolo ir y venir sabiendo que perdía su tiempo, que volvería agobiado y sediento sin haber encontrado las puertas del cielo entre ese humo y esa gente.

Continuidad de los parques

Había empezado a leer la novela unos días antes. La abandonó por negocios urgentes, volvió a abrirla cuando regresaba en tren a la finca; se dejaba interesar lentamente por la trama, por el dibujo de los personajes. Esa tarde, después de escribir una carta a su apoderado y discutir con el mayordomo una cuestión de aparcerías, volvió al libro en la tranquilidad del estudio que miraba hacia el parque de los robles. Arrellanado en su sillón favorito, de espaldas a la puerta que lo hubiera molestado como una irritante posibilidad de intrusiones, dejó que su mano izquierda acariciara una y otra vez el terciopelo verde y se puso a leer los últimos capítulos. Su memoria retenía sin esfuerzo los nombres y las imágenes de los protagonistas; la ilusión novelesca lo ganó casi enseguida. Gozaba del placer casi perverso de irse desgajando línea a línea de lo que lo rodeaba, y sentir a la vez que su cabeza descansaba cómodamente en el terciopelo del alto respaldo, que los cigarrillos seguían al alcance de la mano, que más allá de los ventanales danzaba el aire del atardecer bajo los robles. Palabra a palabra, absorbido por la sórdida disyuntiva de los héroes, dejándose ir hacia las imágenes que se concertaban y adquirían color y movimiento, fue testigo del último encuentro en la cabaña del monte. Primero entraba la mujer, recelosa; ahora llegaba el amante, lastimada la cara por el chicotazo de una rama. Admirablemente restañaba ella la sangre con sus besos, pero él rechazaba las caricias, no había venido para repetir las ceremonias de una pasión secreta, protegida por un mundo de hojas secas y senderos furtivos. El puñal se entibiaba contra su pecho, y debajo latía la libertad agazapada. Un diálogo anhelante corría por las páginas como un arroyo de serpientes, y se sentía que todo está decidido desde siempre. Hasta esas caricias que enredaban el cuerpo del amante como queriendo retenerlo y disuadirlo dibujaban abominablemente la figura de otro cuerpo que era necesario destruir. Nada había sido olvidado: coartadas, azares, posibles errores. A partir de esa hora cada instante tenía su empleo minuciosamente atribuido. El doble repaso despiadado se interrumpía apenas para que una mano acariciara una mejilla. Empezaba a anochecer.

Sin mirarse ya, atados rígidamente a la tarea que los esperaba, se separaron en la puerta de la cabaña. Ella debía seguir por la senda que iba al norte. Desde la senda opuesta él se volvió un instante para verla correr con el pelo suelto. Corrió a su vez, parapetándose en los árboles y los setos, hasta distinguir en la bruma malva del crepúsculo la alameda que llevaba a la casa. Los perros no debían ladrar y no ladraron. El mayordomo no estaría a esa hora, y no estaba. Subió los tres peldaños del porche y entró. Desde la sangre galopando en sus oídos le llegaban las palabras de la mujer: primero una sala azul, después una galería, una escalera alfombrada. En lo alto, dos puertas. Nadie en la primera habitación, nadie en la segunda. La puerta del salón, y entonces el puñal en la mano, la luz de los ventanales, el alto respaldo de un sillón de terciopelo verde, la cabeza del hombre en el sillón leyendo una novela.

Los venenos

El sábado tío Carlos llegó a mediodía con la máquina de matar hormigas. El día antes había dicho en la mesa que iba a traerla, y mi hermana y yo esperábamos la máquina imaginando que era enorme, que era terrible. Conocíamos bien las hormigas de Bánfield, las hormigas negras que se van comiendo todo, hacen los hormigueros en la tierra, en los zócalos, o en ese pedazo misterioso donde una casa se hunde en el suelo, allí hacen agujeros disimulados pero no pueden esconder su fila negra que va y viene trayendo pedacitos de hojas, y los pedacitos de hojas eran las plantas del jardín, por eso mamá y tío Carlos se habían decidido a comprar la máquina para acabar con las hormigas.

Me acuerdo que mi hermana vio venir a tío Carlos por la calle Rodríguez Peña, desde lejos lo vio venir en el tílburi de la estación, y entró corriendo por el callejón del costado gritando que tío Carlos traía la máquina. Yo estaba en los ligustros que daban a lo de Lila, hablando con Lila por el alambrado, contándole que por la tarde íbamos a probar la máquina, y Lila estaba interesada pero no mucho, porque a las chicas no les importan las máquinas y no les importan las hormigas, solamente le llamaba la atención que la máquina echaba humo y que eso iba a matar todas las hormigas de casa.

Al oír a mi hermana le dije a Lila que tenía que ir a ayudar a bajar la máquina, y corrí por el callejón con el grito de guerra de Sitting Bull, corriendo de una manera que había inventado en ese tiempo y que era correr sin doblar las rodillas, como pateando una pelota. Cansaba poco y era como un vuelo, aunque nunca como el sueño de volar que yo siempre tenía entonces, y que era recoger las piernas del suelo, y con apenas un movimiento de cintura volar a veinte centímetros del suelo, de una manera que no se puede contar por lo linda, volar por calles largas, subiendo a veces un poco y otra vez al ras del suelo, con una sensación tan clara de estar despierto, aparte que en ese sueño la contra era que yo siempre soñaba que estaba despierto, que volaba de verdad, que antes lo había soñado pero esta vez iba de veras, y cuando me despertaba era como caerme al suelo, tan triste salir andando o corriendo pero siempre pesado, vuelta abajo a cada salto. Lo único un poco parecido era esta manera de correr que había inventado, con las zapatillas de goma Keds Champion con puntera daba la impresión del sueño, claro que no se podía comparar.

Mamá y abuelita ya estaban en la puerta hablando con tío Carlos y el cochero. Me arrimé despacio porque a veces me gustaba hacerme esperar, y con mi hermana miramos el bulto envuelto en papel madera y atado con mucho hilo sisal, que el cochero y tío Carlos bajaban a la vereda. Lo primero que pensé fue que era una parte de la máquina, pero enseguida vi que era la máquina completa, y me pareció tan chica que se me vino el alma a los pies. Lo mejor fue al entrarla, porque ayudando a tío Carlos me di cuenta de que la máquina pesaba mucho, y el peso me devolvió confianza. Yo mismo le saqué los piolines y el papel, porque mamá y tío Carlos tenían que abrir un paquete chico donde venía la lata del veneno, y de entrada ya nos anunciaron que eso no se tocaba y que más de cuatro habían muerto retorciéndose por tocar la lata. Mi hermana se fue a un rincón porque se le había acabado el interés por todo y un poco también por miedo, pero yo la miré a mamá y nos reímos, y todo aquel discurso era por mi hermana, a mí me iban a dejar manejar la máquina con veneno y todo.

No era linda, quiero decir que no era una máquina máquina, por lo menos con una rueda que da vueltas o un pito que echa un chorro de vapor. Parecía una estufa de fierro negro, con tres patas combadas, una puerta para el fuego, otra para el veneno y de arriba salía un tubo de metal flexible (como el cuerpo de los gusanos) donde después se enchufaba otro tubo de goma con un pico. A la hora del almuerzo mamá nos leyó el manual de instrucciones, y cada vez que llegaba a las partes del veneno todos la mirábamos a mi hermana, y abuelita le volvió a decir que en Flores tres niños habían muerto por tocar una lata. Ya habíamos visto la calavera en la tapa, y tío Carlos buscó una cuchara vieja y dijo que ésa sería para el veneno y que las cosas de la máquina las guardarían en el estante de arriba del cuarto de las herramientas. Afuera hacía calor porque empezaba enero, y la sandía estaba helada, con las semillas negras que me hacían pensar en las hormigas.

Después de la siesta, la de los grandes porque mi hermana leía el *Billiken* y yo clasificaba las estampillas en el patio cerrado, fuimos al jardín y tío Carlos puso la máquina en la rotonda de las hamacas donde siempre salían hormigueros. Abuelita preparó brasas de carbón para cargar la hornalla, y yo hice un barro lindísimo en una batea vieja, revolviendo con la cuchara de albañil. Mamá y mi hermana se sentaron en las sillas de paja para ver, y Lila miraba entre el ligustro hasta que le gritamos que viniera y dijo que la madre no la dejaba pero que lo mismo veía. Del otro lado del jardín ya se estaban asomando las de Negri, que eran unos casos y por eso no nos tratábamos. Les decían la Chola, la Ela y la Cufina, pobres. Eran buenas pero pavas, y no se podía jugar con ellas. Abuelita les tenía lástima pero mamá no las invitaba nunca a casa porque se armaban líos con mi hermana y conmigo. Las tres querían mandar la parada pero no sabían ni rayuela ni bolita ni vigilante y ladrón ni el barco hundido, y lo único que sabían era reírse como sonsas y hablar de tanta cosa que yo no sé a quién le podía interesar. El padre era concejal y tenían Orpington leonadas. Nosotros criábamos Rhode Island que es mejor ponedora.

La máquina parecía más grande por lo negra que se la veía entre el verde del jardín y los frutales. Tío Carlos la cargó con brasas, y mientras tomaba calor eligió un hormiguero y le puso el pico del tubo; yo eché barro alrededor y lo apisoné pero no muy fuerte, para impedir el desmoronamiento de las galerías como decía el manual. Entonces mi tío abrió la puerta para el veneno y trajo la lata y la cuchara. El veneno era violeta, un color precioso, y había que echar una cucharada grande y cerrar enseguida la puerta. Apenas la habíamos echado se oyó como un bufido y la máquina empezó a trabajar. Era estupendo, todo alrededor del pico salía un humo blanco, y había que echar más barro y aplastarlo con las manos. «Van a morir todas», dijo mi tío que estaba muy contento con el funcionamiento de la máquina, y yo me puse al lado de él con las manos llenas de barro hasta los codos, y se veía que era un trabajo para que lo hicieran los hombres.

—¿Cuánto tiempo hay que fumigar cada hormiguero? —preguntó mamá.

—Por lo menos media hora —dijo tío Carlos—. Algunos son larguísimos, más de lo que se cree.

Yo entendía que quería decir dos o tres metros, porque había tantos hormigueros en casa que no podía ser que fueran demasiado largos. Pero justo en ese momento oímos que la Cufina empezaba a chillar con esa voz que tenía que la escuchaban desde la estación, y toda la familia Negri vino al jardín diciendo que de un cantero de lechuga salía humo. Al principio yo no lo quería creer pero era cierto, porque en el mismo momento Lila me avisó desde los ligustros que en su casa también salía humo al lado de un duraznero, y tío Carlos se quedó pensando y después fue hasta el alambrado de los Negri y le pidió a la Chola que era la menos haragana que echara barro donde salía el humo, y yo salté a lo de Lila y taponé el hormiguero. Ahora salía humo en otras partes de casa, en el gallinero, más atrás de la puerta blanca, y al pie de la pared del costado. Mamá y mi hermana ayudaban a poner barro, era formidable pensar que por debajo de la tierra andaba tanto humo buscando salir, y que entre ese humo las hormigas estaban rabiando y retorciéndose como los tres niños de Flores.

Esa tarde trabajamos hasta la noche, y a mi hermana la mandaron a preguntar si en las casas de otros vecinos salía humo. Cuando apenas quedaba luz la máquina se apagó, y al sacar el pico del hormiguero yo cavé un poco con la cuchara de albañil y toda la cueva estaba llena de hormigas muertas y tenía un color violeta que olía a azufre. Eché barro encima como en los entierros, y calculé que habrían muerto unas cinco mil hormigas por lo menos. Ya todos se habían ido adentro porque era hora de bañarse y tender la mesa, pero tío Carlos y yo nos quedamos a repasar la máquina y a guardarla. Le pregunté si podía llevar las cosas al cuarto de las herramientas y dijo que sí. Por las dudas me enjuagué las manos después de tocar la lata y la cuchara, y eso que la cuchara la habíamos limpiado antes.

Al otro día fue domingo y vino mi tía Rosa con mis primos, y fue un día en que jugamos todo el tiempo al vigilante y ladrón con mi hermana y con Lila que tenía permiso de la madre. A la noche tía Rosa le dijo a mamá si mi primo Hugo podía quedarse a pasar toda la semana en Bánfield porque estaba un poco débil de la pleuresía y necesitaba sol. Mamá dijo que sí y todos estábamos contentos. A Hugo le hicieron una cama en mi pieza, y el lunes fue la sirvienta a traer su ropa para la semana. Nos bañábamos juntos y Hugo sabía más cuentos que yo, pero no saltaba tan lejos. Se veía que era de Buenos Aires, con la ropa venían dos libros de Salgari y uno de botánica, porque tenía que preparar el ingreso a primer año. Dentro del libro venía una pluma de pavo real, la primera que yo veía, y él la usaba como señalador. Era verde con un ojo violeta y azul, toda salpicada de oro. Mi hermana se la pidió pero Hugo le dijo que no porque se la había regalado la madre. Ni siquiera se la dejó tocar, pero a mí sí porque me tenía confianza y yo la agarraba del canuto.

Los primeros días, como tío Carlos trabajaba en la oficina no volvimos a encender la máquina, aunque yo le había dicho a mamá que si ella quería yo la podía hacer andar. Mamá dijo que mejor esperáramos al sábado, que total no había muchos almácigos esa semana y que no se veían tantas hormigas como antes.

—Hay unas cinco mil menos —le dije yo, y ella se reía pero me dio la razón. Casi mejor que no me dejara encender la máquina, así Hugo no se metía, porque era de esos que todo lo saben y abren las puertas para mirar adentro. Sobre todo con el veneno mejor que no me ayudara.

A la siesta nos mandaban quedarnos quietos, porque tenían miedo de la insolación. Mi hermana desde que Hugo jugaba conmigo venía todo el tiempo con nosotros, y siempre quería jugar de compañera con Hugo. A las bolitas yo les ganaba a los dos, pero al balero Hugo no sé cómo se las sabía todas y me ganaba. Mi hermana lo elogiaba todo el tiempo y yo me daba cuenta que lo buscaba para novio, era cosa de decírselo a mamá para que le plantara un par de bifes, solamente que no se me ocurría cómo decírselo a mamá, total no hacían nada malo. Hugo se reía de ella pero disimulando, y yo en esos momentos lo hubiera abrazado, pero era siempre cuando estábamos jugando y había que ganar o perder pero nada de abrazos.

La siesta duraba de dos a cinco, y era la mejor hora para estar tranquilos y hacer lo que uno quería. Con Hugo revisábamos las estampillas y yo le daba las repetidas, le enseñaba a clasificarlas por países, y él pensaba al otro año tener una colección como la mía pero solamente de América. Se iba a perder las de Camerún, que son con animales, pero él decía que así las colecciones son más importantes. Mi hermana le daba la razón y eso que no sabía si una estampilla estaba del derecho o del revés, pero era para llevarme la contra. En cambio Lila que venía a eso de las tres, saltando por los ligustros, estaba de mi parte y le gustaban las estampillas de Europa. Una vez yo le había dado a Lila un sobre con todas estampillas diferentes, y ella siempre me lo recordaba y decía que el padre la iba a ayudar en la colección pero que la madre pensaba que eso no era de chicas y tenía microbios, y el sobre estaba guardado en el aparador.

Para que no se enojaran en casa con el ruido, cuando llegaba Lila nos íbamos al fondo y nos tirábamos debajo de los frutales. Las de Negri también andaban por el jardín de ellas, y yo sabía que las tres estaban locas con Hugo y se hablaban a gritos y siempre por la nariz, y la Cufina sobre todo se la pasaba preguntando: «¿Y dónde está el costurero con los hilos?» y la Ela le contestaba no sé qué, entonces se peleaban pero a propósito para llamar la atención, y menos mal que de ese lado los ligustros eran tupidos y no se veía mucho. Con Lila nos moríamos de risa al oírlas, y Hugo se tapaba la nariz y decía: «¿Y dónde está la pavita para el mate?». Entonces la Chola que era la mayor decía: «¿Vieron chicas cuántos groseros hay este año?», y nosotros nos metíamos pasto en la boca para no reírnos fuerte, porque lo bueno era dejarlas con las ganas y no seguírsela, así después cuando nos oían jugar a la mancha rabiaban mucho más y al final se peleaban entre ellas hasta que salía la tía y las mechoneaba y las tres se iban adentro llorando.

A mí me gustaba tener de compañera a Lila en los juegos, porque entre hermanos a uno no le gusta jugar si hay otros, y mi hermana lo buscaba enseguida a Hugo de compañero. Lila y yo les ganábamos a las bolitas, pero a Hugo le gustaba más el vigilante y ladrón y la escondida, siempre había que hacerle caso y jugar a eso, pero también era formidable, solamente que no podíamos gritar y los juegos así sin gritos no valen tanto. A la escondida casi siempre me tocaba contar a mí, no sé por qué me engañaban vuelta a vuelta, y piedra libre uno detrás de otro. A las cinco salía abuelita y nos retaba porque estábamos sudados y habíamos tomado demasiado sol, pero nosotros la hacíamos reír y le dábamos besos, hasta Hugo y Lila que no eran de casa. Yo me fijé en esos días que abuelita iba siempre a mirar el estante de las herramientas, y me di cuenta que tenía miedo de que anduviéramos hurgando con las cosas de la máquina. Pero a nadie se le iba a ocurrir una pavada así, con lo de los tres niños de Flores y encima la paliza que nos iban a dar.

A ratos me gustaba quedarme solo, y en esos momentos ni siquiera quería que estuviera Lila. Sobre todo al caer la tarde, un rato antes que abuelita saliera con su batón blanco y se pusiera a regar el jardín. A esa hora la tierra ya no estaba tan caliente, pero las madreselvas olían mucho y también los canteros de tomates donde había canaletas para el agua y bichos distintos que en otras partes. Me gustaba tirarme boca abajo y oler la tierra, sentirla debajo de mí, caliente con su olor a verano tan distinto de otras veces. Pensaba en muchas cosas, pero sobre todo en las hormigas, ahora que había visto lo que eran los hormigueros me quedaba pensando en las galerías que cruzaban por todos lados y que nadie veía. Como las venas en mis piernas, que apenas se distinguían debajo de la piel, pero llenas de hormigas y misterios que iban y venían. Si uno comía un poco de veneno, en realidad venía a ser lo mismo que el humo de la máquina, el veneno andaba por las venas del cuerpo igual que el humo en la tierra, no había mucha diferencia.

Después de un rato me cansaba de estar solo y estudiar los bichos de los tomates. Iba a la puerta blanca, tomaba impulso y me largaba a la carrera como Buffalo Bill, y al llegar al cantero de las lechugas lo saltaba limpio y ni tocaba el borde de gramilla. Con Hugo tirábamos al blanco con la diana de aire comprimido, o jugábamos en las hamacas cuando mi hermana o a veces Lila salían de bañarse y venían a las hamacas con ropa limpia. También Hugo y yo nos íbamos a bañar, y a última hora salíamos todos a la vereda, o mi hermana tocaba el piano en la sala y nosotros nos sentábamos en la balaustrada y veíamos volver a la gente del trabajo hasta que llegaba tío Carlos y todos lo íbamos a saludar y de paso a ver si traía algún paquete con hilo rosa o el *Billiken*. Justamente una de esas veces al correr a la puerta fue cuando Lila se tropezó en una laja y se lastimó la rodilla. Pobre Lila, no quería llorar pero le saltaban las lágrimas y yo pensaba en la madre que era tan severa y le diría machona y de todo cuando la viera lastimada. Hugo y yo hicimos la sillita de oro y la llevamos del lado de la puerta blanca mientras mi hermana iba a escondidas a buscar un trapo y alcohol. Hugo se hacía el comedido y quería curarla a Lila, lo mismo mi hermana para estar con Hugo, pero yo los saqué a empujones y le dije a Lila que aguantara nada más que un segundo, y que si quería cerrara los ojos. Pero ella no quiso y mientras yo le pasaba el alcohol ella lo miraba fijo a Hugo como para mostrarle lo valiente que era. Yo le soplé fuerte en la lastimadura y con la venda quedó muy bien y no le dolía.

—Mejor andate enseguida a tu casa —le dijo mi hermana—, así tu mamá no se cabrea.

Después que se fue Lila yo me empecé a aburrir con Hugo y mi hermana que hablaban de orquestas típicas, y Hugo había visto a De Caro en un cine y silbaba tangos para que mi hermana los sacara en el piano. Me fui a mi cuarto a buscar el álbum de las estampillas, y todo el tiempo pensaba que la madre la iba a retar a Lila y que a lo mejor estaba llorando o que se le iba a infectar la matadura como pasa tantas veces. Era increíble lo valiente que había sido Lila con el alcohol, y cómo lo miraba a Hugo sin llorar ni bajar la vista.

En la mesa de luz estaba la botánica de Hugo, y asomaba el canuto de la pluma de pavo real. Como él me la dejaba mirar la saqué con cuidado y me puse al lado de la lámpara para verla bien. Yo creo que no había ninguna pluma más linda que ésa. Parecía las manchas que se hacen en el agua de los charcos, pero no se podía comparar, era muchísimo más linda, de un verde brillante como esos bichos que viven en los damascos y tienen dos antenas largas con una bolita peluda en cada punta. En medio de la parte más ancha y más verde se abría un ojo azul y violeta, todo salpicado de oro, algo como no se ha visto nunca. Yo de golpe me daba cuenta por qué se llamaba pavo real, y cuanto más la miraba más pensaba en cosas raras, como en las novelas, y al final la tuve que dejar porque se la hubiera robado a Hugo y eso no podía ser. A lo mejor Lila estaba pensando en nosotros, sola en su casa (que era oscura y con sus padres tan severos) cuando yo me divertía con la pluma y las estampillas. Mejor guardar todo y pensar en la pobre Lila tan valiente.

Por la noche me costó dormirme, no sé por qué. Se me había metido en la cabeza que Lila no estaba bien y que tenía fiebre. Me hubiera gustado pedirle a mamá que fuera a preguntarle a la madre pero no se podía, primero con Hugo que se iba a reír, y después que mamá se enojaría si se enteraba de la lastimadura y que no le habíamos avisado. Me quise dormir tantas veces pero no podía, y al final pensé que lo mejor era ir por la mañana a lo de Lila y ver cómo estaba, o llamar por el ligustro. Al final me dormí pensando en Lila y Buffalo Bill y también en la máquina de las hormigas, pero sobre todo en Lila.

Al otro día me levanté antes que nadie y me fui a mi jardín, que estaba cerca de las glicinas. Mi jardín era un cantero nada más que mío, que abuelita me había dado para que yo hiciese lo que quisiera. Una vez planté alpiste, después batatas, pero ahora me gustaban las flores y sobre todo mi jazmín del Cabo, que es el de olor más fuerte sobre todo de noche, y mamá siempre decía que mi jazmín era el más lindo de la casa. Con la pala fui cavando despacio alrededor del jazmín, que era lo mejor que yo tenía, y al final lo saqué con toda la tierra pegada a la raíz. Así fui a llamarla a Lila que también estaba levantada y no tenía casi nada en la rodilla.

—¿Hugo se va mañana? —me preguntó, y le dije que sí, porque tenía que seguir estudiando en Buenos Aires el ingreso a primer año. Le dije a Lila que le traía una cosa y ella me preguntó qué era, y entonces por entre el ligustro le mostré mi jazmín y le dije que se lo regalaba y que si quería la iba a ayudar a hacerse un jardín para ella sola. Lila dijo que el jazmín era muy lindo, y le pidió permiso a la madre y yo salté el ligustro para ayudarla a plantarlo. Elegimos un cantero chico, arrancamos unos crisantemos medio secos que había, y yo me puse a puntear la tierra, a darle otra forma al cantero, y después Lila me dijo dónde le gustaba que estuviera el jazmín, que era en el mismo medio. Yo lo planté, regamos con la regadera y el jardín quedó muy bien. Ahora yo tenía que conseguir un poco de gramilla, pero no había apuro. Lila estaba muy contenta y no le dolía nada la lastimadura. Quería que Hugo y mi hermana vieran enseguida lo que habíamos hecho, y yo los fui a buscar justo cuando mamá me llamaba para el café con leche. Las de Negri andaban peleándose en el jardín, y la Cufina chillaba como siempre. No sé cómo podían pelearse con una mañana tan linda.

El sábado por la tarde Hugo se tenía que volver a Buenos Aires y yo dentro de todo me alegré, porque tío Carlos no quería encender la máquina ese día y lo dejó para el domingo. Mejor que estuviéramos él y yo solamente, no fuera la mala pata que Hugo se saliera envenenado o cualquier cosa. Esa tarde lo extrañé un poco porque ya me había acostumbrado a tenerlo en mi cuarto, y sabía tantos cuentos y aventuras de memoria. Pero peor era mi hermana que andaba por toda la casa como sonámbula, y cuando mamá le preguntó qué le pasaba dijo que nada, pero ponía una cara que mamá se quedó mirándola y al final se fue diciendo que algunas se creían más grandes de lo que eran y eso que ni sonarse solas sabían. Yo encontraba que mi hermana se portaba como una estúpida, sobre todo cuando la vi que con tiza de colores escribía en el pizarrón del patio el nombre de Hugo, lo borraba y lo escribía de nuevo, siempre con otros colores y otras letras, mirándome de reojo, y después hizo un corazón con una flecha y yo me fui para no pegarle un par de bifes o ir a decírselo a mamá. Para peor esa tarde Lila se había vuelto a su casa temprano, diciendo que la madre no la dejaba quedarse por culpa de la lastimadura. Hugo le dijo que a las cinco venían a buscarlo de Buenos Aires, y que por qué no se quedaba hasta que él se fuera, pero Lila dijo que no podía y se fue corriendo y sin saludar. Por eso cuando lo vinieron a buscar, Hugo tuvo que ir a despedirse de Lila y la madre, y después se despidió de nosotros y se fue muy contento diciendo que volvería al otro fin de semana. Esa noche yo me sentí un poco solo en mi cuarto, pero por otro lado era una ventaja sentir que todo era de nuevo mío, y que podía apagar la luz cuando me daba la gana.

El domingo al levantarme oí que mamá hablaba por el alambrado con el señor Negri. Me acerqué a decir buen día y el señor Negri estaba diciéndole a mamá que en el cantero de las lechugas donde salía el humo el día que probamos la máquina, todas las lechugas se estaban marchitando. Mamá le dijo que era muy raro porque en el prospecto de la máquina decía que el humo no era dañino para las plantas, y el señor Negri le contestó que no hay que fiarse de los prospectos, que lo mismo es con los remedios que cuando uno lee el prospecto se va a curar de todo y después a lo mejor acaba entre cuatro velas. Mamá le dijo que podía ser que alguna de las chicas hubiera echado agua de jabón en el cantero sin querer (pero yo me di cuenta que mamá quería decir a propósito, de chusmas que eran y para buscar pelea) y entonces el señor Negri dijo que iba a averiguar pero que en realidad si la máquina mataba las plantas no se veía la ventaja de tomarse tanto trabajo. Mamá le dijo que no iba a comparar unas lechugas de mala muerte con el estrago que hacen las hormigas en los jardines, y que por la tarde la íbamos a encender, y si veían humo que avisaran que nosotros iríamos a tapar los hormigueros para que ellos no se molestaran. Abuelita me llamó para tomar el café y no sé qué más se dijeron, pero yo estaba entusiasmado pensando que otra vez íbamos a combatir las hormigas, y me pasé la mañana leyendo Raffles aunque no me gustaba tanto como Buffalo Bill y otras novelas.

A mi hermana se le había pasado la loca y andaba cantando por toda la casa, en una de esas le dio por pintar con los lápices de colores y vino adonde yo estaba, y antes de darme cuenta ya había metido la nariz en lo que yo hacía, y justo por casualidad yo acababa de escribir mi nombre, que me gustaba escribirlo en todas partes, y el de Lila que por pura casualidad había escrito al lado del mío. Cerré el libro pero ella ya había leído y se puso a reír a carcajadas y me miraba como con lástima, y yo me le fui encima pero ella chilló y oí que mamá se acercaba, entonces me fui al jardín con toda la rabia. En el almuerzo ella me estuvo mirando con burla todo el tiempo, y me hubiera encantado pegarle una patada por abajo de la mesa, pero era capaz de ponerse a gritar y a la tarde íbamos a encender la máquina, así que me aguanté y no dije nada. A la hora de la siesta me trepé al sauce a leer y a pensar, y cuando a las cuatro y media salió tío Carlos de dormir, cebamos mate y después preparamos la máquina, y yo hice dos palanganas de barro. Las mujeres estaban adentro y hacía calor, sobre todo al lado de la máquina que era de carbón, pero el mate es bueno para eso si se toma amargo y muy caliente.

Habíamos elegido la parte del fondo del jardín cerca de los gallineros, porque parecía que las hormigas se estaban refugiando en esa parte y hacían mucho estrago en los almácigos. Apenas pusimos el pico en el hormiguero más grande empezó a salir humo por todas partes, y hasta por entre los ladrillos del piso del gallinero salía. Yo iba de un lado a otro taponando la tierra, y me gustaba echar el barro encima y aplastarlo con las manos hasta que dejaba de salir el humo. Tío Carlos se asomó al alambrado de las de Negri y le preguntó a la Chola, que era la menos sonsa, si no salía humo en su jardín, y la Cufina armaba gran revuelo y andaba por todas partes mirando porque a tío Carlos le tenían mucho respeto, pero no salía humo del lado de ellas. En cambio oí que Lila me llamaba y fui corriendo al ligustro y la vi que estaba con su vestido de lunares anaranjados que era el que más me gustaba, y la rodilla vendada. Me gritó que salía humo de su jardín, el que era solamente suyo, y yo ya estaba saltando el alambrado con una de las palanganas de barro mientras Lila me decía afligida que al ir a ver su jardín había oído que hablábamos con las de Negri y que entonces justo al lado de donde habíamos plantado el jazmín empezaba a salir humo. Yo estaba arrodillado echando barro con todas mis fuerzas. Era muy peligroso para el jazmín recién trasplantado y ahora con el veneno tan cerca, aunque el manual decía que no. Pensé si no podría cortar la galería de las hormigas unos metros antes del cantero, pero antes de nada eché el barro y taponé la salida lo mejor que pude. Lila se había sentado a la sombra con un libro y me miraba trabajar. Me gustaba que me estuviera mirando, y puse tanto barro que seguro por ahí no iba a salir más humo. Después me acerqué a preguntarle dónde había una pala para ver de cortar la galería antes que llegara al jazmín con todo el veneno. Lila se levantó y fue a buscar la pala, y como tardaba yo me puse a mirar el libro que era de cuentos con figuras, y me quedé asombrado al ver que Lila también tenía una pluma de pavo real preciosa en el libro, y que nunca me había dicho nada. Tío Carlos me estaba llamando para que taponara otros agujeros, pero yo me quedé mirando la pluma que no podía ser la de Hugo pero era tan idéntica que parecía del mismo pavo real, verde con el ojo violeta y azul, y las manchitas de oro. Cuando Lila vino con la pala le pregunté de dónde había sacado la pluma, y pensaba contarle que Hugo tenía una idéntica. Casi no me di cuenta de lo que me decía cuando se puso muy colorada y contestó que Hugo se la había regalado al ir a despedirse.

—Me dijo que en su casa hay muchas —agregó como disculpándose pero no me miraba, y tío Carlos me llamó más fuerte del otro lado de los ligustros y yo tiré la pala que me había dado Lila y me volví al alambrado, aunque Lila me llamaba y me decía que otra vez estaba saliendo humo en su jardín. Salté el alambrado y desde casa por entre los ligustros la miré a Lila que estaba llorando con el libro en la mano y la pluma que asomaba apenas, y vi que el humo salía ahora al lado mismo del jazmín, todo el veneno mezclándose con las raíces. Fui hasta la máquina aprovechando que tío Carlos hablaba de nuevo con las de Negri, abrí la lata del veneno y eché dos, tres cucharadas llenas en la máquina y la cerré; así el humo invadía bien los hormigueros y mataba todas las hormigas, no dejaba ni una hormiga viva en el jardín de casa.

Axolotl

Hubo un tiempo en que yo pensaba mucho en los axolotl. Iba a verlos al acuario del Jardin des Plantes y me quedaba horas mirándolos, observando su inmovilidad, sus oscuros movimientos. Ahora soy un axolotl.

El azar me llevó hasta ellos una mañana de primavera en que París abría su cola de pavorreal después de la lenta invernada. Bajé por el bulevar de Port-Royal, tomé St. Marcel y L'Hôpital, vi los verdes entre tanto gris y me acordé de los leones. Era amigo de los leones y las panteras, pero nunca había entrado en el húmedo y oscuro edificio de los acuarios. Dejé mi bicicleta contra las rejas y fui a ver los tulipanes. Los leones estaban feos y tristes y mi pantera dormía. Opté por los acuarios, soslayé peces vulgares hasta dar inesperadamente con los axolotl. Me quedé una hora mirándolos y salí, incapaz de otra cosa.

En la biblioteca Sainte-Geneviève consulté un diccionario y supe que los axolotl son formas larvales, provistas de branquias, de una especie de batracios del género amblistoma. Que eran mexicanos lo sabía ya por ellos mismos, por sus pequeños rostros rosados aztecas y el cartel en lo alto del acuario. Leí que se han encontrado ejemplares en África capaces de vivir en tierra durante los períodos de sequía, y que continúan su vida en el agua al llegar la estación de las lluvias. Encontré su nombre español, ajolote, la mención de que son comestibles y que su aceite se usaba (se diría que no se usa más) como el de hígado de bacalao.

No quise consultar obras especializadas, pero volví al día siguiente al Jardin des Plantes. Empecé a ir todas las mañanas, a veces de mañana y de tarde. El guardián de los acuarios sonreía perplejo al recibir el billete. Me apoyaba en la barra de hierro que bordea los acuarios y me ponía a mirarlos. No hay nada de extraño en esto, porque desde un primer momento comprendí que estábamos vinculados, que algo infinitamente perdido y distante seguía sin embargo uniéndonos. Me había bastado detenerme aquella primera mañana ante el cristal donde unas burbujas corrían en el agua. Los axolotl se amontonaban en el mezquino y angosto (sólo yo puedo saber cuán angosto y mezquino) piso de piedra y musgo del acuario. Había nueve ejemplares, y la mayoría apoyaba la cabeza contra el cristal, mirando con sus ojos de oro a los que se acercaban. Turbado, casi avergonzado, sentí como una impudicia asomarme a esas figuras silenciosas e inmóviles aglomeradas en el fondo del acuario. Aislé mentalmente una, situada a la derecha y algo separada de las otras, para estudiarla mejor. Vi un cuerpecito rosado y como translúcido (pensé en las estatuillas chinas de cristal lechoso), semejante a un pequeño lagarto de quince centímetros, terminado en una cola de pez de una delicadeza extraordinaria, la parte más sensible de nuestro cuerpo. Por el lomo le corría una aleta transparente que se fusionaba con la cola, pero lo que me obsesionó fueron las patas, de una finura sutilísima, acabadas en menudos dedos, en uñas minuciosamente humanas. Y entonces descubrí sus ojos, su cara. Un rostro inexpresivo, sin otro rasgo que los ojos, dos orificios como cabezas de alfiler, enteramente de un oro transparente, carentes de toda vida pero mirando, dejándose penetrar por mi mirada que parecía pasar a través del punto áureo y perderse en un diáfano misterio interior. Un delgadísimo halo negro rodeaba el ojo y lo inscribía en la carne rosa, en la piedra rosa de la cabeza vagamente triangular pero con lados curvos e irregulares, que le daban una total semejanza con una estatuilla corroída por el tiempo. La boca estaba disimulada por el plano triangular de la cara, sólo de perfil se adivinaba su tamaño considerable; de frente una fina hendedura rasgaba apenas la piedra sin vida. A ambos lados de la cabeza, donde hubieran debido estar las orejas, le crecían tres ramitas rojas como de coral, una excrecencia vegetal, las branquias, supongo. Y era lo único vivo en él, cada diez o quince segundos las ramitas se enderezaban rígidamente y volvían a bajarse. A veces una pata se movía apenas, yo veía los diminutos dedos posándose con suavidad en el musgo. Es que no nos gusta movernos mucho, y el acuario es tan mezquino; apenas avanzamos un poco nos damos con la cola o la cabeza de otro de nosotros; surgen dificultades, peleas, fatiga. El tiempo se siente menos si nos estamos quietos.

Fue su quietud lo que me hizo inclinarme fascinado la primera vez que vi los axolotl. Oscuramente me pareció comprender su voluntad secreta, abolir el espacio y el tiempo con una inmovilidad indiferente. Después supe mejor, la contracción de las branquias, el tanteo de las finas patas en las piedras, la repentina natación (algunos de ellos nadan con la simple ondulación del cuerpo) me probó que eran capaces de evadirse de ese sopor mineral en que pasaban horas enteras. Sus ojos, sobre todo, me obsesionaban. Al lado de ellos, en los restantes acuarios, diversos peces me mostraban la simple estupidez de sus hermosos ojos semejantes a los nuestros. Los ojos de los axolotl me decían de la presencia de una vida diferente, de otra manera de mirar. Pegando mi cara al vidrio (a veces el guardián tosía, inquieto) buscaba ver mejor los diminutos puntos áureos, esa entrada al mundo infinitamente lento y remoto de las criaturas rosadas. Era inútil golpear con el dedo en el cristal, delante de sus caras; jamás se advertía la menor reacción. Los ojos de oro seguían ardiendo con su dulce, terrible luz; seguían mirándome desde una profundidad insondable que me daba vértigo.

Y sin embargo estaban cerca. Lo supe antes de esto, antes de ser un axolotl. Lo supe el día en que me acerqué a ellos por primera vez. Los rasgos antropomórficos de un mono revelan, al revés de lo que cree la mayoría, la distancia que va de ellos a nosotros. La absoluta falta de semejanza de los axolotl con el ser humano me probó que mi reconocimiento era válido, que no me apoyaba en analogías fáciles. Sólo las manecitas... Pero una lagartija tiene también manos así, y en nada se nos parece. Yo creo que era la cabeza de los axolotl, esa forma triangular rosada con los ojillos de oro. Eso miraba y sabía. Eso reclamaba. No eran *animales*.

Parecía fácil, casi obvio, caer en la mitología. Empecé viendo en los axolotl una metamorfosis que no conseguía anular una misteriosa humanidad. Los imaginé conscientes, esclavos de su cuerpo, infinitamente condenados a un silencio abisal, a una reflexión desesperada. Su mirada ciega, el diminuto disco de oro inexpresivo y sin embargo terriblemente lúcido, me penetraba como un mensaje: «Sálvanos, sálvanos». Me sorprendía musitando palabras de consuelo, transmitiendo pueriles esperanzas. Ellos seguían mirándome, inmóviles; de pronto las ramillas rosadas de las branquias se enderezaban. En ese instante yo sentía como un dolor sordo; tal vez me veían, captaban mi esfuerzo por penetrar en lo impenetrable de sus vidas. No eran seres humanos, pero en ningún animal había encontrado una relación tan profunda conmigo. Los axolotl eran como testigos de algo, y a veces como horribles jueces. Me sentía innoble frente a ellos; había una pureza tan espantosa en esos ojos transparentes. Eran larvas, pero larva quiere decir máscara y también fantasma. Detrás de esas caras aztecas, inexpresivas y sin embargo de una crueldad implacable, ¿qué imagen esperaba su hora?

Les temía. Creo que de no haber sentido la proximidad de otros visitantes y del guardián, no me hubiese atrevido a quedarme solo con ellos. «Usted se los come con los ojos», me decía riendo el guardián, que debía suponerme un poco desequilibrado. No se daba cuenta de que eran ellos los que me devoraban lentamente por los ojos, en un canibalismo de oro. Lejos del acuario no hacía más que pensar en ellos, era como si me influyeran a distancia. Llegué a ir todos los días, y de noche los imaginaba inmóviles en la oscuridad, adelantando lentamente una mano que de pronto encontraba la de otro. Acaso sus ojos veían en plena noche, y el día continuaba para ellos indefinidamente. Los ojos de los axolotl no tienen párpados.

Ahora sé que no hubo nada de extraño, que eso tenía que ocurrir. Cada mañana, al inclinarme sobre el acuario, el reconocimiento era mayor. Sufrían, cada fibra de mi cuerpo alcanzaba ese sufrimiento amordazado, esa tortura rígida en el fondo del agua. Espiaban algo, un remoto señorío aniquilado, un tiempo de libertad en que el mundo había sido de los axolotl. No era posible que una expresión tan terrible que alcanzaba a vencer la inexpresividad forzada de sus rostros de piedra, no portara un mensaje de dolor, la prueba de esa condena eterna, de ese infierno líquido que padecían. Inútilmente quería probarme que mi propia sensibilidad proyectaba en los axolotl una conciencia inexistente. Ellos y yo sabíamos. Por eso no hubo nada de extraño en lo que ocurrió. Mi cara estaba pegada al vidrio del acuario, mis ojos trataban una vez más de penetrar el misterio de esos ojos de oro sin iris y sin pupila. Veía muy de cerca la cara de un axolotl inmóvil junto al vidrio. Sin transición, sin sorpresa, vi mi cara contra el vidrio, en vez del axolotl vi mi cara contra el vidrio, la vi fuera del acuario, la vi del otro lado del vidrio. Entonces mi cara se apartó y yo comprendí.

Sólo una cosa era extraña: seguir pensando como antes, saber. Darme cuenta de eso fue en el primer momento como el horror del enterrado vivo que despierta a su destino. Afuera, mi cara volvía a acercarse al vidrio, veía mi boca de labios apretados por el esfuerzo de comprender a los axolotl. Yo era un axolotl y sabía ahora instantáneamente que ninguna comprensión era posible. Él estaba fuera del acuario, su pensamiento era un pensamiento fuera del acuario. Conociéndolo, siendo él mismo, yo era un axolotl y estaba en mi mundo. El horror venía —lo supe en el mismo momento— de creerme prisionero en un cuerpo de axolotl, transmigrado a él con mi pensamiento de hombre, enterrado vivo en un axolotl, condenado a moverme lúcidamente entre criaturas insensibles. Pero aquello cesó cuando una pata vino a rozarme la cara, cuando moviéndome apenas a un lado vi a un axolotl junto a mí que me miraba, y supe que también él sabía, sin comunicación posible pero tan claramente. O yo estaba también en él, o todos nosotros pensábamos como un hombre, incapaces de expresión, limitados al resplandor dorado de nuestros ojos que miraban la cara del hombre pegada al acuario.

Él volvió muchas veces, pero viene menos ahora. Pasa semanas sin asomarse. Ayer lo vi, me miró largo rato y se fue bruscamente. Me pareció que no se interesaba tanto por nosotros, que obedecía a una costumbre. Como lo único que hago es pensar, pude pensar mucho en él. Se me ocurre que al principio continuamos comunicados, que él se sentía más que nunca unido al misterio que lo obsesionaba. Pero los puentes están cortados entre él y yo, porque lo que era su obsesión es ahora un axolotl, ajeno a su vida de hombre. Creo que al principio yo era capaz de volver en cierto modo a él —ah, sólo en cierto modo— y mantener alerta su deseo de conocernos mejor. Ahora soy definitivamente un axolotl, y si pienso como un hombre es sólo porque todo axolotl piensa como un hombre dentro de su imagen de piedra rosa. Me parece que de todo esto alcancé a comunicarle algo en los primeros días, cuando yo era todavía él. Y en esta soledad final, a la que él ya no vuelve, me consuela pensar que acaso va a escribir sobre nosotros, creyendo imaginar un cuento va a escribir todo esto sobre los axolotl.

La noche boca arriba

> Y salían en ciertas épocas a cazar enemigos;
> le llamaban la guerra florida.

A mitad del largo zaguán del hotel pensó que debía ser tarde, y se apuró a salir a la calle y sacar la motocicleta del rincón donde el portero de al lado le permitía guardarla. En la joyería de la esquina vio que eran las nueve menos diez; llegaría con tiempo sobrado adonde iba. El sol se filtraba entre los altos edificios del centro, y él —porque para sí mismo, para ir pensando, no tenía nombre— montó en la máquina saboreando el paseo. La moto ronroneaba entre sus piernas, y un viento fresco le chicoteaba los pantalones.

Dejó pasar los ministerios (el rosa, el blanco) y la serie de comercios con brillantes vitrinas de la calle Central. Ahora entraba en la parte más agradable del trayecto, el verdadero paseo: una calle larga, bordeada de árboles, con poco tráfico y amplias villas que dejaban venir los jardines hasta las aceras, apenas demarcadas por setos bajos. Quizá algo distraído, pero corriendo sobre la derecha como correspondía, se dejó llevar por la tersura, por la leve crispación de ese día apenas empezado. Tal vez su involuntario relajamiento le impidió prevenir el accidente. Cuando vio que la mujer parada en la esquina se lanzaba a la calzada a pesar de las luces verdes, ya era tarde para las soluciones fáciles. Frenó con el pie y la mano, desviándose a la izquierda; oyó el grito de la mujer, y junto con el choque perdió la visión. Fue como dormirse de golpe.

Volvió bruscamente del desmayo. Cuatro o cinco hombres jóvenes lo estaban sacando de debajo de la moto. Sentía gusto a sal y sangre, le dolía una rodilla, y cuando lo alzaron gritó, porque no podía soportar la presión en el brazo derecho. Voces que no parecían pertenecer a las caras suspendidas sobre él, lo alentaban con bromas y seguridades. Su único alivio fue oír la confirmación de que había estado en su derecho al cruzar la esquina. Preguntó por la mujer, tratando de dominar la náusea que le ganaba la garganta. Mientras lo llevaban boca arriba hasta una farmacia próxima, supo que la causante del accidente no tenía más que rasguños en las piernas. «Usté la agarró apenas, pero el golpe le hizo saltar la máquina de costado...». Opiniones, recuerdos, despacio, éntrenlo de espaldas, así va bien, y alguien con guardapolvo dándole a beber un trago que lo alivió en la penumbra de una pequeña farmacia de barrio.

La ambulancia policial llegó a los cinco minutos, y lo subieron a una camilla blanda donde pudo tenderse a gusto. Con toda lucidez, pero sabiendo que estaba bajo los efectos de un shock terrible, dio sus señas al policía que lo acompañaba. El brazo casi no le dolía; de una cortadura en la ceja goteaba sangre por toda la cara. Una o dos veces se lamió los labios para beberla. Se sentía bien, era un accidente, mala suerte; unas semanas quieto y nada más. El vigilante le dijo que la motocicleta no parecía muy estropeada. «Natural», dijo él. «Como que me la ligué encima...». Los dos se rieron, y el vigilante le dio la mano al llegar al hospital y le deseó buena suerte. Ya la náusea volvía poco a poco; mientras lo llevaban en una camilla de ruedas hasta un pabellón del fondo, pasando bajo árboles llenos de pájaros, cerró los ojos y deseó estar dormido o cloroformado. Pero lo tuvieron largo rato en una pieza con olor a hospital, llenando una ficha, quitándole la ropa y vistiéndolo con una camisa grisácea y dura. Le movían cuidadosamente el brazo, sin que le doliera. Las enfermeras bromeaban todo el tiempo, y si no hubiera sido por las contracciones del estómago se habría sentido muy bien, casi contento.

Lo llevaron a la sala de radio, y veinte minutos después, con la placa todavía húmeda puesta sobre el pecho como una lápida negra, pasó a la sala de operaciones. Alguien de blanco, alto y delgado, se le acercó y se puso a mirar la radiografía. Manos de mujer le acomodaban la cabeza, sintió que lo pasaban de una camilla a otra. El hombre de blanco se le acercó otra vez, sonriendo, con algo que le brillaba en la mano derecha. Le palmeó la mejilla e hizo una seña a alguien parado atrás.

Como sueño era curioso porque estaba lleno de olores y él nunca soñaba olores. Primero un olor a pantano, ya que a la izquierda de la calzada empezaban las marismas, los tembladerales de donde no volvía nadie. Pero el olor cesó, y en cambio vino una fragancia compuesta y oscura como la noche en que se movía huyendo de los aztecas. Y todo era tan natural, tenía que huir de los aztecas que andaban a caza de hombre, y su única probabilidad era la de esconderse en lo más denso de la selva, cuidando de no apartarse de la estrecha calzada que sólo ellos, los motecas, conocían.

Lo que más le torturaba era el olor, como si aun en la absoluta aceptación del sueño algo se rebelara contra eso que no era habitual, que hasta entonces no había participado del juego. «Huele a guerra», pensó, tocando instintivamente el puñal de piedra atravesado en su ceñidor de lana tejida. Un sonido inesperado lo hizo agacharse y quedar inmóvil, temblando. Tener miedo no era extraño, en sus sueños abundaba el miedo. Esperó, tapado por las ramas de un arbusto y la noche sin estrellas. Muy lejos, probablemente del otro lado del gran lago, debían estar ardiendo fuegos de vivac; un resplandor rojizo teñía esa parte del cielo. El sonido no se repitió. Había sido como una rama quebrada. Tal vez un animal que escapaba como él del olor de la guerra. Se enderezó despacio, venteando. No se oía nada, pero el miedo seguía allí como el olor, ese incienso dulzón de la guerra florida. Había que seguir, llegar al corazón de la selva evitando las ciénagas. A tientas, agachándose a cada instante para tocar el suelo más duro de la calzada, dio algunos pasos. Hubiera querido echar a correr, pero los tembladerales palpitaban a su lado. En el sendero en tinieblas, buscó el rumbo. Entonces sintió una bocanada horrible del olor que más temía, y saltó desesperado hacia adelante.

—Se va a caer de la cama —dijo el enfermo de al lado—. No brinque tanto, amigazo.

Abrió los ojos y era de tarde, con el sol ya bajo en los ventanales de la larga sala. Mientras trataba de sonreír a su vecino, se despegó casi físicamente de la última visión de la pesadilla. El brazo, enyesado, colgaba de un aparato con pesas y poleas. Sintió sed, como si hubiera estado corriendo kilómetros, pero no querían darle mucha agua, apenas para mojarse los labios y hacer un buche. La fiebre lo iba ganando despacio y hubiera podido dormirse otra vez, pero saboreaba el placer de quedarse despierto, entornados los ojos, escuchando el diálogo de los otros enfermos, respondiendo de cuando en cuando a alguna pregunta. Vio llegar un carrito blanco que pusieron al lado de su cama, una enfermera rubia le frotó con alcohol la cara anterior del muslo y le clavó una gruesa aguja conectada con un tubo que subía hasta un frasco lleno de líquido opalino. Un médico joven vino con un aparato de metal y cuero que le ajustó al brazo sano para verificar alguna cosa. Caía la noche, y la fiebre lo iba arrastrando blandamente a un estado donde las cosas tenían un relieve como de gemelos de teatro, eran reales y dulces y a la vez ligeramente repugnantes; como estar viendo una película aburrida y pensar que sin embargo en la calle es peor; y quedarse.

Vino una taza de maravilloso caldo de oro oliendo a puerro, a apio, a perejil. Un trocito de pan, más precioso que todo un banquete, se fue desmigajando poco a poco. El brazo no le dolía nada y solamente en la ceja, donde lo habían suturado, chirriaba a veces una punzada caliente y rápida. Cuando los ventanales de enfrente viraron a manchas de un azul oscuro, pensó que no le iba a ser difícil dormirse. Un poco incómodo, de espaldas, pero al pasarse la lengua por los labios resecos y calientes sintió el sabor del caldo, y suspiró de felicidad, abandonándose.

Primero fue una confusión, un atraer hacia sí todas las sensaciones por un instante embotadas o confundidas. Comprendía que estaba corriendo en plena oscuridad, aunque arriba el cielo cruzado de copas de árboles era menos negro que el resto. «La calzada», pensó. «Me salí de la calzada». Sus pies se hundían en un colchón de hojas y barro, y ya no podía dar un paso sin que las ramas de los arbustos le azotaran el torso y las piernas. Jadeante, sabiéndose acorralado a pesar de la oscuridad y el silencio, se agachó para escuchar. Tal vez la calzada estaba cerca, con la primera luz del día iba a verla otra vez. Nada podía ayudarlo ahora a encontrarla. La mano que sin saberlo él aferraba el mango del puñal, subió como el escorpión de los pantanos hasta su cuello, donde colgaba el amuleto protector. Moviendo apenas los labios musitó la plegaria del maíz que trae las lunas felices, y la súplica a la Muy Alta, a la dispensadora de los bienes motecas. Pero sentía al mismo tiempo que los tobillos se le estaban hundiendo despacio en el barro, y la espera en la oscuridad del chaparral desconocido se le hacía insoportable. La guerra florida había empezado con la luna y llevaba ya tres días y tres noches. Si conseguía refugiarse en lo profundo de la selva, abandonando la calzada más allá de la región de las ciénagas, quizá los guerreros no le siguieran el rastro. Pensó en los muchos prisioneros que ya habrían hecho. Pero la cantidad no contaba, sino el tiempo sagrado. La caza continuaría hasta que los sacerdotes dieran la señal del regreso. Todo tenía su número y su fin, y él estaba dentro del tiempo sagrado, del otro lado de los cazadores.

Oyó los gritos y se enderezó de un salto, puñal en mano. Como si el cielo se incendiara en el horizonte, vio antorchas moviéndose entre las ramas, muy cerca. El olor a guerra era insoportable, y cuando el primer enemigo le saltó al cuello casi sintió placer en hundirle la hoja de piedra en pleno pecho. Ya lo rodeaban las luces, los gritos alegres. Alcanzó a cortar el aire una o dos veces, y entonces una soga lo atrapó desde atrás.

—Es la fiebre —dijo el de la cama de al lado—. A mí me pasaba igual cuando me operé del duodeno. Tome agua y va a ver que duerme bien.

Al lado de la noche de donde volvía, la penumbra tibia de la sala le pareció deliciosa. Una lámpara violeta velaba en lo alto de la pared del fondo como un ojo protector. Se oía toser, respirar fuerte, a veces un diálogo en voz baja. Todo era grato y seguro, sin ese acoso, sin... Pero no quería seguir pensando en la pesadilla. Había tantas cosas en qué entretenerse. Se puso a mirar el yeso del brazo, las poleas que tan cómodamente se lo sostenían en el aire. Le habían puesto una botella de agua mineral en la mesa de noche. Bebió del gollete, golosamente. Distinguía ahora las formas de la sala, las treinta camas, los armarios con vitrinas. Ya no debía tener tanta fiebre, sentía fresca la cara. La ceja le dolía apenas, como un recuerdo. Se vio otra vez saliendo del hotel, sacando la moto. ¿Quién hubiera pensado que la cosa iba a acabar así? Trataba de fijar el momento del accidente y le dio rabia advertir que había ahí como un hueco, un vacío que no alcanzaba a rellenar. Entre el choque y el momento en que lo habían levantado del suelo, un desmayo o lo que fuera no le dejaba ver nada. Y al mismo tiempo tenía la sensación de que ese hueco, esa nada, había durado una eternidad. No, ni siquiera tiempo, más bien como si en ese hueco él hubiera pasado a través de algo o recorrido distancias inmensas. El choque, el golpe brutal contra el pavimento. De todas maneras al salir del pozo negro había sentido casi un alivio mientras los hombres lo alzaban del suelo. Con el dolor del brazo roto, la sangre de la ceja partida, la contusión en la rodilla; con todo eso, un alivio al volver al día y sentirse sostenido y auxiliado. Y era raro. Le preguntaría alguna vez al médico de la oficina. Ahora volvía a ganarlo el sueño, a tirarlo despacio hacia abajo. La almohada era tan blanda, y en su garganta afiebrada la frescura del agua mineral. Quizá pudiera descansar de veras, sin las malditas pesadillas. La luz violeta de la lámpara en lo alto se iba apagando poco a poco.

Como dormía de espaldas, no lo sorprendió la posición en que volvía a reconocerse, pero en cambio el olor a humedad, a piedra rezumante de filtraciones, le cerró la garganta y lo obligó a comprender. Inútil abrir los ojos y mirar en todas direcciones; lo envolvía una oscuridad absoluta. Quiso enderezarse y sintió las sogas en las muñecas y los tobillos. Estaba estaqueado en el suelo, en un piso de lajas helado y húmedo. El frío le ganaba la espalda desnuda, las piernas. Con el mentón buscó torpemente el contacto con su amuleto, y supo que se lo habían arrancado. Ahora estaba perdido, ninguna plegaria podía salvarlo del final. Lejanamente, como filtrándose entre las piedras del calabozo, oyó los atabales de la fiesta. Lo habían traído al teocalli, estaba en las mazmorras del templo a la espera de su turno.

Oyó gritar, un grito ronco que rebotaba en las paredes. Otro grito, acabando en un quejido. Era él que gritaba en las tinieblas, gritaba porque estaba vivo, todo su cuerpo se defendía con el grito de lo que iba a venir, del final inevitable. Pensó en sus compañeros que llenarían otras mazmorras, y en los que ascendían ya los peldaños del sacrificio. Gritó de nuevo sofocadamente, casi no podía abrir la boca, tenía las mandíbulas agarrotadas y a la vez como si fueran de goma y se abrieran lentamente, con un esfuerzo interminable. El chirriar de los cerrojos lo sacudió como un látigo. Convulso, retorciéndose, luchó por zafarse de las cuerdas que se le hundían en la carne. Su brazo derecho, el más fuerte, tiraba hasta que el dolor se hizo intolerable y tuvo que ceder. Vio abrirse la doble puerta, y el olor de las antorchas le llegó antes que la luz. Apenas ceñidos con el taparrabos de la ceremonia, los acólitos de los sacerdotes se le acercaron mirándolo con desprecio. Las luces se reflejaban en los torsos sudados, en el pelo negro lleno de plumas. Cedieron las sogas, y en su lugar lo aferraron manos calientes, duras como bronce; se sintió alzado, siempre boca arriba, tironeado por los cuatro acólitos que lo llevaban por el pasadizo. Los portadores de antorchas iban delante, alumbrando vagamente el corredor de paredes mojadas y techo tan bajo que los acólitos debían agachar la cabeza. Ahora lo llevaban, lo llevaban, era el final. Boca arriba, a un metro del techo de roca viva que por momentos se iluminaba con un reflejo de antorcha. Cuando en vez del techo nacieran las estrellas y se alzara frente a él la escalinata incendiada de gritos y danzas, sería el fin. El pasadizo no acababa nunca, pero ya se iba a acabar, de repente olería el aire libre lleno de estrellas, pero todavía no, andaban llevándolo sin fin en la penumbra roja, tironeándolo brutalmente, y él no quería, pero cómo impedirlo si le habían arrancado el amuleto que era su verdadero corazón, el centro de la vida.

Salió de un brinco a la noche del hospital, al alto cielo raso dulce, a la sombra blanda que lo rodeaba. Pensó que debía haber gritado, pero sus vecinos dormían callados. En la mesa de noche, la botella de agua tenía algo de burbuja, de imagen translúcida contra la sombra azulada de los ventanales. Jadeó, buscando el alivio de los pulmones, el olvido de esas imágenes que seguían pegadas a sus párpados. Cada vez que cerraba los ojos las veía formarse instantáneamente, y se enderezaba aterrado pero gozando a la vez del saber que ahora estaba despierto, que la vigilia lo protegía, que pronto iba a amanecer, con el buen sueño profundo que se tiene a esa hora, sin imágenes, sin nada... Le costaba mantener los ojos abiertos, la modorra era más fuerte que él. Hizo un último esfuerzo, con la mano sana esbozó un gesto hacia la botella de agua; no llegó a tomarla, sus dedos se cerraron en un vacío otra vez negro, y el pasadizo seguía interminable, roca tras roca, con súbitas fulguraciones rojizas, y él boca arriba gimió apagadamente porque el techo iba a acabarse, subía, abriéndose como una boca de sombra, y los acólitos se enderezaban y de la altura una luna menguante le cayó en la cara donde los ojos no querían verla, desesperadamente se cerraban y abrían buscando pasar al otro lado, descubrir de nuevo el cielo raso protector de la sala. Y cada vez que se abrían era la noche y la luna mientras lo subían por la escalinata, ahora con la cabeza colgando hacia abajo, y en lo alto estaban las hogueras, las rojas columnas de humo perfumado, y de golpe vio la piedra roja, brillante de sangre que chorreaba, y el vaivén de los pies del sacrificado que arrastraban para tirarlo rodando por las escalinatas del norte. Con una última esperanza apretó los párpados, gimiendo por despertar. Durante un segundo creyó que lo lograría, porque otra vez estaba inmóvil en la cama, a salvo del balanceo cabeza abajo. Pero olía la muerte, y cuando abrió los ojos vio la figura ensangrentada del sacrificador que venía hacia él con el cuchillo de piedra en la mano. Alcanzó a cerrar otra vez los párpados, aunque ahora sabía que no iba a despertarse, que estaba despierto, que el sueño maravilloso había sido el otro, absurdo como todos los sueños; un sueño en el que había andado por extrañas avenidas de una ciudad asombrosa, con luces verdes y rojas que ardían sin llama ni humo, con un enorme insecto de metal que zumbaba bajo sus piernas. En la mentira infinita de ese sueño también lo habían alzado del suelo, también alguien se le había acercado con un cuchillo en la mano, a él tendido boca arriba, a él boca arriba con los ojos cerrados entre las hogueras.

Final del juego

Con Leticia y Holanda íbamos a jugar a las vías del Central Argentino los días de calor, esperando que mamá y tía Ruth empezaran su siesta para escaparnos por la puerta blanca. Mamá y tía Ruth estaban siempre cansadas después de lavar la loza, sobre todo cuando Holanda y yo secábamos los platos porque entonces había discusiones, cucharitas por el suelo, frases que sólo nosotras entendíamos, y en general un ambiente en donde el olor a grasa, los maullidos de José y la oscuridad de la cocina acababan en una violentísima pelea y el consiguiente desparramo. Holanda se especializaba en armar esta clase de líos, por ejemplo dejando caer un vaso ya lavado en el tacho de agua sucia, o recordando como al pasar que en la casa de las de Loza había dos sirvientas para todo servicio. Yo usaba otros sistemas, prefería insinuarle a tía Ruth que se le iban a paspar las manos si seguía fregando cacerolas en vez de dedicarse a las copas o los platos, que era precisamente lo que le gustaba lavar a mamá, con lo cual las enfrentaba sordamente en una lucha de ventajeo por la cosa fácil. El recurso heroico, si los consejos y las largas recordaciones familiares empezaban a saturarnos, era volcar agua hirviendo en el lomo del gato. Es una gran mentira eso del gato escaldado, salvo que haya que tomar al pie de la letra la referencia al agua fría; porque de la caliente José no se alejaba nunca, y hasta parecía ofrecerse, pobre animalito, a que le volcáramos media taza de agua a cien grados o poco menos, bastante menos probablemente porque nunca se le caía el pelo. La cosa es que ardía Troya, y en la confusión coronada por el espléndido si bemol de tía Ruth y la carrera de mamá en busca del bastón de los castigos, Holanda y yo nos perdíamos en la galería cubierta, hacia las piezas vacías del fondo donde Leticia nos esperaba leyendo a Ponson du Terrail, lectura inexplicable.

Por lo regular mamá nos perseguía un buen trecho, pero las ganas de rompernos la cabeza se le pasaban con gran rapidez y al final (habíamos trancado la puerta y le pedíamos perdón con emocionantes partes teatrales) se cansaba y se iba, repitiendo la misma frase:

—Acabarán en la calle, estas mal nacidas.

Donde acabábamos era en las vías del Central Argentino, cuando la casa quedaba en silencio y veíamos al gato tenderse bajo el limonero para hacer también él su siesta perfumada y zumbante de avispas. Abríamos despacio la puerta blanca, y al cerrarla otra vez era como un viento, una libertad que nos tomaba de las manos, de todo el cuerpo y nos lanzaba hacia adelante. Entonces corríamos buscando impulso para trepar de un envión al breve talud del ferrocarril, y encaramadas sobre el mundo contemplábamos silenciosas nuestro reino.

Nuestro reino era así: una gran curva de las vías acababa su comba justo frente a los fondos de nuestra casa. No había más que el balasto, los durmientes y la doble vía; pasto ralo y estúpido entre los pedazos de adoquín donde la mica, el cuarzo y el feldespato —que son los componentes del granito— brillaban como diamantes legítimos contra el sol de las dos de la tarde. Cuando nos agachábamos a tocar las vías (sin perder tiempo porque hubiera sido peligroso quedarse mucho ahí, no tanto por los trenes como por los de casa si nos llegaban a ver) nos subía a la cara el fuego de las piedras, y al pararnos contra el viento del río era un calor mojado pegándose a las mejillas y las orejas. Nos gustaba flexionar las piernas y bajar, subir, bajar otra vez, entrando en una y otra zona de calor, estudiándonos las caras para apreciar la transpiración, con lo cual al rato éramos una sopa. Y siempre calladas, mirando al fondo de las vías o el río al otro lado, el pedacito de río color café con leche.

Después de esta primera inspección del reino bajábamos el talud y nos metíamos en la mala sombra de los sauces pegados a la tapia de nuestra casa, donde se abría la puerta blanca. Ahí estaba la capital del reino, la ciudad silvestre y la central de nuestro juego. La primera en iniciar el juego era Leticia, la más feliz de las tres y la más privilegiada. Leticia no tenía que secar los platos ni hacer las camas, podía pasarse el día leyendo o pegando figuritas, y de noche la dejaban quedarse hasta más tarde si lo pedía, aparte de la pieza solamente para ella, el caldo de hueso y toda clase de ventajas. Poco a poco se había ido aprovechando de los privilegios, y desde el verano anterior dirigía el juego, yo creo que en realidad dirigía el reino; por lo menos se adelantaba a decir las cosas y Holanda y yo aceptábamos sin protestar, casi contentas. Es probable que las largas conferencias de mamá sobre cómo debíamos portarnos con Leticia hubieran hecho su efecto, o simplemente que la queríamos bastante y no nos molestaba que fuese la jefa. Lástima que no tenía aspecto para jefa, era la más baja de las tres, y tan flaca. Holanda era flaca, y yo nunca pesé más de cincuenta kilos, pero Leticia era la más flaca de las tres, y para peor una de esas flacuras que se ven de fuera, en el pescuezo y las orejas. Tal vez el endurecimiento de la espalda la hacía parecer más flaca, como casi no podía mover la cabeza a los lados daba la impresión de una tabla de planchar parada, de esas forradas de género blanco como había en casa de las de Loza. Una tabla de planchar con la parte más ancha para arriba, parada contra la pared. Y nos dirigía.

La satisfacción más profunda era imaginarme que mamá o tía Ruth se enteraran un día del juego. Si llegaban a enterarse del juego se iba a armar una meresunda increíble. El si bemol y los desmayos, las inmensas protestas de devoción y sacrificio malamente recompensados, el amontonamiento de invocaciones a los castigos más célebres, para rematar con el anuncio de nuestros destinos, que consistían en que las tres terminaríamos en la calle. Esto último siempre nos había dejado perplejas, porque terminar en la calle nos parecía bastante normal.

Primero Leticia nos sorteaba. Usábamos piedrecitas escondidas en la mano, contar hasta veintiuno, cualquier sistema. Si usábamos el de contar hasta veintiuno, imaginábamos dos o tres chicas más y las incluíamos en la cuenta para evitar trampas. Si una de ellas salía veintiuna, la sacábamos del grupo y sorteábamos de nuevo, hasta que nos tocaba a una de nosotras. Entonces Holanda y yo levantábamos la piedra y abríamos la caja de los ornamentos. Suponiendo que

Holanda hubiese ganado, Leticia y yo escogíamos los ornamentos. El juego marcaba dos formas: estatuas y actitudes. Las actitudes no requerían ornamentos pero sí mucha expresividad, para la envidia mostrar los dientes, crispar las manos y arreglárselas de modo de tener un aire amarillo. Para la caridad el ideal era un rostro angélico, con los ojos vueltos al cielo, mientras las manos ofrecían algo —un trapo, una pelota, una rama de sauce— a un pobre huerfanito invisible. La vergüenza y el miedo eran fáciles de hacer; el rencor y los celos exigían estudios más detenidos. Los ornamentos se destinaban casi todos a las estatuas, donde reinaba una libertad absoluta. Para que una estatua resultara, había que pensar bien cada detalle de la indumentaria. El juego marcaba que la elegida no podía tomar parte en la selección; las dos restantes debatían el asunto y aplicaban luego los ornamentos. La elegida debía inventar su estatua aprovechando lo que le habían puesto, y el juego era así mucho más complicado y excitante porque a veces había alianzas contra, y la víctima se veía ataviada con ornamentos que no le iban para nada; de su viveza dependía entonces que inventara una buena estatua. Por lo general cuando el juego marcaba actitudes la elegida salía bien parada pero hubo veces en que las estatuas fueron fracasos horribles.

Lo que cuento empezó vaya a saber cuándo, pero las cosas cambiaron el día en que el primer papelito cayó del tren. Por supuesto que las actitudes y las estatuas no eran para nosotras mismas, porque nos hubiéramos cansado enseguida. El juego marcaba que la elegida debía colocarse al pie del talud, saliendo de la sombra de los sauces, y esperar el tren de las dos y ocho que venía del Tigre. A esa altura de Palermo los trenes pasan bastante rápido, y no nos daba vergüenza hacer la estatua o la actitud. Casi no veíamos a la gente de las ventanillas, pero con el tiempo llegamos a tener práctica y sabíamos que algunos pasajeros esperaban vernos. Un señor de pelo blanco y anteojos de carey sacaba la cabeza por la ventanilla y saludaba a la estatua o la actitud con el pañuelo. Los chicos que volvían del colegio sentados en los estribos gritaban cosas al pasar, pero algunos se quedaban serios mirándonos. En realidad la estatua o la actitud no veía nada, por el esfuerzo de mantenerse inmóvil, pero las otras dos bajo los sauces analizaban con gran detalle el buen éxito o la indiferencia producidos. Fue un martes cuando cayó el papelito, al pasar el segundo coche. Cayó muy cerca de Holanda, que ese día era la maledicencia, y rebotó hasta mí. Era un papelito muy doblado y sujeto a una tuerca. Con letra de varón y bastante mala, decía: «Muy lindas las estatuas. Viajo en la tercera ventanilla del segundo coche. Ariel B.». Nos pareció un poco seco, con todo ese trabajo de atarle la tuerca y tirarlo, pero nos encantó. Sorteamos para saber quién se lo quedaría, y me lo gané. Al otro día ninguna quería jugar para poder ver cómo era Ariel B., pero temimos que interpretara mal nuestra interrupción, de manera que sorteamos y ganó Leticia. Nos alegramos mucho con Holanda porque Leticia era muy buena como estatua, pobre criatura. La parálisis no se notaba estando quieta, y ella era capaz de gestos de una enorme nobleza. Como actitudes elegía siempre la generosidad, la piedad, el sacrificio y el renunciamiento. Como estatuas buscaba el estilo de la Venus de la sala que tía Ruth llamaba la Venus del Nilo. Por eso le elegimos ornamentos especiales para que Ariel se llevara una buena impresión. Le pusimos un pedazo de terciopelo verde a manera de túnica, y una corona de sauce en el pelo. Como andábamos de manga corta, el efecto griego era grande. Leticia se ensayó un rato a la sombra, y decidimos que nosotras nos asomaríamos también y saludaríamos a Ariel con discreción pero muy amables.

Leticia estuvo magnífica, no se le movía ni un dedo cuando llegó el tren. Como no podía girar la cabeza la echaba para atrás, juntando los brazos al cuerpo casi como si le faltaran; aparte el verde de la túnica, era como mirar la Venus del Nilo. En la tercera ventanilla vimos a un muchacho de rulos rubios y ojos claros, que nos hizo una gran sonrisa al descubrir que Holanda y yo lo saludábamos. El tren se lo llevó en un segundo, pero eran las cuatro y media y todavía discutíamos si vestía de oscuro, si llevaba corbata roja y si era odioso o simpático. El jueves yo hice la actitud del desaliento y recibimos otro papelito que decía: «Las tres me gustan mucho. Ariel». Ahora él sacaba la cabeza y un brazo por la ventanilla y nos saludaba riendo. Le calculamos dieciocho años (seguras de que no tenía más de dieciséis) y convinimos en que volvía diariamente de algún colegio inglés. Lo más seguro de todo era el colegio inglés, no podíamos aceptar un incorporado cualquiera. Se vería que Ariel era muy bien.

Pasó que Holanda tuvo la suerte increíble de ganar tres días seguidos. Superándose, hizo las actitudes del desengaño y el latrocinio, y una estatua dificilísima de bailarina, sosteniéndose en un pie desde que el tren entró en la curva. Al otro día gané yo, y después de nuevo; cuando estaba haciendo la actitud del horror, recibí casi en la nariz un papelito de Ariel que al principio no entendimos: «La más linda es la más haragana». Leticia fue la última en darse cuenta, la vimos que se ponía colorada y se iba a un lado, y Holanda y yo nos miramos con un poco de rabia. Lo primero que se nos ocurrió sentenciar fue que Ariel era un idiota, pero no podíamos decirle eso a Leticia, pobre ángel, con su sensibilidad y la cruz que llevaba encima. Ella no dijo nada, pero pareció entender que el papelito era suyo y se lo guardó. Ese día volvimos bastante calladas a casa, y por la noche no jugamos juntas. En la mesa Leticia estuvo muy alegre, le brillaban los ojos, y mamá miró una o dos veces a tía Ruth como poniéndola de testigo de su propia alegría. En aquellos días estaban ensayando un nuevo tratamiento fortificante para Leticia, y por lo visto era una maravilla lo bien que le sentaba.

Antes de dormirnos, Holanda y yo hablamos del asunto. No nos molestaba el papelito de Ariel, desde un tren andando las cosas se ven como se ven, pero nos parecía que Leticia se estaba aprovechando demasiado de su ventaja sobre nosotras. Sabía que no le íbamos a decir nada, y que en una casa donde hay alguien con algún defecto físico y mucho orgullo, todos juegan a ignorarlo empezando por el enfermo, o más bien se hacen los que no saben que el otro sabe. Pero tampoco había que exagerar y la forma en que Leticia se había portado en la mesa, o su manera de guardarse el papelito era demasiado. Esa noche yo volví a soñar mis pesadillas con trenes, anduve de madrugada por enormes playas ferroviarias cubiertas de vías llenas de empalmes, viendo a distancia las luces rojas de locomotoras que venían, calculando con angustia si el tren pasaría a mi izquierda, y a la vez amenazada por la posible llegada de un rápido a mi espalda o —lo que era peor— que a último momento uno de los trenes tomara uno de los desvíos y se me viniera encima. Pero de mañana me olvidé porque Leticia amaneció muy dolorida y tuvimos que ayudarla a vestirse. Nos pareció que estaba un poco arrepentida de lo de ayer y fuimos muy buenas con ella, diciéndole que esto le pasaba por andar demasiado, y que tal vez lo mejor sería que se quedara leyendo en su cuarto. Ella no dijo nada pero vino a almorzar a la mesa, y a las preguntas de mamá contestó que ya estaba muy bien y que casi no le dolía la espalda. Se lo decía y nos miraba.

Esa tarde gané yo, pero en ese momento me vino un no sé qué y le dije a Leticia que le dejaba mi lugar, claro que sin darle a entender por qué. Ya que el otro la prefería, que la mirara hasta cansarse. Como el juego marcaba estatua, le elegimos cosas sencillas para no complicarle la vida, y ella inventó una especie de princesa china, con aire vergonzoso, mirando al suelo y juntando las manos como hacen las princesas chinas. Cuando pasó el tren, Holanda se puso de espaldas bajo los sauces pero yo miré y vi que Ariel no tenía ojos más que para Leticia. La siguió mirando hasta que el tren se perdió en la curva, y Leticia estaba inmóvil y no sabía que él acababa de mirarla así. Pero cuando vino a descansar bajo los sauces vimos que sí sabía, y que le hubiera gustado seguir con los ornamentos toda la tarde, toda la noche.

El miércoles sorteamos entre Holanda y yo porque Leticia nos dijo que era justo que ella se saliera. Ganó Holanda con su suerte maldita, pero la carta de Ariel cayó de mi lado. Cuando la levanté tuve el impulso de dársela a Leticia que no decía nada, pero pensé que tampoco era cosa de complacerle todos los gustos, y la abrí despacio. Ariel anunciaba que al otro día iba a bajarse en la estación vecina y que vendría por el terraplén para charlar un rato. Todo estaba terriblemente escrito, pero la frase final era hermosa: «Saludo a las tres estatuas muy atentamente». La firma parecía un garabato aunque se notaba la personalidad.

Mientras le quitábamos los ornamentos a Holanda, Leticia me miró una o dos veces. Yo les había leído el mensaje y nadie hizo comentarios, lo que resultaba molesto porque al fin y al cabo Ariel iba a venir y había que pensar en esa novedad y decidir algo. Si en casa se enteraban, o por desgracia a alguna de las de Loza le daba por espiarnos, con lo envidiosas que eran esas enanas, seguro que se iba a armar la meresunda. Además que era muy raro quedarnos calladas con una cosa así, sin mirarnos casi mientras guardábamos los ornamentos y volvíamos por la puerta blanca.

Tía Ruth nos pidió a Holanda y a mí que bañáramos a José, se llevó a Leticia para hacerle el tratamiento, y por fin pudimos desahogarnos tranquilas. Nos parecía maravilloso que viniera Ariel, nunca habíamos tenido un amigo así, a nuestro primo Tito no lo contábamos, un tilingo que juntaba figuritas y creía en la primera comunión. Estábamos nerviosísimas con la expectativa y José pagó el pato, pobre ángel. Holanda fue más valiente y sacó el tema de Leticia. Yo no sabía qué pensar, de un lado me parecía horrible que Ariel se enterara, pero también era justo que las cosas se aclararan porque nadie tiene por qué perjudicarse a causa de otro. Lo que yo hubiera querido es que Leticia no sufriera, bastante cruz tenía encima y ahora con el nuevo tratamiento y tantas cosas.

A la noche mamá se extrañó de vernos tan calladas y dijo qué milagro, si nos habían comido la lengua los ratones, después miró a tía Ruth y las dos pensaron seguro que habíamos hecho alguna gorda y que nos remordía la conciencia. Leticia comió muy poco y dijo que estaba dolorida, que la dejaran ir a su cuarto a leer Rocambole. Holanda le dio el brazo aunque ella no quería mucho, y yo me puse a tejer, que es una cosa que me viene cuando estoy nerviosa. Dos veces pensé ir al cuarto de Leticia, no me explicaba qué hacían esas dos ahí solas, pero Holanda volvió con aire de gran importancia y se quedó a mi lado sin hablar hasta que mamá y tía Ruth levantaron la mesa. «Ella no va a ir mañana. Escribió una carta y dijo que si él pregunta mucho que se la demos». Entornando el bolsillo de la blusa me hizo ver un sobre violeta. Después nos llamaron para secar los platos, y esa noche nos dormimos casi enseguida por todas las emociones y el cansancio de bañar a José.

Al otro día me tocó a mí salir de compras al mercado y en toda la mañana no vi a Leticia que seguía en su cuarto. Antes que llamaran a la mesa entré un momento y la encontré al lado de la ventana, con muchas almohadas y el tomo noveno de Rocambole. Se veía que estaba mal, pero se puso a reír y me contó de una abeja que no encontraba la salida y de un sueño cómico que había tenido. Yo le dije que era una lástima que no fuera a venir a los sauces, pero me parecía tan difícil decírselo bien. «Si querés podemos explicarle a Ariel que estabas descompuesta», le propuse, pero ella decía que no y se quedaba callada. Yo insistí un poco en que viniera, y al final me animé y le dije que no tuviese miedo, poniéndole como ejemplo que el verdadero cariño no conoce barreras y otras ideas preciosas que habíamos aprendido en *El Tesoro de la Juventud*, pero era cada vez más difícil decirle nada porque ella miraba la ventana y parecía como si fuera a ponerse a llorar. Al final me fui diciendo que mamá me precisaba. El almuerzo duró días, y Holanda se ganó un sopapo de tía Ruth por salpicar el mantel con tuco. Ni me acuerdo de cómo secamos los platos, de repente estábamos en los sauces y las dos nos abrazábamos llenas de felicidad y nada celosas una de otra. Holanda me explicó todo lo que teníamos que decir sobre nuestros estudios para que Ariel se llevara una buena impresión, porque los del secundario desprecian a las chicas que no han hecho más que la primaria y solamente estudian corte y repujado al aceite. Cuando pasó el tren de las dos y ocho Ariel sacó los brazos con entusiasmo, y con nuestros pañuelos estampados le hicimos señas de bienvenida. Unos veinte minutos después lo vimos llegar por el terraplén, y era más alto de lo que pensábamos y todo de gris.

Bien no me acuerdo de lo que hablamos al principio, él era bastante tímido a pesar de haber venido y los papelitos, y decía cosas muy pensadas. Casi enseguida nos elogió mucho las estatuas y las actitudes y preguntó cómo nos llamábamos y por qué faltaba la tercera. Holanda explicó que Leticia no había podido venir, y él dijo que era una lástima y que Leticia le parecía un nombre precioso. Después nos contó cosas del Industrial, que por desgracia no era un colegio inglés, y quiso saber si le mostraríamos los ornamentos. Holanda levantó la piedra y le hicimos ver las cosas. A él parecían interesarle mucho, y varias veces tomó alguno de los ornamentos y dijo: «Éste lo llevaba Leticia un día», o: «Éste fue para la estatua oriental», con lo que quería decir la princesa china. Nos sentamos a la sombra de un sauce y él estaba contento pero distraído, se veía que sólo se quedaba de bien educado. Holanda me miró dos o tres veces cuando la conversación decaía, y eso nos hizo mucho mal a las dos, nos dio deseos de irnos o que Ariel no hubiese venido nunca. Él preguntó otra vez si Leticia estaba enferma, y Holanda me miró y yo creí que iba a decirle, pero en cambio contestó que Leticia no había podido venir. Con una ramita Ariel dibujaba cuerpos geométricos en la tierra, y de cuando en cuando miraba la puerta blanca y nosotras sabíamos lo que estaba pensando, por eso Holanda hizo bien en sacar el sobre violeta y alcanzárselo, y él se quedó sorprendido con el sobre en la mano, después se puso muy colorado mientras le explicábamos que eso se lo mandaba Leticia, y se guardó la carta en el bolsillo de adentro del saco sin querer leerla delante de nosotras. Casi enseguida dijo que había tenido un gran placer y que estaba encantado de haber venido, pero su mano era blanda y antipática de modo que fue mejor que la visita se acabara, aunque más tarde no hicimos más que pensar en sus ojos grises y en esa manera triste que tenía de sonreír. También nos acordamos de cómo se había despedido diciendo: «Hasta siempre», una forma que nunca habíamos oído en casa y que nos pareció tan divina y poética. Todo se lo contamos a Leticia que nos estaba esperando debajo del limonero del patio, y yo hubiese querido preguntarle qué decía su carta pero me dio no sé qué porque ella había cerrado el sobre antes de confiárselo a Holanda, así que no le dije nada y solamente le contamos cómo era Ariel y cuántas veces había preguntado por ella. Esto no era nada fácil de decírselo porque era una cosa linda y mala a la vez, nos dábamos cuenta que Leticia se sentía muy feliz y al mismo tiempo estaba casi llorando, hasta que nos fuimos diciendo que tía Ruth nos precisaba y la dejamos mirando las avispas del limonero.

Cuando íbamos a dormirnos esa noche, Holanda me dijo: «Vas a ver que desde mañana se acaba el juego». Pero se equivocaba aunque no por mucho, y al otro día Leticia nos hizo la seña convenida en el momento del postre. Nos fuimos a lavar la loza bastante asombradas y con un poco de rabia, porque eso era una desvergüenza de Leticia y no estaba bien. Ella nos esperaba en la puerta y casi nos morimos de miedo cuando al llegar a los sauces vimos que sacaba del bolsillo el collar de perlas de mamá y todos los anillos, hasta el grande con rubí de tía Ruth. Si las de Loza espiaban y nos veían con las alhajas, seguro que mamá iba a saberlo enseguida y que nos mataría, enanas asquerosas. Pero Leticia no estaba asustada y dijo que si algo sucedía ella era la única responsable. «Quisiera que me dejaran hoy a mí», agregó sin mirarnos. Nosotras sacamos enseguida los ornamentos, de golpe queríamos ser tan buenas con Leticia, darle todos los gustos y eso que en el fondo nos quedaba un poco de encono. Como el juego marcaba estatua, le elegimos cosas preciosas que iban bien con las alhajas, muchas plumas de pavo real para sujetar en el pelo, una piel que de lejos parecía un zorro plateado, y un velo rosa que ella se puso como un turbante. La vimos que pensaba, ensayando la estatua pero sin moverse, y cuando el tren apareció en la curva fue a ponerse al pie del talud con todas las alhajas que brillaban al sol. Levantó los brazos como si en vez de una estatua fuera a hacer una actitud, y con las manos señaló el cielo mientras echaba la cabeza hacia atrás (que era lo único que podía hacer, pobre) y doblaba el cuerpo hasta darnos miedo. Nos pareció maravillosa, la estatua más regia que había hecho nunca, y entonces vimos a Ariel que la miraba, salido de la ventanilla la miraba solamente a ella, girando la cabeza y mirándola sin vernos a nosotras hasta que el tren se lo llevó de golpe. No sé por qué las dos corrimos al mismo tiempo a sostener a Leticia que estaba con los ojos cerrados y grandes lagrimones por toda la cara. Nos rechazó sin enojo, pero la ayudamos a esconder las alhajas en el bolsillo, y se fue sola a casa mientras guardábamos por última vez los ornamentos en su caja. Casi sabíamos lo que iba a suceder, pero lo mismo al otro día fuimos las dos a los sauces, después que tía Ruth nos exigió silencio absoluto para no molestar a Leticia que estaba dolorida y quería dormir. Cuando llegó el tren vimos sin ninguna sorpresa la tercera ventanilla vacía, y mientras nos sonreíamos entre aliviadas y furiosas, imaginamos a Ariel viajando del otro lado del coche, quieto en su asiento, mirando hacia el río con sus ojos grises.

Cartas de mamá

Muy bien hubiera podido llamarse libertad condicional. Cada vez que la portera le entregaba un sobre, a Luis le bastaba reconocer la minúscula cara familiar de José de San Martín para comprender que otra vez más habría de franquear el puente. San Martín, Rivadavia, pero esos nombres eran también imágenes de calles y de cosas, Rivadavia al seis mil quinientos, el caserón de Flores, mamá, el café de San Martín y Corrientes donde lo esperaban a veces los amigos, donde el mazagrán tenía un leve gusto a aceite de ricino. Con el sobre en la mano, después del *Merci bien, madame Durand*, salir a la calle no era ya lo mismo que el día anterior, que todos los días anteriores. Cada carta de mamá (aun antes de esto que acababa de ocurrir, este absurdo error ridículo) cambiaba de golpe la vida de Luis, lo devolvía al pasado como un duro rebote de pelota. Aun antes de esto que acababa de leer —y que ahora releía en el autobús entre enfurecido y perplejo, sin acabar de convencerse—, las cartas de mamá eran siempre una alteración del tiempo, un pequeño escándalo inofensivo dentro del orden de cosas que Luis había querido y trazado y conseguido, calzándolo en su vida como había calzado a Laura en su vida y a París en su vida. Cada nueva carta insinuaba por un rato (porque después él las borraba en el acto mismo de contestarlas cariñosamente) que su libertad duramente conquistada, esa nueva vida recortada con feroces golpes de tijera en la madeja de lana que los demás habían llamado su vida, cesaba de justificarse, perdía pie, se borraba como el fondo de las calles mientras el autobús corría por la rue de Richelieu. No quedaba más que una parva libertad condicional, la irrisión de vivir a la manera de una palabra entre paréntesis, divorciada de la frase principal de la que sin embargo es casi siempre sostén y explicación. Y desazón, y una necesidad de contestar enseguida, como quien vuelve a cerrar una puerta.

Esa mañana había sido una de las tantas mañanas en que llegaba carta de mamá. Con Laura hablaban poco del pasado, casi nunca del caserón de Flores. No es que a Luis no le gustara acordarse de Buenos Aires. Más bien se trataba de evadir nombres (las personas, evadidas hacía ya tanto tiempo, pero los nombres, los verdaderos fantasmas que son los nombres, esa duración pertinaz). Un día se había animado a decirle a Laura: «Si se pudiera romper y tirar el pasado como el borrador de una carta o de un libro. Pero ahí queda siempre, manchando la copia en limpio, y yo creo que eso es el verdadero futuro». En realidad, por qué no habían de hablar de Buenos Aires donde vivía la familia, donde los amigos de cuando en cuando adornaban una postal con frases cariñosas. Y el rotograbado de *La Nación* con los sonetos de tantas señoras entusiastas, esa sensación de ya leído, de para qué. Y de cuando en cuando alguna crisis de gabinete, algún coronel enojado, algún boxeador magnífico. ¿Por qué no habían de hablar de Buenos Aires con Laura? Pero tampoco ella volvía al tiempo de antes, sólo al azar de algún diálogo, y sobre todo cuando llegaban cartas de mamá, dejaba caer un nombre o una imagen como monedas fuera de circulación, objetos de un mundo caduco en la lejana orilla del río.

—*Eh oui, fait lourd* —dijo el obrero sentado frente a él.

«Si supiera lo que es el calor —pensó Luis—. Si pudiera andar una tarde de febrero por la avenida de Mayo, por alguna callecita de Liniers».

Sacó otra vez la carta del sobre, sin ilusiones: el párrafo estaba ahí, bien claro. Era perfectamente absurdo pero estaba ahí. Su primera reacción, después de la sorpresa, el golpe en plena nuca, era como siempre de defensa. Laura no debía leer la carta de mamá. Por más ridículo que fuese el error, la confusión de nombres (mamá habría querido escribir «Víctor» y había puesto «Nico»), de todos modos Laura se afligiría, sería estúpido. De cuando en cuando se pierden cartas; ojalá ésta se hubiera ido al fondo del mar. Ahora tendría que tirarla al wáter de la oficina, y por supuesto unos días después Laura se extrañaría: «Qué raro, no ha llegado carta de tu madre». Nunca decía *tu mamá*, tal vez porque había perdido a la suya siendo niña. Entonces él contestaría: «De veras, es raro. Le voy a mandar unas líneas hoy mismo», y las mandaría, asombrándose del silencio de mamá. La vida seguiría igual, la oficina, el cine por las noches, Laura siempre tranquila, bondadosa, atenta a sus deseos. Al bajar del autobús en la rue de Rennes se preguntó bruscamente (no era una pregunta, pero cómo decirlo de otro modo) por qué no quería mostrarle a Laura la carta de mamá. No por ella, por lo que ella pudiera sentir. No le importaba gran cosa lo que ella pudiera sentir, mientras lo disimulara. (¿No le importaba gran cosa lo que ella pudiera sentir, mientras lo disimulara?) No, no le importaba gran cosa. (¿No le importaba?). Pero la primera verdad, suponiendo que hubiera otra detrás, la verdad más inmediata, por decirlo así, era que le importaba la cara que pondría Laura, la actitud de Laura. Y le importaba por él, naturalmente, por el efecto que le haría la forma en que a Laura iba a importarle la carta de mamá. Sus ojos caerían en un momento dado sobre el nombre de Nico, y él sabía que el mentón de Laura empezaría a temblar ligeramente, y después Laura diría: «Pero qué raro... ¿qué le habrá pasado a tu madre?». Y él habría sabido todo el tiempo que Laura se contenía para no gritar, para no esconder entre las manos un rostro desfigurado ya por el llanto, por el dibujo del nombre de Nico temblándole en la boca.

En la agencia de publicidad donde trabajaba como diseñador, releyó la carta, una de las tantas cartas de mamá, sin nada de extraordinario fuera del párrafo donde se había equivocado de nombre. Pensó si no podría borrar la palabra, reemplazar Nico por Víctor, sencillamente reemplazar el error por la verdad, y volver con la carta a casa para que Laura la leyera. Las cartas de mamá interesaban siempre a Laura, aunque de una manera indefinible no le estuvieran destinadas. Mamá le escribía a él; agregaba al final, a veces a mitad de la carta, saludos muy cariñosos para Laura. No importaba, las leía con el mismo interés, vacilando ante alguna palabra ya retorcida por el reúma y la miopía. «Tomo Saridón, y el doctor me ha dado un poco de salicilato...». Las cartas se posaban dos o tres días sobre la mesa de dibujo; Luis hubiera querido tirarlas apenas las contestaba, pero Laura las releía, a las mujeres les gusta releer las cartas, mirarlas de un lado y de otro, parecen extraer un segundo sentido cada vez que vuelven a sacarlas y a mirarlas. Las cartas de mamá eran breves, con noticias domésticas, una que otra referencia al orden nacional (pero esas cosas ya se sabían por los telegramas de *Le Monde*, llegaban siempre tarde por su mano). Hasta podía pensarse que las cartas eran siempre la misma, escueta y mediocre, sin nada interesante. Lo mejor de mamá era que nunca se había abandonado a la tristeza que debía causarle la ausencia de su hijo y de su nuera, ni siquiera al dolor —tan a gritos, tan a lágrimas al principio— por la muerte de Nico. Nunca, en los dos años que llevaba ya en París, mamá había mencionado a Nico en sus cartas. Era como Laura, que tampoco lo nombraba. Ninguna de las dos lo nombraba, y hacía más de dos años que Nico había muerto. La repentina mención de su nombre a mitad de la carta era casi un escándalo. Ya el solo hecho de que el nombre de Nico apareciera de golpe en una frase, con la *N* larga y temblorosa, la *o* con una cola torcida; pero era peor, porque el nombre se situaba en una frase incomprensible y absurda, en algo que no podía ser otra cosa que un anuncio de senilidad. De golpe mamá perdía la noción del tiempo, se imaginaba que... El párrafo venía después de un breve acuse de recibo de una carta de Laura. Un punto apenas marcado con la débil tinta azul comprada en el almacén del barrio, y a quemarropa: «Esta mañana Nico preguntó por ustedes». El resto seguía como siempre: la salud, la prima Matilde se había caído y tenía una clavícula sacada, los perros estaban bien. Pero Nico había preguntado por ellos.

En realidad hubiera sido fácil cambiar Nico por Víctor, que era el que sin duda había preguntado por ellos. El primo Víctor, tan atento siempre. Víctor tenía dos letras más que Nico, pero con una goma y habilidad se podían cambiar los nombres. Esta mañana Víctor preguntó por ustedes. Tan natural que Víctor pasara a visitar a mamá y le preguntara por los ausentes.

Cuando volvió a almorzar, traía intacta la carta en el bolsillo. Seguía dispuesto a no decirle nada a Laura, que lo esperaba con su sonrisa amistosa, el rostro que parecía haberse desdibujado un poco desde los tiempos de Buenos Aires, como si el aire gris de París le quitara el color y el relieve. Llevaban más de dos años en París, habían salido de Buenos Aires apenas dos meses después de la muerte de Nico, pero en realidad Luis se había considerado como ausente desde el día mismo de su casamiento con Laura. Una tarde, después de hablar con Nico que estaba ya enfermo, se había jurado escapar de la Argentina, del caserón de Flores, de mamá y los perros y su hermano (que ya estaba enfermo). En aquellos meses todo había girado en torno a él como las figuras de una danza: Nico, Laura, mamá, los perros, el jardín. Su juramento había sido el gesto brutal del que hace trizas una botella en la pista, interrumpe el baile con un chicotear de vidrios rotos. Todo había sido brutal en esos días: su casamiento, la partida sin remilgos ni consideraciones para con mamá, el olvido de todos los deberes sociales, de los amigos entre sorprendidos y desencantados. No le había importado nada, ni siquiera el asomo de protesta de Laura. Mamá se quedaba sola en el caserón, con los perros y los frascos de remedios, con la ropa de Nico colgada todavía en un ropero. Que se quedara, que todos se fueran al demonio. Mamá había parecido comprender, ya no lloraba a Nico y andaba como antes por la casa, con la fría y resuelta recuperación de los viejos frente a la muerte. Pero Luis no quería acordarse de lo que había sido la tarde de la despedida, las valijas, el taxi en la puerta, la casa ahí con toda la infancia, el jardín donde Nico y él habían jugado a la guerra, los dos perros indiferentes y estúpidos. Ahora era casi capaz de olvidarse de todo eso. Iba a la agencia, dibujaba afiches, volvía a comer, bebía la taza de café que Laura le alcanzaba sonriendo. Iban mucho al cine, mucho a los bosques, conocían cada vez mejor París. Habían tenido suerte, la vida era sorprendentemente fácil, el trabajo pasable, el departamento bonito, las películas excelentes. Entonces llegaba carta de mamá.

No las detestaba; si le hubieran faltado habría sentido caer sobre él la libertad como un peso insoportable. Las cartas de mamá le traían un tácito perdón (pero de nada había que perdonarlo), tendían el puente por donde era posible seguir pasando. Cada una lo tranquilizaba o lo inquietaba sobre la salud de mamá, le recordaba la economía familiar, la permanencia de un orden. Y a la vez odiaba ese orden y lo odiaba por Laura, porque Laura estaba en París, pero cada carta de mamá la definía como ajena, como cómplice de ese orden que él había repudiado una noche en el jardín, después de oír una vez más la tos apagada, casi humilde de Nico.

No, no le mostraría la carta. Era innoble sustituir un nombre por otro, era intolerable que Laura leyera la frase de mamá. Su grotesco error, su tonta torpeza de un instante —la veía luchando con una pluma vieja, con el papel que se ladeaba, con su vista insuficiente—, crecería en Laura como una semilla fácil. Mejor tirar la carta (la tiró esa tarde misma) y por la noche ir al cine con Laura, olvidarse lo antes posible de que Víctor había preguntado por ellos. Aunque fuera Víctor, el primo tan bien educado, olvidarse de que Víctor había preguntado por ellos.

Diabólico, agazapado, relamiéndose, Tom esperaba que Jerry cayera en la trampa. Jerry no cayó, y llovieron sobre Tom catástrofes incontables. Después Luis compró helados, los comieron mientras miraban distraídamente los anuncios en colores. Cuando empezó la película, Laura se hundió un poco más en su butaca y retiró la mano del brazo de Luis. Él la sentía otra vez lejos, quién sabe si lo que miraban juntos era ya la misma cosa para los dos, aunque más tarde comentaran la película en la calle o en la cama. Se preguntó (no era una pregunta, pero cómo decirlo de otro modo) si Nico y Laura habían estado así de distantes en los cines, cuando Nico la festejaba y salían juntos. Probablemente habían conocido todos los cines de Flores, toda la rambla estúpida de la calle Lavalle, el león, el atleta que golpea el gongo, los subtítulos en castellano por Carmen de Pinillos, los personajes de esta película son ficticios, y toda relación... Entonces, cuando Jerry había escapado de Tom y empezaba la hora de Barbara Stanwyck o de Tyrone Power, la mano de Nico se acostaría despacio sobre el muslo de Laura (el pobre Nico, tan tímido, tan novio), y los dos se sentirían culpables de quién sabe qué.

Bien le constaba a Luis que no habían sido culpables de nada definitivo; aunque no hubiera tenido la más deliciosa de las pruebas, el veloz desapego de Laura por Nico hubiera bastado para ver en ese noviazgo un mero simulacro urdido por el barrio, la vecindad, los círculos culturales y recreativos que son la sal de Flores. Había bastado el capricho de ir una noche a la misma sala de baile que frecuentaba Nico, el azar de una presentación fraternal. Tal vez por eso, por la facilidad del comienzo, todo el resto había sido inesperadamente duro y amargo. Pero no quería acordarse ahora, la comedia había terminado con la blanda derrota de Nico, su melancólico refugio en una muerte de tísico. Lo raro era que Laura no lo nombrara nunca, y que por eso tampoco él lo nombrara, que Nico no fuera ni siquiera el difunto, ni siquiera el cuñado muerto, el hijo de mamá. Al principio le había traído un alivio después del turbio intercambio de reproches, del llanto y los gritos de mamá, de la estúpida intervención del tío Emilio y del primo Víctor (Víctor preguntó esta mañana por ustedes), el casamiento apresurado y sin más ceremonia que un taxi llamado por teléfono y tres minutos delante de un funcionario con caspa en las solapas. Refugiados en un hotel de Adrogué, lejos de mamá y de toda la parentela desencadenada, Luis había agradecido a Laura que jamás hiciera referencia al pobre fantoche que tan vagamente había pasado de novio a cuñado. Pero ahora, con un mar de por medio, con la muerte y dos años de por medio, Laura seguía sin nombrarlo, y él se plegaba a su silencio por cobardía, sabiendo que en el fondo ese silencio lo agraviaba por lo que tenía de reproche, de arrepentimiento, de algo que empezaba a parecerse a la traición. Más de una vez había mencionado expresamente a Nico, pero comprendía que eso no contaba, que la respuesta de Laura tendía solamente a desviar la conversación. Un lento territorio prohibido se había ido formando poco a poco en su lenguaje, aislándolos de Nico, envolviendo su nombre y su recuerdo en un algodón manchado y pegajoso. Y del otro lado mamá hacía lo mismo, confabulada inexplicablemente en el silencio. Cada carta hablaba de los perros, de Matilde, de Víctor, del salicilato, del pago de la pensión. Luis había esperado que alguna vez mamá aludiera a su hijo para aliarse con ella frente a Laura, obligar cariñosamente a Laura a que aceptara la existencia póstuma de Nico. No porque fuera necesario, a quién le importaba nada de Nico vivo o muerto, pero la tolerancia de su recuerdo en el panteón del pasado hubiera sido la oscura, irrefutable prueba de que Laura lo había olvidado verdaderamente y para siempre. Llamado a la plena luz de su nombre el íncubo se hubiera desvanecido, tan débil e inane como cuando pisaba la tierra. Pero Laura seguía callando el nombre de Nico, y cada vez que lo callaba, en el momento preciso en que hubiera sido natural que lo dijera y exactamente lo callaba, Luis sentía otra vez la presencia de Nico en el jardín de Flores, escuchaba su tos discreta preparando el más perfecto regalo de bodas imaginable, su muerte en plena luna de miel de la que había sido su novia, del que había sido su hermano.

Una semana más tarde Laura se sorprendió de que no hubiera llegado carta de mamá. Barajaron las hipótesis usuales, y Luis escribió esa misma tarde. La respuesta no lo inquietaba demasiado, pero hubiera querido (lo sentía al bajar la escalera por las mañanas) que la portera le diese a él la carta en vez de subirla al tercer piso. Una quincena más tarde reconoció el sobre familiar, el rostro del almirante Brown y una vista de las cataratas del Iguazú. Guardó el sobre antes de salir a la calle y contestar al saludo de Laura asomada a la ventana. Le pareció ridículo tener que doblar la esquina antes de abrir la carta. El Boby se había escapado a la calle y unos días después había empezado a rascarse, contagio de algún perro sarnoso. Mamá iba a consultar a un veterinario amigo del tío Emilio, porque no era cosa de que el Boby le pegara la peste al Negro. El tío Emilio era de parecer que los bañara con acaroína, pero ella ya no estaba para esos trotes y sería mejor que el veterinario recetara algún polvo insecticida o algo para mezclar con la comida. La señora de al lado tenía un gato sarnoso, vaya a saber si los gatos no eran capaces de contagiar a los perros, aunque fuera a través del alambrado. Pero qué les iba a interesar a ellos esas charlas de vieja, aunque Luis siempre había sido muy cariñoso con los perros y de chico hasta dormía con uno a los pies de la cama, al revés de Nico que no le gustaban mucho. La señora de al lado aconsejaba espolvorearlos con dedeté por si no era sarna, los perros pescan toda clase de pestes cuando andan por la calle; en la esquina de Bacacay paraba un circo con animales raros, a lo mejor había microbios en el aire, esas cosas. Mamá no ganaba para sustos, entre el chico de la modista que se había quemado el brazo con leche hirviendo y el Boby sarnoso.

Después había como una estrellita azul (la pluma cucharita que se enganchaba en el papel, la exclamación de fastidio de mamá) y entonces unas reflexiones melancólicas sobre lo sola que se quedaría si también Nico se iba a Europa como parecía, pero ése era el destino de los viejos, los hijos son golondrinas que se van un día, hay que tener resignación mientras el cuerpo vaya tirando. La señora de al lado...

Alguien empujó a Luis, le soltó una rápida declaración de derechos y obligaciones con acento marsellés. Vagamente comprendió que estaba estorbando el paso de la gente que entraba por el angosto corredor del *métro*. El resto del día fue igualmente vago, telefoneó a Laura para decirle que no iría a almorzar, pasó dos horas en un banco de plaza releyendo la carta de mamá, preguntándose qué debería hacer frente a la insania. Hablar con Laura, antes de nada. Por qué (no era una pregunta, pero cómo decirlo de otro modo) seguir ocultándole a Laura lo que pasaba. Ya no podía fingir que esta carta se había perdido como la otra, ya no podía creer a medias que mamá se había equivocado y escrito Nico por Víctor, y que era tan penoso que se estuviera poniendo chocha. Resueltamente esas cartas eran Laura, eran lo que iba a ocurrir con Laura. Ni siquiera eso: lo que ya había ocurrido desde el día de su casamiento, la luna de miel en Adrogué, las noches en que se habían querido desesperadamente en el barco que los traía a Francia. Todo era Laura, todo iba a ser Laura ahora que Nico quería venir a Europa en el delirio de mamá. Cómplices como nunca, mamá le estaba hablando a Laura de Nico, le estaba anunciando que Nico iba a venir a Europa, y lo decía así, Europa a secas, sabiendo tan bien que Laura comprendería que Nico iba a desembarcar en Francia, en París, en una casa donde se fingía exquisitamente haberlo olvidado, pobrecito.

Hizo dos cosas: escribió al tío Emilio señalándole los síntomas que lo inquietaban y pidiéndole que visitara inmediatamente a mamá para cerciorarse y tomar las medidas del caso. Bebió un coñac tras otro y anduvo a pie hacia su casa para pensar en el camino lo que debía decirle a Laura, porque al fin y al cabo tenía que hablar con Laura y ponerla al corriente. De calle en calle fue sintiendo cómo le costaba situarse en el presente, en lo que tendría que suceder media hora más tarde. La carta de mamá lo metía, lo ahogaba en la realidad de esos dos años de vida en París, la mentira de una paz traficada, de una felicidad de puertas para afuera, sostenida por diversiones y espectáculos, de un pacto involuntario de silencio en que los dos se desunían poco a poco como en todos los pactos negativos. Sí, mamá, sí, pobre Boby sarnoso, mamá. Pobre Boby, pobre Luis, cuánta sarna, mamá. Un baile del club de Flores, mamá, fui porque él insistía, me imagino que quería darse corte con su conquista. Pobre Nico, mamá, con esa tos seca en que nadie creía todavía, con ese traje cruzado a rayas, esa peinada a la brillantina, esas corbatas de rayón tan cajetillas. Uno charla un rato, simpatiza, cómo no va a bailar esa pieza con la novia del hermano, oh, novia es mucho decir, Luis, supongo que puedo llamarlo Luis, verdad. Pero sí, me extraña que Nico no la haya llevado a casa todavía, usted le va a caer tan bien a mamá. Este Nico es más torpe, a que ni siquiera habló con su papá. Tímido, sí, siempre fue igual. Como yo. ¿De qué se ríe, no me cree? Pero si yo no soy lo que parezco... ¿Verdad que hace calor? De veras usted tiene que venir a casa, mamá va a estar encantada. Vivimos los tres solos, con los perros. Che Nico, pero es una vergüenza, te tenías esto escondido, malandra. Entre nosotros somos así, Laura, nos decimos cada cosa. Con tu permiso, yo bailaría este tango con la señorita.

Tan poca cosa, tan fácil, tan verdaderamente brillantina y corbata rayón. Ella había roto con Nico por error, por ceguera, porque el hermano rana había sido capaz de ganar de arrebato y darle vuelta la cabeza. Nico no juega al tenis, qué va a jugar, usted no lo saca del ajedrez y la filatelia, hágame el favor. Callado, tan poca cosa el pobrecito, Nico se había ido quedando atrás, perdido en un rincón del patio, consolándose con el jarabe pectoral y el mate amargo. Cuando cayó en cama y le ordenaron reposo coincidió justamente con un baile en Gimnasia y Esgrima de Villa del Parque. Uno no se va a perder esas cosas, máxime cuando va a tocar Edgardo Donato y la cosa promete. A mamá le parecía tan bien que él sacara a pasear a Laura, le había caído como una hija apenas la llevaron una tarde a la casa. Vos fijáte, mamá, el pibe está débil y capaz que le hace impresión si uno le cuenta. Los enfermos como él se imaginan cada cosa, de fija que va a creer que estoy afilando con Laura. Mejor que no sepa que vamos a Gimnasia. Pero yo no le dije eso a mamá, nadie de casa se enteró nunca que andábamos juntos. Hasta que se mejorara el enfermito, claro. Y así el tiempo, los bailes, dos o tres bailes, las radiografías de Nico, después el auto del petiso Ramos, la noche de la farra en casa de la Beba, las copas, el paseo en auto hasta el puente del arroyo, una luna, esa luna como una ventana de hotel allá arriba, y Laura en el auto negándose, un poco bebida, las manos hábiles, los besos, los gritos ahogados, la manta de vicuña, la vuelta en silencio, la sonrisa de perdón.

La sonrisa era casi la misma cuando Laura le abrió la puerta. Había carne al horno, ensalada, un flan. A las diez vinieron unos vecinos que eran sus compañeros de canasta. Muy tarde, mientras se preparaban para acostarse, Luis sacó la carta y la puso sobre la mesa de luz.

—No te hablé antes porque no quería afligirte. Me parece que mamá...

Acostado, dándole la espalda, esperó. Laura guardó la carta en el sobre, apagó el velador. La sintió contra él, no exactamente contra pero la oía respirar cerca de su oreja.

—¿Vos te das cuenta? —dijo Luis, cuidando su voz.

—Sí. ¿No creés que se habrá equivocado de nombre?

Tenía que ser. Peón cuatro rey, peón cuatro rey. Perfecto.

—A lo mejor quiso poner Víctor —dijo, clavándose lentamente las uñas en la palma de la mano.

—Ah, claro. Podría ser —dijo Laura. Caballo rey tres alfil.

Empezaron a fingir que dormían.

A Laura le había parecido bien que el tío Emilio fuera el único en enterarse, y los días pasaron sin que volvieran a hablar de eso.

Cada vez que volvía a casa, Luis esperaba una frase o un gesto insólitos en Laura, un claro en esa guardia perfecta de calma y de silencio. Iban al cine como siempre, hacían el amor como siempre. Para Luis ya no había en Laura otro misterio que el de su resignada adhesión a esa vida en la que nada había llegado a ser lo que pudieron esperar dos años atrás. Ahora la conocía bien, a la hora de las confrontaciones definitivas tenía que admitir que Laura era como había sido Nico, de las que se quedan atrás y sólo obran por inercia, aunque empleara a veces una voluntad casi terrible en no hacer nada, en no vivir de veras para nada. Se hubiera entendido mucho mejor con Nico que con él, y los dos lo venían sabiendo desde el día de su casamiento, desde las primeras tomas de posición que siguen a la blanda aquiescencia de la luna de miel y el deseo. Ahora Laura volvía a tener la pesadilla. Soñaba mucho, pero la pesadilla era distinta, Luis la reconocía entre muchos otros movimientos de su cuerpo, palabras confusas o breves gritos de animal que se ahoga. Había empezado a bordo, cuando todavía hablaban de Nico porque Nico acababa de morir y ellos se habían embarcado unas pocas semanas después. Una noche, después de acordarse de Nico y cuando ya se insinuaba el tácito silencio que se instalaría luego entre ellos, Laura había tenido la pesadilla. Se repetía de tiempo en tiempo y era siempre lo mismo, Laura lo despertaba con un gemido ronco, una sacudida convulsiva de las piernas, y de golpe un grito que era una negativa total, un rechazo con las dos manos y todo el cuerpo y toda la voz de algo horrible que le caía desde el sueño como un enorme pedazo de materia pegajosa. Él la sacudía, la calmaba, le traía agua que bebía sollozando, acosada aún a medias por el otro lado de su vida. Decía no recordar nada, era algo horrible pero no se podía explicar, y acababa por dormirse llevándose su secreto, porque Luis sabía que ella sabía, que acababa de enfrentarse con aquel que entraba en su sueño, vaya a saber bajo qué horrenda máscara, y cuyas rodillas abrazaría Laura en un vértigo de espanto, quizá de amor inútil. Era siempre lo mismo, le alcanzaba un vaso de agua, esperando en silencio a que ella volviera a apoyar la cabeza en la almohada. Quizá un día el espanto fuera más fuerte que el orgullo, si eso era orgullo. Quizá entonces él podría luchar desde su lado. Quizá no todo estaba perdido, quizá la nueva vida llegara a ser realmente otra cosa que ese simulacro de sonrisas y de cine francés.

Frente a la mesa de dibujo, rodeado de gentes ajenas, Luis recobraba el sentido de la simetría y el método que le gustaba aplicar a la vida. Puesto que Laura no tocaba el tema, esperando con aparente indiferencia la contestación del tío Emilio, a él le correspondía entenderse con mamá. Contestó su carta limitándose a las menudas noticias de las últimas semanas, y dejó para la posdata una frase rectificatoria: «De modo que Víctor habla de venir a Europa. A todo el mundo le da por viajar, debe ser la propaganda de las agencias de turismo. Decíle que escriba, le podemos mandar todos los datos que necesite. Decíle también que desde ahora cuenta con nuestra casa».

El tío Emilio contestó casi a vuelta de correo, secamente como correspondía a un pariente tan cercano y tan resentido por lo que en el velorio de Nico había calificado de incalificable. Sin haberse disgustado de frente con Luis, había demostrado sus sentimientos con la sutileza habitual en casos parecidos, absteniéndose de ir a despedirlo al barco, olvidando dos años seguidos la fecha de su cumpleaños. Ahora se limitaba a cumplir con su deber de hermano político de mamá, y enviaba escuetamente los resultados. Mamá estaba muy bien pero casi no hablaba, cosa comprensible teniendo en cuenta los muchos disgustos de los últimos tiempos. Se notaba que estaba muy sola en la casa de Flores, lo cual era lógico puesto que ninguna madre que ha vivido toda la vida con sus dos hijos puede sentirse a gusto en una enorme casa llena de recuerdos. En cuanto a las frases en cuestión, el tío Emilio había procedido con el tacto que se requería en vista de lo delicado del asunto, pero lamentaba decirles que no había sacado gran cosa en limpio, porque mamá no estaba en vena de conversación y hasta lo había recibido en la sala, cosa que nunca hacía con su hermano político. A una insinuación de orden terapéutico, había contestado que aparte del reumatismo se sentía perfectamente bien, aunque en esos días la fatigaba tener que planchar tantas camisas. El tío Emilio se había interesado por saber de qué camisas se trataba, pero ella se había limitado a una inclinación de cabeza y un ofrecimiento de jerez y galletitas Bagley.

Mamá no les dio demasiado tiempo para discutir la carta del tío Emilio y su ineficacia manifiesta. Cuatro días después llegó un sobre certificado, aunque mamá sabía de sobra que no hay necesidad de certificar las cartas aéreas a París. Laura telefoneó a Luis y le pidió que volviera lo antes posible. Media hora más tarde la encontró respirando pesadamente, perdida en la contemplación de unas flores amarillas sobre la mesa. La carta estaba en la repisa de la chimenea, y Luis volvió a dejarla ahí después de la lectura. Fue a sentarse junto a Laura, esperó. Ella se encogió de hombros.

—Se ha vuelto loca —dijo.

Luis encendió un cigarrillo. El humo le hizo llorar los ojos. Comprendió que la partida continuaba, que a él le tocaba mover. Pero esa partida la estaban jugando tres jugadores, quizá cuatro. Ahora tenía la seguridad de que también mamá estaba al borde del tablero. Poco a poco resbaló en el sillón, y dejó que su cara se pusiera la inútil máscara de las manos juntas. Oía llorar a Laura, abajo corrían a gritos los chicos de la portera.

La noche trae consejo, etcétera. Les trajo un sueño pesado y sordo, después que los cuerpos se encontraron en una monótona batalla que en el fondo no habían deseado. Una vez más se cerraba el tácito acuerdo: por la mañana hablarían del tiempo, del crimen de Saint-Cloud, de James Dean. La carta seguía sobre la repisa y mientras bebían té no pudieron dejar de verla, pero Luis sabía que al volver del trabajo ya no la encontraría. Laura borraba las huellas con su fría, eficaz diligencia. Un día, otro día, otro día más. Una noche se rieron mucho con los cuentos de los vecinos, con una audición de Fernandel. Se habló de ir a ver una pieza de teatro, de pasar un fin de semana en Fontainebleau.

Sobre la mesa de dibujo se acumulaban los datos innecesarios, todo coincidía con la carta de mamá. El barco llegaba efectivamente a El Havre el viernes 17 por la mañana, y el tren especial entraba en Saint-Lazare a las 11,45. El jueves vieron la pieza de teatro y se divirtieron mucho. Dos noches antes Laura había tenido otra pesadilla, pero él no se molestó en traerle agua y la dejó que se tranquilizara sola, dándole la espalda. Después Laura durmió en paz, de día andaba ocupada cortando y cosiendo un vestido de verano. Hablaron de comprar una máquina de coser eléctrica cuando terminaran de pagar la heladera. Luis encontró la carta de mamá en el cajón de la mesa de luz y la llevó a la oficina. Telefoneó a la compañía naviera, aunque estaba seguro de que mamá daba las fechas exactas. Era su única seguridad, porque todo el resto no se podía siquiera pensar. Y ese imbécil del tío Emilio. Lo mejor sería escribir a Matilde, por más que estuviesen distanciados Matilde comprendería la urgencia de intervenir, de proteger a mamá. Pero ¿realmente (no era una pregunta, pero cómo decirlo de otro modo) había que proteger a mamá, precisamente a mamá? Por un momento pensó en pedir larga distancia y hablar con ella. Se acordó del jerez y las galletitas Bagley, se encogió de hombros. Tampoco había tiempo de escribir a Matilde, aunque en realidad había tiempo, pero quizá fuese preferible esperar al viernes 17 antes de... El coñac ya no lo ayudaba ni siquiera a no pensar, o por lo menos a pensar sin tener miedo. Cada vez recordaba con más claridad la cara de mamá en las últimas semanas de Buenos Aires, después del entierro de Nico. Lo que él había entendido como dolor se le mostraba ahora como otra cosa, algo en donde había una rencorosa desconfianza, una expresión de animal que siente que van a abandonarlo en un terreno baldío lejos de la casa, para deshacerse de él. Ahora empezaba a ver de veras la cara de mamá. Recién ahora la veía de veras en aquellos días en que toda la familia se había turnado para visitarla, darle el pésame por Nico, acompañarla de tarde, y también Laura y él venían de Adrogué para acompañarla, para estar con mamá. Se quedaban apenas un rato porque después aparecía el tío Emilio, o Víctor, o Matilde, y todos eran una misma fría repulsa, la familia indignada por lo sucedido, por Adrogué, porque eran felices mientras Nico, pobrecito, mientras Nico. Jamás sospecharían hasta qué punto habían colaborado para embarcarlos en el primer buque a mano; como si se hubieran asociado para pagarles los pasajes, llevarlos cariñosamente a bordo con regalos y pañuelos.

Claro que su deber de hijo lo obligaba a escribir enseguida a

Matilde. Todavía era capaz de pensar cosas así antes del cuarto coñac. Al quinto las pensaba de nuevo y se reía (cruzaba París a pie para estar más solo y despejarse la cabeza), se reía de su deber de hijo, como si los hijos tuvieran deberes, como si los deberes fueran los de cuarto grado, los sagrados deberes para la sagrada señorita del inmundo cuarto grado. Porque su deber de hijo no era escribir a Matilde. ¿Para qué fingir (no era una pregunta, pero cómo decirlo de otro modo) que mamá estaba loca? Lo único que se podía hacer era no hacer nada, dejar que pasaran los días, salvo el viernes. Cuando se despidió como siempre de Laura diciéndole que no vendría a almorzar porque tenía que ocuparse de unos afiches urgentes, estaba tan seguro del resto que hubiera podido agregar: «Si querés vamos juntos». Se refugió en el café de la estación, menos por disimulo que para tener la pobre ventaja de ver sin ser visto. A las once y treinta y cinco descubrió a Laura por su falda azul, la siguió a distancia, la vio mirar el tablero, consultar a un empleado, comprar un boleto de plataforma, entrar en el andén donde ya se juntaba la gente con el aire de los que esperan. Detrás de una zorra cargada de cajones de fruta miraba a Laura que parecía dudar entre quedarse cerca de la salida del andén o internarse por él. La miraba sin sorpresa, como a un insecto cuyo comportamiento podía ser interesante. El tren llegó casi enseguida y Laura se mezcló con la gente que se acercaba a las ventanillas de los coches buscando cada uno lo suyo, entre gritos y manos que sobresalían como si dentro del tren se estuvieran ahogando. Bordeó la zorra y entró al andén entre más cajones de fruta y manchas de grasa. Desde donde estaba vería salir a los pasajeros, vería pasar otra vez a Laura, su rostro lleno de alivio porque el rostro de Laura, ¿no estaría lleno de alivio? (No era una pregunta, pero cómo decirlo de otro modo). Y después, dándose el lujo de ser el último una vez que pasaran los últimos viajeros y los últimos changadores, entonces saldría a su vez, bajaría a la plaza llena de sol para ir a beber coñac al café de la esquina. Y esa misma tarde escribiría a mamá sin la menor referencia al ridículo episodio (pero no era ridículo) y después tendría valor y hablaría con Laura (pero no tendría valor y no hablaría con Laura). De todas maneras coñac, eso sin la menor duda, y que todo se fuera al demonio. Verlos pasar así en racimos, abrazándose con gritos y lágrimas, las parentelas desatadas, un erotismo barato como un carrusel de feria barriendo el andén, entre valijas y paquetes y por fin, por fin, cuánto tiempo sin vernos, qué quemada estás, Ivette, pero sí, hubo un sol estupendo, hija. Puesto a buscar semejanzas, por gusto de aliarse a la imbecilidad, dos de los hombres que pasaban cerca debían ser argentinos por el corte de pelo, los sacos, el aire de suficiencia disimulando el azoramiento de entrar en París. Uno sobre todo se parecía a Nico, puesto a buscar semejanzas. El otro no, y en realidad éste tampoco apenas se le miraba el cuello mucho más grueso y la cintura más ancha. Pero puesto a buscar semejanzas por puro gusto, ese otro que ya había pasado y avanzaba hacia el portillo de salida, con una sola valija en la mano izquierda, Nico era zurdo como él, tenía esa espalda un poco cargada, ese corte de hombros. Y Laura debía haber pensado lo mismo porque venía detrás mirándolo, y en la cara una expresión que él conocía bien, la cara de Laura cuando despertaba de la pesadilla y se incorporaba en la cama mirando fijamente el aire, mirando, ahora lo sabía, a aquel que se alejaba dándole la espalda, consumada la innominable venganza que la hacía gritar y debatirse en sueños.

Puestos a buscar semejanzas, naturalmente el hombre era un desconocido, lo vieron de frente cuando puso la valija en el suelo para buscar el billete y entregarlo al del portillo. Laura salió la primera de la estación, la dejó que tomara distancia y se perdiera en la plataforma del autobús. Entró en el café de la esquina y se tiró en una banqueta. Más tarde no se acordó si había pedido algo de beber, si eso que le quemaba la boca era el regusto del coñac barato. Trabajó toda la tarde en los afiches, sin tomarse descanso. A ratos pensaba que tendría que escribir a mamá, pero lo fue dejando pasar hasta la hora de salida. Cruzó París a pie, al llegar a casa encontró a la portera en el zaguán y charló un rato con ella. Hubiera querido quedarse hablando con la portera o los vecinos, pero todos iban entrando en los departamentos y se acercaba la hora de cenar. Subió despacio (en realidad siempre subía despacio para no fatigarse los pulmones y no toser) y al llegar al tercero se apoyó en la puerta antes de tocar el timbre, para descansar un momento en la actitud del que escucha lo que pasa en el interior de una casa. Después llamó con los dos toques cortos de siempre.

—Ah, sos vos —dijo Laura, ofreciéndole una mejilla fría—. Ya empezaba a preguntarme si habrías tenido que quedarte más tarde. La carne debe estar recocida.

No estaba recocida, pero en cambio no tenía gusto a nada. Si en ese momento hubiera sido capaz de preguntarle a Laura por qué había ido a la estación, tal vez el café hubiese recobrado el sabor, o el cigarrillo. Pero Laura no se había movido de casa en todo el día, lo dijo como si necesitara mentir o esperara que él hiciera un comentario burlón sobre la fecha, las manías lamentables de mamá. Revolviendo el café, de codos sobre el mantel, dejó pasar una vez más el momento. La mentira de Laura ya no importaba, una más entre tantos besos ajenos, tantos silencios donde todo era Nico, donde no había nada en ella o en él que no fuera Nico. ¿Por qué (no era una pregunta, pero cómo decirlo de otro modo) no poner un tercer cubierto en la mesa? ¿Por qué no irse, por qué no cerrar el puño y estrellarlo en esa cara triste y sufrida que el humo del cigarrillo deformaba, hacía ir y venir como entre dos aguas, parecía llenar poco a poco de odio como si fuera la cara misma de mamá? Quizá estaba en la otra habitación, o quizá esperaba apoyado en la puerta como había esperado él, o se había instalado ya donde siempre había sido el amo, en el territorio blanco y tibio de las sábanas al que tantas veces había acudido en los sueños de Laura. Allí esperaría, tendido de espaldas, fumando también él su cigarrillo, tosiendo un poco, riéndose con una cara de payaso como la cara de los últimos días, cuando no le quedaba ni una gota de sangre sana en las venas.

Pasó al otro cuarto, fue a la mesa de trabajo, encendió la lámpara. No necesitaba releer la carta de mamá para contestarla como debía. Empezó a escribir, querida mamá. Escribió: querida mamá. Tiró el papel, escribió: mamá. Sentía la casa como un puño que se fuera apretando. Todo era más estrecho, más sofocante. El departamento había sido suficiente para dos, estaba pensado exactamente para dos. Cuando levantó los ojos (acababa de escribir: mamá), Laura estaba en la puerta, mirándolo. Luis dejó la pluma.

—¿A vos no te parece que está mucho más flaco? —dijo.

Laura hizo un gesto. Un brillo paralelo le bajaba por las mejillas.

—Un poco —dijo—. Uno va cambiando...

Las babas del diablo

Nunca se sabrá cómo hay que contar esto, si en primera persona o en segunda, usando la tercera del plural o inventando continuamente formas que no servirán de nada. Si se pudiera decir: yo vieron subir la luna, o: nos me duele el fondo de los ojos, y sobre todo así: tú la mujer rubia eran las nubes que siguen corriendo delante de mis tus sus nuestros vuestros sus rostros. Qué diablos.

Puestos a contar, si se pudiera ir a beber un bock por ahí y que la máquina siguiera sola (porque escribo a máquina), sería la perfección. Y no es un modo de decir. La perfección, sí, porque aquí el agujero que hay que contar es también una máquina (de otra especie, una Contax 1.1.2) y a lo mejor puede ser que una máquina sepa más de otra máquina que yo, tú, ella —la mujer rubia— y las nubes. Pero de tonto sólo tengo la suerte, y sé que si me voy, esta Remington se quedará petrificada sobre la mesa con ese aire de doblemente quietas que tienen las cosas movibles cuando no se mueven. Entonces tengo que escribir. Uno de todos nosotros tiene que escribir, si es que todo esto va a ser contado. Mejor que sea yo que estoy muerto, que estoy menos comprometido que el resto; yo que no veo más que las nubes y puedo pensar sin distraerme, escribir sin distraerme (ahí pasa otra, con un borde gris) y acordarme sin distraerme, yo que estoy muerto (y vivo, no se trata de engañar a nadie, ya se verá cuando llegue el momento, porque de alguna manera tengo que arrancar y he empezado por esta punta, la de atrás, la del comienzo, que al fin y al cabo es la mejor de las puntas cuando se quiere contar algo).

De repente me pregunto por qué tengo que contar esto, pero si uno empezara a preguntarse por qué hace todo lo que hace, si uno se preguntara solamente por qué acepta una invitación a cenar (ahora pasa una paloma, y me parece que un gorrión) o por qué cuando alguien nos ha contado un buen cuento, enseguida empieza como una cosquilla en el estómago y no se está tranquilo hasta entrar en la oficina de al lado y contar a su vez el cuento; recién entonces uno está bien, está contento y puede volverse a su trabajo. Que yo sepa nadie ha explicado esto, de manera que lo mejor es dejarse de pudores y contar, porque al fin y al cabo nadie se avergüenza de respirar o de ponerse los zapatos; son cosas que se hacen, y cuando pasa algo raro, cuando dentro del zapato encontramos una araña o al respirar se siente como un vidrio roto, entonces hay que contar lo que pasa, contarlo a los muchachos de la oficina o al médico. Ay, doctor, cada vez que respiro... Siempre contarlo, siempre quitarse esa cosquilla molesta del estómago.

Y ya que vamos a contarlo pongamos un poco de orden, bajemos por la escalera de esta casa hasta el domingo 7 de noviembre, justo un mes atrás. Uno baja cinco pisos y ya está en el domingo, con un sol insospechado para noviembre en París, con muchísimas ganas de andar por ahí, de ver cosas, de sacar fotos (porque éramos fotógrafos, soy fotógrafo). Ya sé que lo más difícil va a ser encontrar la manera de contarlo, y no tengo miedo de repetirme. Va a ser difícil porque nadie sabe bien quién es el que verdaderamente está contando, si soy yo o eso que ha ocurrido, o lo que estoy viendo (nubes, y a veces una paloma) o si sencillamente cuento una verdad que es solamente mi verdad, y entonces no es la verdad salvo para mi estómago, para estas ganas de salir corriendo y acabar de alguna manera con esto, sea lo que fuere.

Vamos a contarlo despacio, ya se irá viendo qué ocurre a medida que lo escribo. Si me sustituyen, si ya no sé qué decir, si se acaban las nubes y empieza alguna otra cosa (porque no puede ser que esto sea estar viendo continuamente nubes que pasan, y a veces una paloma), si algo de todo eso... Y después del «si», ¿qué voy a poner, cómo voy a clausurar correctamente la oración? Pero si empiezo a hacer preguntas no contaré nada; mejor contar, quizá contar sea como una respuesta, por lo menos para alguno que lo lea.

Roberto Michel, franco-chileno, traductor y fotógrafo aficionado a sus horas, salió del número 11 de la rue Monsieur-le-Prince el domingo 7 de noviembre del año en curso (ahora pasan dos más pequeñas, con los bordes plateados). Llevaba tres semanas trabajando en la versión al francés del tratado sobre recusaciones y recursos de José Norberto Allende, profesor en la Universidad de Santiago. Es raro que haya viento en París, y mucho menos un viento que en las esquinas se arremolinaba y subía castigando las viejas persianas de madera tras de las cuales sorprendidas señoras comentaban de diversas maneras la inestabilidad del tiempo en estos últimos años. Pero el sol estaba también ahí, cabalgando el viento y amigo de los gatos, por lo cual nada me impediría dar una vuelta por los muelles del Sena y sacar unas fotos de la Conserjería y la Sainte-Chapelle. Eran apenas las diez, y calculé que hacia las once tendría buena luz, la mejor posible en otoño; para perder tiempo derivé hasta la isla Saint-Louis y me puse a andar por el Quai d'Anjou, miré un rato el hotel de Lauzun, me recité unos fragmentos de Apollinaire que siempre me vienen a la cabeza cuando paso delante del hotel de Lauzun (y eso que debería acordarme de otro poeta, pero Michel es un porfiado), y cuando de golpe cesó el viento y el sol se puso por lo menos dos veces más grande (quiero decir más tibio, pero en realidad es lo mismo), me senté en el parapeto y me sentí terriblemente feliz en la mañana del domingo.

Entre las muchas maneras de combatir la nada, una de las mejores es sacar fotografías, actividad que debería enseñarse tempranamente a los niños, pues exige disciplina, educación estética, buen ojo y dedos seguros. No se trata de estar acechando la mentira como cualquier reporter, y atrapar la estúpida silueta del personajón que sale del número 10 de Downing Street, pero de todas maneras cuando se anda con la cámara hay como el deber de estar atento, de no perder ese brusco y delicioso rebote de un rayo de sol en una vieja piedra, o la carrera trenzas al aire de una chiquilla que vuelve con un pan o una botella de leche. Michel sabía que el fotógrafo opera siempre como una permutación de su manera personal de ver el mundo por otra que la cámara le impone insidiosa (ahora pasa una gran nube casi negra), pero no desconfiaba, sabedor de que le bastaba salir sin la Contax para recuperar el tono distraído, la visión sin encuadre, la luz sin diafragma ni 1/250. Ahora mismo (qué palabra, *ahora*, qué estúpida mentira) podía quedarme sentado en el pretil sobre el río, mirando pasar las pinazas negras y rojas, sin que se me ocurriera pensar fotográficamente las escenas, nada más que dejándome ir en el dejarse ir de las cosas, corriendo inmóvil con el tiempo. Y ya no soplaba viento.

Después seguí por el Quai de Bourbon hasta llegar a la punta de la isla, donde la íntima placita (íntima por pequeña y no por recatada, pues da todo el pecho al río y al cielo) me gusta y me regusta. No había más que una pareja y, claro, palomas; quizá alguna de las que ahora pasan por lo que estoy viendo. De un salto me instalé en el parapeto y me dejé envolver y atar por el sol, dándole la cara, las orejas, las dos manos (guardé los guantes en el bolsillo). No tenía ganas de sacar fotos y encendí un cigarrillo por hacer algo; creo que en el momento en que acercaba el fósforo al tabaco vi por primera vez al muchachito.

Lo que había tomado por una pareja se parecía mucho más a un chico con su madre, aunque al mismo tiempo me daba cuenta de que no era un chico con su madre, de que era una pareja en el sentido que damos siempre a las parejas cuando las vemos apoyadas en los parapetos o abrazadas en los bancos de las plazas. Como no tenía nada que hacer me sobraba tiempo para preguntarme por qué el muchachito estaba tan nervioso, tan como un potrillo o una liebre, metiendo las manos en los bolsillos, sacando enseguida una y después la otra, pasándose los dedos por el pelo, cambiando de postura, y sobre todo por qué tenía miedo, pues eso se lo adivinaba en cada gesto, un miedo sofocado por la vergüenza, un impulso de echarse atrás que se advertía como si su cuerpo estuviera al borde de la huida, conteniéndose en un último y lastimoso decoro.

Tan claro era todo eso, ahí a cinco metros —y estábamos solos contra el parapeto, en la punta de la isla—, que al principio el miedo del chico no me dejó ver bien a la mujer rubia. Ahora, pensándolo, la veo mucho mejor en ese primer momento en que le leí la cara (de golpe había girado como una veleta de cobre, y los ojos, los ojos estaban ahí), cuando comprendí vagamente lo que podía estar ocurriéndole al chico y me dije que valía la pena quedarse y mirar (el viento se llevaba las palabras, los apenas murmullos). Creo que sé mirar, si es que algo sé, y que todo mirar rezuma falsedad, porque es lo que nos arroja más afuera de nosotros mismos, sin la menor garantía, en tanto que oler, o (pero Michel se bifurca fácilmente, no hay que dejarlo que declame a gusto). De todas maneras, si de antemano se prevé la probable falsedad, mirar se vuelve posible; basta quizá elegir bien entre el mirar y lo mirado, desnudar a las cosas de tanta ropa ajena. Y, claro, todo esto es más bien difícil.

Del chico recuerdo la imagen antes que el verdadero cuerpo (esto se entenderá después), mientras que ahora estoy seguro que de la mujer recuerdo mucho mejor su cuerpo que su imagen. Era delgada y esbelta, dos palabras injustas para decir lo que era, y vestía un abrigo de piel casi negro, casi largo, casi hermoso. Todo el viento de esa mañana (ahora soplaba apenas, y no hacía frío) le había pasado por el pelo rubio que recortaba su cara blanca y sombría —dos palabras injustas— y dejaba al mundo de pie y horriblemente solo delante de sus ojos negros, sus ojos que caían sobre las cosas como dos águilas, dos saltos al vacío, dos ráfagas de fango verde. No describo nada, trato más bien de entender. Y he dicho dos ráfagas de fango verde.

Seamos justos, el chico estaba bastante bien vestido y llevaba unos guantes amarillos que yo hubiera jurado que eran de su hermano mayor, estudiante de derecho o ciencias sociales; era gracioso ver los dedos de los guantes saliendo del bolsillo de la chaqueta. Largo rato no le vi la cara, apenas un perfil nada tonto —pájaro azorado, ángel de Fra Filippo, arroz con leche— y una espalda de adolescente que quiere hacer judo y que se ha peleado un par de veces por una idea o una hermana. Al filo de los catorce, quizá de los quince, se le adivinaba vestido y alimentado por sus padres, pero sin un centavo en el bolsillo, teniendo que deliberar con los camaradas antes de decidirse por un café, un coñac, un atado de cigarrillos. Andaría por las calles pensando en las condiscípulas, en lo bueno que sería ir al cine y ver la última película, o comprar novelas o corbatas o botellas de licor con etiquetas verdes y blancas. En su casa (su casa sería respetable, sería almuerzo a las doce y paisajes románticos en las paredes, con un oscuro recibimiento y un paragüero de caoba al lado de la puerta) llovería despacio el tiempo de estudiar, de ser la esperanza de mamá, de parecerse a papá, de escribir a la tía de Avignon. Por eso tanta calle, todo el río para él (pero sin un centavo) y la ciudad misteriosa de los quince años, con sus signos en las puertas, sus gatos estremecedores, el cartucho de papas fritas a treinta francos, la revista pornográfica doblada en cuatro, la soledad como un vacío en los bolsillos, los encuentros felices, el fervor por tanta cosa incomprendida pero iluminada por un amor total, por la disponibilidad parecida al viento y a las calles.

Esta biografía era la del chico y la de cualquier chico, pero a éste lo veía ahora aislado, vuelto único por la presencia de la mujer rubia que seguía hablándole. (Me cansa insistir, pero acaban de pasar dos largas nubes desflecadas. Pienso que aquella mañana no miré ni una sola vez el cielo, porque tan pronto presentí lo que pasaba con el chico y la mujer no pude más que mirarlos y esperar, mirarlos y...). Resumiendo, el chico estaba inquieto y se podía adivinar sin mucho trabajo lo que acababa de ocurrir pocos minutos antes, a lo sumo media hora. El chico había llegado hasta la punta de la isla, vio a la mujer y la encontró admirable. La mujer esperaba eso porque estaba ahí para esperar eso, o quizá el chico llegó antes y ella lo vio desde un balcón o desde un auto, y salió a su encuentro, provocando el diálogo con cualquier cosa, segura desde el comienzo de que él iba a tenerle miedo y a querer escaparse, y que naturalmente se quedaría, engallado y hosco, fingiendo la veteranía y el placer de la aventura. El resto era fácil porque estaba ocurriendo a cinco metros de mí y cualquiera hubiese podido medir las etapas del juego, la esgrima irrisoria; su mayor encanto no era su presente, sino la previsión del desenlace. El muchacho acabaría por pretextar una cita, una obligación cualquiera, y se alejaría tropezando y confundido, queriendo caminar con desenvoltura, desnudo bajo la mirada burlona que lo seguiría hasta el final. O bien se quedaría, fascinado o simplemente incapaz de tomar la iniciativa, y la mujer empezaría a acariciarle la cara, a despeinarlo, hablándole ya sin voz, y de pronto lo tomaría del brazo para llevárselo, a menos que él, con una desazón que quizá empezara a teñir el deseo, el riesgo de la aventura, se animase a pasarle el brazo por la cintura y a besarla. Todo esto podía ocurrir, pero aún no ocurría, y perversamente Michel esperaba, sentado en el pretil, aprontando casi sin darse cuenta la cámara para sacar una foto pintoresca en un rincón de la isla con una pareja nada común hablando y mirándose.

Curioso que la escena (la nada, casi: dos que están ahí, desigualmente jóvenes) tuviera como un aura inquietante. Pensé que eso lo ponía yo, y que mi foto, si la sacaba, restituiría las cosas a su tonta verdad. Me hubiera gustado saber qué pensaba el hombre del sombrero gris sentado al volante del auto detenido en el muelle que lleva a la pasarela, y que leía el diario o dormía. Acababa de descubrirlo, porque la gente dentro de un auto detenido casi desaparece, se pierde en esa mísera jaula privada de la belleza que le dan el movimiento y el peligro. Y sin embargo el auto había estado ahí todo el tiempo, formando parte (o deformando esa parte) de la isla. Un auto: como decir un farol de alumbrado, un banco de plaza. Nunca el viento, la luz del sol, esas materias siempre nuevas para la piel y los ojos, y también el chico y la mujer, únicos, puestos ahí para alterar la isla, para mostrármela de otra manera. En fin, bien podía suceder que también el hombre del diario estuviera atento a lo que pasaba y sintiera como yo ese regusto maligno de toda expectativa. Ahora la mujer había girado suavemente hasta poner al muchachito entre ella y el parapeto, los veía casi de perfil y él era más alto, pero no mucho más alto, y sin embargo ella lo sobraba, parecía como cernida sobre él (su risa, de repente, un látigo de plumas), aplastándolo con sólo estar ahí, sonreír, pasear una mano por el aire. ¿Por qué esperar más? Con un diafragma dieciséis, con un encuadre donde no entrara el horrible auto negro, pero sí ese árbol, necesario para quebrar un espacio demasiado gris...

Levanté la cámara, fingí estudiar un enfoque que no los incluía, y me quedé al acecho, seguro de que atraparía por fin el gesto revelador, la expresión que todo lo resume, la vida que el movimiento acompasa pero que una imagen rígida destruye al seccionar el tiempo, si no elegimos la imperceptible fracción esencial. No tuve que esperar mucho. La mujer avanzaba en su tarea de maniatar suavemente al chico, de quitarle fibra a fibra sus últimos restos de libertad, en una lentísima tortura deliciosa. Imaginé los finales posibles (ahora asoma una pequeña nube espumosa, casi sola en el cielo), preví la llegada a la casa (un piso bajo probablemente, que ella saturaría de almohadones y de gatos) y sospeché el azoramiento del chico y su decisión desesperada de disimularlo y de dejarse llevar fingiendo que nada le era nuevo. Cerrando los ojos, si es que los cerré, puse en orden la escena, los besos burlones, la mujer rechazando con dulzura las manos que pretenderían desnudarla como en las novelas, en una cama que tendría un edredón lila, y obligándolo en cambio a dejarse quitar la ropa, verdaderamente madre e hijo bajo una luz amarilla de opalinas, y todo acabaría como siempre, quizá, pero quizá todo fuera de otro modo, y la iniciación del adolescente no pasara, no la dejaran pasar, de un largo proemio donde las torpezas, las caricias exasperantes, la carrera de las manos se resolviera quién sabe en qué, en un placer por separado y solitario, en una petulante negativa mezclada con el arte de fatigar y desconcertar tanta inocencia lastimada. Podía ser así, podía muy bien ser así; aquella mujer no buscaba un amante en el chico, y a la vez se lo adueñaba para un fin imposible de entender si no lo imaginaba como un juego cruel, deseo de desear sin satisfacción, de excitarse para algún otro, alguien que de ninguna manera podía ser ese chico.

Michel es culpable de literatura, de fabricaciones irreales. Nada le gusta más que imaginar excepciones, individuos fuera de la especie, monstruos no siempre repugnantes. Pero esa mujer invitaba a la invención, dando quizá las claves suficientes para acertar con la verdad. Antes de que se fuera, y ahora que llenaría mi recuerdo durante muchos días, porque soy propenso a la rumia, decidí no perder un momento más. Metí todo en el visor (con el árbol, el pretil, el sol de las once) y tomé la foto. A tiempo para comprender que los dos se habían dado cuenta y que me estaban mirando, el chico sorprendido y como interrogante, pero ella irritada, resueltamente hostiles su cuerpo y su cara que se sabían robados, ignominiosamente presos en una pequeña imagen química.

Lo podría contar con mucho detalle, pero no vale la pena. La mujer habló de que nadie tenía derecho a tomar una foto sin permiso, y exigió que le entregara el rollo de película. Todo esto con una voz seca y clara, de buen acento de París, que iba subiendo de color y de tono a cada frase. Por mi parte se me importaba muy poco darle o no el rollo de película, pero cualquiera que me conozca sabe que las cosas hay que pedírmelas por las buenas. El resultado es que me limité a formular la opinión de que la fotografía no sólo no está prohibida en los lugares públicos, sino que cuenta con el más decidido favor oficial y privado. Y mientras se lo decía gozaba socarronamente de cómo el chico se replegaba, se iba quedando atrás —con sólo no moverse— y de golpe (parecía casi increíble) se volvía y echaba a correr, creyendo el pobre que caminaba y en realidad huyendo a la carrera, pasando al lado del auto, perdiéndose como un hilo de la Virgen en el aire de la mañana.

Pero los hilos de la Virgen se llaman también babas del diablo, y Michel tuvo que aguantar minuciosas imprecaciones, oírse llamar entrometido e imbécil, mientras se esmeraba deliberadamente en sonreír y declinar, con simples movimientos de cabeza, tanto envío barato. Cuando empezaba a cansarme, oí golpear la portezuela de un auto. El hombre del sombrero gris estaba ahí, mirándonos. Sólo entonces comprendí que jugaba un papel en la comedia.

Empezó a caminar hacia nosotros, llevando en la mano el diario que había pretendido leer. De lo que mejor me acuerdo es de la mueca que le ladeaba la boca, le cubría la cara de arrugas, algo cambiaba de lugar y forma porque la boca le temblaba y la mueca iba de un lado a otro de los labios como una cosa independiente y viva, ajena a la voluntad. Pero todo el resto era fijo, payaso enharinado u hombre sin sangre, con la piel apagada y seca, los ojos metidos en lo hondo y los agujeros de la nariz negros y visibles, más negros que las cejas o el pelo o la corbata negra. Caminaba cautelosamente, como si el pavimento le lastimara los pies; le vi zapatos de charol, de suela tan delgada que debía acusar cada aspereza de la calle. No sé por qué me había bajado del pretil, no sé bien por qué decidí no darles la foto, negarme a esa exigencia en la que adivinaba miedo y cobardía. El payaso y la mujer se consultaban en silencio: hacíamos un perfecto triángulo insoportable, algo que tenía que romperse con un chasquido. Me les reí en la cara y eché a andar, supongo que un poco más despacio que el chico. A la altura de las primeras casas, del lado de la pasarela de hierro, me volví a mirarlos. No se movían, pero el hombre había dejado caer el diario; me pareció que la mujer, de espaldas al parapeto, paseaba las manos por la piedra, con el clásico y absurdo gesto del acosado que busca la salida.

Lo que sigue ocurrió aquí, casi ahora mismo, en una habitación de un quinto piso. Pasaron varios días antes de que Michel revelara las fotos del domingo; sus tomas de la Conserjería y de la Sainte-Chapelle eran lo que debían ser. Encontró dos o tres enfoques de prueba ya olvidados, una mala tentativa de atrapar un gato asombrosamente encaramado en el techo de un mingitorio callejero, y también la foto de la mujer rubia y el adolescente. El negativo era tan bueno que preparó una ampliación; la ampliación era tan buena que hizo otra mucho más grande, casi como un afiche. No se le ocurrió (ahora se lo pregunta y se lo pregunta) que sólo las fotos de la Conserjería merecían tanto trabajo. De toda la serie, la instantánea en la punta de la isla era la única que le interesaba; fijó la ampliación en una pared del cuarto, y el primer día estuvo un rato mirándola y acordándose, en esa operación comparativa y melancólica del recuerdo frente a la perdida realidad; recuerdo petrificado, como toda foto, donde nada faltaba, ni siquiera y sobre todo la nada, verdadera fijadora de la escena. Estaba la mujer, estaba el chico, rígido el árbol sobre sus cabezas, el cielo tan fijo como las piedras del parapeto, nubes y piedras confundidas en una sola materia inseparable (ahora pasa una con bordes afilados, corre como en una cabeza de tormenta). Los dos primeros días acepté lo que había hecho, desde la foto en sí hasta la ampliación en la pared, y no me pregunté siquiera por qué interrumpía a cada rato la traducción del tratado de José Norberto Allende para reencontrar la cara de la mujer, las manchas oscuras en el pretil. La primera sorpresa fue estúpida; nunca se me había ocurrido pensar que cuando miramos una foto de frente, los ojos repiten exactamente la posición y la visión del objetivo; son esas cosas que se dan por sentadas y que a nadie se le ocurre considerar. Desde mi silla, con la máquina de escribir por delante, miraba la foto ahí a tres metros, y entonces se me ocurrió que me había instalado exactamente en el punto de mira del objetivo. Estaba muy bien así; sin duda era la manera más perfecta de apreciar una foto, aunque la visión en diagonal pudiera tener sus encantos y aun sus descubrimientos. Cada tantos minutos, por ejemplo cuando no encontraba la manera de decir en buen francés lo que José Alberto Allende decía en tan buen español, alzaba los ojos y miraba la foto; a veces me atraía la mujer, a veces el chico, a veces el pavimento donde una hoja seca se había situado admirablemente para valorizar un sector lateral. Entonces descansaba un rato de mi trabajo, y me incluía otra vez con gusto en aquella mañana que empapaba la foto, recordaba irónicamente la imagen colérica de la mujer reclamándome la fotografía, la fuga ridícula y patética del chico, la entrada en escena del hombre de la cara blanca. En el fondo estaba satisfecho de mí mismo; mi partida no había sido demasiado brillante, pues si a los franceses les ha sido dado el don de la pronta respuesta, no veía bien por qué había optado por irme sin una acabada demostración de privilegios, prerrogativas y derechos ciudadanos. Lo importante, lo verdaderamente importante era haber ayudado al chico a escapar a tiempo (esto en caso de que mis teorías fueran exactas, lo que no estaba suficientemente probado, pero la fuga en sí parecía demostrarlo). De puro entrometido le había dado oportunidad de aprovechar al fin su miedo para algo útil; ahora estaría arrepentido, menoscabado, sintiéndose poco hombre. Mejor era eso que la compañía de una mujer capaz de mirar como lo miraban en la isla; Michel es puritano a ratos, cree que no se debe corromper por la fuerza. En el fondo, aquella foto había sido una buena acción.

No por buena acción la miraba entre párrafo y párrafo de mi trabajo. En ese momento no sabía por qué la miraba, por qué había fijado la ampliación en la pared; quizá ocurra así con todos los actos fatales, y sea ésa la condición de su cumplimiento. Creo que el temblor casi furtivo de las hojas del árbol no me alarmó, que seguí una frase empezada y la terminé redonda. Las costumbres son como grandes herbarios, al fin y al cabo una ampliación de ochenta por sesenta se parece a una pantalla donde proyectan cine, donde en la punta de una isla una mujer habla con un chico y un árbol agita unas hojas secas sobre sus cabezas.

Pero las manos ya eran demasiado. Acababa de escribir: *Donc, la seconde clé réside dans la nature intrinsèque des difficultés que les sociétés* —y vi la mano de la mujer que empezaba a cerrarse despacio, dedo por dedo. De mí no quedó nada, una frase en francés que jamás habrá de terminarse, una máquina de escribir que cae al suelo, una silla que chirría y tiembla, una niebla. El chico había agachado la cabeza, como los boxeadores cuando no pueden más y esperan el golpe de desgracia; se había alzado el cuello del sobretodo, parecía más que nunca un prisionero, la perfecta víctima que ayuda a la catástrofe. Ahora la mujer le hablaba al oído, y la mano se abría otra vez para posarse en su mejilla, acariciarla y acariciarla, quemándola sin prisa. El chico estaba menos azorado que receloso, una o dos veces atisbó por sobre el hombro de la mujer y ella seguía hablando, explicando algo que lo hacía mirar a cada momento hacia la zona donde Michel sabía muy bien que estaba el auto con el hombre del sombrero gris, cuidadosamente descartado en la fotografía pero reflejándose en los ojos del chico y (cómo dudarlo ahora) en las palabras de la mujer, en las manos de la mujer, en la presencia vicaria de la mujer. Cuando vi venir al hombre, detenerse cerca de ellos y mirarlos, las manos en los bolsillos y un aire entre hastiado y exigente, patrón que va a silbar a su perro después de los retozos en la plaza, comprendí, si eso era comprender, lo que tenía que pasar, lo que tenía que haber pasado, lo que hubiera tenido que pasar en ese momento, entre esa gente, ahí donde yo había llegado a trastrocar un orden, inocentemente inmiscuido en eso que no había pasado pero que ahora iba a pasar, ahora se iba a cumplir. Y lo que entonces había imaginado era mucho menos horrible que la realidad, esa mujer que no estaba ahí por ella misma, no acariciaba ni proponía ni alentaba para su placer, para llevarse al ángel despeinado y jugar con su terror y su gracia deseosa. El verdadero amo esperaba, sonriendo petulante, seguro ya de la obra; no era el primero que mandaba a una mujer a la vanguardia, a traerle los prisioneros maniatados con flores. El resto sería tan simple, el auto, una casa cualquiera, las bebidas, las láminas excitantes, las lágrimas demasiado tarde, el despertar en el infierno. Y yo no podía hacer nada, esta vez no podía hacer absolutamente nada. Mi fuerza había sido una fotografía, ésa, ahí, donde se vengaban de mí mostrándome sin disimulo lo que iba a suceder. La foto había sido tomada, el tiempo había corrido; estábamos tan lejos unos de otros, la corrupción seguramente consumada, las lágrimas vertidas, y el resto conjetura y tristeza. De pronto el orden se invertía, ellos estaban vivos, moviéndose, decidían y eran decididos, iban a su futuro; y yo desde este lado, prisionero de otro tiempo, de una habitación en un quinto piso, de no saber quiénes eran esa mujer y ese hombre y ese niño, de ser nada más que la lente de mi cámara, algo rígido, incapaz de intervención. Me tiraban a la cara la burla más horrible, la de decidir frente a mi impotencia, la de que el chico mirara otra vez al payaso enharinado y yo comprendiera que iba a aceptar, que la propuesta contenía dinero o engaño, y que no podía gritarle que huyera, o simplemente facilitarle otra vez el camino con una nueva foto, una pequeña y casi humilde intervención que desbaratara el andamiaje de baba y de perfume. Todo iba a resolverse allí mismo, en ese instante; había como un inmenso silencio que no tenía nada que ver con el silencio físico. Aquello se tendía, se armaba. Creo que grité, que grité terriblemente, y que en ese mismo segundo supe que empezaba a acercarme, diez centímetros, un paso, otro paso, el árbol giraba cadenciosamente sus ramas en primer plano, una mancha del pretil salía del cuadro, la cara de la mujer, vuelta hacia mí como sorprendida, iba creciendo, y entonces giré un poco, quiero decir que la cámara giró un poco, y sin perder de vista a la mujer empezó a acercarse al hombre que me miraba con los agujeros negros que tenía en el sitio de los ojos, entre sorprendido y rabioso miraba queriendo clavarme en el aire, y en ese instante alcancé a ver como un gran pájaro fuera de foco que pasaba de un solo vuelo delante de la imagen, y me apoyé en la pared de mi cuarto y fui feliz porque el chico acababa de escaparse, lo veía corriendo, otra vez en foco, huyendo con todo el pelo al viento, aprendiendo por fin a volar sobre la isla, a llegar a la pasarela, a volverse a la ciudad. Por segunda vez se les iba, por segunda vez yo lo ayudaba a escaparse, lo devolvía a su paraíso precario. Jadeando me quedé frente a ellos; no había necesidad de avanzar más, el juego estaba jugado. De la mujer se veía apenas un hombro y algo de pelo, brutalmente cortado por el cuadro de la imagen; pero de frente estaba el hombre, entreabierta la boca donde veía temblar una lengua negra, y levantaba lentamente las manos, acercándolas al primer plano, un instante aún en perfecto foco, y después todo él un bulto que borraba la isla, el árbol, y yo cerré los ojos y no quise mirar más, y me tapé la cara y rompí a llorar como un idiota.

Ahora pasa una gran nube blanca, como todos estos días, todo este tiempo incontable. Lo que queda por decir es siempre una nube, dos nubes, o largas horas de cielo perfectamente limpio, rectángulo purísimo clavado con alfileres en la pared de mi cuarto. Fue lo que vi al abrir los ojos y secármelos con los dedos: el cielo limpio, y después una nube que entraba por la izquierda, paseaba lentamente su gracia y se perdía por la derecha. Y luego otra, y a veces en cambio todo se pone gris, todo es una enorme nube, y de pronto restallan las salpicaduras de la lluvia, largo rato se ve llover sobre la imagen, como un llanto al revés, y poco a poco el cuadro se aclara, quizá sale el sol, y otra vez entran las nubes, de a dos, de a tres. Y las palomas, a veces, y uno que otro gorrión.

El perseguidor

In memoriam Ch. P

Sé fiel hasta la muerte
Apocalipsis, 2, 10

O make me a mask
DYLAN THOMAS

Dédée me ha llamado por la tarde diciéndome que Johnny no estaba muy bien, y he ido enseguida al hotel. Desde hace unos días Johnny y Dédée viven en un hotel de la rue Lagrange, en una pieza del cuarto piso. Me ha bastado ver la puerta de la pieza para darme cuenta de que Johnny está en la peor de las miserias; la ventana da a un patio casi negro, y a la una de la tarde hay que tener la luz encendida si se quiere leer el diario o verse la cara. No hace frío, pero he encontrado a Johnny envuelto en una frazada, encajado en un roñoso sillón que larga por todos lados pedazos de estopa amarillenta. Dédée está envejecida, y el vestido rojo le queda muy mal; es un vestido para el trabajo, para las luces de la escena; en esa pieza del hotel se convierte en una especie de coágulo repugnante.

—El compañero Bruno es fiel como el mal aliento —ha dicho Johnny a manera de saludo, remontando las rodillas hasta apoyar en ellas el mentón. Dédée me ha alcanzado una silla y yo he sacado un paquete de Gauloises. Traía un frasco de ron en el bolsillo, pero no he querido mostrarlo hasta hacerme una idea de lo que pasa. Creo que lo más irritante era la lamparilla con su ojo arrancado colgando del hilo sucio de moscas. Después de mirarla una o dos veces, y ponerme la mano como pantalla, le he preguntado a Dédée si no podíamos apagar la lamparilla y arreglarnos con la luz de la ventana. Johnny seguía mis palabras y mis gestos con una gran atención distraída, como un gato que mira fijo pero se ve que está por completo en otra cosa; que es otra cosa. Por fin Dédée se ha levantado y ha apagado la luz. En lo que quedaba, una mezcla de gris y negro, nos hemos reconocido mejor. Johnny ha sacado una de sus largas manos flacas de debajo de la frazada, y yo he sentido la fláccida tibieza de su piel. Entonces Dédée ha dicho que iba a preparar unos nescafés. Me ha alegrado saber que por lo menos tienen una lata de nescafé. Siempre que una persona tiene una lata de nescafé me doy cuenta de que no está en la última miseria; todavía puede resistir un poco.

—Hace un rato que no nos veíamos —le he dicho a Johnny—. Un mes por lo menos.

—Tú no haces más que contar el tiempo —me ha contestado de mal humor—. El primero, el dos, el tres, el veintiuno. A todo le pones un número, tú. Y ésta es igual. ¿Sabes por qué está furiosa? Porque he perdido el saxo. Tiene razón, después de todo.

—¿Pero cómo has podido perderlo? —le he preguntado, sabiendo en el mismo momento que era justamente lo que no se le puede preguntar a Johnny.

—En el *métro* —ha dicho Johnny—. Para mayor seguridad lo había puesto debajo del asiento. Era magnífico viajar sabiendo que lo tenía debajo de las piernas, bien seguro.

—Se dio cuenta cuando estaba subiendo la escalera del hotel —ha dicho Dédée, con la voz un poco ronca—. Y yo tuve que salir como una loca a avisar a los del *métro*, a la policía.

Por el silencio siguiente me he dado cuenta de que ha sido tiempo perdido. Pero Johnny ha empezado a reírse como hace él, con una risa más atrás de los dientes y de los labios.

—Algún pobre infeliz estará tratando de sacarle algún sonido —ha dicho—. Era uno de los peores saxos que he tenido nunca; se veía que Doc Rodríguez había tocado en él, estaba completamente deformado por el lado del alma. Como aparato en sí no era malo, pero Rodríguez es capaz de echar a perder un Stradivarius con solamente afinarlo.

—¿Y no puedes conseguir otro?

—Es lo que estamos averiguando —ha dicho Dédée—. Parece que Rory Friend tiene uno. Lo malo es que el contrato de Johnny...

—El contrato —ha remedado Johnny—. Qué es eso del contrato. Hay que tocar y se acabó, y no tengo saxo ni dinero para comprar uno, y los muchachos están igual que yo.

Esto último no es cierto, y los tres lo sabemos. Nadie se atreve ya a prestarle un instrumento a Johnny, porque lo pierde o acaba con él enseguida. Ha perdido el saxo de Louis Rolling en Bordeaux, ha roto en tres pedazos, pisoteándolo y golpeándolo, el saxo que Dédée había comprado cuando lo contrataron para una gira por Inglaterra. Nadie sabe ya cuántos instrumentos lleva perdidos, empeñados o rotos. Y en todos ellos tocaba como yo creo que solamente un dios puede tocar un saxo alto, suponiendo que hayan renunciado a las liras y a las flautas.

—¿Cuándo empiezas, Johnny?

—No sé. Hoy, creo, ¿eh, Dé?

—No, pasado mañana.

—Todo el mundo sabe las fechas menos yo —rezonga Johnny, tapándose hasta las orejas con la frazada—. Hubiera jurado que era esta noche, y que esta tarde había que ir a ensayar.

—Lo mismo da —ha dicho Dédée—. La cuestión es que no tienes saxo.

—¿Cómo lo mismo da? No es lo mismo. Pasado mañana es después de mañana, y mañana es mucho después de hoy. Y hoy mismo es bastante después de ahora, en que estamos charlando con el compañero Bruno y yo me sentiría mucho mejor si me pudiera olvidar del tiempo y beber alguna cosa caliente.

—Ya va a hervir el agua, espera un poco.

—No me refería al calor por ebullición —ha dicho Johnny. Entonces he sacado el frasco de ron y ha sido como si encendiéramos la luz, porque Johnny ha abierto de par en par la boca, maravillado, y sus dientes se han puesto a brillar, y hasta Dédée ha tenido que sonreírse al verlo tan asombrado y contento. El ron con el nescafé no estaba mal del todo, y los tres nos hemos sentido mucho mejor después del segundo trago y de un cigarrillo. Ya para entonces he advertido que Johnny se retraía poco a poco y que seguía haciendo alusiones al tiempo, un tema que le preocupa desde que lo conozco. He visto pocos hombres tan preocupados por todo lo que se refiere al tiempo. Es una manía, la peor de sus manías, que son tantas. Pero él la despliega y la explica con una gracia que pocos pueden resistir. Me he acordado de un ensayo antes de una grabación, en Cincinnati, y esto era mucho antes de venir a París, en el cuarenta y nueve o el cincuenta. Johnny estaba en gran forma en esos días, y yo había ido al ensayo nada más que para escucharlo a él y también a Miles Davis. Todos tenían ganas de tocar, estaban contentos, andaban bien vestidos (de esto me acuerdo quizá por contraste, por lo mal vestido y lo sucio que anda ahora Johnny), tocaban con gusto, sin ninguna impaciencia, y el técnico de sonido hacía señales de contento detrás de su ventanilla, como un babuino satisfecho. Y justamente en ese momento, cuando Johnny estaba como perdido en su alegría, de golpe dejó de tocar y soltándole un puñetazo a no sé quién dijo: «Esto lo estoy tocando mañana», y los muchachos se quedaron cortados, apenas dos o tres siguieron unos compases, como un tren que tarda en frenar, y Johnny se golpeaba la frente y repetía: «Esto ya lo toqué mañana, es horrible, Miles, esto ya lo toqué mañana», y no lo podían hacer salir de eso, y a partir de entonces todo anduvo mal, Johnny tocaba sin ganas y deseando irse (a drogarse otra vez, dijo el técnico de sonido muerto de rabia), y cuando lo vi salir, tambaleándose y con la cara cenicienta, me pregunté si eso iba a durar todavía mucho tiempo.

—Creo que llamaré al doctor Bernard —ha dicho Dédée, mirando de reojo a Johnny, que bebe su ron a pequeños sorbos—. Tienes fiebre, y no comes nada.

—El doctor Bernard es un triste idiota —ha dicho Johnny, lamiendo su vaso—. Me va a dar aspirinas, y después dirá que le gusta muchísimo el jazz, por ejemplo Ray Noble. Te das una idea, Bruno. Si tuviera el saxo lo recibiría con una música que lo haría bajar de vuelta los cuatro pisos con el culo en cada escalón.

—De todos modos no te hará mal tomarte las aspirinas —he dicho, mirando de reojo a Dédée—. Si quieres yo telefonearé al salir, así Dédée no tiene que bajar. Oye, pero ese contrato... Si empiezas pasado mañana creo que se podrá hacer algo. También yo puedo tratar de sacarle un saxo a Rory Friend. Y en el peor de los casos... La cuestión es que vas a tener que andar con más cuidado, Johnny.

—Hoy no —ha dicho Johnny mirando el frasco de ron—. Mañana, cuando tenga el saxo. De manera que no hay por qué hablar de eso ahora. Bruno, cada vez me doy mejor cuenta de que el tiempo... Yo creo que la música ayuda siempre a comprender un poco este asunto. Bueno, no a comprender porque la verdad es que no comprendo nada. Lo único que hago es darme cuenta de que hay algo. Como esos sueños, no es cierto, en que empiezas a sospecharte que todo se va a echar a perder, y tienes un poco de miedo por adelantado; pero al mismo tiempo no estás nada seguro, y a lo mejor todo se da vuelta como un panqueque y de repente estás acostado con una chica preciosa y todo es divinamente perfecto.

Dédée está lavando las tazas y los vasos en un rincón del cuarto. Me he dado cuenta de que ni siquiera tienen agua corriente en la pieza; veo una palangana con flores rosadas y una jofaina que me hace pensar en un animal embalsamado. Y Johnny sigue hablando con la boca tapada a medias por la frazada, y también él parece un embalsamado con las rodillas contra el mentón y su cara negra y lisa que el ron y la fiebre empiezan a humedecer poco a poco.

—He leído algunas cosas sobre todo eso, Bruno. Es muy raro, y en realidad tan difícil... Yo creo que la música ayuda, sabes. No a entender, porque en realidad no entiendo nada —se golpea la cabeza con el puño cerrado. La cabeza le suena como un coco.

—No hay nada aquí dentro, Bruno, lo que se dice nada. Esto no piensa ni entiende nada. Nunca me ha hecho falta, para decirte la verdad. Yo empiezo a entender de los ojos para abajo, y cuanto más abajo mejor entiendo. Pero no es realmente entender, en eso estoy de acuerdo.

—Te va a subir la fiebre —ha rezongado Dédée desde el fondo de la pieza.

—¡Oh, cállate! Es verdad, Bruno. Nunca he pensado en nada, solamente de golpe me doy cuenta de lo que he pensado, pero eso no tiene gracia, ¿verdad? ¿Qué gracia va a tener darse cuenta de que uno ha pensado algo? Para el caso es lo mismo que si pensaras tú o cualquier otro. No soy yo, yo. Simplemente saco provecho de lo que pienso, pero siempre después, y eso es lo que no aguanto. Ah, es difícil, es tan difícil... ¿No ha quedado ni un trago?

Le he dado las últimas gotas de ron, justamente cuando Dédée volvía a encender la luz; ya casi no se veía en la pieza. Johnny está sudando, pero sigue envuelto en la frazada, y de cuando en cuando se estremece y hace crujir el sillón.

—Me di cuenta cuando era muy chico, casi enseguida de aprender a tocar el saxo. En mi casa había siempre un lío de todos los diablos, y no se hablaba más que de deudas, de hipotecas. ¿Tú sabes lo que es una hipoteca? Debe ser algo terrible, porque la vieja se tiraba de los pelos cada vez que el viejo hablaba de la hipoteca, y acababan a los golpes. Yo tenía trece años..., pero ya has oído todo eso.

Vaya si lo he oído; vaya si he tratado de escribirlo bien y verídicamente en mi biografía de Johnny.

—Por eso en casa el tiempo no acababa nunca, sabes. De pelea en pelea, casi sin comer. Y para colmo la religión, ah, eso no te lo puedes imaginar. Cuando el maestro me consiguió un saxo que te hubieras muerto de risa si lo ves, entonces creo que me di cuenta enseguida. La música me sacaba del tiempo, aunque no es más que una manera de decirlo. Si quieres saber lo que realmente siento, yo creo que la música me metía en el tiempo. Pero entonces hay que creer que este tiempo no tiene nada que ver con... bueno, con nosotros, por decirlo así.

Como hace rato que conozco las alucinaciones de Johnny, de todos los que hacen su misma vida, lo escucho atentamente pero sin preocuparme demasiado por lo que dice. Me pregunto en cambio cómo habrá conseguido la droga en París. Tendré que interrogar a Dédée, suprimir su posible complicidad. Johnny no va a poder resistir mucho más en ese estado. La droga y la miseria no saben andar juntas. Pienso en la música que se está perdiendo, en las docenas de grabaciones donde Johnny podría seguir dejando esa presencia, ese adelanto asombroso que tiene sobre cualquier otro músico. «Esto lo estoy tocando mañana» se me llena de pronto de un sentido clarísimo, porque Johnny siempre está tocando mañana y el resto viene a la zaga, en este hoy que él salta sin esfuerzo con las primeras notas de su música.

Soy un crítico de jazz lo bastante sensible como para comprender mis limitaciones, y me doy cuenta de que lo que estoy pensando está por debajo del plano donde el pobre Johnny trata de avanzar con sus frases truncadas, sus suspiros, sus súbitas rabias y sus llantos. A él le importa un bledo que yo lo crea genial, y nunca se ha envanecido de que su música esté mucho más allá de la que tocan sus compañeros. Pienso melancólicamente que él está al principio de su saxo mientras yo vivo obligado a conformarme con el final. Él es la boca y yo la oreja, por no decir que él es la boca y yo... Todo crítico, ay, es el triste final de algo que empezó como sabor, como delicia de morder y mascar. Y la boca se mueve otra vez, golosamente la gran lengua de Johnny recoge un chorrito de saliva de los labios. Las manos hacen un dibujo en el aire.

—Bruno, si un día lo pudieras escribir... No por mí, entiendes, a mí qué me importa. Pero debe ser hermoso, yo siento que debe ser hermoso. Te estaba diciendo que cuando empecé a tocar de chico me di cuenta de que el tiempo cambiaba. Esto se lo conté una vez a Jim y me dijo que todo el mundo se siente lo mismo, y que cuando uno se abstrae... Dijo así, cuando uno se abstrae. Pero no, yo no me abstraigo cuando toco. Solamente que cambio de lugar. Es como en un ascensor, tú estás en el ascensor hablando con la gente, y no sientes nada raro, y entre tanto pasa el primer piso, el décimo, el veintiuno, y la ciudad se quedó ahí abajo, y tú estás terminando la frase que habías empezado al entrar, y entre las primeras palabras y las últimas hay cincuenta y dos pisos. Yo me di cuenta cuando empecé a tocar que entraba en un ascensor, pero era un ascensor de tiempo, si te lo puedo decir así. No creas que me olvidaba de la hipoteca o de la religión. Solamente que en esos momentos la hipoteca y la religión eran como el traje que uno no tiene puesto; yo sé que el traje está en el ropero, pero a mí no vas a decirme que en este momento ese traje existe. El traje existe cuando me lo pongo, y la hipoteca y la religión existían cuando terminaba de tocar y la vieja entraba con el pelo colgándole en mechones y se quejaba de que yo le rompía las orejas con esa-música-del-diablo.

Dédée ha traído otra taza de nescafé, pero Johnny mira tristemente su vaso vacío.

—Esto del tiempo es complicado, me agarra por todos lados. Me empiezo a dar cuenta poco a poco de que el tiempo no es como una bolsa que se rellena. Quiero decir que aunque cambie el relleno, en la bolsa no cabe más que una cantidad y se acabó. ¿Ves mi valija, Bruno? Caben dos trajes y dos pares de zapatos. Bueno, ahora imagínate que la vacías y después vas a poner de nuevo los dos trajes y los dos pares de zapatos, y entonces te das cuenta de que solamente caben un traje y un par de zapatos. Pero lo mejor no es eso. Lo mejor es cuando te das cuenta de que puedes meter una tienda entera en la valija, cientos y cientos de trajes, como yo meto la música en el tiempo cuando estoy tocando, a veces. La música y lo que pienso cuando viajo en el *métro*.

—Cuando viajas en el *métro*.

—Eh, sí, ahí está la cosa —ha dicho socarronamente Johnny—. El *métro* es un gran invento, Bruno. Viajando en el *métro* te das cuenta de todo lo que podría caber en la valija. A lo mejor no perdí el saxo en el *métro*, a lo mejor...

Se echa a reír, tose, y Dédée lo mira inquieta. Pero él hace gestos, se ríe y tose mezclando todo, sacudiéndose debajo de la frazada como un chimpancé. Le caen lágrimas y se las bebe, siempre riendo.

—Mejor es no confundir las cosas —dice después de un rato—. Lo perdí y se acabó. Pero el *métro* me ha servido para darme cuenta del truco de la valija. Mira, esto de las cosas elásticas es muy raro, yo lo siento en todas partes. Todo es elástico, chico. Las cosas que parecen duras tienen una elasticidad...

Piensa, concentrándose.

—... una elasticidad retardada —agrega sorprendentemente. Yo hago un gesto de admiración aprobatoria. Bravo, Johnny. El hombre que dice que no es capaz de pensar. Vaya con Johnny. Y ahora estoy realmente interesado por lo que va a decir, y él se da cuenta y me mira más socarronamente que nunca.

—¿Tú crees que podré conseguir otro saxo para tocar pasado mañana, Bruno?

—Sí, pero tendrás que tener cuidado.

—Claro, tendré que tener cuidado.

—Un contrato de un mes —explica la pobre Dédée—. Quince días en la *boîte* de Rémy, dos conciertos y los discos. Podríamos arreglarnos tan bien.

—Un contrato de un mes —remeda Johnny con grandes gestos—. La *boîte* de Rémy, dos conciertos y los discos. Be-bata-bop bop bop, chrrr. Lo que tiene es sed, una sed, una sed. Y unas ganas de fumar, de fumar. Sobre todo unas ganas de fumar.

Le ofrezco un paquete de Gauloises, aunque sé muy bien que está pensando en la droga. Ya es de noche, en el pasillo empieza un ir y venir de gente, diálogos en árabe, una canción. Dédée se ha marchado, probablemente a comprar alguna cosa para la cena. Siento la mano de Johnny en la rodilla.

—Es una buena chica, sabes. Pero me tiene harto. Hace rato que no la quiero, que no puedo sufrirla. Todavía me excita, a ratos, sabe hacer el amor como... —junta los dedos a la italiana—. Pero tengo que librarme de ella, volver a Nueva York. Sobre todo tengo que volver a Nueva York, Bruno.

—¿Para qué? Allá te estaba yendo peor que aquí. No me refiero al trabajo, sino a tu vida misma. Aquí me parece que tienes más amigos.

—Sí, estás tú y la marquesa, y los chicos del club... ¿Nunca hiciste el amor con la marquesa, Bruno?

—No.

—Bueno, es algo que... Pero yo te estaba hablando del *métro* y no sé por qué cambiamos de tema. El *métro* es un gran invento, Bruno. Un día empecé a sentir algo en el *métro*, después me olvidé... Y entonces se repitió, dos o tres días después. Y al final me di cuenta. Es fácil de explicar, sabes, pero es fácil porque en realidad no es la verdadera explicación. La verdadera explicación sencillamente no se puede explicar. Tendrías que tomar el *métro* y esperar a que te ocurra, aunque me parece que eso solamente me ocurre a mí. Es un poco así, mira. ¿Pero de verdad nunca hiciste el amor con la marquesa? Le tienes que pedir que se suba al taburete dorado que tiene en el rincón del dormitorio, al lado de una lámpara muy bonita, y entonces... Bah, ya está ésa de vuelta.

Dédée entra con un bulto, y mira a Johnny.

—Tienes más fiebre. Ya telefoneé al doctor, va a venir a las diez. Dice que te quedes tranquilo.

—Bueno, de acuerdo, pero antes le voy a contar lo del *métro* a Bruno. El otro día me di bien cuenta de lo que pasaba. Me puse a pensar en mi vieja, después en Lan y los chicos, y claro, al momento me parecía que estaba caminando por mi barrio, y veía las caras de los muchachos, los de aquel tiempo. No era pensar, me parece que ya te he dicho muchas veces que yo no pienso nunca; estoy como parado en una esquina viendo pasar lo que pienso, pero no pienso lo que veo. ¿Te das cuenta? Jim dice que todos somos iguales, que en general (así dice) uno no piensa por su cuenta. Pongamos que sea así, la cuestión es que yo había tomado el *métro* en la estación de Saint-Michel y en seguida me puse a pensar en Lan y los chicos, y a ver el barrio. Apenas me senté me puse a pensar en ellos. Pero al mismo tiempo me daba cuenta de que estaba en el *métro*, y vi que al cabo de un minuto más o menos llegábamos a Odéon, y que la gente entraba y salía. Entonces seguí pensando en Lan y vi a mi vieja cuando volvía de hacer las compras, y empecé a verlos a todos, a estar con ellos de una manera hermosísima, como hacía mucho que no sentía. Los recuerdos son siempre un asco, pero esta vez me gustaba pensar en los chicos y verlos. Si me pongo a contarte todo lo que vi no lo vas a creer porque tendría para rato. Y eso que ahorraría detalles. Por ejemplo, para decirte una sola cosa, veía a Lan con un vestido verde que se ponía cuando iba al Club 33 donde yo tocaba con Hamp. Veía el vestido con unas cintas, un moño, una especie de adorno al costado y un cuello... No al mismo tiempo, sino que en realidad me estaba paseando alrededor del vestido de Lan y lo miraba despacito. Y después miré la cara de Lan y la de los chicos, y después me acordé de Mike que vivía en la pieza de al lado, y cómo Mike me había contado la historia de unos caballos salvajes en Colorado, y él que trabajaba en un rancho y hablaba sacando pecho como los domadores de caballos...

—Johnny —ha dicho Dédée desde su rincón.

—Fíjate que solamente te cuento un pedacito de todo lo que estaba pensando y viendo. ¿Cuánto hará que te estoy contando este pedacito?

—No sé, pongamos unos dos minutos.

—Pongamos unos dos minutos —remeda Johnny—. Dos minutos y te he contado un pedacito nada más. Si te contara todo lo que les vi hacer a los chicos, y cómo Hamp tocaba *Save it, pretty mamma* y yo escuchaba cada nota, entiendes, cada nota, y Hamp no es de los que se cansan, y si te contara que también le oí a mi vieja una oración larguísima, donde hablaba de repollos, me parece, pedía perdón por mi viejo y por mí y decía algo de unos repollos... Bueno, si te contara en detalle todo eso, pasarían más de dos minutos, ¿eh, Bruno?

—Si realmente escuchaste y viste todo eso, pasaría un buen cuarto de hora —le he dicho, riéndome.

—Pasaría un buen cuarto de hora, eh, Bruno. Entonces me vas a decir cómo puede ser que de repente siento que el *métro* se para y yo me salgo de mi vieja y Lan y todo aquello, y veo que estamos en Saint-Germain-des-Prés, que queda justo a un minuto y medio de Odéon.

Nunca me preocupo demasiado por las cosas que dice Johnny pero ahora, con su manera de mirarme, he sentido frío.

—Apenas un minuto y medio por tu tiempo, por el tiempo de ésa —ha dicho rencorosamente Johnny—. Y también por el del *métro* y el de mi reloj, malditos sean. Entonces, ¿cómo puede ser que yo haya estado pensando un cuarto de hora, eh, Bruno? ¿Cómo se puede pensar un cuarto de hora en un minuto y medio? Te juro que ese día no había fumado ni un pedacito, ni una hojita —agrega como un chico que se excusa—. Y después me ha vuelto a suceder, ahora me empieza a suceder en todas partes. Pero —agrega astutamente— sólo en el *métro* me puedo dar cuenta porque viajar en el *métro* es como estar metido en un reloj. Las estaciones son los minutos, comprendes, es ese tiempo de ustedes, de ahora; pero yo sé que hay otro, y he estado pensando, pensando...

Se tapa la cara con las manos y tiembla. Yo quisiera haberme ido ya, y no sé cómo hacer para despedirme sin que Johnny se resienta, porque es terriblemente susceptible con sus amigos. Si sigue así le va a hacer mal, por lo menos con Dédée no va a hablar de esas cosas.

—Bruno, si yo pudiera solamente vivir como en esos momentos, o como cuando estoy tocando y también el tiempo cambia... Te das cuenta de lo que podría pasar en un minuto y medio... Entonces un hombre, no solamente yo sino ésa y tú y todos los muchachos, podrían vivir cientos de años, si encontráramos la manera podríamos vivir mil veces más de lo que estamos viviendo por culpa de los relojes, de esa manía de minutos y de pasado mañana...

Sonrío lo mejor que puedo, comprendiendo vagamente que tiene razón, pero que lo que él sospecha y lo que yo presiento de su sospecha se va a borrar como siempre apenas esté en la calle y me meta en mi vida de todos los días. En ese momento estoy seguro de que Johnny dice algo que no nace solamente de que está medio loco, de que la realidad se le escapa y le deja en cambio una especie de parodia que él convierte en una esperanza. Todo lo que Johnny me dice en momentos así (y hace más de cinco años que Johnny me dice y les dice a todos cosas parecidas) no se puede escuchar prometiéndose volver a pensarlo más tarde. Apenas se está en la calle, apenas es el recuerdo y no Johnny quien repite las palabras, todo se vuelve un fantaseo de la marihuana, un manotear monótono (porque hay otros que dicen cosas parecidas, a cada rato se sabe de testimonios parecidos) y después de la maravilla nace la irritación, y a mí por lo menos me pasa que siento como si Johnny me hubiera estado tomando el pelo. Pero esto ocurre siempre al otro día, no cuando Johnny me lo está diciendo, porque entonces siento que hay algo que quiere ceder en alguna parte, una luz que busca encenderse, o más bien como si fuera necesario quebrar alguna cosa, quebrarla de arriba abajo como un tronco metiéndole una cuña y martillando hasta el final. Y Johnny ya no tiene fuerzas para martillar nada, y yo ni siquiera sé qué martillo haría falta para meter una cuña que tampoco me imagino.

De manera que al final me he ido de la pieza, pero antes ha pasado una de esas cosas que tienen que pasar —ésa u otra parecida— y es que cuando me estaba despidiendo de Dédée y le daba la espalda a Johnny he sentido que algo ocurría, lo he visto en los ojos de Dédée y me he vuelto rápidamente (porque a lo mejor le tengo un poco de miedo a Johnny, a este ángel que es como mi hermano, a este hermano que es como mi ángel) y he visto a Johnny que se ha quitado de golpe la frazada con que estaba envuelto, y lo he visto sentado en el sillón completamente desnudo, con las piernas levantadas y las rodillas junto al mentón, temblando pero riéndose, desnudo de arriba abajo en el sillón mugriento.

—Empieza a hacer calor —ha dicho Johnny—. Bruno, mira qué hermosa cicatriz tengo entre las costillas.

—Tápate —ha mandado Dédée, avergonzada y sin saber qué decir. Nos conocemos bastante y un hombre desnudo no es más que un hombre desnudo, pero de todos modos Dédée ha tenido vergüenza y yo no sabía cómo hacer para no dar la impresión de que lo que estaba haciendo Johnny me chocaba. Y él lo sabía y se ha reído con toda su bocaza, obscenamente manteniendo las piernas levantadas, el sexo colgándole al borde del sillón como un mono en el zoo, y la piel de los muslos con unas raras manchas que me han dado un asco infinito. Entonces Dédée ha agarrado la frazada y lo ha envuelto presurosa, mientras Johnny se reía y parecía muy feliz. Me he despedido vagamente, prometiendo volver al otro día, y Dédée me ha acompañado hasta el rellano, cerrando la puerta para que Johnny no oiga lo que va a decirme.

—Está así desde que volvimos de la gira por Bélgica. Había tocado tan bien en todas partes, y yo estaba tan contenta.

—Me pregunto de dónde habrá sacado la droga —he dicho, mirándola en los ojos.

—No sé. Ha estado bebiendo vino y coñac casi todo el tiempo. Pero también ha fumado, aunque menos que allá...

Allá es Baltimore y Nueva York, son los tres meses en el hospital psiquiátrico de Bellevue, y la larga temporada en Camarillo.

—¿Realmente Johnny tocó bien en Bélgica, Dédée?

—Sí, Bruno, me parece que mejor que nunca. La gente estaba enloquecida, y los muchachos de la orquesta me lo dijeron muchas veces. De repente pasaban cosas raras, como siempre con Johnny, pero por suerte nunca delante del público. Yo creí..., pero ya ve, ahora es peor que nunca.

—¿Peor que en Nueva York? Usted no lo conoció en esos años.

Dédée no es tonta, pero a ninguna mujer le gusta que le hablen de su hombre cuando aún no estaba en su vida, aparte de que ahora tiene que aguantarlo y lo de antes no son más que palabras. No sé cómo decírselo, y ni siquiera le tengo plena confianza, pero al final me decido.

—Me imagino que se han quedado sin dinero.

—Tenemos ese contrato para empezar pasado mañana —ha dicho Dédée.

—¿Usted cree que va a poder grabar y presentarse en público?

—Oh, sí —ha dicho Dédée un poco sorprendida—. Johnny puede tocar mejor que nunca si el doctor le corta la gripe. La cuestión es el saxo.

—Me voy a ocupar de eso. Aquí tiene, Dédée. Solamente que... Lo mejor sería que Johnny no lo supiera.

—Bruno...

Con un gesto, y empezando a bajar la escalera, he detenido las palabras imaginables, la gratitud inútil de Dédée. Separado de ella por cuatro o cinco peldaños me ha sido más fácil decírselo.

—Por nada del mundo tiene que fumar antes del primer concierto. Déjelo beber un poco, pero no le dé dinero para lo otro.

Dédée no ha contestado nada, aunque he visto cómo sus manos doblaban y doblaban los billetes, hasta hacerlos desaparecer. Por lo menos tengo la seguridad de que Dédée no fuma. Su única complicidad puede nacer del miedo o del amor. Si Johnny se pone de rodillas, como lo he visto en Chicago, y le suplica llorando... Pero es un riesgo como tantos otros con Johnny, y por el momento habrá dinero para comer y para remedios. En la calle me he subido el cuello de la gabardina porque empezaba a lloviznar, y he respirado hasta que me dolieron los pulmones; me ha parecido que París olía a limpio, a pan caliente. Sólo ahora me he dado cuenta de cómo olía la pieza de Johnny, el cuerpo de Johnny sudando bajo la frazada. He entrado en un café para beber un coñac y lavarme la boca, quizá también la memoria que insiste e insiste en las palabras de Johnny, sus cuentos, su manera de ver lo que yo no veo y en el fondo no quiero ver. Me he puesto a pensar en pasado mañana y era como una tranquilidad, como un puente bien tendido del mostrador hacia adelante.

Cuando no se está demasiado seguro de nada, lo mejor es crearse deberes a manera de flotadores. Dos o tres días después he pensado que tenía el deber de averiguar si la marquesa le está facilitando marihuana a Johnny Carter, y he ido al estudio de Montparnasse. La marquesa es verdaderamente una marquesa, tiene dinero a montones que le viene del marqués, aunque hace rato que se hayan divorciado a causa de la marihuana y otras razones parecidas. Su amistad con Johnny viene de Nueva York, probablemente del año en que Johnny se hizo famoso de la noche a la mañana simplemente porque alguien le dio la oportunidad de reunir a cuatro o cinco muchachos a quienes les gustaba su estilo, y Johnny pudo tocar a sus anchas por primera vez y los dejó a todos asombrados. Éste no es el momento de hacer crítica de jazz, y los interesados pueden leer mi libro sobre Johnny y el nuevo estilo de la posguerra, pero bien puedo decir que el cuarenta y ocho —digamos hasta el cincuenta— fue como una explosión de la música, pero una explosión fría, silenciosa, una explosión en la que cada cosa quedó en su sitio y no hubo gritos ni escombros, pero la costra de la costumbre se rajó en millones de pedazos y hasta sus defensores (en las orquestas y en el público) hicieron una cuestión de amor propio de algo que ya no sentían como antes. Porque después del paso de Johnny por el saxo alto no se puede seguir oyendo a los músicos anteriores y creer que son el non plus ultra; hay que conformarse con aplicar esa especie de resignación disfrazada que se llama sentido histórico, y decir que cualquiera de esos músicos ha sido estupendo y lo sigue siendo en su momento. Johnny ha pasado por el jazz como una mano que da vuelta la hoja, y se acabó.

La marquesa, que tiene unas orejas de lebrel para todo lo que sea música, ha admirado siempre una enormidad a Johnny y a sus amigos del grupo. Me imagino que debió darles no pocos dólares en los días del Club 33, cuando la mayoría de los críticos protestaban por las grabaciones de Johnny y juzgaban su jazz con arreglo a criterios más que podridos. Probablemente también en esa época la marquesa empezó a acostarse de cuando en cuando con Johnny, y a fumar con él. Muchas veces los he visto juntos antes de las sesiones de grabación o en los entreactos de los conciertos, y Johnny parecía enormemente feliz al lado de la marquesa, aunque en alguna otra platea o en su casa estaban Lan y los chicos esperándolo. Pero Johnny no ha tenido jamás idea de lo que es esperar nada, y tampoco se imagina que alguien pueda estar esperándolo. Hasta su manera de plantar a Lan lo pinta de cuerpo entero. He visto la postal que le mandó desde Roma, después de cuatro meses de ausencia (se había trepado a un avión con otros dos músicos sin que Lan supiera nada). La postal representaba a Rómulo y Remo, que siempre le han hecho mucha gracia a Johnny (una de sus grabaciones se llama así) y decía: «Ando solo en una multitud de amores», que es un fragmento de un poema de Dylan Thomas a quien Johnny lee todo el tiempo. Los agentes de Johnny en Estados Unidos se arreglaban para deducir una parte de sus regalías y entregarlas a Lan, que por su parte comprendió pronto que no había hecho tan mal negocio librándose de Johnny. Alguien me dijo que la marquesa dio también dinero a Lan, sin que Lan supiera de dónde procedía. No me extraña porque la marquesa es descabelladamente buena y entiende el mundo un poco como las tortillas que fabrica en su estudio cuando los amigos empiezan a llegar a montones, y que consiste en tener una especie de tortilla permanente a la cual echa diversas cosas y va sacando pedazos y ofreciéndolos a medida que hace falta.

He encontrado a la marquesa con Marcel Gavoty y con Art Boucaya, y precisamente estaban hablando de las grabaciones que había hecho Johnny la tarde anterior. Me han caído encima como si vieran llegar a un arcángel, la marquesa me ha besuqueado hasta cansarse, y los muchachos me han palmeado como pueden hacerlo un contrabajista y un saxo barítono. He tenido que refugiarme detrás de un sillón, defendiéndome como podía, y todo porque se han enterado de que soy el proveedor del magnífico saxo con el cual Johnny acaba de grabar cuatro o cinco de sus mejores improvisaciones. La marquesa ha dicho en seguida que Johnny era una rata inmunda, y que como estaba peleado con ella (no ha dicho por qué) la rata inmunda sabía muy bien que sólo pidiéndole perdón en debida forma hubiera podido conseguir el cheque para ir a comprarse un saxo. Naturalmente Johnny no ha querido pedir perdón desde que ha vuelto a París —la pelea parece que ha sido en Londres, dos meses atrás— y en esa forma nadie podía saber que había perdido su condenado saxo en el *métro*, etcétera. Cuando la marquesa echa a hablar uno se pregunta si el estilo de Dizzy no se le ha pegado al idioma, pues es una serie interminable de variaciones en los registros más inesperados, hasta que al final la marquesa se da un gran golpe en los muslos, abre de par en par la boca y se pone a reír como si la estuvieran matando a cosquillas. Y entonces Art Boucaya ha aprovechado para darme detalles de la sesión de ayer, que me he perdido por culpa de mi mujer con neumonía.

—Tica puede dar fe —ha dicho Art mostrando a la marquesa que se retuerce de risa—. Bruno, no te puedes imaginar lo que fue eso hasta que oigas los discos. Si Dios estaba ayer en alguna parte puedes creerme que era en esa condenada sala de grabación, donde hacía un calor de mil demonios, dicho sea de paso. ¿Te acuerdas de *Willow Tree*, Marcel?

—Si me acuerdo —ha dicho Marcel—. El estúpido pregunta si me acuerdo. Estoy tatuado de la cabeza a los pies con *Willow Tree*.

Tica nos ha traído *highballs* y nos hemos puesto cómodos para charlar. En realidad hemos hablado poco de la sesión de ayer, porque cualquier músico sabe que de esas cosas no se puede hablar, pero lo poco que han dicho me ha devuelto alguna esperanza y he pensado que tal vez mi saxo le traiga buena suerte a Johnny. De todas maneras no han faltado las anécdotas que enfriaran un poco esa esperanza, como por ejemplo que Johnny se ha sacado los zapatos entre grabación y grabación, y se ha paseado descalzo por el estudio. Pero en cambio se ha reconciliado con la marquesa y ha prometido venir al estudio a tomar una copa antes de su presentación de esta noche.

—¿Conoces a la muchacha que tiene ahora Johnny? —ha querido saber Tica. Le he hecho una descripción lo más sucinta posible, pero Marcel la ha completado a la francesa, con toda clase de matices y alusiones que han divertido muchísimo a la marquesa. No se ha hecho la menor referencia a la droga, aunque yo estoy tan aprensivo que me ha parecido olerla en el aire del estudio de Tica, aparte de que Tica se ríe de una manera que también noto a veces en Johnny y en Art, y que delata a los adictos. Me pregunto cómo se habrá procurado Johnny la marihuana si estaba peleado con la marquesa; mi confianza en Dédée se ha venido bruscamente al suelo, si es que en realidad le tenía confianza. En el fondo son todos iguales.

Envidio un poco esa igualdad que los acerca, que los vuelve cómplices con tanta fatalidad; desde mi mundo puritano —no necesito confesarlo, cualquiera que me conozca sabe de mi horror al desorden moral— los veo como a ángeles enfermos, irritantes a fuerza de irresponsabilidad pero pagando los cuidados con cosas como los discos de Johnny, la generosidad de la marquesa. Y no digo todo, y quisiera forzarme a decirlo: los envidio, envidio a Johnny, a ese Johnny del otro lado, sin que nadie sepa qué es exactamente ese otro lado. Envidio todo menos su dolor, cosa que nadie dejará de comprender, pero aun en su dolor tiene que haber atisbos de algo que me es negado. Envidio a Johnny y al mismo tiempo me da rabia que se esté destruyendo por el mal empleo de sus dones, por la estúpida acumulación de insensatez que requiere su presión de vida. Pienso que si Johnny pudiera orientar esa vida, incluso sin sacrificarle nada, ni siquiera la droga, y si piloteara mejor ese avión que desde hace cinco años vuela a ciegas, quizá acabaría en lo peor, en la locura completa, en la muerte, pero no sin haber tocado a fondo lo que busca en sus tristes monólogos *a posteriori*, en sus recuentos de experiencias fascinantes pero que se quedan a mitad de camino. Y todo eso lo sostengo desde mi cobardía personal, y quizá en el fondo quisiera que Johnny acabara de una vez, como una estrella que se rompe en mil pedazos y deja idiotas a los astrónomos durante una semana, y después uno se va a dormir y mañana es otro día.

Parecería que Johnny ha tenido como una sospecha de todo lo que he estado pensando, porque me ha hecho un alegre saludo al entrar y ha venido casi enseguida a sentarse a mi lado, después de besar y hacer girar por el aire a la marquesa, y cambiar con ella y con Art un complicado ritual onomatopéyico que les ha producido una inmensa gracia a todos.

—Bruno —ha dicho Johnny, instalándose en el mejor sofá—, el cacharro es una maravilla y que digan éstos lo que le he sacado ayer del fondo. A Tica le caían unas lágrimas como bombillas eléctricas, y no creo que fuera porque le debe plata a la modista, ¿eh, Tica?

He querido saber algo más de la sesión, pero a Johnny le basta ese desborde de orgullo. Casi enseguida se ha puesto a hablar con Marcel del programa de esta noche y de lo bien que les caen a los dos los flamantes trajes grises con que van a presentarse en el teatro. Johnny está realmente muy bien y se ve que lleva días sin fumar demasiado; debe de tener exactamente la dosis que le hace falta para tocar con gusto. Y justamente cuando lo estoy pensando, Johnny me planta la mano en el hombro y se inclina para decirme:

—Dédée me ha contado que la otra tarde estuve muy mal contigo.

—Bah, ni te acuerdes.

—Pero si me acuerdo muy bien. Y si quieres mi opinión, en realidad estuve formidable. Deberías sentirte contento de que me haya portado así contigo; no lo hago con nadie, créeme. Es una muestra de cómo te aprecio. Tenemos que ir juntos a algún sitio para hablar de un montón de cosas. Aquí... —saca el labio inferior, desdeñoso, y se ríe, se encoge de hombros, parece estar bailando en el sofá—. Viejo Bruno. Dice Dédée que me porté muy mal, de veras.

—Tenías gripe. ¿Estás mejor?

—No era gripe. Vino el médico, y enseguida empezó a decirme que el jazz le gusta enormemente, y que una noche tengo que ir a su casa para escuchar discos. Dédée me contó que le habías dado dinero.

—Para que salieran del paso hasta que cobres. ¿Qué tal lo de esta noche?

—Bueno, tengo ganas de tocar y tocaría ahora mismo si tuviera el saxo, pero Dédée se emperró en llevarlo ella misma al teatro. Es un saxo formidable, ayer me parecía que estaba haciendo el amor cuando lo tocaba. Vieras la cara de Tica cuando acabé. ¿Estabas celosa, Tica?

Y se han vuelto a reír a gritos, y Johnny ha considerado conveniente correr por el estudio dando grandes saltos de contento, y entre él y Art han bailado sin música, levantando y bajando las cejas para marcar el compás. Es imposible impacientarse con Johnny o con Art; sería como enojarse con el viento porque nos despeina. En voz baja, Tica, Marcel y yo hemos cambiado impresiones sobre la presentación de la noche. Marcel está seguro de que Johnny va a repetir su formidable éxito de 1951, cuando vino por primera vez a París. Después de lo de ayer está seguro de que todo va a salir bien. Quisiera sentirme tan tranquilo como él, pero de todas maneras no podré hacer más que sentarme en las primeras filas y escuchar el concierto. Por lo menos tengo la tranquilidad de que Johnny no está drogado como la noche de Baltimore. Cuando le he dicho esto a Tica, me ha apretado la mano como si se estuviera por caer al agua. Art y Johnny se han ido hasta el piano, y Art le está mostrando un nuevo tema a Johnny que mueve la cabeza y canturrea. Los dos están elegantísimos con sus trajes grises, aunque a Johnny le perjudica la grasa que ha juntado en estos tiempos.

Con Tica hemos hablado de la noche de Baltimore, cuando Johnny tuvo la primera gran crisis violenta. Mientras hablábamos he mirado a Tica en los ojos, porque quería estar seguro de que me comprende, y que no cederá esta vez. Si Johnny llega a beber demasiado coñac o a fumar una nada de droga, el concierto va a ser un fracaso y todo se vendrá al suelo. París no es un casino de provincia y todo el mundo tiene puestos los ojos en Johnny. Y mientras lo pienso no puedo impedirme un mal gusto en la boca, una cólera que no va contra Johnny ni contra las cosas que le ocurren; más bien contra mí y la gente que lo rodea, la marquesa y Marcel, por ejemplo. En el fondo somos una banda de egoístas, so pretexto de cuidar a Johnny lo que hacemos es salvar nuestra idea de él, prepararnos a los nuevos placeres que va a darnos Johnny, sacarle brillo a la estatua que hemos erigido entre todos y defenderla cueste lo que cueste. El fracaso de Johnny sería malo para mi libro (de un momento a otro saldrá la traducción al inglés y al italiano), y probablemente de cosas así está hecha una parte de mi cuidado por Johnny. Art y Marcel lo necesitan para ganarse el pan, y la marquesa, vaya a saber qué ve la marquesa en Johnny aparte de su talento. Todo esto no tiene nada que hacer con el otro Johnny, y de repente me he dado cuenta de que quizá Johnny quería decirme eso cuando se arrancó la frazada y se mostró desnudo como un gusano, Johnny sin saxo, Johnny sin dinero y sin ropa, Johnny obsesionado por algo que su pobre inteligencia no alcanza a entender pero que flota lentamente en su música, acaricia su piel, lo prepara quizá para un salto imprevisible que nosotros no comprenderemos nunca.

Y cuando se piensan cosas así acaba uno por sentir de veras mal gusto en la boca, y toda la sinceridad del mundo no paga el momentáneo descubrimiento de que uno es una pobre porquería al lado de un tipo como Johnny Carter, que ahora ha venido a beberse su coñac al sofá y me mira con aire divertido. Ya es hora de que nos vayamos todos a la sala Pleyel. Que la música salve por lo menos el resto de la noche, y cumpla a fondo una de sus peores misiones, la de ponernos un buen biombo delante del espejo, borrarnos del mapa durante un par de horas.

Como es natural mañana escribiré para *Jazz Hot* una crónica del concierto de esta noche. Pero aquí, con esta taquigrafía garabateada sobre una rodilla en los intervalos, no siento el menor deseo de hablar como crítico, es decir, de sancionar comparativamente. Sé muy bien que para mí Johnny ha dejado de ser un jazzman y que su genio musical es como una fachada, algo que todo el mundo puede llegar a comprender y a admirar, pero que encubre otra cosa, y esa otra cosa es lo único que debería importarme, quizá porque es lo único que verdaderamente le importa a Johnny.

Es fácil decirlo, mientras soy todavía la música de Johnny. Cuando se enfría... ¿Por qué no podré hacer como él, por qué no podré tirarme de cabeza contra la pared? Antepongo minuciosamente las palabras a la realidad que pretenden describirme, me escudo en consideraciones y sospechas que no son más que una estúpida dialéctica. Me parece comprender por qué la plegaria reclama instintivamente el caer de rodillas. El cambio de posición es el símbolo de un cambio en la voz, en lo que la voz va a articular, en lo articulado mismo. Cuando llego al punto de atisbar ese cambio, las cosas que hasta un segundo antes me habían parecido arbitrarias se llenan de sentido profundo, se simplifican extraordinariamente y al mismo tiempo se ahondan. Ni Marcel ni Art se han dado cuenta ayer de que Johnny no estaba loco cuando se sacó los zapatos en la sala de grabación. Johnny necesitaba en ese instante tocar el suelo con su piel, atarse a la tierra de la que su música era una confirmación y no una fuga. Porque también siento esto en Johnny, y es que no huye de nada, no se droga para huir como la mayoría de los viciosos, no toca el saxo para agazaparse detrás de un foso de música, no se pasa semanas encerrado en las clínicas psiquiátricas para sentirse al abrigo de las presiones que es incapaz de soportar. Hasta su estilo, lo más auténtico en él, ese estilo que merece nombres absurdos sin necesitar de ninguno, prueba que el arte de Johnny no es una sustitución ni una completación. Johnny ha abandonado el lenguaje *hot* más o menos corriente hasta hace diez años, porque ese lenguaje violentamente erótico era demasiado pasivo para él. En su caso el deseo se antepone al placer y lo frustra, porque el deseo le exige avanzar, buscar, negando por adelantado los encuentros fáciles del jazz tradicional. Por eso, creo, a Johnny no le gustan gran cosa los *blues*, donde el masoquismo y las nostalgias... Pero de todo esto ya he hablado en mi libro, mostrando cómo la renuncia a la satisfacción inmediata indujo a Johnny a elaborar un lenguaje que él y otros músicos están llevando hoy a sus últimas posibilidades. Este jazz desecha todo erotismo fácil, todo wagnerianismo por decirlo así, para situarse en un plano aparentemente desasido donde la música queda en absoluta libertad, así como la pintura sustraída a lo representativo queda en libertad para no ser más que pintura. Pero entonces, dueño de una música que no facilita los orgasmos ni las nostalgias, de una música que me gustaría poder llamar metafísica, Johnny parece contar con ella para explorarse, para morder en la realidad que se le escapa todos los días. Veo ahí la alta paradoja de su estilo, su agresiva eficacia. Incapaz de satisfacerse, vale como un acicate continuo, una construcción infinita cuyo placer no está en el remate sino en la reiteración exploradora, en el empleo de facultades que dejan atrás lo prontamente humano sin perder humanidad. Y cuando Johnny se pierde como esta noche en la creación continua de su música, sé muy bien que no está escapando de nada. Ir a un encuentro no puede ser nunca escapar, aunque releguemos cada vez el lugar de la cita; y en cuanto a lo que pueda quedarse atrás, Johnny lo ignora o lo desprecia soberanamente. La marquesa, por ejemplo, cree que Johnny teme la miseria, sin darse cuenta de que lo único que Johnny puede temer es no encontrarse una chuleta al alcance del cuchillo cuando se le da la gana de comerla, o una cama cuando tiene sueño, o cien dólares en la cartera cuando le parece normal ser dueño de cien dólares. Johnny no se mueve en un mundo de abstracciones como nosotros; por eso su música, esa admirable música que he escuchado esta noche, no tiene nada de abstracta. Pero sólo él puede hacer el recuento de lo que ha cosechado mientras tocaba, y probablemente ya estará en otra cosa, perdiéndose en una nueva conjetura o en una nueva sospecha. Sus conquistas son como un sueño, las olvida al despertar cuando los aplausos lo traen de vuelta, a él que anda tan lejos viviendo su cuarto de hora de minuto y medio.

Sería como vivir sujeto a un pararrayos en plena tormenta y creer que no va a pasar nada. A los cuatro o cinco días me he encontrado con Art Boucaya en el Dupont del barrio latino, y le ha faltado tiempo para poner los ojos en blanco y anunciarme las malas noticias. En el primer momento he sentido una especie de satisfacción que no me queda más remedio que calificar de maligna, porque bien sabía yo que la calma no podía durar mucho; pero después he pensado en las consecuencias y mi cariño por Johnny se ha puesto a retorcerme el estómago; entonces me he bebido dos coñacs mientras Art me describía lo ocurrido. En resumen, parece ser que esa tarde Delaunay había preparado una sesión de grabación para presentar un nuevo quinteto con Johnny a la cabeza, Art, Marcel Gavoty y dos chicos muy buenos de París en el piano y la batería. La cosa tenía que empezar a las tres de la tarde y contaban con todo el día y parte de la noche para entrar en calor y grabar unas cuantas cosas. Y qué pasa. Pasa que Johnny empieza por llegar a las cinco, cuando Delaunay estaba que hervía de impaciencia, y después de tirarse en una silla dice que no se siente bien y que ha venido solamente para no estropearles el día a los muchachos, pero que no tiene ninguna gana de tocar.

—Entre Marcel y yo tratamos de convencerlo de que descansara un rato, pero no hacía más que hablar de no sé qué campos con urnas que había encontrado, y dale con las urnas durante media hora. Al final empezó a sacar montones de hojas que había juntado en algún parque y guardado en los bolsillos. Resultado, que el piso del estudio parecía el jardín botánico, los empleados andaban de un lado a otro con cara de perros, y a todo esto sin grabar nada; fijate que el ingeniero llevaba tres horas fumando en su cabina, y eso en París ya es mucho para un ingeniero.

»Al final Marcel convenció a Johnny de que lo mejor era probar, se pusieron a tocar los dos y nosotros los seguíamos de a poco, más bien para sacarnos el cansancio de no hacer nada. Hacía rato que me daba cuenta de que Johnny tenía una especie de contracción en el brazo derecho, y cuando empezó a tocar te aseguro que era terrible de ver. La cara gris, sabes, y de cuando en cuando como un escalofrío; yo no veía el momento de que se fuera al suelo. Y en una de ésas pega un grito, nos mira a todos uno a uno, muy despacio, y nos pregunta qué estamos esperando para empezar con *Amorous*. Ya sabes, ese tema de Alamo. Bueno, Delaunay le hace una seña al técnico, salimos todos lo mejor posible, y Johnny abre las piernas, se planta como en un bote que cabecea, y se larga a tocar de una manera que te juro no había oído jamás. Esto durante tres minutos, hasta que de golpe suelta un soplido capaz de arruinar la misma armonía celestial, y se va a un rincón dejándonos a todos en plena marcha, que acabáramos lo mejor que nos fuera posible.

»Pero ahora viene lo peor, y es que cuando acabamos, lo primero que dijo Johnny fue que todo había salido como el diablo, y que esa grabación no contaba para nada. Naturalmente, ni Delaunay ni nosotros le hicimos caso, porque a pesar de los defectos el solo de Johnny valía por mil de los que oyes todos los días. Una cosa distinta, que no te puedo explicar... Ya lo escucharás, te imaginas que ni Delaunay ni los técnicos piensan destruir la grabación. Pero Johnny insistía como un loco, amenazando romper los vidrios de la cabina si no le probaban que el disco había sido anulado. Por fin el ingeniero le mostró cualquier cosa y lo convenció, y entonces Johnny propuso que grabáramos *Streptomicyne*, que salió mucho mejor y a la vez mucho peor, quiero decirte que es un disco impecable y redondo, pero ya no tiene esa cosa increíble que Johnny había soplado en *Amorous*.

Suspirando, Art ha terminado de beber su cerveza y me ha mirado lúgubremente. Le he preguntado qué ha hecho Johnny después de eso, y me ha dicho que después de hartarlos a todos con sus historias sobre las hojas y los campos llenos de urnas, se ha negado a seguir tocando y ha salido a tropezones del estudio. Marcel le ha quitado el saxo para evitar que vuelva a perderlo o pisotearlo, y entre él y uno de los chicos franceses lo han llevado al hotel.

¿Qué otra cosa puedo hacer sino ir enseguida a verlo? Pero de todos modos lo he dejado para mañana. Y a la mañana siguiente me he encontrado a Johnny en las noticias de policía del *Figaro*, porque durante la noche parece que Johnny ha incendiado la pieza del hotel y ha salido corriendo desnudo por los pasillos. Tanto él como Dédée han resultado ilesos, pero Johnny está en el hospital bajo vigilancia. Le he mostrado la noticia a mi mujer para alentarla en su convalecencia, y he ido enseguida al hospital donde mis credenciales de periodista no me han servido de nada. Lo más que he alcanzado a saber es que Johnny está delirando y que tiene adentro bastante marihuana como para enloquecer a diez personas. La pobre Dédée no ha sido capaz de resistir, de convencerlo de que siguiera sin fumar; todas las mujeres de Johnny acaban siendo sus cómplices, y estoy archiseguro de que la droga se la ha facilitado la marquesa.

En fin, la cuestión es que he ido inmediatamente a casa de Delaunay para pedirle que me haga escuchar *Amorous* lo antes posible. Vaya a saber si *Amorous* no resulta el testamento del pobre Johnny; y en ese caso, mi deber profesional...

Pero no, todavía no. A los cinco días me ha telefoneado Dédée diciéndome que Johnny está mucho mejor y que quiere verme. He preferido no hacerle reproches, primero porque supongo que voy a perder el tiempo, y segundo porque la voz de la pobre Dédée parece salir de una tetera rajada. He prometido ir enseguida, y le he dicho que tal vez cuando Johnny esté mejor se pueda organizar una gira por las ciudades del interior. He colgado el tubo cuando Dédée empezaba a llorar.

Johnny está sentado en la cama, en una sala donde hay otros dos enfermos que por suerte duermen. Antes de que pueda decirle nada me ha atrapado la cabeza con sus dos manazas, y me ha besado muchas veces en la frente y las mejillas. Está terriblemente demacrado, aunque me ha dicho que le dan mucho de comer y que tiene apetito. Por el momento lo que más le preocupa es saber si los muchachos hablan mal de él, si su crisis ha dañado a alguien, y cosas así. Es casi inútil que le responda, pues sabe muy bien que los conciertos han sido anulados y que eso perjudica a Art, a Marcel y al resto; pero me lo pregunta como si creyera que entre tanto ha ocurrido algo de bueno, algo que componga las cosas. Y al mismo tiempo no me engaña, porque en el fondo de todo eso está su soberana indiferencia; a Johnny se le importa un bledo que todo se haya ido al diablo, y lo conozco demasiado como para no darme cuenta.

—Qué quieres que te diga, Johnny. Las cosas podrían haber salido mejor, pero tú tienes el talento de echarlo todo a perder.

—Sí, no lo puedo negar —ha dicho cansadamente Johnny— Y todo por culpa de las urnas.

Me he acordado de las palabras de Art, me he quedado mirándolo.

—Campos llenos de urnas, Bruno. Montones de urnas invisibles, enterradas en un campo inmenso. Yo andaba por ahí y de cuando en cuando tropezaba con algo. Tú dirás que lo he soñado, eh. Era así, fíjate: de cuando en cuando tropezaba con una urna, hasta darme cuenta de que todo el campo estaba lleno de urnas, que había miles y miles, y que dentro de cada urna estaban las cenizas de un muerto. Entonces me acuerdo que me agaché y me puse a cavar con las uñas hasta que una de las urnas quedó a la vista. Sí, me acuerdo. Me acuerdo que pensé: «Ésta va a estar vacía porque es la que me toca a mí». Pero no, estaba llena de un polvo gris como sé muy bien que estaban las otras aunque no las había visto. Entonces... entonces fue cuando empezamos a grabar *Amorous*, me parece.

Discretamente he echado una ojeada al cuadro de temperatura. Bastante normal, quién lo diría. Un médico joven se ha asomado a la puerta, saludándome con una inclinación de cabeza, y ha hecho un gesto de aliento a Johnny, un gesto casi deportivo, muy de buen muchacho. Pero Johnny no le ha contestado, y cuando el médico se ha ido sin pasar de la puerta, he visto que Johnny tenía los puños cerrados.

—Eso es lo que no entenderán nunca —me ha dicho—. Son como un mono con un plumero, como las chicas del conservatorio de Kansas City que creían tocar Chopin, nada menos. Bruno, en Camarillo me habían puesto en una pieza con otros tres, y por la mañana entraba un interno lavadito y rosadito que daba gusto. Parecía hijo del Kleenex y del Tampax, créeme. Una especie de inmenso idiota que se me sentaba al lado y me daba ánimos, a mí que quería morirme, que ya no pensaba en Lan ni en nadie. Y lo peor era que el tipo se ofendía porque no le prestaba atención. Parecía esperar que me sentara en la cama, maravillado de su cara blanca y su pelo bien peinado y sus uñas cuidadas, y que me mejorara como esos que llegan a Lourdes y tiran la muleta y salen a los saltos...

»Bruno, ese tipo y todos los otros tipos de Camarillo estaban convencidos. ¿De qué, quieres saber? No sé, te juro, pero estaban convencidos. De lo que eran, supongo, de lo que valían, de su diploma. No, no es eso. Algunos eran modestos y no se creían infalibles. Pero hasta el más modesto se sentía seguro. Eso era lo que me crispaba, Bruno, *que se sintieran seguros*. Seguros de qué, dime un poco, cuando yo, un pobre diablo con más pestes que el demonio debajo de la piel, tenía bastante conciencia para sentir que todo era como una jalea, que todo temblaba alrededor, que no había más que fijarse un poco, sentirse un poco, callarse un poco, para descubrir los agujeros. En la puerta, en la cama: agujeros. En la mano, en el diario, en el tiempo, en el aire: todo lleno de agujeros, todo esponja, todo como un colador colándose a sí mismo... Pero ellos eran la ciencia americana, ¿comprendes, Bruno? El guardapolvo los protegía de los agujeros; no veían nada, aceptaban lo ya visto por otros, se imaginaban que estaban viendo. Y naturalmente no podían ver los agujeros, y estaban muy seguros de sí mismos, convencidísimos de sus recetas, sus jeringas, su maldito psicoanálisis, sus no fume y sus no beba... Ah, el día en que pude mandarme mudar, subirme al tren, mirar por la ventanilla cómo todo se iba para atrás, se hacía pedazos, no sé si has visto cómo el paisaje se va rompiendo cuando lo miras alejarse...

Fumamos Gauloises. A Johnny le han dado permiso para beber un poco de coñac y fumar ocho o diez cigarrillos. Pero se ve que es su cuerpo el que fuma, que él está en otra cosa casi como si se negara a salir del pozo. Me pregunto qué ha visto, qué ha sentido estos últimos días. No quiero excitarlo, pero si se pusiera a hablar por su cuenta... Fumamos, callados, y a veces Johnny estira el brazo y me pasa los dedos por la cara, como para identificarme. Después juega con su reloj pulsera, lo mira con cariño.

—Lo que pasa es que se creen sabios —dice de golpe—. Se creen sabios porque han juntado un montón de libros y se los han comido. Me da risa, porque en realidad son buenos muchachos y viven convencidos de que lo que estudian y lo que hacen son cosas muy difíciles y profundas. En el circo es igual, Bruno, y entre nosotros es igual. La gente se figura que algunas cosas son el colmo de la dificultad, y por eso aplauden a los trapecistas o a mí. Yo no sé qué se imaginan, que uno se está haciendo pedazos para tocar bien, o que el trapecista se rompe los tendones cada vez que da un salto. En realidad las cosas verdaderamente difíciles son otras tan distintas, todo lo que la gente cree poder hacer a cada momento. Mirar, por ejemplo, o comprender a un perro o a un gato. Ésas son las dificultades, las grandes dificultades. Anoche se me ocurrió mirarme en este espejito, y te aseguro que era tan terriblemente difícil que casi me tiro de la cama. Imagínate que te estás viendo a ti mismo; eso tan sólo basta para quedarse frío durante media hora. Realmente ese tipo no soy yo, en el primer momento he sentido claramente que no era yo. Lo agarré de sorpresa, de refilón, y supe que no era yo. Eso lo sentía, y cuando algo se siente... Pero es como en Palm Beach, sobre una ola te cae la segunda, y después otra... Apenas has sentido ya viene lo otro, vienen las palabras... No, no son las palabras, son lo que está en las palabras, esa especie de cola de pegar, esa baba. Y la baba viene y te tapa, y te convence de que el del espejo eres tú. Claro, pero cómo no darse cuenta. Pero si soy yo, con mi pelo, esta cicatriz. Y la gente no se da cuenta de que lo único que aceptan es la baba, y por eso les parece tan fácil mirarse al espejo. O cortar un pedazo de pan con un cuchillo. ¿Tú has cortado un pedazo de pan con un cuchillo?

—Me suele ocurrir —he dicho, divertido.

—Y te has quedado tan tranquilo. Yo no puedo, Bruno. Una noche tiré todo tan lejos que el cuchillo casi le saca un ojo al japonés de la mesa de al lado. Era en Los Ángeles, se armó un lío tan descomunal... Cuando les expliqué, me llevaron preso. Y eso que me parecía tan sencillo explicarles todo. Esa vez conocí al doctor Christie. Un tipo estupendo, y eso que yo a los médicos...

Ha pasado una mano por el aire, tocándolo por todos lados, dejándolo como marcado por su paso. Sonríe. Tengo la sensación de que está solo, completamente solo. Me siento como hueco a su lado. Si a Johnny se le ocurriera pasar su mano a través de mí me cortaría como manteca, como humo. A lo mejor es por eso que a veces me roza la cara con los dedos, cautelosamente.

—Tienes el pan ahí, sobre el mantel —dice Johnny mirando el aire—. Es una cosa sólida, no se puede negar, con un color bellísimo, un perfume. Algo que no soy yo, algo distinto, fuera de mí. Pero si lo toco, si estiro los dedos y lo agarro, entonces hay algo que cambia, ¿no te parece? El pan está fuera de mí, pero lo toco con los dedos, lo siento, siento que eso es el mundo, pero si yo puedo tocarlo y sentirlo, entonces no se puede decir realmente que sea otra cosa, o ¿tú crees que se puede decir?

—Querido, hace miles de años que un montón de barbudos se vienen rompiendo la cabeza para resolver el problema.

—En el pan es de día —murmura Johnny, tapándose la cara—. Y yo me atrevo a tocarlo, a cortarlo en dos, a metérmelo en la boca. No pasa nada, ya sé: eso es lo terrible. ¿Te das cuenta de que es terrible que no pase nada? Cortas el pan, le clavas el cuchillo, y todo sigue como antes. Yo no comprendo, Bruno.

Me ha empezado a inquietar la cara de Johnny, su excitación. Cada vez resulta más difícil hacerlo hablar de jazz, de sus recuerdos, de sus planes, traerlo a la realidad. (A la realidad; apenas lo escribo me da asco. Johnny tiene razón, la realidad no puede ser esto, no es posible que ser crítico de jazz sea la realidad, porque entonces hay alguien que nos está tomando el pelo. Pero al mismo tiempo a Johnny no se le puede seguir así la corriente porque vamos a acabar todos locos).

Ahora se ha quedado dormido, o por lo menos ha cerrado los ojos y se hace el dormido. Otra vez me doy cuenta de lo difícil que resulta saber qué es lo que está haciendo, qué *es* Johnny. Si duerme, si se hace el dormido, si cree dormir. Uno está mucho más fuera de Johnny que de cualquier otro amigo. Nadie puede ser más vulgar, más común, más atado a las circunstancias de una pobre vida; accesible por todos lados, aparentemente. No es ninguna excepción, aparentemente. Cualquiera puede ser como Johnny, siempre que acepte ser un pobre diablo enfermo y vicioso y sin voluntad y lleno de poesía y de talento. Aparentemente. Yo que me he pasado la vida admirando a los genios, a los Picasso, a los Einstein, a toda la santa lista que cualquiera puede fabricar en un minuto (y Gandhi, y Chaplin, y Stravinsky), estoy dispuesto como cualquiera a admitir que esos fenómenos andan por las nubes, y que con ellos no hay que extrañarse de nada. Son diferentes, no hay vuelta que darle. En cambio la diferencia de Johnny es secreta, irritante por lo misteriosa, porque no tiene ninguna explicación. Johnny no es un genio, no ha descubierto nada, hace jazz como varios miles de negros y de blancos, y aunque lo hace mejor que todos ellos, hay que reconocer que eso depende un poco de los gustos del público, de las modas, del tiempo, en suma. Panassié, por ejemplo, encuentra que Johnny es francamente malo, y aunque nosotros creemos que el francamente malo es Panassié, de todas maneras hay materia abierta a la polémica. Todo esto prueba que Johnny no es nada del otro mundo, pero apenas lo pienso me pregunto si precisamente no hay en Johnny algo del otro mundo (que él es el primero en desconocer). Probablemente se reiría si se lo dijeran. Yo sé bastante bien lo que piensa, lo que vive de estas cosas. Digo: lo que vive de estas cosas, porque Johnny... Pero no voy a eso, lo que quería explicarme a mí mismo es que la distancia que va de Johnny a nosotros no tiene explicación, no se funda en diferencias explicables. Y me parece que él es el primero en pagar las consecuencias de eso, que lo afecta tanto como a nosotros. Dan ganas de decir enseguida que Johnny es como un ángel entre los hombres, hasta que una elemental honradez obliga a tragarse la frase, a darla bonitamente vuelta, y a reconocer que quizá lo que pasa es que Johnny es un hombre entre los ángeles, una realidad entre las irrealidades que somos todos nosotros. Y a lo mejor es por eso que Johnny me toca la cara con los dedos y me hace sentir tan infeliz, tan transparente, tan poca cosa con mi buena salud, mi casa, mi mujer, mi prestigio. Mi prestigio, sobre todo. Sobre todo mi prestigio.

Pero es lo de siempre, he salido del hospital y apenas he calzado en la calle, en la hora, en todo lo que tengo que hacer, la tortilla ha girado blandamente en el aire y se ha dado vuelta. Pobre Johnny, tan fuera de la realidad. (Es así, es así. Me es más fácil creer que es así, ahora que estoy en un café y a dos horas de mi visita al hospital, que todo lo que escribí más arriba forzándome como un condenado a ser por lo menos un poco decente conmigo mismo).

Por suerte lo del incendio se ha arreglado O.K., pues como cabía suponer la marquesa ha hecho de las suyas para que lo del incendio se arreglara O.K. Dédée y Art Boucaya han venido a buscarme al diario, y los tres nos hemos ido a Vix para escuchar la ya famosa —aunque todavía secreta— grabación de *Amorous*. En el taxi Dédée me ha contado sin muchas ganas cómo la marquesa lo ha sacado a Johnny del lío del incendio, que por lo demás no había pasado de un colchón chamuscado y un susto terrible de todos los argelinos que viven en el hotel de la rue Lagrange. Multa (ya pagada), otro hotel (ya conseguido por Tica), y Johnny está convaleciente en una cama grandísima y muy linda, toma leche a baldes y lee el *Paris Match* y el *New Yorker*, mezclando a veces su famoso (y roñoso) librito de bolsillo con poemas de Dylan Thomas y anotaciones a lápiz por todas partes.

Con estas noticias y un coñac en el café de la esquina, nos hemos instalado en la sala de audiciones para escuchar *Amorous* y *Streptomicyne*. Art ha pedido que apagaran las luces y se ha acostado en el suelo para escuchar mejor. Y entonces ha entrado Johnny y nos ha pasado su música por la cara, ha entrado ahí aunque esté en su hotel y metido en la cama, y nos ha barrido con su música durante un cuarto de hora. Comprendo que le enfurezca la idea de que vayan a publicar *Amorous*, porque cualquiera se da cuenta de las fallas, del soplido perfectamente perceptible que acompaña algunos finales de frase, y sobre todo la salvaje caída final, esa nota sorda y breve que me ha parecido un corazón que se rompe, un cuchillo entrando en un pan (y él hablaba del pan hace unos días). Pero en cambio a Johnny se le escaparía lo que para nosotros es terriblemente hermoso, la ansiedad que busca salida en esa improvisación llena de huidas en todas direcciones, de interrogación, de manoteo desesperado. Johnny no puede comprender (porque lo que para él es fracaso a nosotros nos parece un camino, por lo menos la señal de un camino) que *Amorous* va a quedar como uno de los momentos más grandes del jazz. El artista que hay en él va a ponerse frenético de rabia cada vez que oiga ese remedo de su deseo, de todo lo que quiso decir mientras luchaba, tambaleándose, escapándosele la saliva de la boca junto con la música, más que nunca solo frente a lo que persigue, a lo que se le huye mientras más lo persigue. Es curioso, ha sido necesario escuchar esto, aunque ya todo convergía a esto, a *Amorous*, para que yo me diera cuenta de que Johnny no es una víctima, no es un perseguido como lo cree todo el mundo, como yo mismo lo he dado a entender en mi biografía (por cierto que la edición en inglés acaba de aparecer y se vende como la coca-cola). Ahora sé que no es así, que Johnny persigue en vez de ser perseguido, que todo lo que le está ocurriendo en la vida son azares del cazador y no del animal acosado. Nadie puede saber qué es lo que persigue Johnny, pero es así, está ahí, en *Amorous*, en la marihuana, en sus absurdos discursos sobre tanta cosa, en las recaídas, en el librito de Dylan Thomas, en todo lo pobre diablo que es Johnny y que lo agranda y lo convierte en un absurdo viviente, en un cazador sin brazos y sin piernas, en una liebre que corre tras de un tigre que duerme. Y me veo precisado a decir que en el fondo *Amorous* me ha dado ganas de vomitar, como si eso pudiera librarme de él, de todo lo que en él corre contra mí y contra todos, esa masa negra informe sin manos y sin pies, ese chimpancé enloquecido que me pasa los dedos por la cara y me sonríe enloquecido.

Art y Dédée no ven (me parece que no quieren ver) más que la belleza formal de *Amorous*. Incluso a Dédée le gusta más *Streptomicyne*, donde Johnny improvisa con su soltura corriente, lo que el público entiende por perfección y a mí me parece que en Johnny es más bien distracción, dejar correr la música, estar en otro lado. Ya en la calle le he preguntado a Dédée cuáles son sus planes, y me ha dicho que apenas Johnny pueda salir del hotel (la policía se lo impide por el momento) una nueva marca de discos le hará grabar todo lo que él quiera y le pagará muy bien. Art sostiene que Johnny está lleno de ideas estupendas, y que él y Marcel Gavoty van a «trabajar» las novedades junto con Johnny, aunque después de las últimas semanas se ve que Art no las tiene todas consigo, y yo sé por mi parte que anda en conversaciones con un agente para volverse a Nueva York lo antes posible. Cosa que comprendo de sobra, pobre muchacho.

—Tica se está portando muy bien —ha dicho rencorosamente Dédée—. Claro, para ella es tan fácil. Siempre llega a último momento, y no tiene más que abrir el bolso y arreglarlo todo. Yo, en cambio...

Art y yo nos hemos mirado. ¿Qué le podríamos decir? Las mujeres se pasan la vida dando vueltas alrededor de Johnny y de los que son como Johnny. No es extraño, no es necesario ser mujer para sentirse atraído por Johnny. Lo difícil es girar en torno a él sin perder la distancia, como un buen satélite, un buen crítico. Art no estaba entonces en Baltimore, pero me acuerdo de los tiempos en que conocí a Johnny, cuando vivía con Lan y los niños. Daba lástima ver a Lan. Pero después de tratar un tiempo a Johnny, de aceptar poco a poco el imperio de su música, de sus terrores diurnos, de sus explicaciones inconcebibles sobre cosas que jamás habían ocurrido, de sus repentinos accesos de ternura, entonces uno comprendía por qué Lan tenía esa cara y cómo era imposible que tuviese otra cara y viviera a la vez con Johnny. Tica es otra cosa, se le escapa por la vía de la promiscuidad, de la gran vida, y además tiene al dólar sujeto por la cola y eso es más eficaz que una ametralladora, por lo menos es lo que dice Art Boucaya cuando anda resentido con Tica o le duele la cabeza.

—Venga lo antes posible —me ha pedido Dédée—. A él le gusta hablar con usted.

Me hubiera gustado sermonearla por lo del incendio (por la causa del incendio, de la que es seguramente cómplice), pero sería tan inútil como decirle al mismo Johnny que tiene que convertirse en un ciudadano útil. Por el momento todo va bien, y es curioso (es inquietante) que apenas las cosas andan bien por el lado de Johnny yo me siento inmensamente contento. No soy tan inocente como para creer en una simple reacción amistosa. Es más bien como un aplazamiento, un respiro. No necesito buscarle explicaciones cuando lo siento tan claramente como puedo sentir la nariz pegada a la cara. Me da rabia ser el único que siente esto, que lo padece todo el tiempo. Me da rabia que Art Boucaya, Tica o Dédée no se den cuenta de que cada vez que Johnny sufre, va a la cárcel, quiere matarse, incendia un colchón o corre desnudo por los pasillos de un hotel, está pagando algo por ellos, está muriéndose por ellos. Sin saberlo, y no como los que pronuncian grandes discursos en el patíbulo o escriben libros para denunciar los males de la humanidad o tocan el piano con el aire de quien está lavando los pecados del mundo. Sin saberlo, pobre saxofonista, con todo lo que esta palabra tiene de ridículo, de poca cosa, de uno más entre tantos pobres saxofonistas.

Lo malo es que si sigo así voy a acabar escribiendo más sobre mí mismo que sobre Johnny. Empiezo a parecerme a un evangelista y no me hace ninguna gracia. Mientras volvía a casa he pensado con el cinismo necesario para recobrar la confianza, que en mi libro sobre Johnny sólo menciono de paso, discretamente, el lado patológico de su persona. No me ha parecido necesario explicarle a la gente que Johnny cree pasearse por campos llenos de urnas, o que las pinturas se mueven cuando él las mira; fantasmas de la marihuana, al fin y al cabo, que se acaban con la cura de desintoxicación. Pero se diría que Johnny me deja en prenda esos fantasmas, me los pone como otros tantos pañuelos en el bolsillo hasta que llega la hora de recobrarlos. Y creo que soy el único que los aguanta, los convive y los teme; y nadie lo sabe, ni siquiera Johnny. Uno no puede confesarle cosas así a Johnny, como las confesaría a un hombre realmente grande, al maestro ante quien nos humillamos a cambio de un consejo. ¿Qué mundo es este que me toca cargar como un fardo? ¿Qué clase de evangelista soy? En Johnny no hay la menor grandeza, lo he sabido desde que lo conocí, desde que empecé a admirarlo. Ya hace rato que esto no me sorprende, aunque al principio me resultara desconcertante esa falta de grandeza, quizá porque es una dimensión que uno no está dispuesto a aplicar al primero que llega, y sobre todo a los jazzmen. No sé por qué (no *sé* por qué) creí en un momento que en Johnny había una grandeza que él desmiente de día en día (o que nosotros desmentimos, y en realidad no es lo mismo; porque, seamos honrados, en Johnny hay como el fantasma de otro Johnny que pudo ser, y ese otro Johnny está lleno de grandeza; al fantasma se le nota como la falta de esa dimensión que sin embargo negativamente evoca y contiene).

Esto lo digo porque las tentativas que ha hecho Johnny para cambiar de vida, desde su aborto de suicidio hasta la marihuana, son las que cabía esperar de alguien tan sin grandeza como él. Creo que lo admiro todavía más por eso, porque es realmente el chimpancé que quiere aprender a leer, un pobre tipo que se da con la cara contra las paredes, y no se convence, y vuelve a empezar.

Ah, pero si un día el chimpancé se pone a leer, qué quiebra en masa, qué desparramo, qué sálvese el que pueda, yo el primero. Es terrible que un hombre sin grandeza alguna se tire de esa manera contra la pared. Nos denuncia a todos con el choque de sus huesos, nos hace trizas con la primera frase de su música. (Los mártires, los héroes, de acuerdo: uno está seguro con ellos. ¡Pero Johnny!).

Secuencias. No sé decirlo mejor, es como una noción de que bruscamente se arman secuencias terribles o idiotas en la vida de un hombre, sin que se sepa qué ley fuera de las leyes clasificadas decide que a cierta llamada telefónica va a seguir inmediatamente la llegada de nuestra hermana que vive en Auvernia, o se va a ir la leche al fuego, o vamos a ver desde el balcón a un chico debajo de un auto. Como en los equipos de fútbol y en las comisiones directivas, parecería que el destino nombra siempre algunos suplentes por si le fallan los titulares. Y así es que esta mañana, cuando todavía me duraba el contento por saberlo mejorado y contento a Johnny Carter, me telefonean de urgencia al diario, y la que telefonea es Tica, y la noticia es que en Chicago acaba de morirse Bee, la hija menor de Lan y de Johnny, y que naturalmente Johnny está como loco y sería bueno que yo fuera a darles una mano a los amigos.

He vuelto a subir una escalera de hotel —y van ya tantas en mi amistad con Johnny— para encontrarme con Tica tomando té, con Dédée mojando una toalla, con Art, Delaunay y Pepe Ramírez que hablan en voz baja de las últimas noticias de Lester Young, y con Johnny muy quieto en la cama, una toalla en la frente y un aire perfectamente tranquilo y casi desdeñoso. Inmediatamente me he puesto en el bolsillo la cara de circunstancias, limitándome a apretarle fuerte la mano a Johnny, encender un cigarrillo y esperar.

—Bruno, me duele aquí —ha dicho Johnny al cabo de un rato, tocándose el sitio convencional del corazón—. Bruno, ella era como una piedrecita blanca en mi mano. Y yo no soy nada más que un pobre caballo amarillo, y nadie, nadie, limpiará las lágrimas de mis ojos.

Todo esto dicho solemnemente, casi recitado, y Tica mirando a Art, y los dos haciéndose señas de indulgencia, aprovechando que Johnny tiene la cara tapada con la toalla mojada y no puede verlos. Personalmente me repugnan las frases baratas, pero todo esto que ha dicho Johnny, aparte de que me parece haberlo leído en algún sitio, me ha sonado como una máscara que se pusiera a hablar, así de hueco, así de inútil. Dédée ha venido con otra toalla y le ha cambiado el apósito, y en el intervalo he podido vislumbrar el rostro de Johnny y lo he visto de un gris ceniciento, con la boca torcida y los ojos apretados hasta arrugarse. Y como siempre con Johnny, las cosas han ocurrido de otra manera que la que uno esperaba, y Pepe Ramírez que no lo conoce gran cosa está todavía bajo los efectos de la sorpresa y yo creo que del escándalo, porque al cabo de un rato Johnny se ha sentado en la cama y se ha puesto a insultar lentamente, mascando cada palabra, y soltándola después como un trompo se ha puesto a insultar a los responsables de la grabación de *Amorous*, sin mirar a nadie pero clavándonos a todos como bichos en un cartón nada más que con la increíble obscenidad de sus palabras, y así ha estado dos minutos insultando a todos los de *Amorous*, empezando por Art y Delaunay, pasando por mí (aunque yo...) y acabando en Dédée, en Cristo omnipotente y en la puta que los parió a todos sin la menor excepción. Y eso ha sido en el fondo, eso y lo de la piedrecita blanca, la oración fúnebre de Bee, muerta en Chicago de neumonía.

Pasarán quince días vacíos; montones de trabajo, artículos periodísticos, visitas aquí y allá —un buen resumen de la vida de un crítico, ese hombre que sólo puede vivir de prestado, de las novedades y las decisiones ajenas. Hablando de lo cual una noche estaremos Tica, Baby Lennox y yo en el Café de Flore, tarareando muy contentos *Out of nowhere* y comentando un solo de piano de Billy Taylor que a los tres nos parece bueno, y sobre todo a Baby Lennox, que además se ha vestido a la moda de Saint-Germain-des-Prés y hay que ver cómo le queda. Baby verá aparecer a Johnny con el arrobamiento de sus veinte años, y Johnny la mirará sin verla y seguirá de largo, hasta sentarse solo en otra mesa, completamente borracho o dormido. Sentiré la mano de Tica en la rodilla.

—Lo ves, ha vuelto a fumar anoche. O esta tarde. Esa mujer...

Le he contestado sin ganas que Dédée es tan culpable como cualquier otra, empezando por ella que ha fumado docenas de veces con Johnny y volverá a hacerlo el día que le dé la santa gana. Me vendrá un gran deseo de irme y de estar solo, como siempre que es imposible acercarse a Johnny, estar con él y de su lado. Lo veré hacer dibujos en la mesa con el dedo, quedarse mirando al camarero que le pregunta qué va a beber, y por fin Johnny dibujará en el aire una especie de flecha y la sostendrá con las dos manos como si pesara una barbaridad, y en las otras mesas la gente empezará a divertirse con mucha discreción como corresponde en el Flore. Entonces Tica dirá: «Mierda», se pasará a la mesa de Johnny, y después de dar una orden al camarero se pondrá a hablarle en la oreja a Johnny. Ni qué decir que Baby se apresurará a confiarme sus más caras esperanzas, pero yo le diré vagamente que esa noche hay que dejar tranquilo a Johnny y que las niñas buenas se van temprano a la cama, si es posible en compañía de un crítico de jazz. Baby reirá amablemente, su mano me acariciará el pelo, y después nos quedaremos tranquilos viendo pasar a la muchacha que se cubre la cara con una capa de albayalde y se pinta de verde los ojos y hasta la boca. Baby dirá que no le parece tan mal, y yo le pediré que me cante bajito uno de esos *blues* que le están dando fama en Londres y en Estocolmo. Y después volveremos a *Out of nowhere*, que esta noche nos persigue interminablemente como un perro que también fuera de albayalde y de ojos verdes.

Pasarán por ahí dos de los chicos del nuevo quinteto de Johnny, y aprovecharé para preguntarles cómo ha andado la cosa esa noche; me enteraré así de que Johnny apenas ha podido tocar, pero que lo que ha tocado valía por todas las ideas juntas de un John Lewis, suponiendo que este último sea capaz de tener alguna idea porque, como ha dicho uno de los chicos, lo único que tiene siempre a mano es las notas para tapar un agujero, que no es lo mismo. Y yo me preguntaré entre tanto hasta dónde va a poder resistir Johnny, y sobre todo el público que cree en Johnny. Los chicos no aceptarán una cerveza, Baby y yo nos quedaremos nuevamente solos, y acabaré por ceder a sus preguntas y explicarle a Baby, que realmente merece un apoyo, por qué Johnny está enfermo y acabado, por qué los chicos del quinteto están cada día más hartos, por qué la cosa va a estallar en una de ésas como ya ha estallado en San Francisco, en Baltimore y en Nueva York media docena de veces.

Entrarán otros músicos que tocan en el barrio, y algunos irán a la mesa de Johnny y lo saludarán, pero él los mirará como desde lejos, con una cara horriblemente idiota, los ojos húmedos y mansos, la boca incapaz de contener la saliva que le brilla en los labios. Será divertido observar el doble manejo de Tica y de Baby, Tica apelando a su dominio sobre los hombres para alejarlos de Johnny con una rápida explicación y una sonrisa, Baby soplándome en la oreja su admiración por Johnny y lo bueno que sería llevarlo a un sanatorio para que lo desintoxicaran, y todo ello simplemente porque está en celo y quisiera acostarse con Johnny esta misma noche, cosa por lo demás imposible según puede verse, y que me alegra bastante. Como me ocurre desde que la conozco, pensaré en lo bueno que sería poder acariciar los muslos de Baby y estaré a un paso de proponerle que nos vayamos a tomar un trago a otro lugar más tranquilo (ella no querrá y en el fondo yo tampoco, porque esa otra mesa nos tendrá atados e infelices) hasta que de repente, sin nada que anuncie lo que va a suceder, veremos levantarse lentamente a Johnny, mirarnos y reconocernos, venir hacia nosotros —digamos hacia mí, porque Baby no cuenta— y al llegar a la mesa se doblará un poco con toda naturalidad, como quien va a tomar una papa frita del plato, y lo veremos arrodillarse frente a mí, con toda naturalidad se pondrá de rodillas y me mirará en los ojos, y yo veré que está llorando, y sabré sin palabras que Johnny está llorando por la pequeña Bee.

Mi reacción es tan natural, he querido levantar a Johnny, evitar que hiciera el ridículo, y al final el ridículo lo he hecho yo porque nada hay más lamentable que un hombre esforzándose por mover a otro que está muy bien como está, que se siente perfectamente en la posición que le da la gana, de manera que los parroquianos del Flore, que no se alarman por pequeñas cosas, me han mirado poco amablemente, aun sin saber en su mayoría que ese negro arrodillado es Johnny Carter me han mirado como miraría la gente a alguien que se trepara a un altar y tironeara de Cristo para sacarlo de la cruz. El primero en reprochármelo ha sido Johnny, nada más que llorando silenciosamente ha alzado los ojos y me ha mirado, y entre eso y la censura evidente de los parroquianos no me ha quedado más remedio que volver a sentarme frente a Johnny, sintiéndome peor que él, queriendo estar en cualquier parte menos en esa silla y frente a Johnny de rodillas.

El resto no ha sido tan malo, aunque no sé cuántos siglos han pasado sin que nadie se moviera, sin que las lágrimas dejaran de correr por la cara de Johnny, sin que sus ojos estuvieran continuamente fijos en los míos mientras yo trataba de ofrecerle un cigarrillo, de encender otro para mí, de hacerle un gesto de entendimiento a Baby que estaba, me parece, a punto de salir corriendo o de ponerse a llorar por su parte. Como siempre, ha sido Tica la que ha arreglado el lío sentándose con su gran tranquilidad en nuestra mesa, arrimando una silla del lado de Johnny y poniéndole la mano en el hombro, sin forzarlo, hasta que al final Johnny se ha enderezado un poco y ha pasado de ese horror a la conveniente actitud del amigo sentado, nada más que levantando unos centímetros las rodillas y dejando que entre sus nalgas y el suelo (iba a decir y la cruz, realmente esto es contagioso) se interpusiera la aceptadísima comodidad de una silla. La gente se ha cansado de mirar a Johnny, él de llorar, y nosotros de sentirnos como perros. De golpe me he explicado el cariño que algunos pintores les tienen a las sillas, cualquiera de las sillas del Flore me ha parecido de repente un objeto maravilloso, una flor, un perfume, el perfecto instrumento del orden y la honradez de los hombres en su ciudad.

Johnny ha sacado un pañuelo, ha pedido disculpas sin forzar la cosa, y Tica ha hecho traer un café doble y se lo ha dado a beber. Baby ha estado maravillosa, renunciando de golpe a toda su estupidez cuando se trata de Johnny y se ha puesto a tararear *Mamie's blues* sin dar la impresión de que lo hacía a propósito, y Johnny la ha mirado y se ha sonreído, y me parece que Tica y yo hemos pensado al mismo tiempo que la imagen de Bee se perdía poco a poco en el fondo de los ojos de Johnny, y que una vez más Johnny aceptaba volver por un rato a nuestro lado, acompañarnos hasta la próxima fuga. Como siempre, apenas ha pasado el momento en que me siento como un perro, mi superioridad frente a Johnny me ha permitido mostrarme indulgente, charlar de todo un poco sin entrar en zonas demasiado personales (hubiera sido horrible ver deslizarse a Johnny de la silla, volver a...), y por suerte Tica y Baby se han portado como ángeles y la gente del Flore se ha ido renovando a lo largo de una hora, por lo cual los parroquianos de la una de la madrugada no han sospechado siquiera lo que acababa de pasar, aunque en realidad no haya pasado gran cosa si se lo piensa bien. Baby se ha ido la primera (es una chica estudiosa, Baby, a las nueve ya estará ensayando con Fred Callender para grabar por la tarde) y Tica ha tomado su tercer vaso de coñac y nos ha ofrecido llevarnos a casa. Entonces Johnny ha dicho que no, que prefería seguir charlando conmigo, y Tica ha encontrado que estaba muy bien y se ha ido, no sin antes pagar las vueltas de todos como corresponde a una marquesa. Y Johnny y yo nos hemos tomado una copita de chartreuse, dado que entre amigos están permitidas estas debilidades, y hemos empezado a caminar por Saint-Germain-des-Prés porque Johnny ha insistido en que le hará bien caminar y yo no soy de los que dejan caer a los camaradas en esas circunstancias.

Por la rue de l'Abbaye vamos bajando hasta la plaza Furstenberg, que a Johnny le recuerda peligrosamente un teatro de juguete que según parece le regaló su padrino cuando tenía ocho años. Trato de llevármelo hacia la rue Jacob por miedo de que los recuerdos lo devuelvan a Bee, pero se diría que Johnny ha cerrado el capítulo por lo que falta de la noche. Anda tranquilo, sin titubear (otras veces lo he visto tambalearse en la calle, y no por estar borracho; algo en los reflejos que no funciona) y el calor de la noche y el silencio de las calles nos hace bien a los dos. Fumamos Gauloises, nos dejamos ir hacia el río y frente a una de las cajas de latón de los libreros del Quai de Conti un recuerdo cualquiera o un silbido de algún estudiante nos trae a la boca un tema de Vivaldi y los dos nos ponemos a cantarlo con mucho sentimiento y entusiasmo, y Johnny dice que si tuviera su saxo se pasaría la noche tocando Vivaldi, cosa que yo encuentro exagerada.

—En fin, también tocaría un poco de Bach y de Charles Ives —dice Johnny, condescendiente—. No sé por qué a los franceses no les interesa Charles Ives. ¿Conoces sus canciones? La del leopardo, tendrías que conocer la canción del leopardo. A *leopard*...

Y con su flaca voz de tenor se explaya sobre el leopardo, y ni qué decir que muchas de las frases que canta no son en absoluto de Ives, cosa que a Johnny lo tiene sin cuidado mientras esté seguro de que está cantando algo bueno. Al final nos sentamos sobre el pretil, frente a la rue Gît-le-Coeur y fumamos otro cigarrillo porque la noche es magnífica y dentro de un rato el tabaco nos obligará a beber cerveza en un café y esto nos gusta por anticipado a Johnny y a mí. Casi no le presto atención cuando menciona por primera vez mi libro, porque enseguida vuelve a hablar de Charles Ives y de cómo se ha divertido en citar muchas veces temas de Ives en sus discos, sin que nadie se diera cuenta (ni el mismo Ives, supongo), pero al rato me pongo a pensar en lo del libro y trato de traerlo al tema.

—Oh, he leído algunas páginas —dice Johnny—. En lo de Tica hablaban mucho de tu libro, pero yo no entendía ni el título. Ayer Art me trajo la edición inglesa y entonces me enteré de algunas cosas. Está muy bien tu libro.

Adopto la actitud natural en esos casos, mezclando un aire de displicente modestia con una cierta dosis de interés, como si su opinión fuera a revelarme —a mí, el autor— la verdad sobre mi libro.

—Es como en un espejo —dice Johnny—. Al principio yo creía que leer lo que escriben sobre uno era más o menos como mirarse a uno mismo y no en el espejo. Admiro mucho a los escritores, es increíble las cosas que dicen. Toda esa parte sobre los orígenes del *bebop*...

—Bueno, no hice más que transcribir literalmente lo que me contaste en Baltimore —digo, defendiéndome sin saber de qué.

—Sí, está todo, pero en realidad es como en un espejo —se emperra Johnny.

—¿Qué más quieres? Los espejos son fieles.

—Faltan cosas, Bruno —dice Johnny—. Tú estás mucho más enterado que yo, pero me parece que faltan cosas.

—Las que te habrás olvidado de decirme— contestó bastante picado. Este mono salvaje es capaz de... (Habrá que hablar con Delaunay, sería lamentable que una declaración imprudente malograra un sano esfuerzo crítico que... *Por ejemplo el vestido rojo de Lan* —está diciendo Johnny. Y en todo caso aprovechar las novedades de esta noche para incorporarlas a una nueva edición; no estaría mal. *Tenía como un olor a perro* —está diciendo Johnny— *y es lo único que vale en ese disco.* Sí, escuchar atentamente y proceder con rapidez, porque en manos de otras gentes estos posibles desmentidos podrían tener consecuencias lamentables. *Y la urna del medio, la más grande, llena de un polvo casi azul* —está diciendo Johnny— *y tan parecida a una polvera que tenía mi hermana.* Mientras no pase de las alucinaciones, lo peor sería que desmintiera las ideas de fondo, el sistema estético que tantos elogios...— *Y además el* cool *no es ni por casualidad lo que has escrito* —está diciendo Johnny. Atención).

—¿Cómo que no es lo que yo he escrito? Johnny, está bien que las cosas cambien, pero no hace seis meses que tú...

—Hace seis meses —dice Johnny, bajándose del pretil y acodándose para descansar la cabeza entre las manos—. *Six months ago.* Ah, Bruno, lo que yo podría tocar ahora mismo si tuviera a los muchachos... Y a propósito: muy ingenioso lo que has escrito sobre el saxo y el sexo, muy bonito el juego de palabras. *Six months ago. Six, sax, sex.* Positivamente precioso, Bruno. Maldito seas, Bruno.

No me voy a poner a decirle que su edad mental no le permite comprender que ese inocente juego de palabras encubre un sistema de ideas bastante profundo (a Leonard Feather le pareció exactísimo cuando se lo expliqué en Nueva York) y que el paraerotismo del jazz evoluciona desde tiempos del *washboard*, etcétera. Es lo de siempre, de pronto me alegra poder pensar que los críticos son mucho más necesarios de lo que yo mismo estoy dispuesto a reconocer (en privado, en esto que escribo) porque los creadores, desde el inventor de la música hasta Johnny pasando por toda la condenada serie, son incapaces de extraer las consecuencias dialécticas de su obra, postular los fundamentos y la trascendencia de lo que están escribiendo o improvisando. Tendría que recordar esto en los momentos de depresión en que me da lástima no ser nada más que un crítico. —*El nombre de la estrella es Ajenjo* —está diciendo Johnny, y de golpe oigo su otra voz, la voz de cuando está... ¿cómo decir esto, cómo describir a Johnny cuando está de su lado, ya solo otra vez, ya salido? Inquieto, me bajo del pretil, lo miro de cerca. Y el nombre de la estrella es Ajenjo, no hay nada que hacerle.

—El nombre de la estrella es Ajenjo —dice Johnny, hablando para sus dos manos—. Y sus cuerpos serán echados en las plazas de la grande ciudad. Hace seis meses.

Aunque nadie me vea, aunque nadie lo sepa, me encojo de hombros para las estrellas (el nombre de la estrella es Ajenjo). Volvemos a lo de siempre: «Esto lo estoy tocando mañana». El nombre de la estrella es Ajenjo y sus cuerpos serán echados hace seis meses. En las plazas de la grande ciudad. Salido, lejos. Y yo con sangre en el ojo, simplemente porque no ha querido decirme nada más sobre el libro, y en realidad no he llegado a saber qué piensa del libro que tantos miles de fans están leyendo en dos idiomas (muy pronto en tres, y ya se habla de la edición española, parece que en Buenos Aires no solamente se tocan tangos).

—Era un vestido precioso —dice Johnny—. No quieras saber cómo le quedaba a Lan, pero va a ser mejor que te lo explique delante de un whisky, si es que tienes dinero. Dédée me ha dejado apenas trescientos francos.

Ríe burlonamente, mirando el Sena. Como si él no supiera procurarse la bebida y la marihuana. Empieza a explicarme que Dédée es muy buena (y del libro nada) y que lo hace por bondad, pero por suerte está el compañero Bruno (que ha escrito un libro, pero nada) y lo mejor será ir a sentarse a un café del barrio árabe, donde lo dejan a uno tranquilo siempre que se vea que pertenece un poco a la estrella llamada Ajenjo (esto lo pienso yo, estamos entrando por el lado de Saint-Sévérin y son las dos de la mañana, hora en que mi mujer suele despertarse y ensayar todo lo que me va a decir junto con el café con leche). Así pasa con Johnny, así nos bebemos un horrible coñac barato, así doblamos la dosis y nos sentimos tan contentos. Pero del libro nada, solamente la polvera en forma de cisne, la estrella, pedazos de cosas que van pasando por pedazos de frases, por pedazos de miradas, por pedazos de sonrisas, por gotas de saliva sobre la mesa, pegadas a los bordes del vaso (del vaso de Johnny). Sí, hay momentos en que quisiera que ya estuviese muerto. Supongo que muchos en mi caso pensarían lo mismo. Pero cómo resignarse a que Johnny se muera llevándose lo que no quiere decirme esta noche, que desde la muerte siga cazando, siga salido (yo ya no sé cómo escribir todo esto) aunque me valga la paz, la cátedra, esa autoridad que dan las tesis incontrovertidas y los entierros bien capitaneados.

De cuando en cuando Johnny interrumpe un largo tamborileo sobre la mesa, me mira, hace un gesto incomprensible y vuelve a tamborilear. El patrón del café nos conoce desde los tiempos en que veníamos con un guitarrista árabe. Hace rato que Ben Aifa quisiera irse a dormir, somos los únicos en el mugriento café que huele a ají y a pasteles con grasa. También yo me caigo de sueño, pero la cólera me sostiene, una rabia sorda y que no va contra Johnny, más bien como cuando se ha hecho el amor toda una tarde y se siente la necesidad de una ducha, de que el agua y el jabón se lleven eso que empieza a volverse rancio, a mostrar demasiado claramente lo que al principio... Y Johnny marca un ritmo obstinado sobre la mesa, y a ratos canturrea, casi sin mirarme. Muy bien puede ocurrir que no vuelva a hacer comentarios sobre el libro. Las cosas se lo van llevando de un lado a otro, mañana será una mujer, otro lío cualquiera, un viaje. Lo más prudente sería quitarle disimuladamente la edición en inglés, y para eso hablar con Dédée y pedirle el favor a cambio de tantos otros. Es absurda esta inquietud, esta casi cólera. No cabía esperar ningún entusiasmo de parte de Johnny; en realidad jamás se me había ocurrido pensar que leería el libro. Sé muy bien que el libro no dice la verdad sobre Johnny (tampoco miente), sino que se limita a la música de Johnny. Por discreción, por bondad, no he querido mostrar al desnudo su incurable esquizofrenia, el sórdido trasfondo de la droga, la promiscuidad de esa vida lamentable. Me he impuesto mostrar las líneas esenciales, poniendo el acento en lo que verdaderamente cuenta, el arte incomparable de Johnny. ¿Qué más podía decir? Pero a lo mejor es precisamente ahí donde está él esperándome, como siempre al acecho esperando algo, agazapado para dar uno de esos saltos absurdos de los que salimos todos lastimados. Y es ahí donde acaso está esperándome para desmentir todas las bases estéticas sobre las cuales he fundado la razón última de su música, la gran teoría del jazz contemporáneo que tantos elogios me ha valido en todas partes.

Honestamente, ¿qué me importa su vida? Lo único que me inquieta es que se deje llevar por esa conducta que no soy capaz de seguir (digamos que no quiero seguir) y acabe desmintiendo las conclusiones de mi libro. Que deje caer por ahí que mis afirmaciones son falsas, que su música es otra cosa.

—Oye, hace un rato dijiste que en el libro faltaban cosas.

(Atención, ahora).

—¿Que faltan cosas, Bruno? Ah, sí, te dije que faltaban cosas. Mira, no es solamente el vestido rojo de Lan. Están... ¿Serán realmente urnas, Bruno? Anoche volví a verlas, un campo inmenso, pero ya no estaban tan enterradas. Algunas tenían inscripciones y dibujos, se veían gigantes con cascos como en el cine, y en las manos unos garrotes enormes. Es terrible andar entre las urnas y saber que no hay nadie más, que soy el único que anda entre ellas buscando. No te aflijas, Bruno, no importa que se te haya olvidado poner todo eso. Pero, Bruno —y levanta un dedo que no tiembla—, de lo que te has olvidado es de mí.

—Vamos, Johnny.

—De mí, Bruno, de mí. Y no es culpa tuya no haber podido escribir lo que yo tampoco soy capaz de tocar. Cuando dices por ahí que mi verdadera biografía está en mis discos, yo sé que lo crees de verdad y además suena muy bien, pero no es así. Y si yo mismo no he sabido tocar como debía, tocar lo que soy de veras..., ya ves que no se te pueden pedir milagros, Bruno. Hace calor aquí adentro, vámonos.

Lo sigo a la calle, erramos unos metros hasta que en una calleja nos interpela un gato blanco y Johnny se queda largo tiempo acariciándolo. Bueno, ya es bastante; en la plaza Saint-Michel encontraré un taxi para llevarlo al hotel e irme a casa. Después de todo no ha sido tan terrible; por un momento temí que Johnny hubiera elaborado una especie de antiteoría del libro, y que la probara conmigo antes de soltarla por ahí a todo trapo. Pobre Johnny acariciando un gato blanco. En el fondo lo único que ha dicho es que nadie sabe nada de nadie, y no es una novedad. Toda biografía da eso por supuesto y sigue adelante, qué diablos. Vamos, Johnny, vamos a casa que es tarde.

—No creas que solamente es eso —dice Johnny, enderezándose de golpe como si supiera lo que estoy pensando—. Está Dios, querido. Ahí sí que no has pegado una.

—Vamos, Johnny, vamos a casa que es tarde.

—Está lo que tú y los que son como mi compañero Bruno llaman Dios. El tubo de dentífrico por la mañana, a eso le llaman Dios. El tacho de basura, a eso le llaman Dios. El miedo a reventar, a eso le llaman Dios. Y has tenido la desvergüenza de mezclarme con esa porquería, has escrito que mi infancia, y mi familia, y no sé qué herencias ancestrales... Un montón de huevos podridos y tú cacareando en el medio, muy contento con tu Dios. No quiero tu Dios, no ha sido nunca el mío.

—Lo único que he dicho es que la música negra...

—No quiero tu Dios —repite Johnny—. ¿Por qué me lo has hecho aceptar en tu libro? Yo no sé si hay Dios, yo toco mi música, yo hago mi Dios, no necesito de tus inventos, déjaselos a Mahalia Jackson y al Papa, y ahora mismo vas a sacar esa parte de tu libro.

—Si insistes —digo por decir algo—. En la segunda edición.

—Estoy tan solo como este gato, y mucho más solo porque lo sé y él no. Condenado, me está plantando las uñas en la mano. Bruno, el jazz no es solamente música, yo no soy solamente Johnny Carter.

—Justamente es lo que quería decir cuando escribí que a veces tú tocas como...

—Como si me lloviera en el culo —dice Johnny, y es la primera vez en la noche que lo siento enfurecerse—. No se puede decir nada, inmediatamente lo traduces a tu sucio idioma. Si cuando yo toco tú ves a los ángeles, no es culpa mía. Si los otros abren la boca y dicen que he alcanzado la perfección, no es culpa mía. Y esto es lo peor, lo que verdaderamente te has olvidado de decir en tu libro, Bruno, y es que yo no valgo nada, que lo que toco y lo que la gente me aplaude no vale nada, realmente no vale nada.

Rara modestia, en verdad, a esa hora de la noche. Este Johnny...

—¿Cómo te puedo explicar? —grita Johnny poniéndome las manos en los hombros, sacudiéndome a derecha y a izquierda. (*La paix!*, chillan desde una ventana)—. No es una cuestión de más música o de menos música, es otra cosa..., por ejemplo, es la diferencia entre que Bee haya muerto y que esté viva. Lo que yo toco es Bee muerta, sabes, mientras que lo que yo quiero, lo que yo quiero... Y por eso a veces pisoteo el saxo y la gente cree que se me ha ido la mano en la bebida. Claro que en realidad siempre estoy borracho cuando lo hago, porque al fin y al cabo un saxo cuesta muchísimo dinero.

—Vamos por aquí. Te llevaré al hotel en taxi.

—Eres la mar de bueno, Bruno —se burla Johnny—. El compañero Bruno anota en su libreta todo lo que uno le dice, salvo las cosas importantes. Nunca creí que pudieras equivocarte tanto hasta que Art me pasó el libro. Al principio me pareció que hablabas de algún otro, de Ronnie o de Marcel, y después Johnny de aquí y Johnny de allá, es decir, que se trataba de mí y yo me preguntaba ¿pero éste soy yo?, y dale conmigo en Baltimore, y el *Birdland*, y que mi estilo... Oye —agrega casi fríamente—, no es que no me dé cuenta de que has escrito un libro para el público. Está muy bien y todo lo que dice sobre mi manera de tocar y de sentir el jazz me parece perfectamente O.K. ¿Para qué vamos a seguir discutiendo sobre el libro? Una basura en el Sena, esa paja que flota al lado del muelle, tu libro. Y yo esa otra paja, y tú esa botella que pasa por ahí cabeceando. Bruno, yo me voy a morir sin haber encontrado..., sin...

Lo sostengo por debajo de los brazos, lo apoyo en el pretil del muelle. Se está hundiendo en el delirio de siempre, murmura pedazos de palabras, escupe.

—Sin haber encontrado —repite—. Sin haber encontrado...

—¿Qué querías encontrar, hermano? —le digo—. No hay que pedir imposibles, lo que tú has encontrado bastaría para...

—Para ti, ya sé —dice rencorosamente Johnny—. Para Art, para Dédée, para Lan... No sabes cómo... Sí, a veces la puerta ha empezado a abrirse... Mira las dos pajas, se han encontrado, están bailando una frente a la otra... Es bonito, eh... Ha empezado a abrirse... El tiempo... yo te he dicho, me parece, que eso del tiempo... Bruno, toda mi vida he buscado en mi música que esa puerta se abriera al fin. Una nada, una rajita... Me acuerdo en Nueva York, una noche... Un vestido rojo. Sí, rojo, y le quedaba precioso. Bueno, una noche estábamos con Miles y Hal... llevábamos yo creo que una hora dándole a lo mismo, solos, tan felices... Miles tocó algo tan hermoso que casi me tira de la silla, y entonces me largué, cerré los ojos, volaba. Bruno, te juro que volaba... Me oía como si desde un sitio lejanísimo pero dentro de mí mismo, al lado de mí mismo, alguien estuviera de pie... No exactamente alguien... Mira la botella, es increíble cómo cabecea... No era alguien, uno busca comparaciones... Era la seguridad, el encuentro, como en algunos sueños, ¿no te parece?, cuando todo está resuelto, Lan y las chicas te esperan con un pavo al horno, en el auto no atrapas ninguna luz roja, todo va dulce como una bola de billar. Y lo que había a mi lado era como yo mismo pero sin ocupar ningún sitio, sin estar en Nueva York, y sobre todo sin tiempo, sin que después... sin que hubiera después... Por un rato no hubo más que siempre... Y yo no sabía que era mentira, que eso ocurría porque estaba perdido en la música, y que apenas acabara de tocar, porque al fin y al cabo alguna vez tenía que dejar que el pobre Hal se quitara las ganas en el piano, en ese mismo instante me caería de cabeza en mí mismo...

Llora dulcemente, se frota los ojos con sus manos sucias. Yo ya no sé qué hacer, es tan tarde, del río sube la humedad, nos vamos a resfriar los dos.

—Me parece que he querido nadar sin agua —murmura Johnny—. Me parece que he querido tener el vestido rojo de Lan pero sin Lan. Y Bee está muerta, Bruno. Yo creo que tú tienes razón, que tu libro está muy bien.

—Vamos, Johnny, no pienso ofenderme por lo que le encuentres de malo.

—No es eso, tu libro está bien porque... porque no tiene urnas,

Bruno. Es como lo que toca Satchmo, tan limpio, tan puro. ¿A ti no te parece que lo que toca Satchmo es como un cumpleaños o una buena acción? Nosotros... Te digo que he querido nadar sin agua. Me pareció... pero hay que ser idiota... me pareció que un día iba a encontrar otra cosa. No estaba satisfecho, pensaba que las cosas buenas, el vestido rojo de Lan, y hasta Bee, eran como trampas para ratones, no sé explicarme de otra manera... Trampas para que uno se conforme, sabes, para que uno diga que todo está bien. Bruno, yo creo que Lan y el jazz, sí, hasta el jazz, eran como anuncios en una revista, cosas bonitas para que me quedara conforme como te quedas tú porque tienes París y tu mujer y tu trabajo... Yo tenía mi saxo... y mi sexo, como dice el libro. Todo lo que hacía falta. Trampas, querido... porque no puede ser que no haya otra cosa, no puede ser que estemos tan cerca, tan del otro lado de la puerta...

—Lo único que cuenta es dar de sí todo lo posible —digo, sintiéndome insuperablemente estúpido.

—Y ganar todos los años el referéndum de *Down Beat*, claro —asiente Johnny—. Claro que sí, claro que sí, claro que sí. Claro que sí.

Lo llevo poco a poco hacia la plaza. Por suerte hay un taxi en la esquina.

—Sobre todo no acepto a tu Dios —murmura Johnny—. No me vengas con eso, no lo permito. Y si realmente está del otro lado de la puerta, maldito si me importa. No tiene ningún mérito pasar al otro lado porque él te abra la puerta. Desfondarla a patadas, eso sí. Romperla a puñetazos, eyacular contra la puerta, mear un día entero contra la puerta. Aquella vez en Nueva York yo creo que abrí la puerta con mi música, hasta que tuve que parar y entonces el maldito me la cerró en la cara nada más que porque no le he rezado nunca, porque no le voy a rezar nunca, porque no quiero saber nada con ese portero de librea, ese abridor de puertas a cambio de una propina, ese...

Pobre Johnny, después se queja de que uno no ponga esas cosas en un libro. Las tres de la madrugada, madre mía.

Tica se había vuelto a Nueva York, Johnny se había vuelto a Nueva York (sin Dédée, muy bien instalada ahora en casa de Louis Perron, que promete como trombonista). Baby Lennox se había vuelto a Nueva York. La temporada no era gran cosa en París y yo extrañaba a mis amigos. Mi libro sobre Johnny se vendía muy bien en todas partes, y naturalmente Sammy Pretzal hablaba ya de una posible adaptación en Hollywood, cosa siempre interesante cuando se calcula la relación franco-dólar. Mi mujer seguía furiosa por mi historia con Baby Lennox, nada demasiado grave por lo demás, al fin y al cabo. Baby es acentuadamente promiscua y cualquier mujer inteligente debería comprender que esas cosas no comprometen el equilibrio conyugal, aparte de que Baby ya se había vuelto a Nueva York con Johnny, finalmente se había dado el gusto de irse con Johnny en el mismo barco. Ya estaría fumando marihuana con Johnny, perdida como él, pobre muchacha. Y *Amorous* acababa de salir en París, justo cuando la segunda edición de mi libro entraba en prensa y se hablaba de traducirlo al alemán. Yo había pensado mucho en las posibles modificaciones de la segunda edición. Honrado en la medida en que la profesión lo permite, me preguntaba si no hubiera sido necesario mostrar bajo otra luz la personalidad de mi biografiado. Discutimos varias veces con Delaunay y con Hodeir, ellos no sabían realmente qué aconsejarme porque encontraban que el libro era estupendo y que a la gente le gustaba así. Me pareció advertir que los dos temían un contagio literario, que yo acabara tiñendo la obra con matices que poco o nada tenían que ver con la música de Johnny, al menos según la entendíamos todos nosotros. Me pareció que la opinión de gentes autorizadas (y mi decisión personal, sería tonto negarlo a esta altura de las cosas) justificaba dejar tal cual la segunda edición. La lectura minuciosa de las revistas especializadas de los Estados Unidos (cuatro reportajes a Johnny, noticias sobre una nueva tentativa de suicidio, esta vez con tintura de yodo, sonda gástrica y tres semanas de hospital, de nuevo tocando en Baltimore como si nada) me tranquilizó bastante, aparte de la pena que me producían estas recaídas lamentables. Johnny no había dicho ni una palabra comprometedora sobre el libro. Ejemplo (en *Stomping Around*, una revista musical de Chicago, entrevista de Teddy Rogers a Johnny): «¿Has leído lo que ha escrito

Bruno V... sobre ti en París?». «Sí. Está muy bien». «¿Nada qué decir sobre ese libro?». «Nada, fuera de que está muy bien. Bruno es un gran muchacho». Quedaba por saber lo que pudiera decir Johnny cuando anduviera borracho o drogado, pero por lo menos no había rumores de ningún desmentido por su parte. Decidí no tocar la segunda edición del libro, seguir presentando a Johnny como lo que era en el fondo: un pobre diablo de inteligencia apenas mediocre, dotado como tanto músico, tanto ajedrecista y tanto poeta del don de crear cosas estupendas sin tener la menor conciencia (a lo sumo un orgullo de boxeador que se sabe fuerte) de las dimensiones de su obra. Todo me inducía a conservar tal cual ese retrato de Johnny; no era cosa de crearse complicaciones con un público que quiere mucho jazz pero nada de análisis musicales o psicológicos, nada que no sea la satisfacción momentánea y bien recortada, las manos que marcan el ritmo, las caras que se aflojan beatíficamente, la música que se pasea por la piel, se incorpora a la sangre y a la respiración, y después basta, nada de razones profundas.

Primero llegaron los telegramas (a Delaunay, a mí, por la tarde ya salían en los diarios con comentarios idiotas); veinte días después tuve carta de Baby Lennox, que no se había olvidado de mí. «En Bellevue lo trataron espléndidamente y yo lo fui a buscar cuando salió. Vivíamos en el departamento de Mike Russolo, que anda en gira por Noruega. Johnny estaba muy bien, y aunque no quería tocar en público aceptó grabar discos con los chicos del Club 28. A ti te lo puedo decir, en realidad estaba muy débil (ya me imagino lo que quería dar a entender Baby con esto, después de nuestra aventura en París) y de noche me daba miedo la forma en que respiraba y se quejaba. Lo único que me consuela —agregaba deliciosamente Baby— es que murió contento y sin saberlo. Estaba mirando la televisión y de golpe se cayó al suelo. Me dijeron que fue instantáneo». De donde se deducía que Baby no había estado presente, y así era porque luego supimos que Johnny vivía en casa de Tica y que había pasado cinco días con ella, preocupado y abatido, hablando de abandonar el jazz, irse a vivir a México y trabajar en el campo (a todos les da por ahí en algún momento de su vida, es casi aburrido), y que Tica lo vigilaba y hacía lo posible por tranquilizarlo y obligarlo a pensar en el futuro (esto lo dijo luego Tica, como si ella o Johnny hubieran tenido jamás la menor idea del futuro). A mitad de un programa de televisión que le hacía mucha gracia a Johnny, empezó a toser, de golpe se dobló bruscamente, etcétera. No estoy tan seguro de que la muerte fuese instantánea como lo declaró Tica a la policía (tratando de salir del lío descomunal en que la había metido la muerte de Johnny en su departamento, la marihuana que había al alcance de la mano, algunos líos anteriores de la pobre Tica, y los resultados no del todo convincentes de la autopsia. Ya se imagina uno todo lo que un médico podía encontrar en el hígado y en los pulmones de Johnny). «No quieras saber lo que me dolió su muerte, aunque podría contarte otras cosas —agregaba dulcemente esta querida Baby—, pero alguna vez cuando tenga más ánimos te escribiré o te contaré (parece que Rogers quiere contratarme para París y Berlín) todo lo que es necesario que sepas, tú que eras el mejor amigo de Johnny». Y después de una carilla entera dedicada a insultar a Tica, que de creerle no sólo sería causante de la muerte de Johnny, sino del ataque a Pearl Harbour y de la Peste Negra, esta pobrecita Baby terminaba: «Antes de que se me olvide, un día en Bellevue preguntó mucho por ti, se le mezclaban las ideas y pensaba que estabas en Nueva York y que no querías ir a verlo, hablaba siempre de unos campos llenos de cosas, y después te llamaba y hasta te decía palabrotas, pobre. Ya sabes lo que es la fiebre. Tica le dijo a Bob Carey que las últimas palabras de Johnny habían sido algo así como: "Oh, hazme una máscara", pero ya te imaginas que en ese momento...». Vaya si me lo imaginaba. «Se había puesto muy gordo —agregaba Baby al final de su carta—, y jadeaba al caminar». Eran los detalles que cabía esperar de una persona tan delicada como Baby Lennox.

Todo esto coincidió con la aparición de la segunda edición de mi libro, pero por suerte tuve tiempo de incorporar una nota necrológica redactada a toda máquina, y una fotografía del entierro donde se veía a muchos jazzmen famosos. En esa forma la biografía quedó, por decirlo así, completa. Quizá no esté bien que yo diga esto, pero como es natural me sitúo en un plano meramente estético. Ya hablan de una nueva traducción, creo que al sueco o al noruego. Mi mujer está encantada con la noticia.

Manual de instrucciones

La tarea de ablandar el ladrillo todos los días, la tarea de abrirse paso en la masa pegajosa que se proclama mundo, cada mañana topar con el paralelepípedo de nombre repugnante, con la satisfacción perruna de que todo esté en su sitio, la misma mujer al lado, los mismos zapatos, el mismo sabor de la misma pasta dentífrica, la misma tristeza de las casas de enfrente, del sucio tablero de ventanas de tiempo con su letrero «Hotel de Belgique».

Meter la cabeza como un toro desganado contra la masa transparente en cuyo centro tomamos café con leche y abrimos el diario para saber lo que ocurrió en cualquiera de los rincones del ladrillo de cristal. Negarse a que el acto delicado de girar el picaporte, ese acto por el cual todo podría transformarse, se cumpla con la fría eficacia de un reflejo cotidiano. Hasta luego, querida. Que te vaya bien.

Apretar una cucharita entre los dedos y sentir su latido de metal, su advertencia sospechosa. Cómo duele negar una cucharita, negar una puerta, negar todo lo que el hábito lame hasta darle suavidad satisfactoria. Tanto más simple aceptar la fácil solicitud de la cuchara, emplearla para revolver el café.

Y no que esté mal si las cosas nos encuentran otra vez cada día y son las mismas. Que a nuestro lado haya la misma mujer, el mismo reloj, y que la novela abierta sobre la mesa eche a andar otra vez en la bicicleta de nuestros anteojos, ¿por qué estaría mal? Pero como un toro triste hay que agachar la cabeza, del centro del ladrillo de cristal empujar hacia afuera, hacia lo otro tan cerca de nosotros, inasible como el picador tan cerca del toro. Castigarse los ojos mirando eso que anda por el cielo y acepta taimadamente su nombre de nube, su réplica catalogada en la memoria. No creas que el teléfono va a darte los números que buscas. ¿Por qué te los daría? Solamente vendrá lo que tienes preparado y resuelto, el triste reflejo de tu esperanza, ese mono que se rasca sobre una mesa y tiembla de frío. Rómpele la cabeza a ese mono, corre desde el centro de la pared y ábrete paso. ¡Oh, cómo cantan en el piso de arriba! Hay un piso de arriba en esta casa, con otras gentes. Hay un piso de arriba donde vive gente que no sospecha su piso de abajo, y estamos todos en el ladrillo de cristal. Y si de pronto una polilla se para al borde de un lápiz y late como un fuego ceniciento, mírala, yo la estoy mirando, estoy palpando su corazón pequeñísimo, y la oigo, esa polilla resuena en la pasta de cristal congelado, no todo está perdido. Cuando abra la puerta y me asome a la escalera, sabré que abajo empieza la calle; no el molde ya aceptado, no las casas ya sabidas, no el hotel de enfrente; la calle, la viva floresta donde cada instante puede arrojarse sobre mí como una magnolia, donde las caras van a nacer cuando las mire, cuando avance un poco más, cuando con los codos y las pestañas y las uñas me rompa minuciosamente contra la pasta del ladrillo de cristal, y juegue mi vida mientras avanzo paso a paso para ir a comprar el diario a la esquina.

Instrucciones para llorar

Dejando de lado los motivos, atengámonos a la manera correcta de llorar, entendiendo por esto un llanto que no ingrese en el escándalo, ni que insulte a la sonrisa con su paralela y torpe semejanza. El llanto medio u ordinario consiste en una contracción general del rostro y un sonido espasmódico acompañado de lágrimas y mocos, estos últimos al final, pues el llanto se acaba en el momento en que uno se suena enérgicamente.

Para llorar, dirija la imaginación hacia usted mismo, y si esto le resulta imposible por haber contraído el hábito de creer en el mundo exterior, piense en un pato cubierto de hormigas o en esos golfos del estrecho de Magallanes *en los que no entra nadie, nunca.*

Llegado el llanto, se tapará con decoro el rostro usando ambas manos con la palma hacia dentro. Los niños llorarán con la manga del saco contra la cara, y de preferencia en un rincón del cuarto. Duración media del llanto, tres minutos.

Instrucciones-ejemplos sobre la forma de tener miedo

En un pueblo de Escocia venden libros con una página en blanco perdida en algún lugar del volumen. Si un lector desemboca en esa página al dar las tres de la tarde, muere.

En la plaza del Quirinal, en Roma, hay un punto que conocían los iniciados hasta el siglo XIX, y desde el cual, con luna llena, se ven moverse lentamente las estatuas de los Dióscuros que luchan con sus caballos encabritados.

En Amalfi, al terminar la zona costanera, hay un malecón que entra en el mar y la noche. Se oye ladrar a un perro más allá de la última farola.

Un señor está extendiendo pasta dentífrica en el cepillo. De pronto ve, acostada de espaldas, una diminuta imagen de mujer, de coral o quizá de miga de pan pintada.

Al abrir el ropero para sacar una camisa, cae un viejo almanaque que se deshace, se deshoja, cubre la ropa blanca con miles de sucias mariposas de papel.

Se sabe de un viajante de comercio a quien le empezó a doler la muñeca izquierda, justamente debajo del reloj pulsera. Al arrancarse el reloj, saltó la sangre: la herida mostraba la huella de unos dientes muy finos.

El médico termina de examinarnos y nos tranquiliza. Su voz grave y cordial precede los medicamentos cuya receta escribe ahora, sentado ante su mesa. De cuando en cuando alza la cabeza y sonríe, alentándonos. No es de cuidado, en una semana estaremos bien. Nos arrellanamos en nuestro sillón, felices, y miramos distraídamente en torno. De pronto, en la penumbra debajo de la mesa vemos las piernas del médico. Se ha subido los pantalones hasta los muslos, y tiene medias de mujer.

Instrucciones para subir una escalera

Nadie habrá dejado de observar que con frecuencia el suelo se pliega de manera tal que una parte sube en ángulo recto con el plano del suelo, y luego la parte siguiente se coloca paralela a este plano, para dar paso a una nueva perpendicular, conducta que se repite en espiral o en línea quebrada hasta alturas sumamente variables. Agachándose y poniendo la mano izquierda en una de las partes verticales, y la derecha en la horizontal correspondiente, se está en posesión momentánea de un peldaño o escalón. Cada uno de estos peldaños, formados como se ve por dos elementos, se sitúa un tanto más arriba y adelante que el anterior, principio que da sentido a la escalera, ya que cualquier otra combinación producirá formas quizá más bellas o pintorescas, pero incapaces de trasladar de una planta baja a un primer piso.

Las escaleras se suben de frente, pues hacia atrás o de costado resultan particularmente incómodas. La actitud natural consiste en mantenerse de pie, los brazos colgando sin esfuerzo, la cabeza erguida aunque no tanto que los ojos dejen de ver los peldaños inmediatamente superiores al que se pisa, y respirando lenta y regularmente. Para subir una escalera se comienza por levantar esa parte del cuerpo situada a la derecha abajo, envuelta casi siempre en cuero o gamuza, y que salvo excepciones cabe exactamente en el escalón. Puesta en el primer peldaño dicha parte, que para abreviar llamaremos pie, se recoge la parte equivalente de la izquierda (también llamada pie, pero que no ha de confundirse con el pie antes citado), y llevándola a la altura del pie, se le hace seguir hasta colocarla en el segundo peldaño, con lo cual en éste descansará el pie, y en el primero descansará el pie. (Los primeros peldaños son siempre los más difíciles, hasta adquirir la coordinación necesaria. La coincidencia de nombre entre el pie y el pie hace difícil la explicación. Cuídese especialmente de no levantar al mismo tiempo el pie y el pie).

Llegado en esta forma al segundo peldaño, basta repetir alternadamente los movimientos hasta encontrarse con el final de la escalera. Se sale de ella fácilmente, con un ligero golpe de talón que la fija en su sitio, del que no se moverá hasta el momento del descenso.

Preámbulo a las instrucciones para dar cuerda al reloj

Piensa en esto: cuando te regalan un reloj te regalan un pequeño infierno florido, una cadena de rosas, un calabozo de aire. No te dan solamente el reloj, que los cumplas muy felices y esperamos que te dure porque es de buena marca, suizo con áncora de rubíes; no te regalan solamente ese menudo picapedrero que te atarás a la muñeca y pasearás contigo. Te regalan —no lo saben, lo terrible es que no lo saben—, te regalan un nuevo pedazo frágil y precario de ti mismo, algo que es tuyo pero no es tu cuerpo, que hay que atar a tu cuerpo con su correa como un bracito desesperado colgándose de tu muñeca. Te regalan la necesidad de darle cuerda todos los días, la obligación de darle cuerda para que siga siendo un reloj; te regalan la obsesión de atender a la hora exacta en las vitrinas de las joyerías, en el anuncio por la radio, en el servicio telefónico. Te regalan el miedo de perderlo, de que te lo roben, de que se te caiga al suelo y se rompa. Te regalan su marca, y la seguridad de que es una marca mejor que las otras, te regalan la tendencia a comparar tu reloj con los demás relojes. No te regalan un reloj, tú eres el regalado, a ti te ofrecen para el cumpleaños del reloj.

Instrucciones para dar cuerda al reloj

Allá en el fondo está la muerte, pero no tenga miedo. Sujete el reloj con una mano, tome con dos dedos la llave de la cuerda, remóntela suavemente. Ahora se abre otro plazo, los árboles despliegan sus hojas, las barcas corren regatas, el tiempo como un abanico se va llenando de sí mismo y de él brotan el aire, las brisas de la tierra, la sombra de una mujer, el perfume del pan.

¿Qué más quiere, qué más quiere? Átelo pronto a su muñeca, déjelo latir en libertad, imítelo anhelante. El miedo herrumbra las áncoras, cada cosa que pudo alcanzarse y fue olvidada va corroyendo las venas del reloj, gangrenando la fría sangre de sus pequeños rubíes. Y allá en el fondo está la muerte si no corremos y llegamos antes y comprendemos que ya no importa.

Historias de cronopios y de famas

Viajes

Cuando los famas salen de viaje, sus costumbres al pernoctar en una ciudad son las siguientes: Un fama va al hotel y averigua cautelosamente los precios, la calidad de las sábanas y el color de las alfombras. El segundo se traslada a la comisaría y labra un acta declarando los muebles e inmuebles de los tres, así como el inventario del contenido de sus valijas. El tercer fama va al hospital y copia las listas de los médicos de guardia y sus especialidades.

Terminadas estas diligencias, los viajeros se reúnen en la plaza mayor de la ciudad, se comunican sus observaciones, y entran en el café a beber un aperitivo. Pero antes se toman de las manos y danzan en ronda. Esta danza recibe el nombre de *Alegría de los famas.*

Cuando los cronopios van de viaje, encuentran los hoteles llenos, los trenes ya se han marchado, llueve a gritos, y los taxis no quieren llevarlos o les cobran precios altísimos. Los cronopios no se desaniman porque creen firmemente que estas cosas les ocurren a todos, y a la hora de dormir se dicen unos a otros: «La hermosa ciudad, la hermosísima ciudad». Y sueñan toda la noche que en la ciudad hay grandes fiestas y que ellos están invitados. Al otro día se levantan contentísimos, y así es como viajan los cronopios.

Las esperanzas, sedentarias, se dejan viajar por las cosas y los hombres, y son como las estatuas que hay que ir a ver porque ellas no se molestan.

Conservación de los recuerdos

Los famas para conservar sus recuerdos proceden a embalsamarlos en la siguiente forma: Luego de fijado el recuerdo con pelos y señales, lo envuelven de pies a cabeza en una sábana negra y lo colocan parado contra la pared de la sala, con un cartelito que dice: «Excursión a Quilmes», o: «Frank Sinatra».

Los cronopios, en cambio, esos seres desordenados y tibios, dejan los recuerdos sueltos por la casa, entre alegres gritos, y ellos andan por el medio y cuando pasa corriendo uno, lo acarician con suavidad y le dicen: «No vayas a lastimarte», y también: «Cuidado con los escalones». Es por eso que las casas de los famas son ordenadas y silenciosas, mientras en las de los cronopios hay gran bulla y puertas que golpean. Los vecinos se quejan siempre de los cronopios, y los famas mueven la cabeza comprensivamente y van a ver si las etiquetas están todas en su sitio.

Relojes

Un fama tenía un reloj de pared y todas las semanas le daba cuerda CON GRAN CUIDADO. Pasó un cronopio y al verlo se puso a reír, fue a su casa e inventó el reloj-alcachofa o alcaucil, que de una y otra manera puede y debe decirse.

El reloj alcaucil de este cronopio es un alcaucil de la gran especie, sujeto por el tallo a un agujero de la pared. Las innumerables hojas del alcaucil marcan la hora presente y además todas las horas, de modo que el cronopio no hace más que sacarle una hoja y ya sabe una hora. Como las va sacando de izquierda a derecha, siempre la hoja da la hora justa, y cada día el cronopio empieza a sacar una nueva vuelta de hojas. Al llegar al corazón el tiempo no puede ya medirse, y en la infinita rosa violeta del centro el cronopio encuentra un gran contento, entonces se la come con aceite, vinagre y sal, y pone otro reloj en el agujero.

Comercio

owners/workers ?

Los famas habían puesto una fábrica de mangueras, y emplearon a numerosos cronopios para el enrollado y depósito. Apenas los cronopios estuvieron en el lugar del hecho, una grandísima alegría. Había mangueras verdes, rojas, azules, amarillas y violetas. Eran transparentes y al ensayarlas se veía correr el agua con todas sus burbujas y a veces un sorprendido insecto. Los cronopios empezaron a lanzar grandes gritos, y querían bailar tregua y bailar catala en vez de trabajar. Los famas se enfurecieron y aplicaron enseguida los artículos 21, 22 y 23 del reglamento interno. A fin de evitar la repetición de tales hechos.

Como los famas son muy descuidados, los cronopios esperaron *circunstancias favorables* y cargaron muchísimas mangueras en un camión. Cuando encontraban una niña, cortaban un pedazo de manguera azul y se la obsequiaban para que pudiese saltar a la manguera. Así, en todas las esquinas se vieron nacer bellísimas burbujas azules transparentes, con una niña adentro que parecía una ardilla en su jaula. Los padres de la niña aspiraban a quitarle la manguera para regar el jardín, pero se supo que los astutos cronopios las habían pinchado de modo que el agua se hacía pedazos en ellas y no servía para nada. Al final los padres se cansaban y la niña iba a la esquina y saltaba y saltaba.

Con las mangueras amarillas los cronopios adornaron diversos monumentos, y con las mangueras verdes tendieron trampas al modo africano en pleno rosedal, para ver cómo las esperanzas caían una a una. Alrededor de las esperanzas caídas los cronopios bailaban tregua y bailaban catala, y las esperanzas les reprochaban su acción diciendo así:

—Crueles cronopios cruentos. ¡Crueles!

Los cronopios, que no deseaban ningún mal a las esperanzas, las ayudaban a levantarse y les regalaban pedazos de manguera roja. Así las esperanzas pudieron ir a sus casas y cumplir el más intenso de sus anhelos: regar los jardines verdes con mangueras rojas.

Los famas cerraron la fábrica y dieron un banquete lleno de discursos fúnebres y camareros que servían el pescado en medio de grandes suspiros. Y no invitaron a ningún cronopio, y solamente a las esperanzas que no habían caído en las trampas del rosedal, porque las otras se habían quedado con pedazos de manguera y los famas estaban enojados con esas esperanzas.

El canto de los cronopios

Cuando los cronopios cantan sus canciones preferidas, se entusiasman de tal manera que con frecuencia se dejan atropellar por camiones y ciclistas, se caen por la ventana, y pierden lo que llevaban en los bolsillos y hasta la cuenta de los días.

Cuando un cronopio canta, las esperanzas y los famas acuden a escucharlo aunque no comprenden mucho su arrebato y en general se muestran algo escandalizados. En medio del corro el cronopio levanta sus bracitos como si sostuviera el sol, como si el cielo fuera una bandeja y el sol la cabeza del Bautista, de modo que la canción del cronopio es Salomé desnuda danzando para los famas y las esperanzas que están ahí boquiabiertos y preguntándose si el señor cura, si las conveniencias. Pero como en el fondo son buenos (los famas son buenos y las esperanzas bobas), acaban aplaudiendo al cronopio, que se recobra sobresaltado, mira en torno y se pone también a aplaudir, pobrecito.

Historia

Un cronopio pequeñito buscaba la llave de la puerta de calle en la mesa de luz, la mesa de luz en el dormitorio, el dormitorio en la casa, la casa en la calle. Aquí se detenía el cronopio, pues para salir a la calle precisaba la llave de la puerta.

La autopista del sur

Gli automobilisti accaldati sembrano non avere storia... Come realtà, un ingorgo automobilistico impressiona ma non ci dice gran che.

ARRIGO BENEDETTI, L'Espresso,
Roma, 21/6/1964.

Al principio la muchacha del Dauphine había insistido en llevar la cuenta del tiempo, aunque al ingeniero del Peugeot 404 le daba ya lo mismo. Cualquiera podía mirar su reloj pero era como si ese tiempo atado a la muñeca derecha o el *bip bip* de la radio midieran otra cosa, fuera el tiempo de los que no han hecho la estupidez de querer regresar a París por la autopista del sur un domingo de tarde y, apenas salidos de Fontainebleau, han tenido que ponerse al paso, detenerse, seis filas a cada lado (ya se sabe que los domingos la autopista está íntegramente reservada a los que regresan a la capital), poner en marcha el motor, avanzar tres metros, detenerse, charlar con las dos monjas del 2HP a la derecha, con la muchacha del Dauphine a la izquierda, mirar por el retrovisor al hombre pálido que conduce un Caravelle, envidiar irónicamente la felicidad avícola del matrimonio del Peugeot 203 (detrás del Dauphine de la muchacha) que juega con su niñita y hace bromas y come queso, o sufrir a ratos los desbordes exasperados de los dos jovencitos del Simca que precede al Peugeot 404, y hasta bajarse de los altos y explorar sin alejarse mucho (porque nunca se sabe en qué momento los autos de más adelante reanudarán la marcha y habrá que correr para que los de atrás no inicien la guerra de las bocinas y los insultos), y así llegar a la altura de un Taunus delante del Dauphine de la muchacha que mira a cada momento la hora, y cambiar unas frases descorazonadas o burlonas con los dos hombres que viajan con el niño rubio cuya inmensa diversión en esas precisas circunstancias consiste en hacer correr libremente su autito de juguete sobre los asientos y el reborde posterior del Taunus, o atreverse y avanzar todavía un poco más, puesto que no parece que los autos de adelante vayan a reanudar la marcha, y contemplar con alguna lástima al matrimonio de ancianos en el ID Citroën que parece una gigantesca bañadera violeta donde sobrenadan los dos viejitos, él descansando los antebrazos en el volante con un aire de paciente fatiga, ella mordisqueando una manzana con más aplicación que ganas.

A la cuarta vez de encontrarse con todo eso, de hacer todo eso, el ingeniero había decidido no salir más de su coche, a la espera de que la policía disolviese de alguna manera el embotellamiento. El calor de agosto se sumaba a ese tiempo a ras de neumáticos para que la inmovilidad fuese cada vez más enervante. Todo era olor a gasolina, gritos destemplados de los jovencitos del Simca, brillo del sol rebotando en los cristales y en los bordes cromados, y para colmo la sensación contradictoria del encierro en plena selva de máquinas pensadas para correr. El 404 del ingeniero ocupaba el segundo lugar de la pista de la derecha contando desde la franja divisoria de las dos pistas, con lo cual tenía otros cuatro autos a su derecha y siete a su izquierda, aunque de hecho sólo pudiera ver distintamente los ocho coches que lo rodeaban y sus ocupantes, que ya había detallado hasta cansarse. Había charlado con todos, salvo con los muchachos del Simca que le caían antipáticos; entre trecho y trecho se había discutido la situación en sus menores detalles, y la impresión general era que hasta Corbeil-Essonnes se avanzaría al paso o poco menos, pero que entre Corbeil y Juvisy el ritmo iría acelerándose una vez que los helicópteros y los motociclistas lograran quebrar lo peor del embotellamiento. A nadie le cabía duda de que algún accidente muy grave debía haberse producido en la zona, única explicación de una lentitud tan increíble. Y con eso el gobierno, el calor, los impuestos, la vialidad, un tópico tras otro, tres metros, otro lugar común, cinco metros, una frase sentenciosa o una maldición contenida.

A las dos monjitas del 2HP les hubiera convenido tanto llegar a Milly-la-Fôret antes de las ocho, pues llevaban una cesta de hortalizas para la cocinera. Al matrimonio del Peugeot 203 le importaba sobre todo no perder los juegos televisados de las nueve y media, la muchacha del Dauphine le había dicho al ingeniero que le daba lo mismo llegar más tarde a París pero que se quejaba por principio, porque le parecía un atropello someter a millares de personas a un régimen de caravana de camellos. En esas últimas horas (debían ser casi las cinco pero el calor los hostigaba insoportablemente) habían avanzado unos cincuenta metros a juicio del ingeniero, aunque uno de los hombres del Taunus, que se había acercado a charlar llevando de la mano al niño con su autito, mostró irónicamente la copa de un plátano solitario y la muchacha del Dauphine recordó que ese plátano (si no era un castaño) había estado en la misma línea que su auto durante tanto tiempo que ya ni valía la pena mirar el reloj pulsera para perderse en cálculos inútiles.

No atardecía nunca, la vibración del sol sobre la pista y las carrocerías dilataba el vértigo hasta la náusea. Los anteojos negros, los pañuelos con agua de colonia en la cabeza, los recursos improvisados para protegerse, para evitar un reflejo chirriante o las bocanadas de los caños de escape a cada avance, se organizaban y perfeccionaban, eran objeto de comunicación y comentario. El ingeniero bajó otra vez para estirar las piernas, cambió unas palabras con la pareja de aire campesino del Ariane que precedía al 2HP de las monjas. Detrás del 2HP había un Volkswagen con un soldado y una muchacha que parecían recién casados. La tercera fila hacia el exterior dejaba de interesarle porque hubiera tenido que alejarse peligrosamente del 404; veía colores, formas, Mercedes Benz, ID, 4R, Lancia, Skoda, Morris Minor, el catálogo completo. A la izquierda, sobre la pista opuesta, se tendía otra maleza inalcanzable de Renault, Anglia, Peugeot, Porsche, Volvo; era tan monótono que al final, después de charlar con los dos hombres del Taunus y de intentar sin éxito un cambio de impresiones con el solitario conductor del Caravelle, no quedaba nada mejor que volver al 404 y reanudar la misma conversación sobre la hora, las distancias y el cine con la muchacha del Dauphine.

A veces llegaba un extranjero, alguien que se deslizaba entre los autos viniendo desde el otro lado de la pista o desde las filas exteriores de la derecha, y que traía alguna noticia probablemente falsa repetida de auto en auto a lo largo de calientes kilómetros. El extranjero saboreaba el éxito de sus novedades, los golpes de portezuelas cuando los pasajeros se precipitaban para comentar lo sucedido, pero al cabo de un rato se oía alguna bocina o el arranque de un motor, y el extranjero salía corriendo, se lo veía zigzaguear entre los autos para reintegrarse al suyo y no quedar expuesto a la justa cólera de los demás. A lo largo de la tarde se había sabido así del choque de un Floride contra un 2HP cerca de Corbeil, tres muertos y un niño herido, el doble choque de un Fiat 1500 contra un furgón Renault que había aplastado un Austin lleno de turistas ingleses, el vuelco de un autocar de Orly colmado de pasajeros procedentes del avión de Copenhague. El ingeniero estaba seguro de que todo o casi todo era falso, aunque algo grave debía haber ocurrido cerca de Corbeil e incluso en las proximidades de París para que la circulación se hubiera paralizado hasta ese punto. Los campesinos del Ariane, que tenían una granja del lado de Montereau y conocían bien la región, contaban de otro domingo en que el tránsito había estado detenido durante cinco horas, pero ese tiempo empezaba a parecer casi nimio ahora que el sol, acostándose hacia la izquierda de la ruta, volcaba en cada uno una última avalancha de jalea anaranjada que hacía hervir los metales y ofuscaba la vista, sin que jamás una copa de árbol desapareciera del todo a la espalda, sin que otra sombra apenas entrevista a la distancia se acercara como para poder sentir de verdad que la columna se estaba moviendo aunque fuera apenas, aunque hubiera que detenerse y arrancar y bruscamente clavar el freno y no salir nunca de la primera velocidad, del desencanto insultante de pasar una vez más de la primera al punto muerto, freno de pie, freno de mano, stop, y así otra vez y otra vez y otra.

En algún momento, harto de inacción, el ingeniero se había decidido a aprovechar un alto especialmente interminable para recorrer las filas de la izquierda, y dejando a su espalda el Dauphine había encontrado un DKW, otro 2HP, un Fiat 600, y se había detenido junto a un De Soto para cambiar impresiones con el azorado turista de Washington que no entendía casi el francés pero que tenía que estar a las ocho en la Place de l'Opéra sin falta *you understand, my wife will be awfully anxious, damn it*, y se hablaba un poco de todo cuando un hombre con aire de viajante de comercio salió del DKW para contarles que alguien había llegado un rato antes con la noticia de que un Piper Cub se había estrellado en plena autopista, varios muertos. Al americano el Piper Cub lo tenía profundamente sin cuidado, y también al ingeniero que oyó un coro de bocinas y se apresuró a regresar al 404, trasmitiendo de paso las novedades a los dos hombres del Taunus y al matrimonio del 203. Reservó una explicación más detallada para la muchacha del Dauphine mientras los coches avanzaban lentamente unos pocos metros (ahora el Dauphine estaba ligeramente retrasado con relación al 404, y más tarde sería al revés, pero de hecho las doce filas se movían prácticamente en bloque, como si un gendarme invisible en el fondo de la autopista ordenara el avance simultáneo sin que nadie pudiese obtener ventajas). Piper Cub, señorita, es un pequeño avión de paseo. Ah. Y la mala idea de estrellarse en plena autopista un domingo por la tarde. Esas cosas. Si por lo menos hiciera menos calor en los condenados autos, si esos árboles de la derecha quedaran por fin a la espalda, si la última cifra del cuentakilómetros acabara de caer en su agujerito negro en vez de seguir suspendida por la cola, interminablemente.

En algún momento (suavemente empezaba a anochecer, el horizonte de techos de automóviles se teñía de lila) una gran mariposa blanca se posó en el parabrisas del Dauphine, y la muchacha y el ingeniero admiraron sus alas en la breve y perfecta suspensión de su reposo; la vieron alejarse con una exasperada nostalgia, sobrevolar el Taunus, el ID violeta de los ancianos, ir hacia el Fiat 600 ya invisible desde el 404, regresar hacia el Simca donde una mano cazadora trató inútilmente de atraparla, aletear amablemente sobre el Ariane de los campesinos que parecían estar comiendo alguna cosa, y perderse después hacia la derecha. Al anochecer la columna hizo un primer avance importante, de casi cuarenta metros; cuando el ingeniero miró distraídamente el cuentakilómetros, la mitad del 6 había desaparecido y un asomo de 7 empezaba a descolgarse de lo alto. Casi todo el mundo escuchaba sus radios, los del Simca la habían puesto a todo trapo y coreaban un twist con sacudidas que hacían vibrar la carrocería; las monjas pasaban las cuentas de sus rosarios, el niño del Taunus se había dormido con la cara pegada a un cristal, sin soltar el auto de juguete. En algún momento (ya era noche cerrada) llegaron extranjeros con más noticias, tan contradictorias como las otras ya olvidadas. No había sido un Piper Cub sino un planeador piloteado por la hija de un general. Era exacto que un furgón Renault había aplastado un Austin, pero no en Juvisy sino casi en las puertas de París; uno de los extranjeros explicó al matrimonio del 203 que el macadam de la autopista había cedido a la altura de Igny y que cinco autos habían volcado al meter las ruedas delanteras en la grieta. La idea de una catástrofe natural se propagó hasta el ingeniero, que se encogió de hombros sin hacer comentarios. Más tarde, pensando en esas primeras horas de oscuridad en que habían respirado un poco más libremente, recordó que en algún momento había sacado el brazo por la ventanilla para tamborilear en la carrocería del Dauphine y despertar a la muchacha que se había dormido reclinada sobre el volante, sin preocuparse de un nuevo avance. Quizá ya era medianoche cuando una de las monjas le ofreció tímidamente un sándwich de jamón, suponiendo que tendría hambre. El ingeniero lo aceptó por cortesía (en realidad sentía náuseas) y pidió permiso para dividirlo con la muchacha del Dauphine, que acepto y comió golosamente el sándwich y la tableta de chocolate que le había pasado el viajante del DKW, su vecino de la izquierda. Mucha gente había salido de los autos recalentados, porque otra vez llevaban horas sin avanzar; se empezaba a sentir sed, ya agotadas las botellas de limonada, la coca-cola y hasta los vinos de a bordo. La primera en quejarse fue la niña del 203, y el soldado y el ingeniero abandonaron los autos junto con el padre de la niña para buscar agua. Delante del Simca, donde la radio parecía suficiente alimento, el ingeniero encontró un Beaulieu ocupado por una mujer madura de ojos inquietos. No, no tenía agua pero podía darle unos caramelos para la niña. El matrimonio del ID se consultó un momento antes de que la anciana metiera la mano en un bolso y sacara una pequeña lata de jugo de frutas. El ingeniero agradeció y quiso saber si tenían hambre y si podía serles útil; el viejo movió negativamente la cabeza, pero la mujer pareció asentir sin palabras. Más tarde la muchacha del Dauphine y el ingeniero exploraron juntos las filas de la izquierda, sin alejarse demasiado; volvieron con algunos bizcochos y los llevaron a la anciana del ID, con el tiempo justo para regresar corriendo a sus autos bajo una lluvia de bocinas.

Aparte de esas mínimas salidas, era tan poco lo que podía hacerse que las horas acababan por superponerse, por ser siempre la misma en el recuerdo; en algún momento el ingeniero pensó en tachar ese día en su agenda y contuvo una risotada, pero más adelante, cuando empezaron los cálculos contradictorios de las monjas, los hombres del Taunus y la muchacha del Dauphine, se vio que hubiera convenido llevar mejor la cuenta. Las radios locales habían suspendido las emisiones, y sólo el viajante del DKW tenía un aparato de ondas cortas que se empeñaba en transmitir noticias bursátiles. Hacia las tres de la madrugada pareció llegarse a un acuerdo tácito para descansar, y hasta el amanecer la columna no se movió. Los muchachos del Simca sacaron unas camas neumáticas y se tendieron al lado del auto; el ingeniero bajó el respaldo de los asientos delanteros del 404 y ofreció las cuchetas a las monjas, que rehusaron; antes de acostarse un rato, el ingeniero pensó en la muchacha del Dauphine, muy quieta contra el volante, y como sin darle importancia le propuso que cambiaran de autos hasta el amanecer; ella se negó, alegando que podía dormir muy bien de cualquier manera. Durante un rato se oyó llorar al niño del Taunus, acostado en el asiento trasero donde debía tener demasiado calor. Las monjas rezaban todavía cuando el ingeniero se dejó caer en la cucheta y se fue quedando dormido, pero su sueño seguía demasiado cerca de la vigilia y acabó por despertarse sudoroso e inquieto, sin comprender en un primer momento dónde estaba; enderezándose, empezó a percibir los confusos movimientos del exterior, un deslizarse de sombras entre los autos, y vio un bulto que se alejaba hacia el borde de la autopista; adivinó las razones, y más tarde también él salió del auto sin hacer ruido y fue a aliviarse al borde de la ruta; no había setos ni árboles, solamente el campo negro y sin estrellas, algo que parecía un muro abstracto limitando la cinta blanca del macadam con su río inmóvil de vehículos. Casi tropezó con el campesino del Ariane, que balbuceó una frase ininteligible; al olor de la gasolina, persistente en la autopista recalentada, se sumaba ahora la presencia más ácida del hombre, y el ingeniero volvió lo antes posible a su auto. La chica del Dauphine dormía apoyada sobre el volante, un mechón de pelo contra los ojos; antes de subir al 404, el ingeniero se divirtió explorando en la sombra su perfil, adivinando la curva de los labios que soplaban suavemente. Del otro lado, el hombre del DKW miraba también dormir a la muchacha, fumando en silencio.

Por la mañana se avanzó muy poco pero lo bastante como para darles la esperanza de que esa tarde se abriría la ruta hacia París. A las nueve llegó un extranjero con buenas noticias: habían rellenado las grietas y pronto se podría circular normalmente. Los muchachos del Simca encendieron la radio y uno de ellos trepó al techo del auto y gritó y cantó. El ingeniero se dijo que la noticia era tan dudosa como las de la víspera, y que el extranjero había aprovechado la alegría del grupo para pedir y obtener una naranja que le dio el matrimonio del Ariane. Más tarde llegó otro extranjero con la misma treta, pero nadie quiso darle nada. El calor empezaba a subir y la gente prefería quedarse en los autos a la espera de que se concretaran las buenas noticias. A mediodía la niña del 203 empezó a llorar otra vez, y la muchacha del Dauphine fue a jugar con ella y se hizo amiga del matrimonio. Los del 203 no tenían suerte: a su derecha estaba el hombre silencioso del Caravelle, ajeno a todo lo que ocurría en torno, y a su izquierda tenían que aguantar la verbosa indignación del conductor de un Floride, para quien el embotellamiento era una afrenta exclusivamente personal. Cuando la niña volvió a quejarse de sed, al ingeniero se le ocurrió ir a hablar con los campesinos del Ariane, seguro de que en ese auto había cantidad de provisiones. Para su sorpresa los campesinos se mostraron muy amables; comprendían que en una situación semejante era necesario ayudarse, y pensaban que si alguien se encargaba de dirigir el grupo (la mujer hacía un gesto circular con la mano, abarcando la docena de autos que los rodeaba) no se pasarían apreturas hasta llegar a París. Al ingeniero le molestaba la idea de erigirse en organizador, y prefirió llamar a los hombres del Taunus para conferenciar con ellos y con el matrimonio del Ariane. Un rato después consultaron sucesivamente a todos los del grupo. El joven soldado del Volkswagen estuvo inmediatamente de acuerdo, y el matrimonio del 203 ofreció las pocas provisiones que les quedaban (la muchacha del Dauphine había conseguido un vaso de granadina con agua para la niña, que reía y jugaba). Uno de los hombres del Taunus, que había ido a consultar a los muchachos del Simca, obtuvo un asentimiento burlón; el hombre pálido del Caravelle se encogió de hombros y dijo que le daba lo mismo, que hicieran lo que les pareciese mejor. Los ancianos del ID y la señora del Beaulieu se mostraron visiblemente contentos, como si se sintieran más protegidos. Los pilotos del Floride y del DKW no hicieron observaciones, y el americano del De Soto los miró asombrado y dijo algo sobre la voluntad de Dios. Al ingeniero le resultó fácil proponer que uno de los ocupantes del Taunus, en el que tenía una confianza instintiva, se encargara de coordinar las actividades. A nadie le faltaría de comer por el momento, pero era necesario conseguir agua; el jefe, al que los muchachos del Simca llamaban Taunus a secas para divertirse, pidió al ingeniero, al soldado y a uno de los muchachos que exploraran la zona circundante de la autopista y ofrecieran alimentos a cambio de bebidas. Taunus, que evidentemente sabía mandar, había calculado que deberían cubrirse las necesidades de un día y medio como máximo, poniéndose en la posición menos optimista. En el 2HP de las monjas y en el Ariane de los campesinos había provisiones suficientes para ese tiempo, y si los exploradores volvían con agua el problema quedaría resuelto. Pero solamente el soldado regresó con una cantimplora llena, cuyo dueño exigía en cambio comida para dos personas. El ingeniero no encontró a nadie que pudiera ofrecer agua, pero el viaje le sirvió para advertir que más allá de su grupo se estaban constituyendo otras células con problemas semejantes; en un momento dado el ocupante de un Alfa Romeo se negó a hablar con él del asunto, y le dijo que se dirigiera al representante de su grupo, cinco autos más atrás en la misma fila. Más tarde vieron volver al muchacho del Simca que no había podido conseguir agua, pero Taunus calculó que ya tenían bastante para los dos niños, la anciana del ID y el resto de las mujeres.

El ingeniero le estaba contando a la muchacha del Dauphine su circuito por la periferia (era la una de la tarde, y el sol los acorralaba en los autos) cuando ella lo interrumpió con un gesto y le señaló el Simca. En dos saltos el ingeniero llegó hasta el auto y sujetó por el codo a uno de los muchachos, que se repantigaba en su asiento para beber a grandes tragos de la cantimplora que había traído escondida en la chaqueta. A su gesto iracundo, el ingeniero respondió aumentando la presión en el brazo; el otro muchacho bajó del auto y se tiró sobre el ingeniero, que dio dos pasos atrás y lo esperó casi con lástima. El soldado ya venía corriendo, y los gritos de las monjas alertaron a Taunus y a su compañero; Taunus escuchó lo sucedido, se acercó al muchacho de la botella y le dio un par de bofetadas. El muchacho gritó y protestó, lloriqueando, mientras el otro rezongaba sin atreverse a intervenir. El ingeniero le quitó la botella y se la alcanzó a Taunus. Empezaban a sonar bocinas y cada cual regresó a su auto, por lo demás inútilmente puesto que la columna avanzó apenas cinco metros.

A la hora de la siesta, bajo un sol todavía más duro que la víspera, una de las monjas se quitó la toca y su compañera le mojó las sienes con agua de colonia. Las mujeres improvisaban de a poco sus actividades samaritanas, yendo de un auto a otro, ocupándose de los niños para que los hombres estuvieran más libres; nadie se quejaba pero el buen humor era forzado, se basaba siempre en los mismos juegos de palabras, en un escepticismo de buen tono. Para el ingeniero y la muchacha del Dauphine, sentirse sudorosos y sucios era la vejación más grande; los enternecía casi la rotunda indiferencia del matrimonio de campesinos al olor que les brotaba de las axilas cada vez que venían a charlar con ellos o a repetir alguna noticia de último momento. Hacia el atardecer el ingeniero miró casualmente por el retrovisor y encontró como siempre la cara pálida y de rasgos tensos del hombre del Caravelle, que al igual que el gordo piloto del Floride se había mantenido ajeno a todas las actividades. Le pareció que sus facciones se habían afilado todavía más, y se preguntó si no estaría enfermo. Pero después, cuando al ir a charlar con el soldado y su mujer tuvo ocasión de mirarlo desde más cerca, se dijo que ese hombre no estaba enfermo; era otra cosa, una separación, por darle algún nombre. El soldado del Volkswagen le contó más tarde que a su mujer le daba miedo ese hombre silencioso que no se apartaba jamás del volante y que parecía dormir despierto. Nacían hipótesis, se creaba un folklore para luchar contra la inacción. Los niños del Taunus y el 203 se habían hecho amigos y se habían peleado y luego se habían reconciliado; sus padres se visitaban, y la muchacha del Dauphine iba cada tanto a ver cómo se sentían la anciana del ID y la señora del Beaulieu. Cuando al atardecer soplaron bruscamente unas ráfagas tormentosas y el sol se perdió entre las nubes que se alzaban al oeste, la gente se alegró pensando que iba a refrescar. Cayeron algunas gotas, coincidiendo con un avance extraordinario de casi cien metros; a lo lejos brilló un relámpago y el calor subió todavía más. Había tanta electricidad en la atmósfera que Taunus, con un instinto que el ingeniero admiró sin comentarios, dejó al grupo en paz hasta la noche, como si temiera los efectos del cansancio y el calor. A las ocho las mujeres se encargaron de distribuir las provisiones; se había decidido que el Ariane de los campesinos sería el almacén general, y que el 2HP de las monjas serviría de depósito suplementario. Taunus había ido en persona a hablar con los jefes de los cuatro o cinco grupos vecinos; después, con ayuda del soldado y el hombre del 203, llevó una cantidad de alimentos a los otros grupos, regresando con más agua y un poco de vino. Se decidió que los muchachos del Simca cederían sus colchones neumáticos a la anciana del ID y la señora del Beaulieu; la muchacha del Dauphine les llevó dos mantas escocesas y el ingeniero ofreció su coche, que llamaba burlonamente el wagon-lit, a quienes lo necesitaran. Para su sorpresa, la muchacha del Dauphine aceptó el ofrecimiento y esa noche compartió las cuchetas del 404 con una de las monjas; la otra fue a dormir al 203 junto a la niña y su madre, mientras el marido pasaba la noche sobre el macadam, envuelto en una frazada. El ingeniero no tenía sueño y jugó a los dados con Taunus y su amigo; en algún momento se les agregó el campesino del Ariane y hablaron de política bebiendo unos tragos del aguardiente que el campesino había entregado a Taunus esa mañana. La noche no fue mala; había refrescado y brillaban algunas estrellas entre las nubes.

Hacia el amanecer los ganó el sueño, esa necesidad de estar a cubierto que nacía con la grisalla del alba. Mientras Taunus dormía junto al niño en el asiento trasero, su amigo y el ingeniero descansaron un rato en la delantera. Entre dos imágenes de sueño, el ingeniero creyó oír gritos a la distancia y vio un resplandor indistinto; el jefe de otro grupo vino a decirles que treinta autos más adelante había habido un principio de incendio en un Estafette, provocado por alguien que había querido hervir clandestinamente unas legumbres. Taunus bromeó sobre lo sucedido mientras iba de auto en auto para ver cómo habían pasado todos la noche, pero a nadie se le escapó lo que quería decir. Esa mañana la columna empezó a moverse muy temprano y hubo que correr y agitarse para recuperar los colchones y las mantas, pero como en todas partes debía estar sucediendo lo mismo casi nadie se impacientaba ni hacía sonar las bocinas. A mediodía habían avanzado más de cincuenta metros, y empezaba a divisarse la sombra de un bosque a la derecha de la ruta. Se envidiaba la suerte de los que en ese momento podían ir hasta la banquina y aprovechar la frescura de la sombra; quizá había un arroyo, o un grifo de agua potable. La muchacha del Dauphine cerró los ojos y pensó en una ducha cayéndole por el pecho y la espalda, corriéndole por las piernas; el ingeniero, que la miraba de reojo, vio dos lágrimas que le resbalaban por las mejillas.

Taunus, que acababa de adelantarse hasta el ID, vino a buscar a las mujeres más jóvenes para que atendieran a la anciana que no se sentía bien. El jefe del tercer grupo a retaguardia contaba con un médico entre sus hombres, y el soldado corrió a buscarlo. El ingeniero, que había seguido con irónica benevolencia los esfuerzos de los muchachitos del Simca para hacerse perdonar su travesura, entendió que era el momento de darles su oportunidad. Con los elementos de una tienda de campaña los muchachos cubrieron las ventanillas del 404, y el wagon-lit se transformó en ambulancia para que la anciana descansara en una oscuridad relativa. Su marido se tendió a su lado, teniéndole la mano, y los dejaron solos con el médico. Después las monjas se ocuparon de la anciana, que se sentía mejor, y el ingeniero pasó la tarde como pudo, visitando otros autos y descansando en el de Taunus cuando el sol castigaba demasiado; sólo tres veces le tocó correr hasta su auto, donde los viejitos parecían morir, para hacerlo avanzar junto con la columna hasta el alto siguiente. Los ganó la noche sin que hubiesen llegado a la altura del bosque.

Hacia las dos de la madrugada bajó la temperatura, y los que tenían mantas se alegraron de poder envolverse en ellas. Como la columna no se movería hasta el alba (era algo que se sentía en el aire, que venía desde el horizonte de autos inmóviles en la noche) el ingeniero y Taunus se sentaron a fumar y a charlar con el campesino del Ariane y el soldado. Los cálculos de Taunus no correspondían ya a la realidad, y lo dijo francamente; por la mañana habría que hacer algo para conseguir más provisiones y bebidas. El soldado fue a buscar a los jefes de los grupos vecinos, que tampoco dormían, y se discutió el problema en voz baja para no despertar a las mujeres. Los jefes habían hablado con los responsables de los grupos más alejados, en un radio de ochenta o cien automóviles, y tenían la seguridad de que la situación era análoga en todas partes. El campesino conocía bien la región y propuso que dos o tres hombres de cada grupo salieran al alba para comprar provisiones en las granjas cercanas, mientras Taunus se ocupaba de designar pilotos para los autos que quedaran sin dueño durante la expedición. La idea era buena y no resultó difícil reunir dinero entre los asistentes; se decidió que el campesino, el soldado y el amigo de Taunus irían juntos y llevarían todas las bolsas, redes y cantimploras disponibles. Los jefes de los otros grupos volvieron a sus unidades para organizar expediciones similares, y al amanecer se explicó la situación a las mujeres y se hizo lo necesario para que la columna pudiera seguir avanzando. La muchacha del Dauphine le dijo al ingeniero que la anciana ya estaba mejor y que insistía en volver a su ID; a las ocho llegó el médico, que no vio inconveniente en que el matrimonio regresara a su auto. De todos modos, Taunus decidió que el 404 quedaría habilitado permanentemente como ambulancia; los muchachos, para divertirse, fabricaron un banderín con una cruz roja y lo fijaron en la antena del auto. Hacía ya rato que la gente prefería salir lo menos posible de sus coches; la temperatura seguía bajando y a mediodía empezaron los chaparrones y se vieron relámpagos a la distancia. La mujer del campesino se apresuró a recoger agua con un embudo y una jarra de plástico, para especial regocijo de los muchachos del Simca. Mirando todo eso, inclinado sobre el volante donde había un libro abierto que no le interesaba demasiado, el ingeniero se preguntó por qué los expedicionarios tardaban tanto en regresar; más tarde Taunus lo llamó discretamente a su auto y cuando estuvieron dentro le dijo que habían fracasado. El amigo de Taunus dio detalles: las granjas estaban abandonadas o la gente se negaba a venderles nada, aduciendo las reglamentaciones sobre ventas a particulares y sospechando que podían ser inspectores que se valían de las circunstancias para ponerlos a prueba. A pesar de todo habían podido traer una pequeña cantidad de agua y algunas provisiones, quizá robadas por el soldado que sonreía sin entrar en detalles. Desde luego ya no podía pasar mucho tiempo sin que cesara el embotellamiento, pero los alimentos de que se disponía no eran los más adecuados para los dos niños y la anciana. El médico, que vino hacia las cuatro y media para ver a la enferma, hizo un gesto de exasperación y cansancio y dijo a Taunus que en su grupo y en todos los grupos vecinos pasaba lo mismo. Por la radio se había hablado de una operación de emergencia para despejar la autopista, pero aparte de un helicóptero que apareció brevemente al anochecer no se vieron otros aprestos. De todas maneras hacía cada vez menos calor, y la gente parecía esperar la llegada de la noche para taparse con las mantas y abolir en el sueño algunas horas más de espera. Desde su auto el ingeniero escuchaba la charla de la muchacha del Dauphine con el viajante del DKW, que le contaba cuentos y la hacía reír sin ganas. Los sorprendió ver a la señora del Beaulieu que casi nunca abandonaba su auto, y bajó para saber si necesitaba alguna cosa, pero la señora buscaba solamente las últimas noticias y se puso a hablar con las monjas. Un hastío sin nombre pesaba sobre ellos al anochecer; se esperaba más del sueño que de las noticias siempre contradictorias o desmentidas. El amigo de Taunus llegó discretamente a buscar al ingeniero, al soldado y al hombre del 203. Taunus les anunció que el tripulante del Floride acababa de desertar; uno de los muchachos del Simca había visto el coche vacío, y después de un rato se había puesto a buscar a su dueño para matar el tedio. Nadie conocía mucho al hombre gordo del Floride, que tanto había protestado el primer día aunque después acabara por quedarse tan callado como el piloto del Caravelle. Cuando a las cinco de la mañana no quedó la menor duda de que Floride, como se divertían en llamarlo los chicos del Simca, había desertado llevándose una valija de mano y abandonando otra llena de camisas y ropa interior, Taunus decidió que uno de los muchachos se haría cargo del auto abandonado para no inmovilizar la columna. A todos los había fastidiado vagamente esa deserción en la oscuridad, y se preguntaban hasta dónde habría podido llegar Floride en su fuga a través de los campos. Por lo demás parecía ser la noche de las grandes decisiones: tendido en su cucheta del 404, al ingeniero le pareció oír un quejido, pero pensó que el soldado y su mujer serían responsables de algo que, después de todo, resultaba comprensible en plena noche y en esas circunstancias. Después lo pensó mejor y levantó la lona que cubría la ventanilla trasera; a la luz de unas pocas estrellas vio a un metro y medio el eterno parabrisas del Caravelle y detrás, como pegada al vidrio y un poco ladeada, la cara convulsa del hombre. Sin hacer ruido salió por el lado izquierdo para no despertar a las monjas, y se acercó al Caravelle. Después buscó a Taunus, y el soldado corrió a prevenir al médico. Desde luego el hombre se había suicidado tomando algún veneno; las líneas a lápiz en la agenda bastaban, y la carta dirigida a una tal Yvette, alguien que lo había abandonado en Vierzon. Por suerte la costumbre de dormir en los autos estaba bien establecida (las noches eran ya tan frías que a nadie se le hubiera ocurrido quedarse fuera) y a pocos les preocupaba que otros anduvieran entre los coches y se deslizaran hacia los bordes de la autopista para aliviarse. Taunus llamó a un consejo de guerra, y el médico estuvo de acuerdo con su propuesta. Dejar el cadáver al borde de la autopista significaba someter a los que venían más atrás a una sorpresa por lo menos penosa; llevarlo más lejos, en pleno campo, podía provocar la violenta repulsa de los lugareños, que la noche anterior habían amenazado y golpeado a un muchacho de otro grupo que buscaba de comer. El campesino del Ariane y el viajante del DKW tenían lo necesario para cerrar herméticamente el portaequipajes del Caravelle. Cuando empezaban su trabajo se les agregó la muchacha del Dauphine, que se colgó temblando del brazo del ingeniero. Él le explicó en voz baja lo que acababa de ocurrir y la devolvió a su auto, ya más tranquila.

Taunus y sus hombres habían metido el cuerpo en el portaequipajes, y el viajante trabajó con scotch tape y tubos de cola líquida a la luz de la linterna del soldado. Como la mujer del 203 sabía conducir, Taunus resolvió que su marido se haría cargo del Caravelle que quedaba a la derecha del 203; así, por la mañana, la niña del 203 descubrió que su papá tenía otro auto, y jugó horas y horas a pasar de uno a otro y a instalar parte de sus juguetes en el Caravelle.

Por primera vez el frío se hacía sentir en pleno día, y nadie pensaba en quitarse las chaquetas. La muchacha del Dauphine y las monjas hicieron el inventario de los abrigos disponibles en el grupo. Había unos pocos pull-overs que aparecían por casualidad en los autos o en alguna valija, mantas, alguna gabardina o abrigo ligero. Se estableció una lista de prioridades, se distribuyeron los abrigos. Otra vez volvía a faltar el agua, y Taunus envió a tres de sus hombres, entre ellos el ingeniero, para que trataran de establecer contacto con los lugareños. Sin que pudiera saberse por qué, la resistencia exterior era total; bastaba salir del límite de la autopista para que desde cualquier sitio llovieran piedras. En plena noche alguien tiró una guadaña que golpeó sobre el techo del DKW y cayó al lado del Dauphine. El viajante se puso muy pálido y no se movió de su auto, pero el americano del De Soto (que no formaba parte del grupo de Taunus pero que todos apreciaban por su buen humor y sus risotadas) vino a la carrera y después de revolear la guadaña la devolvió campo afuera con todas sus fuerzas, maldiciendo a gritos. Sin embargo, Taunus no creía que conviniera ahondar la hostilidad; quizá fuese todavía posible hacer una salida en busca de agua.

Ya nadie llevaba la cuenta de lo que se había avanzado ese día o esos días; la muchacha del Dauphine creía que entre ochenta y doscientos metros; el ingeniero era menos optimista pero se divertía en prolongar y complicar los cálculos con su vecina, interesado a ratos en quitarle la compañía del viajante del DKW que le hacía la corte a su manera profesional. Esa misma tarde el muchacho encargado del Floride corrió a avisar a Taunus que un Ford Mercury ofrecía agua a buen precio. Taunus se negó, pero al anochecer una de las monjas le pidió al ingeniero un sorbo de agua para la anciana del ID que sufría sin quejarse, siempre tomada de la mano de su marido y atendida alternativamente por las monjas y la muchacha del Dauphine. Quedaba medio litro de agua, y las mujeres lo destinaron a la anciana señora del Beaulieu. Esa misma noche Taunus pagó de su bolsillo dos litros de agua; el Ford Mercury prometió conseguir más para el día siguiente, al doble del precio.

Era difícil reunirse para discutir, porque hacía tanto frío que nadie abandonaba los autos como no fuera por un motivo imperioso. Las baterías empezaban a descargarse y no se podía hacer funcionar todo el tiempo la calefacción; Taunus decidió que los dos coches mejor equipados se reservarían llegado el caso para los enfermos. Envueltos en mantas (los muchachos del Simca habían arrancado el tapizado de su auto para fabricarse chalecos y gorros, y otros empezaban a imitarlos), cada uno trataba de abrir lo menos posible las portezuelas para conservar el calor. En alguna de esas noches heladas el ingeniero oyó llorar ahogadamente a la muchacha del Dauphine. Sin hacer ruido abrió poco a poco la portezuela y tanteó en la sombra hasta rozar una mejilla mojada. Casi sin resistencia la chica se dejó atraer al 404; el ingeniero la ayudó a tenderse en la cucheta, la abrigó con la única manta y le echó encima una gabardina. La oscuridad era más densa en el coche ambulancia, con sus ventanillas tapadas por las lonas de la tienda. En algún momento el ingeniero bajó los dos parasoles y colgó de ellos su camisa y un pull-over para aislar completamente el auto. Hacia el amanecer ella le dijo al oído que antes de empezar a llorar había creído ver a lo lejos, sobre la derecha, las luces de una ciudad.

Quizá fuera una ciudad pero las nieblas de la mañana no dejaban ver ni a veinte metros. Curiosamente ese día la columna avanzó bastante más, quizá doscientos o trescientos metros. Coincidió con nuevos anuncios de la radio (que casi nadie escuchaba, salvo Taunus que se sentía obligado a mantenerse al corriente); los locutores hablaban enfáticamente de medidas de excepción que liberarían la autopista, y se hacían referencias al agotador trabajo de las cuadrillas camineras y de las fuerzas policiales. Bruscamente, una de las monjas deliró. Mientras su compañera la contemplaba aterrada y la muchacha del Dauphine le humedecía las sienes con un resto de perfume, la monja habló de Armagedón, del noveno día, de la cadena de cinabrio. El médico vino mucho después, abriéndose paso entre la nieve que caía desde el mediodía y amurallaba poco a poco los autos. Deploró la carencia de una inyección calmante y aconsejó que llevaran a la monja a un auto con buena calefacción. Taunus la instaló en su coche, y el niño pasó al Caravelle donde también estaba su amiguita del 203; jugaban con sus autos y se divertían mucho porque eran los únicos que no pasaban hambre. Todo ese día y los siguientes nevó casi de continuo, y cuando la columna avanzaba unos metros había que despejar con medios improvisados las masas de nieve amontonadas entre los autos.

A nadie se le hubiera ocurrido asombrarse por la forma en que se obtenían las provisiones y el agua. Lo único que podía hacer Taunus era administrar los fondos comunes y tratar de sacar el mejor partido posible de algunos trueques. El Ford Mercury y un Porsche venían cada noche a traficar con las vituallas; Taunus y el ingeniero se encargaban de distribuirlas de acuerdo con el estado físico de cada uno. Increíblemente la anciana del ID sobrevivía, perdida en un sopor que las mujeres se cuidaban de disipar. La señora del Beaulieu que unos días antes había sufrido de náuseas y vahídos, se había repuesto con el frío y era de las que más ayudaban a la monja a cuidar a su compañera siempre débil y un poco extraviada. La mujer del soldado y la del 203 se encargaban de los dos niños, el viajante del DKW, quizá para consolarse de que la ocupante del Dauphine hubiera preferido al ingeniero pasaba horas contándoles cuentos a los niños. En la noche los grupos ingresaban en otra vida sigilosa y privada; las portezuelas se abrían silenciosamente para dejar entrar o salir alguna silueta aterida; nadie miraba a los demás, los ojos estaban tan ciegos como la sombra misma. Bajo mantas sucias, con manos de uñas crecidas, oliendo a encierro y a ropa sin cambiar, algo de felicidad duraba aquí y allá. La muchacha del Dauphine no se había equivocado: a lo lejos brillaba una ciudad, y poco a poco se irían acercando. Por las tardes el chico del Simca se trepaba al techo de su coche, vigía incorregible envuelto en pedazos de tapizado y estopa verde. Cansado de explorar el horizonte inútil, miraba por milésima vez los autos que lo rodeaban; con alguna envidia descubría a Dauphine en el auto del 404, una mano acariciando un cuello, el final de un beso. Por pura broma, ahora que había reconquistado la amistad del 404, les gritaba que la columna iba a moverse; entonces Dauphine tenía que abandonar al 404 y entrar en su auto, pero al rato volvía a pasarse en busca de calor, y al muchacho del Simca le hubiera gustado tanto poder traer a su coche a alguna chica de otro grupo, pero no era ni para pensarlo con ese frío y esa hambre, sin contar que el grupo de más adelante estaba en franco tren de hostilidad con el de Taunus por una historia de un tubo de leche condensada, y salvo las transacciones oficiales con Ford Mercury y con Porsche no había relación posible con los otros grupos. Entonces el muchacho del Simca suspiraba descontento y volvía a hacer de vigía hasta que la nieve y el frío lo obligaban a meterse tiritando en su auto.

Pero el frío empezó a ceder, y después de un periodo de lluvias y vientos que enervaron los ánimos y aumentaron las dificultades de aprovisionamiento, siguieron días frescos y soleados en que ya era posible salir de los autos, visitarse, reanudar relaciones con los grupos vecinos. Los jefes habían discutido la situación, y finalmente se logró hacer la paz con el grupo de más adelante. De la brusca desaparición de Ford Mercury se habló mucho tiempo sin que nadie supiera lo que había podido ocurrirle, pero Porsche siguió viniendo y controlando el mercado negro. Nunca faltaban del todo el agua o las conservas, aunque los fondos del grupo disminuían y Taunus y el ingeniero se preguntaban qué ocurriría el día en que no hubiera más dinero para Porsche. Se habló de un golpe de mano, de hacerlo prisionero y exigirle que revelara la fuente de los suministros, pero en esos días la columna había avanzado un buen trecho y los jefes prefirieron seguir esperando y evitar el riesgo de echarlo todo a perder por una decisión violenta. Al ingeniero, que había acabado por ceder a una indiferencia casi agradable, lo sobresaltó por un momento el tímido anuncio de la muchacha del Dauphine, pero después comprendió que no se podía hacer nada para evitarlo y la idea de tener un hijo de ella acabó por parecerle tan natural como el reparto nocturno de las provisiones o los viajes furtivos hasta el borde de la autopista. Tampoco la muerte de la anciana del ID podía sorprender a nadie. Hubo que trabajar otra vez en plena noche, acompañar y consolar al marido que no se resignaba a entender. Entre dos de los grupos de vanguardia estalló una pelea y Taunus tuvo que oficiar de árbitro y resolver precariamente la diferencia. Todo sucedía en cualquier momento, sin horarios previsibles; lo más importante empezó cuando ya nadie lo esperaba, y al menos responsable le tocó darse cuenta el primero. Trepado en el techo del Simca, el alegre vigía tuvo la impresión de que el horizonte había cambiado (era al atardecer, un sol amarillento deslizaba su luz rasante y mezquina) y que algo inconcebible estaba ocurriendo a quinientos metros, a trescientos, a doscientos cincuenta. Se lo gritó al 404 y el 404 le dijo algo a Dauphine que se pasó rápidamente a su auto cuando ya Taunus, el soldado y el campesino venían corriendo y desde el techo del Simca el muchacho señalaba hacia adelante y repetía interminablemente el anuncio como si quisiera convencerse de que lo que estaba viendo era verdad; entonces oyeron la conmoción, algo como un pesado pero incontenible movimiento migratorio que despertaba de un interminable sopor y ensayaba sus fuerzas. Taunus les ordenó a gritos que volvieran a sus coches; el Beaulieu, el ID, el Fiat 600 y el De Soto arrancaron con un mismo impulso. Ahora el 2HP, el Taunus, el Simca y el Ariane empezaban a moverse, y el muchacho del Simca, orgulloso de algo que era como su triunfo, se volvía hacia el 404 y agitaba el brazo mientras el 404, el Dauphine, el 2HP de las monjas y el DKW se ponían a su vez en marcha. Pero todo estaba en saber cuánto iba a durar eso; el 404 se lo preguntó casi por rutina mientras se mantenía a la par de Dauphine y le sonreía para darle ánimo. Detrás, el Volkswagen, el Caravelle, el 203 y el Floride arrancaban a su vez lentamente, un trecho en primera velocidad, después la segunda, interminablemente la segunda pero ya sin desembragar como tantas veces, con el pie firme en el acelerador, esperando poder pasar a tercera. Estirando el brazo izquierdo el 404 buscó la mano de Dauphine, rozó apenas la punta de sus dedos, vio en su cara una sonrisa de incrédula esperanza y pensó que iban a llegar a París y que se bañarían, que irían juntos a cualquier lado, a su casa o a la de ella a bañarse, a comer, a bañarse interminablemente y a comer y beber, y que después habría muebles, habría un dormitorio con muebles y un cuarto de baño con espuma de jabón para afeitarse de verdad, y retretes, comidas y retretes y sábanas, París era un retrete y dos sábanas y el agua caliente por el pecho y las piernas, y una tijera de uñas, y vino blanco, beberían vino blanco antes de besarse y sentirse oler a lavanda y a colonia, antes de conocerse de verdad a plena luz, entre sábanas limpias, y volver a bañarse por juego, amarse y bañarse y beber y entrar en la peluquería, entrar en el baño, acariciar las sábanas y acariciarse entre las sábanas y amarse entre la espuma y la lavanda y los cepillos antes de empezar a pensar en lo que iban a hacer, en el hijo y los problemas y el futuro, y todo eso siempre que no se detuvieran, que la columna continuara aunque todavía no se pudiese subir a la tercera velocidad, seguir así en segunda, pero seguir. Con los paragolpes rozando el Simca, el 404 se echó atrás en el asiento, sintió aumentar la velocidad, sintió que podía acelerar sin peligro de irse contra el Simca, y que el Simca aceleraba sin peligro de chocar contra el Beaulieu, y que detrás venía el Caravelle y que todos aceleraban más y más, y que ya se podía pasar a tercera sin que el motor penara, y la palanca calzó increíblemente en la tercera y la marcha se hizo suave y se aceleró todavía más, y el 404 miró enternecido y deslumbrado a su izquierda buscando los ojos de Dauphine. Era natural que con tanta aceleración las filas ya no se mantuvieran paralelas, Dauphine se había adelantado casi un metro y el 404 le veía la nuca y apenas el perfil, justamente cuando ella se volvía para mirarlo y hacía un gesto de sorpresa al ver que el 404 se retrasaba todavía más. Tranquilizándola con una sonrisa el 404 aceleró bruscamente, pero casi enseguida tuvo que frenar porque estaba a punto de rozar el Simca; le tocó secamente la bocina y el muchacho del Simca lo miró por el retrovisor y le hizo un gesto de impotencia, mostrándole con la mano izquierda el Beaulieu pegado a su auto. El Dauphine iba tres metros más adelante, a la altura del Simca, y la niña del 203, al nivel del 404, agitaba los brazos y le mostraba su muñeca. Una mancha roja a la derecha desconcertó al 404; en vez del 2HP de las monjas o del Volkswagen del soldado vio un Chevrolet desconocido, y casi enseguida el Chevrolet se adelantó seguido por un Lancia y por un Renault 8. A su izquierda se le apareaba un ID que empezaba a sacarle ventaja metro a metro, pero antes de que fuera sustituido por un 403, el 404 alcanzó a distinguir todavía en la delantera el 203 que ocultaba ya a Dauphine. El grupo se dislocaba, ya no existía, Taunus debía de estar a más de veinte metros adelante, seguido de Dauphine; al mismo tiempo la tercera fila de la izquierda se atrasaba porque en vez del DKW del viajante, el 404 alcanzaba a ver la parte trasera de un viejo furgón negro, quizá un Citroën o un Peugeot. Los autos corrían en tercera, adelantándose o perdiendo terreno según el ritmo de su fila, y a los lados de la autopista se veían huir los árboles, algunas casas entre las masas de niebla y el anochecer. Después fueron las luces rojas que todos encendían siguiendo el ejemplo de los que iban adelante, la noche que se cerraba bruscamente. De cuando en cuando sonaban bocinas, las agujas de los velocímetros subían cada vez más, algunas filas corrían a setenta kilómetros, otras a sesenta y cinco, algunas a sesenta. El 404 había esperado todavía que el avance y el retroceso de las filas le permitiera alcanzar otra vez a Dauphine, pero cada minuto lo iba convenciendo de que era inútil, que el grupo se había disuelto irrevocablemente, que ya no volverían a repetirse los encuentros rutinarios, los mínimos rituales, los consejos de guerra en el auto de Taunus, las caricias de Dauphine en la paz de la madrugada, las risas de los niños jugando con sus autos, la imagen de la monja pasando las cuentas del rosario. Cuando se encendieron las luces de los frenos del Simca, el 404 redujo la marcha con un absurdo sentimiento de esperanza, y apenas puesto el freno de mano saltó del auto y corrió hacia adelante. Fuera del Simca y el Beaulieu (más atrás estaría el Caravelle, pero poco le importaba) no reconoció ningún auto; a través de cristales diferentes lo miraban con sorpresa y quizás escándalo otros rostros que no había visto nunca. Sonaban las bocinas, y el 404 tuvo que volver a su auto; el chico del Simca le hizo un gesto amistoso, como si comprendiera, y señaló alentadoramente en dirección de París. La columna volvía a ponerse en marcha, lentamente durante unos minutos y luego como si la autopista estuviera definitivamente libre. A la izquierda del 404 corría un Taunus, y por un segundo al 404 le pareció que el grupo se recomponía, que todo entraba en el orden, que se podría seguir adelante sin destruir nada. Pero era un Taunus verde, y en el volante había una mujer con anteojos ahumados que miraba fijamente hacia adelante. No se podía hacer otra cosa que abandonarse a la marcha, adaptarse mecánicamente a la velocidad de los autos que lo rodeaban, no pensar. En el Volkswagen del soldado debía estar su chaqueta de cuero. Taunus tenía la novela que él había leído en los primeros días. Un frasco de lavanda casi vacío en el 2HP de las monjas. Y él tenía ahí, tocándolo a veces con la mano derecha, el osito de felpa que Dauphine le había regalado como mascota. Absurdamente se aferró a la idea de que a las nueve y media se distribuirían los alimentos, habría que visitar a los enfermos, examinar la situación con Taunus y el campesino del Ariane; después sería la noche, sería Dauphine subiendo sigilosamente a su auto, las estrellas o las nubes, la vida. Sí, tenía que ser así, no era posible que eso hubiera terminado para siempre. Tal vez el soldado consiguiera una ración de agua, que había escaseado en las últimas horas; de todos modos se podía contar con Porsche, siempre que se le pagara el precio que pedía. Y en la antena de la radio flotaba locamente la bandera con la cruz roja, y se corría a ochenta kilómetros por hora hacia las luces que crecían poco a poco, sin que ya se supiera bien por qué tanto apuro, por qué esa carrera en la noche entre autos desconocidos donde nadie sabía nada de los otros, donde todo el mundo miraba fijamente hacia adelante, exclusivamente hacia adelante.

La señorita Cora

We'll send your love to college, all for
a year or two
And then perhaps in time the boy will
do for you.
The trees that grow so high.
(Canción folklórica inglesa).

No entiendo por qué no me dejan pasar la noche en la clínica con el nene, al fin y al cabo soy su madre y el doctor De Luisi nos recomendó personalmente al director. Podrían traer un sofá cama y yo lo acompañaría para que se vaya acostumbrando, entró tan pálido el pobrecito como si fueran a operarlo enseguida, yo creo que es ese olor de las clínicas, su padre también estaba nervioso y no veía la hora de irse, pero yo estaba segura de que me dejarían con el nene. Después de todo tiene apenas quince años y nadie se los daría, siempre pegado a mí aunque ahora con los pantalones largos quiere disimular y hacerse el hombre grande. La impresión que le habrá hecho cuando se dio cuenta de que no me dejaban quedarme, menos mal que su padre le dio charla, le hizo poner el piyama y meterse en la cama. Y todo por esa mocosa de enfermera, yo me pregunto si verdaderamente tiene órdenes de los médicos o si lo hace por pura maldad. Pero bien que se lo dije, bien que le pregunté si estaba segura de que tenía que irme. No hay más que mirarla para darse cuenta de quién es, con esos aires de vampiresa y ese delantal ajustado, una chiquilina de porquería, que se cree la directora de la clínica.

Pero eso sí, no se la llevó de arriba, le dije lo que pensaba y eso que el nene no sabía dónde meterse de vergüenza y su padre se hacía el desentendido y de paso seguro que le miraba las piernas como de costumbre. Lo único que me consuela es que el ambiente es bueno, se nota que es una clínica para personas pudientes; el nene tiene un velador de lo más lindo para leer sus revistas, y por suerte su padre se acordó de traerle caramelos de menta que son los que más le gustan. Pero mañana por la mañana, eso sí, lo primero que hago es hablar con el doctor De Luisi para que la ponga en su lugar a esa mocosa presumida. Habrá que ver si la frazada lo abriga bien al nene, voy a pedir que por las dudas le dejen otra a mano. Pero sí, claro que me abriga, menos mal que se fueron de una vez, mamá cree que soy un chico y me hace hacer cada papelón. Seguro que la enfermera va a pensar que no soy capaz de pedir lo que necesito, me miró de una manera cuando mamá le estaba protestando... Está bien, si no la dejaban quedarse qué le vamos a hacer, ya soy bastante grande para dormir solo de noche, me parece. Y en esta cama se dormirá bien, a esta hora ya no se oye ningún ruido, a veces de lejos el zumbido del ascensor que me hace acordar a esa película de miedo que también pasaba en una clínica, cuando a medianoche se abría poco a poco la puerta y la mujer paralítica en la cama veía entrar al hombre de la máscara blanca...

La enfermera es bastante simpática, volvió a las seis y media con unos papeles y me empezó a preguntar mi nombre completo, la edad y esas cosas. Yo guardé la revista enseguida porque hubiera quedado mejor estar leyendo un libro de veras y no una fotonovela, y creo que ella se dio cuenta pero no dijo nada, seguro que todavía estaba enojada por lo que le había dicho mamá y pensaba que yo era igual que ella y que le iba a dar órdenes o algo así. Me preguntó si me dolía el apéndice, y le dije que no, que esa noche estaba muy bien. «A ver el pulso», me dijo, y después de tomármelo anotó algo más en la planilla y la colgó a los pies de la cama. «¿Tenés hambre?», me preguntó, y yo creo que me puse colorado porque me tomó de sorpresa que me tuteara, es tan joven que me hizo impresión. Le dije que no, aunque era mentira porque a esa hora siempre tengo hambre. «Esta noche vas a cenar muy liviano», dijo ella, y cuando quise darme cuenta ya me había quitado el paquete de caramelos de menta y se iba. No sé si empecé a decirle algo, creo que no. Me daba una rabia que me hiciera eso como a un chico, bien podía haberme dicho que no tenía que comer caramelos, pero llevárselos... Seguro que estaba furiosa por lo de mamá y se desquitaba conmigo, de puro resentida; qué sé yo, después que se fue se me pasó de golpe el fastidio, quería seguir enojado con ella pero no podía. Qué joven es, clavado que no tiene ni diecinueve años, debe haberse recibido de enfermera hace muy poco. A lo mejor viene para traerme la cena; le voy a preguntar cómo se llama, si va a ser mi enfermera tengo que darle un nombre. Pero en cambio vino otra, una señora muy amable vestida de azul que me trajo un caldo y bizcochos y me hizo tomar unas pastillas verdes. También ella me preguntó cómo me llamaba y si me sentía bien, y me dijo que en esta pieza dormiría tranquilo porque era una de las mejores de la clínica, y es verdad porque dormí hasta casi las ocho en que me despertó una enfermera chiquita y arrugada como un mono pero muy amable, que me dijo que podía levantarme y lavarme pero antes me dio un termómetro y me dijo que me lo pusiera como se hace en estas clínicas, y yo no entendí porque en casa se pone debajo del brazo, y entonces me explicó y se fue. Al rato vino mamá y qué alegría verlo tan bien, yo que me temía que hubiera pasado la noche en blanco el pobre querido, pero los chicos son así, en la casa tanto trabajo y después duermen a pierna suelta aunque estén lejos de su mamá que no ha cerrado los ojos la pobre. El doctor De Luisi entró para revisar al nene y yo me fui un momento afuera porque ya está grandecito, y me hubiera gustado encontrármela a la enfermera de ayer para verle bien la cara y ponerla en su sitio nada más que mirándola de arriba abajo, pero no había nadie en el pasillo. Casi enseguida salió el doctor De Luisi y me dijo que al nene iban a operarlo a la mañana siguiente, que estaba muy bien y en las mejores condiciones para la operación, a su edad una apendicitis es una tontería. Le agradecí mucho y aproveché para decirle que me había llamado la atención la impertinencia de la enfermera de la tarde, se lo decía porque no era cosa de que a mi hijo fuera a faltarle la atención necesaria. Después entré en la pieza para acompañar al nene que estaba leyendo sus revistas y ya sabía que lo iban a operar al otro día. Como si fuera el fin del mundo, me mira de un modo la pobre, pero si no me voy a morir, mamá, haceme un poco el favor. Al Cacho le sacaron el apéndice en el hospital y a los seis días ya estaba queriendo jugar al fútbol. Andate tranquila que estoy muy bien y no me falta nada. Sí, mamá, sí, diez minutos queriendo saber si me duele aquí o más allá, menos mal que se tiene que ocupar de mi hermana en casa, al final se fue y yo pude terminar la fotonovela que había empezado anoche.

La enfermera de la tarde se llama la señorita Cora, se lo pregunté a la enfermera chiquita cuando me trajo el almuerzo; me dieron muy poco de comer y de nuevo pastillas verdes y unas gotas con gusto a menta; me parece que esas gotas hacen dormir porque se me caían las revistas de la mano y de golpe estaba soñando con el colegio y que íbamos a un picnic con las chicas del normal como el año pasado y bailábamos a la orilla de la pileta, era muy divertido. Me desperté a eso de las cuatro y media y empecé a pensar en la operación, no que tenga miedo, el doctor De Luisi dijo que no es nada, pero debe ser raro la anestesia y que te corten cuando estás dormido, el Cacho decía que lo peor es despertarse, que duele mucho y por ahí vomitás y tenés fiebre. El nene de mamá ya no está tan garifo como ayer, se le nota en la cara que tiene un poco de miedo, es tan chico que casi me da lástima. Se sentó de golpe en la cama cuando me vio entrar y escondió la revista debajo de la almohada. La pieza estaba un poco fría y fui a subir la calefacción, después traje el termómetro y se lo di. «¿Te lo sabés poner?», le pregunté, y las mejillas parecía que iban a reventársele de rojo que se puso. Dijo que sí con la cabeza y se estiró en la cama mientras yo bajaba las persianas y encendía el velador. Cuando me acerqué para que me diera el termómetro seguía tan ruborizado que estuve a punto de reírme, pero con los chicos de esa edad siempre pasa lo mismo, les cuesta acostumbrarse a esas cosas. Y para peor me mira en los ojos, por qué no le puedo aguantar esa mirada si al final no es más que una mujer, cuando saqué el termómetro de debajo de las frazadas y se lo alcancé, ella me miraba y yo creo que se sonreía un poco, se me debe notar tanto que me pongo colorado, es algo que no puedo evitar, es más fuerte que yo. Después anotó la temperatura en la hoja que está a los pies de la cama y se fue sin decir nada. Ya casi no me acuerdo de lo que hablé con papá y mamá cuando vinieron a verme a las seis. Se quedaron poco porque la señorita Cora les dijo que había que prepararme y que era mejor que estuviese tranquilo la noche antes. Pensé que mamá iba a soltarle alguna de las suyas pero la miró nomás de arriba abajo, y papá también pero al viejo le conozco las miradas, es algo muy diferente. Justo cuando se estaba yendo la oí a mamá que le decía a la señorita Cora: «Le agradeceré que lo atienda bien, es un niño que ha estado siempre muy rodeado por su familia», o alguna idiotez por el estilo, y me hubiera querido morir de rabia, ni siquiera escuché lo que le contestó la señorita Cora, pero estoy seguro de que no le gustó, a lo mejor piensa que me estuve quejando de ella o algo así.

Volvió a eso de las seis y media con una mesita de esas de ruedas llena de frascos y algodones, y no sé por qué de golpe me dio un poco de miedo, en realidad no era miedo pero empecé a mirar lo que había en la mesita, toda clase de frascos azules o rojos, tambores de gasa y también pinzas y tubos de goma, el pobre debía estar empezando a asustarse sin la mamá que parece un papagayo endomingado, le agradeceré que atienda bien al nene, mire que he hablado con el doctor De Luisi, pero sí, señora, se lo vamos a atender como a un príncipe. Es bonito su nene, señora, con esas mejillas que se le arrebolan apenas me ve entrar. Cuando le retiré las frazadas hizo un gesto como para volver a taparse, y creo que se dio cuenta de que me hacía gracia verlo tan pudoroso. «A ver, bajate el pantalón del piyama», le dije sin mirarlo en la cara. «¿El pantalón?», preguntó con una voz que se le quebró en un gallo. «Sí, claro, el pantalón», repetí, y empezó a soltar el cordón y a desabotonarse con unos dedos que no le obedecían. Le tuve que bajar yo misma el pantalón hasta la mitad de los muslos, y era como me lo había imaginado. «Ya sos un chico crecidito», le dije, preparando la brocha y el jabón aunque la verdad es que poco tenía para afeitar. «¿Cómo te llaman en tu casa?», le pregunté mientras lo enjabonaba. «Me llaman Pablo», me contestó con una voz que me dio lástima, tanta era la vergüenza. «Pero te darán algún sobrenombre», insistí, y fue todavía peor porque me pareció que se iba a poner a llorar mientras yo le afeitaba los pocos pelitos que andaban por ahí. «¿Así que no tenés ningún sobrenombre? Sos el nene solamente, claro». Terminé de afeitarlo y le hice una seña para que se tapara, pero él se adelantó y en un segundo estuvo cubierto hasta el pescuezo. «Pablo es un bonito nombre», le dije para consolarlo un poco; casi me daba pena verlo tan avergonzado, era la primera vez que me tocaba atender a un muchachito tan joven y tan tímido, pero me seguía fastidiando algo en él que a lo mejor le venía de la madre, algo más fuerte que su edad y que no me gustaba, y hasta me molestaba que fuera tan bonito y tan bien hecho para sus años, un mocoso que ya debía creerse un hombre y que a la primera de cambio sería capaz de soltarme un piropo.

Me quedé con los ojos cerrados, era la única manera de escapar un poco de todo eso, pero no servía de nada porque justamente en ese momento agregó: «¿Así que no tenés ningún sobrenombre? Sos el nene solamente, claro», y yo hubiera querido morirme, o agarrarla por la garganta y ahogarla, y cuando abrí los ojos le vi el pelo castaño casi pegado a mi cara porque se había agachado para sacarme un resto de jabón, y olía a champú de almendra como el que se pone la profesora de dibujo, o algún perfume de esos, y no supe qué decir y lo único que se me ocurrió fue preguntarle: «¿Usted se llama Cora, verdad?» Me miró con aire burlón, con esos ojos que ya me conocían y que me habían visto por todos lados, y dijo: «La señorita Cora». Lo dijo para castigarme, lo sé, igual que antes había dicho: «Ya sos un chico crecidito», nada más que para burlarse. Aunque me daba rabia tener la cara colorada, eso no lo puedo disimular nunca y es lo peor que me puede ocurrir, lo mismo me animé a decirle: «Usted es tan joven que... Bueno, Cora es un nombre muy lindo». No era eso, lo que yo había querido decirle era otra cosa y me parece que se dio cuenta y le molestó, ahora estoy seguro de que está resentida por culpa de mamá, yo solamente quería decirle que era tan joven que me hubiera gustado poder llamarla Cora a secas, pero cómo se lo iba a decir en ese momento cuando se había enojado y ya se iba con la mesita de ruedas y yo tenía unas ganas de llorar, ésa es otra cosa que no puedo impedir, de golpe se me quiebra la voz y veo todo nublado, justo cuando necesitaría estar más tranquilo para decir lo que pienso. Ella iba a salir pero al llegar a la puerta se quedó un momento como para ver si no se olvidaba de alguna cosa, y yo quería decirle lo que estaba pensando pero no encontraba las palabras y lo único que se me ocurrió fue mostrarle la taza con el jabón, se había sentado en la cama y después de aclararse la voz dijo: «Se le olvida la taza con el jabón», muy seriamente y con un tono de hombre grande. Volví a buscar la taza y un poco para que se calmara le pasé la mano por la mejilla. «No te aflijas, Pablito», le dije. «Todo irá bien, es una operación de nada». Cuando lo toqué echó la cabeza atrás como ofendido, y después resbaló hasta esconder la boca en el borde de las frazadas. Desde ahí, ahogadamente, dijo: «Puedo llamarla Cora, ¿verdad?» Soy demasiado buena, casi me dio lástima tanta vergüenza que buscaba desquitarse por otro lado, pero sabía que no era el caso de ceder porque después me resultaría difícil dominarlo, y a un enfermo hay que dominarlo o es lo de siempre, los líos de María Luisa en la pieza catorce o los retos del doctor De Luisi que tiene un olfato de perro para esas cosas. «Señorita Cora», me dijo tomando la taza y yéndose. Me dio una rabia, unas ganas de pegarle, de saltar de la cama y echarla a empujones, o de... Ni siquiera comprendo cómo pude decirle: «Si yo estuviera sano a lo mejor me trataría de otra manera». Se hizo la que no oía, ni siquiera dio vuelta la cabeza, y me quedé solo y sin ganas de leer, sin ganas de nada, en el fondo hubiera querido que me contestara enojada para poder pedirle disculpas porque en realidad no era lo que yo había pensado decirle, tenía la garganta tan cerrada que no sé cómo me habían salido las palabras, se lo había dicho de pura rabia pero no era eso, a lo mejor sí pero de otra manera.

Y sí, son siempre lo mismo, una los acaricia, les dice una frase amable, y ahí nomás asoma el machito, no quieren convencerse de que todavía son unos mocosos. Esto tengo que contárselo a Marcial, se va a divertir y cuando mañana lo vea en la mesa de operaciones le va a hacer todavía más gracia, tan tiernito el pobre con esa carucha arrebolada, maldito calor que me sube por la piel, cómo podría hacer para que no me pase eso, a lo mejor respirando hondo antes de hablar, qué sé yo. Se debe haber ido furiosa, estoy seguro de que escuchó perfectamente, no sé cómo le dije eso, yo creo que cuando le pregunté si podía llamarla Cora no se enojó, me dijo lo de señorita porque es su obligación pero no estaba enojada, la prueba es que vino y me acarició la cara; pero no, eso fue antes, primero me acarició y entonces yo le dije lo de Cora y lo eché todo a perder. Ahora estamos peor que antes y no voy a poder dormir aunque me den un tubo de pastillas. La barriga me duele de a ratos, es raro pasarse la mano y sentirse tan liso, lo malo es que me vuelvo a acordar de todo y del perfume de almendras, la voz de Cora, tiene una voz muy grave para una chica tan joven y linda, una voz como de cantante de boleros, algo que acaricia aunque esté enojada. Cuando oí pasos en el corredor me acosté del todo y cerré los ojos, no quería verla, no me importaba verla, mejor que me dejara en paz, sentí que entraba y que encendía la luz del cielo raso, se hacía el dormido como un angelito, con una mano tapándose la cara, y no abrió los ojos hasta que llegué al lado de la cama. Cuando vio lo que traía se puso tan colorado que me volvió a dar lástima y un poco de risa, era demasiado idiota realmente. «A ver, m'hijito, bájese el pantalón y dése vuelta para el otro lado», y el pobre a punto de patalear como haría con la mamá cuando tenía cinco años, me imagino, a decir que no y a llorar y a meterse debajo de las cobijas y a chillar, pero el pobre no podía hacer nada de eso ahora, solamente se había quedado mirando el irrigador y después a mí que esperaba, y de golpe se dio vuelta y empezó a mover las manos debajo de las frazadas pero no atinaba a nada mientras yo colgaba el irrigador en la cabecera, tuve que bajarle las frazadas y ordenarle que levantara un poco el trasero para correrle mejor el pantalón y deslizarle una toalla. «A ver, subí un poco las piernas, así está bien, echate más de boca, te digo que te eches más de boca, así». Tan callado que era casi como si gritara, por una parte me hacía gracia estarle viendo el culito a mi joven admirador, pero de nuevo me daba un poco de lástima por él, era realmente como si lo estuviera castigando por lo que me había dicho. «Avisá si está muy caliente», le previne, pero no contestó nada, debía estar mordiéndose un puño y yo no quería verle la cara y por eso me senté al borde de la cama y esperé a que dijera algo, pero aunque era mucho líquido lo aguantó sin una palabra hasta el final, y cuando terminó le dije, y eso sí se lo dije para cobrarme lo de antes: «Así me gusta, todo un hombrecito», y lo tapé mientras le recomendaba que aguantase lo más posible antes de ir al baño. «¿Querés que te apague la luz o te la dejo hasta que te levantes?», me preguntó desde la puerta. No sé cómo alcancé a decirle que era lo mismo, algo así, y escuché el ruido de la puerta al cerrarse y entonces me tapé la cabeza con las frazadas y qué le iba a hacer, a pesar de los cólicos me mordí las dos manos y lloré tanto que nadie, nadie puede imaginarse lo que lloré mientras la maldecía y la insultaba y le clavaba un cuchillo en el pecho cinco, diez, veinte veces, maldiciéndola cada vez y gozando de lo que sufría y de cómo me suplicaba que la perdonase por lo que me había hecho.

Es lo de siempre, che Suárez, uno corta y abre, y en una de esas la gran sorpresa. Claro que a la edad del pibe tiene todas las chances a su favor, pero lo mismo le voy hablar claro al padre, no sea cosa que en una de esas tengamos un lío. Lo más probable es que haya una buena reacción, pero ahí hay algo que falla, pensá en lo que pasó al comienzo de la anestesia: parece mentira en un pibe de esa edad. Lo fui a ver a las dos horas y lo encontré bastante bien si pensás en lo que duró la cosa. Cuando entró el doctor De Luisi yo estaba secándole la boca al pobre, no terminaba de vomitar y todavía le duraba la anestesia pero el doctor lo auscultó lo mismo y me pidió que no me moviera de su lado hasta que estuviera bien despierto. Los padres siguen en la otra pieza, la buena señora se ve que no está acostumbrada a estas cosas, de golpe se le acabaron las paradas, y el viejo parece un trapo. Vamos Pablito, vomitá si tenés ganas y quejate todo lo que quieras, yo estoy aquí, sí, claro que estoy aquí, el pobre sigue dormido pero me agarra como si se estuviera ahogando. Debe creer que soy la mamá, todos creen eso, es monótono. Vamos, Pablo, no te muevas así, quieto que te va a doler más, no, dejá las manos tranquilas, ahí no te podés tocar. Al pobre le cuesta salir de la anestesia, Marcial me dijo que la operación había sido muy larga. Es raro, habrán encontrado alguna complicación: a veces el apéndice no está tan a la vista, le voy a preguntar a Marcial esta noche. Pero sí, m'hijito, estoy aquí, quéjese todo lo que quiera pero no se mueva tanto, yo le voy a mojar los labios con este pedacito de hielo en una gasa, así se le va pasando la sed. Sí, querido, vomitá más, aliviate todo lo que quieras. Qué fuerza tenés en las manos, me vas a llenar de moretones, sí, sí, llorá si tenés ganas, llorá, Pablito, eso alivia, llorá y quejate, total estás tan dormido y creés que soy tu mamá. Sos bien bonito, sabés, con esa nariz un poco respingona y esas pestañas como cortinas, parecés mayor ahora que estás tan pálido. Ya no te pondrías colorado por nada, verdad, mi pobrecito. Me duele, mamá, me duele aquí, dejame que me saque ese peso que me han puesto, tengo algo en la barriga que pesa tanto y me duele, mamá, decile a la enfermera que me saque eso. Sí, m'hijito, ya se le va a pasar, quédese un poco quieto, por qué tendrás tanta fuerza, voy a tener que llamar a María Luisa para que me ayude. Vamos, Pablo, me enojo si no te estás quieto, te va a doler mucho más si seguís moviéndote tanto. Ah, parece que empezás a darte cuenta, me duele aquí, señorita Cora, me duele tanto aquí, hágame algo por favor, me duele tanto aquí, suélteme las manos, no puedo más, señorita Cora, no puedo más.

Menos mal que se ha dormido el pobre querido, la enfermera me vino a buscar a las dos y media y me dijo que me quedara un rato con él que ya estaba mejor, pero lo veo tan pálido, ha debido perder tanta sangre, menos mal que el doctor De Luisi dijo que todo había salido bien. La enfermera estaba cansada de luchar con él, yo no entiendo por qué no me hizo entrar antes, en esta clínica son demasiado severos. Ya es casi de noche y el nene ha dormido todo el tiempo, se ve que está agotado, pero me parece que tiene mejor cara, un poco de color. Todavía se queja de a ratos pero ya no quiere tocarse el vendaje y respira tranquilo, creo que pasará bastante buena noche. Como si yo no supiera lo que tengo que hacer, pero era inevitable; apenas se le pasó el primer susto a la buena señora le salieron otra vez los desplantes de patrona, por favor que al nene no le vaya a faltar nada por la noche, señorita. Decí que te tengo lástima, vieja estúpida, si no ya ibas a ver cómo te trataba. Las conozco a éstas, creen que con una buena propina el último día lo arreglan todo. Y a veces la propina ni siquiera es buena, pero para qué seguir pensando, ya se mandó mudar y todo está tranquilo. Marcial, quedate un poco, no ves que el chico duerme, contame lo que pasó esta mañana. Bueno, si estás apurado lo dejamos para después. No, mirá que puede entrar

María Luisa, aquí no, Marcial. Claro, el señor se sale con la suya, ya te he dicho que no quiero que me beses cuando estoy trabajando, no está bien. Parecería que no tenemos toda la noche para besarnos, tonto. Andate. Váyase le digo, o me enojo. Bobo, pajarraco. Sí, querido, hasta luego. Claro que sí. Muchísimo.

Está muy oscuro pero es mejor, no tengo ni ganas de abrir los ojos. Casi no me duele, qué bueno estar así respirando despacio, sin esas náuseas. Todo está tan callado, ahora me acuerdo que vi a mamá, me dijo no sé qué, yo me sentía tan mal. Al viejo lo miré apenas, estaba a los pies de la cama y me guiñaba un ojo, el pobre siempre el mismo. Tengo un poco de frío, me gustaría otra frazada. Señorita Cora, me gustaría otra frazada. Pero si estaba ahí, apenas abrí los ojos la vi sentada al lado de la ventana leyendo una revista. Vino enseguida y me arropó, casi no tuve que decirle nada porque se dio cuenta enseguida. Ahora me acuerdo, yo creo que esta tarde la confundía con mamá y que ella me calmaba, o a lo mejor estuve soñando. ¿Estuve soñando, señorita Cora? Usted me sujetaba las manos, ¿verdad? Yo decía tantas pavadas, pero es que me dolía mucho, y las náuseas... Discúlpeme, no debe ser nada lindo ser enfermera. Sí, usted se ríe pero yo sé, a lo mejor la manché y todo. Bueno no hablaré más. Estoy tan bien así, ya no tengo frío. No, no me duele mucho, un poquito solamente. ¿Es tarde, señorita Cora? Sh, usted se queda calladito ahora, ya le he dicho que no puede hablar mucho, alégrese de que no le duela y quédese bien quieto. No, no es tarde, apenas las siete. Cierre los ojos y duerma. Así. Duérmase ahora.

Sí, yo querría pero no es tan fácil. Por momentos me parece que me voy a dormir, pero de golpe la herida me pega un tirón o todo me da vueltas en la cabeza, y tengo que abrir los ojos y mirarla, está sentada al lado de la ventana y ha puesto la pantalla para leer sin que me moleste la luz. ¿Por qué se quedará aquí todo el tiempo? Tiene un pelo precioso, le brilla cuando mueve la cabeza. Y es tan joven, pensar que hoy la confundí con mamá, es increíble. Vaya a saber qué cosas le dije, se debe haber reído otra vez de mí. Pero me pasaba hielo por la boca, eso me aliviaba tanto, ahora me acuerdo, me puso agua colonia en la frente y en el pelo, y me sujetaba las manos para que no me arrancara el vendaje. Ya no está enojada conmigo, a lo mejor mamá le pidió disculpas o algo así, me miraba de otra manera cuando me dijo: «Cierre los ojos y duérmase». Me gusta que me mire así, parece mentira lo del primer día cuando me quitó los caramelos. Me gustaría decirle que es tan linda, que no tengo nada contra ella, al contrario, que me gusta que sea ella la que me cuida de noche y no la enfermera chiquita. Me gustaría que me pusiera otra vez agua colonia en el pelo. Me gustaría que con una sonrisa me pidiera perdón, que me dijera que la puedo llamar Cora.

Se quedó dormido un buen rato, a las ocho calculé que el doctor De Luisi no tardaría y lo desperté para tomarle la temperatura. Tenía mejor cara y le había hecho bien dormir. Apenas vio el termómetro sacó una mano fuera de las cobijas, pero le dije que se estuviera quieto. No quería mirarlo en los ojos para que no sufriera pero lo mismo se puso colorado y empezó a decir que él podía muy bien solo. No le hice caso, claro, pero estaba tan tenso el pobre que no me quedó más remedio que decirle: «Vamos, Pablo, ya sos un hombrecito, no te vas a poner así cada vez, ¿verdad?» Es lo de siempre, con esa debilidad no pudo contener las lágrimas; haciéndome la que no me daba cuenta anoté la temperatura y me fui a prepararle la inyección. Cuando volvió yo me había secado los ojos con la sábana y tenía tanta rabia contra mí mismo que hubiera dado cualquier cosa por poder hablar, decirle que no me importaba, que en realidad no me importaba pero que no lo podía impedir. «Esto no duele nada», me dijo con la jeringa en la mano. «Es para que duermas bien toda la noche». Me destapó y otra vez sentí que me subía la sangre a la cara, pero ella se sonrió un poco y empezó a frotarme el muslo con un algodón mojado. «No duele nada», le dije porque algo tenía que decirle, no podía ser que me quedara así mientras ella me estaba mirando. «Ya ves», me dijo sacando la aguja y frotándome con el algodón. «Ya ves que no duele nada. Nada te tiene que doler, Pablito». Me tapó y me pasó la mano por la cara. Yo cerré los ojos y hubiera querido estar muerto, estar muerto y que ella me pasara la mano por la cara, llorando.

Nunca entendí mucho a Cora pero esta vez se fue a la otra banda. La verdad que no me importa si no entiendo a las mujeres. Lo único que vale la pena es que lo quieran a uno. Si están nerviosas, si se hacen problemas por cualquier macana, bueno nena, ya está, déme un beso y se acabó. Se ve que todavía es tiernita, va a pasar un buen rato antes de que aprenda a vivir en este oficio maldito, la pobre apareció esta noche con una cara rara y me costó media hora hacerle olvidar esas tonterías. Todavía no ha encontrado la manera de buscarle la vuelta a algunos enfermos, ya le pasó con la vieja del veintidós pero yo creía que desde entonces habría aprendido un poco, y ahora este pibe le vuelve a dar dolores de cabeza. Estuvimos tomando mate en mi cuarto a eso de las dos de la mañana, después fue a darle la inyección y cuando volvió estaba de mal humor, no quería saber nada conmigo. Le queda bien esa carucha de enojada, de tristona, de a poco se la fui cambiando, y al final se puso a reír y me contó, a esa hora me gusta tanto desvestirla y sentir que tiembla un poco como si tuviera frío. Debe ser muy tarde, Marcial. Ah, entonces puedo quedarme un rato todavía, la otra inyección le toca a las cinco y media, la galleguita no llega hasta las seis. Perdoname, Marcial, soy una boba, mirá que preocuparme tanto por ese mocoso, al fin y al cabo lo tengo dominado pero de a ratos me da lástima, a esa edad son tontos, tan orgullosos, si pudiera le pediría al doctor Suárez que me cambiara, hay dos operados en el segundo piso, gente grande, uno les pregunta tranquilamente si han ido de cuerpo, les alcanza la chata, los limpia si hace falta, todo eso charlando del tiempo o de la política, es un ir y venir de cosas naturales, cada uno está en lo suyo, Marcial, no como aquí, comprendés. Sí, claro que hay que hacerse a todo, cuántas veces me van a tocar chicos de esa edad, es una cuestión de técnica como decís vos. Sí, querido, claro. Pero es que todo empezó mal por culpa de la madre, eso no se ha borrado, sabés, desde el primer minuto hubo un malentendido, y el chico tiene su orgullo y le duele, sobre todo que al principio no se daba cuenta de todo lo que iba a venir y quiso hacerse el grande, mirarme como si fueras vos, como un hombre. Ahora ya ni le puedo preguntar si quiere hacer pis, lo malo es que sería capaz de aguantarse toda la noche si yo me quedara en la pieza. Me da risa cuando me acuerdo, quería decir que sí y no se animaba, entonces me fastidió tanta tontería y lo obligué para que aprendiera a hacer pis sin moverse, bien tendido de espaldas. Siempre cierra los ojos en esos momentos pero es casi peor, está a punto de llorar o de insultarme, está entre las dos cosas y no puede, es tan chico, Marcial, y esa buena señora que lo ha de haber criado como un tilinguito, el nene de aquí y el nene de allá, mucho sombrero y saco entallado pero en el fondo el bebé de siempre, el tesorito de mamá. Ah, y justamente le vengo a tocar yo, el alto voltaje como decís vos, cuando hubiera estado tan bien con María Luisa que es idéntica a su tía y que lo hubiera limpiado por todos lados sin que se le subieran los colores a la cara. No, la verdad, no tengo suerte, Marcial.

Estaba soñando con la clase de francés cuando encendió la luz del velador, lo primero que le veo es siempre el pelo, será porque se tiene que agachar para las inyecciones o lo que sea, el pelo cerca de mi cara, una vez me hizo cosquillas en la boca y huele tan bien, y siempre se sonríe un poco cuando me está frotando con el algodón, me frotó un rato largo antes de pincharme y yo le miraba la mano tan segura que iba apretando de a poco la jeringa, el líquido amarillo que entraba despacio, haciéndome doler. «No, no me duele nada». Nunca le podré decir: «No me duele nada, Cora». Y no le voy a decir señorita Cora, no se lo voy a decir nunca. Le hablaré lo menos que pueda y no la pienso llamar señorita Cora aunque me lo pida de rodillas. No, no me duele nada. No, gracias, me siento bien, voy a seguir durmiendo. Gracias.

Por suerte ya tiene de nuevo sus colores pero todavía está muy decaído, apenas si pudo darme un beso, y a tía Esther casi no la miró y eso que le había traído las revistas y una corbata preciosa para el día en que lo llevemos a casa. La enfermera de la mañana es un amor de mujer, tan humilde, con ella sí da gusto hablar, dice que el nene durmió hasta las ocho y que bebió un poco de leche, parece que ahora van a empezar a alimentarlo, tengo que decirle al doctor Suárez que el cacao le hace mal, o a lo mejor su padre ya se lo dijo porque estuvieron hablando un rato. Si quiere salir un momento, señora, vamos a ver cómo anda este hombre. Usted quédese, señor Morán, es que a la mamá le puede hacer impresión tanto vendaje. Vamos a ver un poco, compañero. ¿Ahí duele? Claro, es natural. Y ahí, decidme si ahí te duele o solamente está sensible. Bueno, vamos muy bien, amiguito. Y así cinco minutos, si me duele aquí, si estoy sensible más acá, y el viejo mirándome la barriga como si me la viera por primera vez. Es raro pero no me siento tranquilo hasta que se van, pobres viejos tan afligidos pero qué le voy a hacer, me molestan, dicen siempre lo que no hay que decir, sobre todo mamá, y menos mal que la enfermera chiquita parece sorda y le aguanta todo con esa cara de esperar propina que tiene la pobre. Mirá que venir a jorobar con lo del cacao, ni que yo fuese un niño de pecho. Me dan unas ganas de dormir cinco días seguidos sin ver a nadie, sobre todo sin ver a Cora, y despertarme justo cuando me vengan a buscar para ir a casa. A lo mejor habrá que esperar unos días más, señor Morán, ya sabrá por De Luisi que la operación fue más complicada de lo previsto, a veces hay pequeñas sorpresas. Claro que con la constitución de ese chico yo creo que no habrá problema, pero mejor dígale a su señora que no va a ser cosa de una semana como se pensó al principio. Ah, claro, bueno, de eso usted hablará con el administrador, son cosas internas. Ahora vos fijate si no es mala suerte, Marcial, anoche te lo anuncié, esto va a durar mucho más de lo que pensábamos. Sí, ya sé que no importa pero podrías ser un poco más comprensivo, sabés muy bien que no me hace feliz atender a ese chico, y a él todavía menos, pobrecito. No me mirés así, por qué no le voy a tener lástima. No me mirés así.

Nadie me prohibió que leyera pero se me caen las revistas de la mano, y eso que tengo dos episodios por terminar y todo lo que me trajo tía Esther. Me arde la cara, debo de tener fiebre o es que hace mucho calor en esta pieza, le voy a pedir a Cora que entorne un poco la ventana o que me saque una frazada. Quisiera dormir, es lo que más me gustaría, que ella estuviese allí sentada leyendo una revista y yo durmiendo sin verla, sin saber que está allí, pero ahora no se va a quedar más de noche, ya pasó lo peor y me dejarán solo. De tres a cuatro creo que dormí un rato, a las cinco justas vino con un remedio nuevo, unas gotas muy amargas. Siempre parece que se acaba de bañar y cambiar, está tan fresca y huele a talco perfumado, a lavanda. «Este remedio es muy feo, ya sé» me dijo, y se sonreía para animarme. «No, es un poco amargo, nada más», le dije. «¿Cómo pasaste el día?», me preguntó, sacudiendo el termómetro. Le dije que bien, que durmiendo, que el doctor Suárez me había encontrado mejor, que no me dolía mucho. «Bueno, entonces podés trabajar un poco», me dijo dándome el termómetro. Yo no supe qué contestarle y ella se fue a cerrar las persianas y arregló los frascos en la mesita mientras yo me tomaba la temperatura. Hasta tuve tiempo de echarle un vistazo al termómetro antes de que viniera a buscarlo. «Pero tengo muchísima fiebre», me dijo como asustado. Era fatal, siempre seré la misma estúpida, por evitarle el mal momento le doy el termómetro y naturalmente el muy chiquilín no pierde tiempo en enterarse de que está volando de fiebre. «Siempre es así los primeros cuatro días, y además nadie te mandó que miraras», le dije, más furiosa contra mí que contra él. Le pregunté si había movido el vientre y me dijo que no. Le sudaba la cara, se la sequé y le puse un poco de agua colonia; había cerrado los ojos antes de contestarme y no los abrió mientras yo lo peinaba un poco para que no le molestara el pelo en la frente. Treinta y nueve y nueve era mucha fiebre, realmente. «Tratá de dormir un rato», le dije, calculando a qué hora podría avisarle al doctor Suárez. Sin abrir los ojos hizo un gesto como de fastidio, y articulando cada palabra me dijo: «Usted es mala conmigo, Cora». No atiné a contestarle nada, me quedé a su lado hasta que abrió los ojos y me miró con toda su fiebre y toda su tristeza. Casi sin darme cuenta estiré la mano y quise hacerle una caricia en la frente, pero me rechazó de un manotón y algo debió tironearle en la herida porque se crispó de dolor. Antes de que pudiera reaccionar me dijo en voz muy baja: «Usted no sería así conmigo si me hubiera conocido en otra parte». Estuve al borde de soltar una carcajada, pero era tan ridículo que me dijera eso mientras se le llenaban los ojos de lágrimas que me pasó lo de siempre, me dio rabia y casi miedo, me sentí de golpe como desamparada delante de ese chiquilín pretencioso. Conseguí dominarme (eso se lo debo a Marcial, me ha enseñado a controlarme y cada vez lo hago mejor), y me enderecé como si no hubiera sucedido nada, puse la toalla en la percha y tapé el frasco de agua colonia. En fin, ahora sabíamos a qué atenernos, en el fondo era mucho mejor así. Enfermera, enfermo, y pare de contar. Que el agua colonia se la pusiera la madre, yo tenía otras cosas que hacerle y se las haría sin más contemplaciones. No sé por qué me quedé más de lo necesario. Marcial me dijo cuando se lo conté que había querido darle la oportunidad de disculparse, de pedir perdón. No sé, a lo mejor fue eso o algo distinto, a lo mejor me quedé para que siguiera insultándome, para ver hasta dónde era capaz de llegar. Pero seguía con los ojos cerrados y el sudor le empapaba la frente y las mejillas, era como si me hubieran metido en agua hirviendo, veía manchas violeta y rojas cuando apretaba los ojos para no mirarla sabiendo que todavía estaba allí, y hubiera dado cualquier cosa para que se agachara y volviera a secarme la frente como si yo no le hubiera dicho eso, pero ya era imposible, se iba a ir sin hacer nada, sin decirme nada, y yo abriría los ojos y encontraría la noche, el velador, la pieza vacía, un poco de perfume todavía, y me repetiría diez veces, cien veces, que había hecho bien en decirle lo que le había dicho, para que aprendiera, para que no me tratara como a un chico, para que me dejara en paz, para que no se fuera.

Empiezan siempre a la misma hora, entre seis y siete de la mañana, debe ser una pareja que anida en las cornisas del patio, un palomo que arrulla y la paloma que le contesta, al rato se cansan, se lo dije a la enfermera chiquita que viene a lavarme y a darme el desayuno, se encogió de hombros y dijo que ya otros enfermos se habían quejado de las palomas pero que el director no quería que las echaran. Ya ni sé cuánto hace que las oigo, las primeras mañanas estaba demasiado dormido o dolorido para fijarme, pero desde hace tres días escucho a las palomas y me entristecen, quisiera estar en casa oyendo ladrar a *Milord*, oyendo a la tía Esther que a esta hora se levanta para ir a misa. Maldita fiebre que no quiere bajar, me van a tener aquí hasta quién sabe cuándo, se lo voy a preguntar al doctor Suárez esta misma mañana, al fin y al cabo podría estar lo más bien en casa. Mire, señor Morán, quiero ser franco con usted, el cuadro no es nada sencillo. No, señorita Cora, prefiero que usted siga atendiendo a ese enfermo, y le voy a decir por qué. Pero entonces, Marcial... Vení, te voy a hacer un café bien fuerte, mirá que sos potrilla todavía, parece mentira. Escuchá, vieja, he estado hablando discretamente con el doctor Suárez, y parece que el pibe...

Por suerte después se callan, a lo mejor se van volando por ahí, por toda la ciudad, tienen suerte las palomas. Qué mañana interminable, me alegré cuando se fueron los viejos, ahora les da por venir más seguido desde que tengo tanta fiebre. Bueno, si me tengo que quedar cuatro o cinco días más aquí, qué importa. En casa sería mejor, claro, pero lo mismo tendría fiebre y me sentiría tan mal de a ratos. Pensar que no puedo ni mirar una revista, es una debilidad como si no me quedara sangre. Pero todo es por la fiebre, me lo dijo anoche el doctor De Luisi y el doctor Suárez me lo repitió esta mañana, ellos saben. Duermo mucho pero lo mismo es como si no pasara el tiempo, siempre es antes de las tres como si a mí me importaran las tres o las cinco. Al contrario, a las tres se va la enfermera chiquita y es una lástima porque con ella estoy tan bien. Si me pudiera dormir de un tirón hasta la medianoche sería mucho mejor. Pablo, soy yo, la señorita Cora. Tu enfermera de la noche que te hace doler con las inyecciones. Ya sé que no te duele, tonto, es una broma. Seguí durmiendo si querés, ya está. Me dijo: «Gracias» sin abrir los ojos, pero hubiera podido abrirlos, sé que con la galleguita estuvo charlando a mediodía aunque le han prohibido que hable mucho. Antes de salir me di vuelta de golpe y me estaba mirando, sentí que todo el tiempo me había estado mirando de espaldas. Volví y me senté al lado de la cama, le tomé el pulso, le arreglé las sábanas que arrugaba con sus manos de fiebre. Me miraba el pelo, después bajaba la vista y evitaba mis ojos. Fui a buscar lo necesario para prepararlo y me dejó hacer sin una palabra, con los ojos fijos en la ventana, ignorándome. Vendrían a buscarlo a las cinco y media en punto, todavía le quedaba un rato para dormir, los padres esperaban en la planta baja porque le hubiera hecho impresión verlos a esa hora. El doctor Suárez iba a venir un rato antes para explicarle que tenían que completar la operación, cualquier cosa que no lo inquietara demasiado. Pero en cambio mandaron a Marcial, me tomó de sorpresa verlo entrar así pero me hizo una seña para que no me moviera y se quedó a los pies de la cama leyendo la hoja de temperatura hasta que Pablo se acostumbrara a su presencia. Le empezó a hablar un poco en broma, armó la conversación como él sabe hacerlo, el frío en la calle, lo bien que se estaba en ese cuarto, y él lo miraba sin decir nada, como esperando, mientras yo me sentía tan rara, hubiera querido que Marcial se fuera y me dejara sola con él, yo hubiera podido decírselo mejor que nadie, aunque quizá no, probablemente no. Pero si ya lo sé, doctor, me van a operar de nuevo, usted es el que me dio la anestesia la otra vez, y bueno, mejor eso que seguir en esta cama y con esta fiebre. Yo sabía que al final tendrían que hacer algo, por qué me duele tanto desde ayer, un dolor diferente, desde más adentro. Y usted, ahí sentada, no ponga esa cara, no se sonría como si me viniera a invitar al cine. Váyase con él y béselo en el pasillo, tan dormido no estaba la otra tarde cuando usted se enojó con él porque le había besado aquí. Váyanse los dos, déjenme dormir, durmiendo no me duele tanto.

Y bueno, pibe, ahora vamos a liquidar este asunto de una vez por todas, hasta cuándo nos vas a estar ocupando una cama, che. Contá despacito, uno, dos, tres. Así va bien, vos seguí contando y dentro de una semana estás comiendo un bife jugoso en casa. Un cuarto de hora a gatas, nena, y vuelta a coser. Había que verle la cara a De Luisi, uno no se acostumbra nunca del todo a estas cosas. Mirá, aproveché para pedirle a Suárez que te relevaran como vos querías, le dije que estás muy cansada con un caso tan grave; a lo mejor te pasan al segundo piso si vos también le hablás. Está bien, hacé como quieras, tanto quejarte la otra noche y ahora te sale la samaritana. No te enojés conmigo, lo hice por vos. Sí, claro que lo hizo por mí pero perdió el tiempo, me voy a quedar con él esta noche y todas las noches. Empezó a despertarse a las ocho y media, los padres se fueron enseguida porque era mejor que no los viera con la cara que tenían los pobres, y cuando llegó el doctor Suárez me preguntó en voz baja si quería que me relevara María Luisa, pero le hice una seña de que me quedaba y se fue. María Luisa me acompañó un rato porque tuvimos que sujetarlo y calmarlo, después se tranquilizó de golpe y casi no tuvo vómitos; está tan débil que se volvió a dormir sin quejarse mucho hasta las diez. Son las palomas, vas a ver, mamá, ya están arrullando como todas las mañanas, no sé por qué no las echan, que se vuelen a otro árbol. Dame la mano, mamá, tengo tanto frío. Ah, entonces estuve soñando, me parecía que ya era de mañana y que estaban las palomas. Perdóneme, la confundí con mamá. Otra vez desviaba la mirada, se volvía a su encono, otra vez me echaba a mí toda la culpa. Lo atendí como si no me diera cuenta de que seguía enojado, me senté junto a él y le mojé los labios con hielo. Cuando me miró, después que le puse agua colonia en las manos y la frente, me acerqué más y le sonreí. «Llamame Cora», le dije. «Yo sé que no nos entendimos al principio, pero vamos a ser tan buenos amigos, Pablo». Me miraba callado. «Decime: Sí, Cora». Me miraba, siempre. «Señorita Cora», dijo después, y cerró los ojos. «No, Pablo, no», le pedí, besándolo en la mejilla, muy cerca de la boca. «Yo voy a ser Cora para vos, solamente para vos». Tuve que echarme atrás, pero lo mismo me salpicó la cara. Lo sequé, le sostuve la cabeza para que se enjuagara la boca, lo volví a besar hablándole al oído. «Discúlpeme», dijo con un hilo de voz, «no lo pude contener». Le dije que no fuera tonto, que para eso estaba yo cuidándolo, que vomitara todo lo que quisiera para aliviarse. «Me gustaría que viniera mamá», me dijo, mirando a otro lado con los ojos vacíos. Todavía le acaricié un poco el pelo, le arreglé las frazadas esperando que me dijera algo, pero estaba muy lejos y sentí que lo hacía sufrir todavía más si me quedaba. En la puerta me volví y esperé; tenía los ojos muy abiertos, fijos en el cielo raso. «Pablito», le dije. «Por favor, Pablito. Por favor, querido». Volví hasta la cama, me agaché para besarlo; olía a frío, detrás del agua colonia estaba el vómito, la anestesia. Si me quedo un segundo más me pongo a llorar delante de él, por él. Lo besé otra vez y salí corriendo, bajé a buscar a la madre y a María Luisa; no quería volver mientras la madre estuviera allí, por lo menos esa noche no quería volver y después sabía demasiado bien que no tendría ninguna necesidad de volver a ese cuarto, que Marcial y María Luisa se ocuparían de todo hasta que el cuarto quedara otra vez libre.

Instrucciones para John Howell

A Peter Brook

Pensándolo después —en la calle, en un tren, cruzando campos— todo eso hubiera parecido absurdo, pero un teatro no es más que un pacto con el absurdo, su ejercicio eficaz y lujoso. A Rice, que se aburría en un Londres otoñal de fin de semana y que había entrado al Aldwych sin mirar demasiado el programa, el primer acto de la pieza le pareció sobre todo mediocre; el absurdo empezó en el intervalo cuando el hombre de gris se acercó a su butaca y lo invitó cortésmente, con una voz casi inaudible, a que lo acompañara entre bastidores. Sin demasiada sorpresa pensó que la dirección del teatro debía estar haciendo una encuesta, alguna vaga investigación con fines publicitarios. «Si se trata de una opinión», dijo Rice, «el primer acto me parece flojo, y la iluminación, por ejemplo...». El hombre de gris asintió amablemente pero su mano seguía indicando una salida lateral, y Rice entendió que debía levantarse y acompañarlo sin hacerse rogar. «Hubiera preferido una taza de té», pensó mientras bajaba unos peldaños que daban a un pasillo lateral y se dejaba conducir entre distraído y molesto. Casi de golpe se encontró frente a un bastidor que representaba una biblioteca burguesa; dos hombres que parecían aburrirse lo saludaron como si su visita hubiera estado prevista e incluso descontada. «Desde luego usted se presta admirablemente», dijo el más alto de los dos. El otro hombre inclinó la cabeza, con un aire de mudo. «No tenemos mucho tiempo», dijo el hombre alto, «pero trataré de explicarle su papel en dos palabras».

Hablaba mecánicamente, casi como si prescindiera de la presencia real de Rice y se limitara a cumplir una monótona consigna. «No entiendo», dijo Rice dando un paso atrás. «Casi es mejor», dijo el hombre alto. «En estos casos el análisis es más bien una desventaja; verá que apenas se acostumbre a los reflectores empezará a divertirse. Usted ya conoce el primer acto; ya sé, no le gustó. A nadie le gusta. Es a partir de ahora que la pieza puede ponerse mejor. Depende, claro». «Ojalá mejore», dijo Rice que creía haber entendido mal, «pero en todo caso ya es tiempo de que me vuelva a la sala». Como había dado otro paso atrás no lo sorprendió demasiado la blanda resistencia del hombre de gris, que murmuraba una excusa sin apartarse. «Parecería que no nos entendemos», dijo el hombre alto, «y es una lástima porque faltan apenas cuatro minutos para el segundo acto. Le ruego que me escuche atentamente. Usted es Howell, el marido de Eva. Ya ha visto que Eva engaña a Howell con Michael, y que probablemente Howell se ha dado cuenta aunque prefiere callar por razones que no están todavía claras. No se mueva, por favor, es simplemente una peluca». Pero la admonición parecía casi inútil porque el hombre de gris y el hombre mudo lo habían tomado de los brazos, y una muchacha alta y flaca que había aparecido bruscamente le estaba calzando algo tibio en la cabeza. «Ustedes no querrán que yo me ponga a gritar y arme un escándalo en el teatro», dijo Rice tratando de dominar el temblor de su voz. El hombre alto se encogió de hombros. «Usted no haría eso» dijo cansadamente. «Sería tan poco elegante... No, estoy seguro de que no haría eso. Además la peluca le queda perfectamente, usted tiene tipo de pelirrojo». Sabiendo que no debía decir eso, Rice dijo: «Pero yo no soy un actor». Todos, hasta la muchacha, sonrieron alentándolo. «Precisamente», dijo el hombre alto. «Usted se da muy bien cuenta de la diferencia. Usted no es un actor, usted es Howell. Cuando salga a escena, Eva estará en el salón escribiendo una carta a Michael. Usted fingirá no darse cuenta de que ella esconde el papel y disimula su turbación. A partir de ese momento haga lo que quiera. Los anteojos, Ruth». «¿Lo que quiera?», dijo Rice, tratando sordamente de liberar sus brazos mientras Ruth le ajustaba unos anteojos con montura de carey. «Sí, de eso se trata», dijo desganadamente el hombre alto, y Rice tuvo como una sospecha de que estaba harto de repetir las mismas cosas cada noche. Se oía la campanilla llamando al público, y Rice alcanzó a distinguir los movimientos de los tramoyistas en el escenario, unos cambios de luces; Ruth había desaparecido de golpe. Lo invadió una indignación más amarga que violenta, que de alguna manera parecía fuera de lugar. «Esto es una farsa estúpida», dijo tratando de zafarse, «y les prevengo que...». «Lo lamento», murmuró el hombre alto. «Francamente hubiera pensado otra cosa de usted. Pero ya que lo toma así...». No era exactamente una amenaza, aunque los tres hombres lo rodeaban de una manera que exigía la obediencia o la lucha abierta; a Rice le pareció que una cosa hubiera sido tan absurda o quizá tan falsa como la otra. «Howell entra ahora», dijo el hombre alto, mostrando el estrecho pasaje entre los bastidores. «Una vez allí haga lo que quiera, pero nosotros lamentaríamos que...». Lo decía amablemente, sin turbar el repentino silencio de la sala; el telón se alzó con un frotar de terciopelo, y los envolvió una ráfaga de aire tibio. «Yo que usted lo pensaría, sin embargo», agregó cansadamente el hombre alto. «Vaya, ahora». Empujándolo sin empujarlo, los tres lo acompañaron hasta la mitad de los bastidores. Una luz violeta enceguеció a Rice; delante había una extensión que le pareció infinita, y a la izquierda adivinó la gran caverna, algo como una gigantesca respiración contenida, eso que después de todo era el verdadero mundo donde poco a poco empezaban a recortarse pecheras blancas y quizá sombreros o altos peinados. Dio un paso o dos, sintiendo que las piernas no le respondían, y estaba a punto de volverse y retroceder a la carrera cuando Eva, levantándose precipitadamente, se adelantó y le tendió una mano que parecía flotar en la luz violeta al término de un brazo muy blanco y largo. La mano estaba helada, y Rice tuvo la impresión de que se crispaba un poco en la suya. Dejándose llevar hasta el centro de la escena, escuchó confusamente las explicaciones de Eva sobre su dolor de cabeza, la preferencia por la penumbra y la tranquilidad de la biblioteca, esperando que callara para adelantarse al proscenio y decir, en dos palabras, que los estaban estafando. Pero Eva parecía esperar que él se sentara en el sofá de gusto tan dudoso como el argumento de la pieza y los decorados, y Rice comprendió que era imposible, casi grotesco, seguir de pie mientras ella, tendiéndole otra vez la mano, reiteraba la invitación con sonrisa cansada. Desde el sofá distinguió mejor las primeras filas de platea, apenas separadas de la escena por la luz que había ido virando del violeta a un naranja amarillento, pero curiosamente a Rice le fue más fácil volverse hacia Eva y sostener su mirada que de alguna manera lo ligaba todavía a esa insensatez, aplazando un instante más la única decisión posible a menos de acatar la locura y entregarse al simulacro. «Las tardes de este otoño son interminables», había dicho Eva buscando una caja de metal blanco perdida entre los libros y los papeles de la mesita baja, y ofreciéndole un cigarrillo. Mecánicamente Rice sacó su encendedor, sintiéndose cada vez más ridículo con la peluca y los anteojos; pero el menudo ritual de encender los cigarrillos y aspirar las primeras bocanadas era como una tregua, le permitía sentarse más cómodamente, aflojando la insoportable tensión del cuerpo que se sabía mirado por frías constelaciones invisibles. Oía sus respuestas a las frases de Eva, las palabras parecían suscitarse unas a otras con un mínimo esfuerzo, sin que se estuviera hablando de nada en concreto; un diálogo de castillo de naipes en el que Eva iba poniendo los muros del frágil edificio, y Rice sin esfuerzo intercalaba sus propias cartas y el castillo se alzaba bajo la luz anaranjada hasta que al terminar una prolija explicación que incluía el nombre de Michael («Ya ha visto que Eva engaña a Howell con Michael») y otros nombres y otros lugares, un té al que había asistido la madre de Michael (¿o era la madre de Eva?) y una justificación ansiosa y casi al borde de las lágrimas, con un movimiento de ansiosa esperanza Eva se inclinó hacia Rice como si quisiera abrazarlo o esperara que él la tomase en los brazos, y exactamente después de la última palabra dicha con una voz clarísima, junto a la oreja de Rice murmuró: «No dejes que me maten», y sin transición volvió a su voz profesional para quejarse de la soledad y del abandono. Golpeaban en la puerta del fondo y Eva se mordió los labios como si hubiera querido agregar algo más (pero eso se le ocurrió a Rice, demasiado confundido para reaccionar a tiempo), y se puso de pie para dar la bienvenida a Michael que llegaba con la fatua sonrisa que ya había enarbolado insoportablemente en el primer acto. Una dama vestida de rojo, un anciano; de pronto la escena se poblaba de gente que cambiaba saludos, flores y noticias. Rice estrechó las manos que le tendían y volvió a sentarse lo antes posible en el sofá, escudándose tras de otro cigarrillo; ahora la acción parecía prescindir de él y el público recibía con murmullos satisfechos una serie de brillantes juegos de palabras de Michael y de los actores de carácter, mientras Eva se ocupaba del té y daba instrucciones al criado. Quizá fuera el momento de acercarse a la boca del escenario, dejar caer el cigarrillo y aplastarlo con el pie, a tiempo para anunciar: «Respetable público...». Pero acaso fuera más elegante *(No dejes que me maten)* esperar la caída del telón y entonces, adelantándose rápidamente, revelar la superchería. En todo eso había como un lado ceremonial que no era penoso acatar; a la espera de su hora, Rice entró en el diálogo que le proponía el anciano caballero, aceptó la taza de té que Eva le ofrecía sin mirarlo de frente, como si se supiese observada por Michael y la dama de rojo. Todo estaba en resistir, en hacer frente a un tiempo interminablemente tenso, ser más fuerte que la torpe coalición que pretendía convertirlo en un pelele. Ya le resultaba fácil advertir cómo las frases que le dirigían (a veces Michael, a veces la dama de rojo, casi nunca Eva, ahora) llevaban implícita la respuesta; que el pelele contestara lo previsible, la pieza podía continuar. Rice pensó que de haber tenido un poco más de tiempo para dominar la situación, hubiera sido divertido contestar a contrapelo y poner en dificultades a los actores; pero no se lo consentirían, su falsa libertad de acción no permitía más que la rebelión desaforada, el escándalo. *No dejes que me maten*, había dicho Eva, de alguna manera, tan absurda como todo el resto, Rice seguía sintiendo que era mejor esperar. El telón cayó sobre una réplica sentenciosa y amarga de la dama de rojo, y los actores le parecieron a Rice como figuras que súbitamente bajaran un peldaño invisible: disminuidos, indiferentes (Michael se encogía de hombros, dando la espalda y yéndose por el foro), abandonaban la escena sin mirarse entre ellos, pero Rice notó que Eva giraba la cabeza hacia él mientras la dama de rojo y el anciano se la llevaban amablemente del brazo hacia los bastidores de la derecha. Pensó en seguirla, tuvo una vaga esperanza de camarín y conversación privada. «Magnífico», dijo el hombre alto, palmeándole el hombro. «Muy bien, realmente lo ha hecho usted muy bien».

Señalaba hacia el telón que dejaba pasar los últimos aplausos. «Les ha gustado de veras. Vamos a tomar un trago». Los otros dos hombres estaban algo más lejos, sonriendo amablemente, y Rice desistió de seguir a Eva. El hombre alto abrió una puerta al final del primer pasillo y entraron en una sala pequeña donde había sillones desvencijados, un armario, una botella de whisky ya empezada y hermosísimos vasos de cristal tallado. «Lo ha hecho usted muy bien», insistió el hombre alto mientras se sentaban en torno a Rice. «Con un poco de hielo, ¿verdad? Desde luego, cualquiera tendría la garganta seca». El hombre de gris se adelantó a la negativa de Rice y le alcanzó un vaso casi lleno. «El tercer acto es más difícil pero a la vez más entretenido para Howell», dijo el hombre alto. «Ya ha visto cómo se van descubriendo los juegos». Empezó a explicar la trama, ágilmente y sin vacilar. «En cierto modo usted ha complicado las cosas», dijo. «Nunca me imaginé que procedería tan pasivamente con su mujer, yo hubiera reaccionado de otra manera». «¿Cómo?», preguntó secamente Rice. «Ah, querido amigo, no es justo preguntar eso. Mi opinión podría alterar sus propias decisiones, puesto que usted ha de tener ya un plan preconcebido. ¿O no?». Como Rice callaba, agregó: «Si le digo eso es precisamente porque no se trata de tener planes preconcebidos. Estamos todos demasiado satisfechos para arriesgarnos a malograr el resto». Rice bebió un largo trago de whisky. «Sin embargo, en el segundo acto usted me dijo que podía hacer lo que quisiera», observó. El hombre de gris se echó a reír, pero el hombre alto lo miró y el otro hizo un rápido gesto de excusa. «Hay un margen para la aventura o el azar, como usted quiera», dijo el hombre alto. «A partir de ahora le ruego que se atenga a lo que voy a indicarle, se entiende que dentro de la máxima libertad en los detalles». Abriendo la mano derecha con la palma hacia arriba, la miró fijamente mientras el índice de la otra mano iba a apoyarse en ella una y otra vez. Entre dos tragos (le habían llenado otra vez el vaso) Rice escuchó las instrucciones para John Howell. Sostenido por el alcohol y por algo que era como un lento volver hacia sí mismo que lo iba llenando de una fría cólera, descubrió sin esfuerzo el sentido de las instrucciones, la preparación de la trama que debía hacer crisis en el último acto. «Espero que esté claro», dijo el hombre alto, con un movimiento circular del dedo en la palma de la mano. «Está muy claro», dijo Rice levantándose, «pero además me gustaría saber si en el cuarto acto...». «Evitemos las confusiones, querido amigo», dijo el hombre alto. «En el próximo intervalo volveremos sobre el tema, pero ahora le sugiero que se concentre exclusivamente en el tercer acto. Ah, el traje de calle, por favor». Rice sintió que el hombre mudo le desabotonaba la chaqueta; el hombre de gris había sacado del armario un traje de tweed y unos guantes; mecánicamente Rice se cambió de ropa bajo las miradas aprobadoras de los tres. El hombre alto había abierto la puerta y esperaba; a lo lejos se oía la campanilla. «Esta maldita peluca me da calor», pensó Rice acabando el whisky de un solo trago. Casi enseguida se encontró entre nuevos bastidores, sin oponerse a la amable presión de una mano en el codo. «Todavía no», dijo el hombre alto, más atrás. «Recuerde que hace fresco en el parque. Quizá, si se subiera el cuello de la chaqueta... Vamos, es su entrada». Desde un banco al borde del sendero Michael se adelantó hacia él, saludándolo con una broma. Le tocaba responder pasivamente y discutir los méritos del otoño en Regent's Park, hasta la llegada de Eva y la dama de rojo que estarían dando de comer a los cisnes. Por primera vez —y a él lo sorprendió casi tanto como a los demás— Rice cargó el acento en una alusión que el público pareció apreciar y que obligó a Michael a ponerse a la defensiva, forzándolo a emplear los recursos más visibles del oficio para encontrar una salida; dándole bruscamente la espalda mientras encendía un cigarrillo, como si quisiera protegerse del viento, Rice miró por encima de los anteojos y vio a los tres hombres entre los bastidores, el brazo del hombre alto que le hacía un gesto conminatorio. Rió entre dientes (debía estar un poco borracho y además se divertía, el brazo agitándose le hacía una gracia extraordinaria) antes de volverse y apoyar una mano en el hombro de Michael. «Se ven cosas regocijantes en los parques», dijo Rice. «Realmente no entiendo que se pueda perder el tiempo con cisnes o amantes cuando se está en un parque londinense». El público rió más que Michael, excesivamente interesado por la llegada de Eva y la dama de rojo. Sin vacilar Rice siguió marchando contra la corriente, violando poco a poco las instrucciones en una esgrima feroz y absurda contra actores habilísimos que se esforzaban por hacerlo volver a su papel y a veces lo conseguían, pero él se les escapaba de nuevo para ayudar de alguna manera a Eva, sin saber bien por qué pero diciéndose (y le daba risa, y debía ser el whisky) que todo lo que cambiara en ese momento alteraría inevitablemente el último acto *(No dejes que me maten).* Y los otros se habían dado cuenta de su propósito porque bastaba mirar por sobre los anteojos hacia los bastidores de la izquierda para ver los gestos iracundos del hombre alto, fuera y dentro de la escena estaban luchando contra él y Eva, se interponían para que no pudieran comunicarse, para que ella no alcanzara a decirle nada, y ahora llegaba el caballero anciano seguido de un lúgubre chófer, había como un momento de calma (Rice recordaba las instrucciones: una pausa, luego la conversación sobre la compra de acciones, entonces la frase reveladora de la dama de rojo, y telón), y en ese intervalo en que obligadamente Michael y la dama de rojo debían apartarse para que el caballero hablara con Eva y Howell de la maniobra bursátil (realmente no faltaba nada en esa pieza), el placer de estropear un poco más la acción llenó a Rice de algo que se parecía a la felicidad. Con un gesto que dejaba bien claro el profundo desprecio que le inspiraban las especulaciones arriesgadas, tomó del brazo a Eva, sorteó la maniobra envolvente del enfurecido y sonriente caballero, y caminó con ella oyendo a sus espaldas un muro de palabras ingeniosas que no le concernían, exclusivamente inventadas para el público,y en cambio sí Eva, en cambio un aliento tibio apenas un segundo contra su mejilla, el leve murmullo de su voz verdadera diciendo: «Quédate conmigo hasta el final», quebrado por un movimiento instintivo, el hábito que la hacía responder a la interpelación de la dama de rojo, arrastrando a Howell para que recibiera en plena cara las palabras reveladoras. Sin pausa, sin el mínimo hueco que hubiera necesitado para poder cambiar el rumbo que esas palabras daban definitivamente a lo que habría de venir más tarde, Rice vio caer el telón. «Imbécil», dijo la dama de rojo. «Salga, Flora», ordenó el hombre alto, pegado a Rice que sonreía satisfecho. «Imbécil», repitió la dama de rojo, tomando del brazo a Eva que había agachado la cabeza y parecía como ausente. Un empujón mostró el camino a Rice que se sentía perfectamente feliz. «Imbécil», dijo a su vez el hombre alto. El tirón en la cabeza fue casi brutal, pero Rice se quitó él mismo los anteojos y los tendió al hombre alto. «El whisky no era malo», dijo. «Si quiere darme las instrucciones para el último acto...». Otro empellón estuvo a punto de tirarlo al suelo y cuando consiguió enderezarse, con una ligera náusea, ya estaba andando a tropezones por una galería mal iluminada; el hombre alto había desaparecido y los otros dos se estrechaban contra él, obligándolo a avanzar con la mera presión de los cuerpos. Había una puerta con una lamparilla naranja en lo alto. «Cámbiese», dijo el hombre de gris alcanzándole su traje. Casi sin darle tiempo de ponerse la chaqueta, abrieron la puerta de un puntapié; el empujón lo sacó trastabillando a la acera, al frío de un callejón que olía a basura. «Hijos de perra, me voy a pescar una pulmonía», pensó Rice, metiendo las manos en los bolsillos. Había luces en el extremo más alejado del callejón, desde donde venía el rumor del tráfico. En la primera esquina (no le habían quitado el dinero ni los papeles) Rice reconoció la entrada del teatro. Como nada impedía que asistiera desde su butaca al último acto, entró al calor del foyer, al humo y las charlas de la gente en el bar; le quedó tiempo para beber otro whisky, pero se sentía incapaz de pensar en nada. Un poco antes de que se alzara el telón alcanzó a preguntarse quién haría el papel de Howell en el último acto, y si algún otro pobre infeliz estaría pasando por amabilidades y amenazas y anteojos; pero la broma debía terminar cada noche de la misma manera porque enseguida reconoció al actor del primer acto, que leía una carta en su estudio y la alcanzaba en silencio a una Eva pálida y vestida de gris. «Es escandaloso», comentó Rice volviéndose hacia el espectador de la izquierda. «¿Cómo se tolera que cambien de actor en mitad de una pieza?» El espectador suspiró, fatigado. «Ya no se sabe con estos autores jóvenes», dijo. «Todo es símbolo, supongo». Rice se acomodó en la platea saboreando malignamente el murmullo de los espectadores que no parecían aceptar tan pasivamente como su vecino los cambios físicos de Howell; y sin embargo la ilusión teatral los dominó casi enseguida, el actor era excelente y la acción se precipitaba de una manera que sorprendió incluso a Rice, perdido en una agradable indiferencia. La carta era de Michael, que anunciaba su partida de Inglaterra; Eva la leyó y la devolvió en silencio; se sentía que estaba llorando contenidamente. *Quédate conmigo hasta el final*, había dicho Eva. *No dejes que me maten*, había dicho absurdamente Eva. Desde la seguridad de la platea era inconcebible que pudiera sucederle algo en ese escenario de pacotilla; todo había sido una continua estafa, una larga hora de pelucas y de árboles pintados. Desde luego la infaltable dama de rojo invadía la melancólica paz del estudio donde el perdón y quizá el amor de Howell se percibían en sus silencios, en su manera casi distraída de romper la carta y echarla al fuego. Parecía inevitable que la dama de rojo insinuara que la partida de Michael era una estratagema, y también que Howell le diera a entender un desprecio que no impediría una cortés invitación a tomar el té. A Rice lo divirtió vagamente la llegada del criado con la bandeja; el té parecía uno de los recursos mayores del comediógrafo, sobre todo ahora que la dama de rojo maniobraba en algún momento con una botellita de melodrama romántico mientras las luces iban bajando de una manera por completo inexplicable en el estudio de un abogado londinense. Hubo una llamada telefónica que Howell atendió con perfecta compostura (era previsible la caída de las acciones o cualquier otra crisis necesaria para el desenlace); las tazas pasaron de mano en mano con las sonrisas pertinentes, el buen tono previo a las catástrofes. A Rice le pareció casi inconveniente el gesto de Howell en el momento en que Eva acercaba los labios a la taza, su brusco movimiento y el té derramándose sobre el vestido gris. Eva estaba inmóvil, casi ridícula; en esa detención instantánea de las actitudes (Rice se había enderezado sin saber por qué, y alguien chistaba impaciente a sus espaldas), la exclamación escandalizada de la dama de rojo se superpuso al leve chasquido, a la mano de Howell que se alzaba para anunciar algo, a Eva que torcía la cabeza mirando al público como si no quisiera creer y después se deslizaba de lado hasta quedar casi tendida en el sofá, en una lenta reanudación del movimiento que Howell pareció recibir y continuar con su brusca carrera hacia los bastidores de la derecha, su fuga que Rice no vio porque él corría ya el pasillo central sin que ningún otro espectador se hubiera movido todavía. Bajando a saltos la escalera, tuvo el tino de entregar su talón en el guardarropa y recobrar el abrigo; cuando llegaba a la puerta oyó los primeros rumores del final de la pieza, aplausos y voces en la sala; alguien del teatro corría escaleras arriba. Huyó hacia Kean Street y al pasar junto al callejón lateral le pareció ver un bulto que avanzaba pegado a la pared; la puerta por donde lo habían expulsado estaba entornada, pero Rice no había terminado de registrar esas imágenes cuando ya corría por la calle iluminada y en vez de alejarse de la zona del teatro bajaba otra vez por Kingsway, previendo que a nadie se le ocurriría buscarlo cerca del teatro. Entró en el Strand (se había subido el cuello del abrigo y andaba rápidamente, con las manos en los bolsillos) hasta perderse con un alivio que él mismo no se explicaba en la vaga región de callejuelas internas que nacían en Chancery Lane. Apoyándose contra una pared (jadeaba un poco y sentía que el sudor le pegaba la camisa a la piel) encendió un cigarrillo y por primera vez se preguntó explícitamente, empleando todas las palabras necesarias, por qué estaba huyendo. Los pasos que se acercaban se interpusieron entre él y la respuesta que buscaba, mientras corría pensó que si lograba cruzar el río (ya estaba cerca del puente de Blackfriars) se sentiría a salvo. Se refugió en un portal, lejos del farol que alumbraba la salida hacia Watergate. Algo le quemó la boca; se arrancó de un tirón la colilla que había olvidado, y sintió que le desgarraba los labios. En el silencio que lo envolvía trató de repetirse las preguntas no contestadas, pero irónicamente se le interponía la idea de que sólo estaría a salvo si alcanzaba a cruzar el río. Era ilógico, los pasos también podrían seguirlo por el puente, por cualquier callejuela de la otra orilla; y sin embargo eligió el puente, corrió a favor de un viento que lo ayudó a dejar atrás el río y perderse en un laberinto que no conocía hasta llegar a una zona mal alumbrada; el tercer alto de la noche en un profundo y angosto callejón sin salida lo puso por fin frente a la única pregunta importante, y Rice comprendió que era incapaz de encontrar la respuesta. *No dejes que me maten*, había dicho Eva, y él había hecho lo posible, torpe y miserablemente, pero lo mismo la habían matado, por lo menos en la pieza la habían matado y él tenía que huir porque no podía ser que la pieza terminara así, que la taza de té se volcara inofensivamente sobre el vestido de Eva y sin embargo Eva resbalara hasta quedar tendida en el sofá; había ocurrido otra cosa sin que él estuviera allí para impedirlo, *quédate conmigo hasta el final*, le había suplicado Eva, pero lo habían echado del teatro, lo habían apartado de eso que tenía que suceder y que él, estúpidamente instalado en su platea, había contemplado sin comprender o comprendiéndolo desde otra región de sí mismo donde había miedo y fuga y ahora, pegajoso como el sudor que le corría por el vientre, el asco de sí mismo. «Pero yo no tengo nada que ver», pensó. «Y no ha ocurrido nada; no es posible que cosas así ocurran». Se lo repitió aplicadamente: no podía ser que hubieran venido a buscarlo, a proponerle esa insensatez, a amenazarlo amablemente; los pasos que se acercaban tenían que ser los de cualquier vagabundo, unos pasos sin huellas. El hombre pelirrojo que se detuvo junto a él casi sin mirarlo, y que se quitó los anteojos con un gesto convulsivo para volver a ponérselos después de frotarlos contra la solapa de la chaqueta, era sencillamente alguien que se parecía a Howell y había volcado la taza de té sobre el vestido de Eva. «Tire esa peluca», dijo Rice, «lo reconocerán en cualquier parte». «No es una peluca», dijo Howell (se llamaría Smith o Rogers, ya ni recordaba el nombre en el programa). «Qué tonto soy», dijo Rice. Era de imaginar que habían tenido preparada una copia exacta de los cabellos de Howell, así como los anteojos habían sido una réplica de los de Howell. «Usted hizo lo que pudo», dijo Rice, «yo estaba en la platea y lo vi; todo el mundo podrá declarar a su favor». Howell temblaba, apoyado en la pared. «No es eso», dijo. «Qué importa, si lo mismo se salieron con la suya». Rice agachó la cabeza; un cansancio invencible lo agobiaba. «Yo también traté de salvarla», dijo, «pero no me dejaron seguir». Howell lo miró rencorosamente. «Siempre ocurre lo mismo», dijo hablándose a sí mismo. «Es típico de los aficionados, creen que pueden hacerlo mejor que los otros, y al final no sirve de nada». Se subió el cuello de la chaqueta, metió las manos en los bolsillos. Rice hubiera querido preguntarle: «¿Por qué ocurre siempre lo mismo? Y si es así, ¿por qué estamos huyendo?» El silbato pareció engolfarse en el callejón, buscándolos. Corrieron largo rato a la par, hasta detenerse en algún rincón que olía a petróleo, a río estancado. Detrás de una pila de fardos descansaron un momento; Howell jadeaba como un perro y a Rice se le acalambraba una pantorrilla. Se la frotó, apoyándose en los fardos, manteniéndose con dificultad sobre un solo pie. «Pero quizá no sea tan grave», murmuró. «Usted dijo que siempre ocurría lo mismo». Howell le puso una mano en la boca; se oían alternadamente dos silbatos. «Cada uno por su lado», dijo Howell. «Tal vez uno de los dos pueda escapar». Rice comprendió que tenía razón pero hubiera querido que Howell le contestara primero. Lo tomó de un brazo, atrayéndolo con toda su fuerza. «No me deje ir así», suplicó. «No puedo seguir huyendo siempre, sin saber». Sintió el olor alquitranado de los fardos, su mano como hueca en el aire. Unos pasos corrían alejándose; Rice se agachó, tomando impulso, y partió en la dirección contraria. A la luz de un farol vio un nombre cualquiera: Rose Alley. Más allá estaba el río, algún puente. No faltaban puentes ni calles por donde correr.

El otro cielo

Ces yeux ne t'appartiennent pas… où les as-tu pris?
…, IV, *5.*

Me ocurría a veces que todo se dejaba andar, se ablandaba y cedía terreno, aceptando sin resistencia que se pudiera ir así de una cosa a otra. Digo que me ocurría, aunque una estúpida esperanza quisiera creer que acaso ha de ocurrirme todavía. Y por eso, si echarse a caminar una y otra vez por la ciudad parece un escándalo cuando se tiene una familia y un trabajo, hay ratos en que vuelvo a decirme que ya sería tiempo de retornar a mi barrio preferido, olvidarme de mis ocupaciones (soy corredor de Bolsa) y con un poco de suerte encontrar a Josiane y quedarme con ella hasta la mañana siguiente.

Quién sabe cuánto hace que me repito todo esto, y es penoso porque hubo una época en que las cosas me sucedían cuando menos pensaba en ellas, empujando apenas con el hombro cualquier rincón del aire. En todo caso bastaba ingresar en la deriva placentera del ciudadano que se deja llevar por sus preferencias callejeras, y casi siempre mi paseo terminaba en el barrio de las galerías cubiertas, quizá porque los pasajes y las galerías han sido mi patria secreta desde siempre. Aquí, por ejemplo, el Pasaje Güemes, territorio ambiguo donde ya hace tanto tiempo fui a quitarme la infancia como un traje usado. Hacia el año veintiocho, el Pasaje Güemes era la caverna del tesoro en que deliciosamente se mezclaban la entrevisión del pecado y de las pastillas de menta, donde se voceaban las ediciones vespertinas con crímenes a toda página y ardían las luces de la sala del subsuelo donde pasaban inalcanzables películas realistas. Las Josiane de aquellos días debían mirarme con un gesto entre maternal y divertido, yo con unos miserables centavos en el bolsillo pero andando como un hombre, el chambergo requintado y las manos en los bolsillos, fumando un *Commander* precisamente porque mi padrastro me había profetizado que acabaría ciego por culpa del tabaco rubio. Recuerdo sobre todo olores y sonidos, algo como una expectativa y una ansiedad, el kiosco donde se podían comprar revistas con mujeres desnudas y anuncios de falsas manicuras, y ya entonces era sensible a ese falso cielo de estucos y claraboyas sucias, a esa noche artificial que ignoraba la estupidez del día y del sol ahí afuera. Me asomaba con falsa indiferencia a las puertas del pasaje donde empezaba el último misterio, los vagos ascensores que llevarían a los consultorios de enfermedades venéreas y también a los presuntos paraísos en lo más alto, con mujeres de la vida y amorales, como les llamaban en los diarios, con bebidas preferentemente verdes en copas biseladas, con batas de seda y kimonos violeta, y los departamentos tendrían el mismo perfume que salía de las tiendas que yo creía elegantes y que chisporroteaban sobre la penumbra del pasaje un bazar inalcanzable de frascos y cajas de cristal y cisnes rosa y polvos rachel y cepillos con mangos transparentes.

Todavía hoy me cuesta cruzar el Pasaje Güemes sin enternecerme irónicamente con el recuerdo de la adolescencia al borde de la caída; la antigua fascinación perdura siempre, y por eso me gustaba echar a andar sin rumbo fijo, sabiendo que en cualquier momento entraría en la zona de las galerías cubiertas, donde cualquier sórdida botica polvorienta me atraía más que los escaparates tendidos a la insolencia de las calles abiertas. La Galerie Vivienne, por ejemplo, o el Passage des Panoramas con sus ramificaciones, sus cortadas que rematan en una librería de viejo o una inexplicable agencia de viajes donde quizá nadie compró nunca un billete de ferrocarril, ese mundo que ha optado por un cielo más próximo, de vidrios sucios y estucos con figuras alegóricas que tienden las manos para ofrecer una guirnalda, esa Galerie Vivienne a un paso de la ignominia diurna de la rue Réaumur y de la Bolsa (yo trabajo en la Bolsa), cuánto ese barrio ha sido mío desde siempre, desde mucho antes de sospecharlo ya era mío cuando apostado en un rincón del Pasaje Güemes, contando mis pocas monedas de estudiante, debatía el problema de gastarlas en un bar automático o comprar una novela y un surtido de caramelos ácidos en su bolsa de papel transparente, con un cigarrillo que me nublaba los ojos y en el fondo del bolsillo, donde los dedos lo rozaban a veces, el sobrecito del preservativo comprado con falsa desenvoltura en una farmacia atendida solamente por hombres, y que no tendría la menor oportunidad de utilizar con tan poco dinero y tanta infancia en la cara.

Mi novia, Irma, encuentra inexplicable que me guste vagar de noche por el centro o por los barrios del sur, y si supiera de mi predilección por el Pasaje Güemes no dejaría de escandalizarse. Para ella, como para mi madre, no hay mejor actividad social que el sofá de la sala donde ocurre eso que llaman la conversación, el café y el anisado. Irma es la más buena y generosa de las mujeres, jamás se me ocurriría hablarle de lo que verdaderamente cuenta para mí, y en esa forma llegaré alguna vez a ser un buen marido y un padre cuyos hijos serán de paso los tan anhelados nietos de mi madre. Supongo que por cosas así acabé conociendo a Josiane, pero no solamente por eso ya que podría habérmela encontrado en el boulevard Poissonière o en la rue Notre-Dame-des-Victoires, y en cambio nos miramos por primera vez en lo más hondo de la Galerie Vivienne, bajo las figuras de yeso que el pico de gas llenaba de temblores (las guirnaldas iban y venían entre los dedos de las Musas polvorientas), y no tardé en saber que Josiane trabajaba en ese barrio y que no costaba mucho dar con ella si se era familiar de los cafés o amigo de los cocheros. Pudo ser coincidencia, pero haberla conocido allí, mientras llovía en el otro mundo, el del cielo alto y sin guirnaldas de la calle, me pareció un signo que iba más allá del encuentro trivial con cualquiera de las prostitutas del barrio. Después supe que en esos días Josiane no se alejaba de la galería porque era la época en que no se hablaba más que de los crímenes de Laurent y la pobre vivía aterrada. Algo de este terror se transformaba en gracia, en gestos casi esquivos, en puro deseo. Recuerdo su manera de mirarme entre codiciosa y desconfiada, sus preguntas que fingían indiferencia, mi casi incrédulo encanto al enterarme de que vivía en los altos de la galería, mi insistencia en subir a su bohardilla en vez de ir al hotel de la rue du Sentier (donde ella tenía amigos y se sentía protegida). Y su confianza más tarde, cómo nos reímos esa noche a la sola idea de que yo pudiera ser Laurent, y qué bonita y dulce era Josiane en su bohardilla de novela barata, con el miedo al estrangulador rondando por París y esa manera de apretarse más y más contra mí mientras pasábamos revista a los asesinatos de Laurent.

Mi madre sabe siempre si he dormido en casa, y aunque naturalmente no dice nada puesto que sería absurdo que lo dijera, durante uno o dos días me mira entre ofendida y temerosa. Sé muy bien que jamás se le ocurriría contárselo a Irma, pero lo mismo me fastidia la persistencia de un derecho materno que ya nada justifica, y sobre todo que sea yo el que al final se aparezca con una caja de bombones o una planta para el patio, y que el regalo represente de una manera muy precisa y sobrentendida la terminación de la ofensa, el retorno a la vida corriente del hijo que vive todavía en casa de su madre. Desde luego Josiane era feliz cuando le contaba esa clase de episodios, que una vez en el barrio de las galerías pasaban a formar parte de nuestro mundo con la misma llaneza que su protagonista. El sentimiento familiar de Josiane era muy vivo y estaba lleno de respeto por las instituciones y los parentescos; soy poco amigo de confidencias pero como de algo teníamos que hablar y lo que ella me había dejado saber de su vida ya estaba comentado, casi inevitablemente volvíamos a mis problemas de hombre soltero. Otra cosa nos acercó, y también en eso fui afortunado, porque a Josiane le gustaban las galerías cubiertas, quizá por vivir en una de ellas o porque la protegían del frío y la lluvia (la conocí a principios de un invierno, con nevadas prematuras que nuestras galerías y su mundo ignoraban alegremente). Nos habituamos a andar juntos cuando le sobraba el tiempo, cuando alguien —no le gustaba llamarlo por su nombre— estaba lo bastante satisfecho como para dejarla divertirse un rato con sus amigos. De ese alguien hablábamos poco, luego que yo hice las inevitables preguntas y ella me contestó las inevitables mentiras de toda relación mercenaria; se daba por supuesto que era el amo, pero tenía el buen gusto de no hacerse ver. Llegué a pensar que no le desagradaba que yo acompañara algunas noches a Josiane, porque la amenaza de Laurent pesaba más que nunca sobre el barrio después de su nuevo crimen en la rue d'Aboukir, y la pobre no se hubiera atrevido a alejarse de la Galerie Vivienne una vez caída la noche. Era como para sentirse agradecido a Laurent y al amo, el miedo ajeno me servía para recorrer con Josiane los pasajes y los cafés, descubriendo que podía llegar a ser un amigo de verdad de una muchacha a la que no me ataba ninguna relación profunda. De esa confiada amistad nos fuimos dando cuenta poco a poco, a través de silencios, de tonterías. Su habitación, por ejemplo, la bohardilla pequeña y limpia que para mí no había tenido otra realidad que la de formar parte de la galería. En un principio yo había subido por Josiane, y como no podía quedarme porque me faltaba el dinero para pagar una noche entera y alguien estaba esperando la rendición sin mácula de cuentas, casi no veía lo que me rodeaba y mucho más tarde, cuando estaba a punto de dormirme en mi pobre cuarto con su almanaque ilustrado y su mate de plata como únicos lujos, me preguntaba por la bohardilla y no alcanzaba a dibujármela, no veía más que a Josiane y me bastaba para entrar en el sueño como si todavía la guardara entre los brazos. Pero con la amistad vinieron las prerrogativas, quizá la aquiescencia del amo, y Josiane se las arreglaba muchas veces para pasar la noche conmigo, y su pieza empezó a llenarnos los huecos de un diálogo que no siempre era fácil; cada mañana, cada estampa, cada adorno fueron instalándose en mi memoria y ayudándome a vivir cuando era el tiempo de volver a mi cuarto o de conversar con mi madre o con Irma de la política nacional y de las enfermedades en las familias.

Más tarde hubo otras cosas, y entre ellas la vaga silueta de aquél que Josiane llamaba el sudamericano, pero en un principio todo parecía ordenarse en torno al gran terror del barrio, alimentado por lo que un periodista imaginativo había dado en llamar la saga de Laurent el estrangulador. Si en un momento dado me propongo la imagen de Josiane, es para verla entrar conmigo en el café de la rue des Jeuneurs, instalarse en la banqueta de felpa morada y cambiar saludos con las amigas y los parroquianos, frases sueltas que enseguida son Laurent, porque sólo de Laurent se habla en el barrio de la Bolsa, y yo que he trabajado sin parar todo el día y he soportado entre dos ruedas de cotizaciones los comentarios de colegas y clientes acerca del último crimen de Laurent, me pregunto si esa torpe pesadilla va a acabar algún día, si las cosas volverán a ser como imagino que eran antes de Laurent, o si deberemos sufrir sus macabras diversiones hasta el fin de los tiempos. Y lo más irritante (se lo digo a Josiane después de pedir el *grog* que tanta falta nos hace con ese frío y esa nieve) es que ni siquiera sabemos su nombre, el barrio lo llama Laurent porque una vidente de la barrera de Clichy ha visto en la bola de cristal cómo el asesino escribía su nombre con un dedo ensangrentado, y los gacetilleros se cuidan de no contrariar los instintos del público. Josiane no es tonta pero nadie la convencería de que el asesino no se llama Laurent, y es inútil luchar contra el ávido terror parpadeando en sus ojos azules que miran ahora distraídamente el paso de un hombre joven, muy alto y un poco encorvado, que acaba de entrar y se apoya en el mostrador sin saludar a nadie.

—Puede ser —dice Josiane, acatando alguna reflexión tranquilizadora que debo haber inventado sin siquiera pensarla—. Pero entretanto yo tengo que subir sola a mi cuarto, y si el viento me apaga la vela entre dos pisos... La sola idea de quedarme a oscuras en la escalera, y que quizá...

—Pocas veces subes sola —le digo riéndome.

—Tú te burlas pero hay malas noches, justamente cuando nieva o llueve y me toca volver a las dos de la madrugada...

Sigue la descripción de Laurent agazapado en un rellano, o todavía peor, esperándola en su propia habitación a la que ha entrado mediante una ganzúa infalible. En la mesa de al lado Kikí se estremece ostentosamente y suelta unos grititos que se multiplican en los espejos. Los hombres nos divertimos enormemente con esos espantos teatrales que nos ayudarán a proteger con más prestigio a nuestras compañeras. Da gusto fumar unas pipas en el café, a esa hora en que la fatiga del trabajo empieza a borrarse con el alcohol y el tabaco, y las mujeres comparan sus sombreros y sus botas o se ríen de nada; da gusto besar en la boca a Josiane que pensativa se ha puesto a mirar al hombre —casi un muchacho— que nos da la espalda y bebe su ajenjo a pequeños sorbos, apoyando un codo en el mostrador. Es curioso, ahora que lo pienso: a la primera imagen que se me ocurre de Josiane y que es siempre Josiane en la banqueta del café, una noche de nevada y Laurent, se agrega inevitablemente aquél que ella llamaba el sudamericano, bebiendo su ajenjo y dándonos la espalda. También yo le llamo el sudamericano porque Josiane me aseguró que lo era, y que lo sabía por la Rousse que se había acostado con él o poco menos, y todo eso había sucedido antes de que Josiane y la Rousse se pelearan por una cuestión de esquinas o de horarios y lo lamentaran ahora con medias palabras porque habían sido muy buenas amigas. Según la Rousse él le había dicho que era sudamericano aunque hablara sin el menor acento; se lo había dicho al ir a acostarse con ella, quizá para conversar de alguna cosa mientras acababa de soltarse las cintas de los zapatos.

—Ahí donde lo ves, casi un chico... ¿Verdad que parece un colegial que ha crecido de golpe? Bueno, tendrías que oír lo que cuenta la Rousse.

Josiane perseveraba en la costumbre de cruzar y separar los dedos cada vez que narraba algo apasionante. Me explicó el capricho del sudamericano, nada tan extraordinario después de todo, la negativa terminante de la Rousse, la partida ensimismada del cliente. Le pregunté si el sudamericano la había abordado alguna vez. Pues no, porque debía saber que la Rousse y ella eran amigas. Las conocía bien, vivía en el barrio, y cuando Josiane dijo eso yo miré con más atención y lo vi pagar su ajenjo echando una moneda en el platillo de peltre mientras dejaba resbalar sobre nosotros —y era como si cesáramos de estar allí por un segundo interminable— una expresión distante y a la vez curiosamente fija, la cara de alguien que se ha inmovilizado en un momento de sueño y rehúsa dar el paso que lo devolverá a la vigilia. Después de todo una expresión como ésa, aunque el muchacho fuese casi un adolescente y tuviera rasgos muy hermosos, podía llevar como de la mano a la pesadilla recurrente de Laurent. No perdí tiempo en proponérselo a Josiane.

—¿Laurent? ¡Estás loco! Pero si Laurent es...

Lo malo era que nadie sabía nada de Laurent, aunque Kikí y Albert nos ayudaran a seguir pesando las probabilidades para divertirnos. Toda la teoría se vino abajo cuando el patrón, que milagrosamente escuchaba cualquier diálogo en el café, nos recordó que por lo menos algo se sabía de Laurent: la fuerza que le permitía estrangular a sus víctimas con una sola mano. Y ese muchacho, vamos... Sí, y ya era tarde y convenía volver a casa; yo tan solo porque esa noche Josiane la pasaba con alguien que ya la estaría esperando en la bohardilla, alguien que tenía la llave por derecho propio, y entonces la acompañé hasta el primer rellano para que no se asustara si se le apagaba la vela en mitad del ascenso, y desde una gran fatiga repentina la miré subir, quizá contenta aunque me hubiera dicho lo contrario, y después salí a la calle nevada y glacial y me puse a andar sin rumbo, hasta que en algún momento encontré como siempre el camino que me devolvería a mi barrio, entre gente que leía la sexta edición de los diarios o miraba por las ventanillas del tranvía como si realmente hubiera alguna cosa que ver a esa hora y en esas calles.

No siempre era fácil llegar a la zona de las galerías y coincidir con un momento libre de Josiane; cuántas veces me tocaba andar solo por los pasajes, un poco decepcionado, hasta sentir poco a poco que la noche era también mi amante. A la hora en que se encendían los picos de gas la animación se despertaba en nuestro reino, los cafés eran la bolsa del ocio y del contento, y se bebía a largos tragos el fin de la jornada, los titulares de los periódicos, la política, los prusianos, Laurent, las carreras de caballos. Me gustaba saborear una copa aquí y otra más allá, atisbando sin apuro el momento en que descubriría la silueta de Josiane en algún codo de las galerías o en algún mostrador. Si ya estaba acompañada, una señal convenida me dejaba saber cuándo podía encontrarla sola; otras veces se limitaba a sonreír y a mí me quedaba el resto del tiempo para las galerías; eran las horas del explorador y así fui entrando en las zonas más remotas del barrio, en la Galerie Sainte-Foy, por ejemplo, y en los remotos Passages du Caire, pero aunque cualquiera de ellos me atrajera más que las calles abiertas (y había tantos, hoy era el Passage des Princes, otra vez el Passage Verdeau, así hasta el infinito), de todas maneras el término de una larga ronda que yo mismo no hubiera podido reconstruir me devolvía siempre a la Galerie Vivienne, no tanto por Josiane aunque también fuera por ella, sino por sus rejas protectoras, sus alegorías vetustas, sus sombras en el codo del Passage des Petits-Perès, ese mundo diferente donde no había que pensar en Irma y se podía vivir sin horarios fijos, al azar de los encuentros y de la suerte. Con tan pocos asideros no alcanzo a calcular el tiempo que pasó antes de que volviéramos a hablar casualmente del sudamericano; una vez me había parecido verlo salir de un portal de la rue Saint-Marc, envuelto en una de esas hopalandas negras que tanto se habían llevado cinco años atrás junto con sombreros de copa exageradamente alta, y estuve tentado de acercarme y preguntarle por su origen. Me lo impidió el pensar en la fría cólera con que yo habría recibido una interpelación de ese género, pero Josiane encontró luego que había sido una tontería de mi parte, quizá porque el sudamericano le interesaba a su manera, con algo de ofensa gremial y mucho de curiosidad. Se acordó de que unas noches atrás había creído reconocerlo de lejos en la Galerie Vivienne, que sin embargo él no parecía frecuentar.

—No me gusta esa manera que tiene de mirarnos —dijo Josiane—. Antes no me importaba, pero desde aquella vez que hablaste de Laurent...

—Josiane, cuando hice esa broma estábamos con Kikí y Albert. Albert es un soplón de la policía, supongo que lo sabes. ¿Crees que dejaría pasar la oportunidad si la idea le pareciera razonable? La cabeza de Laurent vale mucho dinero, querida.

—No me gustan sus ojos —se obstinó Josiane—. Y además que no te mira, la verdad es que te clava los ojos pero no te mira. Si un día me aborda salgo huyendo, te lo digo por esta cruz.

—Tienes miedo de un chico. ¿O todos los sudamericanos te parecemos unos orangutanes?

Ya se sabe cómo podían acabar esos diálogos. Íbamos a beber un *grog* al café de la rue des Jeuneurs, recorríamos las galerías, los teatros del bulevar, subíamos a la bohardilla, nos reíamos enormemente. Hubo algunas semanas —por fijar un término, es tan difícil ser justo con la felicidad— en que todo nos hacía reír, hasta las torpezas de Badinguet y el temor de la guerra nos divertían. Es casi ridículo admitir que algo tan desproporcionadamente inferior como Laurent pudiera acabar con nuestro contento, pero así fue. Laurent mató a otra mujer en la rue Beauregard —tan cerca, después de todo— y en el café nos quedamos como en misa y Marthe, que había entrado a la carrera para gritar la noticia, acabó en una explosión de llanto histérico que de algún modo nos ayudó a tragar la bola que teníamos en la garganta. Esa misma noche la policía nos pasó a todos por su peine más fino, de café en café y de hotel en hotel; Josiane buscó al amo y yo la dejé irse, comprendiendo que necesitaba la protección suprema que todo lo allanaba. Pero como en el fondo esas cosas me sumían en una vaga tristeza —las galerías no eran para eso, no debían ser para eso—, me puse a beber con Kikí y después con la Rousse que me buscaba como puente para reconciliarse con Josiane. Se bebía fuerte en nuestro café, y en esa niebla caliente de las voces y los tragos me pareció casi justo que a medianoche el sudamericano fuera a sentarse a una mesa del fondo y pidiera un ajenjo con la expresión de siempre, hermosa y ausente y alunada. Al preludio de confidencia de la Rousse contesté que ya lo sabía, y que después de todo el muchacho no era ciego y sus gustos no merecían tanto rencor, todavía nos reíamos de las falsas bofetadas de la Rousse cuando Kikí condescendió a decir que alguna vez había estado en su habitación. Antes de que la Rousse pudiera clavarle las diez uñas de una pregunta imaginable, quise saber cómo era ese cuarto. «Bah, qué importa el cuarto», decía desdeñosamente la Rousse, pero Kikí ya se metía de lleno en una bohardilla de la rue Notre-Dame-des-Victoires, sacando como un mal prestidigitador del barrio un gato gris, muchos papeles borroneados, un piano que ocupaba demasiado lugar, pero sobre todo papeles y al final otra vez el gato gris que en el fondo parecía ser el mejor recuerdo de Kikí.

Yo la dejaba hablar, mirando todo el tiempo hacia la mesa del fondo y diciéndome que al fin y al cabo hubiera sido tan natural que me acercara al sudamericano y le dijera un par de frases en español. Estuve a punto de hacerlo, y ahora no soy más que uno de los muchos que se preguntan por qué en algún momento no hicieron lo que habían pensado hacer. En cambio me quedé con la Rousse y Kikí, fumando una nueva pipa y pidiendo otra ronda de vino blanco; no me acuerdo bien de lo que sentía al renunciar a mi impulso, pero era algo como una veda, el sentimiento de que si la trasgredía iba a entrar en un territorio inseguro. Y sin embargo creo que hice mal, que estuve al borde de un acto que hubiera podido salvarme. Salvarme de qué me pregunto. Pero precisamente de eso: salvarme de que hoy no pueda hacer otra cosa que preguntármelo, y que no haya otra respuesta que el humo del tabaco y esa vaga esperanza inútil que me sigue por las calles como un perro sarnoso.

Où sont-ils passés, les becs de gaz?
Que sont-elles devenues, les vendeuses d'amour?
..., VI, 1.

Poco a poco tuve que convencerme de que habíamos entrado en malos tiempos y que mientras Laurent y las amenazas prusianas nos preocuparan de ese modo, la vida no volvería a ser lo que había sido en las galerías. Mi madre debió notarme desmejorado porque me aconsejó que tomara algún tónico, y los padres de Irma, que tenían un chalet en una isla del Paraná, me invitaron a pasar una temporada de descanso y de vida higiénica. Pedí quince días de vacaciones y me fui sin ganas a la isla, enemistado de antemano con el sol y los mosquitos. El primer sábado pretexté cualquier cosa y volví a la ciudad, anduve como a los tumbos por calles donde los tacos se hundían en el asfalto blando. De esa vagancia estúpida me queda un brusco recuerdo delicioso: al entrar una vez más en el Pasaje Güemes me envolvió de golpe el aroma del café, su violencia ya casi olvidada en las galerías donde el café era flojo y recocido. Bebí dos tazas, sin azúcar, saboreando y oliendo a la vez, quemándome y feliz. Todo lo que siguió hasta el fin de la tarde olió distinto, el aire húmedo del centro estaba lleno de pozos de fragancia (volví a pie hasta mi casa, creo que le había prometido a mi madre cenar con ella), y en cada pozo del aire los olores eran más crudos, más intensos, jabón amarillo, café, tabaco negro, tinta de imprenta, yerba mate, todo olía encarnizadamente, y también el sol y el cielo eran más duros y acuciados. Por unas horas olvidé casi rencorosamente el barrio de las galerías, pero cuando volví a cruzar el Pasaje Güemes (¿era realmente en la época de la isla? Acaso mezclo dos momentos de una misma temporada, y en realidad poco importa) fue en vano que invocara la alegre bofetada del café, su olor me pareció el de siempre y en cambio reconocí esa mezcla dulzona y repugnante del aserrín y la cerveza rancia que parece rezumar del piso de los bares del centro, pero quizá fuera porque de nuevo estaba deseando encontrar a Josiane y hasta confiaba en que el gran terror y las nevadas hubiesen llegado a su fin. Creo que en esos días empecé a sospechar que ya el deseo no bastaba como antes para que las cosas girasen acompasadamente y me propusieran alguna de las calles que llevaban a la Galerie Vivienne, pero también es posible que terminara por someterme mansamente al chalet de la isla para no entristecer a Irma, para que no sospechara que mi único reposo verdadero estaba en otra parte; hasta que no pude más y volví a la ciudad y caminé hasta agotarme, con la camisa pegada al cuerpo, sentándome en los bares para beber cerveza, esperando ya no sabía qué. Y cuando al salir del último bar vi que no tenía más que dar la vuelta a la esquina para internarme en mi barrio, la alegría se mezcló con la fatiga y una oscura conciencia de fracaso, porque bastaba mirar la cara de la gente para comprender que el gran terror estaba lejos de haber cesado, bastaba asomarse a los ojos de Josiane en su esquina de la rue d'Uzès y oírle decir quejumbrosa que el amo en persona había decidido protegerla de un posible ataque; recuerdo que entre dos besos alcancé a entrever su silueta en el hueco de un portal, defendiéndose de la cellisca envuelta en una larga capa gris.

Josiane no era de las que reprochan las ausencias, y me pregunto si en el fondo se daba cuenta del paso del tiempo. Volvimos del brazo a la Galerie Vivienne, subimos a la bohardilla, pero después comprendimos que no estábamos contentos como antes y lo atribuimos vagamente a todo lo que afligía al barrio; habría guerra, era fatal, los hombres tendrían que incorporarse a las filas (ella empleaba solemnemente esas palabras con un ignorante, delicioso respeto), la gente tenía miedo y rabia, la policía no había sido capaz de descubrir a Laurent. Se consolaban guillotinando a otros, como esa misma madrugada en que ejecutarían al envenenador del que tanto habíamos hablado en el café de la rue des Jeuneurs en los días del proceso; pero el terror seguía suelto en las galerías y en los pasajes, nada había cambiado desde mi último encuentro con Josiane, y ni siquiera había dejado de nevar.

Para consolarnos nos fuimos de paseo, desafiando el frío porque

Josiane tenía un abrigo que debía ser admirado en una serie de esquinas y portales donde sus amigas esperaban a los clientes soplándose los dedos o hundiendo las manos en los manguitos de piel. Pocas veces habíamos andado tanto por los bulevares, y terminé sospechando que éramos sobre todo sensibles a la protección de los escaparates iluminados; entrar en cualquiera de las calles vecinas (porque también Liliane tenía que ver el abrigo, y más allá Francine) nos iba hundiendo poco a poco en el espanto, hasta que el abrigo quedó suficientemente exhibido y yo propuse nuestro café y corrimos por la rue du Croissant hasta dar la vuelta a la manzana y refugiarnos en el calor y los amigos. Por suerte para todos la idea de la guerra se iba adelgazando a esa hora en las memorias, a nadie se le ocurría repetir los estribillos obscenos contra los prusianos, se estaba tan bien con las copas llenas y el calor de la estufa, los clientes de paso se habían marchado y quedábamos solamente los amigos del patrón, el grupo de siempre y la buena noticia de que la Rousse había pedido perdón a Josiane y se habían reconciliado con besos y lágrimas y hasta regalos. Todo tenía algo de guirnalda (pero las guirnaldas pueden ser fúnebres, lo comprendí después) y por eso, como afuera estaban la nieve y Laurent, nos quedábamos lo más posible en el café y nos enterábamos a medianoche de que el patrón cumplía cincuenta años de trabajo detrás del mismo mostrador, y eso había que festejarlo, una flor se trenzaba con la siguiente, las botellas llenaban las mesas porque ahora las ofrecía el patrón y no se podía desairar tanta amistad y tanta dedicación al trabajo, y hacia las tres y media de la mañana Kikí completamente borracha terminaba de cantarnos los mejores aires de la opereta de moda mientras Josiane y la Rousse lloraban abrazadas de felicidad y ajenjo, y Albert, casi sin darle importancia, trenzaba otra flor en la guirnalda y proponía terminar la noche en la Roquette donde guillotinaban al envenenador exactamente a las seis, y el patrón descubría emocionado que ese final de fiesta era como la apoteosis de cincuenta años de trabajo honrado y se obligaba, abrazándonos a todos y hablándonos de su esposa muerta en el Languedoc, a alquilar dos fiacres para la expedición.

A eso siguió más vino, la evocación de diversas madres y episodios sobresalientes de la infancia, y una sopa de cebolla que Josiane y la Rousse llevaron a lo sublime en la cocina del café mientras Albert, el patrón y yo nos prometíamos amistad eterna y muerte a los prusianos. La sopa y los quesos debieron ahogar tanta vehemencia, porque estábamos casi callados y hasta incómodos cuando llegó la hora de cerrar el café con un ruido interminable de barras y cadenas, y subir a los fiacres donde todo el frío del mundo parecía estar esperándonos. Más nos hubiera valido viajar juntos para abrigarnos, pero el patrón tenía principios humanitarios en materia de caballos y montó en el primer fiacre con la Rousse y Albert mientras me confiaba a Kikí y a Josiane quienes, dijo, eran como sus hijas. Después de festejar adecuadamente la frase con los cocheros, el ánimo nos volvió al cuerpo mientras subíamos hacia Popincourt entre simulacros de carreras, voces de aliento y lluvias de falsos latigazos. El patrón insistió en que bajáramos a cierta distancia, aduciendo razones de discreción que no entendí, y tomados del brazo para no resbalar demasiado en la nieve congelada remontamos la rue de la Roquette vagamente iluminada por reverberos aislados, entre sombras movientes que de pronto se resolvían en sombreros de copa, fiacres al trote y grupos de embozados que acababan amontonándose frente a un ensanchamiento de la calle, bajo la otra sombra más alta y más negra de la cárcel. Un mundo clandestino se codeaba, se pasaba botellas de mano en mano, repetía una broma que corría entre carcajadas y chillidos sofocados, y también había bruscos silencios y rostros iluminados un instante por un yesquero mientras seguíamos avanzando dificultosamente y cuidábamos de no separarnos como si cada uno supiera que sólo la voluntad del grupo podía perdonar su presencia en ese sitio. La máquina estaba ahí sobre sus cinco bases de piedra, y todo el aparato de la justicia aguardaba inmóvil en el breve espacio entre ella y el cuadro de soldados con los fusiles apoyados en tierra y las bayonetas caladas. Josiane me hundía las uñas en el brazo y temblaba de tal manera que hablé de llevármela a un café, pero no había cafés a la vista y ella se empecinaba en quedarse. Colgada de mí y de Albert, saltaba de tanto en tanto para ver mejor la máquina, volvía a clavarme las uñas, y al final me obligó a agachar la cabeza hasta que sus labios encontraron mi boca, y me mordió histéricamente murmurando palabras que pocas veces le había oído y que colmaron mi orgullo como si por un momento hubiera sido el amo. Pero de todos nosotros el único aficionado apreciativo era Albert; fumando un cigarro mataba los minutos comparando ceremonias, imaginando el comportamiento final del condenado, las etapas que en ese mismo momento se cumplían en el interior de la prisión y que conocía en detalle por razones que se callaba. Al principio lo escuché con avidez para enterarme de cada nimia articulación de la liturgia, hasta que lentamente, como desde más allá de él y de Josiane y de la celebración del aniversario, me fue invadiendo algo que era como un abandono, el sentimiento indefinible de que eso no hubiera debido ocurrir en esa forma, que algo estaba amenazando en mí el mundo de las galerías y los pasajes, o todavía peor, que mi felicidad en ese mundo había sido un preludio engañoso, una trampa de flores como si una de las figuras de yeso me hubiera alcanzado una guirnalda mentida (y esa noche yo había pensado que las cosas se tejían como las flores en una guirnalda), para caer poco a poco en Laurent, para derivar de la embriaguez inocente de la Galerie Vivienne y de la bohardilla de Josiane, lentamente ir pasando al gran terror, a la nieve, a la guerra inevitable, a la apoteosis de los cincuenta años del patrón, a los fiacres ateridos del alba, al brazo rígido de Josiane que se prometía no mirar y buscaba ya en mi pecho dónde esconder la cara en el momento final. Me pareció (y en ese instante las rejas empezaban a abrirse y se oía la voz de mando del oficial de la guardia) que de alguna manera eso era un término, no sabía bien de qué porque al fin y al cabo yo seguiría viviendo, trabajando en la Bolsa y viendo de cuando en cuando a Josiane, a Albert y a Kikí que ahora se había puesto a golpearme histéricamente el hombro, y aunque no quería desviar los ojos de las rejas que terminaban de abrirse, tuve que prestarle atención por un instante y siguiendo su mirada entre sorprendida y burlona alcancé a distinguir casi al lado del patrón la silueta un poco agobiada del sudamericano envuelto en la hopalanda negra, y curiosamente pensé que también eso entraba en alguna manera en la guirnalda y que era un poco como si una mano acabara de trenzar en ella la flor que la cerraría antes del amanecer. Y ya no pensé más porque Josiane se apretó contra mí gimiendo, y en la sombra que los dos reverberos de la puerta agitaban sin ahuyentarla, la mancha blanca de una camisa surgió como flotando entre dos siluetas negras, apareciendo y desapareciendo cada vez que una tercera sombra voluminosa se inclinaba sobre ella con los gestos del que abraza o amonesta o dice algo al oído o da a besar alguna cosa, hasta que se hizo a un lado y la mancha blanca se definió más de cerca, encuadrada por un grupo de gentes con sombreros de copa y abrigos negros, y hubo como una prestidigitación acelerada, un rapto de la mancha blanca por las dos figuras que hasta ese momento habían parecido formar parte de la máquina, un gesto de arrancar de los hombros un abrigo ya innecesario, un movimiento presuroso hacia adelante, un clamor ahogado que podía ser de cualquiera, de Josiane convulsa contra mí, de la mancha blanca que parecía deslizarse bajo el armazón donde algo se desencadenaba con un chasquido y una conmoción casi simultáneos. Creí que Josiane iba a desmayarse, todo el peso de su cuerpo resbalaba a lo largo del mío como debía estar resbalando el otro cuerpo hacia la nada, y me incliné para sostenerla mientras un enorme nudo de gargantas se desataba en un final de misa con el órgano resonando en lo alto (pero era un caballo que relinchaba al oler la sangre) y el reflujo nos empujó entre gritos y órdenes militares. Por encima del sombrero de Josiane que se había puesto a llorar compasivamente contra mi estómago, alcancé a reconocer al patrón emocionado, a Albert en la gloria, y el perfil del sudamericano perdido en la contemplación imperfecta de la máquina que las espaldas de los soldados y el afanarse de los artesanos de la justicia le iban librando por manchas aisladas, por relámpagos de sombra entre gabanes y brazos y un afán general por moverse y partir en busca de vino caliente y de sueño, como nosotros amontonándonos más tarde en un fiacre para volver al barrio, comentando lo que cada uno había creído ver y que no era lo mismo, no era nunca lo mismo y por eso valía más porque entre la rue de la Roquette y el barrio de la Bolsa había tiempo para reconstruir la ceremonia, discutirla, sorprenderse en contradicciones, jactarse de una vista más aguda o de unos nervios más templados para admiración de última hora de nuestras tímidas compañeras.

Nada podía tener de extraño que en esa época mi madre me notara más desmejorado y se lamentara sin disimulo de una indiferencia inexplicable que hacía sufrir a mi pobre novia y terminaría por enajenarme la protección de los amigos de mi difunto padre gracias a los cuales me estaba abriendo paso en los medios bursátiles. A frases así no se podía contestar más que con el silencio, y aparecer algunos días después con una nueva planta de adorno o un vale para madejas de lana a precio rebajado. Irma era más comprensiva, debía confiar simplemente en que el matrimonio me devolvería alguna vez a la normalidad burocrática, y en esos últimos tiempos yo estaba al borde de darle la razón, pero me era imposible renunciar a la esperanza de que el gran terror llegara a su fin en el barrio de las galerías y que volver a mi casa no se pareciera ya a una escapatoria, a un ansia de protección que desaparecía tan pronto como mi madre empezaba a mirarme entre suspiros o Irma me tendía la taza de café con la sonrisa de las novias arañas. Estábamos por ese entonces en plena dictadura militar, una más en la interminable serie, pero la gente se apasionaba sobre todo por el desenlace inminente de la guerra mundial y casi todos los días se improvisaban manifestaciones en el centro para celebrar el avance aliado y la liberación de las capitales europeas, mientras la policía cargaba contra los estudiantes y las mujeres, los comercios bajaban presurosamente las cortinas metálicas y yo, incorporado por la fuerza de las cosas a algún grupo detenido frente a las pizarras de *La Prensa*, me preguntaba si sería capaz de seguir resistiendo mucho tiempo a la sonrisa consecuente de la pobre Irma y a la humedad que me empapaba la camisa entre rueda y rueda de cotizaciones. Empecé a sentir que el barrio de las galerías ya no era como antes el término de un deseo, cuando bastaba echar a andar por cualquier calle para que en alguna esquina todo girara blandamente y me allegara sin esfuerzo a la Place des Victoires donde era tan grato demorarse vagando por las callejuelas con sus tiendas y zaguanes polvorientos, y a la hora más propicia entrar en la Galerie Vivienne en busca de Josiane, a menos que caprichosamente prefiriera recorrer primero el Passage des Panoramas o el Passage des Princes y volver dando un rodeo un poco perverso por el lado de la Bolsa. Ahora, en cambio, sin siquiera tener el consuelo de reconocer como aquella mañana el aroma vehemente del café en el Pasaje Güemes (olía a aserrín, a lejía), empecé a admitir desde muy lejos que el barrio de las galerías no era ya el puerto de reposo, aunque todavía creyera en la posibilidad de liberarme de mi trabajo y de Irma, de encontrar sin esfuerzo la esquina de Josiane. A cada momento me ganaba el deseo de volver; frente a las pizarras de los diarios, con los amigos, en el patio de casa, sobre todo al anochecer, a la hora en que allá empezarían a encenderse los picos de gas. Pero algo me obligaba a demorarme junto a mi madre y a Irma, una oscura certidumbre de que en el barrio de las galerías ya no me esperarían como antes, de que el gran terror era el más fuerte. Entraba en los bancos y en las casas de comercio con un comportamiento de autómata, tolerando la cotidiana obligación de comprar y vender valores y escuchar los cascos de los caballos de la policía cargando contra el pueblo que festejaba los triunfos aliados, y tan poco creía ya que alcanzaría a liberarme una vez más de todo eso que cuando llegué al barrio de las galerías tuve casi miedo, me sentí extranjero y diferente como jamás me había ocurrido antes, me refugié en una puerta cochera y dejé pasar el tiempo y la gente, forzado por primera vez a aceptar poco a poco todo lo que antes me había parecido mío, las calles y los vehículos, la ropa y los guantes, la nieve en los patios y las voces en las tiendas. Hasta que otra vez fue el deslumbramiento, fue encontrar a Josiane en la Galerie Colbert y enterarme entre besos y brincos de que ya no había Laurent, que el barrio había festejado noche tras noche el fin de la pesadilla, y todo el mundo había preguntado por mí y menos mal que por fin Laurent, pero dónde me había metido que no me enteraba de nada, y tantas cosas y tantos besos. Nunca la había deseado más y nunca nos quisimos mejor bajo el techo de su cuarto que mi mano podía tocar desde la cama. Las caricias, los chismes, el delicioso recuento de los días mientras el anochecer iba ganando la bohardilla. ¿Laurent? Un marsellés de pelo crespo, un miserable cobarde que se había atrincherado en el desván de la casa donde acababa de matar a otra mujer, y había pedido gracia desesperadamente mientras la policía echaba abajo la puerta. Y se llamaba Paul, el monstruo, hasta eso, fijate, y acababa de matar a su novena víctima, y lo habían arrastrado al coche celular mientras todas las fuerzas del segundo distrito lo protegían sin ganas de una muchedumbre que lo hubiera destrozado. Josiane había tenido ya tiempo de habituarse, de enterrar a Laurent en su memoria que poco guardaba las imágenes, pero para mí era demasiado y no alcanzaba a creerlo del todo hasta que su alegría me persuadió de que verdaderamente ya no habría más Laurent, que otra vez podíamos vagar por los pasajes y las calles sin desconfiar de los portales. Fue necesario que saliéramos a festejar juntos la liberación, y como ya no nevaba Josiane quiso ir a la rotonda del Palais Royal que nunca habíamos frecuentado en los tiempos de Laurent. Me prometí, mientras bajábamos cantando por la rue des Petits Champs, que esa misma noche llevaría a Josiane a los cabarets de los bulevares, y que terminaríamos la velada en nuestro café donde a fuerza de vino blanco me haría perdonar tanta ingratitud y tanta ausencia.

Por unas pocas horas bebí hasta los bordes el tiempo feliz de las galerías, y llegué a convencerme de que el final del gran terror me devolvía sano y salvo a mi cielo de estucos y guirnaldas; bailando con Josiane en la rotonda me quité de encima la última opresión de ese interregno incierto, nací otra vez a mi mejor vida tan lejos de la sala de Irma, del patio de casa, del menguado consuelo del Pasaje Güemes. Ni siquiera cuando más tarde, charlando de tanta cosa alegre con Kikí y Josiane y el patrón, me enteré del final del sudamericano, ni siquiera entonces sospeché que estaba viviendo un aplazamiento, una última gracia; por lo demás ellos hablaban del sudamericano con una indiferencia burlona, como de cualquiera de los extravagantes del barrio que alcanzan a llenar un hueco en una conversación donde pronto nacerán temas más apasionantes, y que el sudamericano acabara de morirse en una pieza de hotel era apenas algo más que una información al pasar y Kikí discurría ya sobre las fiestas que se preparaban en un molino de la Butte, y me costó interrumpirla, pedirle algún detalle sin saber demasiado por qué se lo pedía. Por Kikí acabé sabiendo algunas cosas mínimas, el nombre del sudamericano que al fin y al cabo era un nombre francés y que olvidé enseguida, su enfermedad repentina en la rue du Faubourg Montmartre donde Kikí tenía un amigo que le había contado, la soledad, el miserable cirio ardiendo sobre la consola atestada de libros y papeles, el gato gris que su amigo había recogido, la cólera del hotelero a quien le hacían eso precisamente cuando esperaba la visita de sus padres políticos, el entierro anónimo, el olvido, las fiestas en el molino de la Butte, el arresto de Paul el marsellés, la insolencia de los prusianos a los que ya era tiempo de darles la lección que se merecían. Y de todo eso yo iba separando, como quien arranca dos flores secas de una guirnalda, las dos muertes que de alguna manera se me antojaban simétricas, la del sudamericano y la de Laurent, el uno en su pieza de hotel, el otro disolviéndose en la nada para ceder su lugar a Paul el marsellés, y eran casi una misma muerte, algo que se borraba para siempre en la memoria del barrio. Todavía esa noche pude creer que todo seguiría como antes del gran terror, y Josiane fue otra vez mía en su bohardilla y al despedirnos nos prometimos fiestas y excursiones cuando llegara el verano. Pero helaba en las calles, y las noticias de la guerra exigían mi presencia en la Bolsa a las nueve de la mañana; con un esfuerzo que entonces creí meritorio me negué a pensar en mi reconquistado cielo, y después de trabajar hasta la náusea almorcé con mi madre y le agradecí que me encontrara más repuesto. Esa semana la pasé en plena lucha bursátil, sin tiempo para nada, corriendo a casa para darme una ducha y cambiar una camisa empapada por otra que al rato estaba peor. La bomba cayó sobre Hiroshima y todo fue confusión entre mis clientes, hubo que librar una larga batalla para salvar los valores más comprometidos y encontrar un rumbo aconsejable en ese mundo donde cada día era una nueva derrota nazi y una enconada, inútil reacción de la dictadura contra lo irreparable. Cuando los alemanes se rindieron y el pueblo se echó a la calle en Buenos Aires, pensé que podría tomarme un descanso, pero cada mañana me esperaban nuevos problemas, en esas semanas me casé con Irma después que mi padre estuvo al borde de un ataque cardíaco y toda la familia me lo atribuyó quizá justamente. Una y otra vez me pregunté por qué, si el gran terror había cesado en el barrio de las galerías, no me llegaba la hora de encontrarme con Josiane para volver a pasear bajo nuestro cielo de yeso. Supongo que el trabajo y las obligaciones familiares contribuían a impedírmelo, y sólo sé que de a ratos perdidos me iba a caminar como consuelo por el Pasaje Güemes, mirando vagamente hacia arriba, tomando café y pensando cada vez con menos convicción en las tardes en que me había bastado vagar un rato sin rumbo fijo para llegar a mi barrio y dar con Josiane en alguna esquina del atardecer. Nunca he querido admitir que la guirnalda estuviera definitivamente cerrada y que no volvería a encontrarme con Josiane en los pasajes o los bulevares. Algunos días me da por pensar en el sudamericano, y en esa rumia desganada llego a inventar como un consuelo, como si él nos hubiera matado a Laurent y a mí con su propia muerte; razonablemente me digo que no, que exagero, que cualquier día volveré a entrar en el barrio de las galerías y encontraré a Josiane sorprendida por mi larga ausencia. Y entre una cosa y otra me quedo en casa tomando mate, escuchando a Irma que espera para diciembre, y me pregunto sin demasiado entusiasmo si cuando lleguen las elecciones votaré por Perón o por Tamborini, si votaré en blanco o sencillamente me quedaré en casa tomando mate y mirando a Irma y a las plantas del patio.

Silvia

Vaya a saber cómo hubiera podido acabar algo que ni siquiera tenía principio, que se dio en mitad y cesó sin contorno preciso, esfumándose al borde de otra niebla, en todo caso hay que empezar diciendo que muchos argentinos pasan parte del verano en los valles del Luberon, los veteranos de la zona escuchamos con frecuencia sus voces sonoras que parecen acarrear un espacio más abierto, y junto con los padres vienen los chicos y eso es también Silvia, los canteros pisoteados, almuerzos con bifes en tenedores y mejillas, llantos terribles seguidos de reconciliaciones de marcado corte italiano, lo que llaman vacaciones en familia. A mí me hostigan poco porque me protege una justa fama de mal educado; el filtro se abre apenas para dejar paso a Raúl y a Nora Mayer, y desde luego a sus amigos Javier y Magda, lo que incluye a los chicos y a Silvia, el asado en casa de Raúl hace unos quince días, algo que ni siquiera tuvo principio y sin embargo es sobre todo Silvia, esta ausencia que ahora puebla mi casa de hombre solo, roza mi almohada con su medusa de oro, me obliga a escribir lo que escribo con una absurda esperanza de conjuro, de dulce golem de palabras. De todas maneras hay que incluir también a Jean Borel que enseña la literatura de nuestras tierras en una universidad occitana, a su mujer Liliane y al minúsculo Renaud en quien dos años de vida se amontonan tumultuosos. Cuánta gente para un asadito en el jardín de la casa de Raúl y Nora, bajo un vasto tilo que no parecía servir de sedante a la hora de las pugnas infantiles y las discusiones literarias. Llegué con botellas de vino y un sol que se acostaba en las colinas, Raúl y Nora me habían invitado porque Jean

Borel andaba queriendo conocerme y no se animaba solo; en esos días Javier y Magda se alojaban también en la casa, el jardín era un campo de batalla mitad sioux mitad galorromano, guerreros emplumados se batían sin cuartel con voces de soprano y bolas de barro, Graciela y Lolita aliadas contra Álvaro, y en medio del fragor el pobre Renaud tambaleándose con sus bombachas llenas de algodón maternal y una tendencia a pasarse todo el tiempo de un bando a otro, traidor inocente y execrado del que sólo habría de ocuparse Silvia. Sé que amontono nombres, pero el orden y las genealogías también tardaron en llegar a mí, me acuerdo que bajé del auto con las botellas bajo el brazo y a los pocos metros vi asomar entre los arbustos la vincha de Bisonte Invencible, su mueca desconfiada frente al nuevo Cara Pálida; la batalla por el fuerte y los rehenes se libraba en torno a una pequeña tienda de campaña verde que parecía el cuartel general de Bisonte Invencible. Descuidando culpablemente una ofensiva acaso capital, Graciela dejó caer sus municiones pegajosas y terminó de limpiarse las manos en mi pescuezo; después se sentó imborrablemente en mis piernas y me explicó que Raúl y Nora estaban arriba con los otros grandes y que ya vendrían, detalles sin importancia al lado de la ruda batalla del jardín.

Graciela se ha sentido siempre en la obligación de explicarme cualquier cosa, partiendo del principio de que me considera tonto. Por ejemplo esa tarde el chiquito de los Borel no contaba para nada, no te das cuenta de que Renaud tiene dos años, todavía se hace caca en la bombacha, hace un rato le pasó y yo le iba a avisar a la mamá porque Renaud estaba llorando, pero Silvia se lo llevó al lado de la pileta, le lavó el culito y le cambió la ropa, Liliane no se enteró de nada porque sabés, se enoja mucho y por ahí le da un chirlo, entonces Renaud se pone a llorar de nuevo, nos fastidia todo el tiempo y no nos deja jugar.

—¿Y los otros dos, los más grandes?

—Son los chicos de Javier y de Magda, no te das cuenta, sonso. Álvaro es Bisonte Invencible, tiene siete años, dos meses más que yo y es el más grande. Lolita tiene seis pero ya juega, ella es la prisionera de Bisonte Invencible. Yo soy la Reina del Bosque y Lolita es mi amiga, de manera que la tengo que salvar, pero seguimos mañana porque ahora ya nos llamaron para bañarnos. Álvaro se hizo un tajo en el pie, Silvia le puso una venda. Soltame que me tengo que ir.

Nadie la sujetaba, pero Graciela tiende siempre a afirmar su libertad. Me levanté para saludar a los Borel que bajaban de la casa con Raúl y Nora. Alguien, creo que Javier, servía el primer *pastis*; la conversación empezó con la caída de la noche, la batalla cambió de naturaleza y edad, se volvió un estudio sonriente de hombres que acaban de conocerse; los chicos se bañaban, no había galos ni sioux en el jardín, Borel quería saber por qué yo no volvía a mi país, Raúl y Javier sonreían con sonrisas compatriotas. Las tres mujeres se ocupaban de la mesa; curiosamente se parecían, Nora y Magda unidas por el acento porteño mientras el español de Liliane caía del otro lado de los Pirineos. Las llamamos para que bebieran el *pastis*, descubrí que Liliane era más morena que Nora y Magda pero el parecido subsistía, una especie de ritmo común. Ahora se hablaba de poesía concreta, del grupo de la revista *Invençào*; entre Borel y yo surgía un terreno común, Eric Dolphy, la segunda copa iluminaba las sonrisas entre Javier y Magda, las otras dos parejas vivían ya ese tiempo en que la charla en grupo libera antagonismos, ventila diferencias que la intimidad acalla. Era casi de noche cuando los chicos empezaron a aparecer, limpios y aburridos, primero los de Javier discutiendo sobre unas monedas, Álvaro obstinado y Lolita petulante, después Graciela llevando de la mano a Renaud que ya tenía otra vez la cara sucia. Se juntaron cerca de la pequeña tienda de campaña verde; nosotros discutíamos a Jean-Pierre Faye y a Philippe Sollers, la noche inventó el fuego del asado hasta entonces poco visible entre los árboles, se embadurnó con reflejos dorados y cambiantes que teñían el tronco de los árboles y alejaban los límites del jardín; creo que en ese momento vi por primera vez a Silvia, yo estaba sentado entre Borel y Raúl, y en torno a la mesa redonda bajo el tilo se sucedían Javier, Magda y Liliane; Nora iba y venía con cubiertos y platos. Que no me hubieran presentado a Silvia parecía extraño, pero era tan joven y quizá deseosa de mantenerse al margen, comprendí el silencio de Raúl o de Nora, evidentemente Silvia estaba en la edad difícil, se negaba a entrar en el juego de los grandes, prefería imponer autoridad o prestigio entre los chicos agrupados junto a la tienda verde. De Silvia había alcanzado a ver poco, el fuego iluminaba violentamente uno de los lados de la tienda y ella estaba agachada allí junto a Renaud, limpiándole la cara con un pañuelo o un trapo; vi sus muslos bruñidos, unos muslos livianos y definidos al mismo tiempo como el estilo de Francis Ponge del que estaba hablándome Borel, las pantorrillas quedaban en la sombra al igual que el torso y la cara, pero el pelo largo brillaba de pronto con los aletazos de las llamas, un pelo también de oro viejo, toda Silvia parecía entonada en fuego, en bronce espeso; la minifalda descubría los muslos hasta lo más alto, y Francis Ponge había sido culpablemente ignorado por los jóvenes poetas franceses hasta que ahora, con las experiencias del grupo de *Tel Quel*, se reconocía a un maestro; imposible preguntar quién era Silvia, por qué no estaba entre nosotros, y además el fuego engaña, quizá su cuerpo se adelantaba a su edad y los sioux eran todavía su territorio natural. A Raúl le interesaba la poesía de Jean Tardieu, y tuvimos que explicarle a Javier quién era y qué escribía; cuando Nora me trajo el tercer *pastis* no pude preguntarle por Silvia, la discusión era demasiado viva y Borel bebía mis palabras como si valieran tanto. Vi llevar una mesita baja cerca de la tienda, los preparativos para que los chicos cenaran aparte; Silvia ya no estaba allí, pero la sombra borroneaba la tienda y quizá se había sentado más lejos o se paseaba entre los árboles. Obligado a ventilar opiniones sobre el alcance de las experiencias de Jacques Roubaud, apenas si alcanzaba a sorprenderme de mi interés por Silvia, de que la brusca desaparición de Silvia me desasosegara ambiguamente; cuando terminaba de decirle a Raúl lo que pensaba de Roubaud, el fuego fue otra vez fugazmente Silvia, la vi pasar junto a la tienda llevando de la mano a Lolita y a Álvaro; detrás venían Graciela y Renaud saltando y bailando en un último avatar sioux; por supuesto Renaud se cayó de boca y su primer chillido sobresaltó a Liliane y a Borel. Desde el grupo se alzó la voz de Graciela: «¡No es nada, ya pasó!», y los padres volvieron al diálogo con esa soltura que da la monotonía cotidiana de los porrazos de los sioux; ahora se trataba de encontrarle un sentido a las experiencias aleatorias de Xenakis por las que Javier mostraba un interés que a Borel le parecía desmesurado. Entre los hombros de Magda y de Nora yo veía a lo lejos la silueta de Silvia, una vez más agachada junto a Renaud, mostrándole algún juguete para consolarlo; el fuego le desnudaba las piernas y el perfil, adiviné una nariz fina y ansiosa, unos labios de estatua arcaica (¿pero no acababa Borel de preguntarme algo sobre una estatuilla de las Cícladas de la que me hacía responsable, y la referencia de Javier a Xenakis no había desviado el tema hacia algo más valioso?). Sentí que si alguna cosa deseaba saber en ese momento era Silvia, saberla de cerca y sin los prestigios del fuego, devolverla a una probable mediocridad de muchachita tímida o confirmar esa silueta demasiado hermosa y viva como para quedarse en mero espectáculo; hubiera querido decírselo a Nora con quien tenía una vieja confianza, pero Nora organizaba la mesa y ponía servilletas de papel, no sin exigir de Raúl la compra inmediata de algún disco de Xenakis. Del territorio de Silvia, otra vez invisible, vino Graciela la gacelita, la sabelotodo; le tendí la vieja percha de la sonrisa, las manos que la ayudaron a instalarse en mis rodillas; me valí de sus apasionantes noticias sobre un escarabajo peludo para desligarme de la conversación sin que Borel me creyera descortés, apenas pude le pregunté en voz baja si Renaud se había hecho daño.

—Pero no, tonto, no es nada. Siempre se cae, tiene solamente dos años, vos te das cuenta. Silvia le puso agua en el chichón.

—¿Quién es Silvia, Graciela?

Me miró como sorprendida.

—Una amiga nuestra.

—¿Pero es hija de alguno de estos señores?

—Estás loco —dijo razonablemente Graciela—. Silvia es nuestra amiga. ¿Verdad, mamá, que Silvia es nuestra amiga?

Nora suspiró, colocando la última servilleta junto a mi plato.

—¿Por qué no te volvés con los chicos y dejás en paz a Fernando? Si se pone a hablarte de Silvia vas a tener para rato.

—¿Por qué, Nora?

—Porque desde que la inventaron nos tienen aturdidos con su Silvia —dijo Javier.

—Nosotros no la inventamos —dijo Graciela, agarrándome la cara con las dos manos para arrancarme a los grandes—. Preguntales a Lolita y a Álvaro, vas a ver.

—¿Pero quién es Silvia? —repetí.

Nora ya estaba lejos para escuchar, y Borel discutía otra vez con

Javier y Raúl. Los ojos de Graciela estaban fijos en los míos, su boca sacaba como una trompita entre burlona y sabihonda.

—Ya te dije, bobo, es nuestra amiga. Ella juega con nosotros cuando quiere, pero no a los indios porque no le gusta. Ella es muy grande, comprendés, por eso lo cuida tanto a Renaud que solamente tiene dos años y se hace caca en la bombacha.

—¿Vino con el señor Borel? —pregunté en voz baja—. ¿O con Javier y Magda?

—No vino con nadie —dijo Graciela—. Preguntales a Lolita y a Álvaro, vas a ver. A Renaud no le preguntés porque es un chiquito y no comprende. Dejame que me tengo que ir.

Raúl, que siempre parece asistido por un radar, se arrancó a una reflexión sobre el letrismo para hacerme un gesto compasivo.

—Nora te previno, si les seguís el tren te van a volver loco con su Silvia.

—Fue Álvaro —dijo Magda—. Mi hijo es un mitómano y contagia a todo el mundo.

Raúl y Magda me seguían mirando, hubo una fracción de segundo en que yo pude haber dicho: «No entiendo», para forzar las explicaciones, o directamente: «Pero Silvia está ahí, acabo de verla». No creo, ahora que tengo demasiado tiempo para pensarlo, que la intervención distraída de Borel me impidiera decirlo. Borel acababa de preguntarme algo sobre *La casa verde*; empecé a hablar sin saber lo que decía, pero en todo caso no me dirigía ya a Raúl y a Magda. Vi a Liliane que se acercaba a la mesa de los chicos y los hacía sentarse en taburetes y cajones viejos; el fuego los iluminaba como en los grabados de las novelas de Héctor Malot o de Dickens, las ramas del tilo se cruzaban por momentos entre una cara o un brazo alzado, se oían risas y protestas. Yo hablaba de Fushía con Borel, me dejaba llevar corriente abajo en esa balsa de la memoria donde Fushía estaba tan terriblemente vivo. Cuando Nora me trajo un plato de carne le murmuré al oído: «No entendí demasiado eso de los chicos».

—Ya está, vos también caíste —dijo Nora, echando una mirada compasiva a los demás—. Menos mal que después se irán a dormir porque sos una víctima nata, Fernando.

—No les hagas caso —se cruzó Raúl—. Se ve que no tenés

práctica, tomás demasiado en serio a los pibes. Hay que oírlos como quien oye llover, viejo, o es la locura.

Tal vez en ese momento perdí el posible acceso al mundo de Silvia, jamás sabré por qué acepté la fácil hipótesis de una broma, de que los amigos me estaban tomando el pelo (Borel no, Borel seguía por su camino que ya llegaba a Macondo); veía otra vez a Silvia que acababa de asomar de la sombra y se inclinaba entre Graciela y Álvaro como para ayudarlos a cortar la carne o quizá comer un bocado; la sombra de Liliane que venía a sentarse con nosotros se interpuso, alguien me ofreció vino; cuando miré de nuevo, el perfil de Silvia estaba como encendido por las brasas, el pelo le caía sobre un hombro, se deslizaba fundiéndose con la sombra de la cintura. Era tan hermosa que me ofendió la broma, el mal gusto, me puse a comer de cara al plato, escuchando de reojo a Borel que me invitaba a unos coloquios universitarios; si le dije que no iría fue por culpa de Silvia, por su involuntaria complicidad en la diversión socarrona de mis amigos. Esa noche no vi más a Silvia; cuando Nora se acercó a la mesa de los chicos con queso y frutas, entre ella y Lolita se ocuparon de hacer comer a Renaud que se iba quedando dormido. Nos pusimos a hablar de Onetti y de Felisberto, bebimos tanto vino en su honor que un segundo viento belicoso de sioux y de charrúas envolvió el tilo; trajeron a los chicos para que dijeran buenas noches, Renaud en los brazos de Liliane.

—Me tocó una manzana con gusano —me dijo Graciela con una enorme satisfacción—. Buenas noches, Fernando, sos muy malo.

—¿Por qué, mi amor?

—Porque no viniste ni una sola vez a nuestra mesa.

—Es cierto, perdoname. Pero ustedes tenían a Silvia, ¿verdad?

—Claro, pero lo mismo.

—Éste se la sigue —dijo Raúl mirándome con algo que debía ser piedad—. Te va a costar caro, esperá a que te agarren bien despiertos con su famosa Silvia, te vas a arrepentir, hermano.

Graciela me humedeció el mentón con un beso que olía fuertemente a yogurt y a manzana. Mucho más tarde, al final de una charla en la que el sueño empezaba a sustituir las opiniones, los invité a cenar en mi casa. Vinieron el sábado pasado hacia las siete, en dos autos, Álvaro y Lolita traían un barrilete de género y so pretexto de remontarlo acabaron inmediatamente con mis crisantemos. Yo dejé a las mujeres que se ocuparan de las bebidas, comprendí que nadie le impediría a Raúl tomar el timón del asado; les hice visitar la casa a los Borel y a Magda, los instalé en el living frente a mi óleo de Julio Silva y bebí un rato con ellos, fingiendo estar allí y escuchar lo que decían; por el ventanal se veía el barrilete en el viento, se escuchaban los gritos de Lolita y Álvaro. Cuando Graciela apareció con un ramo de pensamientos fabricado presumiblemente a costa de mi mejor cantero, salí al jardín anochecido y ayudé a remontar más alto el barrilete. La sombra bañaba las colinas en el fondo del valle y se adelantaba entre los cerezos y los álamos pero sin Silvia, Álvaro no había necesitado de Silvia para remontar el barrilete.

—Colea lindo —le dije, probándolo, haciéndolo ir y venir.

—Sí pero tené cuidado, a veces pica de cabeza y esos álamos son muy altos —me previno Álvaro.

—A mí no se me cae nunca —dijo Lolita, quizá celosa de mi presencia—. Vos le tirás demasiado del hilo, no sabés.

—Sabe más que vos —dijo Álvaro en rápida alianza masculina—. ¿Por qué no te vas a jugar con Graciela, no ves que molestás?

Nos quedamos solos, dándole hilo al barrilete. Esperé el momento en que Álvaro me aceptara, supiera que era tan capaz como él de dirigir el vuelo verde y rojo que se desdibujaba cada vez más en la penumbra.

—¿Por qué no trajeron a Silvia? —pregunté, tirando un poco del hilo.

Me miró de reojo entre sorprendido y socarrón, y me sacó el hilo de las manos, degradándome sutilmente.

—Silvia viene cuando quiere —dijo recogiendo el hilo.

—Bueno, hoy no vino, entonces.

—¿Qué sabés vos? Ella viene cuando quiere, te digo.

—Ah. ¿Y por qué tu mamá dice que vos la inventaste a Silvia?

—Mirá como colea —dijo Álvaro—. Che, es un barrilete fenómeno, el mejor de todos.

—¿Por qué no me contestás, Álvaro?

—Mamá se cree que yo la inventé —dijo Álvaro—. ¿Y vos por qué no lo creés, eh?

Bruscamente vi a Graciela y a Lolita a mi lado. Habían escuchado las últimas frases, estaban ahí mirándome fijamente; Graciela removía lentamente un pensamiento violeta entre los dedos.

—Porque yo no soy como ellos —dije—. Yo la vi, saben.

Lolita y Álvaro cruzaron una larga mirada, y Graciela se me acercó y me puso el pensamiento en la mano. El hilo del barrilete se tendió de golpe. Álvaro le dio juego, lo vimos perderse en la sombra.

—Ellos no creen porque son tontos —dijo Graciela—. Mostrame dónde tenés el baño y acompañame a hacer pis.

La llevé hasta la escalera exterior, le mostré el baño y le pregunté si no se perdería para bajar. En la puerta del baño, con una expresión en la que había como un reconocimiento, Graciela me sonrió.

—No, andate nomás, Silvia me va a acompañar.

—Ah, bueno —dije luchando contra vaya a saber qué, el absurdo o la pesadilla o el retardo mental—. Entonces vino, al final.

—Pero claro, sonso —dijo Graciela—. ¿No la ves ahí?

La puerta de mi dormitorio estaba abierta, las piernas desnudas de Silvia se dibujaban sobre la colcha roja de la cama. Graciela entró en el baño y oí que corría el pestillo. Me acerqué al dormitorio, vi a Silvia durmiendo en mi cama, el pelo como una medusa de oro sobre la almohada. Entorné la puerta a mi espalda, me acerqué no sé cómo, aquí hay huecos y látigos, un agua que corre por la cara cegando y mordiendo, un sonido como de profundidades fragosas, un instante sin tiempo, insoportablemente bello. No sé si Silvia estaba desnuda, para mí era como un álamo de bronce y de sueño, creo que la vi desnuda aunque luego no, debí imaginarla por debajo de lo que llevaba puesto, la línea de las pantorrillas y los muslos la dibujaba de lado contra la colcha roja, seguí la suave curva de la grupa abandonada en el avance de una pierna, la sombra de la cintura hundida, los pequeños senos imperiosos y rubios. «Silvia», pensé, incapaz de toda palabra, «Silvia, Silvia, pero entonces...». La voz de Graciela restalló a través de dos puertas como si me gritara al oído: «¡Silvia, vení a buscarme!». Silvia abrió los ojos, se sentó en el borde de la cama; tenía la misma minifalda de la primera noche, una blusa escotada, sandalias negras. Pasó a mi lado sin mirarme y abrió la puerta. Cuando salí, Graciela bajaba corriendo la escalera y Liliane, llevando a Renaud en los brazos, se cruzaba con ella camino del baño y del mercurocromo para el porrazo de las siete y media. Ayudé a consolar y a curar, Borel subía inquieto por los berridos de su hijo, me hizo un sonriente reproche por mi ausencia, bajamos al living para beber otra copa, todo el mundo andaba por la pintura de Graham Sutherland, fantasmas de ese tipo, teorías y entusiasmos que se perdían en el aire con el humo del tabaco. Magda y Nora concentraban a los chicos para que comieran estratégicamente aparte; Borel me dio su dirección, insistiendo en que le enviara la colaboración prometida a una revista de Poitiers, me dijo que partían a la mañana siguiente y que se llevaban a Javier y a Magda para hacerles visitar la región. «Silvia se irá con ellos», pensé oscuramente, y busqué una caja de fruta abrillantada, el pretexto para acercarme a la mesa de los chicos, quedarme allí un momento. No era fácil preguntarles, comían como lobos y me arrebataron los dulces en la mejor tradición de los sioux y los tehuelches. No sé por qué le hice la pregunta a Lolita, limpiándole de paso la boca con la servilleta.

—¿Qué sé yo? —dijo Lolita—. Preguntale a Álvaro.

—Y yo qué sé —dijo Álvaro, vacilando entre una pera y un higo—. Ella hace lo que quiere, a lo mejor se va por ahí.

—¿Pero con quién de ustedes vino?

—Con ninguno —dijo Graciela, pegándome una de sus mejores paradas por debajo de la mesa—. Ella estuvo aquí y ahora quién sabe, Álvaro y Lolita se vuelven a la Argentina y con Renaud te imaginás que no se va a quedar porque es muy chico, esta tarde se tragó una avispa muerta, qué asco.

—Ella hace lo que quiere, igual que nosotros —dijo Lolita.

Volví a mi mesa, vi terminarse la velada en una niebla de coñac y de humo. Javier y Magda se volvían a Buenos Aires (Álvaro y Lolita se volvían a Buenos Aires) y los Borel irían el año próximo a Italia (Renaud iría el año próximo a Italia).

—Aquí nos quedamos los más viejos —dijo Raúl. (Entonces Graciela se quedaba pero Silvia era los cuatro, Silvia era cuando estaban los cuatro y yo sabía que jamás volverían a encontrarse).

Raúl y Nora siguen todavía aquí, en nuestro valle del Luberon, anoche fui a visitarlos y charlamos de nuevo bajo el tilo; Graciela me regaló un mantelito que acababa de bordar con punto cruz, supe de los saludos que me habían dejado Javier, Magda y los Borel. Comimos en el jardín, Graciela se negó a irse temprano a la cama, jugó conmigo a las adivinanzas. Hubo un momento en que nos quedamos solos, Graciela buscaba la respuesta a la adivinanza sobre la luna, no acertaba y su orgullo sufría.

—¿Y Silvia? —le pregunté, acariciándole el pelo.

—Mirá que sos tonto —dijo Graciela—. ¿Vos te creías que esta noche iba a venir por mí solita?

—Menos mal —dijo Nora, saliendo de la sombra—. Menos mal que no va a venir por vos solita, porque ya nos tenían hartos con ese cuento.

—Es la luna —dijo Graciela—. Qué adivinanza tan sonsa, che.

Verano

Al atardecer Florencio bajó con la nena hasta la cabaña, siguiendo el sendero lleno de baches y piedras sueltas que sólo Mariano y Zulma se animaban a franquear con el yip. Zulma les abrió la puerta, y a Florencio le pareció que tenía los ojos como si hubiera estado pelando cebollas. Mariano vino desde la otra pieza, les dijo que entraran, pero Florencio solamente quería pedirles que guardaran a la nena hasta la mañana siguiente porque tenía que ir a la costa por un asunto urgente y en el pueblo no había nadie a quien pedirle el favor. Por supuesto, dijo Zulma, déjela nomás, le pondremos una cama aquí abajo. Pase a tomar una copa, insistió Mariano, total cinco minutos, pero Florencio había dejado el auto en la plaza del pueblo y tenía que seguir viaje enseguida; les agradeció, le dio un beso a su hijita que ya había descubierto la pila de revistas en la banqueta; cuando se cerró la puerta Zulma y Mariano se miraron casi interrogativamente, como si todo hubiera sucedido demasiado pronto. Mariano se encogió de hombros y volvió a su taller donde estaba encolando un viejo sillón; Zulma le preguntó a la nena si tenía hambre, le propuso que jugara con las revistas, en la despensa había una pelota y una red para cazar mariposas; la nena dio las gracias y se puso a mirar las revistas; Zulma la observó un momento mientras preparaba los alcauciles para la noche, y pensó que podía dejarla jugar sola.

Ya atardecía temprano en el sur, apenas les quedaba un mes antes de volver a la capital, entrar en la otra vida del invierno que al fin y al cabo era una misma sobrevivencia, estar distantemente juntos, amablemente amigos, respetando y ejecutando las múltiples nimias delicadas ceremonias convencionales de la pareja, como ahora que Mariano necesitaba una de las hornallas para calentar el tarro de cola y Zulma sacaba del fuego la cacerola de papas diciendo que después terminaría de cocinarlas, y Mariano agradecía porque el sillón ya estaba casi terminado y era mejor aplicar la cola de una sola vez, pero claro, calentala nomás. La nena hojeaba las revistas en el fondo de la gran pieza que servía de cocina y comedor, Mariano le buscó unos caramelos en la despensa; era la hora de salir al jardín para tomar una copa mirando anochecer en las colinas; nunca había nadie en el sendero, la primera casa del pueblo se perfilaba apenas en lo más alto; delante de ellos la falda seguía bajando hasta el fondo del valle ya en penumbras. Serví nomás, vengo en seguida, dijo Zulma. Todo se cumplía cíclicamente, cada cosa en su hora y una hora para cada cosa, con la excepción de la nena que de golpe desajustaba levemente el esquema; un banquito y un vaso de leche para ella, una caricia en el pelo y elogios por lo bien que se portaba. Los cigarrillos, las golondrinas arracimándose sobre la cabaña; todo se iba repitiendo, encajando, el sillón ya estaría casi seco, encolado como ese nuevo día que nada tenía de nuevo. Las insignificantes diferencias eran la nena esa tarde, como a veces a mediodía el cartero los sacaba un momento de la soledad con una carta para Mariano o para Zulma que el destinatario recibía y guardaba sin decir una palabra. Un mes más de repeticiones previsibles, como ensayadas, y el yip cargado hasta el tope los devolvería al departamento de la capital, a la vida que sólo era otra en las formas, el grupo de Zulma o los amigos pintores de Mariano, las tardes de tiendas para ella y las noches en los cafés para Mariano, un ir y venir separadamente aunque siempre se encontraran para el cumplimiento de las ceremonias bisagra, el beso matinal y los programas neutrales en común, como ahora que Mariano ofrecía otra copa y Zulma aceptaba con los ojos perdidos en las colinas más lejanas, teñidas ya de un violeta profundo.

Qué te gustaría cenar, nena. A mí como usted quiera, señora. A lo mejor no le gustan los alcauciles, dijo Mariano. Sí me gustan, dijo la nena, con aceite y vinagre pero poca sal porque pica. Se rieron, le harían una vinagreta especial. Y huevos pasados por agua, qué tal.

Con cucharita, dijo la nena. Y poca sal porque pica, bromeó Mariano. La sal pica muchísimo, dijo la nena, a mi muñeca le doy el puré sin sal, hoy no la traje porque mi papá estaba apurado y no me dejó. Va a hacer una linda noche, pensó Zulma en voz alta, mirá qué transparente está el aire hacia el norte. Sí, no hará demasiado calor, dijo Mariano entrando los sillones al salón de abajo, encendiendo las lámparas junto al ventanal que daba al valle. Mecánicamente encendió también la radio. Nixon viajará a Pekín, qué me contás, dijo Mariano. Ya no hay religión, dijo Zulma, y soltaron la carcajada al mismo tiempo. La nena se había dedicado a las revistas y marcaba las páginas de las tiras cómicas como si pensara leerlas dos veces.

La noche llegó entre el insecticida que Mariano pulverizaba en el dormitorio de arriba y el perfume de una cebolla que Zulma cortaba canturreando un ritmo pop de la radio. A mitad de la cena la nena empezó a adormilarse sobre su huevo pasado por agua; le hicieron bromas, la alentaron a terminar; ya Mariano le había preparado el catre con un colchón neumático en el ángulo más alejado de la cocina, de manera de no molestarla si todavía se quedaban un rato en el salón de abajo, escuchando discos o leyendo. La nena comió su durazno y admitió que tenía sueño. Acuéstese, mi amor, dijo Zulma, ya sabe que si quiere hacer pipí no tiene más que subir, le dejaremos prendida la luz de la escalera. La nena los besó en la mejilla, ya perdida de sueño, pero antes de acostarse eligió una revista y la puso debajo de la almohada. Son increíbles, dijo Mariano, qué mundo inalcanzable, y pensar que fue el nuestro, el de todos. A lo mejor no es tan diferente, dijo Zulma que destendía la mesa, vos también tenés tus manías, el frasco de agua colonia a la izquierda y la gillette a la derecha, y yo no hablemos. Pero no eran manías, pensó Mariano, más bien una respuesta a la muerte y a la nada, fijar las cosas y los tiempos, establecer ritos y pasajes contra el desorden lleno de agujeros y de manchas. Solamente que ya no lo decía en voz alta, cada vez parecía haber menos necesidad de hablar con Zulma, y Zulma tampoco decía nada que reclamara un cambio de ideas. Llevá la cafetera, ya puse las razas en la banqueta de la chimenea. Fijate si queda azúcar en la azucarera, hay un paquete nuevo en la despensa. No encuentro el tirabuzón, esta botella de aguardiente pinta bien, no te parece. Sí, lindo color. Ya que vas a subir traéte los cigarrillos que dejé en la cómoda. De veras que es bueno este aguardiente. Hace calor, no encontrás. Sí, está pesado, mejor no abrir las ventanas, se va a llenar de mariposas y mosquitos.

Cuando Zulma oyó el primer ruido, Mariano estaba buscando en las pilas de discos una sonata de Beethoven que no había escuchado ese verano. Se quedó con la mano en el aire, miró a Zulma. Un ruido como en la escalera de piedra del jardín, pero a esa hora nadie venía a la cabaña, nadie venía nunca de noche. Desde la cocina encendió la lámpara que alumbraba la parte más cercana del jardín, no vio nada y la apagó. Un perro que anda buscando qué comer, dijo Zulma. Sonaba raro, casi como un bufido, dijo Mariano. En el ventanal chicoteó una enorme mancha blanca, Zulma gritó ahogadamente, Mariano de espaldas se volvió demasiado tarde, el vidrio reflejaba solamente los cuadros y los muebles del salón. No tuvo tiempo de preguntar, el bufido resonó cerca de la pared que daba al norte, un relincho sofocado como el grito de Zulma que tenía las manos contra la boca y se pegaba a la pared del fondo, mirando fijamente el ventanal. Es un caballo, dijo Mariano sin creerlo, suena como un caballo, oí los cascos, está galopando en el jardín. Las crines, los belfos como sangrantes, una enorme cabeza blanca rozaba el ventanal, el caballo los miró apenas, la mancha blanca se borró hacia la derecha, oyeron otra vez los cascos, un brusco silencio del lado de la escalera de piedra, el relincho, la carrera. Pero no hay caballos por aquí, dijo Mariano que había agarrado la botella de aguardiente por el gollete antes de darse cuenta y volver a ponerla sobre la banqueta. Quiere entrar, dijo Zulma pegada a la pared del fondo. Pero no, qué tontería, se habrá escapado de alguna chacra del valle y vino a la luz. Te digo que quiere entrar, está rabioso y quiere entrar. Los caballos no rabian que yo sepa, dijo Mariano, me parece que se ha ido, voy a mirar por la ventana de arriba. No, no, quedate aquí, lo oigo todavía, está en la escalera de la terraza, está pisoteando las plantas, va a volver, y si rompe el vidrio y entra. No seas sonsa, qué va a romper, dijo débilmente Mariano, a lo mejor si apagamos las luces se manda mudar. No sé, no sé, dijo Zulma resbalando hasta quedar sentada en la banqueta, oí cómo relincha, está ahí arriba. Oyeron los cascos bajando la escalera, el resoplar irritado contra la puerta, a Mariano le pareció sentir como una presión en la puerta, un roce repetido, y Zulma corrió hacia él gritando histéricamente. La rechazó sin violencia, tendió la mano hacia el interruptor; en la penumbra (quedaba la luz de la cocina donde dormía la nena) el relincho y los cascos se hicieron más fuertes, pero el caballo ya no estaba delante de la puerta, se lo oía ir y venir en el jardín. Mariano corrió a apagar la luz de la cocina, sin siquiera mirar hacia el rincón donde habían acostado a la nena; volvió para abrazar a Zulma que sollozaba, le acarició el pelo y la cara, pidiéndole que se callara para poder escuchar mejor. En el ventanal, la cabeza del caballo se frotó contra el gran vidrio, sin demasiada fuerza, la mancha blanca parecía transparente en la oscuridad; sintieron que el caballo miraba al interior como buscando algo, pero ya no podía verlos y sin embargo seguía ahí, relinchando y resoplando, con bruscas sacudidas a un lado y otro. El cuerpo de Zulma resbaló entre los brazos de Mariano, que la ayudó a sentarse otra vez en la banqueta, apoyándola contra la pared. No te muevas, no digas nada, ahora se va a ir, verás. Quiere entrar, dijo débilmente Zulma, sé que quiere entrar y si rompe la ventana, qué va a pasar si la rompe a patadas. Sh, dijo Mariano, callate por favor. Va a entrar, murmuró Zulma. Yo no tengo ni una escopeta, dijo Mariano, le metería cinco balas en la cabeza, hijo de puta. Ya no está ahí, dijo Zulma levantándose bruscamente, lo oigo arriba, si ve la puerta de la terraza es capaz de entrar. Está bien cerrada, no tengas miedo, pensá que en la oscuridad no va a entrar en una casa donde ni siquiera podría moverse, no es tan idiota. Oh sí, dijo Zulma, quiere entrar, va a aplastarnos contra las paredes, sé que quiere entrar. Sh, repitió Mariano que también lo pensaba, que no podía hacer otra cosa que esperar con la espalda empapada de sudor frío. Una vez más los cascos resonaron en las lajas de la escalera, y de golpe el silencio, los grillos lejanos, un pájaro en el nogal de lo alto.

Sin encender la luz, ahora que el ventanal dejaba entrar la vaga claridad de la noche, Mariano llenó una copa de aguardiente y la sostuvo contra los labios de Zulma, obligándola a beber aunque los dientes chocaban contra la copa y el alcohol se derramaba en la blusa; después, del gollete, bebió un largo trago y fue hasta la cocina para mirar a la nena. Con las manos bajo la almohada como si sujetara la preciosa revista, dormía increíblemente y no había escuchado nada, apenas parecía estar ahí mientras en el salón el llanto de Zulma se cortaba cada tanto en un hipo ahogado, casi un grito. Ya pasó, ya pasó, dijo Mariano sentándose contra ella y sacudiéndola suavemente, no fue más que un susto. Va a volver, dijo Zulma con los ojos clavados en el ventanal. No, ya andará lejos, seguro que se escapó de alguna tropilla de allá abajo. Ningún caballo hace eso, dijo Zulma, ningún caballo quiere entrar así en una casa. Admito que es raro, dijo Mariano, mejor echemos un vistazo afuera, aquí tengo la linterna. Pero Zulma se había apretado contra la pared, la idea de abrir la puerta, de salir hacia la sombra blanca que podía estar cerca, esperando bajo los árboles, pronta a cargar. Mirá, si no nos aseguramos que se ha ido nadie va a dormir esta noche, dijo Mariano. Démosle un poco más de tiempo, entre tanto vos te acostás y te doy tu calmante; dosis extra, pobrecita, te la has ganado de sobra.

Zulma acabó por aceptar, pasivamente; sin encender las luces fueron hasta la escalera y Mariano mostró con la mano a la nena dormida, pero Zulma apenas la miró, subía la escalera trastabillando, Mariano tuvo que sujetarla al entrar en el dormitorio porque estaba a punto de golpearse en el marco de la puerta. Desde la ventana que daba sobre el alero miraron la escalera de piedra, la terraza más alta del jardín. Se ha ido, ves, dijo Mariano arreglando la almohada de Zulma viéndola desvestirse con gestos mecánicos, la mirada fija en la ventana. Le hizo beber las gotas, le pasó agua colonia por el cuello y las manos, alzó suavemente la sábana hasta los hombros de Zulma que había cerrado los ojos y temblaba. Le secó las mejillas, esperó un momento y bajó a buscar la linterna; llevándola apagada en una mano y con un hacha en la otra, entornó poco a poco la puerta del salón y salió a la terraza inferior desde donde podía abarcar todo el lado de la casa que daba hacia el este; la noche era idéntica a tantas otras del verano, los grillos chirriaban lejos, una rana dejaba caer dos gotas alternadas de sonido. Sin necesidad de la linterna Mariano vio la mata de lilas pisoteada, las enormes huellas en el cantero de pensamientos, la maceta tumbada al pie de la escalera; no era una alucinación, entonces, y desde luego valía más que no lo fuera; por la mañana iría con Florencio a averiguar en las chacras del valle, no se la iban a llevar de arriba tan fácilmente. Antes de entrar enderezó la maceta, fue hasta los primeros árboles y escuchó largamente los grillos y la rana; cuando miró hacia la casa, Zulma estaba en la ventana del dormitorio, desnuda, inmóvil.

La nena no se había movido, Mariano subió sin hacer ruido y se puso a fumar al lado de Zulma. Ya ves, se ha ido, podemos dormir tranquilos, mañana veremos. Poco a poco la fue llevando hasta la cama, se desvistió, se tendió boca arriba, siempre fumando. Dormí,todo va bien, no fue más que un susto absurdo. Le pasó la mano por el pelo, los dedos resbalaron hasta el hombro, rozaron los senos. Zulma se volvió de lado, dándole la espalda, sin hablar; también eso era como tantas otras noches del verano.

Dormir tenía que ser difícil, pero Mariano se durmió bruscamente apenas había apagado el cigarrillo; la ventana seguía abierta y seguramente entrarían mosquitos, pero el sueño vino antes, sin imágenes, la nada total de la que salió en algún momento despedido por un pánico indecible, la presión de los dedos de Zulma en un hombro, el jadeo. Casi antes de comprender ya estaba escuchando la noche, el perfecto silencio puntuado por los grillos. Dormí, Zulma, no hay nada, habrás soñado. Obstinándose en que asintiera, que volviera a tenderse dándole la espalda ahora que de golpe había retirado la mano y estaba sentada, rígida, mirando hacia la puerta cerrada. Se levantó al mismo tiempo que Zulma, incapaz de impedirle que abriera la puerta y fuera hasta el nacimiento de la escalera, pegado a ella y preguntándose vagamente si no haría mejor en cachetearla, traerla a la fuerza hasta la cama, dominar por fin tanta lejanía petrificada. En la mitad de la escalera Zulma se detuvo, tomándose de la barandilla. ¿Vos sabés por qué está ahí la nena? Con una voz que debía pertenecer todavía a la pesadilla. ¿La nena? Otros dos peldaños, ya casi en el codo que se abría sobre la cocina. Zulma, por favor. Y la voz quebrada, casi en falsete, está ahí para dejarlo entrar, te digo que lo va a dejar entrar. Zulma, no me obligues a hacer una idiotez. Y la voz como triunfante, subiendo todavía más de tono, mirá, pero mirá si no me creés, la cama vacía, la revista en el suelo. De un empellón Mariano se adelantó a Zulma, saltó hasta el interruptor. La nena los miró, su piyama rosa contra la puerta que daba al salón, la cara adormilada. Qué hacés levantada a esta hora, dijo Mariano envolviéndose la cintura con un repasador. La nena miraba a Zulma desnuda, entre dormida y avergonzada la miraba como queriendo volverse a la cama, al borde del llanto. Me levanté para hacer pipí, dijo. Y saliste al jardín cuando te habíamos dicho que subieras al baño. La nena empezó a hacer pucheros, las manos cómicamente perdidas en los bolsillos del piyama. No es nada, volvete a la cama, dijo Mariano acariciándole el pelo. La arropó, le puso la revista debajo de la almohada; la nena se volvió contra la pared, un dedo en la boca como para consolarse. Subí, dijo Mariano, ya ves que no pasa nada, no te quedés ahí como una sonámbula. La vio dar dos pasos hacia la puerta del salón, se le cruzó en el camino, ya estaba bien así, qué diablos. Pero no te das cuenta de que le ha abierto la puerta, dijo Zulma con esa voz que no era la suya. Dejate de tonterías, Zulma. Andá a ver si no es cierto, o dejame ir a mí. La mano de Mariano se cerró en el antebrazo que temblaba. Subí ahora mismo, empujándola hasta llevarla al pie de la escalera, mirando al pasar a la nena que no se había movido, que ya debía dormir. En el primer peldaño Zulma gritó y quiso escapar, pero la escalera era estrecha y Mariano la empujaba con todo el cuerpo, el repasador se desciñó y cayó al pie de la escalera, sujetándola por los hombros y tironeándola hacia arriba la llevó hasta el rellano, la lanzó hacia el dormitorio, cerrando la puerta tras él. Lo va a dejar entrar, repetía Zulma, la puerta está abierta y va a entrar. Acostate, dijo Mariano. Te digo que la puerta está abierta. No importa, dijo Mariano, que entre si quiere, ahora me importa un carajo que entre o no entre. Atrapó las manos de Zulma que buscaban rechazarlo, la empujó de espaldas contra la cama, cayeron juntos, Zulma sollozando y suplicando, imposibilitada de moverse bajo el peso de un cuerpo que la ceñía cada vez más, que la plegaba a una voluntad murmurada boca a boca, rabiosamente, entre lágrimas y obscenidades. No quiero, no quiero, no quiero nunca más, no quiero, pero ya demasiado tarde, su fuerza y su orgullo cediendo a ese peso arrasador que la devolvía al pasado imposible, a los veranos sin cartas y sin caballos. En algún momento —empezaba a clarear— Mariano se vistió en silencio, bajó a la cocina; la nena dormía con el dedo en la boca, la puerta del salón estaba abierta. Zulma había tenido razón, la nena había abierto la puerta pero el caballo no había entrado en la casa. A menos que sí, lo pensó encendiendo el primer cigarrillo y mirando el filo azul de las colinas, a menos que también en eso Zulma tuviera razón y que el caballo hubiera entrado en la casa, pero cómo saberlo si no lo habían escuchado, si todo estaba en orden, si el reloj seguiría midiendo la mañana y después que Florencio viniera a buscar a la nena a lo mejor hacia las doce llegaría el cartero silbando desde lejos, dejándoles sobre la mesa del jardín las cartas que él o Zulma tomarían sin decir nada, un rato antes de decidir de común acuerdo lo que convenía preparar para el almuerzo.

Las fases de Severo

In memoriam Remedios Varo

Todo estaba como quieto, como de alguna manera congelado en su propio movimiento, su olor y su forma que seguían y cambiaban con el humo y la conversación en voz baja entre cigarrillos y tragos. El Bebe Pessoa había dado ya tres fijas para San Isidro, la hermana de Severo cosía las cuatro monedas en las puntas del pañuelo para cuando a Severo le tocara el sueño. No éramos tantos pero de golpe una casa resulta chica, entre dos frases se arma el cubo transparente de dos o tres segundos de suspensión, y en momentos así algunos debían sentir como yo que todo eso, por más forzoso que fuera, nos lastimaba por Severo, por la mujer de Severo y los amigos de tantos años.

Como a las once de la noche habíamos llegado con Ignacio, el Bebe Pessoa y mi hermano Carlos. Éramos un poco de la familia, sobre todo Ignacio que trabajaba en la misma oficina de Severo, y entramos sin que se fijaran demasiado en nosotros. El hijo mayor de Severo nos pidió que pasáramos al dormitorio, pero Ignacio dijo que nos quedaríamos un rato en el comedor; en la casa había gente por todas partes, amigos o parientes que tampoco querían molestar y se iban sentando en los rincones o se juntaban al lado de una mesa o de un aparador para hablar o mirarse. Cada tanto los hijos o la hermana de Severo traían café y copas de caña, y casi siempre en esos momentos todo se aquietaba como si se congelara en su propio movimiento y en el recuerdo empezaba a aletear la frase idiota: «Pasa un ángel», pero aunque después yo comentara un doblete del negro Acosta en Palermo, o Ignacio acariciara el pelo crespo del hijo menor de Severo, todos sentíamos que en el fondo la inmovilidad seguía, que estábamos como esperando cosas ya sucedidas o que todo lo que podía suceder era quizá otra cosa o nada, como en los sueños, aunque estábamos despiertos y de a ratos, sin querer escuchar, oíamos el llanto de la mujer de Severo, casi tímido en un rincón de la sala donde debían estar acompañándola los parientes más cercanos.

Uno se va olvidando de la hora en esos casos, o como dijo riéndose el Bebe Pessoa, es al revés y la hora se olvida de uno, pero al rato vino el hermano de Severo para decir que iba a empezar el sudor, y aplastamos los puchos y fuimos entrando de a uno en el dormitorio donde cabíamos casi todos porque la familia había sacado los muebles y no quedaban más que la cama y una mesa de luz. Severo estaba sentado en la cama, sostenido por las almohadas, y a los pies se veía un cobertor de sarga azul y una toalla celeste. No había ninguna necesidad de estar callado, y los hermanos de Severo nos invitaban con gestos cordiales (son tan buenas gentes todos) a acercarnos a la cama, a rodear a Severo que tenía las manos cruzadas sobre las rodillas. Hasta el hijo menor, tan chico, estaba ahora al lado de la cama mirando a su padre con cara de sueño.

La fase del sudor era desagradable porque al final había que cambiar las sábanas y el piyama, hasta las almohadas se iban empapando y pesaban como enormes lágrimas. A diferencia de otros que según Ignacio tendían a impacientarse, Severo se quedaba inmóvil, sin siquiera mirarnos, y casi enseguida el sudor le había cubierto la cara y las manos. Sus rodillas se recortaban como dos manchas oscuras, y aunque su hermana le secaba a cada momento el sudor de las mejillas, la transpiración brotaba de nuevo y caía sobre la sábana.

—Y eso que en realidad está muy bien —insistió Ignacio que se había quedado cerca de la puerta—. Sería peor si se moviera, las sábanas se pegan que da miedo.

—Papá es hombre tranquilo —dijo el hijo mayor de Severo—. No es de los que dan trabajo.

—Ahora se acaba —dijo la mujer de Severo, que había entrado al final y traía un piyama limpio y un juego de sábanas. Pienso que todos sin excepción la admiramos como nunca en ese momento, porque sabíamos que había estado llorando poco antes y ahora era capaz de atender a su marido con una cara tranquila y sosegada, hasta enérgica. Supongo que algunos de los parientes le dijeron frases alentadoras a Severo, yo ya estaba otra vez en el zaguán y la hija menor me ofrecía una taza de café. Me hubiera gustado darle conversación para distraerla, pero entraban otros y Manuelita es un poco tímida, a lo mejor piensa que me intereso por ella y prefiero permanecer neutral. En cambio el Bebe Pessoa es de los que van y vienen por la casa y por la gente como si nada, y entre él, Ignacio y el hermano de Severo ya habían formado una barra con algunas primas y sus amigas, hablando de cebar un mate amargo que a esa hora le vendría bien a más de cuatro porque asienta el asado. Al final no se pudo, en uno de esos momentos en que de golpe nos quedábamos inmóviles (insisto en que nada cambiaba, seguíamos hablando o gesticulando pero era así y de alguna manera hay que decirlo y darle una razón o un nombre) el hermano de Severo vino con una lámpara de acetileno y desde la puerta nos previno que iba a empezar la fase de los saltos. Ignacio se bebió el café de un trago y dijo que esa noche todo parecía andar más rápido; fue de los que se ubicaron cerca de la cama, con la mujer de Severo y el chico menor que se reía porque la mano derecha de Severo oscilaba como un metrónomo. Su mujer le había puesto un piyama blanco y la cama estaba otra vez impecable; olimos el agua colonia y el Bebe le hizo un gesto admirativo a Manuelita, que debía haber pensado en eso. Severo dio el primer salto y quedó sentado al borde de la cama, mirando a su hermana que lo alentaba con una sonrisa un poco estúpida y de circunstancias. Qué necesidad había de eso, pensé yo que prefiero las cosas limpias; y qué podía importarle a Severo que su hermana lo alentara o no. Los saltos se sucedían rítmicamente: sentado al borde de la cama, sentado contra la cabecera, sentado en el borde opuesto, de pie en el medio de la cama, de pie sobre el piso entre Ignacio y el Bebe, en cuclillas sobre el piso entre su mujer y su hermano, sentado en el rincón de la puerta, de pie en el centro del cuarto, siempre entre dos amigos o parientes, cayendo justo en los huecos mientras nadie se movía y solamente los ojos lo iban siguiendo, sentado en el borde de la cama, de pie contra la cabecera, de cuclillas en el medio de la cama, arrodillado en el borde de la cama, parado entre Ignacio y Manuelita, de rodillas entre su hijo menor y yo, sentado al pie de la cama. Cuando la mujer de Severo anunció el fin de la fase, todos empezaron a hablar al mismo tiempo y a felicitar a Severo que estaba como ajeno; ya no me acuerdo quién lo acompañó de vuelta a la cama porque salíamos al mismo tiempo comentando la fase y buscando alguna cosa para calmar la sed, y yo me fui con el Bebe al patio a respirar el aire de la noche y a bebernos dos cervezas del gollete.

En la fase siguiente hubo un cambio, me acuerdo, porque según Ignacio tenía que ser la de los relojes y en cambio oímos llorar otra vez a la mujer de Severo en la sala y casi enseguida vino el hijo mayor a decirnos que ya empezaban a entrar las polillas. Nos miramos un poco extrañados con el Bebe y con Ignacio, pero no estaba excluido que pudiera haber cambios y el Bebe dijo lo acostumbrado sobre el orden de los factores y esas cosas; pienso que a nadie le gustaba el cambio pero disimulábamos al ir entrando otra vez y formando círculo alrededor de la cama de Severo, que la familia había colocado como correspondía en el centro del dormitorio.

El hermano de Severo llegó el último con la lámpara de acetileno, apagó la araña del cielo raso y corrió la mesa de luz hasta los pies de la cama; cuando puso la lámpara en la mesa de luz nos quedamos callados y quietos, mirando a Severo que se había incorporado a medias entre las almohadas y no parecía demasiado cansado por las fases anteriores. Las polillas empezaron a entrar por la puerta, y las que ya estaban en las paredes o el cielo raso se sumaron a las otras y empezaron a revolotear en torno de la lámpara de acetileno. Con los ojos muy abiertos Severo seguía el torbellino ceniciento que aumentaba cada vez más, y parecía concentrar todas sus fuerzas en esa contemplación sin parpadeos. Una de las polillas (era muy grande, yo creo que en realidad era una falena pero en esa fase se hablaba solamente de polillas y nadie hubiera discutido el nombre) se desprendió de las otras y voló a la cara de Severo; vimos que se pegaba a la mejilla derecha y que Severo cerraba por un instante los ojos. Una tras otra las polillas abandonaron la lámpara y volaron en torno de Severo, pegándose en el pelo, la boca y la frente hasta convertirlo en una enorme máscara temblorosa en la que sólo los ojos seguían siendo los suyos y miraban empecinados la lámpara de acetileno donde una polilla se obstinaba en girar buscando entrada. Sentí que los dedos de Ignacio se me clavaban en el antebrazo, y sólo entonces me di cuenta de que también yo temblaba y tenía una mano hundida en el hombro del Bebe. Alguien gimió, una mujer, probablemente Manuelita que no sabía dominarse como los demás, y en ese mismo instante la última polilla voló hacia la cara de Severo y se perdió en la masa gris. Todos gritamos a la vez, abrazándonos y palmeándonos mientras el hermano de Severo corría a encender la araña del cielo raso; una nube de polillas buscaba torpemente la salida y Severo, otra vez la cara de Severo, seguía mirando la lámpara ya inútil y movía cautelosamente la boca como si temiera envenenarse con el polvo de plata que le cubría los labios.

No me quedé ahí porque tenían que lavar a Severo y ya alguien estaba hablando de una botella de grapa en la cocina, aparte de que en esos casos siempre sorprende cómo las bruscas recaídas en la normalidad, por decirle así, distraen y hasta engañan. Seguí a Ignacio que conocía todos los rincones, y le pegamos a la grapa con el Bebe y el hijo mayor de Severo. Mi hermano Carlos se había tirado en un banco y fumaba con la cabeza gacha, respirando fuerte; le llevé una copa y se la bebió de un trago. El Bebe Pessoa se empecinaba en que Manuelita tomara un trago, y hasta le hablaba de cine y de carreras; yo me mandaba una grapa tras otra sin querer pensar en nada, hasta que no pude más y busqué a Ignacio que parecía esperarme cruzado de brazos.

—Si la última polilla hubiera elegido... —empecé.

Ignacio hizo una lenta señal negativa con la cabeza. Por supuesto, no había que preguntar; por lo menos en ese momento no había que preguntar; no sé si comprendí del todo pero tuve la sensación de un gran hueco, algo como una cripta vacía que en alguna parte de la memoria latía lentamente con un gotear de filtraciones. En la negación de Ignacio (y desde lejos me había parecido que el Bebe Pessoa también negaba con la cabeza, y que Manuelita nos miraba ansiosamente, demasiado tímida para negar a su vez) había como una suspensión del juicio, un no querer ir más adelante; las cosas eran así en su presente absoluto, como iban ocurriendo. Entonces podíamos seguir, y cuando la mujer de Severo entró en la cocina para avisar que Severo iba a decir los números, dejamos las copas medio llenas y nos apuramos, Manuelita entre el Bebe y yo, Ignacio atrás con mi hermano Carlos que llega siempre tarde a todos lados.

Los parientes ya estaban amontonados en el dormitorio y no quedaba mucho sitio donde ubicarse. Yo acababa de entrar (ahora la lámpara de acetileno ardía en el suelo, al lado de la cama, pero la araña seguía encendida) cuando Severo se levantó, se puso las manos en los bolsillos del piyama, y mirando a su hijo mayor dijo: «6», mirando a su mujer dijo: «20», mirando a Ignacio dijo: «23», con una voz tranquila y desde abajo, sin apurarse. A su hermana le dijo 16, a su hijo menor 28, a otros parientes les fue diciendo números casi siempre altos, hasta que a mí me dijo 2 y sentí que el Bebe me miraba de reojo y apretaba los labios, esperando su turno. Pero Severo se puso a decirles números a otros parientes y amigos, casi siempre por encima de 5 y sin repetirlos jamás. Casi al final al Bebe le dijo 14, y el Bebe abrió la boca y se estremeció como si le pasara un gran viento entre las cejas, se frotó las manos y después tuvo vergüenza y las escondió en los bolsillos del pantalón justo cuando Severo le decía 1 a una mujer de cara muy encendida, probablemente una parienta lejana que había venido sola y que casi no había hablado con nadie esa noche, y de golpe Ignacio y el Bebe se miraron y Manuelita se apoyó en el marco de la puerta y me pareció que temblaba, que se contenía para no gritar. Los demás ya no atendían a sus números, Severo los decía igual pero ellos empezaban a hablar, incluso Manuelita cuando se repuso y dio dos pasos hacia adelante y le tocó el 9, ya nadie se preocupaba y los números terminaron en un hueco 24 y un 12 que les tocaron a un pariente y a mi hermano Carlos; el mismo Severo parecía menos concentrado y con el último se echó hacia atrás y se dejó tapar por su mujer, cerrando los ojos como quien se desinteresa u olvida.

—Por supuesto es una cuestión de tiempo —me dijo Ignacio cuando salimos del dormitorio—. Los números por sí mismos no quieren decir nada, che.

—¿A vos te parece? —le pregunté bebiéndome de un trago la copa que me había traído el Bebe.

—Pero claro, che —dijo Ignacio—. Fijate que del 1 al 2 pueden pasar años, ponele diez o veinte, en una de esas más.

—Seguro —apoyó el Bebe—. Yo que vos no me afligía.

Pensé que me había traído la copa sin que nadie se la pidiera, molestándose en ir hasta la cocina con toda esa gente. Y a él le había tocado el 14 y a Ignacio el 23.

—Sin contar que está el asunto de los relojes —dijo mi hermano Carlos que se había puesto a mi lado y me apoyaba la mano en el hombro—. Eso no se entiende mucho, pero a lo mejor tiene su importancia. Si te toca atrasar...

—Ventaja adicional —dijo el Bebe, sacándome la copa vacía de la mano como si tuviera miedo de que se me cayese al suelo.

Estábamos en el zaguán al lado del dormitorio, y por eso entramos de los primeros cuando el hijo mayor de Severo vino precisamente a decirnos que empezaba la fase de los relojes. Me pareció que la cara de Severo había enflaquecido de golpe, pero su mujer acababa de peinarlo y olía de nuevo a agua colonia que siempre da confianza. A mí me rodeaban mi hermano, Ignacio y el Bebe como para cuidarme el ánimo, y en cambio no había nadie que se ocupara de la parienta que había sacado el 1 y que estaba a los pies de la cama con la cara más roja que nunca, temblándole la boca y los párpados. Sin siquiera mirarla Severo le dijo a su hijo menor que adelantara, y el pibe no entendió y se puso a reír hasta que su madre lo agarró de un brazo y le quitó el reloj pulsera. Sabíamos que era un gesto simbólico, bastaba simplemente adelantar o atrasar las agujas sin fijarse en el número de horas o minutos, puesto que al salir de la habitación volveríamos a poner los relojes en hora. Ya a varios les tocaba adelantar o atrasar, Severo distribuía las indicaciones casi mecánicamente, sin interesarse; cuando a mí me tocó atrasar, mi hermano volvió a clavarme los dedos en el hombro; esta vez se lo agradecí, pensando como el Bebe que podía ser una ventaja adicional aunque nadie pudiera estar seguro; y también a la parienta de la cara colorada le tocaba atrasar, y la pobre se secaba unas lágrimas de gratitud, quizá completamente inútiles al fin y al cabo, y se iba para el patio a tener un buen ataque de nervios entre las macetas; algo oímos después desde la cocina, entre nuevas copas de grapa y las felicitaciones de Ignacio y de mi hermano.

—Pronto será el sueño —nos dijo Manuelita—, mamá manda decir que se preparen.

No había mucho que preparar, volvimos despacio al dormitorio, arrastrando el cansancio de la noche; pronto amanecería y era día hábil, a casi todos nos esperaban los empleos a las nueve o a las nueve y media; de golpe empezaba a hacer más frío, la brisa helada en el patio metiéndose por el zaguán, pero en el dormitorio las luces y la gente calentaban el aire, casi no se hablaba y bastaba mirarse para ir haciendo sitio, ubicándose alrededor de la cama después de apagar los cigarrillos. La mujer de Severo estaba sentada en la cama, arreglando las almohadas, pero se levantó y se puso en la cabecera; Severo miraba hacia arriba, ignorándonos miraba la araña encendida, sin parpadear, con las manos apoyadas sobre el vientre, inmóvil e indiferente miraba sin parpadear la araña encendida y entonces Manuelita se acercó al borde de la cama y todos le vimos en la mano el pañuelo con las monedas atadas en las cuatro puntas. No quedaba más que esperar, sudando casi en ese aire encerrado y caliente, oliendo agradecidos el agua colonia y pensando en el momento en que por fin podríamos irnos de la casa y fumar hablando en la calle, discutiendo o no lo de esa noche, probablemente no pero fumando hasta perdernos por las esquinas. Cuando los párpados de Severo empezaron a bajar lentamente, borrándole de a poco la imagen de la araña encendida, sentí cerca de mi oreja la respiración ahogada del Bebe Pessoa. Bruscamente había un cambio, un aflojamiento, se lo sentía como si no fuéramos más que un solo cuerpo de incontables piernas y manos y cabezas aflojándose de golpe, comprendiendo que era el fin, el sueño de Severo que empezaba, y el gesto de Manuelita al inclinarse sobre su padre y cubrirle la cara con el pañuelo, disponiendo las cuatro puntas de manera que lo sostuvieran naturalmente, sin arrugas ni espacios descubiertos, era lo mismo que ese suspiro contenido que nos envolvía a todos, nos tapaba a todos con el mismo pañuelo.

—Y ahora va a dormir —dijo la mujer de Severo—. Ya está durmiendo, fijense.

Los hermanos de Severo se habían puesto un dedo en los labios pero no hacía falta, nadie hubiera dicho nada, empezábamos a movernos en puntas de pie, apoyándonos unos en otros para salir sin ruido. Algunos miraban todavía hacia atrás, el pañuelo sobre la cara de Severo, como si quisieran asegurarse de que Severo estaba dormido. Sentí contra mi mano derecha un pelo crespo y duro, era el hijo menor de Severo que un pariente había tenido cerca de él para que no hablara ni se moviera, y que ahora había venido a pegarse a mí, jugando a caminar en puntas de pie y mirándome desde abajo con unos ojos interrogantes y cansados. Le acaricié el mentón, las mejillas, llevándolo contra mí fui saliendo al zaguán y al patio, entre Ignacio y el Bebe que ya sacaban los atados de cigarrillos; el gris del amanecer con un gallo allá en lo hondo nos iba devolviendo a nuestra vida de cada uno, al futuro ya instalado en ese gris y ese frío, horriblemente hermoso. Pensé que la mujer de Severo y Manuelita (tal vez los hermanos y el hijo mayor) se quedaban adentro velando el sueño de Severo, pero nosotros íbamos ya camino de la calle, dejábamos atrás la cocina y el patio.

—¿No juegan más? —me preguntó el hijo de Severo, cayéndose de sueño pero con la obstinación de todos los pibes.

—No, ahora hay que ir a dormir —le dije—. Tu mamá te va a acostar, andate adentro que hace frío.

—Era un juego, ¿verdad,Julio?

—Sí, viejo, era un juego. Andá a dormir, ahora.

Con Ignacio, el Bebe y mi hermano llegamos a la primera esquina, encendimos otro cigarrillo sin hablar mucho. Otros ya andaban lejos, algunos seguían parados en la puerta de la casa, consultándose sobre tranvías o taxis; nosotros conocíamos bien el barrio, podíamos seguir juntos las primeras cuadras, después el Bebe y mi hermano doblarían a la izquierda, Ignacio seguiría unas cuadras más, y yo subiría a mi pieza y pondría a calentar la pava del mate, total no valía la pena acostarse por tan poco tiempo, mejor ponerse las zapatillas y fumar y tomar mate, esas cosas que ayudan.

Segunda vez

No más que los esperábamos, cada uno tenía su fecha y su hora, pero eso sí, sin apuro, fumando despacio, de cuando en cuando el negro López venía con café y entonces dejábamos de trabajar y comentábamos las novedades, casi siempre lo mismo, la visita del jefe, los cambios de arriba, las performances en San Isidro. Ellos, claro, no podían saber que los estábamos esperando, lo que se dice esperando, esas cosas tenían que pasar sin escombro, ustedes proceden tranquilos, palabra del jefe, cada tanto lo repetía por las dudas, ustedes la van piano piano, total era fácil, si algo patinaba no se la iban a tomar con nosotros, los responsables estaban arriba y el jefe era de ley, ustedes tranquilos, muchachos, si hay lío aquí la cara la doy yo, lo único que les pido es que no se me vayan a equivocar de sujeto, primero la averiguación para no meter la pata y después pueden proceder nomás.

Francamente no daban trabajo, el jefe había elegido oficinas funcionales para que no se amontonaran, y nosotros los recibíamos de a uno como corresponde, con todo el tiempo necesario. Para educados nosotros, che, el jefe lo decía vuelta a vuelta y era cierto, todo sincronizado que reíte de las IBM, aquí se trabajaba con vaselina, minga de apuro ni de córranse adelante. Teníamos tiempo para los cafecitos y los pronósticos del domingo, y el jefe era el primero en venir a buscar las fijas que para eso el flaco Bianchetti era propiamente un oráculo. Así que todos los días lo mismo, llegábamos con los diarios, el negro López traía el primer café y al rato empezaban a caer para el trámite. La convocatoria decía eso, trámite que le concierne, nosotros solamente ahí esperando. Ahora que eso sí, aunque venga en papel amarillo una convocatoria siempre tiene un aire serio; por eso María Elena la había mirado muchas veces en su casa, el sello verde rodeando la firma ilegible y las indicaciones de fecha y lugar. En el ómnibus volvió a sacarla de la cartera y le dio cuerda al reloj para más seguridad. La citaban a una oficina de la calle Maza, era raro que ahí hubiera un ministerio pero su hermana había dicho que estaban instalando oficinas en cualquier parte porque los ministerios ya resultaban chicos, y apenas se bajó del ómnibus vio que debía ser cierto, el barrio era cualquier cosa, con casas de tres o cuatro pisos y sobre todo mucho comercio al por menor, hasta algunos árboles de los pocos que iban quedando en la zona.

«Por lo menos tendrá una bandera», pensó María Elena al acercarse a la cuadra del setecientos, a lo mejor era como las embajadas que estaban en los barrios residenciales pero se distinguían desde lejos por el trapo de colores en algún balcón. Aunque el número figuraba clarito en la convocatoria, la sorprendió no ver la bandera patria y por un momento se quedó en la esquina (era demasiado temprano, podía hacer tiempo) y sin ninguna razón le preguntó al del quiosco de diarios si en esa cuadra estaba la Dirección.

—Claro que está —dijo el hombre—, ahí a la mitad de cuadra, pero antes por qué no se queda un poquito para hacerme compañía, mire lo solo que estoy.

—A la vuelta —le sonrió María Elena yéndose sin apuro y consultando una vez más el papel amarillo. Casi no había tráfico ni gente, un gato delante de un almacén y una gorda con una nena que salían de un zaguán. Los pocos autos estaban estacionados a la altura de la Dirección, casi todos con alguien en el volante leyendo el diario o fumando. La entrada era angosta como todas en la cuadra, con un zaguán de mayólicas y la escalera al fondo; la chapa en la puerta parecía apenas la de un médico o un dentista, sucia y con un papel pegado en la parte de abajo para tapar alguna de las inscripciones. Era raro que no hubiese ascensor, un tercer piso y tener que subir a pie después de ese papel tan serio con el sello verde y la firma y todo.

La puerta del tercero estaba cerrada y no se veía ni timbre ni chapa. María Elena tanteó el picaporte y la puerta se abrió sin ruido;

el humo del tabaco le llegó antes que las mayólicas verdosas del pasillo y los bancos a los dos lados con la gente sentada. No eran muchos, pero con ese humo y el pasillo tan angosto parecía que se tocaban con las rodillas, las dos señoras ancianas, el señor calvo y el muchacho de la corbata verde. Seguro que habían estado hablando para matar el tiempo, justo al abrir la puerta María Elena alcanzó un final de frase de una de las señoras, pero como siempre se quedaron callados de golpe mirando a la que llegaba último, y también como siempre y sintiéndose tan sonsa María Elena se puso colorada y apenas si le salió la voz para decir buenos días y quedarse parada al lado de la puerta hasta que el muchacho le hizo una seña mostrándole el banco vacío a su lado. Justo cuando se sentaba, dándole las gracias, la puerta del otro extremo del pasillo se entornó para dejar salir a un hombre de pelo colorado que se abrió paso entre las rodillas de los otros sin molestarse en pedir permiso. El empleado mantuvo la puerta abierta con un pie, esperando hasta que una de las dos señoras se enderezó dificultosamente y disculpándose pasó entre María Elena y el señor calvo; la puerta de salida y la de la oficina se cerraron casi al mismo tiempo, y los que quedaban empezaron de nuevo a charlar, estirándose un poco en los bancos que crujían.

Cada uno tenía su tema, como siempre, el señor calvo la lentitud de los trámites, si esto es así la primera vez qué se puede esperar, dígame un poco, más de media hora para total qué, a lo mejor cuatro preguntas y chau, por lo menos supongo.

—No se crea —dijo el muchacho de la corbata verde—, yo es la segunda vez y le aseguro que no es tan corto, entre que copian todo a máquina y por ahí uno no se acuerda bien de una fecha, esas cosas, al final dura bastante.

El señor calvo y la señora anciana lo escuchaban interesados porque para ellos era evidentemente la primera vez, lo mismo que María Elena aunque no se sentía con derecho a entrar en la conversación. El señor calvo quería saber cuánto tiempo pasaba entre la primera y la segunda convocatoria, y el muchacho explicó que en su caso había sido cosa de tres días. ¿Pero por qué dos convocatorias?, quiso preguntar María Elena, y otra vez sintió que le subían los colores a la cara y esperó que alguien le hablara y le diera confianza, la dejara formar parte, no ser ya más la última. La señora anciana había sacado un frasquito como de sales y lo olía suspirando. Capaz que tanto humo la estaba descomponiendo, el muchacho se ofreció a apagar el cigarrillo y el señor calvo dijo que claro, que ese pasillo era una vergüenza, mejor apagaban los cigarrillos si se sentía mal, pero la señora dijo que no, un poco de fatiga solamente que se le pasaba enseguida, en su casa el marido y los hijos fumaban todo el tiempo, ya casi no me doy cuenta. María Elena que también había tenido ganas de sacar un cigarrillo vio que los hombres apagaban los suyos, que el muchacho lo aplastaba contra la suela del zapato, siempre se fuma demasiado cuando se tiene que esperar, la otra vez había sido peor porque había siete u ocho personas antes, y al final ya no se veía nada en el pasillo con tanto humo.

—La vida es una sala de espera —dijo el señor calvo, pisando el cigarrillo con mucho cuidado y mirándose las manos como si ya no supiera qué hacer con ellas, y la señora anciana suspiró un asentimiento de muchos años y guardó el frasquito justo cuando se abría la puerta del fondo y la otra señora salía con ese aire que todos le envidiaron, el buenos días casi compasivo al llegar a la puerta de salida. Pero entonces no se tardaba tanto, pensó María Elena, tres personas antes que ella, pongamos tres cuartos de hora, claro que en una de ésas el trámite se hacía más largo con algunos, el muchacho ya había estado una primera vez y lo había dicho. Pero cuando el señor calvo entró en la oficina, María Elena se animó a preguntar para estar más segura, y el muchacho se quedó pensando y después dijo que la primera vez algunos habían tardado mucho y otros menos, nunca se podía saber. La señora anciana hizo notar que la otra señora había salido casi enseguida, pero el señor de pelo colorado había tardado una eternidad.

—Menos mal que quedamos pocos —dijo María Elena—, estos lugares deprimen.

—Hay que tomarlo con filosofía —dijo el muchacho—, no se olvide que va a tener que volver, así que mejor quedarse tranquila. Cuando yo vine la primera vez no había nadie con quien hablar, éramos un montón pero no sé, no se congeniaba, y en cambio hoy desde que llegué el tiempo va pasando bien porque se cambian ideas.

A María Elena le gustaba seguir charlando con el muchacho y la señora, casi no sintió pasar el tiempo hasta que el señor calvo salió y la señora se levantó con una rapidez que no le habrían sospechado a sus años, la pobre quería acabar rápido con los trámites.

—Bueno, ahora nosotros —dijo el muchacho—. ¿No le molesta si fumo un pitillo? No aguanto más, pero la señora parecía tan descompuesta...

—Yo también tengo ganas de fumar.

Aceptó el cigarrillo que él le ofrecía y se dijeron sus nombres, dónde trabajaban, les hacía bien cambiar impresiones olvidándose del pasillo, del silencio que por momentos parecía demasiado, como si las calles y la gente hubieran quedado muy lejos. María Elena también había vivido en Floresta pero de chica, ahora vivía por Constitución. A Carlos no le gustaba ese barrio, prefería el oeste, mejor aire, los árboles. Su ideal hubiera sido vivir en Villa del Parque, cuando se casara a lo mejor alquilaba un departamento por ese lado, su futuro suegro le había prometido ayudarlo, era un señor con muchas relaciones y en una de ésas conseguía algo.

—Yo no sé por qué, pero algo me dice que voy a vivir toda mi vida por Constitución —dijo María Elena—. No está tan mal, después de todo. Y si alguna vez...

Vio abrirse la puerta del fondo y miró casi sorprendida al muchacho que le sonreía al levantarse, ya ve cómo pasó el tiempo charlando, la señora los saludaba amablemente, parecía tan contenta de irse, todo el mundo tenía un aire más joven y más ágil al salir, como un peso que les hubieran quitado de encima, el trámite acabado, una diligencia menos y afuera la calle, los cafés donde a lo mejor entrarían a tomarse una copita o un té para sentirse realmente del otro lado de la sala de espera y los formularios. Ahora el tiempo se le iba a hacer más largo a María Elena sola, aunque si todo seguía así Carlos saldría bastante pronto, pero en una de ésas tardaba más que los otros porque era la segunda vez y vaya a saber qué trámite tendría.

Casi no comprendió al principio cuando vio abrirse la puerta y el empleado la miró y le hizo un gesto con la cabeza para que pasara. Pensó que entonces era así, que Carlos tendría que quedarse todavía un rato llenando papeles y que entretanto se ocuparían de ella. Saludó al empleado y entró en la oficina; apenas había pasado la puerta cuando otro empleado le mostró una silla delante de un escritorio negro. Había varios empleados en la oficina, solamente hombres, pero no vio a Carlos. Del otro lado del escritorio un empleado de cara enfermiza miraba una planilla; sin levantar los ojos tendió la mano y María Elena tardó en comprender que le estaba pidiendo la convocatoria, de golpe se dio cuenta y la buscó un poco perdida, murmurando excusas, sacó dos o tres cosas de la cartera hasta encontrar el papel amarillo.

—Vaya llenando esto —dijo el empleado alcanzándole un formulario—. Con mayúsculas, bien clarito.

Eran las pavadas de siempre, nombre y apellido, edad, sexo, domicilio. Entre dos palabras María Elena sintió como que algo le molestaba, algo que no estaba del todo claro. No en la planilla, donde era fácil ir llenando los huecos; algo afuera, algo que faltaba o que no estaba en su sitio. Dejó de escribir y echó una mirada alrededor, las otras mesas con los empleados trabajando o hablando entre ellos, las paredes sucias con carteles y fotos, las dos ventanas, la puerta por donde había entrado, la única puerta de la oficina. *Profesión*, y al lado la línea punteada; automáticamente rellenó el hueco. La única puerta de la oficina, pero Carlos no estaba ahí. *Antigüedad en el empleo*. Con mayúsculas, bien clarito.

Cuando firmó al pie, el empleado la estaba mirando como si hubiera tardado demasiado en llenar la planilla. Estudió un momento el papel, no le encontró defectos y lo guardó en una carpeta. El resto fueron preguntas, algunas inútiles porque ella ya las había contestado en la planilla, pero también sobre la familia, los cambios de domicilio en los últimos años, los seguros, si viajaba con frecuencia y adónde, si había sacado pasaporte o pensaba sacarlo. Nadie parecía preocuparse mucho por las respuestas, y en todo caso el empleado no las anotaba. Bruscamente le dijo a María Elena que podía irse y que volviera tres días después a las once; no hacía falta convocatoria por escrito, pero que no se le fuera a olvidar.

—Sí, señor —dijo María Elena levantándose—, entonces el jueves a las once.

—Que le vaya bien —dijo el empleado sin mirarla.

En el pasillo no había nadie, y recorrerlo fue como para todos los otros, un apurarse, un respirar liviano, unas ganas de llegar a la calle y dejar lo otro atrás. María Elena abrió la puerta de salida y al empezar a bajar la escalera pensó de nuevo en Carlos, era raro que Carlos no hubiera salido como los otros. Era raro porque la oficina tenía solamente una puerta, claro que en una de ésas no había mirado bien porque eso no podía ser, el empleado había abierto la puerta para que ella entrara y Carlos no se había cruzado con ella, no había salido primero como todos los otros, el hombre del pelo colorado, las señoras, todos menos Carlos.

El sol se estrellaba contra la vereda, era el ruido y el aire de la calle; María Elena caminó unos pasos y se quedó parada al lado de un árbol, en un sitio donde no había autos estacionados. Miró hacia la puerta de la casa, se dijo que iba a esperar un momento para ver salir a Carlos. No podía ser que Carlos no saliera, todos habían salido al terminar el trámite. Pensó que acaso él tardaba porque era el único que había venido por segunda vez; vaya a saber, a lo mejor era eso. Parecía tan raro no haberlo visto en la oficina, aunque a lo mejor había una puerta disimulada por los carteles, algo que se le había escapado, pero lo mismo era raro porque todo el mundo había salido por el pasillo como ella, todos los que habían venido por primera vez habían salido por el pasillo.

Antes de irse (había esperado un rato, pero ya no podía seguir así) pensó que el jueves tendría que volver. Capaz que entonces las cosas cambiaban y que la hacían salir por otro lado aunque no supiera por dónde ni por qué. Ella no, claro, pero nosotros sí lo sabíamos, nosotros la estaríamos esperando a ella y a los otros, fumando despacito y charlando mientras el negro López preparaba otro de los tantos cafés de la mañana.

En nombre de Boby

Ayer cumplió los ocho años, le hicimos una linda fiesta y Boby estuvo contento con el tren a cuerda, la pelota de fútbol y la torta con velitas. Mi hermana había tenido miedo de que justamente en esos días viniera con malas notas de la escuela pero fue al revés, mejoró en aritmética y en lectura y no había motivo para suprimirle los juguetes, al contrario. Le dijimos que invitara a sus amigos y trajo al Beto y a Juanita; también vino Mario Panzani pero se quedó poco porque el padre estaba enfermo. Mi hermana los dejó jugar en el patio hasta la noche y Boby estrenó la pelota, aunque las dos teníamos miedo de que nos rompieran las plantas con el entusiasmo. Cuando fue la hora de la naranjada y la torta con velitas le cantamos a coro el «apio verde» y nos reímos mucho porque todo el mundo estaba contento, sobre todo Boby y mi hermana; yo, claro, no dejé de vigilar a Boby y eso que me parecía estar perdiendo el tiempo, vigilando qué si no había nada que vigilar; pero lo mismo vigilándolo a Boby cuando él estaba distraído, buscándole esa mirada que mi hermana no parece advertir y que me hace tanto daño.

Ese día solamente la miró así una vez, justo cuando mi hermana encendía las velitas, apenas un segundo antes de bajar los ojos y decir como el niño bien educado que es: «Muy linda la torta, mamá», y Juanita aprobó también, y Mario Panzani. Yo había puesto el cuchillo largo para que Boby cortara la torta y en ese momento sobre todo lo vigilé desde la otra punta de la mesa, pero Boby estaba tan contento con la torta que apenas la miró así a mi hermana y se concentró en la tarea de cortar las tajadas bien igualitas y repartirlas. «Vos la primera, mamá», dijo Boby dándole su tajada, y después a Juanita y a mí porque primero las damas. Enseguida se fueron al patio para seguir jugando salvo Mario Panzani que tenía al padre enfermo, pero antes Boby le dijo de nuevo a mi hermana que la torta estaba muy rica, y a mí vino corriendo y me saltó al pescuezo para darme uno de sus besos húmedos. «Qué lindo el trencito, tía», y por la noche se me trepó a las rodillas para confiarme el gran secreto: «Ahora tengo ocho años, sabés, tía».

Nos acostamos bastante tarde, pero era sábado y Boby podía remolonear como nosotras hasta entrada la mañana. Yo fui la última en irme a la cama y antes me ocupé de arreglar el comedor y poner las sillas en su sitio, los chicos habían jugado al barco hundido y a otros juegos que siempre dejan la casa patas arriba. Guardé el cuchillo largo y antes de acostarme vi que mi hermana ya dormía como una bendita; fui hasta la piecita de Boby y lo miré, estaba boca abajo como le gustaba ponerse desde chiquito, ya había tirado las sábanas al suelo y tenía una pierna fuera de la cama, pero dormía tan bien con la cara enterrada en la almohada. Si yo hubiera tenido un hijo también lo habría dejado dormir así, pero para qué pensar en esas cosas. Me acosté y no quise leer, capaz que hice mal porque no me venía el sueño y me pasaba lo de siempre a esa hora en que se pierde la voluntad y las ideas saltan de todos lados y parecen ciertas, todo lo que se piensa de golpe es cierto y casi siempre horrible y no hay manera de quitárselo de encima ni rezando. Bebí agua con azúcar y esperé contando desde trescientos, de atrás para adelante que es más difícil y hace venir el sueño; justo cuando ya estaba por dormirme me entró la duda si había guardado el cuchillo o si estaba todavía en la mesa. Era sonso porque había ordenado cada cosa y me acordaba que había puesto el cuchillo en el cajón de abajo de la alacena, pero lo mismo. Me levanté y claro, estaba ahí en el cajón mezclado con los otros cubiertos de trinchar. No sé por qué tuve como ganas de guardarlo en mi dormitorio, hasta lo saqué un momento pero ya era demasiado, me miré en el espejo y me hice una morisqueta. Tampoco eso me gustó mucho a esa hora, y entonces me serví un vasito de anís aunque era una imprudencia con mi hígado, y lo tomé de a sorbitos en la cama para ir buscando el sueño; de a ratos se oía roncar a mi hermana, y Boby como siempre hablaba o se quejaba.

Justo cuando ya me dormía todo volvió de golpe, la primera vez que Boby le había preguntado a mi hermana por qué era mala con él y mi hermana que es una santa, eso dicen todos, se había quedado mirándolo como si fuera una broma y hasta se había reído, pero yo que estaba ahí preparando el mate me acuerdo que Boby no se rió, al contrario estaba como afligido y quería saber, en esa época debía tener ya siete años y siempre hacía preguntas raras como todos los chicos, me acuerdo del día en que me preguntó a mí por qué los árboles eran diferentes de nosotros y yo a mi vez le pregunté por qué y Boby dijo: «Pero tía, ellos se abrigan en verano y se desabrigan en invierno», y yo me quedé con la boca abierta porque realmente, ese chico; todos son así, pero en fin. Y ahora mi hermana lo miraba extrañada, ella no había sido nunca mala con él, se lo dijo, solamente severa a veces cuando se portaba mal o estaba enfermo y había que hacerle cosas que no le gustaban, también las mamás de Juanita o de Mario Panzani eran severas con sus hijos cuando hacía falta, pero Boby la seguía mirando triste y al final explicó que no era de día, que ella era mala de noche cuando él estaba durmiendo, y las dos nos quedamos de una pieza y creo que fui yo la que empezó a explicarle que nadie tiene la culpa de lo que pasa en los sueños, que habría sido una pesadilla y ya está, no tenía que preocuparse. Ese día Boby no insistió, él siempre aceptaba nuestras explicaciones y no era un chico difícil, pero unos días después amaneció llorando a gritos y cuando yo llegué a su cama me abrazó y no quiso hablar, solamente lloraba y lloraba, otra pesadilla seguro, hasta que al mediodía se acordó de golpe en la mesa y volvió a preguntarle a mi hermana por qué cuando él estaba durmiendo ella era tan mala con él. Esta vez mi hermana lo tomó a pecho, le dijo que ya era demasiado grande para no distinguir y que si seguía insistiendo con eso le iba a avisar al doctor Kaplan porque a lo mejor tenía lombrices o apendicitis y había que hacerle algo. Yo sentí que Boby se iba a poner a llorar y me apuré a explicarle de nuevo lo de las pesadillas, tenía que darse cuenta de que nadie lo quería tanto como su mamá, ni siquiera yo que lo quería tanto, y Boby escuchaba muy serio, secándose una lágrima, y dijo que claro, que él sabía, se bajó de la silla para ir a besar a mi hermana que no sabía qué hacer, y después se quedó pensativo mirando al aire, y por la tarde lo fui a buscar al patio y le pedí que me contara a mí que era su tía, a mí podía confiarme todo como a su mamá, y si no quería decírselo a ella que me lo dijera a mí. Se sentía que no quería hablar, le costaba demasiado pero al final dijo algo como que de noche todo era distinto, habló de unos trapos negros, de que no podía soltar las manos ni los pies, cualquiera tiene pesadillas así pero era una lástima que Boby las tuviera justamente con mi hermana que tantos sacrificios había hecho por él, se lo dije y se lo repetí y él claro, estaba de acuerdo, claro que sí.

Justo después de eso mi hermana tuvo la pleuresía y a mí me tocó ocuparme de todo, Boby no me daba trabajo porque con lo chiquito que era se las arreglaba casi solo, me acuerdo que entraba a ver a mi hermana y se quedaba al lado de la cama sin hablar, esperando que ella le sonriera o le acariciara el pelo, y después se iba a jugar calladito al patio o a leer a la sala; ni siquiera tuve necesidad de decirle que no tocara el piano en esos días, con lo mucho que le gustaba. La primera vez que lo vi triste le expliqué que su mamá ya estaba mejor y que al otro día se levantaría un rato a tomar sol. Boby hizo un gesto raro y me miró de reojo; no sé, la idea me vino de golpe y le pregunté si de nuevo estaba con las pesadillas. Se puso a llorar muy callado, escondiendo la cara, después dijo que sí, que por qué su mamá era así con él; esa vez me di cuenta de que tenía miedo, cuando le bajé las manos para secarle la cara le vi el miedo y me costó hacerme la indiferente y explicarle de nuevo que no eran más que sueños. «A ella no le digas nada», le pedí, «fijate que todavía está débil y se va a impresionar». Boby asintió callado, tenía tanta confianza en mí, pero más tarde llegué a pensar que lo había tomado al pie de la letra porque ni siquiera cuando mi hermana estaba convaleciente le habló otra vez de eso, yo se lo adivinaba algunas mañanas cuando lo veía salir de su cuarto con esa expresión perdida, y también porque se quedaba todo el tiempo conmigo, rondándome en la cocina. Una o dos veces no pude más y le hablé en el patio o cuando lo bañaba, y era siempre lo mismo, haciendo un esfuerzo para no llorar, tragándose las palabras, por qué su mamá era así con él de noche, pero más allá no podía ir, lloraba demasiado. Yo no quería que mi hermana se enterara porque había quedado mal de la pleuresía y capaz que la afectaba demasiado, se lo expliqué de nuevo a Boby que comprendía muy bien, a mí en cambio podía contarme cualquier cosa, ya iba a ver que cuando creciera un poco más iba a dejar de tener esas pesadillas; mejor que no comiera tanto pan por la noche, yo le iba a preguntar al doctor Kaplan si no le convendría algún laxante para dormir sin malos sueños. No le pregunté nada, claro, era difícil hablarle de una cosa así al doctor Kaplan que tenía tanta clientela y no estaba para perder el tiempo. No sé si hice bien pero Boby poco a poco dejó de preocuparme tanto, a veces lo veía con ese aire un poco perdido por las mañanas y me decía que a lo mejor de nuevo y entonces esperaba que él viniera a confiarse, pero Boby se ponía a dibujar o se iba a la escuela sin decirme nada y volvía contento y cada día más fuerte y sano y con las mejores notas.

La última vez fue cuando la ola de calor de febrero, mi hermana ya estaba curada y hacíamos la vida de siempre. No sé si se daba cuenta, pero yo no quería decirle nada porque la conozco y sé que es demasiado sensible, sobre todo cuando se trata de Boby, bien que me acuerdo de cuando Boby era chiquito y mi hermana todavía estaba bajo el golpe del divorcio y esas cosas, lo que le costaba aguantar cuando Boby lloraba o hacía alguna travesura y yo tenía que llevármelo al patio y esperar que todo se calmara, para eso estamos las tías. Más bien pienso que mi hermana no se daba cuenta de que a veces Boby se levantaba como si volviera de un largo viaje, con una cara perdida que le duraba hasta el café con leche, y cuando nos quedábamos solas yo siempre esperaba que ella dijera alguna cosa, pero no; y a mí me parecía mal recordarle algo que tenía que hacerla sufrir, más bien me imaginaba que en una de ésas Boby volvería a preguntarle por qué era mala con él, pero Boby también debía pensar que no tenía derecho a algo así, capaz que se acordaba de mi pedido y creía que nunca más tendría que hablarle de eso a mi hermana. Por momentos me venía la idea de que era yo la que estaba inventando, seguro que Boby ya no soñaba nada malo con su madre, a mí me lo hubiera dicho enseguida para consolarse; pero después le veía esa carita de algunas mañanas y volvía a preocuparme. Menos mal que mi hermana no se daba cuenta de nada, ni siquiera la primera vez que Boby la miró así, yo estaba planchando y él desde la puerta de la antecocina la miró a mi hermana y no sé, cómo se puede explicar una cosa así, solamente que la plancha casi me agujerea el camisón azul, la saqué justo a tiempo y Boby todavía estaba mirando así a mi hermana que amasaba para hacer empanadas. Cuando le pregunté qué buscaba, por decirle algo, él se sobresaltó y contestó que nada, que hacía demasiado calor afuera para jugar a la pelota. No sé con qué tono le había hecho la pregunta pero él repitió la explicación como para convencerme y se fue a dibujar a la sala. Mi hermana dijo que Boby estaba muy sucio y que lo iba a bañar esa misma tarde, con lo grande que era se olvidaba siempre de lavarse las orejas y los pies. Al final fui yo quien lo bañé porque mi hermana todavía se cansaba por la tarde, y mientras lo enjabonaba en la bañadera y él jugaba con el pato de plástico que nunca había querido abandonar, me animé a preguntarle si dormía mejor esa temporada.

—Más o menos —me dijo, después de un momento dedicado a hacer nadar el pato.

—¿Cómo más o menos? ¿Soñás o no soñás cosas feas?

—La otra noche sí —dijo Boby, sumergiendo el pato y manteniéndolo bajo el agua.

—¿Le contaste a tu mamá?

—No, a ella no. A ella...

No me dio tiempo a nada, enjabonado y todo se me tiró encima y me abrazó llorando, temblando, poniéndome a la miseria mientras yo trataba de rechazarlo y su cuerpo se me resbalaba entre los dedos hasta que él mismo se dejó caer sentado en la bañadera y se tapó la cara con las manos, llorando a gritos. Mi hermana vino corriendo y creyó que Boby se había resbalado y que le dolía algo, pero él dijo que no con la cabeza, dejó de llorar con un esfuerzo que le arrugaba la cara, y se levantó en la bañadera para que viéramos que no le había pasado nada, negándose a hablar, desnudo y enjabonado y tan solo en su llanto contenido que ni mi hermana ni yo podíamos calmarlo aunque viniéramos con toallas y caricias y promesas.

Después de eso yo buscaba siempre la oportunidad de darle confianza a Boby sin que se diera cuenta de que lo quería hacer hablar, pero las semanas fueron pasando y nunca quiso decirme nada, ahora cuando me adivinaba algo en la cara se iba enseguida o me abrazaba para pedirme caramelos o permiso para ir a la esquina con Juanita y Mario Panzani. A mi hermana no le pedía nada, era muy atento con ella que en el fondo seguía bastante delicada de salud y no se preocupaba demasiado de atenderlo porque yo llegaba siempre primero y Boby me aceptaba cualquier cosa, hasta lo más desagradable cuando era necesario, de manera que mi hermana no alcanzaba a darse cuenta de eso que yo había visto enseguida, esa manera de mirarla así por momentos, de quedarse en la puerta antes de entrar mirándola hasta que yo me daba cuenta y él bajaba rápido la vista o se ponía a correr o a hacer una cabriola. Lo del cuchillo fue casualidad, yo estaba cambiando el papel en la alacena de la antecocina y había sacado todos los cubiertos; no me di cuenta de que Boby había entrado hasta que me di vuelta para cortar otra tira de papel y lo vi mirando el cuchillo más largo. Se distrajo enseguida o quiso que no me diera cuenta, pero yo esa manera de mirar ya se la conocía y no sé, es estúpido pensar cosas pero me vino como un frío, casi un viento helado en esa antecocina tan recalentada. No fui capaz de decirle nada pero por la noche pensé que Boby había dejado de preguntarle a mi hermana por qué era mala con él, solamente a veces la miraba como había mirado el cuchillo largo, esa mirada diferente. Sería casualidad, claro, pero no me gustó cuando a la semana le volví a ver la misma cara mientras yo estaba justamente cortando pan con el cuchillo largo y mi hermana le explicaba a Boby que ya era tiempo que aprendiera a lustrarse solo los zapatos. «Sí, mamá», dijo Boby, solamente atento a lo que yo le estaba haciendo al pan, acompañando con los ojos cada movimiento del cuchillo y balanceándose un poco en la silla casi como si él mismo estuviera cortando el pan; a lo mejor pensaba en los zapatos y se movía como si los lustrara, seguro que mi hermana se imaginó eso porque Boby era tan obediente y tan bueno.

Por la noche se me ocurrió si no tendría que hablarle a mi hermana, pero qué le iba a decir si no pasaba nada y Boby sacaba las mejores notas del grado y esas cosas, solamente que no me podía dormir porque de golpe todo se juntaba de nuevo, era como una masa que se iba espesando y entonces el miedo, imposible saber de qué porque Boby y mi hermana ya estaban durmiendo y de a ratos se los oía moverse o suspirar, dormían tan bien, mucho mejor que yo ahí pensando toda la noche. Y claro, al final busqué a Boby en el jardín después que lo vi mirar otra vez así a mi hermana, le pedí que me ayudara a trasplantar un almácigo y hablamos de un montón de cosas y él me confió que Juanita tenía una hermana que estaba de novia.

—Naturalmente, ya es grande —le dije—. Mirá, andá traeme el cuchillo largo de la cocina para cortar estas rafias.

Salió corriendo como siempre, porque nadie le ganaba en servicial conmigo, y me quedé mirando hacia la casa para verlo volver, pensando que en realidad tendría que haberle preguntado por los sueños antes de pedirle el cuchillo, para estar segura. Cuando volvió caminando muy despacio, como frotándose en el aire de la siesta para tardar más, vi que había elegido uno de los cuchillos cortos aunque yo había dejado el más largo bien a la vista porque quería estar segura de que lo iba a ver apenas abriera el cajón de la alacena.

—Éste no sirve —le dije. Me costaba hablar, era estúpido con alguien tan chiquito e inocente como Boby, pero ni siquiera alcanzaba a mirarlo en los ojos. Solamente sentí el envión cuando se me tiró en los brazos soltando el cuchillo y se apretó contra mí, se apretó tanto contra mí sollozando. Creo que en ese momento vi algo que debía ser su última pesadilla, no podría preguntárselo pero pienso que vi lo que él había soñado la última vez antes de dejar de tener las pesadillas y en cambio mirar así a mi hermana, mirar así el cuchillo largo.

Apocalipsis de Solentiname

Los ticos son siempre así, más bien calladitos pero llenos de sorpresas, uno baja en San José de Costa Rica y ahí están esperándote Carmen Naranjo y Samuel Rovinski y Sergio Ramírez (que es de Nicaragua y no tico pero qué diferencia en el fondo si es lo mismo, qué diferencia en que yo sea argentino aunque por gentileza debería decir tino, y los otros nicas o ticos). Hacía uno de esos calores y para peor todo empezaba enseguida, conferencia de prensa con lo de siempre, ¿por qué no vivís en tu patria, qué pasó que *Blow-Up* era tan distinto de tu cuento, te parece que el escritor tiene que estar comprometido? A esta altura de las cosas ya sé que la última entrevista me la harán en las puertas del infierno y seguro que serán las mismas preguntas, y si por caso es chez San Pedro la cosa no va a cambiar, ¿a usted no le parece que allá abajo escribía demasiado hermético para el pueblo?

Después el hotel Europa y esa ducha que corona los viajes con un largo monólogo de jabón y de silencio. Solamente que a las siete cuando ya era hora de caminar por San José y ver si era sencillo y parejito como me habían dicho, una mano se me prendió del saco y detrás estaba Ernesto Cardenal y qué abrazo, poeta, qué bueno que estuvieras ahí después del encuentro en Roma, de tantos encuentros sobre el papel a lo largo de años. Siempre me sorprende, siempre me conmueve que alguien como Ernesto venga a verme y a buscarme, vos dirás que hiervo de falsa modestia pero decilo nomás viejo, el chacal aúlla pero el ómnibus pasa, siempre seré un aficionado, alguien que desde abajo quiere tanto a algunos que un día resulta que también lo quieren, son cosas que me superan, mejor pasamos a la otra línea.

La otra línea era que Ernesto sabía que yo llegaba a Costa Rica y dale, de su isla se había venido en avión porque el pajarito que le lleva las noticias lo tenía informado de que los ticas me planeaban un viaje a Solentiname y a él le parecía irresistible la idea de venir a buscarme, con lo cual dos días después Sergio y Óscar y Ernesto y yo colmábamos la demasiado colmable capacidad de una avioneta Piper Aztec, cuyo nombre será siempre un enigma para mí pero que volaba entre hipos y borborigmos ominosos mientras el rubio piloto sintonizaba unos calipsos contrarrestantes y parecía por completo indiferente a mi noción de que el azteca nos llevaba derecho a la pirámide del sacrificio. No fue así, como puede verse, bajamos en Los Chiles y de ahí un yip igualmente tambaleante nos puso en la finca del poeta José Coronel Urteche, a quien más gente haría bien en leer y en cuya casa descansamos hablando de tantos otros amigos poetas, de Roque Dalton y de Gertrude Stein y de Carlos Martínez Rivas hasta que llegó Luis Coronel y nos fuimos para Nicaragua en su yip y en su panga de sobresaltadas velocidades. Pero antes hubo fotos de recuerdo con una cámara de esas que dejan salir ahí nomás un papelito celeste que poco a poco y maravillosamente y polaroid se va llenando de imágenes paulatinas, primero ectoplasmas inquietantes y poco a poco una nariz, un pelo crespo, la sonrisa de Ernesto con su vincha nazarena, doña María y don José recortándose contra la veranda. A todos les parecía muy normal eso porque desde luego estaban habituados a servirse de esa cámara pero yo no, a mí ver salir de la nada, del cuadradito celeste de la nada esas caras y esas sonrisas de despedida me llenaba de asombro y se los dije, me acuerdo de haberle preguntado a Óscar qué pasaría si alguna vez después de una foto de familia el papelito celeste de la nada empezara a llenarse con Napoleón a caballo, y la carcajada de don José Coronel que todo lo escuchaba como siempre, el yip, vámonos ya para el lago.

A Solentiname llegamos entrada la noche, allí esperaban Teresa y William y un poeta gringo y los otros muchachos de la comunidad; nos fuimos a dormir casi enseguida pero antes vi las pinturas en un rincón, Ernesto hablaba con su gente y sacaba de una bolsa las provisiones y regalos que traía de San José, alguien dormía en una hamaca y yo vi las pinturas en un rincón, empecé a mirarlas. No me acuerdo quién me explicó que eran trabajos de los campesinos de la zona, ésta la pintó el Vicente, ésta es de la Ramona, algunas firmadas y otras no pero todas tan hermosas, una vez más la visión primera del mundo, la mirada limpia del que describe su entorno como un canto de alabanza: vaquitas enanas en prados de amapola, la choza de azúcar de donde va saliendo la gente como hormigas, el caballo de ojos verdes contra un fondo de cañaverales, el bautismo en una iglesia que no cree en la perspectiva y se trepa o se cae sobre sí misma, el lago con botecitos como zapatos y en último plano un pez enorme que ríe con labios de color turquesa. Entonces vino Ernesto a explicarme que la venta de las pinturas ayudaba a tirar adelante, por la mañana me mostraría trabajos en madera y piedra de los campesinos y también sus propias esculturas; nos íbamos quedando dormidos pero yo seguí todavía ojeando los cuadritos amontonados en un rincón, sacando las grandes barajas de tela con las vaquitas y las flores y esa madre con dos niños en las rodillas, uno de blanco y el otro de rojo, bajo un cielo tan lleno de estrellas que la única nube quedaba como humillada en un ángulo, apretándose contra la varilla del cuadro, saliéndose ya de la tela de puro miedo.

Al otro día era domingo y misa de once, la misa de Solentiname en la que los campesinos y Ernesto y los amigos de visita comentan juntos un capítulo del evangelio que ese día era el arresto de Jesús en el huerto, un tema que la gente de Solentiname trataba como si hablaran de ellos mismos, de la amenaza de que les cayeran en la noche o en pleno día, esa vida en permanente incertidumbre de las islas y de la tierra firme y de toda Nicaragua y no solamente de toda Nicaragua sino de casi toda América Latina, vida rodeada de miedo y de muerte, vida de Guatemala y vida de El Salvador, vida de la Argentina y de Bolivia, vida de Chile y de Santo Domingo, vida del Paraguay, vida de Brasil y de Colombia.

Ya después hubo que pensar en volverse y fue entonces que pensé de nuevo en los cuadros, fui a la sala de la comunidad y empecé a mirarlos a la luz delirante de mediodía, los colores más altos, los acrílicos o los óleos enfrentándose desde caballitos y girasoles y fiestas en los prados y palmares simétricos. Me acordé que tenía un rollo de color en la cámara y salí a la veranda con una brazada de cuadros; Sergio que llegaba me ayudó a tenerlos parados en la buena luz, y de uno en uno los fui fotografiando con cuidado, centrando de manera que cada cuadro ocupara enteramente el visor. Las casualidades son así: me quedaban tantas tomas como cuadros, ninguno se quedó afuera y cuando vino Ernesto a decirnos que la panga estaba lista le conté lo que había hecho y él se rió, ladrón de cuadros, contrabandista de imágenes. Sí, le dije, me los llevo todos, allá los proyectaré en mi pantalla y serán más grandes y más brillantes que éstos, jodete.

Volví a San José, estuve en La Habana y anduve por ahí haciendo cosas, de vuelta a París con un cansancio lleno de nostalgia, Claudine calladita esperándome en Orly, otra vez la vida de reloj pulsera y *merci monsieur, bonjour madame*, los comités, los cines, el vino tinto y Claudine, los cuartetos de Mozart y Claudine. Entre tanta cosa que los sapos maletas habían escupido sobre la cama y la alfombra, revistas, recortes, pañuelos y libros de poetas centroamericanos, los tubos de plástico gris con los rollos de películas, tanta cosa a lo largo de dos meses, la secuencia de la Escuela Lenin de La Habana, las calles de Trinidad, los perfiles del volcán Irazú y su cubeta de agua hirviente verde donde Samuel y yo y Sarita habíamos imaginado patos ya asados flotando entre gasas de humo azufrado. Claudine llevó los rollos a revelar, una tarde andando por el barrio latino me acordé y como tenía la boleta en el bolsillo los recogí y eran ocho, pensé enseguida en los cuadritos de Solentiname y cuando estuve en mi casa busqué en las cajas y fui mirando el primer diapositivo de cada serie, me acordaba que antes de fotografiar los cuadritos había estado sacando la misa de Ernesto, unos niños jugando entre las palmeras igualitos a las pinturas, niños y palmeras y vacas contra un fondo violentamente azul de cielo y de lago apenas un poco más verde, o a lo mejor al revés, ya no lo tenía claro. Puse en el cargador la caja de los niños y la misa, sabía que después empezaban las pinturas hasta el final del rollo.

Anochecía y yo estaba solo, Claudine vendría al salir del trabajo para escuchar música y quedarse conmigo; armé la pantalla y un ron con mucho hielo, el proyector con su cargador listo y su botón de telecomando; no hacía falta correr las cortinas, la noche servicial ya estaba ahí encendiendo las lámparas y el perfume del ron; era grato pensar que todo volvería a darse poco a poco, después de los cuadritos de Solentiname empezaría a pasar las cajas con las fotos cubanas, pero por qué los cuadritos primero, por qué la deformación profesional, el arte antes que la vida, y por qué no, le dijo el otro a éste en su eterno indesarmable diálogo fraterno y rencoroso, por qué no mirar primero las pinturas de Solentiname si también son la vida, si todo es lo mismo.

Pasaron las fotos de la misa, más bien malas por errores de exposición, los niños en cambio jugaban a plena luz y dientes tan blancos. Apretaba sin ganas el botón de cambio, me hubiera quedado tanto rato mirando cada foto pegajosa de recuerdo, pequeño mundo frágil de Solentiname rodeado de agua y de esbirros como estaba rodeado el muchacho que miré sin comprender, yo había apretado el botón y el muchacho estaba ahí en un segundo plano clarísimo, una cara ancha y lisa como llena de incrédula sorpresa mientras su cuerpo se vencía hacia adelante, el agujero nítido en mitad de la frente, la pistola del oficial marcando todavía la trayectoria de la bala, los otros a los lados con las metralletas, un fondo confuso de casas y de árboles.

Se piensa lo que se piensa, eso llega siempre antes que uno mismo y lo deja tan atrás; estúpidamente me dije que se habrían equivocado en la óptica, que me habían dado las fotos de otro cliente, pero entonces la misa, los niños jugando en el prado, entonces cómo. Tampoco mi mano obedecía cuando apretó el botón y fue un salitral interminable a mediodía con dos o tres cobertizos de chapas herrumbradas, gente amontonada a la izquierda mirando los cuerpos tendidos boca arriba, sus brazos abiertos contra un cielo desnudo y gris; había que fijarse mucho para distinguir en el fondo al grupo uniformado de espaldas y yéndose, el yip que esperaba en lo alto de una loma.

Sé que seguí; frente a eso que se resistía a toda cordura lo único posible era seguir apretando el botón, mirando la esquina de Corrientes y San Martín y el auto negro con los cuatro tipos apuntando a la vereda donde alguien corría con una camisa blanca y zapatillas, dos mujeres queriendo refugiarse detrás de un camión estacionado, alguien mirando de frente, una cara de incredulidad horrorizada, llevándose una mano al mentón como para tocarse y sentirse todavía vivo, y de golpe la pieza casi a oscuras, una sucia luz cayendo de la alta ventanilla enrejada, la mesa con la muchacha desnuda boca arriba y el pelo colgándole hasta el suelo, la sombra de espaldas metiéndole un cable entre las piernas abiertas, los dos tipos de frente hablando entre ellos, una corbata azul y un pull-over verde. Nunca supe si seguía apretando o no el botón, vi un claro de selva, una cabaña con techo de paja y árboles en primer plano, contra el tronco del más próximo un muchacho flaco mirando hacia la izquierda donde un grupo confuso, cinco o seis muy juntos le apuntaban con fusiles y pistolas; el muchacho de cara larga y un mechón cayéndole en la frente morena los miraba, una mano alzada a medias, la otra a lo mejor en el bolsillo del pantalón, era como si les estuviera diciendo algo sin apuro, casi displicentemente, y aunque la foto era borrosa yo sentí y supe y vi que el muchacho era Roque Dalton, y entonces sí apreté el botón como si con eso pudiera salvarlo de la infamia de esa muerte y alcancé a ver un auto que volaba en pedazos en pleno centro de una ciudad que podía ser Buenos Aires o São Paulo, seguí apretando y apretando entre ráfagas de caras ensangrentadas y pedazos de cuerpos y carreras de mujeres y de niños por una ladera boliviana o guatemalteca, de golpe la pantalla se llenó de mercurio y de nada y también de Claudine que entraba silenciosa volcando su sombra en la pantalla antes de inclinarse y besarme en el pelo y preguntar si eran lindas, si estaba contento de las fotos, si se las quería mostrar.

Corrí el cargador y volví a ponerlo en cero, uno no sabe cómo ni por qué hace las cosas cuando ha cruzado un límite que tampoco sabe. Sin mirarla, porque hubiera comprendido o simplemente tenido miedo de eso que debía ser mi cara, sin explicarle nada porque todo era un solo nudo desde la garganta hasta las uñas de los pies, me levanté y despacio la senté en mi sillón y algo debí decir de que iba a buscarle un trago y que mirara, que mirara ella mientras yo iba a buscarle un trago. En el baño creo que vomité, o solamente lloré y después vomité o no hice nada y solamente estuve sentado en el borde de la bañera dejando pasar el tiempo hasta que pude ir a la cocina y prepararle a Claudine su bebida preferida, llenársela de hielo y entonces sentir el silencio, darme cuenta de que Claudine no gritaba ni venía corriendo a preguntarme, el silencio nada más y por momentos el bolero azucarado que se filtraba desde el departamento de al lado. No sé cuánto tardé en recorrer lo que iba de la cocina al salón, ver la parte de atrás de la pantalla justo cuando ella llegaba al final y la pieza se llenaba con el reflejo del mercurio instantáneo y después la penumbra, Claudine apagando el proyector y echándose atrás en el sillón para tomar el vaso y sonreírme despacito, feliz y gata y tan contenta.

—Qué bonitas te salieron, esa del pescado que se ríe y la madre con los dos niños y las vaquitas en el campo; espera, y esa otra del bautismo en la iglesia, decime quién los pintó, no se ven las firmas.

Sentado en el suelo, sin mirarla, busqué mi vaso y lo bebí de un trago. No le iba a decir nada, qué le podía decir ahora, pero me acuerdo que pensé vagamente en preguntarle una idiotez, preguntarle si en algún momento no había visto una foto de Napoleón a caballo. Pero no se lo pregunté, claro.

San José, La Habana, abril de 1976

Lucas, sus pudores

En los departamentos de ahora ya se sabe, el invitado va al baño y los otros siguen hablando de Biafra y de Michel Foucault, pero hay algo en el aire como si todo el mundo quisiera olvidarse de que tiene oídos y al mismo tiempo las orejas se orientaran hacia el lugar sagrado que naturalmente en nuestra sociedad encogida está apenas a tres metros del lugar donde se desarrollan estas conversaciones de alto nivel, y es seguro que a pesar de los esfuerzos que hará el invitado ausente para no manifestar sus actividades, y los de los contertulios para activar el volumen del diálogo, en algún momento reverberará uno de esos sordos ruidos que oír se dejan en las circunstancias menos indicadas, o en el mejor de los casos el rasguido patético de un papel higiénico de calidad ordinaria cuando se arranca una hoja del rollo rosa o verde.

Si el invitado que va al baño es Lucas, su horror sólo puede compararse a la intensidad del cólico que lo ha obligado a encerrarse en el ominoso reducto. En ese horror no hay neurosis ni complejos, sino la certidumbre de un comportamiento intestinal recurrente, es decir que todo empezará lo más bien, suave y silencioso, pero ya hacia el final, guardando la misma relación de la pólvora con los perdigones en un cartucho de caza, una detonación más bien horrenda hará temblar los cepillos de dientes en sus soportes y agitarse la cortina de plástico de la ducha.

Nada puede hacer Lucas para evitarlo; ha probado todos los métodos, tales como inclinarse hasta tocar el suelo con la cabeza, echarse hacia atrás al punto que los pies rozan la pared de enfrente, ponerse de costado e incluso, recurso supremo, agarrarse las nalgas y separarlas lo más posible para aumentar el diámetro del conducto proceloso. Vana es la multiplicación de silenciadores tales como echarse sobre los muslos todas las toallas al alcance y hasta las salidas de baño de los dueños de casa; prácticamente siempre, al término de lo que hubiera podido ser una agradable transferencia, el pedo final prorrumpe tumultuoso.

Cuando le toca a otro ir al baño, Lucas tiembla por él pues está seguro que de un segundo a otro resonará el primer halalí de la ignominia; lo asombra un poco que la gente no parezca preocuparse demasiado por cosas así, aunque es evidente que no están desatentas a lo que ocurre e incluso lo cubren con choque de cucharitas en las tazas y corrimiento de sillones totalmente inmotivados. Cuando no sucede nada, Lucas es feliz y pide de inmediato otro coñac, al punto que termina por traicionarse y todo el mundo se da cuenta de que había estado tenso y angustiado mientras la señora de Broggi cumplimentaba sus urgencias. Cuán distinto, piensa Lucas, de la simplicidad de los niños que se acercan a la mejor reunión y anuncian: Mamá, quiero caca. Qué bienaventurado, piensa a continuación Lucas, el poeta anónimo que compuso aquella cuarteta donde se proclama que no hay placer más exquisito / que cagar bien despacito / ni placer más delicado / que después de haber cagado. Para remontarse a tales alturas ese señor debía estar exento de todo peligro de ventosidad intempestiva o tempestuosa, a menos que el baño de su casa estuviera en el piso de arriba o fuera esa piecita de chapas de zinc separada del rancho por una buena distancia.

Ya instalado en el terreno poético, Lucas se acuerda del verso del Dante en el que los condenados *avevan dal cul fatto trombetta*, y con esta remisión mental a la más alta cultura se considera un tanto disculpado de meditaciones que poco tienen que ver con lo que está diciendo el doctor Berenstein a propósito de la ley de alquileres.

Lucas, sus estudios sobre la sociedad de consumo

Como el progreso no conoce límites, en España se venden paquetes que contienen treinta y dos cajas de fósforos (léase cerillas) cada una de las cuales reproduce vistosamente una pieza de un juego completo de ajedrez.

Velozmente un señor astuto ha lanzado a la venta un juego de ajedrez cuyas treinta y dos piezas pueden servir como tazas de café; casi de inmediato el Bazar Dos Mundos ha producido tazas de café que permiten a las señoras más bien blandengues una gran variedad de corpiños lo suficientemente rígidos, tras de lo cual Yves St. Laurent acaba de suscitar un corpiño que permite servir dos huevos pasados por agua de una manera sumamente sugestiva.

Lástima que hasta ahora nadie ha encontrado una aplicación diferente a los huevos pasados por agua, cosa que desalienta a los que los comen entre grandes suspiros; así se cortan ciertas cadenas de la felicidad que se quedan solamente en cadenas y bien caras dicho sea de paso.

Lucas, sus regalos de cumpleaños

Sería demasiado fácil comprar la torta en la confitería «Los dos Chinos»; hasta Gladis se daría cuenta, a pesar de que es un tanto miope, y Lucas estima que bien vale la pena pasarse medio día preparando personalmente un regalo cuya destinataria merece eso y mucho más, pero por lo menos eso. Ya desde la mañana recorre el barrio comprando harina flor de trigo y azúcar de caña, luego lee atentamente la receta de la torta Cinco Estrellas, obra cumbre de doña Gertrudis, la mamá de todas las buenas mesas, y la cocina de su departamento se transforma en poco tiempo en una especie de laboratorio del doctor Mabuse. Los amigos que pasan a verlo para discutir los pronósticos hípicos no tardan en irse al sentir los primeros síntomas de asfixia, pues Lucas tamiza, cuela, revuelve y espolvorea los diversos y delicados ingredientes con una tal pasión que el aire tiende a no prestarse demasiado a sus funciones usuales.

Lucas posee experiencia en la materia y además la torta es para Gladis, lo que significa varias capas de hojaldre (no es fácil hacer un buen hojaldre) entre las cuales se van disponiendo exquisitas confituras, escamas de almendras de Venezuela, coco rallado pero no solamente rallado sino molido hasta la desintegración atómica en un mortero de obsidiana; a eso se agrega la decoración exterior, modulada en la paleta de Raúl Soldi pero con arabescos considerablemente inspirados por Jackson Pollock, salvo en la parte más austera dedicada a la inscripción SOLAMENTE PARA TÍ, cuyo relieve casi sobrecogedor lo proporcionan guindas y mandarinas almibaradas y que Lucas compone en Baskerville cuerpo catorce que pone una nota casi solemne en la dedicatoria.

Llevar la torta Cinco Estrellas en una fuente o un plato le parece a Lucas de una vulgaridad digna de banquete en el Jockey Club, de manera que la instala delicadamente en una bandeja de cartón blanco cuyo tamaño sobrepasa apenas el de la torta. A la hora de la fiesta se pone su traje a rayas y transpone el zaguán repleto de invitados llevando la bandeja con la torta en la mano derecha, hazaña de por sí notable, mientras con la izquierda aparta amablemente a maravillados parientes y a más de cuatro colados que ahí nomás juran morir como héroes antes de renunciar a la degustación del espléndido regalo. Por esa razón a espaldas de Lucas se organiza enseguida una especie de cortejo en el que abundan gritos, aplausos y borborigmos de saliva propiciatoria, y la entrada de todos en el salón de recibo no dista demasiado de una versión provincial de *Aída*. Comprendiendo la gravedad del instante, los padres de Gladis juntan las manos en un gesto más bien conocido pero siempre bien visto, y la homenajeada abandona una conversación bruscamente insignificante para adelantarse con todos los dientes en primera fila y los ojos mirando al cielo raso. Feliz, colmado, sintiendo que tantas horas de trabajo culminan en algo que se aproxima a la apoteosis, Lucas arriesga el gesto final de la Gran Obra: su mano asciende en el ofertorio de la torta, la inclina peligrosamente ante la ansiedad pública, y la zampa en plena cara de Gladis. Todo esto toma apenas más tiempo del que tarda Lucas en reconocer la textura del adoquinado de la calle, envuelto en tal lluvia de patadas que reíte del diluvio.

Lucas, sus métodos de trabajo

Como a veces no puede dormir, en vez de contar corderitos contesta mentalmente la correspondencia atrasada, porque su mala conciencia tiene tanto insomnio como él. Las cartas de cortesía, las apasionadas, las intelectuales, una a una las va contestando a ojos cerrados y con grandes hallazgos de estilo y vistosos desarrollos que lo complacen por su espontaneidad y eficacia, lo que naturalmente multiplica el insomnio. Cuando se duerme, toda la correspondencia ha sido puesta al día.

Por la mañana, claro, está deshecho, y para peor tiene que sentarse a escribir todas las cartas pensadas por la noche, las cuales cartas le salen mucho peor, frías o torpes o idiotas, lo que hace que esa noche tampoco podrá dormir debido al exceso de fatiga, aparte de que entretanto le han llegado nuevas cartas de cortesía, apasionadas o intelectuales y que Lucas en vez de contar corderitos se pone a contestarlas con tal perfección y elegancia que Madame de Sévigné lo hubiera aborrecido minuciosamente.

Lucas, sus traumatoterapias

A Lucas una vez lo operaron de apendicitis, y como el cirujano era un roñoso se le infectó la herida y la cosa iba muy mal porque además de la supuración en radiante tecnicolor Lucas se sentía más aplastado que pasa de higo. En ese momento entran Dora y Celestino y le dicen nos vamos ahora mismo a Londres, venite a pasar una semana, no puedo, gime Lucas, resulta que, bah, yo te cambio las compresas, dice Dora, en el camino compramos agua oxigenada y curitas, total que se toman el tren y el ferry y Lucas se siente morir porque aunque la herida no le duele en absoluto, dado que apenas tiene tres centímetros de ancho, lo mismo él se imagina lo que está pasando debajo del pantalón y el calzoncillo, cuando al fin llegan al hotel y se mira, resulta que no hay ni más ni menos supuración que en la clínica, y entonces Celestino dice ya ves, en cambio aquí vas a tener la pintura de Turner, Laurence Olivier y los *steak and kidney pies* que son la alegría de mi vida.

Al otro día después de haber caminado kilómetros Lucas está perfectamente curado, Dora le pone todavía dos o tres curitas por puro placer de tirarle de los pelos, y desde ese día Lucas considera que ha descubierto la traumatoterapia que como se ve consiste en hacer exactamente lo contrario de lo que mandan Esculapio, Hipócrates y el doctor Fleming.

En numerosas ocasiones Lucas que tiene buen corazón ha puesto en práctica su método con sorprendentes resultados en la familia y amistades. Por ejemplo, cuando su tía Angustias contrajo un resfrío de tamaño natural y se pasaba días y noches estornudando desde una nariz cada vez más parecida a la de un ornitorrinco, Lucas se disfrazó de Frankenstein y la esperó detrás de una puerta con una sonrisa cadavérica. Después de proferir un horripilante alarido la tía Angustias cayó desmayada sobre los almohadones que Lucas había preparado precavidamente, y cuando los parientes la sacaron del soponcio la tía estaba demasiado ocupada en contar lo sucedido como para acordarse de estornudar, aparte de que durante varias horas ella y el resto de la familia sólo pensaron en correr detrás de Lucas armados de palos y cadenas de bicicleta. Cuando el doctor Feta hizo la paz y todos se juntaron a comentar los acontecimientos y beberse una cerveza, Lucas hizo notar distraídamente que la tía estaba perfectamente curada del resfrío, a lo cual, y con la falta de lógica habitual en esos casos la tía le contestó que ésa no era una razón para que su sobrino se portara como un hijo de puta.

Cosas así desaniman a Lucas, pero de cuando en cuando se aplica a sí mismo o ensaya en los demás su infalible sistema, y así cuando don Crespo anuncia que está con hígado, diagnóstico siempre acompañado de una mano sosteniéndose las entrañas y los ojos como la Santa Teresa del Bernini, Lucas se las arregla para que su madre se mande el guiso de repollo con salchichas y grasa de chancho que don Crespo ama casi más que las quinielas, y a la altura del tercer plato ya se ve que el enfermo vuelve a interesarse por la vida y sus alegres juegos, tras de lo cual Lucas lo invita a festejar con grapa catamarqueña que asienta la grasa. Cuando la familia se aviva de estas cosas hay conato de linchamiento, pero en el fondo empiezan a respetar la traumatoterapia, que ellos llaman toterapia o traumatota, les da igual.

Lucas, sus largas marchas

Todo el mundo sabe que la Tierra está separada de los otros astros por una cantidad variable de años luz. Lo que pocos saben (en realidad, solamente yo) es que Margarita está separada de mí por una cantidad considerable de años caracol.

Al principio pensé que se trataba de años tortuga, pero he tenido que abandonar esa unidad de medida demasiado halagadora. Por poco que camine una tortuga, yo hubiera terminado por llegar a Margarita, pero en cambio Osvaldo, mi caracol preferido, no me deja la menor esperanza. Vaya a saber cuándo se inició la marcha que lo fue distanciando imperceptiblemente de mi zapato izquierdo, luego que lo hube orientado con extrema precisión hacia el rumbo que lo llevaría a Margarita. Repleto de lechuga fresca, cuidado y atendido amorosamente, su primer avance fue promisorio, y me dije esperanzadamente que antes de que el pino del patio sobrepasara la altura del tejado, los plateados cuernos de Osvaldo entrarían en el campo visual de Margarita para llevarle mi mensaje simpático; entretanto, desde aquí podía ser feliz imaginando su alegría al verlo llegar, la agitación de sus trenzas y sus brazos.

Tal vez los años luz son todos iguales, pero no los años caracol, y Osvaldo ha cesado de merecer mi confianza. No es que se detenga, pues me ha sido posible verificar por su huella argentada que prosigue su marcha y que mantiene la buena dirección, aunque esto suponga para él subir y bajar incontables paredes o atravesar íntegramente una fábrica de fideos. Pero más me cuesta a mí comprobar esa meritoria exactitud, y dos veces he sido arrestado por guardianes enfurecidos a quienes he tenido que decir las peores mentiras puesto que la verdad me hubiera valido una lluvia de trompadas. Lo triste es que Margarita, sentada en su sillón de terciopelo rosa, me espera del otro lado de la ciudad. Si en vez de Osvaldo yo me hubiera servido de los años luz, ya tendríamos nietos; pero cuando se ama larga y dulcemente, cuando se quiere llegar al término de una paulatina esperanza, es lógico que se elijan los años caracol. Es tan difícil, después de todo, decidir cuáles son las ventajas y cuáles los inconvenientes de estas opciones.

Queremos tanto a Glenda

En aquel entonces era difícil saberlo. Uno va al cine o al teatro y vive su noche sin pensar en los que ya han cumplido la misma ceremonia, eligiendo el lugar y la hora, vistiéndose y telefoneando y fila once o cinco, la sombra y la música, la tierra de nadie y de todos allí donde todos son nadie, el hombre o la mujer en su butaca, acaso una palabra para excusarse por llegar tarde, un comentario a media voz que alguien recoge o ignora, casi siempre el silencio, las miradas vertiéndose en la escena o la pantalla, huyendo de lo contiguo, de lo de este lado. Realmente era difícil saber, por encima de la publicidad, de las colas interminables, de los carteles y las críticas, que éramos tantos los que queríamos a Glenda.

Llevó tres o cuatro años y sería aventurado afirmar que el núcleo se formó a partir de Irazusta o de Diana Rivero, ellos mismos ignoraban cómo en algún momento, en las copas con los amigos después del cine, se dijeron o se callaron cosas que bruscamente habrían de crear la alianza, lo que después todos llamamos el núcleo y los más jóvenes el club. De club no tenía nada, simplemente queríamos a Glenda Garson y eso bastaba para recortarnos de los que solamente la admiraban. Al igual que ellos también nosotros admirábamos a Glenda y además a Anouk, a Marilina, a Annie, a Silvana y por qué no a Marcello, a Yves, a Vittorio y a Dirk, pero solamente nosotros queríamos tanto a Glenda, y el núcleo se definió por eso y desde eso, era algo que sólo nosotros sabíamos y confiábamos a aquellos que a lo largo de las charlas habían ido mostrando poco a poco que también querían a Glenda.

A partir de Diana o Irazusta el núcleo se fue dilatando lentamente: el año de *El fuego de la nieve* debíamos ser apenas seis o siete, cuando estrenaron *El uso de la elegancia* el núcleo se amplió y sentimos que crecía casi insoportablemente y que estábamos amenazados de imitación snob o de sentimentalismo estacional. Los primeros, Irazusta y Diana y dos o tres más, decidimos cerrar filas, no admitir sin pruebas, sin el examen disimulado por los whiskys y los alardes de erudición (tan de Buenos Aires, tan de Londres y de México esos exámenes de medianoche). A la hora del estreno de *Los frágiles retornos* nos fue preciso admitir, melancólicamente triunfantes, que éramos muchos los que queríamos a Glenda. Los reencuentros en los cines, las miradas a la salida, ese aire como perdido de las mujeres y el dolido silencio de los hombres nos mostraban mejor que una insignia o un santo y seña. Mecánicas no investigables nos llevaron a un mismo café del centro, las mesas aisladas empezaron a acercarse, hubo la grácil costumbre de pedir el mismo cóctel para dejar de lado toda escaramuza inútil y mirarnos por fin en los ojos, allí donde todavía alentaba la última imagen de Glenda en la última escena de la última película.

Veinte, acaso treinta, nunca supimos cuántos llegamos a ser porque a veces Glenda duraba meses en una sala o estaba al mismo tiempo en dos o cuatro, y hubo además ese momento excepcional en que apareció en escena para representar a la joven asesina de *Los delirantes* y su éxito rompió los diques y creó entusiasmos momentáneos que jamás aceptamos. Ya para entonces nos conocíamos, muchos nos visitábamos para hablar de Glenda. Desde un principio Irazusta parecía ejercer un mandato tácito que nunca había reclamado, y Diana Rivero jugaba su lento ajedrez de confirmaciones y rechazos que nos aseguraba una autenticidad total sin riesgos de infiltrados o de tilingos. Lo que había empezado como asociación libre alcanzaba ahora una estructura de clan, y a las livianas interrogaciones del principio se sucedían las preguntas concretas, la secuencia del tropezón en *El uso de la elegancia*, la réplica final de *El fuego de la nieve*, la segunda escena erótica de *Los frágiles retornos*. Queríamos tanto a Glenda que no podíamos tolerar a los advenedizos, a las tumultuosas lesbianas, a los eruditos de la estética. Incluso (nunca sabremos cómo) se dio por sentado que iríamos al café los viernes cuando en el centro pasaran una película de Glenda, y que en los reestrenos en cines de barrio dejaríamos correr una semana antes de reunirnos, para darles a todos el tiempo necesario; como en un reglamento riguroso, las obligaciones se definían sin equívoco, no acatarlas hubiera sido provocar la sonrisa despectiva de Irazusta o esa mirada amablemente horrible con que Diana Rivero denunciaba la traición y el castigo. En ese entonces las reuniones eran solamente Glenda, su deslumbrante ubicuidad en cada uno de nosotros, y no sabíamos de discrepancias o reparos. Sólo poco a poco, al principio con un sentimiento de culpa, algunos se atrevieron a deslizar críticas parciales, el desconcierto o la decepción frente a una secuencia menos feliz, las caídas en lo convencional o lo previsible. Sabíamos que Glenda no era responsable de los desfallecimientos que enturbiaban por momentos la espléndida cristalería de *El látigo* o el final de *Nunca se sabe por qué*. Conocíamos otros trabajos de sus directores, el origen de las tramas y los guiones; con ellos éramos implacables porque empezábamos a sentir que nuestro cariño por Glenda iba más allá del mero territorio artístico y que sólo ella se salvaba de lo que imperfectamente hacían los demás. Diana fue la primera en hablar de misión, lo hizo con su manera tangencial de no afirmar lo que de veras contaba para ella, y le vimos una alegría de whisky doble, de sonrisa saciada, cuando admitimos llanamente que era cierto, que no podíamos quedarnos solamente en eso, el cine y el café y quererla tanto a Glenda.

Tampoco entonces se dijeron palabras claras, no nos eran necesarias. Sólo contaba la felicidad de Glenda en cada uno de nosotros, y esa felicidad sólo podía venir de la perfección. De golpe los errores, las carencias se nos volvieron insoportables; no podíamos aceptar que *Nunca se sabe por qué* terminara así, o que *El fuego de la nieve* incluyera la infame secuencia de la partida de póker (en la que Glenda no actuaba pero que de alguna manera la manchaba como un vómito, ese gesto de Nancy Phillips y la llegada inadmisible del hijo arrepentido). Como casi siempre, a Irazusta le tocó definir por lo claro la misión que nos esperaba, y esa noche volvimos a nuestras casas como aplastados por la responsabilidad que acabábamos de reconocer y asumir, y a la vez entreviendo la felicidad de un futuro sin tacha, de Glenda sin torpezas ni traiciones.

Instintivamente el núcleo cerró filas, la tarea no admitía una pluralidad borrosa. Irazusta habló del laboratorio cuando ya estaba instalado en una quinta de Recife de Lobos. Dividimos ecuánimemente las tareas entre los que deberían procurarse la totalidad de las copias de *Los frágiles retornos*, elegida por su relativamente escasa imperfección. A nadie se le hubiera ocurrido plantearse problemas de dinero, Irazusta había sido socio de Howard Hughes en el negocio de las minas de estaño de Pichincha, un mecanismo extremadamente simple nos ponía en las manos el poder necesario, los jets y las alianzas y las coimas. Ni siquiera tuvimos una oficina, la computadora de Hagar Loss programó las tareas y las etapas. Dos meses después de la frase de Diana Rivero el laboratorio estuvo en condiciones de sustituir en *Los frágiles retornos* la secuencia ineficaz de los pájaros por otra que devolvía a Glenda el ritmo perfecto y el exacto sentido de su acción dramática. La película tenía ya algunos años y su reposición en los circuitos internacionales no provocó la menor sorpresa: la memoria juega con sus depositarios y les hace aceptar sus propias permutaciones y variantes, quizá la misma Glenda no hubiera percibido el cambio y sí, porque eso lo percibimos todos, la maravilla de una perfecta coincidencia con un recuerdo lavado de escorias, exactamente idéntico al deseo.

La misión se cumplía sin sosiego, apenas asegurada la eficacia del laboratorio completamos el rescate de *El fuego de la nieve* y *El prisma*; las otras películas entraron en proceso con el ritmo exactamente previsto por el personal de Hagar Loss y del laboratorio. Tuvimos problemas con *El uso de la elegancia*, porque gente de los emiratos petroleros guardaba copias para su goce personal y fueron necesarias maniobras y concursos excepcionales para robarlas (no tenemos por qué usar otra palabra) y sustituirlas sin que los usuarios lo advirtieran. El laboratorio trabajaba en un nivel de perfección que en un comienzo nos había parecido inalcanzable aunque no nos atreviéramos a decírselo a Irazusta; curiosamente la más dubitativa había sido Diana, pero cuando Irazusta nos mostró *Nunca se sabe por qué* y vimos el verdadero final, vimos a Glenda que en lugar de volver a la casa de Romano enfilaba su auto hacia el farallón y nos destrozaba con su espléndida, necesaria caída en el torrente, supimos que la perfección podía ser de este mundo y que ahora era de Glenda para siempre, de Glenda para nosotros para siempre.

Lo más difícil estaba desde luego en decidir los cambios, los cortes, las modificaciones de montaje y de ritmo; nuestras distintas maneras de sentir a Glenda provocaban duros enfrentamientos que sólo se aplacaban después de largos análisis y en algunos casos por imposición de una mayoría en el núcleo. Pero aunque algunos, derrotados, asistiéramos a la nueva versión con la amargura de que no se adecuara del todo a nuestros sueños, creo que a nadie le decepcionó el trabajo realizado; queríamos tanto a Glenda que los resultados eran siempre justificables, muchas veces más allá de lo previsto. Incluso hubo pocas alarmas: la carta de un lector del infaltable *Times* asombrándose de que tres secuencias de *El fuego de la nieve* se dieran en un orden que creía recordar diferente, y también un artículo del crítico de *La Opinión* que protestaba por un supuesto corte en *El prisma*, imaginándose razones de mojigatería burocrática. En todos los casos se tomaron rápidas disposiciones para evitar posibles secuelas; no costó mucho, la gente es frívola y olvida o acepta o está a la caza de lo nuevo, el mundo del cine es fugitivo como la actualidad histórica, salvo para los que queremos tanto a Glenda.

Más peligrosas en el fondo eran las polémicas en el núcleo, el riesgo de un cisma o de una diáspora. Aunque nos sentíamos más que nunca unidos por la misión, hubo alguna noche en que se alzaron voces analíticas contagiadas de filosofía política, que en pleno trabajo se planteaban problemas morales, se preguntaban si no estaríamos entregándonos a una galería de espejos onanistas, a esculpir insensatamente una locura barroca en un colmillo de marfil o en un grano de arroz. No era fácil darles la espalda porque el núcleo sólo había podido cumplir la obra como un corazón o un avión cumplen la suya, ritmando una coherencia perfecta. No era fácil escuchar una crítica que nos acusaba de escapismo, que sospechaba un derroche de fuerzas desviadas de una realidad más apremiante, más necesitada de concurso en los tiempos que vivíamos. Y sin embargo no fue necesario aplastar secamente una herejía apenas esbozada, incluso sus protagonistas se limitaban a un reparo parcial, ellos y nosotros queríamos tanto a Glenda que por encima y más allá de las discrepancias éticas o históricas imperaba el sentimiento que siempre nos uniría, la certidumbre de que el perfeccionamiento de Glenda nos perfeccionaba y perfeccionaba el mundo. Tuvimos incluso la espléndida recompensa de que uno de los filósofos restableciera el equilibrio después de superar ese periodo de escrúpulos inanes; de su boca escuchamos que toda obra parcial es también historia, que algo tan inmenso como la invención de la imprenta había nacido del más individual y parcelado de los deseos, el de repetir y perpetuar un nombre de mujer.

Llegamos así al día en que tuvimos las pruebas de que la imagen de Glenda se proyectaba ahora sin la más leve flaqueza; las pantallas del mundo la vertían tal como ella misma —estábamos seguros— hubiera querido ser vertida, y quizá por eso no nos asombró demasiado enterarnos por la prensa de que acababa de anunciar su retiro del cine y del teatro. La involuntaria, maravillosa contribución de Glenda a nuestra obra no podía ser coincidencia ni milagro, simplemente algo en ella había acatado sin saberlo nuestro anónimo cariño, del fondo de su ser venía la única respuesta que podía darnos, el acto de amor que nos abarcaba en una entrega última, ésa que los profanos sólo entenderían como ausencia. Vivimos la felicidad del séptimo día, del descanso después de la creación; ahora podíamos ver cada obra de Glenda sin la agazapada amenaza de un mañana nuevamente plagado de errores y torpezas; ahora nos reuníamos con una liviandad de ángeles o de pájaros, en un presente absoluto que acaso se parecía a la eternidad.

Sí, pero un poeta había dicho bajo los mismos cielos de Glenda que la eternidad está enamorada de las obras del tiempo, y le tocó a Diana saberlo y darnos la noticia un año más tarde. Usual y humano: Glenda anunciaba su retorno a la pantalla, las razones de siempre, la frustración del profesional con las manos vacías, un personaje a la medida, un rodaje inminente. Nadie olvidaría esa noche en el café, justamente después de haber visto *El uso de la elegancia* que volvía a las salas del centro. Casi no fue necesario que Irazusta dijera lo que todos vivíamos como una amarga saliva de injusticia y rebeldía.

Queríamos tanto a Glenda que nuestro desánimo no la alcanzaba; qué culpa tenía ella de ser actriz y de ser Glenda; el horror estaba en la máquina rota, en la realidad de cifras y prestigios y Oscars entrando como una fisura solapada en la esfera de nuestro cielo tan duramente ganado. Cuando Diana apoyó la mano en el brazo de Irazusta y dijo: «Sí, es lo único que queda por hacer», hablaba por todos sin necesidad de consultarnos. Nunca el núcleo tuvo una fuerza tan terrible, nunca necesitó menos palabras para ponerla en marcha. Nos separamos deshechos, viviendo ya lo que habría de ocurrir en una fecha que sólo uno de nosotros conocería por adelantado. Estábamos seguros de no volver a encontrarnos en el café, de que cada uno escondería desde ahora la solitaria perfección de nuestro reino. Sabíamos que Irazusta iba a hacer lo necesario, nada más simple para alguien como él. Ni siquiera nos despedimos como de costumbre, con la liviana seguridad de volver a encontrarnos después del cine, alguna noche de *Los frágiles retornos* o de *El látigo*. Fue más bien un darse la espalda, pretextar que era tarde, que había que irse; salimos separados, cada uno llevándose su deseo de olvidar hasta que todo estuviera consumado, y sabiendo que no sería así, que aún nos faltaría abrir alguna mañana el diario y leer la noticia, las estúpidas frases de la consternación profesional. Nunca hablaríamos de eso con nadie, nos evitaríamos cortésmente en las salas y en la calle; sería la única manera de que el núcleo conservara su fidelidad, que guardara en el silencio la obra cumplida. Queríamos tanto a Glenda que le ofreceríamos una última perfección inviolable. En la altura intangible donde la habíamos exaltado, la preservaríamos de la caída, sus fieles podrían seguir adorándola sin mengua; no se baja vivo de una cruz.

Recortes de prensa

*Aunque no creo necesario decirlo, el primer recorte es real
y el segundo imaginario*

El escultor vive en la calle Riquet, lo que no me parece una idea acertada, pero en París no se puede elegir demasiado cuando se es argentino y escultor, dos maneras habituales de vivir difícilmente en esta ciudad. En realidad nos conocemos mal, desde pedazos de tiempo que abarcan ya veinte años; cuando me telefoneó para hablarme de un libro con reproducciones de sus trabajos más recientes y pedirme un texto que pudiera acompañarlas, le dije lo que siempre conviene decir en estos casos, o sea que él me mostraría sus esculturas y después veríamos, o más bien veríamos y después.

Fui por la noche a su departamento y al principio hubo café y finteos amables, los dos sentíamos lo que inevitablemente se siente cuando alguien le muestra su obra a otro y sobreviene ese momento casi siempre temible en que las hogueras se encenderán o habrá que admitir, tapándolo con palabras, que la leña estaba mojada y daba más humo que calor. Ya antes, por teléfono, él me había comentado sus trabajos, una serie de pequeñas esculturas cuyo tema era la violencia en todas las latitudes políticas y geográficas que abarca el hombre como lobo del hombre. Algo sabíamos de eso, una vez más dos argentinos dejando subir la marea de los recuerdos, la cotidiana acumulación del espanto a través de cables, cartas, repentinos silencios. Mientras hablábamos, él iba despejando una mesa; me instaló en un sillón propicio y empezó a traer las esculturas; las ponía bajo una luz bien pensada, me dejaba mirarlas despacio y después las hacía girar poco a poco; casi no hablábamos ahora, ellas tenían la palabra y esa palabra seguía siendo la nuestra. Una tras otra hasta completar una decena o algo así, pequeñas y filiformes, arcillosas o enyesadas, naciendo de alambres o de botellas pacientemente envueltas por el trabajo de los dedos y la espátula, creciendo desde latas vacías y objetos que sólo la confidencia del escultor me dejaba conocer por debajo de cuerpos y cabezas, de brazos y de manos. Era tarde en la noche, de la calle llegaba apenas un ruido de camiones pesados, una sirena de ambulancia.

Me gustó que en el trabajo del escultor no hubiera nada de sistemático o demasiado explicativo, que cada pieza contuviera algo de enigma y que a veces fuera necesario mirar largamente para comprender la modalidad que en ella asumía la violencia; las esculturas me parecieron al mismo tiempo ingenuas y sutiles, en todo caso sin tremendismo ni extorsión sentimental. Incluso la tortura, esa forma última en que la violencia se cumple en el horror de la inmovilidad y el aislamiento, no había sido mostrada con la dudosa minucia de tantos afiches y textos y películas que volvían a mi memoria también dudosa, también demasiado pronta a guardar imágenes y devolverlas para vaya a saber qué oscura complacencia. Pensé que si escribía el texto que me había pedido el escultor, si escribo el texto que me pedís, le dije, será un texto como esas piezas, jamás me dejaré llevar por la facilidad que demasiado abunda en este terreno.

—Eso es cosa tuya, Noemí —me dijo—. Yo sé que no es fácil, llevamos tanta sangre en los recuerdos que a veces uno se siente culpable de ponerles límites, de manearlos para que no nos inunden del todo.

—A quién se lo decís. Mirá este recorte, yo conozco a la mujer que lo firma, y estaba enterada de algunas cosas por informes de amigos. Pasó hace tres años como pudo pasar anoche o como puede estar pasando en este mismo momento en Buenos Aires o en Montevideo. Justamente antes de salir para tu casa abrí la carta de un amigo y encontré el recorte. Dame otro café mientras lo leés, en realidad no es necesario que lo leas después de lo que me mostraste, pero no sé, me sentiré mejor si también vos lo leés.

Lo que él leyó era esto:

> La que suscribe, Laura Beatriz Bonaparte Bruschtein, domiciliada en Atoyac, número 26, distrito 10, Colonia Cuauhtémoc, México 5, D.F., desea comunicar a la opinión pública el siguiente testimonio:
>
> 1. Aída Leonora Bruschtein Bonaparte, nacida el 21 de mayo de 1951 en Buenos Aires, Argentina, de profesión maestra alfabetizadora.
>
> *Hecho*: A las diez de la mañana del 24 de diciembre de 1975 fue secuestrada por personal del Ejército argentino (Batallón 601) en su puesto de trabajo, en Villa Miseria Monte Chingolo, cercana a la Capital Federal.
>
> El día precedente ese lugar había sido escenario de una batalla que había dejado un saldo de más de cien muertos, incluidas personas del lugar. Mi hija, después de secuestrada, fue llevada a la guarnición militar Batallón 601.
>
> Allí fue brutalmente torturada, al igual que otras mujeres. Las que sobrevivieron fueron fusiladas esa misma noche de Navidad. Entre ellas estaba mi hija.
>
> La sepultura de los muertos en combate y de los civiles secuestrados, como es el caso de mi hija, demoró alrededor de cinco días. Todos los cuerpos, incluido el de ella, fueron trasladados con palas mecánicas desde el batallón a la comisaría de Lanús, de allí al cementerio de Avellaneda, donde fueron enterrados en una fosa común.

Yo seguía mirando la última escultura que había quedado sobre la mesa, me negaba a fijar los ojos en el escultor que leía en silencio. Por primera vez escuché un tictac de reloj de pared, venía del vestíbulo y era lo único audible en ese momento en que la calle se iba quedando más y más desierta; el leve sonido me llegaba como un metrónomo de la noche, una tentativa de mantener vivo el tiempo dentro de ese agujero en que estábamos como metidos los dos, esa duración que abarcaba una pieza de París y un barrio miserable de Buenos Aires, que abolía los calendarios y nos dejaba cara a cara frente a eso, frente a lo que solamente podíamos llamar eso, todas las calificaciones gastadas, todos los gestos del horror cansados y sucios.

—*Las que sobrevivieron fueron fusiladas esa misma noche de Navidad* —leyó en voz alta el escultor—. A lo mejor les dieron pan dulce y sidra, acordate de que en Auschwitz repartían caramelos a los niños antes de hacerlos entrar en las cámaras de gas.

Debió ver cualquier cosa en mi cara, hizo un gesto de disculpa y yo bajé los ojos y busqué otro cigarrillo.

> Supe oficialmente del asesinato de mi hija en el juzgado número 8 de la ciudad de La Plata, el día 8 de enero de 1976. Luego fui derivada a la comisaría de Lanús, donde después de tres horas de interrogatorio se me dio el lugar donde estaba situada la fosa. De mi hija sólo me ofrecieron ver las manos cortadas de su cuerpo y puestas en un frasco, que lleva el número 24. Lo que quedaba de su cuerpo no podía ser entregado, porque era secreto militar. Al día siguiente fui al cementerio de Avellaneda, buscando el tablón número 28. El comisario me había dicho que allí encontraría «lo que quedaba de ella, porque no podían llamarse cuerpos los que les habían sido entregados». La fosa era un espacio de tierra recién removido, de cinco metros por cinco, más o menos al fondo del cementerio. Yo sé ubicar la fosa. Fue terrible darme cuenta de qué manera habían sido asesinadas y sepultadas más de cien personas, entre las que estaba mi hija.
>
> 2. Frente a esta situación infame y de tan indescriptible crueldad, en enero de 1976, yo, domiciliada en la calle Lavalle, 730, quinto piso, distrito nueve, en la Capital Federal, entablo al Ejército argentino un juicio por asesinato. Lo hago en el mismo tribunal de La Plata, el número 8, juzgado civil.

—Ya ves, todo esto no sirve de nada —dijo el escultor, barriendo el aire con un brazo tendido—. No sirve de nada, Noemí, yo me paso meses haciendo estas mierdas, vos escribís libros, esa mujer denuncia atrocidades, vamos a congresos y a mesas redondas para protestar, casi llegamos a creer que las cosas están cambiando, y entonces te bastan dos minutos de lectura para comprender de nuevo la verdad, para...

—Sh, yo también pienso cosas así en el momento —le dije con la rabia de tener que decirlo—. Pero si las aceptara sería como mandarles a ellos un telegrama de adhesión, y además lo sabés muy bien, mañana te levantarás y al rato estarás modelando otra escultura y sabrás que yo estoy delante de mi máquina y pensarás que somos muchos aunque seamos tan pocos, y que la disparidad de fuerzas no es ni será nunca una razón para callarse. Fin del sermón. ¿Acabaste de leer? Tengo que irme, che.

Hizo un gesto negativo, mostró la cafetera.

Consecuentemente a este recurso legal mío, se sucedieron los siguientes hechos:

3. En marzo de 1976, Adrián Saidón, argentino de veinticuatro años, empleado, prometido de mi hija, fue asesinado en una calle de la ciudad de Buenos Aires por la policía, que avisó a su padre.

Su cuerpo no fue restituido a su padre, doctor Abraham Saidón, porque era secreto militar.

4. Santiago Bruschtein, argentino, nacido el 25 de diciembre de 1918, padre de mi hija asesinada, mencionada en primer lugar, de profesión doctor en bioquímica, con laboratorio en la ciudad de Morón.

Hecho: el 11 de junio de 1976, a las 12 de mediodía, llegan a su departamento de la calle Lavalle, 730, quinto piso, departamento 9, un grupo de militares vestidos de civil. Mi marido, asistido por una enfermera, se encontraba en su lecho casi moribundo, a causa de un infarto, y con un pronóstico de tres meses de vida. Los militares le preguntaron por mí y por nuestros hijos, y agregaron que: *Cómo un judío hijo de puta puede atreverse a abrir una causa por asesinato al Ejército argentino.* Luego le obligaron a levantarse, y golpeándolo lo subieron a un automóvil, sin permitirle llevarse sus medicinas.

Testimonios oculares han afirmado que para la detención el Ejército y la policía usaron alrededor de veinte coches. De él no hemos sabido nunca nada más. Por informaciones no oficiales, nos hemos enterado que falleció súbitamente en los comienzos de la tortura.

—Y yo estoy aquí, a miles de kilómetros, discutiendo con un editor qué clase de papel tendrán que llevar las fotos de las esculturas, el formato y la tapa.

—Bah, querido, en estos días yo estoy escribiendo un cuento donde se habla nada menos que de los problemas psi-co-ló-gi-cos de una chica en el momento de la pubertad. No empieces a autotorturarte, ya basta con la verdadera, creo.

—Lo sé, Noemí, lo sé, carajo. Pero siempre es igual, siempre tenemos que reconocer que todo eso sucedió en otro espacio, sucedió en otro tiempo. Nunca estuvimos ni estaremos allí, donde acaso...

(Me acordé de algo leído de chica, quizá en Agustín Thierry, un relato de cuando un santo que vaya a saber cómo se llamaba convirtió al cristianismo a Clodoveo y a su nación, de ese momento en que le estaba describiendo a Clodoveo el flagelamiento y la crucifixión de Jesús, y el rey se alzó en su trono blandiendo su lanza y gritando: «¡Ah, si yo hubiera estado ahí con mis francos!», maravilla de un deseo imposible, la misma rabia impotente del escultor perdido en la lectura).

5. Patricia Villa, argentina, nacida en Buenos Aires en 1952, periodista, trabajaba en la agencia *Inter Press Service*, y es hermana de mi nuera.

Hecho: Lo mismo que su prometido, Eduardo Suárez, también periodista, fueron arrestados en septiembre de 1976 y conducidos presos a Coordinación General, de la policía federal de Buenos Aires. Una semana después del secuestro, se le comunica a su madre, que hizo las gestiones legales pertinentes, que lo lamentaban, que había sido un error. Sus cuerpos no han sido restituidos a sus familiares.

6. Irene Mónica Bruschtein Bonaparte de Ginzberg, de veintidós años, de profesión artista plástica, casada con Mario Ginzberg, maestro mayor de obras, de veinticuatro años.

Hecho: El día 11 de marzo de 1977, a las 6 de la mañana, llegaron al departamento donde vivían fuerzas conjuntas del Ejército y la policía, llevándose a la pareja y dejando a sus hijitos: Victoria, de dos años y seis meses, y Hugo Roberto, de un año y seis meses, abandonados en la puerta del edificio. Inmediatamente hemos presentado recurso de *habeas corpus*, yo, en el consulado de México, y el padre de Mario, mi consuegro, en la Capital Federal.

He pedido por mi hija Irene y Mario, denunciando esta horrenda secuencia de hechos a: Naciones Unidas, OEA, Amnesty International, Parlamento Europeo, Cruz Roja, etc.

No obstante, hasta ahora no he recibido noticias de su lugar de detención. Tengo una firme esperanza de que todavía estén con vida.

Como madre imposibilitada de volver a Argentina por la situación de persecución familiar que he descrito, y como los recursos legales han sido anulados, pido a las instituciones y personas que luchan por la defensa de los derechos humanos, a fin de que se inicie el procedimiento necesario para que me restituyan a mi hija Irene y a su marido Mario, y poder así salvaguardar las vidas y la libertad de ellos. Firmado, Laura Beatriz Bonaparte Bruchstein. (De *El País*, octubre de 1978, reproducido en *Denuncia*, diciembre de 1978).

El escultor me devolvió el recorte, no dijimos gran cosa porque nos caíamos de sueño, sentí que estaba contento de que yo hubiera aceptado acompañarlo en su libro, sólo entonces me di cuenta de que hasta el final había dudado porque tengo fama de muy ocupada, quizá de egoísta, en todo caso de escritora metida a fondo en lo suyo. Le pregunté si había una parada de taxis cerca y salí a la calle desierta y fría y demasiado ancha para mi gusto en París. Un golpe de viento me obligó a levantarme el cuello del tapado, oía mis pasos taconeando secamente en el silencio, marcando ese ritmo en el que la fatiga y las obsesiones insertan tantas veces una melodía que vuelve y vuelve, o una frase de un poema, sólo me ofrecieron ver sus manos cortadas de su cuerpo y puestas en un frasco, que lleva el número veinticuatro, sólo me ofrecieron ver sus manos cortadas de su cuerpo, reaccioné bruscamente rechazando la marea recurrente, forzándome a respirar hondo, a pensar en mi trabajo del día siguiente; nunca supe por qué había cruzado a la acera de enfrente, sin ninguna necesidad puesto que la calle desembocaba en la plaza de la Chapelle donde tal vez encontraría algún taxi, daba igual seguir por una vereda o la otra, crucé porque sí, porque ni siquiera me quedaban fuerzas para preguntarme por qué cruzaba.

La nena estaba sentada en el escalón de un portal casi perdido entre los otros portales de las casas altas y angostas apenas diferenciables en esa cuadra particularmente oscura. Que a esa hora de la noche y en esa soledad hubiera una nena al borde de un peldaño no me sorprendió tanto como su actitud, una manchita blanquecina con las piernas apretadas y las manos tapándole la cara, algo que también hubiera podido ser un perro o un cajón de basura abandonado a la entrada de la casa. Miré vagamente en torno; un camión se alejaba con sus débiles luces amarillas, en la acera de enfrente un hombre caminaba encorvado, la cabeza hundida en el cuello alzado del sobretodo y las manos en los bolsillos. Me detuve, miré de cerca; la nena tenía unas trencitas ralas, una pollera blanca y una tricota rosa, y cuando apartó las manos de la cara le vi los ojos y las mejillas y ni siquiera la semioscuridad podía borrar las lágrimas, el brillo bajándole hasta la boca.

—¿Qué te pasa? ¿Qué haces ahí?

La sentí aspirar fuerte, tragarse lágrimas y mocos, un hipo o un puchero, le vi la cara de lleno alzada hasta mí, la nariz minúscula y roja, la curva de una boca que temblaba. Repetí las preguntas, vaya a saber qué le dije agachándome hasta sentirla muy cerca.

—Mi mamá —dijo la nena, hablando entre jadeos—. Mi papá le hace cosas a mi mamá.

Tal vez iba a decir más pero sus brazos se tendieron y la sentí pegarse a mí, llorar desesperadamente contra mi cuello; olía a sucio, a bombacha mojada. Quise tomarla en brazos mientras me levantaba, pero ella se apartó, mirando hacia la oscuridad del corredor. Me mostraba algo con un dedo, empezó a caminar y la seguí, vislumbrando apenas un arco de piedra y detrás la penumbra, un comienzo de jardín. Silenciosa salió al aire libre, aquello no era un jardín sino más bien un huerto con alambrados bajos que delimitaban zonas sembradas, había bastante luz para ver los almácigos raquíticos, las cañas que sostenían plantas trepadoras, pedazos de trapos como espantapájaros; hacia el centro se divisaba un pabellón bajo remendado con chapas de zinc y latas, una ventanilla de la que salía una luz verdosa. No había ninguna lámpara encendida en las ventanas de los inmuebles que rodeaban el huerto, las paredes negras subían cinco pisos hasta mezclarse con un cielo bajo y nublado.

La nena había ido directamente al estrecho paso entre dos canteros que llevaba a la puerta del pabellón; se volvió apenas para asegurarse de que la seguía, y entró en la barraca. Sé que hubiera debido detenerme ahí y dar media vuelta, decirme que esa niña había soñado un mal sueño y se volvía a la cama, todas las razones de la razón que en ese momento me mostraban el absurdo y acaso el riesgo de meterme a esa hora en casa ajena; tal vez todavía me lo estaba diciendo cuando pasé la puerta entornada y vi a la nena que me esperaba en un vago zaguán lleno de trastos y herramientas de jardín. Una raya de luz se filtraba bajo la puerta del fondo, y la nena me la mostró con la mano y franqueó casi corriendo el resto del zaguán, empezó a abrir imperceptiblemente la puerta. A su lado, recibiendo en plena cara el rayo amarillento de la rendija que se ampliaba poco a poco, olí un olor a quemado, oí algo como un alarido ahogado que volvía y volvía y se cortaba y volvía; mi mano dio un empujón a la puerta y abarqué el cuarto infecto, los taburetes rotos y la mesa con botellas de cerveza y vino, los vasos y el mantel de diarios viejos, más allá la cama y el cuerpo desnudo y amordazado con una toalla manchada, las manos y los pies atados a los parantes de hierro. Dándome la espalda, sentado en un banco, el papá de la nena le hacía cosas a la mamá; se tomaba su tiempo, llevaba lentamente el cigarrillo a la boca, dejaba salir poco a poco el humo por la nariz mientras la brasa del cigarrillo bajaba a apoyarse en un seno de la mamá, permanecía el tiempo que duraban los alaridos sofocados por la toalla envolviendo la boca y la cara salvo los ojos. Antes de comprender, de aceptar ser parte de eso, hubo tiempo para que el papá retirara el cigarrillo y se lo llevara nuevamente a la boca, tiempo de avivar la brasa y saborear el excelente tabaco francés, tiempo para que yo viera el cuerpo quemado desde el vientre hasta el cuello, las manchas moradas o rojas que subían desde los muslos y el sexo hasta los senos donde ahora volvía a apoyarse la brasa con una escogida delicadeza, buscando un espacio de la piel sin cicatrices. El alarido y la sacudida del cuerpo en la cama que crujió bajo el espasmo se mezclaron con cosas y con actos que no escogí y que jamás podré explicarme; entre el hombre de espaldas y yo había un taburete desvencijado, lo vi alzarse en el aire y caer de canto sobre la cabeza del papá; su cuerpo y el taburete rodaron por el suelo casi en el mismo segundo. Tuve que echarme hacia atrás para no caer a mi vez, en el movimiento de alzar el taburete y descargarlo había puesto todas mis fuerzas que en el mismo instante me abandonaban, me dejaban sola como un pelele tambaleante; sé que busqué apoyo sin encontrarlo, que miré vagamente hacia atrás y vi la puerta cerrada, la nena ya no estaba ahí y el hombre en el suelo era una mancha confusa, un trapo arrugado. Lo que vino después pude haberlo visto en una película o leído en un libro, yo estaba ahí como sin estar pero estaba con una agilidad y una intencionalidad que en un tiempo brevísimo, si eso pasaba en el tiempo, me llevó a encontrar un cuchillo sobre la mesa, cortar las sogas que ataban a la mujer, arrancarle la toalla de la cara y verla enderezarse en silencio, ahora perfectamente en silencio como si eso fuera necesario y hasta imprescindible, mirar el cuerpo en el suelo que empezaba a contraerse desde una inconsciencia que no iba a durar, mirarme a mí sin palabras, ir hacia el cuerpo y agarrarlo por los brazos mientras yo le sujetaba las piernas y con un doble envión lo tendíamos en la cama, lo atábamos con las mismas cuerdas presurosamente recompuestas y anudadas, lo atábamos y lo amordazábamos dentro de ese silencio donde algo parecía vibrar y temblar en un sonido ultrasónico. Lo que sigue no lo sé, veo a la mujer siempre desnuda, sus manos arrancando pedazos de ropa, desabotonando un pantalón y bajándolo hasta arrugarlo contra los pies, veo sus ojos en los míos, un solo par de ojos desdoblados y cuatro manos arrancando y rompiendo y desnudando, chaleco y camisa y slip, ahora que tengo que recordarlo y que tengo que escribirlo mi maldita condición y mi dura memoria me traen otra cosa indeciblemente vivida pero no vista, un pasaje de un cuento de Jack London en el que un trampero del norte lucha por ganar una muerte limpia mientras a su lado, vuelto una cosa sanguinolenta que todavía guarda un resto de conciencia, su camarada de aventuras aúlla y se retuerce torturado por las mujeres de la tribu que hacen de él una horrorosa prolongación de vida entre espasmos y alaridos, matándolo sin matarlo, exquisitamente refinadas en cada nueva variante jamás descrita pero ahí, como nosotras ahí jamás descritas y haciendo lo que debíamos, lo que teníamos que hacer. Inútil preguntarse ahora por qué estaba yo en eso, cuál era mi derecho y mi parte en eso que sucedía bajo mis ojos que sin duda vieron, que sin duda recuerdan como la imaginación de London debió ver y recordar lo que su mano no era capaz de escribir. Sólo sé que la nena no estaba con nosotras desde mi entrada en la pieza, y que ahora la mamá le hacía cosas al papá, pero quién sabe si solamente la mamá o si eran otra vez las ráfagas de la noche, pedazos de imágenes volviendo desde un recorte de diario, las manos cortadas de su cuerpo y puestas en un frasco que lleva el número 24, por informantes no oficiales nos hemos enterado que falleció súbitamente en los comienzos de la tortura, la toalla en la boca, los cigarrillos encendidos, y Victoria, de dos años y seis meses, y Hugo Roberto, de un año y seis meses, abandonados en la puerta del edificio. Cómo saber cuánto duró, cómo entender que también yo, también yo aunque me creyera del buen lado, también yo, cómo aceptar que también yo ahí del otro lado de manos cortadas y de fosas comunes, también yo del otro lado de las muchachas torturadas y fusiladas esa misma noche de Navidad; el resto es un dar la espalda, cruzar el huerto golpeándome contra un alambrado y abriéndome una rodilla, salir a la calle helada y desierta y llegar a la Chapelle y encontrar casi enseguida el taxi que me trajo a un vaso tras otro de vodka y a un sueño del que me desperté a mediodía, cruzada en la cama y vestida de pies a cabeza, con la rodilla sangrante y ese dolor de cabeza acaso providencial que da la vodka pura cuando pasa del gollete a la garganta.

Trabajé toda la tarde, me parecía inevitable y asombroso ser capaz de concentrarme hasta ese punto; al anochecer llamé por teléfono al escultor, que parecía sorprendido por mi temprana reaparición; le conté lo que me había pasado, se lo escupí de un solo tirón que él respetó, aunque por momentos lo oía toser o intentar un comienzo de pregunta.

—De modo que ya ves —le dije—, ya ves que no me ha llevado demasiado tiempo darte lo prometido.

—No entiendo —dijo el escultor—. Si querés decir el texto sobre...

—Sí, quiero decir eso. Acabo de leértelo, ése es el texto. Te lo mandaré apenas lo haya pasado en limpio, no quiero tenerlo más aquí.

Dos o tres días después, vividos en una bruma de pastillas y tragos y discos, cualquier cosa que fuera una barricada, salí a la calle para comprar provisiones, la heladera estaba vacía y Mimosa maullaba al pie de mi cama. Encontré una carta en el buzón, la gruesa escritura del escultor en el sobre. Había una hoja de papel y un recorte de diario, empecé a leer mientras caminaba hacia el mercado y sólo después me di cuenta de que al abrir el sobre había desgarrado y perdido una parte del recorte. El escultor me agradecía el texto para su álbum, insólito pero al parecer muy mío, fuera de todas las costumbres usuales en los álbumes artísticos aunque eso no le importaba como sin duda no me había importado a mí. Había una posdata: «En vos se ha perdido una gran actriz dramática, aunque por suerte se salvó una excelente escritora. La otra tarde creí por un momento que me estabas contando algo que te había pasado de veras, después por casualidad leí *France-Soir* del que me permito recortarte la fuente de tu notable experiencia personal. Es cierto que un escritor puede argumentar que si su inspiración le viene de la realidad, e incluso de las noticias de policía, lo que él es capaz de hacer con eso lo potencia a otra dimensión, le da un valor diferente. De todas maneras, querida Noemí, somos demasiado amigos como para que te haya parecido necesario condicionarme por adelantado a tu texto y desplegar tus talentos dramáticos en el teléfono. Pero dejémoslo así, ya sabés cuánto te agradezco tu cooperación y me siento muy feliz de...».

Miré el recorte y vi que lo había roto inadvertidamente, el sobre y el pedazo pegado a él estarían tirados en cualquier parte. La noticia era digna de *France-Soir* y de su estilo: drama atroz en un suburbio de Marsella, descubrimiento macabro de un crimen sádico, ex plomero atado y amordazado en un camastro, el cadáver etcétera, vecinos furtivamente al tanto de repetidas escenas de violencia, hija pequeña ausente desde días atrás, vecinos sospechando abandono, policía busca concubina, el horrendo espectáculo que se ofreció a los, el recorte se interrumpía ahí, al fin y al cabo al mojar demasiado el cierre del sobre el escultor había hecho lo mismo que Jack London, lo mismo que Jack London y que mi memoria; pero la foto del pabellón estaba entera y era el pabellón en el huerto, los alambrados y las chapas de zinc, las altas paredes rodeándolo con sus ojos ciegos, vecinos furtivamente al tanto, vecinos sospechando abandono, todo ahí golpeándome la cara entre los pedazos de la noticia.

Tomé un taxi y me bajé en la calle Riquet, sabiendo que era una estupidez y haciéndolo porque así se hacen las estupideces. En pleno día eso no tenía nada que ver con mi recuerdo y aunque caminé mirando cada casa y crucé la acera opuesta como recordaba haberlo hecho, no reconocí ningún portal que se pareciera al de esa noche, la luz caía sobre las cosas como una infinita máscara, portales pero no como el portal, ningún acceso a un huerto interior, sencillamente porque ese huerto estaba en los suburbios de Marsella. Pero la nena sí estaba, sentada en el escalón de una entrada cualquiera jugaba con una muñeca de trapo. Cuando le hablé se escapó corriendo hasta la primera puerta, una portera vino antes de que yo pudiera llamar. Quiso saber si era una asistenta social, seguro que venía por la nena que ella había encontrado perdida en la calle, esa misma mañana habían estado unos señores para identificarla, una asistenta social vendría a buscarla. Aunque ya lo sabía, antes de irme pregunté por su apellido, después me metí en un café y al dorso de la carta del escultor le escribí el final del texto y fui a pasarlo por debajo de su puerta, era justo que conociera el final, que el texto quedara completo para acompañar sus esculturas.

Graffiti

A Antoni Tàpies

Tantas cosas que empiezan y acaso acaban como un juego, supongo que te hizo gracia encontrar el dibujo al lado del tuyo, lo atribuiste a una casualidad o a un capricho y sólo la segunda vez te diste cuenta de que era intencionado y entonces lo miraste despacio, incluso volviste más tarde para mirarlo de nuevo, tomando las precauciones de siempre: la calle en su momento más solitario, ningún carro celular en las esquinas próximas, acercarse con indiferencia y nunca mirar los *graffiti* de frente sino desde la otra acera o en diagonal, fingiendo interés por la vidriera de al lado, yéndote enseguida.

Tu propio juego había empezado por aburrimiento, no era en verdad una protesta contra el estado de cosas en la ciudad, el toque de queda, la prohibición amenazante de pegar carteles o escribir en los muros. Simplemente te divertía hacer dibujos con tizas de colores (no te gustaba el término *graffiti*, tan de crítico de arte) y de cuando en cuando venir a verlos y hasta con un poco de suerte asistir a la llegada del camión municipal y a los insultos inútiles de los empleados mientras borraban los dibujos. Poco les importaba que no fueran dibujos políticos, la prohibición abarcaba cualquier cosa, y si algún niño se hubiera atrevido a dibujar una casa o un perro, lo mismo lo hubieran borrado entre palabrotas y amenazas. En la ciudad ya no se sabía demasiado de qué lado estaba verdaderamente el miedo; quizá por eso te divertía dominar el tuyo y cada tanto elegir el lugar y la hora propicios para hacer un dibujo.

Nunca habías corrido peligro porque sabías elegir bien, y en el tiempo que transcurría hasta que llegaban los camiones de limpieza se abría para vos algo como un espacio más limpio donde casi cabía la esperanza. Mirando desde lejos tu dibujo podías ver a la gente que le echaba una ojeada al pasar, nadie se detenía por supuesto pero nadie dejaba de mirar el dibujo, a veces una rápida composición abstracta en dos colores, un perfil de pájaro o dos figuras enlazadas. Una sola vez escribiste una frase, con tiza negra: *A mí también me duele.* No duró dos horas, y esta vez la policía en persona la hizo desaparecer. Después solamente seguiste haciendo dibujos.

Cuando el otro apareció al lado del tuyo casi tuviste miedo, de golpe el peligro se volvía doble, alguien se animaba como vos a divertirse al borde de la cárcel o algo peor, y ese alguien por si fuera poco era una mujer. Vos mismo no podías probártelo, había algo diferente y mejor que las pruebas más rotundas: un trazo, una predilección por las tizas cálidas, un aura. A lo mejor como andabas solo te imaginaste por compensación; la admiraste, tuviste miedo por ella, esperaste que fuera la única vez, casi te delataste cuando ella volvió a dibujar al lado de otro dibujo tuyo, unas ganas de reír, de quedarte ahí delante como si los policías fueran ciegos o idiotas.

Empezó un tiempo diferente, más sigiloso, más bello y amenazante a la vez. Descuidando tu empleo salías en cualquier momento con la esperanza de sorprenderla, elegiste para tus dibujos esas calles que podías recorrer en un solo rápido itinerario; volviste al alba, al anochecer, a las tres de la mañana. Fue un tiempo de contradicción insoportable, la decepción de encontrar un nuevo dibujo de ella junto a alguno de los tuyos y la calle vacía, y la de no encontrar nada y sentir la calle aún más vacía. Una noche viste su primer dibujo solo; lo había hecho con tizas rojas y azules en una puerta de garaje, aprovechando la textura de las maderas carcomidas y las cabezas de los clavos. Era más que nunca ella, el trazo, los colores, pero además sentiste que ese dibujo valía como un pedido o una interrogación, una manera de llamarte. Volviste al alba, después que las patrullas ralearon en su sordo drenaje, y en el resto de la puerta dibujaste un rápido paisaje con velas y tajamares; de no mirarlo bien se hubiera dicho un juego de líneas al azar, pero ella sabría mirarlo. Esa noche escapaste por poco de una pareja de policías, en tu departamento bebiste ginebra tras ginebra y le hablaste, le dijiste todo lo que te venía a la boca como otro dibujo sonoro, otro puerto con velas, la imaginaste morena y silenciosa, le elegiste labios y senos, la quisiste un poco.

Casi enseguida se te ocurrió que ella buscaría una respuesta, que volvería a su dibujo como vos volvías ahora a los tuyos, y aunque el peligro era cada vez mayor después de los atentados en el mercado te atreviste a acercarte al garaje, a rondar la manzana, a tomar interminables cervezas en el café de la esquina. Era absurdo porque ella no se detendría después de ver tu dibujo, cualquiera de las muchas mujeres que iban y venían podía ser ella. Al amanecer del segundo día elegiste un paredón gris y dibujaste un triángulo blanco rodeado de manchas como hojas de roble; desde el mismo café de la esquina podías ver el paredón (ya habían limpiado la puerta del garaje y una patrulla volvía y volvía rabiosa), al anochecer te alejaste un poco pero eligiendo diferentes puntos de mira, desplazándote de un sitio a otro, comprando mínimas cosas en las tiendas para no llamar demasiado la atención. Ya era noche cerrada cuando oíste la sirena y los proyectores te barrieron los ojos. Había un confuso amontonamiento junto al paredón, corriste contra toda sensatez y sólo te ayudó el azar de un auto dando la vuelta a la esquina y frenando al ver el carro celular, su bulto te protegió y viste la lucha, un pelo negro tironeado por manos enguantadas, los puntapiés y los alaridos, la visión entrecortada de unos pantalones azules antes de que la tiraran en el carro y se la llevaran.

Mucho después (era horrible temblar así, era horrible pensar que eso pasaba por culpa de tu dibujo en el paredón gris) te mezclaste con otras gentes y alcanzaste a ver un esbozo en azul, los trazos de ese naranja que era como su nombre o su boca, ella ahí en ese dibujo truncado que los policías habían borroneado antes de llevársela; quedaba lo bastante para comprender que había querido responder a tu triángulo con otra figura, un círculo o acaso una espiral, una forma llena y hermosa, algo como un sí o un siempre o un ahora.

Lo sabías muy bien, te sobraría tiempo para imaginar los detalles de lo que estaría sucediendo en el cuartel central; en la ciudad todo eso rezumaba poco a poco, la gente estaba al tanto del destino de los prisioneros, y si a veces volvían a ver a uno que otro, hubieran preferido no verlos y que al igual que la mayoría se perdieran en ese silencio que nadie se atrevía a quebrar. Lo sabías de sobra, esa noche la ginebra no te ayudaría más que a morderte las manos, a pisotear las tizas de colores antes de perderte en la borrachera y el llanto.

Sí, pero los días pasaban y ya no sabías vivir de otra manera. Volviste a abandonar tu trabajo para dar vueltas por las calles, mirar fugitivamente las paredes y las puertas donde ella y vos habían dibujado. Todo limpio, todo claro; nada, ni siquiera una flor dibujada por la inocencia de un colegial que roba una tiza en la clase y no resiste al placer de usarla. Tampoco vos pudiste resistir, y un mes después te levantaste al amanecer y volviste a la calle del garaje. No había patrullas, las paredes estaban perfectamente limpias; un gato te miró cauteloso desde un portal cuando sacaste las tizas y en el mismo lugar, allí donde ella había dejado su dibujo, llenaste las maderas con un grito verde, una roja llamarada de reconocimiento y de amor, envolviste tu dibujo con un óvalo que era también tu boca y la suya y la esperanza. Los pasos en la esquina te lanzaron a una carrera afelpada, al refugio de una pila de cajones vacíos; un borracho vacilante se acercó canturreando, quiso patear al gato y cayó boca abajo a los pies del dibujo. Te fuiste lentamente, ya seguro, y con el primer sol dormiste como no habías dormido en mucho tiempo.

Esa misma mañana miraste desde lejos: no lo habían borrado todavía. Volviste a mediodía: casi inconcebiblemente seguía ahí. La agitación en los suburbios (habías escuchado los noticiosos) alejaba a las patrullas urbanas de su rutina; al anochecer volviste a verlo como tanta gente lo había visto a lo largo del día. Esperaste hasta las tres de la mañana para regresar, la calle estaba vacía y negra. Desde lejos descubriste el otro dibujo, sólo vos podrías haberlo distinguido tan pequeño en lo alto y a la izquierda del tuyo. Te acercaste con algo que era sed y horror al mismo tiempo, viste el óvalo naranja y las manchas violeta de donde parecía saltar una cara tumefacta, un ojo colgando, una boca aplastada a puñetazos. Ya sé, ya sé, ¿pero qué otra cosa hubiera podido dibujarte? ¿Qué mensaje hubiera tenido sentido ahora? De alguna manera tenía que decirte adiós y a la vez pedirte que siguieras. Algo tenía que dejarte antes de volverme a mi refugio donde ya no había ningún espejo, solamente un hueco para esconderme hasta el fin en la más completa oscuridad, recordando tantas cosas y a veces, así como había imaginado tu vida, imaginando que hacías otros dibujos, que salías por la noche para hacer otros dibujos.

Fin de etapa

A Sheridan LeFanu, por ciertas casas.
A Antoni Taulé, por ciertas mesas.

Tal vez se detuvo ahí porque el sol ya estaba alto y el mecánico placer de manejar el auto en las primeras horas de la mañana cedía paso a la modorra, a la sed. Para Diana ese pueblo de nombre anodino era otra pequeña marca en el mapa de la provincia, lejos de la ciudad en la que dormiría esa noche, y la plaza que las copas de los plátanos protegían del calor de la carretera se daba como un paréntesis en el que entró con un suspiro de alivio, frenando al lado del café donde las mesas desbordaban bajo los árboles.

El camarero le trajo un anisado con hielo y le preguntó si más tarde querría almorzar, sin apuro porque servían hasta las dos. Diana dijo que daría una vuelta por el pueblo y que volvería. «No hay mucho que ver», le informó el camarero. Le hubiera gustado contestarle que tampoco ella tenía muchas ganas de mirar, pero en cambio pidió aceitunas negras y bebió casi bruscamente del alto vaso donde se irisaba el anisado. Sentía en la piel una frescura de sombra, algunos parroquianos jugaban a las cartas, dos chicos con un perro, una vieja en el puesto de periódicos, todo como fuera del tiempo, estirándose en la calina del verano. Como fuera del tiempo, lo había pensado mirando la mano de uno de los jugadores que mantenía largamente la carta en el aire antes de dejarla caer en la mesa con un latigazo de triunfo. Eso que ella ya no se sentía con ánimo de hacer, prolongar cualquier cosa bella, sentirse vivir de veras en esa dilación deliciosa que alguna vez la había sostenido en el temblor del tiempo. «Curioso que vivir pueda volverse una pura aceptación», pensó mirando al perro que jadeaba en el suelo, «incluso esta aceptación de no aceptar nada, de irme casi antes de llegar, de matar todo lo que todavía no es capaz de matarme». Dejaba el cigarrillo entre los labios, sabiendo que terminaría por quemárselos y que tendría que arrancarlo y aplastarlo como lo había hecho con esos años en que había perdido todas las razones para llenar el presente con algo más que cigarrillos, la chequera cómoda y el auto servicial. «Perdido», repitió, «tan bonito tema de Duke Ellington y ni siquiera me lo acuerdo, dos veces perdido, muchacha, y también perdida la muchacha, a los cuarenta ya es solamente una manera de llorar dentro de una palabra».

Sentirse de golpe tan idiota exigía pagar y darse una vuelta por el pueblo, ir al encuentro de cosas que ya no vendrían solas al deseo y a la imaginación. Ver las cosas como quien es visto por ellas, allí esa tienda de antigüedades sin interés, ahora la fachada vetusta del museo de bellas artes. Anunciaban una exposición individual, ninguna idea del pintor de nombre poco pronunciable. Diana compró un billete y entró en la primera sala de una módica casa de piezas corridas, penosamente transformada por ediles de provincia. Le habían dado un folleto que contenía vagas referencias a una carrera artística sobre todo regional, fragmentos de críticas, los elogios típicos; lo abandonó sobre una consola y miró los cuadros, en el primer momento pensó que eran fotografías y le llamó la atención el tamaño, poco frecuente ver ampliaciones tan grandes en color. Se interesó de veras cuando reconoció la materia, la perfección maniática del detalle; de golpe fue a la inversa, una impresión de estar viendo cuadros basados en fotografías, algo que iba y venía entre los dos, y aunque las salas estaban bien iluminadas la indecisión duraba frente a esas telas que acaso eran pinturas de fotografías o resultados de una obsesión realista que llevaba al pintor hasta un límite peligroso o ambiguo.

En la primera sala había cuatro o cinco pinturas que volvían sobre el tema de una mesa desnuda o con un mínimo de objetos, violentamente iluminada por una luz solar rasante. En algunas telas se sumaba una silla, en otras la mesa no tenía otra compañía que su sombra alargada en el piso azotado por la luz lateral. Cuando entró en la segunda sala vio algo nuevo, una figura humana en una pintura que unía un interior con una amplia salida hacia jardines poco precisos; la figura, de espaldas, se había alejado ya de la casa donde la mesa inevitable se repetía en primer plano, equidistante entre el personaje pintado y Diana. No costaba mucho comprender o imaginar que la casa era siempre la misma, ahora se agregaba la larga galería verdosa de otro cuadro donde la silueta de espaldas miraba hacia una puerta-ventana distante. Curiosamente la silueta del personaje era menos intensa que las mesas vacías, tenía algo de visitante ocasional que se paseara sin demasiada razón por una vasta casa abandonada. Y luego había el silencio, no sólo porque Diana parecía ser la sola presencia en el pequeño museo, sino porque de las pinturas emanaba una soledad que la oscura silueta masculina no hacía más que ahondar. «Hay algo en la luz», pensó Diana, «esa luz que entra como una materia sólida y aplasta las cosas». Pero también el color estaba lleno de silencio, los fondos profundamente negros, la brutalidad de los contrastes que daba a las sombras una calidad de paños fúnebres, de lentas colgaduras de catafalco.

Al entrar en la segunda sala descubrió sorprendida que además de otra serie de cuadros con mesas desnudas y el personaje de espaldas, había algunas telas con temas diferentes, un teléfono solitario, un par de figuras. Las miraba, por supuesto, pero un poco como si no las viera, la secuencia de la casa con las mesas solitarias tenía tanta fuerza que el resto de las pinturas se convertía en un aderezo suplementario, casi como si fueran cuadros de adorno colgando en las paredes de la casa pintada y no en el museo. Le hizo gracia descubrirse tan hipnotizable, sentir el placer un poco amodorrado de ceder a la imaginación, a los fáciles demonios del calor de mediodía. Volvió a la primera sala porque no estaba segura de acordarse bien de una de las pinturas que había visto, descubrió que en la mesa que creía desnuda había un jarro con pinceles. En cambio, la mesa vacía estaba en el cuadro colgado en la pared opuesta, y Diana se quedó un momento buscando conocer mejor el fondo de la tela, la puerta abierta tras de la cual se adivinaba otra estancia, parte de una chimenea o de una segunda puerta. Cada vez se le hacía más evidente que todas las habitaciones correspondían a una misma casa, como la hipertrofia de un autorretrato en el que el artista hubiera tenido la elegancia de abstraerse, a menos que estuviera representado en la silueta negra (con una larga capa en uno de los cuadros), dando obstinadamente la espalda al otro visitante, a la intrusa que había pagado para entrar a su vez en la casa y pasearse por las piezas desnudas.

Volvió a la segunda sala y fue hacia la puerta entornada que comunicaba con la siguiente. Una voz amable y un poco cohibida la hizo volverse; un guardián uniformado —con ese calor, el pobre—, venía a decirle que el museo cerraba a mediodía pero que volvería a abrirse a las tres y media.

—¿Queda mucho por ver? —preguntó Diana, que bruscamente sentía el cansancio de los museos, la náusea de los ojos que han comido demasiadas imágenes.

—No, la última sala, señorita. Hay un solo cuadro ahí, dicen que el artista quiso que estuviera solo. ¿Quiere verlo antes de irse? Yo puedo esperar un momento.

Era idiota no aceptar, Diana lo sabía cuando dijo que no y los dos cambiaron una broma sobre los almuerzos que se enfrían si no se llega a tiempo. «No tendrá que pagar otro billete si vuelve», dijo el guardián, «ahora ya la conozco». En la calle, enceguecida por la luz cenital, se preguntó qué diablos le pasaba, era absurdo haberse interesado hasta ese punto por el hiperrealismo o lo que fuera de ese pintor ignoto, y de golpe dejar caer el último cuadro que acaso era el mejor. Pero no, el artista había querido aislarlo de los otros y eso indicaba acaso que era muy diferente, otra manera u otro tiempo de trabajo, para qué romper así una secuencia que duraba en ella como un todo, incluyéndola en un ámbito sin resquicios. Mejor no haber entrado en la última sala, no haber cedido a la obsesión del turista concienzudo, a la triste manía de querer abarcar los museos hasta el final.

Vio a la distancia el café de la plaza y pensó que era la hora de comer; no tenía apetito pero siempre había sido así cuando viajaba con Orlando, para Orlando el mediodía era el instante crucial, la ceremonia del almuerzo sacralizando de alguna manera el tránsito de la mañana a la tarde, y desde luego Orlando se hubiera negado a seguir andando por el pueblo cuando el café estaba ahí a dos pasos. Pero Diana no tenía hambre y pensar en Orlando le dolía cada vez menos; echar a andar alejándose del café no era desobedecer o traicionar rituales. Podía seguir acordándose sin sumisión de tantas cosas, abandonarse al azar de la marcha y a una vaga evocación de algún otro verano con Orlando en las montañas, de una playa que acaso volvía para exorcizar la brasa del sol en la espalda y la nuca, Orlando en esa playa batida por el viento y la sal mientras Diana se iba perdiendo en las callejas sin nombres y sin gentes, al ras de los muros de piedra gris, mirando distraídamente algún raro portal abierto, una sospecha de patios interiores, de brocales con agua fresca, glicinas, gatos adormecidos en las lajas. Una vez más el sentimiento de no recorrer un pueblo sino de ser recorrida por él, los adoquines de la calzada resbalando hacia atrás como en una cinta móvil, ese estar ahí mientras las cosas fluyen y se pierden a la espalda, una vida o un pueblo anónimo. Ahora venía una pequeña plaza con dos bancos raquíticos, otra calleja abriéndose hacia los campos linderos, jardines con empalizadas no demasiado convencidas, la soledad totalmente mediodía, su crueldad de matador de sombras, de paralizador del tiempo. El jardín un poco abandonado no tenía árboles, dejaba que los ojos corrieran libremente hasta la ancha puerta abierta de la vieja casa. Sin creerlo y a la vez sin negarlo Diana entrevió en la penumbra una galería idéntica a la de uno de los cuadros del museo, se sintió como abordando el cuadro desde el otro lado, fuera de la casa en vez de estar incluida como espectadora en sus estancias. Si algo había de extraño en ese momento era la falta de extrañeza en un reconocimiento que la llevaba a entrar sin vacilaciones en el jardín y acercarse a la puerta de la casa, por qué no al fin y al cabo si había pagado su billete, si no había nadie que se opusiera a su presencia en el jardín, su paso por la doble puerta abierta, recorrer la galería abriéndose a la primera sala vacía donde la ventana dejaba entrar la cólera amarilla de la luz aplastándose en el muro lateral, recortando una mesa vacía y una única silla.

Ni temor ni sorpresa, incluso el fácil recurso de apelar a la casualidad había resbalado por Diana sin encontrar asidero, para qué envilecerse con hipótesis o explicaciones cuando ya otra puerta se abría a la izquierda y en una habitación de altas chimeneas la mesa inevitable se desdoblaba en una larga sombra minuciosa. Diana miró sin interés el pequeño mantel blanco y los tres vasos, las repeticiones se volvían monótonas, el embate de la luz tajeando la penumbra. Lo único diferente era la puerta del fondo, que estuviera cerrada en vez de entornada introducía algo inesperado en un recorrido que se cumplía tan dócilmente. Deteniéndose apenas, se dijo que la puerta estaba cerrada simplemente porque ella no había entrado en la última sala del museo, y que mirar detrás de esa puerta sería como volver allá para completar la visita. Todo demasiado geométrico al fin y al cabo, todo impensable y a la vez como previsto, tener miedo o asombrarse parecía tan incongruente como ponerse a silbar o preguntar a gritos si había alguien en la casa.

Ni siquiera una excepción en la única diferencia, la puerta cedió a su mano y fue otra vez lo de antes, el chorro de luz amarilla estrellándose en una pared, la mesa que parecía más desnuda que las otras, su proyección alargada y grotesca como si alguien le hubiera arrancado violentamente una carpeta negra para tirarla al suelo, y por qué no verla de otra manera, como un rígido cuerpo a cuatro patas que acabara de ser despojado de sus ropas ahí caídas en una mancha negruzca. Bastaba mirar las paredes y la ventana para encontrar el mismo teatro vacío, esta vez ni siquiera otra puerta que prolongara la casa hacia nuevas estancias. Aunque había visto la silla junto a la mesa, no la había incluido en su primer reconocimiento pero ahora la sumaba a lo ya sabido, tantas mesas con o sin sillas en tantas habitaciones semejantes. Vagamente decepcionada se acercó a la mesa y se sentó, se puso a fumar un cigarrillo, a jugar con el humo que trepaba en el chorro de luz horizontal, dibujándose a sí mismo como si quisiera oponerse a esa voluntad de vacío de todas las piezas, de todos los cuadros, del mismo modo que la breve risa en algún lugar a espaldas de Diana cortó por un instante el silencio aunque acaso sólo fuera un breve llamado de pájaro allí fuera, un juego de maderas resecas, inútil, por supuesto, volver a mirar en la habitación precedente donde los tres vasos sobre la mesa lanzaban sus débiles sombras contra la pared, inútil apurar el paso, huir sin pánico pero sin mirar atrás.

En la calleja un chico le preguntó la hora y Diana pensó que debería apresurarse si quería almorzar, pero el camarero estaba como esperándola bajo los plátanos y le hizo un gesto de bienvenida señalándole el lugar más fresco. Comer no tenía sentido pero en el mundo de Diana casi siempre se había comido así, ya porque Orlando decía que era hora de hacerlo o porque no quedaba más remedio entre dos ocupaciones. Pidió un plato y vino blanco, esperó demasiado para un lugar tan vacío; ya antes de tomar el café y pagar sabía que iba a volver al museo, que lo peor en ella la obligaba a revisar eso que hubiera sido preferible asumir sin análisis, casi sin curiosidad, y que si no lo hacía iba a lamentarlo al final de la etapa cuando todo se volviera usual como siempre, los museos y los hoteles y el recuento del pasado. Y aunque en el fondo nada quedara en claro, su inteligencia se tendería en ella como una perra satisfecha apenas verificara la total simetría de las cosas, que el cuadro colgado en la última sala del museo representaba obedientemente la última habitación de la casa; incluso el resto podría entrar también en el orden si hablaba con el guardián para llenar los huecos, al fin y al cabo había tantos artistas que copiaban exactamente sus modelos, tantas mesas de este mundo habían acabado en el Louvre o en el Metropolitan duplicando realidades vueltas polvo y olvido.

Cruzó sin apuro las dos primeras salas (había una pareja en la segunda, hablándose en voz baja aunque hasta ese momento fueran los únicos visitantes de la tarde). Diana se detuvo ante dos o tres de los cuadros, y por primera vez el ángulo de la luz entró también en ella como una imposibilidad que no había querido reconocer en la casa vacía. Vio que la pareja retrocedía hacia la salida, y esperó a quedarse sola antes de ir hacia la puerta de la última sala. El cuadro estaba en la pared de la izquierda, había que avanzar hasta el centro para ver bien la representación de la mesa y de la silla donde se sentaba una mujer. Al igual que el personaje de espaldas en algunos de los otros cuadros, la mujer vestía de negro pero tenía la cara vuelta de tres cuartos, y el pelo castaño le caía hasta los hombros del lado invisible del perfil. No había nada que la distinguiera demasiado de lo anterior, se integraba a la pintura como el hombre que se paseaba en otras telas, era parte de una secuencia, una figura más dentro de la misma voluntad estética. Y a la vez había algo allí que acaso explicaba que el cuadro estuviera solo en la última sala, de las semejanzas aparentes surgía ahora otro sentimiento, una progresiva convicción de que esa mujer no sólo se diferenciaba del otro personaje por el sexo sino por su actitud, el brazo izquierdo colgando a lo largo del cuerpo, la leve inclinación del torso que descargaba su peso sobre el codo invisible apoyado en la mesa, estaban diciéndole otra cosa a Diana le estaban mostrando un abandono que iba más allá del ensimismamiento o la modorra. Esa mujer estaba muerta, su pelo y su brazo colgando, su inmovilidad inexplicablemente más intensa que la fijación de las cosas y los seres en los otros cuadros: la muerte ahí como una culminación del silencio, de la soledad de la casa y sus personajes, de cada una de las mesas y las sombras y las galerías.

Sin saber cómo se vio otra vez en la calle, en la plaza, subió al auto y salió a la carretera hirviente. Había acelerado a fondo pero poco a poco fue bajando la velocidad y sólo empezó a pensar cuando el cigarrillo le quemó los labios, era absurdo pensar cuando había tantas casetes con la música que Orlando había amado y olvidado y que ella solía escuchar de a ratos, aceptando atormentarse con la invasión de recuerdos preferibles a la soledad, a la vaga imagen del asiento vacío a su lado. La ciudad estaba a una hora de distancia, como todo parecía estar a horas o a siglos de distancia, el olvido por ejemplo o el gran baño caliente que se daría en el hotel, los whiskys en el bar, el diario de la tarde. Todo simétrico como siempre para ella, una nueva etapa dándose como réplica de la anterior, el hotel que completaría un número par de hoteles o abriría el impar que la etapa siguiente colmaría; como las camas, los surtidores de nafta, las catedrales o las semanas. Y lo mismo hubiera debido ocurrir en el museo donde la repetición se había dado maniáticamente, cosa por cosa, mesa por mesa, hasta la ruptura final insoportable, la excepción que había hecho estallar en un segundo ese perfecto acuerdo de algo que ya no entraba en nada, ni en la razón ni en la locura. Porque lo peor era buscar algo razonable en eso que desde el principio había tenido algo de delirio, de repetición idiota, y a la vez sentir como una náusea que sólo su cumplimiento total le hubiera devuelto una conformidad razonable, hubiera puesto esa locura del buen lado de su vida, lo hubiera alineado con las otras simetrías, con las otras etapas. Pero entonces no podía ser, algo había escapado ahí y no se podía seguir adelante y aceptarlo, todo su cuerpo se tendía hacia atrás como resistiendo al avance, si algo quedaba por hacer era dar media vuelta y regresar, convencerse con todas las pruebas de la razón de que eso era idiota, que la casa no existía o que sí, que la casa estaba ahí pero que en el museo sólo había una muestra de dibujos abstractos o de pinturas históricas, algo que ella no se había molestado en ver. La fuga era una sucia manera de aceptar lo inaceptable, de infringir demasiado tarde la única vida imaginable, la pálida aquiescencia cotidiana a la salida del sol o a las noticias de la radio. Vio llegar un refugio vacío a la derecha, viró en redondo y entró de nuevo en la carretera, corriendo a fondo hasta que las primeras granjas en torno al pueblo volvieron a su encuentro. Dejó atrás la plaza, recordaba que tomando a la izquierda llegaría a un término donde podía dejar el auto, siguió a pie por la primera calleja vacía, oyó cantar una cigarra en lo alto de un plátano, el jardín abandonado estaba ahí, la gran puerta seguía abierta.

Para qué demorarse en las dos primeras habitaciones donde la luz rasante no había perdido intensidad, verificar que las mesas seguían ahí, que tal vez ella misma había cerrado la puerta de la tercera estancia al salir. Sabía que bastaba empujarla, entrar sin obstáculos y ver de lleno la mesa y la silla. Sentarse otra vez para fumar un cigarrillo (la ceniza del otro se acumulaba prolijamente en un ángulo de la mesa, la colilla había debido tirarla en la calle), apoyándose de lado para evitar el embate directo de la luz de la ventana. Buscó el encendedor en el bolso, miró la primera voluta del humo que se enroscaba en la luz. Si la leve risa había sido al fin y al cabo un canto de pájaro, afuera no cantaba ningún pájaro ahora. Pero le quedaban muchos cigarrillos por fumar, podía apoyarse en la mesa y dejar que su mirada se perdiera en la oscuridad de la pared del fondo. Podía irse cuando quisiera, por supuesto, y también podía quedarse; acaso sería hermoso ver si la luz del sol iba subiendo por la pared, alargando más y más la sombra de su cuerpo, de la mesa y de la silla, o si seguiría así sin cambiar nada, la luz inmóvil como todo el resto, como ella y como el humo inmóviles.

Satarsa

Adán y raza, azar y nada

Cosas así para encontrar el rumbo, como ahora lo de atar a la rata, otro palíndromo pedestre y pegajoso, Lozano ha sido siempre un maniático de esos juegos que no parece ver como tal puesto que todo se le da a la manera de un espejo que miente y al mismo tiempo dice la verdad, le dice la verdad a Lozano porque le muestra su oreja derecha, pero a la vez le miente porque Laura y cualquiera que lo mire verá la oreja derecha como la oreja izquierda de Lozano, aunque simultáneamente la definan como su oreja derecha; simplemente la ven a la izquierda, cosa que ningún espejo puede hacer, incapaz de esa corrección mental, y por eso el espejo le dice a Lozano una verdad y una mentira, y eso lo lleva desde hace mucho a pensar como delante de un espejo; si atar a la rata no da más que eso las variantes merecen reflexión, y entonces Lozano mira el suelo y deja que las palabras jueguen solas mientras que él las espera como los cazadores de Calagasta esperan a las ratas gigantes para cazarlas vivas.

Puede seguir así durante horas, aunque en este momento la cuestión concreta de las ratas no le deja demasiado tiempo para perderse en las posibles variantes. Que todo eso sea casi deliberadamente insano no le extraña, a veces se encoge de hombros como si quisiera sacarse de encima algo que no consigue explicar, con Laura se ha habituado a hablar de la cuestión de las ratas como si fuera la cosa más normal y en realidad lo es, por qué no va a ser normal cazar ratas gigantes en Calagasta, salir con el pardo Illa y con Yarará a cazar ratas. Esa misma tarde tendrán que acercarse de nuevo a las colinas del norte porque pronto habrá un nuevo embarque de ratas y hay que aprovecharlo al máximo, la gente de Calagasta lo sabe y anda a las batidas por el monte aunque sin acercarse a las colinas, y las ratas también lo saben, por supuesto, y cada vez es más difícil campearlas y sobre todo capturarlas vivas.

Por todas esas cosas a Lozano no le parece nada absurdo que la gente de Calagasta viva ahora casi exclusivamente de la captura de las ratas gigantes, y es en el momento en que prepara unos lazos de cuero muy delgado y que le salta el palíndromo de atar a la rata y se queda con un lazo quieto en la mano, mirando a Laura que cocina canturreando, y piensa que el palíndromo miente y dice la verdad como todo espejo, claro que hay que atar a la rata porque es la única manera de mantenerla viva hasta enjaularla(s) y dárselas a Porsena que estiba las jaulas en el camión que cada jueves sale para la costa donde espera el barco. Pero también es una mentira porque nadie ha atado jamás una rata gigante como no sea metafóricamente, sujetándola del cuello con una horquilla y enlazándola hasta meterla en la jaula, siempre con las manos bien lejos de la boca sanguinolenta y de las garras como vidrios manoteando el aire. Nadie atará nunca a una rata, y menos desde la última luna en que Illa, Yarará y los otros han sentido que las ratas desplegaban nuevas estrategias, se volvían aún más peligrosas por invisibles y agazapadas en refugios que antes no empleaban, y que cazarlas se va a volver cada vez más difícil ahora que las ratas los conocen y hasta los desafían.

—Todavía tres o cuatro meses —le dice Lozano a Laura, que está poniendo los platos en la mesa bajo el alero del rancho—. Después podremos cruzar al otro lado, las cosas parecen más tranquilas.

—Puede ser —dice Laura—, en todo caso mejor no pensar, cuántas veces nos ha ocurrido equivocarnos.

—Sí. Pero no nos vamos a quedar siempre aquí cazando ratas.

—Es mejor que pasar al otro lado a destiempo y que las raras seamos nosotros para ellos.

Lozano ríe, anuda otro lazo. Es cierto que no están tan mal, Porsena paga al contado las ratas y todo el mundo vive de eso, mientras sea posible cazarlas habrá comida en Calagasta, la compañía danesa que manda los barcos a la costa necesita cada vez más ratas para Copenhague, Porsena cree saber que las usan para experiencias de genética en los laboratorios. Por lo menos que sirvan para eso, dice a veces Laura.

Desde la cuna que Lozano ha fabricado con un cajón de cerveza viene la primera protesta de Laurita. El cronómetro, la llama Lozano, el lloriqueo en el segundo exacto en que Laura está terminando de preparar la comida y se ocupa del biberón. Casi no necesitan un reloj con Laurita, les da la hora mejor que el bip-bip de la radio, dice riéndose Laura que ahora la levanta en brazos y le muestra el biberón, Laurita sonriente y ojos verdes, el muñón golpeando en la palma de la mano izquierda como en un remedo de tambor, el diminuto antebrazo rosado que termina en una lisa semiesfera de piel; el doctor Fuentes (que no es doctor pero da igual en Calagasta) ha hecho un trabajo perfecto y no hay casi huella de cicatriz, como si Laurita no hubiera tenido nunca una mano ahí, la mano que le comieron las ratas cuando la gente de Calagasta empezó a cazarlas a cambio de la plata que pagaban los daneses y las ratas se replegaron hasta que un día fue el contraataque, la rabiosa invasión nocturna seguida de fugas vertiginosas, la guerra abierra, y mucha gente renunció a cazarlas para solamente defenderse con trampas y escopetas, y buena parte volvió a cultivar la mandioca o a trabajar en otros pueblos de la montaña. Pero otros siguieron cazándolas, Porsena pagaba al contado y el camión salía cada jueves hacia la costa, Lozano fue el primero en decirle que seguiría cazando ratas, se lo dijo ahí mismo en el rancho mientras Porsena miraba la rata que Lozano había matado a patadas mientras Laura corría con Laurita a lo del doctor Fuentes y ya no se podía hacer nada, solamente cortar lo que quedaba colgando y conseguir esa cicatriz perfecta para que Laurita inventara su tamborcito, su silencioso juego.

Al pardo Illa no le molesta que Lozano juegue tanto con las palabras, quién no es loco a su manera, piensa el pardo, pero le gusta menos que Lozano se deje llevar demasiado y por ahí quiera que las cosas se ajusten a sus juegos, que él y Yarará y Laura lo sigan por ese camino como en tantas otras cosas lo han seguido en esos años desde la fuga por las quebradas del norte después de las masacres. En esos años, piensa Illa, ya ni sabemos si fueron semanas o años, todo era verde y continuo, la selva con su tiempo propio, sin soles ni estrellas, y después las quebradas, un tiempo rojizo, tiempo de piedra y torrentes y hambre, sobre todo hambre, querer contar los días o las semanas era como tener todavía más hambre, entonces habían seguido los cuatro, primero los cinco pero Ríos se mató en un despeñadero y Laura estuvo a punto de morirse de frío en la montaña, ya que estaba de seis meses y se cansaba pronto, tuvieron que quedarse vaya a saber cuánto abrigándola con fuegos de pasto seco hasta que pudo caminar, a veces el pardo Illa vuelve a ver a Lozano llevando a Laura en brazos y Laura no queriendo, diciendo que ya está bien, que puede caminar, y seguir hacia el norte, hasta la noche en que los cuatro vieron las lucecitas de Calagasta y supieron que por el momento todo iría bien, que esa noche comerían en algún rancho aunque después los denunciaran y llegara el primer helicóptero a matarlos. Pero no los denunciaron, ahí ni siquiera conocían las posibles razones para denunciarlos, ahí todo el mundo se moría de hambre como ellos hasta que alguien descubrió a las ratas gigantes cerca de las colinas y Porsena tuvo la idea de mandar una muestra a la costa.

—Atar a la rata no es más que atar a la rata —dice Lozano—. No tiene ninguna fuerza porque no te enseña nada nuevo y porque además nadie puede atar a una rata. Te quedás como al principio, esa es la joda con los palíndromos.

—Ajá —dice el pardo Illa.

—Pero si lo pensás en plural todo cambia. Atar a las ratas no es lo mismo que atar a la rata.

—No parece muy diferente.

—Porque ya no vale como palíndromo —dice Lozano—. Nomás que ponerlo en plural y todo cambia, te nace una cosa nueva, ya no es el espejo o es un espejo diferente que te muestra algo que no conocías.

—¿Qué tiene de nuevo?

—Tiene que atar a las ratas te da Satarsa la rata.

—¿Satarsa?

—Es un nombre, pero todos los nombres aíslan y definen. Ahora sabés que hay una rata que se llama Satarsa. Todas tendrán nombres, seguro, pero ahora hay una que se llama Satarsa.

—¿Y qué ganás con saberlo?

—Tampoco sé, pero sigo. Anoche pensé en dar vuelta el asunto, desatar en vez de atar. Y en cuanto pensé en desatarlas vi la palabra al revés y daba sal, rata, sed. Cosas nuevas, fijate, la sal y la sed.

—No tan nuevas —dice Yarará que escucha de lejos—, aparte de que siempre andan juntas.

—Ponele —dice Lozano—, pero muestran un camino, a lo mejor es la única manera de acabar con ellas.

—No las acabemos tan pronto —se ríe Illa—, de qué vamos a vivir si se acaban.

Laura trae el primer mate y espera, apoyándose un poco en el hombro de Lozano. El pardo Illa vuelve a pensar que Lozano juega demasiado con las palabras, que en una de ésas se va a bandear del todo, que todo se va a ir al diablo.

Lozano también lo piensa mientras prepara los lazos de cuero, y cuando se queda solo con Laura y Laurita les habla de eso, les habla a las dos como si Laurita pudiera comprender y a Laura le gusta que incluya a su hija, que estén los tres más juntos mientras Lozano les habla de Satarsa o de cómo salar el agua para acabar con las ratas.

—Para atarlas de veras —se ríe Lozano—. Fijate si no es curioso, el primer palíndromo que conocí en mi vida también hablaba de atar a alguien, no se sabe a quién, pero a lo mejor ya era Satarsa. Lo leí en un cuento donde había muchos palíndromos pero solamente me acuerdo de ése.

—Me lo dijiste una vez en Mendoza, creo, se me ha borrado.

—Atale, demoníaco Caín, o me delata —dice cadenciosamente Lozano, casi salmodiando para Laurita que se ríe en la cuna y juega con su ponchito blanco.

Laura asiente, es cierto que ya están queriendo atar a alguien en ese palíndromo, pero para atarlo tienen que pedírselo nada menos que a Caín. Tratándolo de demoníaco por si fuera poco.

—Bah —dice Lozano—, la convención de siempre, la buena conciencia arrastrándose en la historia desde el vamos, Abel el bueno y Caín el malo como en las viejas películas de cowboys.

—El muchacho y el villano —se acuerda Laura casi nostálgica.

—Claro que si el inventor de ese palíndromo se hubiera llamado Baudelaire, lo de demoníaco no sería negativo, sino todo lo contrario. ¿Te acordás?

—Un poco —dice Laura—. Raza de Abel, duerme, bebe y come, Dios te sonríe complacido.

—Raza de Caín, repta y muere miserablemente en el fango.

—Sí, y en una parte dice algo como raza de Abel, tu carroña abonará el suelo humeante, y después dice raza de Caín, arrastra a tu familia desesperada a lo largo de los caminos, algo así.

—Hasta que las ratas devoren a tus hijos —dice Lozano casi sin voz.

Laura hunde la cara en las manos, hace ya tanto que ha aprendido a llorar en silencio, sabe que Lozano no va a tratar de consolarla, Laurita sí, que encuentra divertido el gesto y se ríe hasta que Laura baja las manos y le hace una mueca cómplice. Ya va siendo la hora del mate.

Yarará piensa que el pardo Illa tiene razón y que en una de esas la chifladura de Lozano va a acabar con esa tregua en la que por lo menos están a salvo, por lo menos viven con la gente de Calagasta y se quedan ahí porque no se puede hacer otra cosa, esperando que el tiempo aplaste un poco los recuerdos del otro lado y que también los del otro lado se vayan olvidando de que no pudieron atraparlos, de que en algún lugar perdido están vivos y por eso culpables, por eso la cabeza a precio, incluso la del pobre Ruiz despeñado de un barranco hace tanto tiempo.

—Es cuestión de no seguirle la corriente —piensa Illa en voz alta—. Yo no sé, para mí siempre es el jefe, tiene eso, comprendés, no sé qué, pero lo tiene y a mí me basta.

—Lo jodió la educación —dice Yarará—. Se la pasa pensando o leyendo, eso es malo.

—Puede. Yo no sé si es eso, Laura también fue a la facultad y ya ves, no se le nota. No me parece que sea la educación, lo que lo pone loco es que estemos embretados en este aujero, y lo que pasó con Laurita, pobre gurisa.

—Vengarse —dice Yarará—. Lo que quiere es vengarse.

—Todos queremos vengarnos, unos de los milicos y otros de las ratas, es difícil guardar la cabeza fresca.

A Illa se le ocurre que la locura de Lozano no cambia nada, que las ratas siguen ahí y que es difícil cazarlas, que la gente de Calagasta no se anima a ir demasiado lejos porque se acuerdan de los cuentos, del esqueleto del viejo Millán o de la mano de Laurita. Pero también ellos están locos, y sobre todo Porsena con el camión y las jaulas, y los de la costa y los daneses están todavía más locos gastando plata en ratas para vaya a saber qué. Eso no puede durar mucho, hay chifladuras que se cortan de golpe y entonces será de nuevo el hambre, la mandioca cuando haya, los chicos muriéndose con las barrigas hinchadas. Por eso mejor estar locos, al fin y al cabo.

—Mejor estar locos —dice Illa, y Yarará lo mira sorprendido y después se ríe, asiente casi.

—Cuestión de no seguirle el tren cuando la empieza con Satarsa y la sal y esas cosas, total no cambia nada, él es siempre el mejor cazador.

—Ochenta y dos ratas —dice Illa—. Le batió el récord a Juan López, que andaba en las setenta y ocho.

—No me hagás pasar calor —dice Yarará—, yo con mis treinta y cinco apenas.

—Ya ves —dice Illa—, ya ves que él siempre es el jefe, por donde lo busques.

Nunca se sabe bien cómo llegan las noticias, de golpe hay alguien que sabe algo en el almacén del turco Adab, casi nunca indica la fuente, pero la gente vive tan aislada que las noticias llegan como una bocanada del viento del oeste, el único capaz de traer un poco de fresco y a veces de lluvia. Tan raro como las noticias, tan breve como el agua que acaso salvará los cultivos siempre amarillos, siempre enfermos. Una noticia ayuda a seguir tirando, aunque sea mala.

Laura se entera por la mujer de Adab, vuelve al rancho y la dice en voz baja como si Laurita pudiera comprender, le alcanza otro mate a Lozano que lo chupa despacio, mirando el suelo donde un bicho negro progresa despacio hacia el fogón. Alargando apenas la pierna aplasta al bicho y termina el mate, lo devuelve a Laura sin mirarla, de mano a mano como tantas veces, como tantas cosas.

—Habrá que irse —dice Lozano—. Si es cierto, estarán muy pronto aquí.

—¿Y adónde?

—No sé, y aquí nadie lo sabrá tampoco, viven como si fueran los primeros o los últimos hombres. A la costa en el camión, supongo, Porsena estará de acuerdo.

—Parece un chiste —dice Yarará, que arma un cigarrillo con lentos movimientos de alfarero—. Irnos con las jaulas de las ratas, date cuenta. ¿Y después?

—Después no es problema —dice Lozano—. Pero hace falta plata para ese después. La costa no es Calagasta, habrá que pagar para que nos abran camino al norte.

—Pagar —dice Yarará—. A eso habremos llegado, tener que cambiar ratas por la libertad.

—Peor son ellos que cambian la libertad por ratas —dice Lozano.

Desde su rincón donde se obstina en remendar una bota irremediable, Illa se ríe como si tosiera. Otro juego de palabras, pero hay veces en que Lozano da en el blanco y entonces casi parece que tuviera razón con su manía de andar dando vuelta los guantes, de verlo todo desde la otra punta. La cábala del pobre, ha dicho alguna vez Lozano.

—La cuestión es la gurisa —dice Yarará—. No nos podemos meter en el monte con ella.

—Seguro —dice Lozano—, pero en la costa se puede encontrar algún pesquero que nos deje más arriba, es cuestión de suerte y de plata.

Laura le tiende un mate y espera, pero ninguno dice nada.

—Yo pienso que ustedes dos deberían irse ahora —dice Laura sin mirar a nadie—. Lozano y yo veremos, no hay por qué demorarse más, váyanse ya por la montaña.

Yarará enciende un cigarrillo y se llena la cara de humo. No es bueno el tabaco de Calagasta, hace llorar los ojos y le da tos a todo el mundo.

—¿Alguna vez encontraste una mujer más loca? —le dice a Illa.

—No, che. Claro que a lo mejor quiere librarse de nosotros.

—Váyanse a la mierda —dice Laura dándoles la espalda, negándose a llorar.

—Se puede conseguir suficiente plata —dice Lozano—. Si cazamos bastantes ratas.

—Si cazamos.

—Se puede —insiste Lozano—. Es cosa de empezar hoy mismo, irnos a buscarlas. Porsena nos dará la plata y nos dejará viajar en el camión.

—De acuerdo —dice Yarará—, pero del dicho al hecho ya se sabe.

Laura espera, mira los labios de Lozano como si así pudiera no verle los ojos clavados en una distancia vacía.

—Habrá que ir hasta las cuevas —dice Lozano—. No decirle nada a nadie, llevar todas las jaulas en la carreta del tape Guzmán. Si decimos algo nos van a salir con lo del viejo Millán y no van a querer que vayamos, ya sabés que nos aprecian. Pero el viejo tampoco les dijo nada esa vez y fue por su cuenta.

—Mal ejemplo —dice Yarará.

—Porque iba solo, porque le fue mal, por lo que quieras. Nosotros somos tres y no somos viejos. Si las acorralamos en la cueva, porque yo creo que es una sola cueva y no muchas, las fumigamos hasta hacerlas salir. Laura nos va a cortar esa piel de vaca para envolvernos bien las piernas arriba de las botas. Y con la plata podemos seguir al norte.

—Por las dudas llevamos todos los cartuchos —le dice Illa a Laura—. Si tu marido tiene razón habrá ratas de sobra para llenar diez jaulas, y las otras que se pudran a tiro limpio, carajo.

—El viejo Millán también llevaba la escopeta —dice Yarará—. Pero claro, era viejo y estaba solo.

Saca el cuchillo y lo prueba en un dedo, va a descolgar la piel de vaca y empieza a cortarla en tiras regulares. Lo va a hacer mejor que Laura, las mujeres no saben manejar cuchillos.

El zaino tira siempre hacia la izquierda, aunque el tobiano aguanta y la carreta sigue abriendo una vaga huella, derecho al norte en los pastizales; Yarará tiende más las riendas, le grita al zaino que sacude la cabeza como protestando. Ya casi no hay luz cuando llegan al pie del farallón, pero de lejos han visto la entrada de la cueva dibujándose en la piedra blanca; dos o tres ratas los han olido y se esconden en la cueva mientras ellos bajan las jaulas de alambre y las disponen en semicírculo cerca de la entrada. El pardo Illa corta pasto seco a machetazos, bajan estopa y kerosene de la carreta y Lozano va hasta la cueva, se da cuenta de que puede entrar agachando apenas la cabeza. Los otros le gritan que no sea loco, que se quede afuera; ya la linterna recorre las paredes buscando el túnel más profundo por el que no se puede pasar, el agujero negro y moviente de puntos rojos que el haz de luz agita y revuelve.

—¿Qué hacés ahí? —le llega la voz de Yarará—. ¡Salí, carajo!

—Satarsa —dice Lozano en voz baja, hablándole al agujero desde donde lo miran los ojos en torbellino—. Salí vos, Satarsa, salí rey de las ratas, vos y yo solos, vos y yo y Laurita, hijo de puta.

—¡Lozano!

—Ya voy, nene —dice despacio Lozano. Elige un par de ojos más adelantados, los mantiene bajo el haz de luz, saca el revólver y tira. Un remolino de chispas rojas y de golpe nada, capaz que ni siquiera le dio. Ahora solamente el humo, salir de la cueva y ayudar a Illa que amontona el pasto y la estopa, el viento los ayuda; Yarará acerca un fósforo y los tres esperan al lado de las jaulas; Illa ha dejado un pasaje bien marcado para que las ratas puedan escapar de la trampa sin quemarse, para enfrentarlas justo delante de las jaulas abiertas.

—¿Y a esto le tenían miedo los de Calagasta? —dice Yarará—.

Capaz que el viejo Millán se murió de otra cosa y se lo comieron ya fiambre.

—No te fíes —dice Illa.

Una rata salta afuera y la horquilla de Lozano la atrapa por el cuello, el lazo la levanta en el aire y la tira en la jaula; a Yarará se le escapa la que sigue, pero ahora salen de a cuatro o cinco, se oyen los chillidos en la cueva y apenas tienen tiempo de atrapar a una cuando ya cinco o seis resbalan como víboras buscando evitar las jaulas y perderse en el pastizal. Un río de ratas sale como un vómito rojizo, allí donde se clavan las horquillas hay una presa, las jaulas se van llenando de una masa convulsa, las sienten contra las piernas, siguen saliendo montadas las unas sobre las otras, destrozándose a dentelladas para escapar al calor del último trecho, desbandándose en la oscuridad. Lozano, como siempre, es el más rápido, ya ha llenado una jaula y va por la mitad de la otra, Illa suelta un grito ahogado y levanta una pierna, hunde la bota en una masa moviente, la rata no quiere soltar y Yarará con su horquilla la atrapa y la enlaza, Illa putea y mira la piel de vaca como si la rata estuviera todavía mordiendo. Las más enormes salen al final, ya no parecen ratas y es difícil hundirles la horquilla en el pescuezo y levantarlas en el aire; el lazo de Yarará se rompe y una rata escapa arrastrando el pedazo de cuero, pero Lozano grita que no importa, que apenas falta una jaula, entre Illa y él la llenan y la cierran a golpes de horquilla, empujan los pasadores, con ganchos de alambre las alzan y las suben a la carreta y los caballos se espantan y Yarará tiene que sujetarlos por el bocado, hablarles mientras los otros trepan al pescante. Ya es noche cerrada y el fuego empieza a apagarse.

Los caballos huelen las ratas y al principio hay que darles rienda, se largan al galope como queriendo hacer pedazos la carreta, Yarará tiene que sofrenarlos y hasta Illa ayuda, cuatro manos en las riendas hasta que el galope se rompe y vuelven a un trote intermitente, la carreta se desvía y las ruedas se enredan en piedras y malezas, atrás las ratas chillan y se destrozan, de las jaulas viene ya el olor a sebo, a mierda líquida, los caballos lo huelen y relinchan defendiéndose del bocado, queriendo zafarse y escapar, Lozano junta las manos con las de los otros en las riendas y ajustan poco a poco la marcha, coronan el monte pelado y ven asomar el valle, Calagasta con tres o cuatro luces apenas, la noche sin estrellas, a la izquierda la lucecita del rancho en medio del campo como hueco, alzándose y bajando con las sacudidas de la carreta, apenas quinientos metros, perdiéndose de golpe cuando la carreta entra en la maleza donde el sendero es puro latigazo de espinas contra las caras, la huella apenas visible que los caballos encuentran mejor que las seis manos aflojando poco a poco las riendas, las ratas aullando y revolcándose a cada sacudida, los caballos resignados, pero tirando como si quisieran llegar ya, estar ya ahí donde los van a soltar de ese olor y esos chillidos para dejarlos irse al monte y encontrarse con su noche, dejar atrás eso que los sigue y los acosa y los enloquece.

—Te vas volando a buscar a Porsena —le dice Lozano a Yarará—, que venga enseguida a contarlas y a darnos la plata, hay que arreglar para salir de madrugada con el camión.

El primer tiro parece casi en broma, débil y aislado, Yarará no ha tenido tiempo de contestarle a Lozano cuando la ráfaga llega con un ruido de caña seca rompiéndose en mil pedazos contra el suelo, una crepitación apenas más fuerte que los chillidos de las jaulas, un golpe de costado y la carreta desviándose a la maleza, el zaino a la izquierda queriendo arrancarse a los tirones y doblando las manos, Lozano y Yarará saltando al mismo tiempo, Illa del otro lado, aplastándose en la maleza mientras la carreta sigue con las ratas aullando y se para a los tres metros, el zaino pateando en el suelo, todavía sostenido a medias por el eje de la carreta, el tobiano relinchando y debatiéndose sin poder moverse.

—Cortate por ahí —le dice Lozano a Yarará.

—Pa qué mierda —dice Yarará—. Llegaron antes, ya no vale la pena.

Illa se les reúne, alza el revólver y mira la maleza como buscando un claro. No se ve la luz del rancho, pero saben que está ahí, justo detrás de la maleza, a cien metros. Oyen las voces, una que manda a gritos, el silencio y la nueva ráfaga, los chicotazos en la maleza, otra buscándolos más abajo a puro azar, les sobran balas a los hijos de puta, van a tirar hasta cansarse. Protegidos por la carreta y las jaulas, por el caballo muerto y el otro que se debate como una pared moviente, relinchando hasta que Yarará le apunta a la cabeza y lo liquida, pobre tobiano tan guapo, tan amigo, la masa resbalando a lo largo del timón y apoyándose en las arcas del zaino, que todavía se sacude de tanto en tanto, las ratas delatándolos con chillidos que rompen la noche, ya nadie las hará callar, hay que abrirse hacia la izquierda, nadar brazada a brazada en la maleza espinosa, echando hacia adelante las escopetas y apoyándose para ganar medio metro, alejarse de la carreta donde ahora se concentra el fuego, donde las ratas aúllan y claman como si entendieran, como vengándose, no se puede atar a las ratas, piensa Illa, tenías razón mi jefe, me cago en tus jueguitos, pero tenías razón, puta que te parió con tu Satarsa, cuánta razón tenías, conchetumadre.

Aprovechar que la maleza se adelgaza, que hay diez metros en que es casi pasto, un hueco que se puede franquear revolcándose de lado, las viejas técnicas, rodar y rodar hasta meterse en otro pastizal tupido, levantar bruscamente la cabeza para abarcarlo todo en un segundo y esconderse de nuevo, la lucecita del rancho y las siluetas moviéndose, el reflejo instantáneo de un fusil, la voz del que da órdenes a gritos, la balacera contra la carreta que grita y aúlla en la maleza. Lozano no mira de lado ni hacia atrás, ahí hay solamente silencio, hay Illa y Yarará muertos o acaso como él resbalando todavía entre las matas y buscando un refugio, abriendo picada con el ariete del cuerpo, quemándose la cara contra las espinas, ciegos y ensangrentados topos alejándose de las ratas, porque ahora sí son las ratas, Lozano las está viendo antes de sumirse de nuevo en la maleza, de la carreta llegan los chillidos cada vez más rabiosos pero las otras ratas no están ahí, las otras ratas le cierran el camino entre la maleza y el rancho, y aunque la luz sigue encendida en el rancho, Lozano sabe ya que Laura y Laurita no están ahí, o están ahí pero ya no son Laura y Laurita ahora que las ratas han llegado al rancho y han tenido todo el tiempo que necesitaban para hacer lo que habrán hecho, para esperarlo como lo están esperando entre el rancho y la carreta, tirando una ráfaga tras otra, mandando y obedeciendo y tirando ahora que ya no tiene sentido llegar al rancho, y sin embargo otro metro, otro revolcón que le llena las manos de espinas hirvientes, la cabeza asomándose para mirar, para ver a Satarsa, saber que ése que grita instrucciones es Satarsa y todos los otros son Satarsa y enderezarse y tirar la inútil andanada de perdigones contra Satarsa, que bruscamente gira hacia él y se tapa la cara con las manos y cae hacia atrás, alcanzado por los perdigones que le han llegado a los ojos, le han reventado la boca, y Lozano tirando el otro cartucho contra el que vuelve la ametralladora hacia él y el blando estampido de la escopeta ahogado por la crepitación de la ráfaga, las malezas aplastándose bajo el peso de Lozano que cae de boca entre las espinas que se le hunden en la cara, en los ojos abiertos.

La escuela de noche

De Nito ya no sé nada ni quiero saber. Han pasado tantos años y cosas, a lo mejor todavía esta allá o se murió o anda afuera. Más vale no pensar en él, solamente que a veces sueño con los años treinta en Buenos Aires, los tiempos de la escuela normal y claro, de golpe Nito y yo la noche en que nos metimos en la escuela, después no me acuerdo mucho de los sueños, pero algo queda siempre de Nito como flotando en el aire, hago lo que puedo para olvidarme, mejor que se vaya borrando de nuevo hasta otro sueño, aunque no hay nada que hacerle, cada tanto es así, cada tanto todo vuelve como ahora.

La idea de meterse de noche en la escuela anormal (lo decíamos por jorobar y por otras razones más sólidas) la tuvo Nito, y me acuerdo muy bien que fue en *La Perla* del Once y tomándonos un cinzano con bitter. Mi primer comentario consistió en decirle que estaba más loco que una gallina, pesealokual —así escribíamos entonces, desortografiando el idioma por algún deseo de venganza que también tendría que ver con la escuela—, Nito siguió con su idea y dale conque la escuela de noche, sería tan macanudo meternos a explorar, pero qué vas a explorar si la tenemos más que manyada, Nito, y, sin embargo, me gustaba la idea, se la discutía por puro pelearlo, lo iba dejando acumular puntos poco a poco.

En algún momento empecé a aflojar con elegancia, porque también a mí la escuela no me parecía tan manyada, aunque lleváramos allí seis años y medio de yugo, cuatro para recibirnos de maestros y casi tres para el profesorado en letras, aguantándonos materias tan increíbles como Sistema Nervioso, Dietética y Literatura Española, esta última la más increíble, porque en el tercer trimestre no habíamos salido ni saldríamos del Conde Lucanor. A lo mejor por eso, por la forma en que perdíamos el tiempo, la escuela nos parecía medio rara a Nito y a mí, nos daba la impresión de faltarle algo que nos hubiera gustado conocer mejor. No sé, creo que también había otra cosa, por lo menos para mí la escuela no era tan normal como pretendía su nombre, sé que Nito pensaba lo mismo y me lo había dicho a la hora de la primera alianza, en los remotos días de un primer año lleno de timidez, cuadernos y compases. Ya no hablábamos de eso después de tantos años, pero esa mañana en *La Perla* sentí como si el proyecto de Nito viniera de ahí y que por eso me iba ganando poco a poco; como si antes de acabar el año y darle para siempre la espalda a la escuela tuviéramos que arreglar todavía una cuenta con ella, acabar de entender cosas que se nos habían escapado, esa incomodidad que Nito y yo sentíamos de a ratos en los patios o las escaleras y yo sobre todo cada mañana cuando veía las rejas de la entrada, un leve apretón en el estómago desde el primer día al franquear esa reja pinchuda, tras de la cual se abría el peristilo solemne y empezaban los corredores con su color amarillento y la doble escalera.

—Hablando de reja, la cosa es esperar hasta medianoche —había dicho Nito— y treparse ahí donde me tengo vistos dos pinchos doblados, con poner un poncho basta y sobra.

—Facilísimo —había dicho yo—, justo entonces aparece la cana en la esquina o alguna vieja de enfrente pega el primer alarido.

—Vas demasiado al cine, Toto. ¿Cuándo viste a alguien por ahí a esa hora? El músculo duerme, viejo.

De a poco me iba dejando tentar, seguro que era idiota y que no pasaría nada ni afuera ni adentro, la escuela sería la misma escuela de la mañana, un poco frankenstein en la oscuridad si querés, pero nada más, qué podía haber ahí de noche aparte de bancos y pizarrones y algún gato buscando lauchas, que eso sí había. Pero Nito dale con lo del poncho y la linterna, hay que decir que nos aburríamos bastante en esa época en que a tantas chicas las encerraban todavía bajo doble llave marca papá y mamá, tiempos bastantes austeros a la fuerza, no nos gustaban demasiado los bailes ni el fútbol, leíamos como locos de día pero a la noche vagábamos los dos —a veces con Fernández López, que murió tan joven— y nos conocíamos Buenos Aires y los libros de Castelnuovo y los cafés del bajo y el dock sur, al fin y al cabo no parecía tan ilógico que también quisiéramos entrar en la escuela de noche, sería completar algo incompleto, algo para guardar en secreto y por la mañana mirar a los muchachos y sobrarlos, pobres tipos cumpliendo el horario y el Conde Lucanor de ocho a mediodía.

Nito estaba decidido, si yo no quería acompañarlo saltaría solo un sábado a la noche, me explicó que había elegido el sábado porque si algo no andaba bien y se quedaba encerrado tendría tiempo para encontrar alguna otra salida. Hacía años que la idea lo rondaba, quizá desde el primer día cuando la escuela era todavía un mundo desconocido y los pibes de primer año nos quedábamos en los patios de abajo, cerca del aula como pollitos. Poco a poco habíamos ido avanzando por corredores y escaleras hasta hacernos una idea de la enorme caja de zapatos amarilla con sus columnas, sus mármoles y ese olor a jabón mezclado con el ruido de los recreos y el ronroneo de las horas de clase, pero la familiaridad no nos había quitado del todo eso que la escuela tenía de territorio diferente, a pesar de la costumbre, los compañeros, las matemáticas. Nito se acordaba de pesadillas donde cosas instantáneamente borradas por un despertar violento habían sucedido en galerías de la escuela, en el aula de tercer año, en las escaleras de mármol; siempre de noche, claro, siempre él solo en la escuela petrificada por la noche, y eso Nito no alcanzaba a olvidarlo por la mañana, entre cientos de muchachos y de ruidos. Yo, en cambio, nunca había soñado con la escuela, pero lo mismo me descubría pensando cómo sería con luna llena, los patios de abajo, las galerías altas, imaginaba una claridad de mercurio en los patios vacíos, la sombra implacable de las columnas. A veces lo descubría a Nito en algún recreo, apartado de los otros y mirando hacia lo alto donde las barandillas de las galerías dejaban ver cuerpos truncos, cabezas y torsos pasando de un lado a otro, más abajo pantalones y zapatos que no siempre parecían pertenecer al mismo alumno. Si me tocaba subir solo la gran escalera de mármol, cuando todos estaban en clase, me sentía como abandonado, trepaba o bajaba de a dos los peldaños, y creo que por eso mismo volvía a pedir permiso unos días después para salir de clase y repetir algún itinerario con el aire del que va a buscar una caja de tiza o el cuarto de baño. Era como en el cine, la delicia de un suspenso idiota, y por eso creo que me defendí tan mal del proyecto de Nito, de su idea de ir a hacerle frente a la escuela; meternos allí de noche no se me hubiera ocurrido nunca, pero Nito había pensado por los dos y estaba bien, merecíamos ese segundo cinzano que no tomamos porque no teníamos bastante plata.

Los preparativos fueron simples, conseguí una linterna y Nito me esperó en el Once con el bulto de un poncho bajo el brazo; empezaba a hacer calor ese fin de semana, pero no había mucha gente en la plaza, doblamos por Urquiza casi sin hablar, y cuando estuvimos en la cuadra de la escuela miré atrás y Nito tenía razón, ni un gato que nos viera. Solamente entonces me di cuenta de que había luna, no lo habíamos buscado pero no sé si nos gustó, aunque tenía su lado bueno para recorrer las galerías sin usar la linterna.

Dimos la vuelta a la manzana para estar bien seguros, hablando del director que vivía en la casa pegada a la escuela y que comunicaba por un pasillo en los altos para que pudiera llegar directamente a su despacho. Los porteros no vivían allí y estábamos seguros de que no había ningún sereno, qué hubiera podido cuidar en la escuela en la que nada era valioso, el esqueleto medio roto, los mapas a jirones, la secretaría con dos o tres máquinas de escribir que parecían pterodáctilos. A Nito se le ocurrió que podía haber algo valioso en el despacho del director, ya una vez lo habíamos visto cerrar con llave al irse a dictar su clase de matemáticas, y eso con la escuela repleta de gente o a lo mejor precisamente por eso. Ni a Nito ni a mí ni a nadie le gustaba el director, más conocido por el Rengo; que fuera severo y nos zampara amonestaciones y expulsiones por cualquier cosa era menos una razón que algo en su cara de pájaro embalsamado, su manera de llegar sin que nadie lo viera y asomarse a una clase como si la condena estuviera pronunciada de antemano. Uno o dos profesores amigos (el de música, que nos contaba cuentos verdes, el de sistema nervioso que se daba cuenta de la idiotez de enseñar eso en un profesorado en letras) nos habían dicho que el Rengo no solamente era un solterón convicto y confeso, sino que enarbolaba una misoginia agresiva, razón por la cual en la escuela no habíamos tenido ni una sola profesora. Pero justamente ese año el ministerio debía haberle hecho comprender que todo tenía su límite, porque nos mandaron a la señorita Maggi que les enseñaba química orgánica a los del profesorado en ciencias. La pobre llegaba siempre a la escuela con un aire medio asustado, Nito y yo nos imaginábamos la cara del Rengo cuando se la encontraba en la sala de profesores. La pobre señorita Maggi entre cientos de varones, enseñando la fórmula de la glicerina a los reos de séptimo ciencias.

—Ahora —dijo Nito.

Casi meto la mano en un pincho, pero pude saltar bien, la primera cosa era agacharse por si a alguien le daba por mirar desde las ventanas de la casa de enfrente, y arrastrarse hasta encontrar una protección ilustre, el basamento del busto de Van Gelderen, holandés y fundador de la escuela. Cuando llegamos al peristilo estábamos un poco sacudidos por el escalamiento y nos dio un ataque de risa nerviosa. Nito dejó el poncho disimulado al pie de una columna, y tomamos a la derecha siguiendo el pasillo que llevaba al primer codo de donde nacía la escalera. El olor a escuela se multiplicaba con el calor, era raro ver las aulas cerradas y fuimos a tantear una de las puertas; por supuesto, los gallegos porteros no las habían cerrado con llave y entramos un momento en el aula donde seis años antes habíamos empezado los estudios.

—Yo me sentaba ahí.

—Y yo detrás, no me acuerdo si ahí o más a la derecha.

—Mirá, se dejaron un globo terráqueo.

—¿Te acordás de Gazzano, que nunca encontraba el África?

Daban ganas de usar las tizas y dejar dibujos en el pizarrón, pero Nito sintió que no había venido para jugar, o que jugar era una manera de no admitir que el silencio nos envolvía demasiado, como un eco de música, reverberando apenas en la caja de la escalera; también oímos una frenada de tranvía, después nada. Se podía subir sin necesidad de la linterna, el mármol parecía estar recibiendo directamente la luz de la luna, aunque el piso alto la aislara de ella. Nito se paró a mitad de la escalera para convidarme con un cigarrillo y encender otro; siempre elegía los momentos más absurdos para empezar a fumar.

Desde arriba miramos el patio de la planta baja, cuadrado como casi todo en la escuela, incluidos los cursos. Seguimos por el corredor que lo circundaba, entramos en una o dos aulas y llegamos al primer codo donde estaba el laboratorio; ése sí los gallegos lo habían cerrado con llave, como si alguien pudiera venir a robarse las probetas rajadas y el microscopio del tiempo de Galileo. Desde el segundo corredor vimos que la luz de la luna caía de lleno sobre el corredor opuesto donde estaba la secretaría, la sala de profesores y el despacho del Rengo. El primero en tirarme al suelo fui yo, y Nito un segundo después porque habíamos visto al mismo tiempo las luces en la sala de profesores.

—La puta madre, hay alguien ahí.

—Rajemos, Nito.

—Esperá, a lo mejor se les quedó prendida a los gallegos.

No sé cuánto tiempo pasó, pero ahora nos dábamos cuenta de que la música venía de ahí, parecía tan lejana como en la escalera, pero la sentíamos venir del corredor de enfrente, una música como de orquesta de cámara con todos los instrumentos en sordina. Era tan impensable que nos olvidamos del miedo o él de nosotros, de golpe había como una razón para estar ahí y no el puro romanticismo de Nito. Nos miramos sin hablar, y él empezó a moverse gateando y pegado a la barandilla hasta llegar al codo del tercer corredor. El olor a pis de las letrinas contiguas había sido como siempre más fuerte que los esfuerzos combinados de los gallegos y la acaroína. Cuando nos arrastramos hasta quedar al lado de las puertas de nuestra aula, Nito se volvió y me hizo seña de que me acercara más: —¿Vamos a ver?

Asentí, puesto que ser loco parecía lo único razonable en ese momento, y seguimos a gatas, cada vez más delatados por la luna. Casi no me sorprendí cuando Nito se enderezó, fatalista, a menos de cinco metros del último corredor donde las puertas apenas entornadas de la secretaría y la sala de profesores dejaban pasar la luz. La música había subido bruscamente, o era la menor distancia; oímos rumor de voces, risas, unos vasos entrechocándose. Al primero que vimos fue a Raguzzi, uno de séptimo ciencias, campeón de atletismo y gran hijo de puta, de esos que se abrían paso a fuerza de músculos y compadradas. Nos daba la espalda, casi pegado a la puerta, pero de golpe se apartó y la luz vino como un látigo cortado por sombras movientes, un ritmo de machicha y dos parejas que pasaban bailando. Gómez, que yo no conocía mucho, bailaba con una mina de verde, y el otro podía ser Kurchin, de quinto letras, un chiquito con cara de chancho y anteojos, que se prendía a un hembrón de pelo renegrido con traje largo y collares de perlas. Todo eso sucedía ahí, lo estábamos viendo y oyendo, pero naturalmente no podía ser, casi no podía ser que sintiéramos una mano que se apoyaba despacito en nuestros hombros, sin forzar.

—Ushtedes no shon invitados —dijo el gallego Manolo—, pero ya que eshtán vayan entrando y no she hagan los locos.

El doble empujón nos tiró casi contra otra pareja que bailaba, frenamos en seco y por primera vez vimos el grupo entero, unos ocho o diez, la victrola con el petiso Larrañaga ocupándose de los discos, la mesa convertida en bar, las luces bajas, las caras que empezaban a reconocernos sin sorpresa, todos debían pensar que habíamos sido invitados, y hasta Larrañaga nos hizo un gesto de bienvenida. Como siempre Nito fue el más rápido, en tres pasos estuvo contra una de las paredes laterales y yo me le apilé, pegados como cucarachas contra la pared empezamos a ver de veras, a aceptar eso que estaba pasando ahí. Con las luces y la gente la sala de profesores parecía el doble de grande, había cortinas verdes que yo nunca había sospechado cuando de mañana pasaba por el corredor y le echaba una ojeada a la sala para ver si ya había llegado Migoya, nuestro terror en la clase de lógica. Todo tenía un aire como de club, de cosa organizada para los sábados a la noche, los vasos y los ceniceros, la victrola y las lámparas que sólo alumbraban lo necesario, abriendo zonas de penumbra que agrandaban la sala.

Vaya a saber cuánto tardé en aplicar a lo que nos estaba pasando un poco de esa lógica que nos enseñaba Migoya, pero Nito era siempre el más rápido, una ojeada le había bastado para identificar a los condiscípulos y al profesor Iriarte, darse cuenta de que las mujeres eran muchachos disfrazados, Perrone y Macías y otro de séptimo ciencias, no se acordaba del nombre. Había dos o tres con antifaces, uno de ellos vestido de hawaiana y gustándole a juzgar por los contoneos que le hacía a Iriarte. El gallego Fernando se ocupaba del bar, casi todo el mundo tenía vasos en las manos, ahora venía un tango por la orquesta de Lomuto, se armaban parejas, los muchachos sobrantes se ponían a bailar entre ellos, y no me sorprendió demasiado que Nito me agarrara de la cintura y me empujara hacia el medio.

—Si nos quedamos parados aquí se va a armar —me dijo—. No me pisés los pies, desgraciado.

—No sé bailar —le dije, aunque él bailaba peor que yo. Estábamos en la mitad del tango y Nito miraba de cuando en cuando hacia la puerta entornada, me había ido llevando despacio para aprovechar la primera de cambio, pero se dio cuenta de que el gallego Manolo estaba todavía ahí, volvimos al centro y hasta intentamos cambiar chistes con Kurchin y Gómez que bailaban juntos. Nadie se dio cuenta de que se estaba abriendo la doble puerta que comunicaba con la antesala del despacho del Rengo, pero el petiso Larrañaga paró el disco en seco y nos quedamos mirando, sentí que el brazo de Nito temblaba en mi cintura antes de soltarme de golpe.

Soy tan lento para todo, ya Nito se había dado cuenta cuando empecé a descubrir que las dos mujeres paradas en las puertas y teniéndose de la mano eran el Rengo y la señorita Maggi. El disfraz del Rengo era tan exagerado que dos o tres aplaudieron tímidamente, pero después solamente hubo un silencio de sopa enfriada, algo como un hueco en el tiempo. Yo había visto travestís en los cabarets del bajo, pero una cosa así nunca, la peluca pelirroja, las pestañas de cinco centímetros, los senos de goma temblando bajo una blusa salmón, la pollera de pliegues y los tacos como zancos. Llevaba los brazos llenos de pulseras, y eran brazos depilados y blanqueados, los anillos parecían pasearse por sus dedos ondulantes, ahora había soltado la mano de la señorita Maggi y con un gesto de una infinita mariconería se inclinaba para presentarla y darle paso. Nito se estaba preguntando por qué la señorita Maggi seguía pareciéndose a ella misma a pesar de la peluca rubia, el pelo estirado hacia atrás, la silueta apretada en un largo traje blanco. La cara estaba apenas maquillada, tal vez las cejas un poco más dibujadas, pero era la cara de la señorita Maggi y no el pastel de frutas del Rengo con el rimmel y el rouge y el flequillo pelirrojo. Los dos avanzaron saludando con una cierta frialdad casi condescendiente, el Rengo nos echó una ojeada acaso sorprendida, pero que pareció cambiarse por una aceptación distraída, como si ya alguien lo hubiera prevenido.

—No se dio cuenta, che —le dije a Nito lo más bajo que pude.

—Tu abuela —dijo Nito—, vos te creés que no ve que estamos vestidos como reos en este ambiente.

Tenía razón, nos habíamos puesto pantalones viejos por lo de la reja, yo estaba en mangas de camisa y Nito tenía un pull-over liviano con una manga más bien perforada en un codo. Pero el Rengo ya estaba pidiendo que le dieran una copita no demasiado fuerte, se la pedía al gallego Fernando con unos gestos de puta caprichosa mientras la señorita Maggi reclamaba un whisky más seco que la voz con que se lo pedía al gallego. Empezaba otro tango y todo el mundo se largó a bailar, nosotros los primeros de puro pánico y los recién llegados junto con los demás, la señorita Maggi manejando al Rengo a puro juego de cintura. Nito hubiera querido acercarse a Kurchin para tratar de sacarle algo, con Kurchin teníamos más trato que con los otros, pero era difícil en ese momento en que las parejas se cruzaban sin rozarse y nunca quedaba espacio libre por mucho tiempo. Las puertas que daban a la sala de espera del Rengo seguían abiertas, y cuando nos acercamos en una de las vueltas, Nito vio que también la puerta del despacho estaba abierta y que adentro había gente hablando y bebiendo. De lejos reconocimos a Fiori, un pesado de sexto letras, disfrazado de militar, y a lo mejor esa morocha de pelo caído en la cara y caderas sinuosas era Moreira, uno de quinto letras que tenía fama de lo que te dije.

Fiori vino hacia nosotros antes de que pudiéramos esquivarnos, con el uniforme parecía mucho mayor y Nito creyó verle canas en el pelo bien planchado, seguro que se había puesto talco para tener más pinta.

—Nuevos, eh —dijo Fiori—. ¿Ya pasaron por oftalmología?

La respuesta debíamos tenerla escrita en la cara y Fiori se nos quedó mirando un momento, nos sentíamos cada vez más como reclutas delante de un teniente compadrón.

—Por allá —dijo Fiori, mostrando con la mandíbula una puerta lateral entornada—. En la próxima reunión me traen el comprobante.

—Sí señor —dijo Nito, empujándome a lo bruto. Me hubiera gustado reprocharle el sí señor tan lacayo, pero Moreira (ahora sí, ahora seguro que era Moreira) se nos apiló antes de que llegáramos a la puerta y me agarró de la mano.

—Vení a bailar a la otra pieza, rubio, aquí son tan aburridos.

—Después —dijo Nito por mí—. Volvemos enseguida.

—Ay, todos me dejan sola esta noche.

Pasé el primero, deslizándome no sé por qué en vez de abrir del todo la puerta. Pero los porqués nos faltaban a esa altura, Nito que me seguía callado miraba el largo zaguán en penumbras y era otra vez cualquiera de las pesadillas que tenía con la escuela, ahí donde nunca había un porqué, donde solamente se podía seguir adelante, y el único porqué posible era una orden de Fiori, ese cretino vestido de milico que de golpe se sumaba a todo lo otro y nos daba una orden, valía como una orden pura que debíamos obedecer, un oficial mandando y andá a pedir razones. Pero esto no era una pesadilla, yo estaba a su lado y las pesadillas no se sueñan de a dos.

—Rajemos, Nito —le dije en la mitad del zaguán—. Tiene que haber una salida, esto no puede ser.

—Sí, pero esperá, me trinca que nos están espiando.

—No hay nadie, Nito.

—Por eso mismo, huevón.

—Pero Nito, esperá un poco, parémonos aquí. Yo tengo que entender lo que pasa, no te das cuenta de que...

—Mirá —dijo Nito, y era cierto, la puerta por donde habíamos pasado estaba ahora abierta de par en par y el uniforme de Fiori se recortaba clarito. No había ninguna razón para obedecer a Fiori, bastaba volver y apartarlo de un empujón como tantas veces nos empujábamos por broma o en serio en los recreos. Tampoco había ninguna razón para seguir adelante hasta ver dos puertas cerradas, una lateral y otra de frente, y que Nito se metiera por una y se diera cuenta demasiado tarde de que yo no estaba con él, que estúpidamente había elegido la otra puerta por error o por pura bronca. Imposible dar media vuelta y salir a buscarme, la luz violeta del salón y las caras mirándolo lo fijaban de golpe en eso que abarcó de una sola ojeada, el salón con el enorme acuario en el centro alzando su cubo transparente hasta el cielo raso, dejando apenas lugar para los que pegados a los cristales miraban el agua verdosa, los peces resbalando lentamente, todo en un silencio que era como otro acuario exterior, un petrificado presente con hombres y mujeres (que eran hombres que eran mujeres) pegándose a los cristales, y Nito diciéndose ahora, ahora volver atrás, Toto imbécil dónde te metiste, huevón, queriendo dar media vuelta y escaparse, pero de qué si no pasaba nada, si se iba quedando inmóvil como ellos y viéndolos mirar los peces y reconociendo a Mutis, a la Chancha Delucía, a otros de sexto letras, preguntándose por qué eran ellos y no otros, como ya se había preguntado por qué tipos como Raguzzi y Fiori y Moreira, por qué justamente los que no eran nuestros amigos por la mañana, los extraños y los mierdas, por qué ellos y no Láinez o Delich o cualquiera de los compañeros de charlas o vagancias o proyectos, por qué entonces Toto y él entre esos otros aunque fuera culpa de ellos por meterse de noche en la escuela y esa culpa los juntara con todos esos que de día no aguantaban, los peores hijos de puta de la escuela, sin hablar del Rengo y del chupamedias de Iriarte y hasta de la señorita Maggi también ahí, quién lo hubiera dicho pero también ella, ella la única mujer de veras entre tantos maricones y desgraciados.

Entonces ladró un perro, no era un ladrido fuerte pero rompió el silencio y todos se volvieron hacia el fondo invisible del salón, Nito vio que de la bruma violeta salía Caletti, uno de quinto ciencias, con los brazos en alto venía desde el fondo como resbalando entre los otros, sosteniendo en alto un perrito blanco que volvía a ladrar debatiéndose, las patas atadas con una cinta roja y de la cinta colgando algo como un pedazo de plomo, algo que lo sumergió lentamente en el acuario donde Caletti lo había tirado de un solo envión, Nito vio al perro bajando poco a poco entre convulsiones, tratando de liberar las patas y volver a la superficie, lo vio empezar a ahogarse con la boca abierta y echando burbujas, pero antes de que se ahogara los peces ya estaban mordiéndolo, arrancándole jirones de piel, tiñendo de rojo el agua, la nube cada vez más espesa en torno al perro que todavía se agitaba entre la masa hirviente de peces y de sangre.

Todo eso yo no podía verlo porque detrás de la puerta que creo se cerró sola no había más que negro, me quedé paralizado sin saber qué hacer, detrás no se oía nada, entonces Nito, dónde estaba Nito. Dar un paso adelante en esa oscuridad o quedarme ahí clavado era el mismo espanto, de golpe sentir el olor, un olor a desinfectante, a hospital, a operación de apendicitis, casi sin darme cuenta de que los ojos se iban acostumbrando a la tiniebla y que no era tiniebla, ahí en el fondo había una o dos lucecitas, una verde y después una amarilla, la silueta de un armario y de un sillón, otra silueta que se desplazaba vagamente avanzando desde otro fondo más profundo.

—Venga, m'hijito —dijo la voz—. Venga hasta aquí, no tenga miedo.

No sé cómo pude moverme, el aire y el suelo eran como una misma alfombra esponjosa, el sillón con palancas cromadas y los aparatos de cristal y las lucecitas; la peluca rubia y planchada y el vestido blanco de la señorita Maggi fosforecían vagamente. Una mano me tomó por el hombro y me empujó hacia adelante, la otra mano se apoyó en mi nuca y me obligó a sentarme en el sillón, sentí en la frente el frío de un vidrio mientras la señorita Maggi me ajustaba la cabeza entre dos soportes. Casi contra los ojos vi brillar una esfera blanquecina con un pequeño punto rojo en el medio, y sentí el roce de las rodillas de la señorita Maggi que se sentaba en el sillón del lado opuesto de la armazón de cristales. Empezó a manipular palancas y ruedas, me ajustó todavía más la cabeza, la luz iba cambiando al verde y volvía al blanco, el punto rojo crecía y se desplazaba de un lado a otro, con lo que me quedaba de visión hacia arriba alcanzaba a ver como un halo el pelo rubio de la señorita Maggi, teníamos las caras apenas separadas por el cristal con las luces y algún tubo por donde ella debía estar mirándome.

—Quedate quietito y fijate bien en el punto rojo —dijo la señorita Maggi—. ¿Lo ves bien?

—Sí, pero...

—No hablés, quedate quieto, así. Ahora decime cuándo dejás de ver el punto rojo.

Qué sé yo si lo veía o no, me quedé callado mientras ella seguía mirando por el otro lado, de golpe me daba cuenta de que además de la luz central estaba viendo los ojos de la señorita Maggi detrás del cristal del aparato, tenía ojos castaños y por encima seguía ondulando el reflejo incierto de la peluca rubia. Pasó un momento interminablemente corto, se oía como un jadeo, pensé que era yo, pensé cualquier cosa mientras las luces cambiaban poco a poco, se iban concentrando en un triángulo rojizo con bordes violeta, pero a lo mejor no era yo el que respiraba haciendo ruido.

—¿Todavía ves la luz roja?

—No, no la veo, pero me parece que...

—No te muevas, no hablés. Mira bien, ahora.

Un aliento me llegaba desde el otro lado, un perfume caliente a bocanadas, el triángulo empezaba a convertirse en una serie de rayas paralelas, blancas y azules, me dolía el mentón apresado en el soporte de goma, hubiera querido levantar la cabeza y librarme de esa jaula en la que me sentía amarrado, la caricia entre los muslos me llegó como desde lejos, la mano que me subía entre las piernas y buscaba uno a uno los botones del pantalón, entraba dos dedos, terminaba de desabotonarme y buscaba algo que no se dejaba agarrar, reducido a una nada lastimosa hasta que los dedos lo envolvieron y suavemente lo sacaron fuera del pantalón, acariciándolo despacio mientras las luces se volvían más y más blancas y el centro rojo asomaba de nuevo. Debí tratar de zafarme porque sentí el dolor en lo alto de la cabeza y el mentón, era imposible salir de la jaula ajustada o tal vez cerrada por detrás, el perfume volvía con el jadeo, las luces bailaban en mis ojos, todo iba y volvía como la mano de la señorita Maggi llenándome de un lento abandono interminable.

—Dejate ir —la voz llegaba desde el jadeo, era el jadeo mismo hablándome—, gozá, chiquito, tenés que darme aunque sea unas gotas para los análisis, ahora, así, así.

Sentí el roce de un recipiente allí donde todo era placer y fuga, la mano sostuvo y corrió y apretó blandamente, casi no me di cuenta de que delante de los ojos no había más que el cristal oscuro y que el tiempo pasaba, ahora la señorita Maggi estaba detrás de mí y me soltaba las correas de la cabeza. Un latigazo de luz amarilla golpeándome mientras me enderezaba y me abrochaba, una puerta del fondo y la señorita Maggi mostrándome la salida, mirándome sin expresión, una cara lisa y saciada, la peluca violentamente iluminada por la luz amarilla. Otro se le hubiera tirado encima ahí nomás, la hubiera abrazado ahora que no había ninguna razón para no abrazarla o besarla o pegarle, otro como Fiori o Raguzzi, pero tal vez nadie lo hubiera hecho y la puerta se le hubiera cerrado como a mí a la espalda con un golpe seco, dejándome en otro pasadizo que giraba a la distancia y se perdía en su propia curva, en una soledad donde faltaba Nito, donde sentí la ausencia de Nito como algo insoportable y corrí hacia el codo, y cuando vi la única puerta me tiré contra ella y estaba cerrada con llave, la golpeé y oí mi golpe como un grito, me apoyé contra la puerta resbalando poco a poco hasta quedar de rodillas, a lo mejor era debilidad, el mareo después de la señorita Maggi. Del otro lado de la puerta me llegaron la gritería y las risas.

Porque ahí se reía y se gritaba fuerte, alguien había empujado a Nito para hacerlo avanzar entre el acuario y la pared de la izquierda por donde todos se movían buscando la salida, Caletti mostrando el camino con los brazos en alto como había mostrado al perro al entrar, y los otros siguiéndolo entre chillidos y empujones, Nito con alguien atrás que también lo empujaba tratándolo de dormido y de fiaca, no había terminado de pasar la puerta cuando ya el juego empezaba, reconoció al Rengo que entraba por otro lado con los ojos vendados y sostenido por el gallego Fernando y Raguzzi que lo cuidaban de un tropezón o un golpe, los demás ya se estaban escondiendo detrás de los sillones, en un armario, debajo de una cama, Kurchin se había trepado a una silla y de ahí a lo alto de una estantería, mientras los otros se desparramaban en el enorme salón y esperaban los movimientos del Rengo para evadirlo en puntas de pie o llamándolo con voces en falsete para engañarlo, el Rengo se contoneaba y soltaba grititos con los brazos tendidos buscando atrapar a alguno, Nito tuvo que huir hacia una pared y luego esconderse detrás de una mesa con floreros y libros, y cuando el Rengo alcanzó al petiso Larrañaga con un chillido de triunfo, los demás salieron aplaudiendo de los escondites, y el Rengo se sacó la venda y se la puso a Larrañaga, lo hacía duramente y apretándole los ojos, aunque el petiso protestaba, condenándolo a ser el que tenía que buscarlos, la gallina ciega atada con la misma despiadada fuerza con que habían atado las patas del perrito blanco. Y otra vez dispersarse entre risas y cuchicheos, el profesor Iriarte dando saltos, Fiori buscando donde esconderse sin perder la calma compadrona, Raguzzi sacando pecho y gritando a dos metros del petiso Larrañaga que se abalanzaba para no encontrar más que el aire, Raguzzi de un salto fuera de su alcance gritándole *¡Me Tarzan, you Jane*, boludo!, el petiso perplejo dando vueltas y buscando en el vacío, la señorita Maggi que reaparecía para abrazarse con el Rengo y reírse de Larrañaga, los dos con grititos de miedo cuando el petiso se tiró hacia ellos y se escaparon por un pelo de sus manos tendidas, Nito saltando hacia atrás y viendo cómo el petiso agarraba por el pelo a Kurchin que se había descuidado, el alarido de Kurchin y Larrañaga sacándose la venda pero sin soltar la presa, los aplausos y los gritos, de golpe silencio porque el Rengo alzaba una mano y Fiori a su lado se plantaba en posición de firme y daba una orden que nadie entendió pero era igual, el uniforme de Fiori como la orden misma, nadie se movía, ni siquiera Kurchin con los ojos llenos de lágrimas, porque Larrañaga casi le arrancaba el pelo, lo mantenía ahí sin soltarlo.

—Tusa —mandó el Rengo—. Ahora tusa y caricatusa. Ponelo.

Larrañaga no entendía, pero Fiori le mostró a Kurchin con un gesto seco, y entonces el petiso le tiró del pelo obligándolo a agacharse cada vez más, ya los otros se iban poniendo en fila, las mujeres con grititos y recogiéndose las polleras, Perrone el primero y después el profesor Iriarte, Moreira haciéndose la remilgada, Caletti y la Chancha Delucía, una fila que llegaba hasta el fondo del salón y Larrañaga sujetando a Kurchin agachado y soltándolo de golpe cuando el Rengo hizo un gesto y Fiori ordenó «¡Saltar sin pegar!», Perrone en punta y detrás toda la fila, empezaron a saltar apoyando las manos en la espalda de Kurchin arqueado como un chanchito, saltaban al rango pero gritando «¡Tusa!», gritando «¡Caricatusa!» cada vez que pasaban por encima de Kurchin y rehacían la fila del otro lado, daban la vuelta al salón y empezaban de nuevo, Nito casi al final saltando lo más liviano que podía para no aplastar a Kurchin, después Macías dejándose caer como una bolsa, oyendo al Rengo que chillaba

«¡Saltar y pegar!», y toda la fila pasó de nuevo por encima de Kurchin, pero ahora buscando patearlo y golpearlo a la vez que saltaban, ya habían roto la fila y rodeaban a Kurchin, con las manos abiertas le pegaban en la cabeza, la espalda, Nito había alzado el brazo cuando vio a Raguzzi que soltaba la primera patada en las nalgas de Kurchin que se contrajo y gritó, Perrone y Mutis le pateaban las piernas mientras las mujeres se ensañaban con el lomo de Kurchin, que aullaba y quería enderezarse y escapar, pero Fiori se acercaba y lo retenía por el pescuezo gritando «¡Tusa, caricatusa, pegar y pegar!», algunas manos ya eran puños cayendo sobre los flancos y la cabeza de Kurchin, que clamaba pidiendo perdón sin poder zafarse de Fiori, de la lluvia de patadas y trompadas que lo cercaban. Cuando el Rengo y la señorita Maggi gritaron una orden al mismo tiempo, Fiori soltó a Kurchin que cayó de costado, sangrándole la boca, del fondo del salón vino corriendo el gallego Manolo y lo levantó como si fuera una bolsa, se lo llevó mientras todos aplaudían rabiosamente y Fiori se acercaba al Rengo y a la señorita Maggi como consultándolos.

Nito había retrocedido hasta quedar en el borde del círculo que empezaba a romperse sin ganas, como queriendo seguir el juego o empezar otros, desde ahí vio cómo el Rengo mostraba con el dedo al profesor Iriarte, y a Fiori que se le acercaba y le hablaba, después una orden seca y todos empezaron a formarse en cuadro, de a cuatro en fondo, las mujeres atrás y Raguzzi como adalid del pelotón, mirando furioso a Nito que tardaba en encontrar un lugar cualquiera en la segunda fila. Todo esto lo vi yo clarito mientras el gallego Fernando me traía de un brazo después de haberme encontrado detrás de la puerta cerrada y abrirla para hacerme entrar de un empellón, vi cómo el Rengo y la señorita Maggi se instalaban en un sofá contra la pared, los otros que completaban el cuadro con Fiori y Raguzzi al frente, con Nito pálido entre los de la segunda fila, y el profesor Iriarte que se dirigía al cuadro como en una clase, después de un saludo ceremonioso al Rengo y a la señorita Maggi, yo perdiéndome como podía entre las locas del fondo que me miraban riéndose y cuchicheando hasta que el profesor Iriarte carraspeó y se hizo un silencio que duró no sé hasta cuándo.

—Se procederá a enunciar el decálogo —dijo el profesor Iriarte—. Primera profesión de fe.

Yo lo miraba a Nito como si todavía él pudiera ayudarme, con una estúpida esperanza de que me mostrara una salida, una puerta cualquiera para escaparnos, pero Nito no parecía darse cuenta de que yo estaba ahí detrás, miraba fijamente el aire como todos, inmóvil como todos ahora.

Monótonamente, casi sílaba a sílaba, el cuadro enunció:

—Del orden emana la fuerza, y de la fuerza emana el orden.

—¡Corolario! —mandó Iriarte.

—Obedece para mandar, y manda para obedecer —recitó el cuadro.

Era inútil esperar que Nito se diera vuelta, hasta creo haber visto que sus labios se movían como si se hicieran el eco de lo que recitaban los otros. Me apoyé en la pared, un panel de madera que crujió, y una de las locas, creo que Moreira, me miró alarmada. «Segunda profesión de fe», estaba ordenando Iriarte cuando sentí que eso no era un panel sino una puerta, y que cedía poco a poco mientras yo me iba dejando resbalar en un mareo casi agradable. «Ay, pero qué te pasa, precioso», alcanzó a cuchichear Moreira y ya el cuadro enunciaba una frase que no comprendí, girando de lado pasé al otro lado y cerré la puerta, sentí la presión de las manos de Moreira y Macías que buscaban abrirla y bajé el pestillo que brillaba maravillosamente en la penumbra, empecé a correr por una galería, un codo, dos piezas vacías y a oscuras, con al final otro pasillo que llevaba directamente al corredor sobre el patio en el lado opuesto a la sala de profesores. De todo eso me acuerdo poco, yo no era más que mi propia fuga, algo que corría en la sombra tratando de no hacer ruido, resbalando sobre las baldosas hasta llegar a la escalera de mármol, bajarla de a tres peldaños y sentirme impulsado por esa casi caída hasta las columnas del peristilo donde estaba el poncho y también los brazos abiertos del gallego Manolo cerrándome el paso. Ya lo dije, me acuerdo poco de todo eso, tal vez le hundí la cabeza en pleno estómago o lo barajé de una patada en la barriga, el poncho se me enredó en uno de los pinchos de la reja, pero lo mismo trepé y salté, en la vereda había un gris de amanecer y un viejo andando despacio, el gris sucio del alba y el viejo que se quedó mirándome con una cara de pescado, la boca abierta para un grito que no alcanzó a gritar.

Todo ese domingo no me moví de casa, por suerte me conocían en la familia y nadie hizo preguntas que no hubiera contestado, a mediodía llamé por teléfono a casa de Nito, pero la madre me dijo que no estaba, por la tarde supe que Nito había vuelto pero que ya andaba otra vez afuera, y cuando llamé a las diez de la noche, un hermano me dijo que no sabía dónde estaba. Me asombró que no hubiera venido a buscarme, y cuando el lunes llegué a la escuela me asombró todavía más encontrármelo en la entrada, él que batía todas las marcas en materia de llegadas tarde. Estaba hablando con Delich, pero se separó de él y vino a encontrarme, me estiró la mano y yo se la apreté aunque era raro, era tan raro que nos diéramos la mano al llegar a la escuela. Pero qué importaba si ya lo otro me venía a borbotones, en los cinco minutos que faltaban para la campana teníamos que decirnos tantas cosas, pero entonces vos qué hiciste, cómo te escapaste, a mí me atajó el gallego y entonces, sí, ya sé, estaba diciéndome Nito, no te excités tanto, Toto, dejame hablar un poco a mí. Che, pero es que... Sí, claro, no es para menos. ¿Para menos, Nito, pero vos me estás cachando o qué? Ahora mismo tenemos que subir y denunciarlo al Rengo. Esperá, esperá, no te calentés así, Toto.

Eso seguía, como dos monólogos cada uno por su lado, de alguna manera yo empezaba a darme cuenta de que algo no andaba, de que Nito estaba como en otra cosa. Pasó Moreira y saludó con una guiñada de ojos, de lejos vi a la Chancha Delucía que entraba corriendo, a Raguzzi con su saco deportivo, todos los hijos de puta iban llegando mezclados con los amigos, con Llanes y Alermi que también decían qué tal, viste cómo ganó River, qué te había dicho, pibe, y Nito mirándome y repitiendo aquí no, ahora no, Toto, a la salida hablamos en el café. Pero mirá, mirá, Nito, miralo a Kurchin con la cabeza vendada, yo no me puedo quedar callado, subamos juntos, Nito, o voy solo, te juro que voy solo ahora mismo. No, dijo Nito, y había como otra voz en esa sola palabra, no vas a subir ahora, Toto, primero vamos a hablar vos y yo.

Era él, claro, pero fue como si de repente no lo conociera. Me había dicho que no como podía habérmelo dicho Fiori, que ahora llegaba silbando, de civil por supuesto, y saludaba con una sonrisa sobradora que nunca le había conocido antes. Me pareció como si todo se condensara de golpe en eso, en el no de Nito, en la sonrisa inimaginable de Fiori; era de nuevo el miedo de esa fuga en la noche, de las escaleras más voladas que bajadas, de los brazos abiertos del gallego Manolo entre las columnas.

—¿Y por qué no voy a subir? —dije absurdamente—. ¿Por qué no lo voy a denunciar al Rengo, a Iriarte, a todos?

—Porque es peligroso —dijo Nito—. Aquí no podemos hablar ahora, pero en el café te explico. Yo me quedé más que vos, sabés.

—Pero al final también te escapaste —dije como desde una esperanza, buscándolo como si no lo tuviera ahí delante mío.

—No, no tuve que escaparme, Toto. Por eso te digo que te calles ahora.

—¿Y por qué tengo que hacerte caso? —grité, creo que a punto de llorar, de pegarle, de abrazarlo.

—Porque te conviene —dijo la otra voz de Nito—. Porque no sos tan idiota para no darte cuenta de que si abrís la boca te va a costar caro. Ahora no podés comprender y hay que entrar a clase. Pero te lo repito, si decís una sola palabra te vas a arrepentir toda la vida, si es que estás vivo.

Jugaba, claro, no podía ser que me estuviera diciendo eso, pero era la voz, la forma en que me lo decía, ese convencimiento y esa boca apretada. Como Raguzzi, como Fiori, ese convencimiento y esa boca apretada. Nunca sabré de qué hablaron los profesores ese día, todo el tiempo sentía en la espalda los ojos de Nito clavados en mí. Y Nito tampoco seguía las clases, qué le importaban las clases ahora, esas cortinas de humo del Rengo y de la señorita Maggi para que lo otro, lo que importaba de veras, se fuera cumpliendo poco a poco, así como poco a poco se habían ido enunciando para él las profesiones de fe del decálogo, una tras otra, todo eso que iría naciendo alguna vez de la obediencia al decálogo, del cumplimiento futuro del decálogo, todo eso que había aprendido y prometido y jurado esa noche y que alguna vez se cumpliría para el bien de la patria cuando llegara la hora y el Rengo y la señorita Maggi dieran la orden de que empezara a cumplirse.

Deshoras

Ya no tenía ninguna razón especial para acordarme de todo eso, y aunque me gustaba escribir por temporadas y algunos amigos aprobaban mis versos o mis relatos, me ocurría preguntarme a veces si esos recuerdos de la infancia merecían ser escritos, si no nacían de la ingenua tendencia a creer que las cosas habían sido más de veras cuando las ponía en palabras para fijarlas a mi manera, para tenerlas ahí como las corbatas en el armario o el cuerpo de Felisa por la noche, algo que no se podría vivir de nuevo pero que se hacía más presente como si en el mero recuerdo se abriera paso una tercera dimensión, una casi siempre amarga pero tan deseada contigüidad. Nunca supe bien por qué, pero una y otra vez volvía a cosas que otros habían aprendido a olvidar para no arrastrarse en la vida con tanto tiempo sobre los hombros. Estaba seguro de que entre mis amigos había pocos que recordaran a sus compañeros de infancia como yo recordaba a Doro, aunque cuando escribía sobre Doro no era casi nunca él quien me llevaba a escribir sino otra cosa, algo en que Doro era solamente el pretexto para la imagen de su hermana mayor, la imagen de Sara en aquel entonces en que Doro y yo jugábamos en el patio o dibujábamos en la sala de la casa de Doro.

Tan inseparables habíamos sido en esos tiempos del sexto grado, de los doce o trece años, que no era capaz de sentirme escribiendo separadamente sobre Doro, aceptarme desde fuera de la página y escribiendo sobre Doro. Verlo era verme simultáneamente como Aníbal con Doro, y no hubiera podido recordar nada de Doro si al mismo tiempo no hubiera sentido que Aníbal estaba también ahí en ese momento, que era Aníbal el que había pateado aquella pelota que rompió un vidrio de la casa de Doro una tarde de verano, el susto y las ganas de esconderse o de negar, la aparición de Sara tratándolos de bandidos y mandándolos a jugar al potrero de la esquina. Y con todo eso venía también Bánfield, claro, porque todo había pasado allí, ni Doro ni Aníbal hubieran podido imaginarse en otro pueblo que en Bánfield donde las casas y los potreros eran entonces más grandes que el mundo.

Un pueblo, Bánfield, con sus calles de tierra y la estación del Ferrocarril Sud, sus baldíos que en verano hervían de langostas multicolores a la hora de la siesta, y que de noche se agazapaba como temeroso en torno a los pocos faroles de las esquinas, con una que otra pitada de los vigilantes a caballo y el halo vertiginoso de los insectos voladores en torno a cada farol. A tan poca distancia las casas de Doro y de Aníbal que la calle era para ellos como un corredor más, algo que seguía manteniéndolos unidos de día o de noche, en el potrero jugando al fútbol en plena siesta o bajo la luz del farol de la esquina mirando cómo los sapos y los escuerzos hacían rueda para comerse a los insectos borrachos de dar vueltas en torno a la luz amarilla. Y el verano, siempre, el verano de las vacaciones, la libertad de los juegos, el tiempo solamente de ellos, para ellos, sin horario ni campana para entrar a clase, el olor del verano en el aire caliente de las tardes y las noches, en las caras sudadas después de ganar o perder o pelearse o correr, de reírse y a veces de llorar pero siempre juntos, siempre libres, dueños de su mundo de barriletes y pelotas y esquinas y veredas.

De Sara le quedaban pocas imágenes, pero cada una se recortaba como un vitral a la hora del sol más alto, con azules y rojos y verdes penetrando el espacio hasta hacerle daño, a veces Aníbal veía sobre todo su pelo rubio cayéndole sobre los hombros como una caricia que él hubiera querido sentir contra su cara, a veces su piel tan blanca porque Sara no salía casi nunca al sol, absorbida por los trabajos de la casa, la madre enferma y Doro que volvía cada tarde con la ropa sucia, lastimadas las rodillas, las zapatillas embarradas. Nunca supo la edad de Sara en ese entonces, solamente que ya era una señorita, una joven madre de su hermano que se volvía más niño cuando ella le hablaba, cuando le pasaba la mano por la cabeza antes de mandarlo a comprar algo o pedirles a los dos que no gritaran tanto en el patio. Aníbal la saludaba tímido, dándole la mano, y Sara se la apretaba amablemente, casi sin mirarlo pero aceptándolo como esa otra mitad de Doro que casi diariamente venía a la casa para leer o jugar. A las cinco los llamaba para darles café con leche y bizcochos, siempre en la mesita del patio o en la sala sombría; Aníbal sólo había visto dos o tres veces a la madre de Doro, dulcemente desde su sillón de ruedas les decía su hola chicos, su tengan cuidado con los autos, aunque había tan pocos autos en Bánfield y ellos sonreían seguros de sus esquives en la calle, de su invulnerabilidad de jugadores de fútbol y corredores. Doro no hablaba nunca de su madre, casi siempre en la cama o escuchando radio en el salón, la casa era el patio y Sara, a veces algún tío de visita que les preguntaba lo que habían estudiado en la escuela y les regalaba cincuenta centavos. Y para Aníbal siempre era verano, de los inviernos no tenía casi recuerdos, su casa se volvía un encierro gris y neblinoso donde sólo los libros contaban, la familia en sus cosas y las cosas fijas en sus huecos, las gallinas que él tenía que cuidar, las enfermedades con largas dietas y té y solamente a veces Doro, porque a Doro no le gustaba quedarse mucho en una casa donde no los dejaban jugar como en la suya.

Fue a lo largo de una bronquitis de quince días que Aníbal empezó a sentir la ausencia de Sara, cuando Doro venía a visitarlo le preguntaba por ella y Doro le contestaba distraído que estaba bien, lo único que le interesaba era si esa semana iban a poder jugar de nuevo en la calle. Aníbal hubiera querido saber más de Sara pero no se animaba a preguntar mucho, a Doro le hubiera parecido estúpido que se preocupara por alguien que no jugaba como ellos, que estaba tan lejos de todo lo que ellos hacían y pensaban. Cuando pudo volver a la casa de Doro, todavía un poco débil, Sara le dio la mano y le preguntó cómo andaba, no tenía que jugar a la pelota para no cansarse, mejor que dibujaran o leyeran en la sala; su voz era grave, hablaba como siempre le hablaba a Doro, afectuosamente pero lejos, la hermana mayor atenta y casi severa. Antes de dormirse esa noche, Aníbal sintió que algo le subía a los ojos, que la almohada se le volvía Sara, una necesidad de apretarla en los brazos y llorar con la cara pegada a Sara, al pelo de Sara, queriendo que ella estuviera ahí y le trajera los remedios y mirara el termómetro sentada a los pies de la cama. Cuando su madre vino por la mañana para frotarle el pecho con algo que olía a alcohol y a mentol, Aníbal cerró los ojos y fue la mano de Sara alzándole el camisón, acariciándolo livianamente, curándolo.

Era de nuevo el verano, el patio de la casa de Doro, las vacaciones con novelas y figuritas, con la filatelia y la colección de jugadores de fútbol que pegaban en un álbum. Esa tarde hablaban de pantalones largos, ya no faltaba mucho para ponérselos, quién iba a entrar en la secundaria con pantalones cortos. Sara los llamó para el café con leche y a Aníbal le pareció que había escuchado lo que decían y que en su boca había como un resto de sonrisa, a lo mejor se divertía oyéndolos hablar de esas cosas y se burlaba un poco. Doro le había dicho que ya tenía novio, un señor grande que la visitaba los sábados pero que él no había visto todavía. Aníbal lo imaginaba como alguien que le traía bombones a Sara y hablaba con ella en la sala, igual que el novio de su prima Lola, en pocos días se había curado de la bronquitis y ya podía jugar de nuevo en el potrero con Doro y los otros amigos. Pero de noche era triste y a la vez tan hermoso, solo en su cuarto antes de dormirse se decía que Sara no estaba ahí, que nunca entraría a verlo ni sano ni enfermo, justo a esa hora en que él la sentía tan cerca, la miraba con los ojos cerrados sin que la voz de Doro o los gritos de los otros chicos se mezclaran con esa presencia de Sara sola ahí para él, junto a él, y el llanto volvía como un deseo de entrega, de ser Doro en las manos de Sara, de que el pelo de Sara le rozara la frente y su voz le dijera buenas noches, que Sara le subiera la sábana antes de irse.

Se animó a preguntarle a Doro como de paso quién lo cuidaba cuando estaba enfermo, porque Doro había tenido una infección intestinal y había pasado cinco días en la cama. Se lo preguntó como si fuera natural que Doro le dijera que su madre lo había atendido, sabiendo que no podía ser y que entonces Sara, los remedios y las otras cosas. Doro le contestó que su hermana le hacía todo, cambió de tema y se puso a hablar de cine. Pero Aníbal quería saber más, si Sara lo había cuidado desde que era chico, y claro que lo había cuidado porque su mamá llevaba ocho años casi inválida y Sara se ocupaba de los dos. Pero entonces, ¿ella te bañaba cuando eras chico? Seguro, ¿por qué me preguntás esas pavadas? Por nada, por saber nomás, debe ser tan raro tener una hermana grande que te baña. No tiene nada de raro, che. ¿Y cuando te enfermabas de chico ella te cuidaba y te hacía todo? Sí, claro. ¿Y a vos no te daba vergüenza que tu hermana te viera y te hiciera todo? No, qué vergüenza me iba a dar, yo era chico entonces. ¿Y ahora? Bueno, ahora igual, por qué me va a dar vergüenza cuando estoy enfermo.

Por qué, claro. A la hora en que cerrando los ojos imaginaba a Sara entrando de noche en su cuarto, acercándose a su cama, era como un deseo de que ella le preguntara cómo estaba, le pusiera la mano en la frente y después bajara las sábanas para verle la lastimadura en la pantorrilla, le cambiara la venda tratándolo de tonto por haberse cortado con un vidrio. La sentía levantándole el camisón y mirándolo desnudo, tocándole el vientre para ver si estaba inflamado, tapándolo de nuevo para que se durmiera. Abrazado a la almohada se sentía de pronto tan solo, y cuando abría los ojos en el cuarto ya vacío de Sara era como una marea de congoja y de delicia porque nadie, nadie podía saber de su amor, ni siquiera Sara, nadie podía comprender esa pena y ese deseo de morir por Sara, de salvarla de un tigre o de un incendio y morir por ella, y que ella se lo agradeciera y lo besara llorando. Y cuando sus manos bajaban y empezaba a acariciarse como Doro, como todos los chicos, Sara no entraba en sus imágenes, era la hija del almacenero o la prima Yolanda, eso no podía suceder con Sara que venía a cuidarlo de noche como lo cuidaba a Doro, con ella no había más que esa delicia de imaginarla inclinándose sobre él y acariciándolo y el amor era eso, aunque Aníbal ya supiera lo que podía ser el amor y se lo imaginara con Yolanda, todo lo que él le haría alguna vez a Yolanda o a la chica del almacenero.

El día del zanjón fue casi al final del verano, después de jugar en el potrero se habían separado de la barra y por un camino que solamente ellos conocían y que llamaban el camino de Sandokan se perdieron en la maleza espinosa donde una vez habían encontrado un perro ahorcado en un árbol y habían huido de puro susto. Arañándose las manos se abrieron paso hasta lo más tupido, hundiendo la cara en el ramaje colgante de los sauces hasta llegar al borde del zanjón de aguas turbias donde siempre habían esperado pescar mojarritas y nunca habían sacado nada. Les gustaba sentarse al borde y fumar los cigarrillos que Doro hacía con chala de maíz, hablando de las novelas de Salgari y planeando viajes y cosas. Pero ese día no tuvieron suerte, a Aníbal se le enganchó un zapato en una raíz y se fue para adelante, se agarró de Doro y los dos resbalaron en el talud del zanjón y se hundieron hasta la cintura, no había peligro pero fue como si, manotearon desesperados hasta sujetarse de la ramazón de un sauce, se arrastraron trepando y puteando hasta lo alto, el barro se les había metido por todas partes, les chorreaba dentro de las camisas y los pantalones y olía a podrido, a rata muerta.

Volvieron casi sin hablar y se metieron por el fondo del jardín en la casa de Doro, esperando que no hubiera nadie en el patio y pudieran lavarse a escondidas. Sara colgaba ropa cerca del gallinero y los vio venir, Doro como con miedo y Aníbal detrás, muerto de vergüenza y queriendo de veras morirse, estar a mil leguas de Sara en ese momento en que ella los miraba apretando los labios, en un silencio que los clavaba ridículos y confundidos bajo el sol del patio.

—Era lo único que faltaba —dijo solamente Sara, dirigiéndose a Doro pero tan para Aníbal balbuceando las primeras palabras de una confesión, era culpa suya, se le había enganchado un zapato y entonces, Doro no tuvo la culpa de que, lo que había pasado era que todo estaba tan refaloso.

—Vayan a bañarse ahora mismo —dijo Sara como si no lo hubiera oído—. Sáquense los zapatos antes de entrar y después se lavan la ropa en la pileta del gallinero.

En el baño se miraron y Doro fue el primero en reírse pero era una risa sin convicción, se desnudaron y abrieron la ducha, bajo el agua podían empezar a reírse de veras, a pelearse por el jabón, a mirarse de arriba abajo y a hacerse cosquillas. Un río de barro corría hasta el desagüe y se diluía poco a poco, el jabón empezaba a dar espuma, se divertían tanto que en el primer momento no se dieron cuenta de que la puerta se había abierto y que Sara estaba ahí mirándolos, acercándose a Doro para sacarle el jabón de la mano y frotárselo en la espalda todavía embarrada. Aníbal no supo qué hacer, parado en la bañadera se puso las manos en la barriga, después se dio vuelta de golpe para que Sara no lo viera y fue todavía peor, de tres cuartos y con el agua corriéndole por la cara, cambiando de lado y otra vez de espaldas, hasta que Sara le alcanzó el jabón con un lavate mejor las orejas, tenés barro por todas partes.

Esa noche no pudo ver a Sara como las otras noches, aunque apretaba los párpados lo único que veía era a Doro y a él en la bañadera, a Sara acercándose para inspeccionarlos de arriba abajo y después saliendo del baño con la ropa sucia en los brazos, generosamente yendo ella misma a la pileta para lavarles las cosas y gritándoles que se envolvieran en las toallas de baño hasta que todo estuviera seco, dándoles el café con leche sin decir nada, ni enojada ni amable, instalando la tabla de planchar bajo las glicinas y poco a poco secando los pantalones y las camisas. Cómo no había podido decirle algo al final cuando los mandó a vestirse, decirle solamente gracias, Sara, qué buena es, gracias de veras, Sara. No había podido decir ni eso y Doro tampoco, habían ido a vestirse callados y después la filatelia y las figuritas de aviones sin que Sara apareciera de nuevo, siempre cuidando a su madre al anochecer, preparando la cena y a veces tarareando un tango entre el ruido de los platos y las cacerolas, ausente como ahora bajo los párpados que ya no le servían para hacerla venir, para que supiera cuánto la quería, qué ganas de morirse de veras después de haberla visto mirándolos en la ducha.

Debió ser en las últimas vacaciones antes de entrar en el colegio nacional, sin Doro porque Doro iría a la escuela normal, pero los dos se habían prometido seguir viéndose todos los días aunque fueran a escuelas diferentes, qué importaba si por la tarde seguirían jugando como siempre, sin saber que no, que algún día de febrero o marzo jugarían por última vez en el patio de la casa de Doro porque la familia de Aníbal se mudaba a Buenos Aires y solamente podrían verse los fines de semana, amargos de rabia por un cambio que no querían admitir, por una separación que los grandes les imponían como tantas cosas, sin preocuparse por ellos, sin consultarlos.

Todo de golpe iba rápido, cambiaba como ellos con los primeros pantalones largos, cuando Doro le dijo que Sara se iba a casar a principios de marzo, se lo dijo como algo sin importancia y Aníbal ni siquiera hizo un comentario, pasaron días antes de que se animara a preguntarle a Doro si Sara iba a seguir viviendo con él después de casada, pero sos idiota vos, cómo se van a quedar aquí, el tipo tiene mucha guita y se la va a llevar a Buenos Aires, tiene otra casa en Tandil y yo me voy a quedar con mi mamá y tía Faustina que la va a cuidar.

Ese sábado último de las vacaciones vio llegar al novio en su auto, lo vio de azul y gordo, con lentes, bajándose del auto con un paquetito de masas y un ramo de azucenas. En su casa lo llamaban para que empezara a embalar sus cosas, la mudanza era el lunes y todavía no había hecho nada. Hubiera querido ir a la casa de Doro sin saber por qué, estar solamente ahí, pero su madre lo obligó a empaquetar sus libros, el globo terráqueo, las colecciones de bichos. Le habían dicho que tendría una pieza grande para él solo con vista a la calle, le habían dicho que podría ir al colegio a pie. Todo era nuevo, todo iba a empezar de otra manera, todo giraba lentamente, y ahora Sara estaría sentada en la sala con el gordo del traje azul, tomando el té con las masas que él había traído, tan lejos del patio, tan lejos de Doro y él, sin nunca más llamarlos para el café con leche debajo de las glicinas.

El primer fin de semana en Buenos Aires (era cierto, tenía una pieza grande para él solo, el barrio estaba lleno de negocios, había un cine a dos cuadras), tomó el tren y volvió a Bánfield para ver a Doro. Conoció a la tía Faustina, que no les dio nada cuando terminaron de jugar en el patio, se fueron a caminar por el barrio y Aníbal tardó un rato en preguntarle por Sara. Bueno, se había casado por civil y ya estaban en la casa de Tandil para la luna de miel, Sara iba a venir cada quince días a ver a su madre. ¿Y no la extrañás? Sí, pero qué querés. Claro, ahora está casada. Doro se distraía, empezaba a cambiar de tema y Aníbal no encontraba la manera de que siguiera hablándole de Sara, a lo mejor pidiéndole que le contara el casamiento y Doro riéndose, yo qué sé, habrá sido como siempre, del civil se fueron al hotel y entonces vino la noche de bodas, se acostaron y entonces el tipo. Aníbal escuchaba mirando las verjas y los balcones, no quería que Doro le viera la cara y Doro se daba cuenta, seguro que vos no sabés lo que pasa la noche de bodas. No jodas, claro que sé. Lo sabés pero la primera vez es diferente, a mí me contó Ramírez, a él se lo dijo el hermano que es abogado y se casó el año pasado, le explicó todo. Había un banco vacío en la plaza, Doro había comprado cigarrillos y le seguía contando y fumando, Aníbal asentía, tragaba el humo que empezaba a marearlo, no necesitaba cerrar los ojos para ver contra el fondo del follaje el cuerpo de Sara que nunca había imaginado como un cuerpo, ver la noche de bodas desde las palabras del hermano de Ramírez, desde la voz de Doro que le seguía contando.

Ese día no se animó a pedirle la dirección de Sara en Buenos Aires, lo dejó para otra visita porque tenía miedo de Doro en ese momento, pero la otra visita no llegó nunca, el colegio empezó y los nuevos amigos, Buenos Aires se tragó poco a poco a Aníbal cargado de libros de matemáticas y tantos cines en el centro y la cancha de River y los primeros paseos de noche con Beto, que era un porteño de veras. También a Doro le estaría pasando lo mismo en La Plata, cada tanto Aníbal pensaba en mandarle unas líneas porque Doro no tenía teléfono, después venía Beto o había que preparar algún trabajo práctico, fueron meses, el primer año, vacaciones en Saladillo, de Sara no iba quedando más que alguna imagen aislada, una ráfaga de Sara cuando algo en María o en Felisa le recordaba por un momento a Sara. Un día del segundo año la vio nítidamente al salir de un sueño y le dolió con un dolor amargo y quemante, al fin y al cabo no había estado tan enamorado de ella, total antes era un chico y Sara nunca le había prestado atención como ahora Felisa o la rubia de la farmacia, nunca había ido a un baile con él como su prima Beba o

Felisa para festejar la entrada a cuarto año, nunca lo había dejado acariciarle el pelo como María, ir a bailar a San Isidro y perderse a medianoche entre los árboles de la costa, besar a Felisa en la boca entre protestas y risas, apoyarla contra un tronco y acariciarle el pecho, bajar hasta perder la mano en ese calor huyente y después de otro baile y mucho cine encontrar un refugio en el fondo del jardín de Felisa y resbalar con ella hasta el suelo, sentir en la boca su sabor salado y dejarse buscar por una mano que lo guió, por supuesto no le iba a decir que era la primera vez, que había tenido miedo, ya estaba en primer año de ingeniería y no le podía decir eso a Felisa y después ya no hizo falta porque todo se aprendía tan rápido con Felisa y algunas veces con su prima Beba.

Nunca más supo de Doro y no le importó, también se había olvidado de Beto que enseñaba historia en algún pueblo de provincia, los juegos se habían ido dando sin sorpresa y como a todo el mundo, Aníbal aceptaba sin aceptar, algo que debía ser la vida aceptaba por él, un diploma, una hepatitis grave, un viaje al Brasil, un proyecto importante en un estudio con dos o tres socios. Estaba despidiéndose de uno de ellos en la puerta antes de ir a tomar una cerveza después del trabajo cuando vio venir a Sara por la vereda de enfrente. Bruscamente recordó que la noche antes había soñado con Sara y que era siempre el patio de la casa de Doro aunque no pasaba nada, aunque Sara solamente estaba ahí colgando ropa o llamándolos para el café con leche, y el sueño se acababa así casi sin haber empezado. Tal vez porque no pasaba nada las imágenes eran de una precisión cortante bajo el sol del verano de Bánfield que en el sueño no era el mismo que el de Buenos Aires; tal vez también por eso o por falta de algo mejor había rememorado a Sara después de tantos años de olvido (pero no había sido olvido, se lo repitió hoscamente a lo largo del día), y verla venir ahora por la calle, verla ahí vestida de blanco, idéntica a entonces con el pelo azotándole los hombros a cada paso en un juego de luces doradas, encadenándose a las imágenes del sueño en una continuidad que no le extrañó, que tenía algo de necesario y previsible, cruzar la calle y enfrentarla, decirle quién era y que ella lo mirara sorprendida, no lo reconociera y de golpe sí, de golpe sonriera y le tendiera la mano, se la apretara de veras y siguiera sonriéndole.

—Qué increíble —dijo Sara—. Cómo te iba a reconocer después de tantos años.

—Usted sí, claro —dijo Aníbal—. Pero ya ve, yo la reconocí enseguida.

—Lógico —dijo lógicamente Sara—. Si ni siquiera te habías puesto pantalones largos. Yo también habré cambiado tanto, lo que pasa es que sos mejor fisonomista.

Dudó un segundo antes de comprender que era idiota seguir tratándola de usted.

—No, no has cambiado, ni siquiera el peinado. Sos la misma.

—Fisonomista pero un poco miope —dijo ella con la antigua voz donde la bondad y la burla se enredaban.

El sol les daba en la cara, no se podía hablar entre el tráfico y la gente. Sara dijo que no tenía apuro y que le gustaría tomar algo en un café. Fumaron el primer cigarrillo, el de las preguntas generales y los rodeos, Doro era maestro en Adrogué, la mamá se había muerto como un pajarito mientras leía el diario, él estaba asociado con otros muchachos ingenieros, les iba bien aunque la crisis, claro. En el segundo cigarrillo Aníbal dejó caer la pregunta que le quemaba los labios.

—¿Y tu marido?

Sara dejó salir el humo por la nariz, lo miró despacio en los ojos.

—Bebe —dijo.

No había ni amargura ni lástima, era una simple información y después otra vez Sara en Bánfield antes de todo eso, antes de la distancia y el olvido y el sueño de la noche anterior, exactamente como en el patio de la casa de Doro y aceptándole el segundo whisky, como siempre casi sin hablar, dejándolo a él que siguiera, que le contara porque él tenía mucho más para contarle, los años habían estado tan llenos de cosas para él, ella era como si no hubiese vivido mucho y no valía la pena decir por qué. Tal vez porque acababa de decirlo con una sola palabra.

Imposible saber en qué momento todo dejó de ser difícil, juego de preguntas y respuestas, Aníbal había tendido la mano sobre el mantel y la mano de Sara no rehuyó su peso, la dejó estar mientras él agachaba la cabeza porque no podía mirarla en la cara, mientras le hablaba a borbotones del patio, de Doro, le contaba las noches en su cuarto, el termómetro, el llanto contra la almohada. Se lo decía con una voz lisa y monótona, amontonando momentos y episodios pero todo era lo mismo, me enamoré tanto de vos, me enamoré tanto y no te lo podía decir, vos venías de noche y me cuidabas, vos eras la mamá joven que yo no tenía, vos me tomabas la temperatura y me acariciabas para que me durmiera, vos nos dabas el café con leche en el patio, te acordás, vos nos retabas cuando hacíamos pavadas, yo hubiera querido que me hablaras solamente a mí de tantas cosas pero vos me mirabas desde tan arriba, me sonreías desde tan lejos, había un inmenso vidrio entre los dos y vos no podías hacer nada para romperlo, por eso de noche yo te llamaba y vos venías a cuidarme, a estar conmigo, a quererme como yo te quería, acariciándome la cabeza, haciéndome lo que le hacías a Doro, todo lo que siempre le habías hecho a Doro, pero yo no era Doro y solamente una vez, Sara, solamente una vez y fue horrible y no me olvidaré nunca porque hubiera querido morirme y no pude o no supe, claro que no quería morirme pero eso era el amor, querer morirme porque vos me habías mirado todo entero como a un chico, habías entrado en el baño y me habías mirado a mí que te quería, y me habías mirado como siempre lo habías mirado a Doro, vos ya de novia, vos que ibas a casarte y yo ahí mientras me dabas el jabón y me mandabas que me lavara hasta las orejas, me mirabas desnudo como a un chico que era y no te importaba nada de mí, ni siquiera me veías porque solamente veías a un chico y te ibas como si nunca me hubieras visto, como si yo no estuviera ahí sin saber cómo ponerme mientras me estabas mirando.

—Me acuerdo muy bien —dijo Sara—. Me acuerdo tan bien como vos, Aníbal.

—Sí, pero no es lo mismo.

—Quién sabe si no es lo mismo. Vos no podías darte cuenta entonces, pero yo había sentido que me querías de esa manera y que te hacía sufrir, y por eso yo tenía que tratarte igual que a Doro. Eras un chico pero a veces me daba tanta pena que fueras un chico, me parecía injusto, algo así. Si hubieras tenido cinco años más... Te lo voy a decir porque ahora puedo y porque es justo, aquella tarde entré a propósito en el baño, no tenía ninguna necesidad de ir a ver si se estaban lavando, entré porque era una manera de acabar con eso, de curarte de tu sueño, de que te dieras cuenta que vos no podrías verme nunca así mientras que yo tenía el derecho de mirarte por todos lados como se mira a un chico. Por eso, Aníbal, para que te curaras de una vez y dejaras de mirarme como me mirabas pensando que yo no lo sabía. Y ahora sí otro whisky, ahora que los dos somos grandes.

Del anochecer a la noche cerrada, por caminos de palabras que iban y venían, de manos que se encontraban un instante sobre el mantel antes de una risa y otros cigarrillos, quedaría un viaje en taxi, algún lugar que ella o él conocían, una habitación, todo como fundido en una sola imagen instantánea resolviéndose en una blancura de sábanas y la casi inmediata, furiosa convulsión de los cuerpos en un interminable encuentro, en las pausas rotas y rehechas y violadas y cada vez menos creíbles, en cada nueva implosión que los segaba y los sumía y los quemaba hasta el sopor, hasta la última brasa de los cigarrillos del alba. Cuando apagué la lámpara del escritorio y miré el fondo del vaso vacío, todo era todavía pura negación de las nueve de la noche, de la fatiga a la vuelta de otro día de trabajo. ¿Para qué seguir escribiendo si las palabras llevaban ya una hora resbalando sobre esa negación, tendiéndose en el papel como lo que eran, meros dibujos privados de todo sostén? Hasta algún momento habían corrido cabalgando la realidad, llenándose de sol y verano, palabras patio de Bánfield, palabras Doro y juegos y zanjón, colmena rumorosa de una memoria fiel. Sólo que al llegar a un tiempo que ya no era Sara ni Bánfield el recuento se había vuelto cotidiano, presente utilitario sin recuerdos ni sueños, la pura vida sin más y sin menos. Había querido seguir y que también las palabras aceptaran seguir adelante hasta llegar al hoy nuestro de cada día, a cualquiera de las lentas jornadas en el estudio de ingeniería, pero entonces me había acordado del sueño de la noche anterior, de ese sueño de nuevo con Sara de la vuelta de Sara desde tan lejos y atrás, y no había podido quedarme en este presente en el que una vez más saldría por la tarde del estudio y me iría a beber una cerveza al café de la esquina, las palabras habían vuelto a llenarse de vida y aunque mentían, aunque nada era cierto, había seguido escribiéndolas porque nombraban a Sara, a Sara viniendo por la calle, tan hermoso seguir adelante aunque fuera absurdo, escribir que había cruzado la calle con las palabras que me llevarían a encontrar a Sara y dejarme conocer, la única manera de reunirme por fin con ella y decirle la verdad, llegar hasta su mano y besarla, escuchar su voz y verle el pelo azotándole los hombros, irme con ella hacia una noche que las palabras irían llenando de sábanas y caricias, pero cómo seguir ya, cómo empezar desde esa noche una vida con Sara cuando ahí al lado se oía la voz de Felisa que entraba con los chicos y venía a decirme que la cena estaba pronta, que fuéramos enseguida a comer porque ya era tarde y los chicos querían ver al pato Donald en la televisión de las diez y veinte.

Pesadillas

Esperar, lo decían todos, hay que esperar porque nunca se sabe en casos así, también el doctor Raimondi, hay que esperar, a veces se da una reacción y más a la edad de Mecha, hay que esperar, señor Botto, sí doctor pero ya van dos semanas y no se despierta, dos semanas que está como muerta, doctor, ya lo sé, señora Luisa, es un estado de coma clásico, no se puede hacer más que esperar. Lauro también esperaba, cada vez que volvía de la facultad se quedaba un momento en la calle antes de abrir la puerta, pensaba hoy sí, hoy la voy a encontrar despierta, habrá abierto los ojos y le estará hablando a mamá, no puede ser que dure tanto, no puede ser que se vaya a morir a los veinte años, seguro que está sentada en la cama y hablando con mamá, pero había que seguir esperando, siempre igual m'hijito, el doctor va a volver a la tarde, todos dicen que no se puede hacer nada. Venga a comer algo, amigo, su madre se va a quedar con Mecha, usted tiene que alimentarse, no se olvide de los exámenes, de paso vemos el noticioso. Pero todo era de paso allí donde lo único que duraba sin cambio, lo único exactamente igual día tras día era Mecha, el peso del cuerpo de Mecha en esa cama, Mecha flaquita y liviana, bailarina de rock y tenista, ahí aplastada y aplastando a todos desde hacía semanas, un proceso viral complejo, estado comatoso, señor Botto, imposible pronosticar, señora Luisa, nomás que sostenerla y darle todas las *chances*, a esa edad hay tanta fuerza, tanto deseo de vivir. Pero es que ella no puede ayudar, doctor, no comprende nada, está como, ah perdón Dios mío, ya ni sé lo que digo.

Lauro tampoco lo creía del todo, era como un chiste de Mecha que siempre le había hecho los peores chistes, vestida de fantasma en la escalera, escondiéndole un plumero en el fondo de la cama, riéndose tanto los dos, inventándose trampas, jugando a seguir siendo chicos. Proceso viral complejo, el brusco apagón una tarde después de la fiebre y los dolores, de golpe el silencio, la piel cenicienta, la respiración lejana y tranquila. Única cosa tranquila allí donde médicos y aparatos y análisis y consultas hasta que poco a poco la mala broma de Mecha había sido más fuerte, dominándolos a todos de hora en hora, los gritos desesperados de doña Luisa cediendo después a un llanto casi escondido, a una angustia de cocina y de cuarto de baño, las imprecaciones paternas divididas por la hora de los noticiosos y el vistazo al diario, la incrédula rabia de Lauro interrumpida por los viajes a la facultad, las clases, las reuniones, esa bocanada de esperanza cada vez que volvía del centro, me la vas a pagar, Mecha, esas cosas no se hacen, desgraciada, te la voy a cobrar, vas a ver. La única tranquila aparte de la enfermera tejiendo, al perro lo habían mandado a casa de un tío, el doctor Raimondi ya no venía con los colegas, pasaba al anochecer y casi no se quedaba, también él parecía sentir el peso del cuerpo de Mecha que los aplastaba un poco más cada día, los acostumbraba a esperar, a lo único que podía hacerse.

Lo de la pesadilla empezó la misma tarde en que doña Luisa no encontraba el termómetro y la enfermera, sorprendida, se fue a buscar otro a la farmacia de la esquina. Estaba hablando de eso porque un termómetro no se pierde así nomás cuando se lo está utilizando tres veces al día, se acostumbraban a hablarse en voz alta al lado de la cama de Mecha, los susurros del comienzo no tenían razón de ser porque Mecha era incapaz de escuchar, el doctor Raimondi estaba seguro de que el estado de coma la aislaba de toda sensibilidad, se podía decir cualquier cosa sin que nada cambiara en la expresión indiferente de Mecha. Todavía hablaban del termómetro cuando se oyeron los tiros en la esquina, a lo mejor más lejos, por el lado de Gaona. Se miraron, la enfermera se encogió de hombros porque los tiros no eran una novedad en el barrio ni en ninguna parte, y doña Luisa iba a decir algo más sobre el termómetro cuando vieron pasar el temblor por las manos de Mecha. Duró un segundo pero las dos se dieron cuenta y doña Luisa gritó y la enfermera le tapó la boca, el señor Botto vino de la sala y los tres vieron cómo el temblor se repetía en todo el cuerpo de Mecha, una rápida serpiente corriendo del cuello hasta los pies, un moverse de los ojos bajo los párpados, la leve crispación que alteraba las facciones, como una voluntad de hablar, de quejarse, el pulso más rápido, el lento regreso a la inmovilidad. Teléfono, Raimondi, en el fondo nada nuevo, acaso un poco más de esperanza aunque Raimondi no quiso decirlo, santa Virgen, que sea cierto, que se despierte mi hija, que se termine este calvario, Dios mío. Pero no se terminaba, volvió a empezar una hora más tarde, después más seguido, era como si Mecha estuviera soñando y que su sueño fuera penoso y desesperante, la pesadilla volviendo y volviendo sin que pudiera rechazarla, estar a su lado y mirarla y hablarle sin que nada de lo de fuera le llegara, invadida por esa otra cosa que de alguna manera continuaba la larga pesadilla de todos ellos ahí sin comunicación posible, sálvala, Dios mío, no la dejes así, y Lauro que volvía de una clase y se quedaba también al lado de la cama, una mano en el hombro de su madre que rezaba.

Por la noche hubo otra consulta, trajeron un nuevo aparato con ventosas y electrodos que se fijaban en la cabeza y las piernas, dos médicos amigos de Raimondi discutieron largo en la sala, habrá que seguir esperando, señor Botto, el cuadro no ha cambiado, sería imprudente pensar en un síntoma favorable. Pero es que está soñando, doctor, tiene pesadillas, usted mismo la vio, va a volver a empezar, ella siente algo y sufre tanto, doctor. Todo es vegetativo, señora Luisa, no hay conciencia, le aseguro, hay que esperar y no impresionarse por eso, su hija no sufre, ya sé que es penoso, va a ser mejor que la deje sola con la enfermera hasta que haya una evolución, trate de descansar, señora, tome las pastillas que le di.

Lauro veló junto a Mecha hasta medianoche, de a ratos leyendo apuntes para los exámenes. Cuando se oyeron las sirenas pensó que hubiera tenido que telefonear al número que le había dado Lucero, pero no debía hacerlo desde la casa y no era cuestión de salir a la calle justo después de las sirenas. Veía moverse lentamente los dedos de la mano izquierda de Mecha, otra vez los ojos parecían girar bajo los párpados. La enfermera le aconsejó que se fuera de la pieza, no había nada que hacer, solamente esperar. «Pero es que está soñando», dijo Lauro, «está soñando otra vez, mírela». Duraba como las sirenas ahí afuera, las manos parecían buscar algo, los dedos tratando de encontrar un asidero en la sábana. Ahora doña Luisa estaba ahí de nuevo, no podía dormir. ¿Por qué —la enfermera casi enojada— no había tomado las pastillas del doctor Raimondi? «No las encuentro», dijo doña Luisa como perdida, «estaban en la mesa de luz pero no las encuentro». La enfermera fue a buscarlas, Lauro y su madre se miraron, Mecha movía apenas los dedos y ellos sentían que la pesadilla seguía ahí, que se prolongaba interminablemente como negándose a alcanzar ese punto en que una especie de piedad, de lástima final la despertaría como a todos para rescatarla del espanto. Pero seguía soñando, de un momento a otro los dedos empezarían a moverse otra vez. «No las veo por ninguna parte, señora», dijo la enfermera. «Estamos todos tan perdidos, uno ya no sabe adónde van a parar las cosas en esta casa».

Lauro volvió tarde la noche siguiente, y el señor Botto le hizo una pregunta casi evasiva sin dejar de mirar el televisor, en pleno comentario de la Copa. «Una reunión con amigos», dijo Lauro buscando con qué hacerse un sándwich. «Ese gol fue una belleza», dijo el señor Botto, «menos mal que retransmiten el partido para ver mejor esas jugadas campeonas». Lauro no parecía interesado en el gol, comía mirando al suelo. «Vos sabrás lo que hacés, muchacho», dijo el señor Botto sin sacar los ojos de la pelota, «pero andate con cuidado». Lauro alzó la vista y lo miró casi sorprendido, primera vez que su padre se dejaba ir a un comentario tan personal. «No se haga problema, viejo», le dijo levantándose para cortar todo diálogo.

La enfermera había bajado la luz del velador y apenas se veía a Mecha. En el sofá, doña Luisa se quitó las manos de la cara y Lauro la besó en la frente.

—Sigue lo mismo —dijo doña Luisa—. Sigue todo el tiempo

así, hijo. Fijate, fijate cómo le tiembla la boca, pobrecita, qué estará viendo, Dios mío, cómo puede ser que esto dure y dure, que esto...

—Mamá.

—Pero es que no puede ser, Lauro, nadie se da cuenta como yo, nadie comprende que está todo el tiempo con una pesadilla y que no se despierta...

—Yo lo sé, mamá, yo también me doy cuenta. Si se pudiera hacer algo, Raimondi lo habría hecho. Vos no la podés ayudar quedándote aquí, tenés que irte a dormir, tomar un calmante y dormir.

La ayudó a levantarse y la acompañó hasta la puerta. «¿Qué fue eso, Lauro?», deteniéndose bruscamente. «Nada, mamá, unos tiros lejos, ya sabés». Pero qué sabía en realidad doña Luisa, para qué hablar más. Ahora sí, ya era tarde, después de dejarla en su dormitorio tendría que bajar hasta el almacén y desde ahí llamarlo a Lucero.

No encontró la campera azul que le gustaba ponerse de noche, anduvo mirando en los armarios del pasillo por si su madre la hubiera colgado ahí, al final se puso un saco cualquiera porque hacía fresco. Antes de salir entró un momento en la pieza de Mecha, casi antes de verla en la penumbra sintió la pesadilla, el temblor de las manos, la habitante secreta resbalando bajo la piel. Las sirenas afuera otra vez, no debería salir hasta más tarde, pero entonces el almacén estaría cerrado y no podría telefonear. Bajo los párpados los ojos de Mecha giraban como si buscaran abrirse paso, mirarlo, volver de su lado. Le acarició la frente con un dedo, tenía miedo de tocarla, de contribuir a la pesadilla con cualquier estímulo de fuera. Los ojos seguían girando en las órbitas y Lauro se apartó, no sabía por qué pero tenía cada vez más miedo, la idea de que Mecha pudiera alzar los párpados y mirarlo lo hizo echarse atrás. Si su padre se había ido a dormir podría telefonear desde la sala bajando la voz, pero el señor Botto seguía escuchando los comentarios del partido. «Sí, de eso hablan mucho», pensó Lauro. Se levantaría temprano para telefonearle a Lucero antes de ir a la facultad. De lejos vio a la enfermera que salía de su dormitorio llevando algo que brillaba, una jeringa de inyecciones o una cuchara.

Hasta el tiempo se mezclaba o se perdía en ese esperar continuo, con noches en vela o días de sueño para compensar, los parientes o amigos que llegaban en cualquier momento y se turnaban para distraer a doña Luisa o jugar al dominó con el señor Botto, una enfermera suplente porque la otra había tenido que irse por una semana de Buenos Aires, las tazas de café que nadie encontraba porque andaban desparramadas en todas las piezas, Lauro dándose una vuelta cuando podía y yéndose en cualquier momento, Raimondi que ya ni tocaba el timbre antes de entrar para la rutina de siempre, no se nota ningún cambio negativo, señor Botto, es un proceso en el que no se puede hacer más que sostenerla, le estoy reforzando la alimentación por sonda, hay que esperar. Pero es que sueña todo el tiempo, doctor, mírela, ya casi no descansa. No es eso, señora Luisa, usted se imagina que está soñando pero son reacciones físicas, es difícil explicarle porque en estos casos hay otros factores, en fin, no crea que tiene conciencia de eso que parece un sueño, a lo mejor por ahí es buen síntoma tanta vitalidad y esos reflejos, créame que la estoy siguiendo de cerca, usted es la que tiene que descansar, señora Luisa, venga que le tome la presión.

A Lauro se le hacía cada vez más difícil volver a su casa con el viaje desde el centro y todo lo que pasaba en la facultad, pero más por su madre que por Mecha se aparecía a cualquier hora y se quedaba un rato, se enteraba de lo de siempre, charlaba con los viejos, les inventaba temas de conversación para sacarlos un poco del agujero. Cada vez que se acercaba a la cama de Mecha era la misma sensación de contacto imposible, Mecha tan cerca y como llamándolo, los vagos signos de los dedos y esa mirada desde adentro, buscando salir, algo que seguía y seguía, un mensaje de prisionero a través de paredes de piel, su llamada insoportablemente inútil. Por momentos lo ganaba la histeria, la seguridad de que Mecha lo reconocía más que a su madre o a la enfermera, que la pesadilla alcanzaba su peor instante cuando él estaba ahí mirándola, que era mejor irse enseguida puesto que no podía hacer nada, que hablarle era inútil, estúpida, querida, dejate de joder, querés, abrí de una vez los ojos y acabala con ese chiste barato, Mecha idiota, hermanita, hermanita, hasta cuándo nos vas a estar tomando el pelo, loca de mierda, pajarraca, mandá esa comedia al diablo y vení que tengo tanto que contarte, hermanita, no sabés nada de lo que pasa pero lo mismo te lo voy a contar, Mecha, porque no entendés nada te lo voy a contar. Todo pensado como en ráfagas de miedo, de querer aferrarse a Mecha, ni una palabra en voz alta porque la enfermera o doña Luisa no dejaban nunca sola a Mecha, y él ahí necesitando hablarle de tantas cosas, como Mecha a lo mejor estaba hablándole desde su lado, desde los ojos cerrados y los dedos que dibujaban letras inútiles en las sábanas.

Era jueves, no porque supieran ya en qué día estaban ni les importara pero la enfermera lo había mencionado mientras tomaban café en la cocina, el señor Botto se acordó de que había un noticioso especial, y doña Luisa que su hermana de Rosario había telefoneado para decir que vendría el jueves o el viernes. Seguro que los exámenes ya empezaban para Lauro, había salido a las ocho sin despedirse, dejando un papelito en la sala, no estaba seguro de volver para la cena, que no lo esperaran por las dudas. No vino para la cena, la enfermera consiguió por una vez que doña Luisa se fuera temprano a descansar, el señor Botto se había asomado a la ventana de la sala después del telejuego, se oían ráfagas de ametralladora por el lado de Plaza Irlanda, de pronto la calma, casi demasiada, ni siquiera un patrullero, mejor irse a dormir, esa mujer que había contestado a todas las preguntas del telejuego de las diez era un fenómeno, lo que sabía de historia antigua, casi como si estuviera viviendo en la época de Julio César, al final la cultura daba más plata que ser martillero público. Nadie se enteró de que la puerta no iba a abrirse en toda la noche, que Lauro no estaba de vuelta en su pieza, por la mañana pensaron que descansaba todavía después de algún examen o que estudiaba antes del desayuno, solamente a las diez se dieron cuenta de que no estaba. «No te hagás problema», dijo el señor Botto, «seguro que se quedó festejando algo con los amigos». Para doña Luisa era la hora de ayudarla a la enfermera a lavar y cambiar a Mecha, el agua templada y la colonia, algodones y sábanas, ya mediodía y Lauro, pero es raro, Eduardo, cómo no telefoneó por lo menos, nunca hizo eso, la vez de la fiesta de fin de curso llamó a las nueve, te acordás, tenía miedo de que nos preocupáramos y eso que era más chico. «El pibe andará loco con los exámenes», dijo el señor Botto, «vas a ver que llega de un momento a otro, siempre aparece para el noticioso de la una». Pero Lauro no estaba a la una, perdiéndose las noticias deportivas y el flash sobre otro atentado subversivo frustrado por la rápida intervención de las fuerzas del orden, nada nuevo, temperatura en paulatino descenso, lluvias en la zona cordillerana.

Era más de las siete cuando la enfermera vino a buscar a doña Luisa que seguía telefoneando a los conocidos, el señor Botto esperaba que un comisario amigo lo llamara para ver si se había sabido algo, a cada minuto le pedía a doña Luisa que dejara la línea libre pero ella seguía buscando en el carnet y llamando a gente conocida, capaz que Lauro se había quedado en casa del tío Fernando o estaba de vuelta en la facultad para otro examen. «Dejá quieto el teléfono, por favor», pidió una vez más el señor Botto, «no te das cuenta de que a lo mejor el pibe está llamando justamente ahora y todo el tiempo le da ocupado, qué querés que haga desde un teléfono público, cuando no están rotos hay que dejarle el turno a los demás». La enfermera insistía y doña Luisa fue a ver a Mecha, de repente había empezado a mover la cabeza, cada tanto la giraba lentamente a un lado y al otro, había que arreglarle el pelo que le caía por la frente. Avisar en seguida al doctor Raimondi, difícil ubicarlo a fin de tarde pero a las nueve su mujer telefoneó para decir que llegaría enseguida. «Va a ser difícil que pase», dijo la enfermera que volvía de la farmacia con una caja de inyecciones, «cerraron todo el barrio no se sabe por qué, oigan las sirenas». Apartándose apenas de Mecha que seguía moviendo la cabeza como en una lenta negativa obstinada, doña Luisa llamó al señor Botto, no, nadie sabía nada, seguro que el pibe tampoco podía pasar pero a Raimondi lo dejarían por la chapa de médico.

—No es eso, Eduardo, no es eso, seguro que le ha ocurrido algo, no puede ser que a esta hora sigamos sin saber nada, Lauro siempre...

—Mirá, Luisa —dijo el señor Botto—, fijate cómo mueve, la mano y también el brazo, primera vez que mueve el brazo, Luisa, a lo mejor...

—Pero si es peor que antes, Eduardo, no te das cuenta de que sigue con las alucinaciones, que se está como defendiendo de... Hágale algo, Rosa, no la deje así, yo voy a llamar a los Romero que a lo mejor tienen noticias, la chica estudiaba con Lauro, por favor póngale una inyección, Rosa, ya vuelvo, o mejor llamá vos, Eduardo, preguntales, andá enseguida.

En la sala el señor Botto empezó a discar y se paró, colgó el tubo. Capaz que justamente Lauro, qué iban a saber los Romero de Lauro, mejor esperar otro poco. Raimondi no llegaba, lo habrían atajado en la esquina, estaría dando explicaciones, Rosa no podía darle otra inyección a Mecha, era un calmante demasiado fuerte, mejor esperar hasta que llegara el doctor. Inclinada sobre Mecha, apartándole el pelo que le tapaba los ojos inútiles, doña Luisa empezó a tambalearse, Rosa tuvo el tiempo justo para acercarle una silla, ayudarla a sentarse como un peso muerto. La sirena crecía viniendo del lado de Gaona cuando Mecha abrió los párpados, los ojos velados por la tela que se había ido depositando durante semanas se fijaron en un punto del cielo raso, derivaron lentamente hasta la cara de doña Luisa que gritaba, que se apretaba el pecho con las manos y gritaba. Rosa luchó por alejarla, llamando desesperada al señor Botto que ahora llegaba y se quedaba inmóvil a los pies de la cama mirando a Mecha, todo como concentrado en los ojos de Mecha que pasaban poco a poco de doña Luisa al señor Botto, de la enfermera al cielo raso, las manos de Mecha subiendo lentamente por la cintura, resbalando para juntarse en lo alto, el cuerpo estremeciéndose en un espasmo porque acaso sus oídos escuchaban ahora la multiplicación de las sirenas, los golpes en la puerta que hacían temblar la casa, los gritos de mando y el crujido de la madera astillándose después de la ráfaga de ametralladora, los alaridos de doña Luisa, el envión de los cuerpos entrando en montón, todo como a tiempo para el despertar de Mecha, todo tan a tiempo para que terminara la pesadilla y Mecha pudiera volver por fin a la realidad, a la hermosa vida.

Índice

PARA LO MEJOR EN ENCUADERNACIÓN EN RÚSTICA, BUSQUE LA MARCA 

En todas partes del mundo, y en cualquier tema, la marca Penguin representa la calidad y la variedad—lo mejor en editoriales.

Para información completa y pedido de libros publicados por Penguin—incluyendo Pelicans, Puffins, Peregrines, y Penguin Classics—escríbanos a la dirección apropiada que sigue. Por favor note que por razones de derechos la selección de libros varia de país a país.

En el Reino Unido: Por favor escriba a *Dept. JC, Penguin Books Ltd, FREEPOST, West Drayton, Middlesex, UB7 OBR*

En los Estados Unidos: Por favor escriba a *Consumer Sales, Penguin USA, P.O. Box 999, Dept. 17109, Bergenfield, New Jersey 07621-0120.* Para usar las tarjetas VISA o MasterCard, llame a 1-800-253-6476 para pedir todos los libros de Penguin

En Canadá: Por favor escriba a *Penguin Books Canada Ltd, 10 Alcorn Avenue, Suite 300, Toronto, Ontario M4V 3B2*

En Australia: Por favor escriba a *Penguin Books Australia Ltd, P.O. Box 257, Ringwood, Victoria 3134*

En Nueva Zelandia: Por favor escriba a *Penguin Books (NZ) Ltd, Private Bag 102902, North Shore Mail Centre, Auckland 10*

En la India: Por favor escriba a *Penguin Books India Pvt Ltd, 706 Eros Apartments, 56 Nehru Place, New Delhi, 110 019*

En Holanda: Por favor escriba a *Penguin Books Nederland bv, Postbus 3507, NL-1001 AH Amsterdam*

En Alemania: Por favor escriba a *Penguin Books Deutschland GmbH, Metzlerstrasse 26, 60594 Frankfurt am Main*

En España: Por favor escriba a *Penguin Books S.A., Bravo Murillo 19, 1° B, 28015 Madrid*

En Italia: Por favor escriba a *Penguin Italia s.r.l., Via Felice Casati 20, I-20124 Milano*

En Francia: Por favor escriba a *Penguin France S.A., 17 rue Lejeune, F–31000 Toulouse*

En el Japón: Por favor escriba a *Penguin Books Japan, Ishikiribashi Building, 2–5–4, Suido, Bunkyo-ku, Tokyo 112*

En Grecia: Por favor escriba a *Penguin Hellas Ltd, Dimocritou 3, GR–106 71 Athens*

En Sudáfrica: Por favor escriba a *Longman Penguin Southern Africa (Pty) Ltd, Private Bag X08, Bertsham 2013*

¡OTRAS GRANDES OBRAS DISPONIBLES EN PENGUIN!

☐ LA MUERTE DE ARTEMIO CRUZ
Carlos Fuentes

En el momento de la muerte, la conciencia de Artemio Cruz le somete a juicio. Al tiempo que recuerda y describe el México pre- y post-revolucionario, reflexiona e intenta justificar la dura realidad de su vida: la traición a sus amigos, sus ideales, y su país. *ISBN 0-14-025582-6*

☐ ROMANCERO GITANO
Federico García Lorca

A través de las poderosas imágenes de este romancero, sin duda la obra más popular e influyente de la poesía española del siglo XX, García Lorca transmite la riqueza sensorial y el encanto de Andalucía, así como el profundo desgarro de la raza gitana. *ISBN 0-14-025583-4*

☐ EL AMOR EN LOS TIEMPOS DEL CÓLERA
Gabriel García Márquez

En esta novela, aclamada internacionalmente como uno de los más bellos tratados sobre el amor, Florentino Ariza, un hombre con el corazón de un poeta y la paciencia de un santo, espera durante más de medio siglo a Fermina, su verdadero amor. *ISBN 0-14-025578-8*

☐ DEL AMOR Y OTROS DEMONIOS
Gabriel García Márquez

Ambientada en el siglo XVIII, en la exuberante costa tropical de la Colombia colonial, esta novela agridulce, llena de minuciosos detalles, es la trágica historia de Sierva María y el sacerdote Cayetano Delaura, cuyos castos amoríos los conducen a la destrucción. *ISBN 0-14-024559-6*

☐ BOQUITAS PINTADAS
Manuel Puig

En esta vigorosa, chispeante novela sazonada con su característico ingenio irónico, Puig narra la historia de un Don Juan de provincias que está al borde de la muerte. Mientras las mujeres de su vida—su madre, su hermana, sus dos amantes—deliran por él y lamentan su cruel destino, parecen incapaces de ver cómo sus propias vidas se les escapan de las manos. *ISBN 0-14-025579-6*